AE
&I

El asesinato de Aristóteles

Autores Españoles e Iberoamericanos

Marcos Chicot

El asesinato de Aristóteles

Planeta

Obra editada en colaboración con Editorial Planeta – España

Diseño de la colección: Compañía
Ilustraciones del interior: © Àlvar Salom

Bajo el sello editorial PLANETA M.R.
Avenida Presidente Masaryk núm. 111,
Piso 2, Polanco V Sección, Miguel Hidalgo
C.P. 11560, Ciudad de México
www.planetadelibros.com.mx

Primera edición impresa en España: mayo de 2025
ISBN: 978-84-08-30251-3

Primera edición impresa en México: abril de 2026
ISBN: 978-607-39-4000-9

Impreso en los talleres de Litográfica Ingramex, S.A. de C.V.
Centeno núm. 162-1, colonia Granjas Esmeralda, Ciudad de México
Impreso en México – *Printed in Mexico*

A Lara, Lucía, Daniel,
y a las demás personas buenas,
porque hacer lo correcto es a menudo la alternativa que exige más esfuerzo.
Gracias por seguir haciéndolo.

Porque nada hay oculto
sino para ser descubierto,
y no hay nada escondido
sino para que venga a la luz.

San Marcos 4, 22

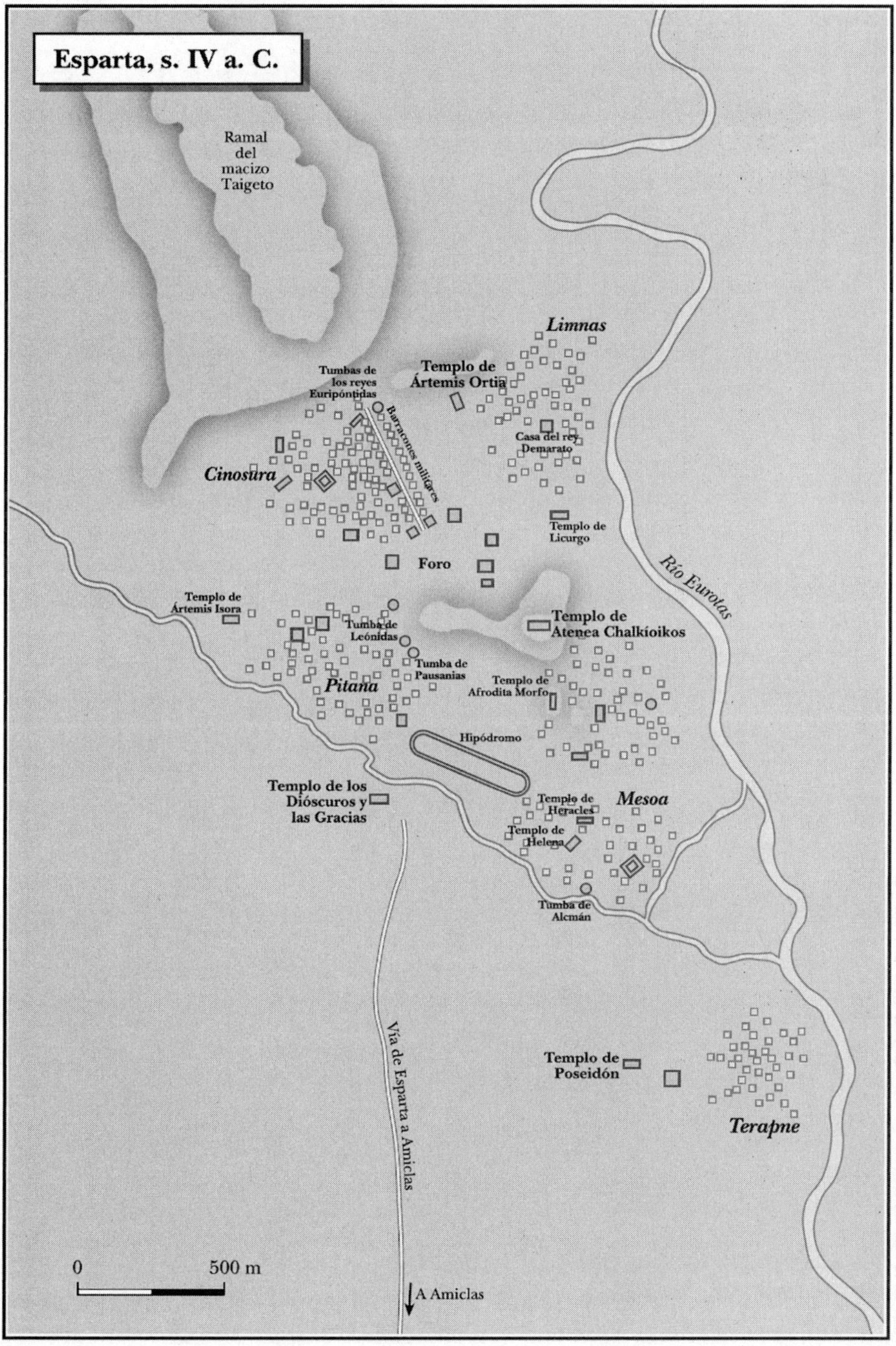

Esparta, s. IV a. C.
Ramal del macizo Taigeto
Limnas
Templo de Ártemis Ortia
Tumbas de los reyes Euripóntidas
Barracones militares
Casa del rey Demarato
Cinosura
Templo de Licurgo
Foro
Río Eurotas
Templo de Ártemis Isora
Tumba de Leónidas
Templo de Atenea Chalkíoikos
Tumba de Pausanias
Pitana
Templo de Afrodita Morfo
Hipódromo
Templo de los Dióscuros y las Gracias
Templo de Heracles
Mesoa
Templo de Helena
Tumba de Alcmán
Vía de Esparta a Amiclas
Templo de Poseidón
Terapne
0
500 m
A Amiclas

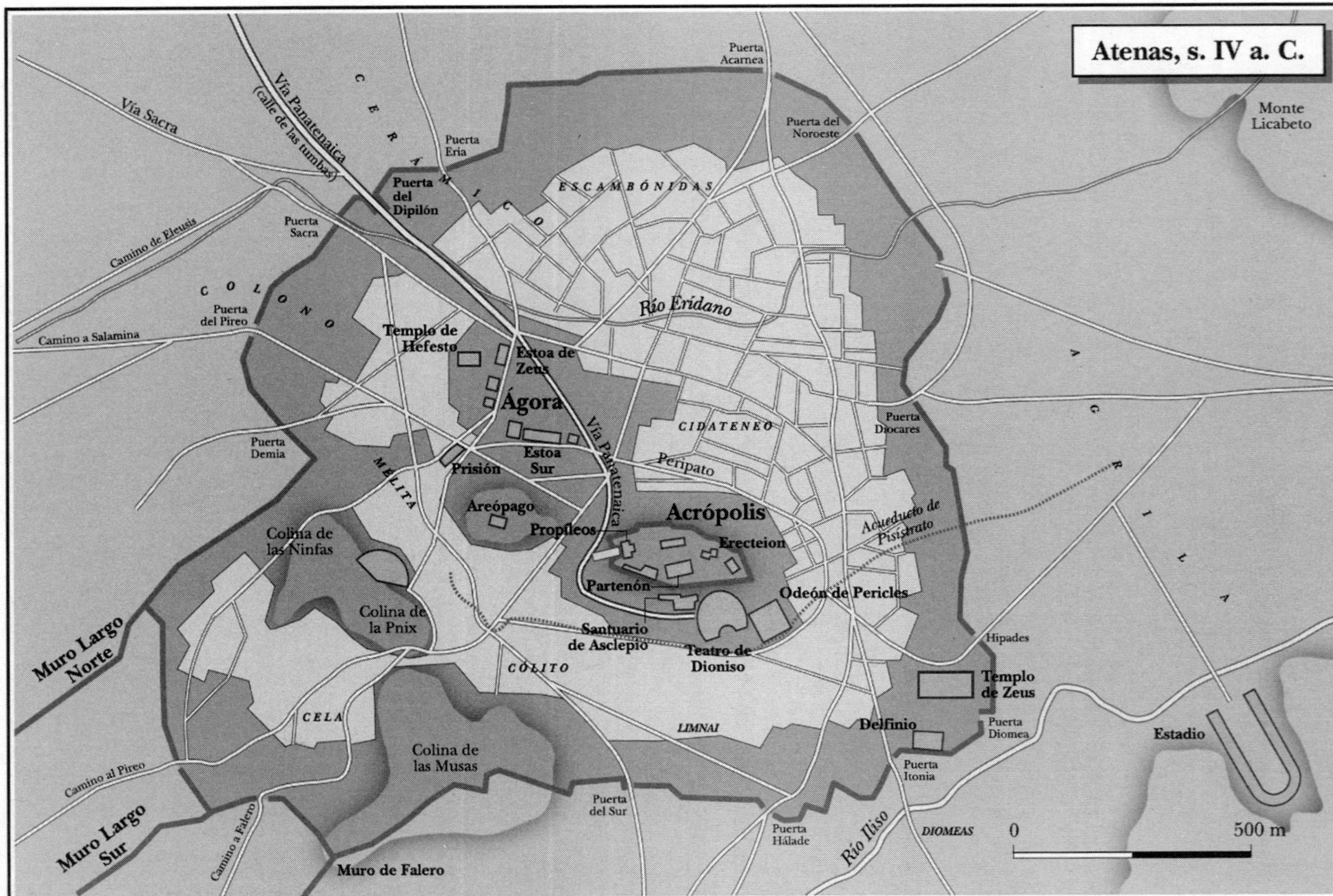
Atenas, s. IV a. C.
Monte Licabeto
Vía Sacra
Vía Panatenaica (calle de las tumbas)
CERÁMICO
Puerta Eria
Puerta del Dipilón
Puerta Acarnea
Puerta del Noroeste
ESCAMBÓNIDAS
Puerta Sacra
Camino de Eleusis
COLONO
Puerta del Pireo
Camino a Salamina
Río Erídano
Templo de Hefesto
Estoa de Zeus
Ágora
Vía Panatenaica
CIDATENEO
Puerta Diocares
Puerta Demia
Prisión
Estoa Sur
Peripato
MELITA
Areópago
Acrópolis
Propileos
Erecteion
Acueducto de Pisístrato
Colina de las Ninfas
Partenón
Odeón de Pericles
Colina de la Pnix
Santuario de Asclepio
Teatro de Dioniso
Hipades
Muro Largo Norte
CÓLITO
Templo de Zeus
CELA
LIMNAI
Delfinio
Puerta Diomea
Estadio
Colina de las Musas
Puerta Itonia
Camino al Pireo
Puerta del Sur
Muro Largo Sur
Puerta Hálade
Río Iliso
DIOMEAS
0
500 m
Camino a Falero
Muro de Falero
AGRILA

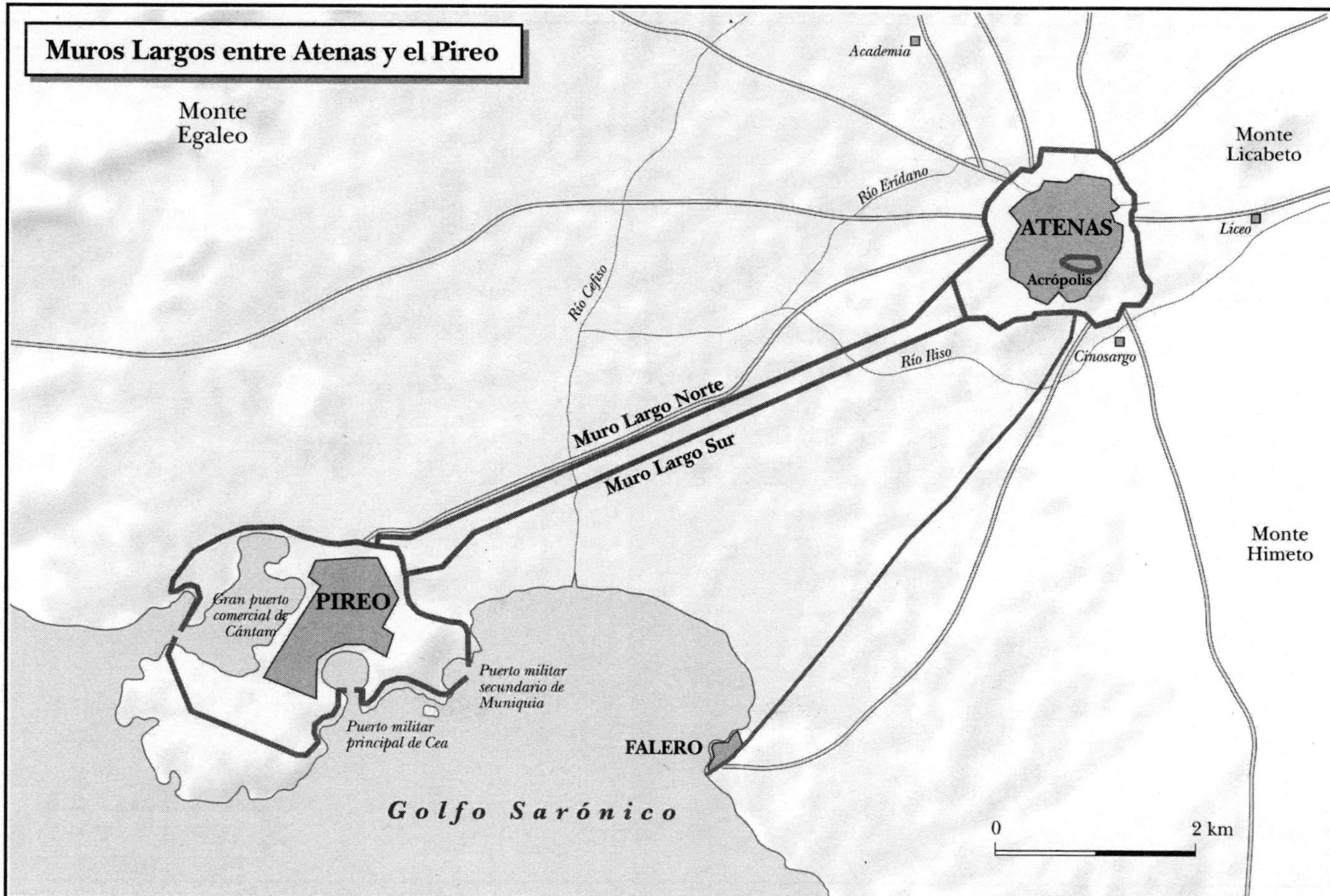
Muros Largos entre Atenas y el Pireo
Monte Egaleo
Academia
Monte Licabeto
Río Erídano
ATENAS
Liceo
Acrópolis
Río Cefiso
Río Iliso
Cinosargo
Muro Largo Norte
Muro Largo Sur
Monte Himeto
PIREO
Gran puerto comercial de Cántaro
Puerto militar secundario de Muniquia
Puerto militar principal de Cea
FALERO
Golfo Sarónico
0
2 km

Grecia, s. IV a. C.
ILIRIA
Epídamno
Apolonia
EPIRO
TINFEA
MACEDONIA
EMETIA
MIGDONIA
Pella
Egas
PIERIA
CALCÍDICA
Olinto
Potidea
Anfípolis
Estagira
Filipos
TRACIA
Filipópolis
MAR NEGRO
Perinto
Bizancio
Proconeso
Gránico
Egospótamos
Troya
FRIGIA
Metimna
Mitilene
Lesbos
Pérgamo
Focea
LIDIA
Sardes
Eritrea
Esmirna
Samos
Éfeso
Mileto
Halicarnaso
Cnido
Rodas
Patmos
Delos
Sérifos
Melos
Tera
Cárpatos
Creta
Cnosos
Festos
Citera
MAR EGEO
Lemnos
Esciros
TESALIA
Cranón
Feres
Farsalia
Córcira
Ambracia
Lamia
Termópilas
ETOLIA
FOCIDA
Léucade
LOCRIA
Queronea
Calcis
Delfos
Tebas
Platea
Cefalonia
ACAYA
Corinto
Caristo
Atenas
ÉLIDE
Zacinto
Olimpia
ARCADIA
Micenas
Argos
PELOPONESO
Megalópolis
Mantinea
MESENIA
Esparta
Esfacteria
LACONIA
MAR JÓNICO
0
100 km

Imperio de Alejandro Magno
PONTO EUXINO
MAR CASPIO
MAR DE ARAL
CÁUCASO
TRACIA
MACEDONIA
Pella
Bizancio
Gránico
Gordión
Ancira
EPIRO
TESALIA
FRIGIA
Queronea
Éfeso
Sardes
CAPADOCIA
Tebas
Atenas
LIDIA
LICIA
CILICIA
Issos
Esparta
Mileto
PANFILIA
Tarso
Alejandreta
Halicarnaso
Nísibis
Gaugamela
Arbela
Tigris
ARMENIA
MEDIA
Rhages
PARTIA
Alejandrópolis
Hecatompilo
Tapsaco
MESOPOTAMIA
Ecbatana
MAR MEDITERRÁNEO
Creta
Chipre
Sidón
FENICIA
SIRIA
Opis
Tiro
Damasco
Éufrates
Babilonia
Susa
Alejandría
Gaza
Menfis
Alejandría de Susiana
Siwa
EGIPTO
Nilo
MAR ROJO
ARABIA
GOLFO PÉRSICO
Persépolis
CARMANIA
Ormuz
Alejandría de Carmania
GEDROSIA
DRANGIANA
ARIA
ARACOSIA
ORITES
Pattala
SOGDIANA
Alejandría Escate
Maracanda
Alejandría de Oxiana
PARAPAMISOS
Bactra
BACTRIANA
Aornos
Alejandría del Cáucaso
Taxiala
Alejandría Bucéfala
Hidaspes
Alejandría Nicea
Indo
Alejandría en el Hifasis
Hifasis
Alejandría del Indo
OCÉANO ÍNDICO
0
500 km

Nota preliminar

La mayoría de los personajes y hechos descritos en esta novela son reales y han sido recreados de acuerdo a la documentación disponible sobre la Época Clásica. La trama también contiene un hilo de ficción, cuyos elementos han sido elaborados en concordancia con las fuentes históricas. De este modo, todo lo que se narra ocurrió o pudo haber ocurrido tal como se relata.

Prólogo

Pella, Macedonia, 335 a. C.

—¡Maestro Aristóteles! ¡Maestro!

La voz tensa de su discípulo alertó a Aristóteles. Dejó a su bebé de un año en manos de su esposa y se puso en pie. Antes de que alcanzara la puerta de la alcoba, el discípulo apareció en el umbral con el semblante lívido.

—¡Maestro, está a punto de llegar el rey Alejandro!

Aristóteles sintió que el estómago se le encogía, aunque no permitió que su rostro lo mostrara.

—¿Quieres decir aquí? ¿A esta casa?

El joven asintió y Aristóteles comprendió que su vida iba a decidirse en los próximos minutos. En ese momento se presentó resollando Basilio, dueño de aquella mansión y anfitrión de Aristóteles durante su estancia en Pella, la capital del reino de Macedonia.

—El rey nunca ha estado en mi casa... —El rostro adiposo de Basilio estaba aún más pálido que el del discípulo—. Te lo ruego, sal conmigo a recibirlo.

Abandonaron la alcoba y recorrieron el pasillo del segundo piso, donde se alojaba el filósofo con su familia y algunos esclavos. Bajaron una escalera de madera y llegaron a un patio rodeado de columnas. La puerta principal estaba abierta y permitía ver que había soldados en el exterior.

Basilio dejó que Aristóteles pasara delante. El filósofo cruzó el umbral y salió a una de las avenidas más amplias y concurridas de Pella. Llegaba hasta el ágora de la ciudad y estaba flanqueada por lujosas casas de piedra provistas de cuadras. La gente se había detenido a ambos lados de la calle y por el centro avanzaba el rey Alejandro acompañado de algunos hombres jóvenes. Iba conversando con ellos y de vez en cuando alzaba una mano para responder a las entusiastas aclamaciones de su pueblo. Varios soldados fuertemente armados escoltaban al rey, que al igual que sus acompañantes llevaba un peto sobre la túnica corta y la espada colgada del cinto.

Basilio retrocedió un paso murmurando algo ininteligible mientras Aristóteles observaba en silencio a Alejandro. Se había convertido en un gobernante poderoso e imprevisible, pero en ese momento, con los cabellos rubios brillando bajo el sol y el hermoso rostro relajado, le recordaba al muchacho al que había comenzado a impartir clases hacía ocho años, cuando Alejandro acababa de cumplir trece.

Entornó los ojos mientras comparaba aquellos recuerdos con la imagen del joven rey que se acercaba. El anterior monarca, el rey Filipo, le había pedido que fuera el maestro de su hijo Alejandro y él había ejercido ese papel sin interrupción hasta que el príncipe heredero cumplió dieciséis años. Entonces Filipo nombró a su hijo comandante de caballería y le asignó una responsabilidad cada vez mayor en las acciones militares, por lo que el tiempo dedicado a las lecciones se fue reduciendo. Dos años más tarde, Filipo recompensó la labor de Aristóteles como maestro ordenando la reconstrucción de Estagira, su ciudad natal, que el propio Filipo había destruido tiempo atrás cuando la ciudad se rebeló. Aristóteles había vivido los tres últimos años en Estagira y durante ese tiempo apenas había visto a Alejandro.

«Es la primera vez que nos vamos a encontrar desde que heredó el trono», se dijo con una inquietud creciente.

Tras la muerte del rey Filipo el año anterior, muchas de las ciudades griegas sometidas se levantaron contra el reino, igual que otros pueblos que rodeaban Macedonia, porque creían que el trono se había debilitado. Sin embargo, el joven Alejandro les dejó claro que estaban equivocados. Después de vencer uno a uno a los enemigos de Macedonia, sometió de nuevo todas las ciudades griegas e hizo que lo nombraran *hegemón* —líder supremo—, igual que había hecho su padre. A continuación, exigió a las principales ciudades que aportaran hombres y dinero para la gigantesca campaña que quería llevar a cabo: la conquista de Persia.

Alejandro advirtió de pronto que tenía frente a él a su antiguo maestro. Dejó de hablar con sus compañeros y caminó los últimos pasos con una expresión grave.

—Te saludo, Aristóteles.

Inclinó la cabeza ante el filósofo, lo que provocó un coro de expresiones de admiración entre la multitud congregada en la calle. Los acompañantes de Alejandro lo saludaron de igual modo y Aristóteles respondió un tanto azorado.

—Doy gracias a los dioses por volver a verte, Alejandro. —Se giró hacia sus jóvenes acompañantes—. Y me alegra veros de nuevo a vosotros, Hefestión, Nearco y Ptolomeo. —Los tres tenían la edad del rey y también les había dado clases, aunque no había ejercido sobre ellos el mismo papel de tutor que con Alejandro—. Pasad, os lo ruego.

Varios soldados se adelantaron para entrar en la mansión antes que ellos. Basilio siguió a la comitiva haciendo una reverencia tras otra, intentando ofrecerles algo de comer o beber sin que apenas se entendieran sus balbuceos. Cuando llegaron al patio, el rey hizo un breve gesto con la mano y todos se quedaron allí, excepto el propio Alejandro y Aristóteles, que entraron en el salón principal de la casa.

La sonrisa de Alejandro se expandió cuando se encontraron a solas, y Aristóteles le devolvió el gesto con el estómago agarrotado. Estaba seguro de que el rey iba a pedirle que fuera con él a Persia.

—Por Apolo, Aristóteles, no imaginas cuánto he echado de menos durante el último año tus lecciones y consejos. Por eso me ha alegrado enormemente recibir la carta en la que me informabas de que estabas en Pella.

—No sabía si tendrías tiempo para tu viejo maestro, pero al menos quería intentarlo. —En realidad le habría gustado partir hacia Atenas sin tener que enfrentarse a Alejandro, pero sabía que no podía salir de Macedonia sin que él se enterara.

—Desde que soy rey siento que no dejo de correr contra el tiempo. —Alejandro hizo un gesto de contrariedad—. Lo cual hace más grave que además deba luchar contra la excesiva prudencia de los generales de mi padre, cuyo único consejo consiste siempre en esperar. —Su rostro se distendió con rapidez—. Pero no quiero hablar ahora de ellos. Ya sabes que voy a iniciar la campaña contra Persia este mismo año.

«Aquí viene.» Aristóteles pensó en su esposa, que lo aguardaba con su hija en la habitación que se encontraba encima de ellos.

—Nadie habla de otra cosa desde hace semanas —contestó con cautela.

—Imagino que estás de acuerdo en que la justicia y la voluntad de los dioses están de nuestra parte.

Aristóteles asintió antes de responder. Los persas habían invadido Grecia hacía un siglo y medio y habían quemado las viviendas y los templos de Atenas. Tanto Filipo como ahora Alejandro habían propagado el mensaje de que iban a invadir Persia para vengar aquella afrenta histórica y acabar con el enemigo de todos los griegos.

—No será una empresa fácil, siendo el ejército persa diez veces más numeroso y con el apoyo de unas riquezas prácticamente inagotables. Sin embargo, tú has heredado la extraordinaria habilidad militar de tu padre y a los dioses parece complacerles que tus batallas se cuenten por victorias.

—Eso mismo es lo que dicen los oráculos. Y si lo conseguimos, será una hazaña aún mayor que la toma de Troya. —Los ojos de Alejandro parecieron destellar y se quedó mirándolo fijamente—. Maestro, irán conmigo un centenar de hombres que dejarán testimonios para la historia de lo que logremos. —Pintores, escultores, cronistas y filósofos viajarían detrás del ejército formando parte de la corte que acompañaría a Alejandro—. Me pregunto si el más grande de los filósofos no querrá también venir conmigo.

Aristóteles meditó con cuidado su respuesta. Había sido testigo en varias ocasiones de reacciones explosivas por parte de su antiguo pupilo, a quien le resultaba muy difícil renunciar a algo que se hubiese propuesto.

—Mi querido Alejandro, formar parte de tu expedición sería un honor, y sin duda una experiencia fascinante para un filósofo. Pese a ello, sabes que mi mayor anhelo es fundar una escuela de filosofía en Atenas, y ya tengo casi cincuenta años, no debo demorarlo más. —Los labios de Alejandro seguían sonriéndole, pero su mirada se había endurecido. Aristóteles prosiguió, temiendo que en cualquier momento estallara contra él—. He estado en contacto con algunos de mis conocidos en Atenas; me han buscado una residencia adecuada para trasladarme con mi familia y me han ofrecido un terreno para que funde mi escuela cerca del gimnasio del Liceo. Según parece, muchos atenienses están deseosos de asistir a mis lecciones. Además, también acudirían a mi escuela varios de los filósofos que conocí cuando estudiaba en la Academia con Platón.

Alejandro se quedó en silencio mientras su peto de cuero labrado subía y bajaba al ritmo de su respiración pesada. Apartó la mirada de su maestro y la dejó perdida entre las lámparas apagadas y los triclinios vacíos del salón.

—Atenas... —Poco a poco su atención regresó a Aristóteles—. La grandiosa y voluble Atenas. —Asintió con aire comprensivo—. Imaginaba que no querrías venir a Persia, pero tenía curiosidad por saber qué me responderías. Me alegra que hayas decidido ir a Atenas. Sé que allí tienes muchos amigos..., aunque tus enemigos también serán numerosos. Mi nombre te protegerá, y sé que también lo harán los dioses porque ellos te aman tanto como yo, pero no olvides que ni siquiera la mejor coraza es infalible.

—Lo tendré en cuenta y me mantendré vigilante. —Aristóteles inclinó la cabeza dando gracias a los dioses. Era consciente de que su sueño de fundar una escuela de filosofía en Atenas entrañaba grandes peligros, pero era la mayor aspiración de su vida y acababa de desaparecer el último obstáculo. Dentro de poco estaría dando conferencias, debatiendo con los mejores filósofos y dirigiendo los innumerables proyectos que bullían en su mente. También se reencontraría con viejos conocidos de su etapa en la Academia de Platón, como la ateniense Altea, la mujer más inteligente que había conocido, que ya debía de ser una bella anciana de ojos plateados.

De pronto Alejandro lo sorprendió atrayéndolo hacia sí y envolviéndolo en un abrazo.

—A mi padre Filipo y a ti os debo todo lo que soy —susurró con la voz cargada de emoción—. Siempre te estaré agradecido.

Aristóteles le devolvió el abrazo. El rey se apartó al cabo de un momento y se encaminó hacia la puerta, pero antes de irse le dirigió de nuevo su sonrisa luminosa.

—Yo voy a conquistar Persia y tú Atenas. A ambos se nos ha designado un destino propio de los dioses. —La sonrisa se acentuó—. Vayamos a cumplir con él.

Aristóteles

El inmenso prestigio de Aristóteles, junto a la convicción de que su intelecto era superior al de cualquier otro hombre, hicieron que durante más de dos mil años muchas de sus ideas determinaran la historia del conocimiento occidental. Tenía una mente enciclopédica y un punto de vista a menudo más propio de un científico que de un filósofo de su época. Con ese enfoque innovador escribió sobre una sorprendente variedad de temas: física, biología, astronomía, metafísica, lógica, ética, política...

Nació en el 384 a. C. en Estagira, ciudad griega de la península Calcídica. Siendo adolescente se trasladó a Atenas y durante dos décadas fue discípulo de Platón, quien a su vez había sido discípulo de Sócrates. A estos tres grandes pensadores, unidos por relaciones de alumno y maestro, se los considera los mayores filósofos de toda la Antigüedad.

Aristóteles abandonó Atenas a la muerte de Platón en el 347 a. C. Al cabo de un tiempo, su gran reputación hizo que el rey Filipo de Macedonia le pidiese que acudiera a su corte, donde ejerció de maestro y mentor del hijo del rey, un joven adolescente que con los años sería conocido como Alejandro Magno.

Cuando Alejandro heredó el trono en el 336 a. C., a la edad de veinte años, aplastó las rebeliones que se produjeron a lo largo y ancho del mundo griego, hizo que lo nombraran hegemón —líder supremo— y se dirigió a Persia iniciando el camino que lo convertiría a una velocidad asombrosa en el mayor conquistador del mundo.

En el 335 a. C. Aristóteles regresó a Atenas y fundó el Liceo, que rápidamente se convirtió en una de las instituciones educativas más influyentes de su época, y a la postre de toda la historia. Atenas estaba entonces bajo el yugo del reino de Macedonia, y Aristóteles, además de ser un filósofo portentoso, tenía fuertes vínculos con los macedonios y era el maestro del rey Alejandro. La suma de estas circunstancias hacía que muchos atenienses lo admiraran, pero también que otros muchos desearan su muerte.

Cuando había transcurrido poco más de una década desde que fundara el Liceo, una serie de acontecimientos hizo que la balanza se inclinara definitivamente en contra de Aristóteles.

Enciclopedia Universal, Socram Ofisis, 1931

Capítulo 1

Atenas, agosto de 324 a. C.

«¿Qué ocurre...?»

Aristóteles se detuvo en el ágora de Atenas experimentando una profunda inquietud. La docena de discípulos que lo acompañaba se mantuvo junto a él en silencio. Levantó la mirada y observó el entorno: el cielo estaba despejado y el sol del atardecer hacía relucir con tono cobrizo los templos de mármol que coronaban la Acrópolis. No había signos de que fuera a producirse una tormenta, pero sentía el aire cargado con el olor metálico que precede a las grandes tempestades y una impresión de peligro le erizaba el vello de la nuca.

Sus cejas grises descendieron al entornar los ojos para examinar el tramo de la vía Panatenaica que llevaba del ágora a la Acrópolis. Estaba menos concurrida de lo habitual, pero aquello no era extraño porque muchos hombres habían acudido a Olimpia, donde se estaban celebrando los Juegos dedicados a Zeus.

Teofrasto, su discípulo más destacado, se acercó a él.

—¿Qué sucede, maestro?

Aristóteles esbozó una sonrisa para quitar importancia, pero la sensación de presagio seguía contrayéndole las entrañas. Reanudó la marcha en dirección a la biblioteca del Liceo, la más nutrida de Atenas, adonde llevaba tres rollos de papiro que acababa de comprar. Algunos de los atenienses con los que se cruzaban lo saludaban con grandes muestras de respeto, mientras que otros le dirigían miradas hoscas.

Un herrero con la túnica por la cintura y el torso empapado de sudor pasó cargado con algunas piezas de metal y murmuró una retahíla de insultos al reconocerlo. Aristóteles había prohibido a sus discípulos que respondieran a las provocaciones y el grupo siguió avanzando en un silencio tenso.

Cuando estuvieron lejos del herrero, Teofrasto volvió a hablar:

—Nos encontramos en una época turbulenta, permíteme insistir en que deberías extremar las precauciones.

Aristóteles asintió pensativo. Teofrasto a veces se preocupaba en exceso por su seguridad, pero en esta ocasión tenía razón. Los ánimos estaban especialmente revueltos a causa de que el tesorero del rey Alejandro, un hombre llamado Hárpalo, había traicionado a su señor y había acudido a Atenas con la intención de que la ciudad se levantara contra Macedonia.

«Nada de eso tiene que ver conmigo —se dijo frunciendo los labios en un gesto obstinado. Hacía más de una década que dirigía el Liceo y a él la política le interesaba como materia de estudio, no como algo en lo que participar—. Sin embargo, no puedo obviar que muchos atenienses lo ven de otro modo.» Por eso hacía que los acompañaran un par de robustos esclavos cuya función era repeler un posible ataque. También mantenía otros dos en su casa como protección para su esposa Herpilis, su hija Pitias y el pequeño Nicómaco.

Llegaron a una calle ancha y pasaron junto a la mansión más grande y ostentosa de Atenas. Su propietario, un comerciante llamado Creonte, no poseía unas dotes oratorias que le permitieran destacar en la Asamblea, pero su enorme fortuna y sus contactos lo convertían en uno de los hombres más influyentes de la ciudad. Aristóteles ralentizó la marcha hasta detenerse y contempló la gruesa puerta de madera y bronce de la mansión. Sabía que el poderoso Creonte se contaba entre sus enemigos.

Del interior le llegó el rumor de música y conversaciones propio de un banquete y la sensación de mal presagio se volvió más intensa.

Creonte dejó la pesada copa de plata en la mesita que había frente a su triclinio. Dirigió la mirada a su esclava predilecta y le hizo un gesto para que le sirviera más vino.

La bella muchacha de piel canela cruzó descalza el suelo de mosaico sosteniendo una jarra. Se detuvo junto al triclinio y se inclinó para servirle. Él le envolvió la pierna con una mano ancha y fuerte y la acarició mientras contemplaba a sus invitados y pensaba con desagrado en Aristóteles.

Se dio cuenta de que la muchacha temblaba y se acercó a ella para hablarle en voz baja:

—Tranquila, ahora no voy a hacerte daño.

La esclava esbozó un asentimiento rápido y Creonte notó que se le erizaba la piel del muslo. Movió la mano, arriba y abajo, y después le dio una palmada para que se alejara.

Bebió un largo trago y volvió a prestar atención a los hombres que lo rodeaban. En su salón de banquetes se encontraban los políticos más influyentes y algunos de los ciudadanos más ricos de Atenas. El aire cálido estaba perfumado con la fragancia del incienso y un par de citaristas tañía sus instrumentos con suavidad; sin embargo, el ambiente se había vuelto cada vez más tenso según corría el vino y discutían sobre un acontecimiento crucial para el destino de la ciudad.

Dejó de nuevo la copa en la mesita y miró al hombre que ocupaba el triclinio que tenía enfrente. Se trataba de Demóstenes, el orador más respetado de la Asamblea, el hombre que dictaba la política de Atenas desde hacía dos décadas. Los labios de Creonte se tensaron mientras lo observaba. Hárpalo, el tesorero de Alejandro, había huido al enterarse de que su rey regresaba vivo de una larga campaña en Oriente, pues temía que lo ejecutara por haberse gastado una parte considerable del tesoro en lujos desmesurados. El tesorero, provisto de un nutrido ejército de mercenarios, había solicitado que Atenas lo acogiera, pero Demóstenes había rechazado la petición.

«Llevábamos años esperando una oportunidad así, y este hijo de perra nos la ha arrebatado.»

Demóstenes ceñía su ralo cabello gris con una corona de hiedra y se había bajado la túnica hasta la cintura, como todos los presentes, pero él sólo bebía agua y era el único que permanecía completamente sobrio. A Creonte lo asqueaba su afectada austeridad tanto como la fealdad de su rostro tosco, que mostraba una expresión más agria de lo habitual mientras recibía un aluvión de críticas. También le repugnaba su cuerpo enjuto, de miembros tan flacos como si pasara hambre. Aunque en ese momento llevaba una túnica lujosa de lino de Amorgos, que resplandecía con el brillo anaranjado de las lámparas de aceite repartidas por el salón, Demóstenes seguía pareciendo un mendigo.

—¡En todo caso podéis acusarme de prudente! —Demóstenes se irguió mientras respondía con la voz crispada a los hombres que lo increpaban con ferocidad—. ¡Pero no podéis acusarme de que mi prioridad sea otra que la libertad de Atenas, como lo ha sido desde que intervine por primera vez en la Asamblea! —Apoyó una mano nervuda en el borde labrado del triclinio y miró a uno y otro lado—. Todos deseábamos que el rey Alejandro muriese en las lejanas regiones de Oriente, pero ha regresado y ahora su imperio es más extenso y poderoso que nunca...

—¡Lo que es más grande que nunca es tu cobardía! —lo interrumpió Hipérides, un hombre algunos años mayor que era su principal adversario en la lucha por controlar la Asamblea de Atenas.

—¡No te atrevas a llamarme cobarde! —gritó Demóstenes.

—Por supuesto que me atrevo, porque la cobardía es tu defecto, no el mío.

Creonte esbozó una sonrisa dura al oír aquella réplica.

«Hipérides está poniendo el foco en su principal punto débil», se dijo satisfecho. Todos sabían que Demóstenes se había dejado llevar por el miedo durante una batalla y había escapado corriendo.

Un par de esclavas cruzaron el salón para rellenar algunas copas mientras los hombres recibían cada vez más exaltados las intervenciones de los dos políticos más importantes de Atenas.

—¡Los dioses han tratado de ayudarnos y tú has actuado en contra de sus designios! —Hipérides recibió un clamor favorable de sus seguidores y otro cargado de ira de los de su rival—. Pues ¿quién, sino los dioses, podría haber hecho que acudiera a nuestra ciudad el mismísimo tesorero de Alejandro, para ponerse a nuestra disposición con un ejército de seis mil mercenarios y una inmensa fortuna en oro y plata?

Creonte se unió a los gritos mientras Demóstenes replicaba con el mismo ardor:

—¡Sabéis perfectamente que no hay lugar del mundo en

el que Hárpalo pueda esconderse de la venganza de Alejandro, y que ésta se extenderá a cualquier ciudad que trate de ayudarlo! ¡Hice todo lo posible para que Hárpalo y su ejército de mercenarios no entraran en Atenas porque lo contrario habría equivalido a declararle la guerra a Alejandro!

Hipérides lo señaló con un dedo acusador.

—¡Alejandro se cree un dios, pero sólo es un hombre, por mucho que tú lo adores!

Los partidarios de ambos vociferaron de tal modo que Demóstenes tuvo que guardar silencio. Aprovechó para tratar de calmarse; las grandes decisiones se tomaban por mayoría en la Asamblea de Atenas, pero también sabía que aquellas reuniones en la mansión de Creonte, el más acaudalado de los atenienses, podían ser decisivas para inclinar la balanza del poder en uno u otro sentido.

—Alejandro es un hombre... —Alzó las manos para que le permitieran hablar—. Alejandro es un hombre, sí, pero más nos vale no olvidar que cuando la poderosa Tebas se rebeló contra él, arrasó la ciudad hasta que no quedaron ni los cimientos. —Ignoró las voces en su contra y continuó—: Ni que cuando después se fue a conquistar Asia, los espartanos creyeron que podrían aprovechar para rebelarse, como creéis vosotros ahora, pero el general Antípatro, el mismo macedonio que sigue gobernando Grecia en ausencia de Alejandro, les hizo pagar por ello de tal modo que ahora la gran Esparta no es más que una insignificante sombra de lo que fue. Alejandro no es un dios, pero ha aplastado muchas de las ciudades más poderosas de Grecia utilizando sólo una pequeña parte del poder que tiene ahora, que es dueño de un imperio de dimensiones que ni siquiera podemos concebir.

—Maldito cobarde... —masculló Creonte.

Sabía que él no era un buen orador y bebió de golpe el resto de su vino para tragarse la rabia mientras dejaba que Hipérides replicara. Al no permitir que Atenas acogiera a Hárpalo, Demóstenes había arruinado una ocasión extraordinaria para tratar de sacudirse el yugo de Macedonia. Los seis mil mercenarios del tesorero ya constituían una fuerza considerable, pero con los cinco mil talentos en oro y plata que había sustraído del tesoro de Alejandro habrían podido reclutar un ejército mucho mayor y construir una gran flota.[1] Por otra parte, la presencia de Hárpalo habría servido para convencer de que se unieran a la rebelión otras ciudades griegas, e incluso algunas provincias persas que estaban deseando librarse de Alejandro.

Dejó la copa en la mesita golpeando un cuenco con uvas y trozos de queso que cayó al suelo. La joven esclava de piel canela apareció al momento junto a su triclinio, se arrodilló y se apresuró a recoger la comida desperdigada por las teselas del mosaico. La túnica corta se le abría en esa posición y Creonte contempló el cuerpo de la muchacha. En contraste con la flacidez de su esposa, la tersura de aquella carne le provocó un ramalazo de deseo.

Detuvo la mirada en su boca de labios gruesos, ligeramente abiertos en una expresión atemorizada.

«Esta noche volveré a disfrutar de ella», decidió.

La esclava terminó de limpiar, le rellenó la copa y él siguió bebiendo con un humor cada vez más sombrío. Los ataques de Hipérides debilitaban la posición de Demóstenes, pero sólo un acontecimiento excepcional podría lograr que la mayoría de la Asamblea se atreviera a enfrentarse a Alejandro. Después de que rechazaran a Hárpalo, éste se había ido con sus riquezas y sus mercenarios al cabo Ténaro, en el Peloponeso, donde aguardaba a que alguna ciudad lo acogiera. Aunque se hallaba a pocos días de navegación, con la Asamblea en contra era como si estuviese al otro lado del mundo.

«Una oportunidad como ésta no volverá a presentarse, hay que encontrar el modo de convencer a la Asamblea.»

El debate fue perdiendo intensidad poco a poco. Creonte se dio cuenta de que esa noche no avanzarían con lo de Hárpalo, pero no se resignaba a no actuar contra Macedonia. Se apoyó en un codo y se incorporó en el triclinio alzando la copa.

1. Los datos sobre el número de mercenarios y la cuantía del tesoro robado por Hárpalo a Alejandro, así como la postura que tomó Atenas, están recogidos tal como los relatan Diodoro de Sicilia (*Biblioteca Histórica*), Quinto Curcio Rufo (*Historia de Alejandro Magno*) y el propio Hipérides (*Discurso contra Demóstenes*).

—Amigos... —Esperó un momento a que el salón quedara en silencio—. Parece que esta noche el invasor Alejandro y su general Antípatro no van a sentir la ira de Atenas. —Lo dijo sonriendo y algunos de los más borrachos rieron, pero la mayoría quedó expectante—. En cualquier caso, doy por hecho que todos los aquí presentes desearíamos ver sus cabezas clavadas en lo alto de una pica, ¿no es así? —Se volvió hacia unos y otros con la copa todavía levantada y la sonrisa tensando sus labios. Demóstenes y sus partidarios se apresuraron a asentir antes que nadie—. Por desgracia, acabar con sus vidas no está en nuestras manos en este momento..., pero sí tenemos a nuestro alcance a alguien que es tan responsable de los actos de Alejandro y Antípatro como ellos mismos.

—Te refieres a Aristóteles —dijo Hipérides.

—Por supuesto, hablo de Aristóteles. —Creonte pronunció su nombre con asco—. El macedonio[2] que fue maestro de Alejandro, que dio forma a su mente, a sus ideas, a sus planes. El amigo de Alejandro y de Antípatro que reside entre nosotros y les escribe cartas para contarles todo lo que ve y oye en Atenas.

Varios hombres asintieron mostrando su acuerdo, pero el primero que habló fue Demóstenes.

—Aristóteles sólo es un filósofo —repuso, incómodo pero decidido—. De hecho, es el mejor filósofo de nuestro tiempo. Y aunque tenga vínculos con los macedonios, el enorme prestigio de su escuela beneficia a Atenas, no a Macedonia.

Creonte le dirigió una mirada gélida. Sabía que Demóstenes había asistido en su juventud a algunas clases de Platón, el maestro de Aristóteles. Él no entendía de filosofía, pero Platón era ateniense y su recuerdo se veneraba en Atenas como si hubiera sido un dios. A veces oía a alguien decir que Aristóteles había superado a su maestro y le hervía la sangre. Que un

2. Estagira no pertenecía a Macedonia en el momento del nacimiento de Aristóteles. No obstante, Creonte se refiere a él despectivamente como «macedonio» por su profunda relación con la monarquía macedonia. Aristóteles no sólo fue el maestro de Alejandro, también vivió parte de su infancia en la capital de Macedonia porque su padre era médico oficial de la corte real.

ateniense tan relevante como Demóstenes lo defendiera le resultaba aún más intolerable.

—Aristóteles es un filósofo —convino—. Y en Atenas hay macedonios que son zapateros, curtidores, pescaderos... ¡Pero ninguno de ellos ha sido el tutor de Alejandro ni mantiene correspondencia con el general Antípatro! —Su grito fue respondido con furiosas exclamaciones en contra de Aristóteles por parte de la mayoría de los hombres. Prosiguió mirándolos uno a uno—: La presencia de Aristóteles en Atenas no es sólo una humillación, sino también un peligro por tener entre nosotros a un espía en quien muchos atenienses poderosos confían ciegamente. ¡Y al mismo tiempo es una oportunidad de vengarnos de Antípatro y Alejandro matando a uno de sus allegados más cercanos!

Se alzaron nuevas voces a favor, pero esta vez menos numerosas y más débiles. Creonte agarró con fuerza la copa y sintió ganas de lanzársela a aquellos malditos cobardes.

Se volvió hacia Hipérides buscando su apoyo y el orador le sostuvo la mirada con los labios apretados bajo la barba grisácea. Finalmente intervino con un tono conciliador que a Creonte le resultó exasperante:

—A pesar de la opinión de Demóstenes, es innegable que la mayoría estamos de acuerdo en que la presencia de Aristóteles es humillante. Y en que nos gustaría vengarnos de Alejandro acabando con su maestro. Sin embargo, Alejandro no permitiría que un ataque tan personal quedara impune. La propia supervivencia de Atenas estaría en peligro. Creo que lo de Aristóteles debe esperar a que se den las condiciones para levantarnos contra Macedonia.

Hubo algunas protestas, pero predominaron las manifestaciones a favor de esperar. Creonte contempló a los hombres que ocupaban los triclinios de su salón de banquetes, asintió como si estuviera de acuerdo y se recostó en los cojines con la garganta atenazada por la rabia. Apuró el contenido de su copa y la levantó hacia la esclava, que ya se encontraba junto a él con una jarra de vino.

Su irritación aumentó al notar el alivio en la voz de los hombres que tenía a su derecha. Preferían la deshonra de que Aristóteles viviera en Atenas antes que arriesgarse a provocar la ira de Alejandro. Giró la cabeza hacia Demóstenes; al hacerlo, desplazó el brazo con el que sujetaba la copa y el vino que estaba sirviendo la esclava se vertió en su tripa.

—¡Maldita seas! —Se incorporó con rapidez y el contenido de la copa cayó también sobre él. El líquido se deslizó por debajo de su túnica, empapándole los muslos y los genitales.

—Lo... Lo siento... —La joven había retrocedido un paso y lo miraba aterrada.

Creonte oyó una risa contenida, se dio cuenta de que varios hombres lo estaban mirando y reprimió el impulso de golpear a la esclava.

—Vete.

La muchacha abandonó el salón y otra esclava se acercó con unos paños para secarlo. Él dejó que lo hiciera y se obligó a bromear con algunos de sus invitados sobre lo que había ocurrido. Pasado un rato, consiguió que lo dejaran en paz y se sumió en un silencio taciturno.

En el salón se mantenían varias conversaciones cruzadas, la mayoría de ellas todavía centradas en Aristóteles. Algunos hombres hablaban de cómo acabar con él, pero parecía que lo hacían con temor, como si el rey Alejandro pudiera escucharlos desde Persia.

El ánimo de Creonte se oscureció aún más cuando distinguió algunos retazos de lo que decía en voz baja uno de los hombres que hablaba con Demóstenes.

—... mente sobrehumana... sólo él puede abarcarlo y comprenderlo todo...

Notó que el corazón le golpeaba en el pecho con tanta fuerza que le costaba respirar. Aquel hombre, perteneciente a una de las principales familias de Atenas, no se refería a Aristóteles como si fuese un enemigo, sino como si se tratara del mismísimo Zeus. Se puso de pie con brusquedad, farfulló que tenía que orinar y abandonó el salón.

Fue directamente a la cocina, donde suponía que estaría la joven esclava que le había tirado el vino. La encontró de pie junto al hogar, con un cuenco de madera entre las manos que se le cayó al verlo detenido en el umbral.

Creonte aguardó en silencio mientras otras dos esclavas se

apresuraban a salir. Sabían que su amo estaba encaprichado con esa muchacha.

Cuando se quedaron solos, Creonte comenzó a andar hacia ella.

La joven retrocedió un paso y se detuvo, sin atreverse a alejarse más.

—Mi señor... —su voz estaba entreverada de llanto—, siento..., siento haber sido tan torpe. —Su amo continuaba acercándose despacio. Mantenía en los labios una sonrisa tranquilizadora, pero los ojos clavados en ella parecían estar ardiendo.

La esclava se llevó una mano temblorosa al hombro y retiró la túnica. La prenda se deslizó a lo largo de su cuerpo esbelto mientras Creonte avanzaba sin variar la expresión. De pronto, echó un brazo hacia atrás y descargó un puñetazo brutal contra su rostro.

La nariz de la esclava se rompió con un crujido y un relámpago de dolor le atravesó el cráneo. Cayó de espaldas y se quedó encogida en el suelo con las manos apretándose la cara. Creonte la contempló con la respiración jadeante antes de arrodillarse junto a ella.

—Déjame ver.

Tuvo que hacer fuerza para apartar las manos de la muchacha, que emitía gemidos agudos y mantenía los ojos cerrados. La sangre le había empapado la mitad inferior del rostro.

—Vaya... —Creonte chasqueó los labios disgustado. La nariz recta y elegante de la esclava estaba ahora tan aplastada que resultaba grotesco. Le sujetó ambas muñecas con una mano y con la otra intentó recolocarle el hueso. La muchacha chilló y se revolvió, poniéndoselo tan difícil que tuvo que contener las ganas de golpearla otra vez.

Al cabo de un rato desistió. El hueso estaba destrozado y la nariz seguía deformada.

—Te has quedado muy fea —dijo con una mueca de desagrado. Se puso de pie y miró alrededor buscando algo con lo que limpiarse. Cogió un paño de una mesa y salió de la cocina dejando a la esclava retorciéndose en el suelo.

Avanzó por la penumbra del pasillo en dirección al salón y le llegaron las voces de sus invitados. Su expresión se crispó de nuevo al pensar en el maestro del rey Alejandro, el maldito Aristóteles. La presencia del filósofo en Atenas era una afrenta constante a la que no podían resignarse.

Se detuvo junto a una antorcha clavada en la pared, alzó la mano y advirtió que todavía tenía restos de la sangre de la esclava. Cerró el puño con fuerza y el odio deformó su semblante mientras recorría con la mirada las manchas rojas que cubrían su piel.

«Juro por Zeus y por todos los dioses que Atenas se cobrará algún día la vida de Aristóteles.»

Capítulo 2

Olimpia, agosto de 324 a. C.

«¡Por Heracles, tengo que vencer a un gigante!»

Prometeo trató de mantener el rostro inexpresivo mientras observaba a su adversario, con quien estaba a punto de combatir en la semifinal de lucha de los Juegos Olímpicos. Él era más alto que cualquier otro ateniense, pero el hombre al que iba a enfrentarse, un coloso de la ciudad de Argos llamado Erimante, le sacaba casi una cabeza.

«Ojalá estuviera conmigo Aristóteles...»

Bajó la mirada, cerró los ojos y evocó el rostro de su amigo y mentor. Poco a poco recobró la serenidad de ánimo que necesitaba para luchar contra aquel gigante.

La semifinal iba a celebrarse en un círculo de tierra batida situado en el centro del estadio de Olimpia. Los graderíos eran dos largos túmulos ubicados a cada lado de la pista que en aquel momento estaban abarrotados con cincuenta mil hombres. El juez de la competición, ataviado con una túnica púrpura y una corona de laurel, levantó solemnemente una vara con un extremo en forma de horquilla. Varios trompeteros hicieron sonar sus instrumentos y una nota metálica, aguda y prolongada, acalló el bullicio que llenaba el estadio.

Un heraldo se situó junto al juez y proclamó con voz potente el nombre de los combatientes, lo que arrancó aclamaciones de los partidarios de cada uno. Prometeo experimentó una sensación de vértigo mientras contemplaba aquella inmensa multitud, siete veces más numerosa que la que solía reunirse en la Asamblea de Atenas.

El heraldo prosiguió realizando la pregunta ritual:

—¿Hay entre vosotros alguno que pueda reprochar a estos

atletas un nacimiento impuro, no ser de condición libre, haber sufrido penas infamantes o tener costumbres indignas?

Escrutó a los espectadores mientras Prometeo y Erimante se mantenían cada uno en un extremo del círculo de tierra. Sus imponentes cuerpos, desnudos y recubiertos de aceite, brillaban bajo el sol de la tarde.

Nadie alzó la voz en los graderíos y el heraldo le hizo una seña al juez, que señaló con la vara a ambos contendientes.

—Ocupad vuestras posiciones.

Prometeo inspiró profundamente y entró en el círculo de tierra. En la competición de lucha se vencía cuando se derribaba tres veces al oponente logrando que tocara el suelo con la espalda o que saliera del círculo. Se agachó frente al coloso de Argos sin apartar la mirada de su rostro. Él había heredado de su madre Altea y de su abuelo Perseo un color de ojos muy inusual, tan claro y brillante como la plata recién bruñida. A algunos rivales eso los ponía nerviosos, pero no parecía ser el caso de Erimante.

—¡Luchad!

Erimante se le echó encima para hacer valer su mayor peso y él atacó a su vez para aprovechar su fuerza, que solía sorprender a sus adversarios. Aferró las manos del luchador de Argos y lo empujó con un hombro tratando de desequilibrarlo, pero la gran envergadura de su rival le permitió mantenerse en pie. Él reaccionó de inmediato dando un paso atrás, previendo que Erimante volvería a abalanzarse, y se impulsó con todas sus fuerzas a la vez que lo obligaba a bajar las manos. Erimante retrocedió para cambiar el apoyo y él continuó empujando, metió una pierna entre las de su adversario e hizo que cayera.

—¡Asalto para Prometeo de Atenas! —declaró el juez al tiempo que levantaba la vara hacia él.

Regresó a su posición inicial y cerró los ojos para concentrarse. Había dedicado toda su vida a entrenarse para ser un gran campeón de lucha. Al principio su madre había querido que aprendiera el oficio de ceramista, siguiendo la tradición familiar, pero ya no era como unas generaciones atrás, cuando un hombre podía desarrollar cualquier oficio y luego presentarse a las grandes competiciones con posibilidades de éxito. Ahora los atletas debían dedicarse a tiempo completo a entrenarse, igual que lo hacían sus rivales, o no tenían ninguna posibilidad de victoria.

Abrió los ojos y se colocó de nuevo frente al coloso de Argos.

«Dos asaltos más, Zeus poderoso. Ayúdame a lograrlo esta vez.»

Su padre había muerto cuando él era muy joven y su madre se había ocupado del horno de cerámica con un par de ayudantes para apoyarlo en su carrera de luchador. Con sus aptitudes creían que el éxito llegaría antes, pero ya tenía treinta y dos años y aún no había logrado colocarse entre los grandes luchadores que podían vivir desahogadamente de su profesión. Además, su madre ya era una anciana y el horno estaba apagado la mayor parte del tiempo, pues las cerámicas de valor que siempre habían producido habían pasado de moda frente a las piezas sencillas y baratas o la vajilla metálica.

—¡Luchad!

Se lanzó hacia Erimante para no dejar que cogiera inercia. Trató de agarrarle las manos, pero el coloso de Argos consiguió liberar un brazo soltando un gruñido de rabia e intentó envolverle el torso para voltearlo. Él se zafó con un movimiento brusco, se dejó caer al suelo y en cuclillas abrazó la cadera de Erimante. Se impulsó levantándolo en vilo e hizo que cayera de espaldas.

—¡Asalto para Prometeo de Atenas!

Había sido una victoria muy rápida y tuvo que hacer un esfuerzo para contener la euforia que comenzaba a bullir en su interior.

—¡Victoria sagrada! —gritaron desde la multitud. Si un luchador vencía por tres asaltos a cero, el triunfo se denominaba «victoria sagrada» y conllevaba un honor adicional, además de suponer una ofrenda de mayor valor a la divinidad a la que estuvieran consagrados los Juegos, que en Olimpia se trataba de Zeus.

Erimante pidió permiso al juez para hablar con su entrenador y se alejó unos pasos.

—¡Prometeo! ¡Prometeo! —empezaron a corear desde el público.

Prometeo se mantuvo concentrado, sin reaccionar a aquellas aclamaciones, hasta que unos gritos provenientes del sector ateniense le arrancaron una sonrisa:

—¡Perseo! ¡Perseo! ¡Perseo!

Su abuelo Perseo había ganado hacía veintitrés Olimpiadas la prueba más importante de los Juegos: la carrera del estadio. Debido a eso, aquella Olimpiada recibió su nombre y se conocía como la Olimpiada de Perseo de Atenas. Era uno de los mayores honores que podía recibir una ciudad, y el hecho de que Prometeo se dedicara profesionalmente al deporte, y además tuviera los mismos ojos plateados que su abuelo Perseo, hacía que viviese bajo su sombra desde que era un adolescente.

El luchador de Argos seguía hablando con su entrenador mientras el público ateniense coreaba los nombres de Prometeo y Perseo. Sin poder contenerse, Prometeo alzó un brazo con el puño apretado y miles de hombres rugieron enfervorizados.

«¡Por Atenea, puedo conseguirlo!» Aquélla era la ocasión en la que más cerca estaba de cumplir el sueño de emular a su abuelo y convertirse en *olimpiónico*, en vencedor olímpico. Llenó los pulmones con el aire del estadio y se permitió disfrutar por un momento de la embriaguez de aquella exaltación masiva. Hacía tres Olimpiadas, con tan sólo veinte años, Atenas lo escogió para que la representara como luchador en Olimpia; sin embargo, su padre murió justo antes de los Juegos y él decidió quedarse con su madre en Atenas. En esa época incluso pensó en abandonar su proyecto de convertirse en un gran luchador, pero Aristóteles le hizo comprender que aquél era su mayor anhelo y que tenía que luchar con todas sus fuerzas por conseguirlo.

«No estaría aquí si no fuese por Aristóteles.»

Tenían una relación muy estrecha desde que era un niño y su madre y Aristóteles acudían a la Academia de Platón. Tras la muerte de éste, Aristóteles abandonó Atenas durante una larga época, y regresó para fundar el Liceo poco después de que él perdiera a su padre. Entonces no sólo retomaron su vieja amistad, sino que Aristóteles, que por entonces ya era el filósofo más reputado de Grecia, se convirtió para él en una figura paterna.

En la siguiente Olimpiada, con veinticuatro años, acudió por primera vez a Olimpia. Durante las eliminatorias se dejó llevar por un arrebato de ira —Aristóteles afirmaba que ése era su principal punto débil— y discutió en público la decisión de uno de los jueces. Lo expulsaron de inmediato, aquello estaba prohibido hasta el punto de ser una de las normas grabadas en las tablas de bronce que se custodiaban en el Senado de Olimpia, igual que la obligatoriedad de competir desnudos o la prohibición de que las mujeres asistieran a los Juegos.

Cuando regresó a Atenas, Aristóteles lo abrazó sin hacerle ningún reproche. En la conversación que mantuvieron aquel día le ofreció varios consejos para que no volviera a caer en el mismo error.

—Todas estas sugerencias —dijo para concluir— podríamos resumirlas en una sabia lección que procede del mismo Pitágoras: *Ten siempre fuego en el corazón y hielo en la mente.* —Aristóteles mantuvo clavados en él sus ojos castaños—. Son unas palabras especialmente adecuadas para ti, mi querido Prometeo, que nunca deberías olvidar.

Cuatro años más tarde, cuando ya tenía el equipaje preparado para viajar a Olimpia, se lesionó una rodilla durante un entrenamiento y tuvo que quedarse en Atenas. Parecía que algún dios estaba empeñado en que no siguiera el destino glorioso de su abuelo Perseo, pero continuó perseverando y ahora, con treinta y dos años, tenía finalmente su oportunidad.

Todavía con el puño en alto, le pareció escuchar de nuevo las palabras de Aristóteles.

«Fuego en el corazón y hielo en la mente.»

Bajó el brazo, un tanto abochornado, y ocupó su lugar en el círculo de tierra batida. Poco después el luchador de Argos se apartó de su entrenador y se dirigió a su posición. El juez levantó la vara y los miró a ambos mientras el estadio se sumía en un silencio tenso.

—¡Luchad!

Prometeo suponía que Erimante cambiaría de táctica y aguardó su ataque. El coloso se acercó despacio, con una expresión concentrada, y de pronto se lanzó hacia él con el cuerpo inclinado para bajar el centro de gravedad. Evitó que Prometeo lo agarrara y acabaron apoyados el uno en el otro, cada uno con un brazo envolviendo el torso del contrario. Erimante estaba bien entrenado y lanzó varios ataques rápidos hacia ambos lados, tratando de desequilibrar a Prometeo, de agarrarle las piernas o de hacerlo tropezar con una de las suyas. Prometeo respondió con la misma rapidez, ejecutando las técnicas que contrarrestaban las de su adversario a la vez que buscaba el momento de tomar la iniciativa. El luchador de Argos prosiguió sus ataques incesantes, cargando su peso contra él, y Prometeo decidió oponer una mayor resistencia para fatigarlo y que perdiera velocidad. El aceite y el sudor volvían sus cuerpos resbaladizos y era necesario un enorme esfuerzo para mantener los agarres y no ceder la posición.

«¡Ahora!»

Se opuso al movimiento que estaba ejecutando Erimante apuntalándose en ambas piernas con todas sus fuerzas. Su adversario siguió apretando y el combate se convirtió en una lucha de voluntad y disciplina mental. El primero que flaqueara le daría al otro la iniciativa.

Prometeo incrementó la presión y notó que Erimante se acercaba a su límite...

«¡No!»

Un pinchazo agudo le había traspasado la rodilla derecha, igual que cuando se lesionó por primera vez en Atenas. Continuó aguantando sin lanzar el ataque que había pensado. El dolor se volvía más intenso a cada instante, pero a la vez se daba cuenta de que Erimante se estaba quedando sin fuerzas. Si atacaba ahora, su rival reaccionaría con más lentitud, lo vencería con facilidad...

«... a menos que el impulso me rompa la rodilla.»

El coloso de Argos, creyéndose perdido, lanzó un ataque desesperado para tratar de hacerlo girar y voltearlo. Prometeo lo habría evitado en otras circunstancias con un rápido cambio de apoyo, pero decidió simular que lo había sorprendido y dejó que lo hiciera caer de espaldas.

—¡Asalto para Erimante de Argos!

Prometeo fingió que se había hecho daño en el hombro y se levantó despacio, intentando evaluar el estado de su rodilla sin que su rival se percatara. Apenas notaba dolor, no parecía tener ninguna lesión de importancia. Caminó hasta su posición de inicio en el círculo de tierra, percibiendo una ligera molestia cuando apoyaba el peso en la pierna pero sin tener que cojear. Su entrenador, un antiguo luchador ateniense llamado Cabrias, lo estaba mirando y él le hizo un gesto de que todo iba bien. Después se dio la vuelta y se masajeó el hombro que fingía haberse dañado mientras se devanaba los sesos en busca de una táctica adecuada.

El juez alzó la vara cuando ambos habían ocupado su posición y volvió a bajarla.

—¡Luchad!

Prometeo corrió hacia el coloso, lo empujó con fuerza para desequilibrarlo y lanzó un ataque tras otro, cambiando los agarres y haciéndolo girar sin cesar. La primera vez que se lesionó la rodilla aprendió a no cargar todo el impulso en la pierna flexionada y eso era lo que trataba de evitar ahora. Erimante no era tan rápido como él y pasó poco tiempo antes de que le ofreciera una oportunidad de derribarlo, pero hubiera tenido que forzar la rodilla y no se decidió. Ese instante de titubeo lo aprovechó su rival, que tomó la iniciativa y arremetió para obtener ventaja de su mayor peso. No fue lo bastante rápido y él se agachó ligeramente, utilizó el impulso del coloso para hacerlo girar sobre su propio cuerpo y lo arrojó contra el suelo.

—¡Asalto y victoria para Prometeo de Atenas!

Una bruma de felicidad aturdida lo envolvió mientras regresaba a su posición. El juez lo señaló con la vara y los trompeteros lanzaron unas notas vibrantes que le sonaron a gloria. El público ateniense parecía haber enloquecido y sus gritos de júbilo se imponían al clamor del resto del estadio. Se inclinó respetuosamente hacia su adversario, después hacia el juez, y cruzó el estadio en dirección a sus compatriotas acompañado por su entrenador.

—¡Has vencido al rival más difícil! —Cabrias estaba eufórico como él, aunque luego se acercó un poco más para hablarle en voz baja y en su tono apareció una sombra de preocupación—. En el último asalto has gestionado muy bien el problema con tu rodilla, pero tengo que examinártela cuanto antes.

Prometeo asintió mientras contemplaba con sus ojos de

plata humedecidos a los miles de atenienses que lo aclamaban. Sólo quería disfrutar de la sensación estremecedora de estar a un paso de cumplir el gran anhelo de su vida y ponerse a la altura de su abuelo Perseo, el hombre que había llevado a Atenas la gloria olímpica.

Lo último en lo que quería pensar era que tendría que disputar la final con la rodilla lesionada.

Capítulo 3

Esparta, agosto de 324 a. C.

«Diosa Ártemis, líbrame de este matrimonio...»

Penélope cerró los ojos y apoyó la frente en la figurilla de plomo que representaba a Ártemis Ortia, la principal divinidad para las espartanas. El día anterior le habían comunicado que un general llamado Doriso había solicitado convertirla en su segunda esposa, y que su petición había sido autorizada. Se suponía que aquello era un gran honor, porque además se trataba de uno de los treinta espartanos mayores de sesenta años que pertenecían al Consejo de Ancianos; sin embargo, Doriso era un hombre de carácter bronco al que apenas le quedaban algunos dientes ennegrecidos, y cuya fama de lascivo se había ido incrementando a la par que su edad.

Dejó sobre la mesa de la cocina la figura de Ártemis, que mostraba a la diosa con una túnica estampada y largas alas desplegadas, y se quedó pensativa con una mirada dura en sus ojos plateados. Al cabo de un momento, tomó un pequeño cuchillo que usaba para tallar y con la punta repasó el estampado en zigzag trazado en el plomo. Mientras retocaba la figura recordó a su primer esposo, con quien apenas había estado casada tres años antes de que la guerra se lo llevara. En aquella ocasión también habían sido las autoridades de Esparta las que habían decidido su matrimonio, como era natural siendo ella una espartana huérfana de padre y madre.

«Al menos él tenía mi edad y no me trataba mal, aunque casi no habláramos.»

En Esparta los hombres y las mujeres llevaban vidas bastante separadas. Con sólo siete años se llevaban a los varones a vivir a barracones comunales y comenzaban la *agogé*, la dura educación que pretendía convertirlos en los mejores soldados del mundo. No abandonaban el ejército hasta los sesenta años, y hasta entonces lo normal era que incluso estando casados durmieran en los barracones militares.

«Doriso tiene más de sesenta y ya no duerme en los barracones —pensó frunciendo el ceño—, repartirá sus noches entre su primera esposa y yo.»

Colocó el cuchillo y la figura de plomo junto a otras dos tallas y observó la luz del amanecer que incidía en la pared de su vieja cocina. Alrededor del hogar descansaban los pocos utensilios de cobre que le quedaban para cocinar. No tenía esclava desde que había muerto su marido, y si ahora tuviera una, le habría costado ganar con sus tallas lo suficiente para alimentarla.

«Pero soy libre», se dijo con una dignidad vehemente. Y además poseía una casa propia, aunque las puertas estuvieran desvencijadas y apenas le quedaran muebles. Una vivienda que la llenaba de orgullo porque en ella había vivido su abuela, la legendaria Deyanira. Y también su padre, Calícrates, un hombre al que todos recordaban en Esparta como un gran guerrero con el temple de los héroes.

Su semblante se relajó un poco al pensar en su padre. No lo había conocido porque había fallecido cuando su madre, Helena, estaba embarazada de ella, pero su madre le había hablado tanto de Calícrates que podía evocarlo de un modo tan vívido como si poseyera recuerdos reales de él.

«Para mi madre también era un héroe, pero ella lo recordaba sobre todo como un hombre cariñoso y bueno.»

Sus rasgos volvieron a crisparse. Sabía que era muy infrecuente que una pareja se casara enamorada, como había sido el caso de sus padres, pero tampoco quería convertirse en la segunda esposa de un viejo repulsivo y lujurioso sólo porque en Esparta faltaran hombres. En los últimos dos siglos, la muerte y la pobreza causadas por las guerras habían reducido de diez mil a menos de un millar el número de ciudadanos espartanos. Ése era el motivo por el que en algunos casos se permitía la poligamia cuando el hombre contaba con los medios suficientes para mantener dos familias.

De pronto se percató de que el recuadro de luz anaranjada que se extendía por la pared casi había llegado al suelo.

«Debo irme ya.»

Cogió la talla más valiosa de las tres, una efigie de Ártemis delicadamente cincelada en marfil, y la metió en un bolsillo interior de su túnica. Salió al patio, tomó un par de jabalinas que había apoyadas contra el muro de piedra y se internó con ellas en las calles irregulares de Esparta.

Pasó junto a la primera casa y le dirigió una mirada sin detenerse. Allí vivía el general Doriso con su primera esposa, una muchacha muy bonita y tímida que le había dado un hijo hacía pocos meses. Conforme se fue alejando, las casas se volvieron más dispersas y enseguida se encontró en una explanada frente al santuario de Ártemis Ortia. Era el más importante de Esparta, aunque su tamaño fuese bastante reducido comparado con los enormes templos de los atenienses.

Se arrodilló frente al altar exterior de piedra, sacó la talla de marfil y la depositó en la base, junto a algunas figuras y pasteles con la forma de Ártemis que habían dejado otras mujeres. Unos siglos atrás se le ofrecían a la diosa sacrificios humanos, pero habían sido sustituidos por azotes que cubrían de sangre el altar, sacrificios de animales y ofrendas como la que estaba haciendo ella.

—Ártemis Ortia —murmuró—, escucha la voz de tu sierva Penélope, tú que llenaste mi vientre de vida, que me concediste el regalo de un hijo maravilloso...

La garganta se le cerró y las lágrimas anegaron sus ojos. Levantó el rostro al cielo e inspiró hondo con los dientes apretados, intentando refrenar el llanto. No quería que su pequeño Teodoro la viera llorar. Lo había tenido poco antes de que su esposo se fuese a la guerra para no volver y había disfrutado de él durante casi seis años, hasta que unas fiebres se lo habían arrebatado el último invierno.

Bajó la cabeza y colocó una mano sobre la efigie de la diosa.

—Ártemis Ortia —repitió con un susurro enronquecido—, cuida de mi pequeño en el reino de los muertos. Que sea tan feliz como lo era en vida... —esbozó una sonrisa al recordar la música de su risa constante—, que siga siéndolo como lo éramos los dos cuando estábamos juntos. —Cerró los ojos y sintió en su piel la suavidad de la de su hijo. Deseó poder abrazarlo, con un anhelo tan intenso que el pecho le dolía.

Abrió de nuevo los ojos y los labios le temblaron al intentar sonreír.

—Diosa Ártemis —rogó—, que no sepa que su madre sufre por él, dile que soy feliz, y que mi mayor deseo es que él también lo sea.

Se incorporó despacio y contempló por última vez las ofrendas depositadas en la base del altar. Recogió las jabalinas del suelo y se alejó del templo con una sensación de vacío.

A su espalda quedaron las últimas casas de Esparta y continuó por la llanura que se extendía al norte de la ciudad. Algunas mujeres habían empezado a congregarse con sus jabalinas junto al río Eurotas, pero ella se desvió en dirección al monte Taigeto. En los primeros repechos había un cementerio delimitado por una hilera de piedras blancas. Allí estaban enterrados sus padres, Helena y Calícrates, y junto a su padre se encontraba la tumba de Deyanira, cerca de un grueso roble. Todas las sepulturas estaban señalizadas por piedras lisas, del tamaño aproximado de una mano abierta, y la mayoría no tenía ninguna inscripción. Tan sólo estaba permitido poner el nombre en el caso de fallecidos en combate, ganadores olímpicos y sacerdotes, así como mujeres que morían durante el parto.

Se arrodilló frente a la tumba de Deyanira. Junto a la lápida había un montoncito de guijarros que contempló con un atisbo de sonrisa. Entre las mujeres espartanas se había convertido en una costumbre depositar una piedrecita en aquella tumba a la vez que se rogaba la intervención de Deyanira en algún asunto, como si fuese una diosa.

Estiró una mano y rozó con los dedos algunas de las piedras.

«Ojalá puedas ayudarlas a todas.»

Su abuela había tenido dos esposos. El primero había sido un hombre bueno y con él había concebido a Calícrates. El segundo había sido un espartano enorme y brutal llamado Aristón, un gigante que la había maltratado durante muchos años. Ella había soportado los maltratos para proteger a su hijo Calícrates, pero un día se había rebelado contra su esposo y lo había acuchillado. Ésa era la principal razón que la había convertido en una leyenda, hasta el punto de que con el tiempo se había desarrollado una especie de culto secreto entre las mujeres. Además, las autoridades de Esparta habían absuelto a Deyanira porque había quedado probado el comportamiento deshonroso de Aristón, otro logro por el que era profundamente admirada. En sus años de anciana, Deyanira se paseaba por Esparta con el aura casi divina que le proporcionaban su historia y su aspecto de criatura mitológica, con su larga cabellera de un gris casi blanco y los ojos de un insólito tono plateado. Por otra parte, mostraba sin ningún reparo la larga cicatriz que le había hecho su brutal esposo al clavarle un cuchillo en el vientre.

«Mi madre vio aquella cicatriz», recordó Penélope. Helena le había contado que de niña había hablado con Deyanira en una ocasión, cuando ésta ya era una anciana. Aunque sólo habían conversado un par de minutos, Helena aseguraba que nadie le había causado nunca una impresión tan profunda.

Pasó una mano sobre la hierba que recubría la tumba de Deyanira.

«También me decía que yo le recordaba mucho a ti.» Su madre afirmaba que tenía los mismos ojos y el carácter grave y reflexivo de su abuela. Lo primero era evidente, pero de lo segundo no estaba nada segura.

En la muñeca izquierda llevaba una pulsera fina de hierro. La rodeó con la otra mano y cerró los ojos para sentirse en contacto con su abuela. Aquella pulsera le había pertenecido a ella. Calícrates se la había entregado a Helena, y al cabo de los años Helena se la había dado a Penélope.

—Deyanira la llevaba desde que se libró de Aristón —le había dicho Helena—. Decía que era un símbolo de que nadie era... —se corrigió—: de que nadie podía ser su dueño.

«Nadie puede ser el dueño de mi mente, abuela Deyanira —Penélope envolvió la pulsera con mayor firmeza—, pero dentro de una semana me van a casar con el general Doriso, un hombre repulsivo al que ninguna mujer quiere acercarse, pero que yo tendré que complacer siempre que él lo desee.»

Sentía la presencia de su abuela y eso la calmaba. Al cabo de un rato, no obstante, no se le había ocurrido ningún modo de evitar el matrimonio con el general y abrió los ojos con un largo suspiro.

«Tengo que irme ya, me están esperando.»

Se despidió de su abuela y de sus padres y descendió la ladera del Taigeto.

Al acercarse al río Eurotas advirtió que ya había llegado la mayoría de las mujeres que iban a participar en la competición de lanzamiento de jabalina. Aunque sólo se trataba de un entrenamiento, se lo tomaban muy en serio; a fin de cuentas, su principal deber como espartanas era mantener sus cuerpos en forma para parir buenos guerreros.

Saludó al tiempo que alzaba sus jabalinas y ellas le respondieron con respeto. No sólo era la nieta de Deyanira; desde hacía varios años vencía en la mayoría de las competiciones deportivas, sobre todo en las de lanzamiento de jabalina.

Se acercó a unas rocas junto a la orilla del río, se quitó la túnica y la dejó al lado de la ropa de sus compañeras. Iba a ser un día caluroso y agradeció la brisa fresca que acariciaba su piel.

Una de las mujeres de su edad le hizo un gesto para que se uniera a su grupo. Comenzó a hacer ejercicios de calentamiento con ellas y se fijó en que las más jóvenes estaban agrupadas alrededor de Timandra, una espartana de apenas veinte años que cada día obtenía marcas más cercanas a las suyas. Timandra no era tan alta como ella, que tenía una talla superior a la de un hombre medio, pero era bastante más robusta. No obstante, aunque ella fuese más esbelta, su resistencia y su fuerza aún conseguían mantener a raya a las jóvenes aventajadas que pretendían destronarla.

Alcestis, una de las más veteranas, señaló a Timandra mientras ejercitaba los hombros.

—La veo más confiada que nunca. —Le dirigió una sonrisa a Penélope—. Parece que piensa que ha llegado el momento de arrebatarte el cetro.

—La confianza es un arma de doble filo —respondió ella devolviéndole la sonrisa. Estaba girando el tronco a ambos lados y le echó un vistazo al grupo de jóvenes—. Y no parece que Timandra haya aprendido todavía a usarla con prudencia.

La joven espartana se dedicaba a enardecer a sus compañeras tensando los gruesos músculos como si fuese un hombre que participara en el certamen de belleza de las fiestas de Apolo Carneo. A Penélope no le agradaba la agresividad de su estilo, aunque aquello estimulaba la competitividad y eso era bueno para que los entrenamientos resultaran más intensos.

Completaron el calentamiento mientras las aguas del Eurotas se deslizaban perezosas y el sol ascendía alejándose de las cumbres del macizo del Parnón. Se había decidido que lanzarían en orden inverso a las marcas que habían obtenido en la última ocasión. De ese modo, Timandra sería la penúltima y Penélope lanzaría en último lugar.

El ambiente era bueno y las participantes fueron arrojando sus jabalinas entre gritos de ánimo, que se volvieron más exaltados según les llegaba el turno a las mejores lanzadoras. Penélope procuró centrarse en la competición y no pensar en el hombre con quien iban a casarla, pero el rostro abotargado de Doriso acudía una y otra vez a su mente.

Cuando le llegó el turno a Timandra, Penélope se acercó un poco más a la línea de lanzamiento.

«Va a superar a las demás», supo en cuanto la jabalina salió despedida. No obstante, Timandra se había centrado en sacar provecho de su gran fuerza y su técnica no había sido perfecta. El arma describió un vuelo parabólico que todas siguieron con la vista y se clavó apenas un pie por delante de la que hasta entonces había sido la mejor marca.

Las más jóvenes jalearon a Timandra, que apretó el puño con gesto serio y se apartó de la línea de tiro. Al pasar junto a Penélope le habló con tono agresivo.

—Sé que ha sido un lanzamiento corto, pero en el siguiente te machacaré.

Penélope le sostuvo la mirada antes de alejarse para coger su jabalina. De ella pendía una fina correa de cuero que enrolló alrededor del asta. Después pasó dos dedos por la lazada final que la remataba. Aquella correa imprimía a las jabalinas un movimiento de rotación que daba estabilidad a su vuelo, y al mismo tiempo producía un efecto de palanca que aumentaba la fuerza del lanzamiento.

Se dio la vuelta y recorrió con la mirada la distancia que la separaba de la línea de tiro: un pasillo de tierra flanqueado de espartanas que se mantenían muy atentas a ella.

«Timandra ha conseguido provocarme», se dijo contrariada. Bajó la mirada, no quería dejarse llevar por el deseo de humillarla. Advirtió que la tensión le marcaba los músculos del vientre y procuró relajarse. Sabía que estaba alterada tanto por la amenaza de un matrimonio indeseable como por haber estado recordando a su hijo muerto.

Oyó los comentarios de algunas mujeres extrañadas por el tiempo que se estaba tomando, y de pronto se alzó el grito estridente de Timandra:

—¡Si quieres, puedes rendirte!

Un par de jóvenes acogieron sus palabras riendo, pero la mayoría recibió con un silencio frío aquella falta de respeto hacia Penélope.

—Bien... —murmuró ella levantando la cabeza. Echó hacia atrás el brazo de la jabalina, curvó un par de veces el cuerpo para estirar los músculos y fijó la vista en el punto al que quería llegar con su lanzamiento. Inició un trote contenido, aceleró en los últimos pasos y arrojó su arma con un movimiento elástico.

La jabalina voló por encima de todas las marcas previas hasta clavarse un paso por delante de la de Timandra.

La joven lanzó un grito y la miró desafiante, sabía que podía superarla. Alcestis se acercó mientras Penélope se retiraba para que comenzara la segunda ronda.

—No lo entiendo, podrías ganar a algunos de los hombres que compiten en Olimpia, pero no has querido lanzar más lejos. ¿No crees que a Timandra le vendría bien una lección?

—Es una mujer irritante, no puedo negártelo. —Penélope sonrió y apoyó una mano en el hombro de su amiga—. Pero ten en cuenta que la competencia estimula a las más jóvenes. —Su sonrisa se acentuó—. Y que no nos estamos jugando la gloria olímpica.

Escogieron una buena posición para observar el desarrollo de la segunda ronda. Penélope notó el calor en la piel de su espalda y se volvió hacia las aguas del Eurotas anhelando el baño que se darían tras la competición.

La primera espartana realizó su segundo lanzamiento. Penélope se fijó en dónde se clavaba la jabalina y su mirada continuó después hacia el noroeste, por encima del monte Taigeto. En aquella dirección se encontraba Olimpia, la ciudad donde en ese momento se estaban celebrando los Juegos en honor a Zeus.

Sus labios apenas se movieron para esbozar un nombre.

—Perseo...

En su rostro apareció una sonrisa al recordar el viejo secreto familiar. Después de que su abuela Deyanira se casara con su segundo esposo, el salvaje Aristón, quedó encinta y dio a luz a un varón. «Un bebé sietemesino que tenía los mismos ojos plateados que he heredado yo de ella.» Para horror de su abuela, Aristón repudió a su hijo, lo que condenaba al pequeño a morir abandonado en el monte Taigeto. Sin embargo, aquel niño acabó finalmente en Atenas y recibió el nombre de Perseo, sin que nadie más que su padre adoptivo supiese que no era ateniense.

La sonrisa de Penélope se hizo más amplia. Su madre le había contado aquella historia cuando ella era una niña de doce años, aunque antes le hizo prometer que mantendría el secreto. También lo habían guardado celosamente Deyanira y Calícrates cuando se enteraron de que Perseo no había muerto y residía en Atenas creyéndose ateniense. En aquel momento, Esparta y Atenas estaban enfrentadas en una larga guerra y habría resultado peligroso para Perseo que se supiera que en realidad sus padres eran espartanos. Ahora hacía décadas que ambas ciudades no estaban en guerra y los principales protagonistas de aquella historia habían muerto...

«Aunque quizás en Atenas quede algún descendiente, igual que sigo yo en Esparta. —Penélope entornó los ojos—. Además, nadie puede olvidar a Perseo, se convirtió en inmortal al ganar la carrera del estadio en los Juegos Olímpicos.» Aquélla se conocía en toda Grecia como la Olimpiada de Perseo de Atenas, pero Penélope siempre pensaba en ella como la Olimpiada de Perseo de Esparta.

Se levantó un poco de viento que agitó su cabellera oscura

mientras mantenía la mirada perdida sobre las cumbres del Taigeto.

«Mi tío Perseo, un espartano, fue quien obtuvo la gloria olímpica. Si se supiera la verdad, los atenienses, que tanto presumen de las glorias de su pasado, serían el hazmerreír de todo el mundo griego.»

Capítulo 4

Olimpia, agosto de 324 a. C.

—¡Prometeo, del linaje de Perseo —proclamó su entrenador con el rostro radiante—, traigo grandes noticias!

Prometeo estaba sentado en los escalones de piedra de la pequeña piscina que se alimentaba con la corriente del río Cladeo. Se puso de pie para acercarse a Cabrias y el agua resbaló por su cuerpo desnudo.

—¡Nuestra delegación ha regresado de consultar el oráculo! —Su entrenador continuaba hablando a grandes voces para que lo oyera la docena de hombres que había allí—. ¡Zeus ha proclamado que eres el mejor luchador de la final!

—¿Cuáles han sido las palabras exactas? —Una sonrisa indecisa brotó en los labios de Prometeo. Los oráculos solían ser ambiguos y a menudo los sacerdotes de cada bando los interpretaban según sus intereses.

—¡El oráculo afirma que eres un digno heredero de Perseo, y también que eres un luchador superior a tus rivales como lo era el mismísimo Heracles frente a los suyos!

A su alrededor se elevaron murmullos de admiración al oír que el oráculo lo había comparado con Heracles, hijo de Zeus y una mortal, y al que ni siquiera los dioses habían podido vencer. Prometeo se quedó desconcertado..., aunque era innegable que en los dos últimos años se había entrenado con mayor intensidad que en toda su vida. Nunca había estado tan en forma, y había vencido con facilidad a todos sus rivales en los dos meses de entrenamientos y eliminatorias que tenían lugar antes de iniciarse los Juegos.

«En la confianza está el peligro.» Le pareció oír la voz serena de Aristóteles repitiendo aquella sentencia del sabio Tales de Mileto. Asintió como si respondiera a Aristóteles. Por muy ha-

lagador que resultara el oráculo, no iba a confiarse, menos aún después del susto que le había dado la rodilla en la semifinal.

Se percató de cómo lo miraba el veterano Cabrias y lo abrazó tratando de mostrar el entusiasmo que los ojos de éste le reclamaban. Aunque no iba a confiarse, en la lucha era importante mostrar confianza para minar la del adversario.

Un esclavo se acercó con una tela para secar su cuerpo, después lo ayudó a ponerse la túnica y salieron de los baños para reunirse con la delegación ateniense. Aquel día, el cuarto de los seis de que constaban los Juegos, estaba consagrado a Zeus y no se celebraba ninguna competición. El evento central de aquella jornada era una ceremonia en la que los sacerdotes del templo de Zeus inmolarían un total de cien bueyes, y a continuación tendría lugar un espléndido banquete multitudinario.

Su entrenador alzó discretamente las cejas cuando se alejaron de los baños y él respondió con un leve asentimiento. «La rodilla está bien.» Desde el combate del día anterior había alternado masajes suaves con inmersiones en agua fresca para evitar la inflamación y no notaba ningún dolor. Esa mañana había estado practicando ejercicios de cierta intensidad sin que le molestara. También había discutido con Cabrias algunas tácticas de combate que le permitiesen derribar a su adversario sin forzar la rodilla.

Estaba pensando de nuevo en el oráculo cuando se internaron en el Altis, el recinto sagrado de Olimpia donde se ubicaban los templos y se llevaban a cabo las principales ofrendas. A su izquierda quedó el Filipeo, un lujoso templo de planta circular que había encargado el rey Filipo. Tenía una base escalonada, una bella cubierta de tejas de mármol y estaba rodeado por dieciocho columnas de orden jónico. En su interior se hallaban las magníficas esculturas de marfil y oro realizadas por Leocares que representaban al rey Alejandro, a sus padres Olimpíade y Filipo, y a los padres de éste. Aquel templo, además de constituir un cenotafio y una suntuosa ofrenda, lo había erigido el rey Filipo para conmemorar la batalla de Queronea, en la que el ejército macedonio había logrado la victoria definitiva sobre las fuerzas griegas comandadas por Atenas y Tebas. De ese modo servía para recordar, en uno de los lugares sagrados más relevantes para los griegos, que todos ellos estaban sometidos a Macedonia.

Al pasar junto al Hereo, el templo dedicado a la diosa Hera, Prometeo se dio cuenta de que muchos hombres se apartaban para cederle el paso. Era algo que solía ocurrirle debido a su corpulencia, pero por el modo en que lo miraban le quedó claro que ya estaba circulando el oráculo que lo comparaba con Heracles.

«Espero que tenga el mismo efecto en mi adversario.»

Dejaron atrás el templo de Hera, rodearon el altar de Zeus y se encontraron con las autoridades y los sacerdotes que formaban la delegación de Atenas. Aunque lo recibieron con manifestaciones de júbilo y felicitaciones por el oráculo, Prometeo advirtió que la alegría de sus semblantes era débil como la llama de una vela.

—¿Qué ocurre? —preguntó Cabrias antes de que lo hiciera él.

—Hay noticias inquietantes. —El sacerdote, de nariz aguileña y ojos oscuros como los de un cuervo, miró alrededor antes de seguir. En el área ceremonial que se extendía frente al altar de Zeus ya se habían congregado algunos miles de personas y se percibía un ambiente tenso—. Hace unos días llegó a Olimpia una embajada del rey Alejandro. Hoy se ha sabido que traen un decreto, escrito por el propio rey, que se va a hacer público después del sacrificio. —El sacerdote apretó los labios y soltó el aire por la nariz—. Desconocemos su contenido exacto, pero se rumorea que afecta a todas las ciudades griegas... y también que puede ser muy perjudicial para Atenas.

Cabrias se puso a elucubrar sobre el contenido del decreto con otros hombres y Prometeo se quedó pensativo. Alejandro acababa de regresar triunfante de los confines del mundo, no era extraño que quisiera que se proclamaran sus extraordinarias conquistas durante los Juegos de Olimpia. A fin de cuentas, allí no sólo se congregaban decenas de miles de peregrinos, sino también las principales personalidades políticas de toda ciudad griega que tuviera un mínimo de relevancia.

«Aunque por lo que ha dicho el sacerdote, no parece que Alejandro quiera hablarnos de sus conquistas.» Aprovechó su altura para mirar por encima de las cabezas de sus acompañantes. Un flujo incesante de gente iba llenando el área ceremonial desde todas las direcciones del Altis. En la creciente multitud había grupos en los que predominaba el ambiente festivo, pero también abundaban los ceños fruncidos y las miradas recelosas.

Una desagradable desazón se apoderó de su ánimo y dirigió la mirada a los templos de la diosa Hera y de su esposo Zeus, que dominaba el santuario gracias a sus mayores dimensiones y majestuosidad.

«Los dioses a menudo se complacen retorciendo el destino de los hombres.»

Era un dicho que había oído varias veces a su pedagogo. Deseó que en aquella ocasión no se cumpliera, y que el decreto del rey Alejandro no cambiara la paz que predominaba entre las ciudades griegas.

Mientras contemplaba el templo de Zeus pensó de nuevo en el oráculo que habían transmitido los sacerdotes del dios. Parecía indicar que al día siguiente obtendría la victoria en la final de lucha y se convertiría en *olimpiónico* como su abuelo Perseo.

«Espero que realmente sea eso lo que vaticina.»

Una gota le golpeó en la mejilla y levantó al cielo sus ojos plateados. El sol brillaba con fuerza, pero unos nubarrones plomizos se estaban colocando poco a poco sobre sus cabezas.

—Parece un mal augurio —murmuró inquieto.

Capítulo 5

Esparta, agosto de 324 a. C.

Penélope continuaba mirando hacia Olimpia, ajena a la competición de lanzamiento de jabalina, cuando la voz de Alcestis la sacó de sus pensamientos:

—Mira hacia la ciudad.

Giró la cabeza y vio un centenar de hoplitas —los soldados de infantería pesada— que había salido de Esparta por el camino del norte para patrullar las fronteras del valle. La competición entre las mujeres se detuvo para contemplarlos mientras pasaban. Los espartanos llevaban pesadas corazas de bronce que relucían al sol, lanzas y espadas recién lustradas y los cuerpos untados de aceite. Su cabellera era más larga que la de los soldados de otras ciudades y se distinguían también por sus inconfundibles capas escarlatas, cuya mera visión en el campo de batalla había hecho temblar a lo largo de los siglos a los ejércitos enemigos.

«Pero ya no es así», se dijo Penélope con una sensación amarga.

Hacía medio siglo, el general tebano Epaminondas los había derrotado de un modo humillante y había hecho que perdieran buena parte de sus aliados y del territorio con el que sustentaban su economía. Tras la muerte de Epaminondas, el rey Filipo convirtió a Macedonia en la potencia hegemónica y unió a todos los griegos en una alianza —la liga de Corinto— que lo nombró líder supremo. Los reyes espartanos fueron los únicos que se negaron a unirse a la liga, declarando que era servidumbre y no paz lo que se les ofrecía. El resultado fue un enfrentamiento militar con Filipo que redujo todavía más el territorio y el número de aliados de Esparta.

«Sólo sobrevivimos porque le interesaba a Filipo», pensó Penélope mientras observaba a los hoplitas que cruzaban a paso vivo, seguidos por esclavos que cargaban con sus escudos y sus yelmos. El rey Filipo había estado a las puertas de Esparta, que no tenía murallas para defenderse, pero dejó que sobrevivieran para que aquellos que todavía temían a los espartanos siguieran viendo en él a un protector al que tenían que mantenerse leales. Un año más tarde, Filipo murió y su hijo Alejandro volvió a unir a los griegos bajo su mando supremo para iniciar la conquista de Persia. De nuevo, las autoridades de Esparta rechazaron esa unión.

«Nuestras tradiciones no nos permiten seguir a otros, sino conducirlos», había sido la respuesta del rey Agis. Penélope esbozó una sonrisa triste al recordar aquella muestra del orgullo de Esparta. Como consecuencia, Alejandro se llevó a Asia hombres de todas las ciudades menos de Esparta, y poco después el rey Agis inició un levantamiento con miles de mercenarios y el apoyo de Darío, el rey persa. Aquella aventura insensata terminó con una enorme batalla terrestre entre Esparta y sus aliados contra las fuerzas del general macedonio Antípatro, el hombre que Alejandro había dejado para mantener el control de las ciudades griegas.

«En aquella batalla murió mi primer marido.»

También había perdido la vida el rey Agis, así como una cuarta parte de los veintidós mil hombres que se enfrentaron a los cuarenta mil soldados macedonios. Además, el general Antípatro tomó como rehenes a cincuenta de los espartanos más distinguidos, asegurándose de ese modo de que Esparta no volvería a levantarse contra Macedonia.

Penélope observó de reojo el semblante serio de Alcestis. Su esposo era uno de los rehenes que permanecían desde hacía seis años en Macedonia. Era un tema del que no solía hablarse, como si rendirse o haber sido capturado en lugar de luchar hasta la muerte fuese una causa de deshonor. Ciertamente eso era lo que marcaba la ley espartana; sin embargo, debido a la larga lista de derrotas que se había iniciado en tiempos del tebano Epaminondas, era una ley que había dejado de aplicarse en muchas ocasiones.

Los soldados se alejaron siguiendo el curso del Eurotas y

las mujeres retomaron la competición. Una tras otra lanzaron sus jabalinas sin que ninguna alcanzara las anteriores marcas de Timandra y Penélope. Cuando le llegó el turno a Timandra, cogió su arma en silencio y Penélope advirtió que estaba mucho más concentrada que antes. Ya no pedía que la jalearan y su rostro permanecía inexpresivo mientras enrollaba cuidadosamente la tira de cuero alrededor del asta. Sus músculos se tensaron cuando echó el brazo hacia atrás con la mirada fija en la línea de lanzamiento. Comenzó a correr, midiendo los pasos con cuidado, y al llegar a la línea arrojó la jabalina con un movimiento explosivo.

«La técnica ha sido perfecta», se dijo Penélope impresionada. Siguió el vuelo del arma, que avanzaba por encima de todas las marcas como si la impulsara el viento. Superó la que había logrado ella anteriormente y continuó hasta clavarse una decena de pasos más allá.

—¡Sí, por Heracles!

Timandra empezó a saltar con los brazos en alto como si hubiera logrado la victoria. Penélope aplaudió para unirse a la felicitación de la mayoría de las mujeres.

—¿Crees que puedes superarla? —le preguntó Alcestis.

Ella hizo un gesto de duda y se dirigió a su posición. Timandra había arrojado la jabalina con todas sus fuerzas y su técnica había sido impecable, lo que no era habitual en ella.

Llegó al punto desde el que iniciaría la carrera, enrolló la correa alrededor de la jabalina y metió los dedos en la lazada final. Miró a Timandra mientras utilizaba la otra mano para completar la rotación del asta y tensar la correa. Quería superar su lanzamiento, pero no creía que fuera capaz; su mente no estaba centrada en la competición.

Tocó un momento la pulsera de hierro que había pertenecido a Deyanira, inspiró despacio y se preparó para empezar a correr.

Advirtió con el rabillo del ojo un movimiento a su izquierda. Giró la cabeza y vio a una mujer muy joven que se despojaba de la ropa y la colocaba sobre una roca al lado de las demás túnicas. Otras mujeres la habían visto y se alzó un murmullo de comentarios.

«Es Lavinia», se dijo Penélope al reconocer a la esposa del general Doriso, el hombre con el que tenía que casarse.

Llevaba varios días sin verla. Creía que no salía de casa porque estaba ocupada con su bebé, pero se quedó sin aliento cuando se acercó a ellas. Pese a que la joven iba cabizbaja y los cabellos le cubrían parte del rostro, se adivinaban marcas oscuras en la mejilla y el pómulo derechos. En ese mismo lado, una especie de gran ojera negruzca le enmarcaba el ojo.

La actitud avergonzada de Lavinia dejaba claro que no había sufrido un accidente. Se aproximó despacio al grupo de las jóvenes, cerca de la línea de lanzamiento. Ahora era el centro de atención y en los comentarios se mezclaban las palabras de compasión con las críticas. Además de mantener su cuerpo en forma, una espartana tenía que saber ocuparse de las tareas domésticas y complacer a su marido. Muchas mujeres estaban de acuerdo en que las marcas de haber sido golpeada eran la muestra de que una esposa no cumplía debidamente con sus obligaciones.

Lavinia se detuvo a unos pasos del grupo y bajó la mirada hasta el suelo. Algunas de las mujeres seguían criticándola. Penélope iba a acercarse a ella para defenderla cuando se alzó la voz de Timandra:

—¡Márchate! —ordenó—. Tus marcas son humillantes. No queremos que nos deshonres mezclándote con nosotras.

Lavinia se encogió como si temiera que la golpearan. Se dio la vuelta y se alejó hacia el río.

Penélope sintió que le hervía la sangre. Miró el rostro satisfecho de Timandra y apretó con más fuerza el asta de la jabalina. Notaba la correa de cuero alrededor de sus dedos, el peso del arma perfectamente equilibrado. Empezó a correr, echó el brazo hacia atrás y lanzó la jabalina con toda la rabia que llevaba dentro.

En cuanto el arma inició el vuelo, se alejó de la línea de tiro y se dirigió corriendo hacia Lavinia. Sabía que su lanzamiento iba a superar al de Timandra, pero ya no le importaba.

—¡Espera!

La joven no miró hacia atrás. Llegó hasta su túnica y comenzó a ponérsela.

Penélope apretó los dientes al distinguir sobre las costillas el tono amarillento de un antiguo cardenal. En alguna otra ocasión nadie había visto a Lavinia durante días, y comprendió que las palizas debían de ser habituales.

La esposa de Doriso terminó de vestirse y se quedó de espaldas a ella.

—Lavinia... —La tomó con suavidad de un hombro e hizo que se volviera—. Sólo algunas mujeres son tan estúpidas como para criticar a otra porque su esposo la golpea. La mayoría te apoyamos.

La joven apenas esbozó un asentimiento con la mirada perdida. Tenía los rasgos delicados de una niña, habría sido muy bonita sin las marcas de los golpes ni la rigidez que el miedo daba a su expresión.

—Tu esposo no puede golpearte sin motivo. Sabes que las leyes no lo permiten, puedes denunciarlo.

—¡No! —El miedo dilató los ojos oscuros de Lavinia—. Déjame, por favor —dijo retrocediendo—. La culpa es mía..., soy muy torpe, se me caen las cosas de las manos... —Las levantó frente a Penélope. Estaban temblando—. Debo tener más cuidado, no me castiga cuando hago las cosas bien.

Penélope le tomó las manos.

—Sabes que dentro de una semana yo también seré la esposa de Doriso. A partir de entonces podré ver cómo se porta contigo. Si vuelve a golpearte, lo denunciaremos juntas.

Lavinia ahogó un grito de pavor y se zafó de las manos de Penélope.

—No, por favor... —Las lágrimas que llenaban sus ojos comenzaron a derramarse—. Me matará si se entera de que he hablado de eso, sé que me matará.

—Pero no...

—¡Basta!, te lo ruego... —Dio otro paso de espaldas y trastabilló al chocar con una roca—. Yo no soy como tú, ni como tu abuela Deyanira. No le hables de mí a Doriso, no le digas nada, te lo suplico... —Se dio la vuelta y echó a correr.

Penélope la siguió con la mirada mientras la joven se alejaba en dirección a Esparta.

«Tengo que encontrar el modo de ayudarla.»

Capítulo 6

Olimpia, agosto de 324 a. C.

En el recinto sagrado de Olimpia aguardaban en tensión el inminente decreto de Alejandro.

Prometeo había asistido junto a la delegación ateniense al grandioso sacrificio de los cien bueyes. Pese a toda su aprensión, las señales habían sido favorables: los animales se habían acercado al altar sin oponer resistencia y habían permitido que les giraran la cabeza para exponer el cuello, las manos expertas de los sacerdotes les habían abierto la yugular con cortes precisos, y la sangre se había derramado limpiamente en vasijas que después habían volcado sobre el altar.

Echó un vistazo receloso a las nubes. Se habían extendido hasta ocupar la mayor parte del cielo, pero no había llovido durante la inmolación de los animales y eso también se consideraba un signo favorable.

El área ceremonial estaba abarrotada con decenas de miles de asistentes procedentes de más de un centenar de ciudades. Aquella inmensa muchedumbre había mantenido durante el sacrificio un silencio reverente en el que sólo se oían las voces de los sacerdotes al pronunciar las fórmulas rituales y los mugidos de agonía de los bueyes. Una vez completada la ceremonia, las patas se habían colocado sobre una inmensa pira de madera de álamo blanco como ofrenda a Zeus, las entrañas se habían ensartado en largos espetones para asarse y el resto de la carne se había puesto a cocinar en grandes ollas.

Era la segunda vez en su vida que Prometeo asistía a los Juegos. Recordaba que en la anterior ocasión el banquete se había celebrado en medio de una algarabía de voces, risas y cánticos. Esta vez, la inminencia del decreto enrarecía el ambiente con un manto de temor y suspicacia.

Un par de atenienses le tocaron el hombro al pasar a su lado.

—¡Que los dioses sean contigo, glorioso Prometeo!

Se inclinaron respetuosamente y él respondió con una sonrisa distraída. Desde que el oráculo lo había comparado con Heracles, eran muchos los que se acercaban a saludarlo o incluso a rozarlo como si fuese un semidiós que pudiera favorecerlos.

Cabrias se abrió paso entre la multitud y llegó hasta él. Llevaba en la mano una tajada grande de carne que todavía humeaba.

—Es corazón. —Extendió la mano para entregárselo—. Recuerda masticarlo despacio para sacarle toda la sustancia.

Prometeo notaba el estómago agarrotado e hizo una mueca, pero cogió el trozo de corazón y le dio un mordisco. Cabrias controlaba su dieta hasta el mínimo detalle desde que se había convertido en su entrenador hacía dos años y siempre lo había mantenido en un estado de forma excelente. No iba a dejar de obedecerlo el día antes de la final, y menos aún cuando su rodilla no estaba en las mejores condiciones.

Se habían situado con la delegación ateniense frente al templo de Zeus. La altura de aquel templo magnífico duplicaba la de cualquier otra construcción del santuario y destacaba todavía más al ubicarse sobre una plataforma elevada.

«Ahí recibirán dentro de dos días las coronas de olivo quienes se hayan convertido en *olimpiónicos*», pensó mientras contemplaba la rampa de entrada. Allí habían entregado la suya a su abuelo Perseo, y se estremeció al imaginarse en ese mismo lugar recibiendo la corona olímpica.

Su expresión se ensombreció de pronto. También sería ahí donde en cualquier momento leerían el decreto.

Se volvió hacia las esculturas que tenía a su espalda para tratar de distraerse. La que más destacaba era una Victoria sobre un enorme pedestal formado por bloques de mármol triangulares. La diosa daba la sensación de estar descendiendo del cielo, cubierta por finas vestiduras que se adherían sensualmente a su cuerpo, con una mano extendida como si fuese a coronar a quien tuviera delante.

Se percató de que Cabrias estaba contemplando la siguiente estatua, que representaba al mayor campeón que había habido nunca en los Juegos Olímpicos.

—Milón de Crotona —comentó mientras se acercaba a su entrenador—. Siguió proclamándose campeón después de haber cumplido cuarenta años. ¿Cuál crees que fue su secreto para vencer a luchadores a los que doblaba la edad?

—Fuerza, técnica, rapidez, seguridad... —Cabrias mantenía la mirada en el rostro de bronce del crotoniata, cuya expresión seria llevaba dos siglos congelada en aquella escultura—. Debía de tenerlo todo para vencer durante más de dos décadas.

Su entrenador siguió ensimismado con aquella estatua y Prometeo se giró hacia la que había al lado. Se trataba de un discóbolo, un lanzador de disco realizado en bronce por el escultor Mirón. Era una obra extraordinaria que mostraba a la perfección la conjugación de velocidad, potencia y elasticidad necesaria en esa disciplina. El atleta rotaba el cuerpo en el último balanceo antes del lanzamiento y la tensión de sus músculos se reflejaba de un modo admirable.

Un rumor repentino hizo que ambos se volvieran. En la rampa de entrada del templo de Zeus habían aparecido varios trompeteros y algunos sacerdotes. El rumor se extendió como una ola entre la muchedumbre haciendo que todas las cabezas se giraran hacia el templo.

En el ambiente flotaba el olor a humo y carne asada del banquete. Una fuerte racha de viento sacudió los ropajes de los hombres situados en la entrada del templo. Los sacerdotes de Zeus dieron instrucciones a los trompeteros, que se colocaron con sus largos instrumentos a ambos lados de la rampa y se quedaron aguardando. El silencio era tan denso como si nadie respirara. Dos sacerdotes ancianos surgieron de las puertas abiertas del templo ataviados con mantos escarlatas y coronas de laurel. Tras ellos apareció el heraldo con una larga túnica de color marfil. A una señal de los sacerdotes, los trompeteros hicieron resonar sus instrumentos y la multitud se quedó paralizada mientras el heraldo desplegaba el pergamino que contenía las palabras de Alejandro.

El mensajero tomó aire, y su voz estentórea llegó hasta el último rincón del recinto sagrado de Olimpia:

—*El rey Alejandro a los exiliados de las ciudades griegas: Nosotros no somos responsables de vuestro exilio, pero sí que lo seremos del regreso a vuestras respectivas patrias.*

Aquello produjo un clamor de protesta en la delegación ateniense. Al igual que otras ciudades, Atenas tenía sometidos algunos territorios de los que habían expulsado a sus habitantes. Permitir que regresaran los exiliados implicaría perder esos territorios.

El heraldo hizo una pausa y pronunció las últimas palabras del decreto con mayor fuerza:

—*Hemos escrito a Antípatro acerca de esto para que, si alguna de las ciudades se opusiera, él las obligue a cumplir la ley.*

Se desató un inmenso griterío en el que predominaban las exclamaciones de alegría de los miles de exiliados que estaban presentes en Olimpia.[3] Los atenienses eran los más afectados y por ello los que más protestaban. Hacía décadas que habían ocupado la gran isla de Samos, situada frente a las costas de Asia Menor. Habían desterrado a una parte de sus habitantes y habían entregado su territorio a miles de ciudadanos atenienses que habían emigrado como colonos. Si se cumplía el decreto, esos ciudadanos tendrían que renunciar a sus posesiones en Samos y regresar a Atenas.

—¡Jamás acataremos ese decreto! —bramó uno de los generales atenienses.

—¡Malditos sean todos los macedonios! —gritó un embajador.

Prometeo contemplaba lo que ocurría sin saber cómo reaccionar. El mensaje era claro: si Atenas desobedecía, el enorme ejército de Antípatro caería sobre ellos.

«En Atenas ya conocerán el decreto.» Un edicto tan importante como ése se hacía llegar a las principales ciudades de modo que se promulgara en todas a la vez. Ya debía de estar expuesto en el ágora de Atenas, en la pared del Pórtico

3. El texto del decreto, así como las distintas reacciones que éste produjo, especialmente entre los atenienses, están recogidos por Diodoro de Sicilia (*Biblioteca Histórica,* libro XVIII). Según Diodoro, los exiliados presentes en ese momento en Olimpia eran más de veinte mil.

del Rey, donde se hacían públicas las disposiciones como aquélla.

Los gritos contra Macedonia arreciaron y pensó con inquietud en Aristóteles. No había duda de que aquel ambiente agresivo se estaría reproduciendo en Atenas.

Dirigió la mirada hacia el templo de Zeus.

«Rey de los dioses, protege a Aristóteles, que no tiene ninguna culpa de los actos de Alejandro.»

El griterío se volvió más estruendoso. Algunos hombres discutían y otros habían llegado a las manos. De pronto se percató de que varios de los atenienses se estaban dirigiendo a él con gritos furiosos.

—¡Tienes que machacarlo!

—¡Rómpele los huesos!

En ese momento recordó que el luchador al que se iba a enfrentar en la final era de Macedonia.

—¡Por Atenas, destrózalo!

Capítulo 7

Atenas, agosto de 324 a. C.

Creonte acercó el papiro que estaba revisando a la lámpara de aceite. Se había nublado y la luz que penetraba a través de la ventana no le bastaba para distinguir con claridad los números.

Mojó la punta de su cálamo en el tintero, sumó con cuidado las últimas cifras y contempló el resultado con un gruñido de satisfacción. Hacía unos días había regresado al puerto del Pireo una de las expediciones comerciales en las que participaba como socio mayoritario. Aquellos números trazados en el papiro mostraban que había duplicado la inversión.

Frunció el ceño y se giró hacia la ventana. Había estado abstraído haciendo cálculos, pero ahora se daba cuenta de que desde hacía un rato oía un bullicio lejano, como si mucha gente gritara a la vez.

Alguien llamó a la puerta de su sala de trabajo.

—¿Qué ocurre?

Un esclavo se asomó e inclinó su cabeza rapada antes de hablar.

—Señor, ha llegado un enviado de Hipérides para informar de que se ha publicado un decreto en el Pórtico del Rey.

Aquello le dio mala espina. Se preguntó si estaría relacionado con el ruido que llegaba a través de la ventana.

—¿De quién es el decreto?

—Del rey Alejandro.

—¡Por todos los...! —masculló al tiempo que se levantaba—. Busca a Bitias y dile que vaya inmediatamente a la puerta.

Se apresuró a través de la mansión y salió al patio, donde había dejado sus sandalias junto a un banco de piedra. Tomó asiento y llamó a una muchacha que estaba sacando agua del pozo.

—¡Esclava, ven aquí y ponme las sandalias!

La muchacha se arrodilló frente a él y usó su túnica para quitarle la tierra de las plantas de los pies. Se trataba de la esclava a la que había golpeado hacía un par de días y observó su rostro con una mueca de repulsión. La nariz aplastada estaba inflamada y unos grandes hematomas rodeaban sus ojos.

—Tienes un aspecto muy desagradable —dijo mientras ella anudaba las correas de cuero—. Enciérrate en el cuarto de las esclavas y no vuelvas a salir hasta que no te queden marcas.

La muchacha asintió con la cabeza gacha. Cuando terminó de calzarlo, se tapó el rostro con las manos y entró en la casa.

Un momento después apareció Bitias, el guardaespaldas tracio de Creonte. Su enorme cabeza era completamente calva porque se rasuraba el poco pelo que le había quedado tras haber estado a punto de morir en un barco en llamas. Tampoco tenía cejas y las quemaduras le habían deformado los labios en un rictus de desprecio permanente. Llevaba muchos años trabajando como mercenario y realizando toda clase de trabajos sucios, varios de ellos encargados por el propio Creonte. De ese modo, éste había descubierto lo efectivo que era en el combate y hacía tiempo que lo había contratado para que trabajara en exclusiva para él.

El bullicio aumentó al cruzar los muros de la mansión y siguió creciendo a medida que se acercaban a la gran plaza del ágora. Pasaron junto al Pórtico Pintado y tomaron la vía Panatenaica, pero la multitud abarrotaba la mitad norte de la plaza y se vieron obligados a detenerse. En medio de un griterío ensordecedor, unos hombres discutían el contenido del decreto mientras otros trataban de acercarse para leer el pergamino clavado en el Pórtico del Rey o, al menos, escuchar al pregonero, que desde el Pórtico repetía una y otra vez el edicto de Alejandro.

—¡Abre paso! —ordenó Creonte a su guardaespaldas.

Bitias se valió de su corpulencia para avanzar entre la multitud como un toro. Los atenienses contenían sus protestas al ver de quién se trataba y procuraban dejar el camino libre hasta que pasaba también Creonte, que se mantuvo pegado a su guardaespaldas hasta que llegaron junto al pregonero.

—*El rey Alejandro a los exiliados de las ciudades griegas* —se desgañitaba el hombre sin que lo oyeran más que aquellos que se encontraban a pocos pasos—: *Nosotros no somos responsables de vuestro exilio, pero sí que lo seremos del regreso a vuestras respectivas patrias. Hemos escrito a Antípatro acerca de esto para que, si alguna de las ciudades se opusiera, él las obligue a cumplir la ley.*

—¡Maldito sea! —Creonte pensó en la isla de Samos y sintió que lo cegaba la rabia. Con aquella orden, Alejandro les arrebataba lo poco que les quedaba de su antiguo imperio. No podían tolerarlo, pero Alejandro había dejado claro que la alternativa era enfrentarse al temible ejército del general Antípatro...

Alguien le tocó el hombro y se giró con brusquedad.

—Tranquilo, yo no soy Alejandro. —Hipérides mostraba una sonrisa que enfureció aún más a Creonte.

—¿Puedes explicarme dónde le ves la gracia a esta humillación?

—En ninguna parte. —El tono de Hipérides se volvió más grave—. Pero puede ser la oportunidad que estábamos buscando. Acompáñame.

Pasaron entre el Pórtico del Rey y el Pórtico de Zeus y empezaron a subir la cuesta que conducía al templo de Hefesto. A medio camino, entre los árboles, los aguardaba un grupo de políticos partidarios de Hipérides. Creonte los saludó con un leve asentimiento y Bitias se mantuvo a unos pasos mientras hablaban.

—Observa este ambiente. —Hipérides abarcó con un gesto la plaza del ágora, repleta de atenienses que debatían acaloradamente—. Ni siquiera el cobarde de Demóstenes se opondrá a semejante corriente de indignación. Es lo que necesitábamos para poner la Asamblea a nuestro favor.

—¿Te refieres a desobedecer el decreto, a levantarnos contra Alejandro? —Creonte era el primero que quería librarse del dominio macedonio, pero no parecía el mejor momento cuando el rey Alejandro y el general Antípatro estarían muy pendientes de su reacción al decreto.

Hipérides ladeó la cabeza.

—Lo que propongo es que vayamos paso a paso. En primer lugar, no vamos a obedecer el decreto. No sólo reduciría nuestro poder, sino que debilitaría la imagen de Atenas ante las demás ciudades. Pero actuaremos de un modo discreto, sin declaraciones de guerra ni movimientos de tropas. Simplemente, los colonos atenienses se quedarán en Samos y detendremos a los exiliados samios que regresen a su isla.

Creonte reflexionó un momento. Los demás políticos se limitaban a mostrarse de acuerdo con Hipérides, como solían hacer.

—¿No crees que Antípatro nos atacará?

—Si actuamos de ese modo, lo dudo mucho. No es un hombre impulsivo; nos exigirá que obedezcamos el decreto, y puede que envíe algunos trirremes a Samos, pero no lanzará su ejército contra Atenas. Eso nos dará tiempo.

—¿Para qué...? —Las cejas de Creonte se alzaron—. ¡Quieres que Hárpalo regrese a Atenas!

Una vez más, tuvo que reconocer la astucia de Hipérides. Con aquella jugada ganaría poder en la Asamblea en detrimento de Demóstenes, y al mismo tiempo mejoraría la posición de Atenas de cara a una futura rebelión sin desatar un conflicto inmediato.

—Como he dicho, vayamos paso a paso. El tesorero de Alejandro sigue esperando cerca de Esparta a que alguna ciudad lo acoja. Tenemos que enviar a alguien en secreto para que hable con él, pero antes de eso debemos pedirle al Consejo que convoque una Asamblea extraordinaria, y en ella lograr que la mayoría de los ciudadanos rechace cumplir el decreto.

Creonte notó que en su interior bullía una excitación que le hizo sonreír con fiereza. Sabía que ese mismo día, en Olimpia, un heraldo habría proclamado el decreto ante miles de exiliados y enemigos de Atenas que estarían celebrando la decisión de Alejandro.

«Los macedonios y sus partidarios quieren humillarnos todavía más, pero se van a llevar una sorpresa.»

—No esperemos más, por Apolo. Vayamos a ver al Consejo.

Creonte encabezó la marcha junto a Hipérides y dejaron atrás el templo de Hefesto. A su izquierda, la muchedumbre entraba y salía de las calles que desembocaban en la plaza del ágora como si la ciudad fuese un hormiguero alborotado.

«No creo que hoy veamos muchos macedonios por las calles de Atenas», se dijo con una mueca de desdén.

El desprecio en su rostro se volvió más intenso al pensar en Aristóteles, el maestro de Alejandro. Nada le gustaría más que verlo aparecer en ese momento en el ágora.

Estaba seguro de que aquella multitud enfurecida lo despedazaría.

Aristóteles se estremeció cuando la puerta de su casa se combó con un fuerte crujido.

«Por Apolo, que resista...»

Embistieron de nuevo desde el exterior y la madera volvió a crujir. Tres de sus esclavos se apoyaban contra la puerta y otros seis aguardaban en el patio aferrando cuchillos o garrotes. Aristóteles sostenía una estaca que sabía que no le serviría de mucho. Tenía sesenta años y nunca había sido un hombre fuerte. Lo único que podría hacer si la turba entraba en el patio era tratar de bloquear con su cuerpo el acceso al interior del edificio, donde se refugiaba su familia.

El pensamiento de que alguien pudiera maltratar a su esposa o a sus hijos hizo que sintiera una punzada en el pecho. Herpilis y los niños se habían encerrado con las esclavas en la cocina en cuanto los avisaron de que, a causa de un decreto de Alejandro, algunos atenienses habían empezado a proclamar a gritos que había que atacar la casa de Aristóteles.

Una piedra del tamaño de un puño pasó sobre el muro y se estrelló contra una de las columnas del patio.

—¡Tenemos que sacarlo a la calle! —bramó una voz cargada de odio mientras volvían a arremeter contra la puerta—. ¡Hay que lapidarlo como a un perro!

Las palabras fueron seguidas por una lluvia de piedras. Aristóteles ordenó a sus esclavos que se pegaran a la pared que daba a la calle, donde no podían alcanzarlos. Un pedrusco pasó rozándolo e hizo añicos una valiosa cerámica que había sobre un pedestal. Apenas le dio tiempo a pensar que se la había comprado hacía muchos años a Perseo, el abuelo de Prometeo, cuando otra piedra golpeó el tejado justo encima de él y arrancó un trozo de teja que impactó contra su hombro derecho.

Soltó un grito de dolor y dejó caer la estaca. Se agachó para recogerla, pero la mano derecha había perdido fuerza y tuvo que sujetarla con la izquierda. La teja le había rajado la túnica y la tela estaba empezando a teñirse de rojo alrededor del hombro.

—¿Papá?

En la entrada del edificio había aparecido Nicómaco, su hijo de cinco años. Aristóteles corrió hacia él temiendo que lo golpeara una piedra. Antes de que lo alcanzara, su esposa Herpilis surgió detrás de Nicómaco y lo cogió en brazos.

—Lo siento, se nos ha escapado. —Su mirada se desvió al hombro ensangrentado de Aristóteles, que habló con toda la serenidad que fue capaz de reunir.

—Tenemos que ganar tiempo. Encerraos en la cocina y atrancad la puerta con la mesa.

Se volvió hacia el patio, donde las piedras seguían cayendo. Afortunadamente las ventanas de la casa que daban a la calle eran aberturas estrechas, pensadas para que circulara el aire, y por ellas no podían entrar los atacantes.

Los gritos se hicieron más intensos y dejaron de caer piedras. Aristóteles temió que se estuvieran organizando para derribar la puerta.

«Van a utilizar algo como ariete...»

De pronto, una voz cargada de autoridad se impuso sobre las otras.

—¡¿Qué pretendéis hacer, por Zeus?! ¡Es el fundador del Liceo!

—¡Es el culpable de todo lo que Alejandro le hace a nuestra ciudad!

—¡Sabéis que prefirió regresar a Atenas y fundar el Liceo en lugar de acompañar a Alejandro! —La voz se había vuelto más fuerte, como si su dueño se hubiera colocado frente a la puerta.

—¡Pues ahora enviaremos a Alejandro la cabeza de Aristóteles, para que no lo eche de menos!

Aquello levantó un clamor que rezumaba rabia y algunas piedras volaron por encima del muro.

—¡Quietos! —gritaron de nuevo. Aristóteles advirtió que eran varios los hombres que trataban de contener a los atacantes—. Lo que más envidia Alejandro de Atenas, lo único que no puede conseguir con todas sus riquezas y su poder, es el Liceo, que nos da un prestigio superior incluso al que nos otorga la Academia.

Un griterío de protesta impidió que se entendieran las siguientes palabras.

—... mejores maestros acuden de todas partes para aprender con él en el Liceo. Atenas sigue siendo el centro cultural del mundo gracias a él.

Las protestas se repitieron, pero Aristóteles advirtió que habían perdido intensidad. Supuso que los hombres que habían acudido a defender su casa se habían vuelto más numerosos que los agresores.

—¡Puede que no sea hoy, pero algún día recibirá su merecido!

La voz era de alguien que se alejaba. Aristóteles dejó caer la estaca y se apoyó con el hombro ensangrentado en el umbral de su casa.

Aristóteles, padre de la ciencia

El objetivo de Aristóteles era explorar todos los campos del conocimiento y alcanzar una comprensión integral de la naturaleza. Con este propósito fundó en Atenas el Liceo, que no sólo era una escuela de filosofía, sino también una verdadera institución científica. Aristóteles no dudó en arriesgar su vida por el Liceo, y permaneció en Atenas cuando las circunstancias políticas evolucionaron hasta suponer un grave peligro para él.

A diferencia de los pensadores anteriores, que basaban sus conclusiones en especulaciones intuitivas, Aristóteles fue el primero que combinó de manera sistemática la observación empírica con un razonamiento lógico estructurado. Al proceder de este modo, estableció las bases del método científico. Estaba convencido de que, para entender el mundo, era necesario observarlo y analizarlo minuciosamente hasta encontrar patrones que revelaran su orden, lo que llevaría al establecimiento de una serie de causas y principios universales.

Aristóteles no sólo es reconocido como el padre de la ciencia, sino también como uno de los pensadores más influyentes de la historia. Durante más de dos milenios sus trabajos en numerosas disciplinas fueron referencia para filósofos, teólogos y científicos. En muchos casos su autoridad llegó a ser considerada indiscutible, y la Iglesia católica consideró que sus afirmaciones apoyaban las Escrituras y no se podían contradecir sin exponerse a severos castigos. Sin embargo, Aristóteles era ante todo un amante del conocimiento. Dejó escrito que sus teorías debían ser vistas como provisionales y considerarse refutadas si se encontraban pruebas empíricas que las contradijeran. Galileo Galilei, obligado por la Iglesia católica a retractarse de su afirmación de que la Tierra giraba alrededor del Sol, expresó con acierto: «Si Aristóteles estuviera vivo, aceptaría mis observaciones».

Durante la Edad Media y el Renacimiento era habitual referirse a Aristóteles simplemente como «el Filósofo». De este modo se reconocía que no había ningún otro pensador que se acercara a sus logros, y que Aristóteles era considerado el faro del conocimiento humano.

Enciclopedia Universal, Socram Ofisis, 1931

Capítulo 8

Olimpia, agosto de 324 a. C.

Prometeo advirtió que un magistrado de Olimpia entraba en la sala de masajes. La túnica púrpura y la gravedad de su semblante proporcionaban al anciano un aire solemne.

—Las carreras acaban de terminar. Como sabéis, la primera prueba de la tarde será la lucha.

Prometeo incorporó el tronco apoyando ambos codos sobre la camilla de mármol en la que estaba recibiendo el masaje. Aquel aviso implicaba que disponían de una hora. Asintió respetuosamente y el magistrado recorrió con la mirada los gruesos músculos de su cuerpo desnudo antes de darse la vuelta y dejarlo a solas con Cabrias.

Volvió a tumbarse y dejó escapar el aire.

—No estés tan serio, sólo vas a disputar una final olímpica —bromeó su entrenador.

Prometeo trató de seguirle el juego.

—Al menos me enfrento a un macedonio cualquiera, no se trata de Alejandro.

Cabrias sonrió mientras metía los dedos en el cuenco de aceite.

—Dicen que Alejandro es bastante bajo. En un combate sin armas lo vencerías con un brazo atado a la espalda.

«No creo que eso sea cierto», pensó Prometeo, aunque se limitó a responder con una breve sonrisa. Aristóteles decía que Alejandro tenía una talla algo inferior a la media, pero que cuando era adolescente prefería acabar inconsciente antes que aceptar una derrota.

—Ahora afirma que es hijo de Zeus —le había dicho el filósofo en una ocasión—, y sus conquistas son tan asombrosas que muchos lo comparan con Ares, dios de la guerra. Sin embargo, cuando lo veías luchar, aunque fuese en un combate de entrenamiento, su mirada te decía que estaba dispuesto a arriesgar la vida antes que a rendirse. Tenía tanta aversión a la derrota, y era capaz de ingeniar tantos ardides para evitarla, que más bien parecía hijo de Niké, la diosa de la Victoria.

Prometeo miró a Cabrias sin levantar la cabeza de la camilla. La sala de vapor estaba situada junto a la de masajes y la humedad hacía que la luz de las lámparas se reflejara en las paredes y en el techo de piedra.

—El oráculo me ha comparado con Heracles. ¿Con quién habrán comparado a su luchador los oráculos de los macedonios?

—No seas tan escéptico. —Cabrias hundió los dedos por detrás de su rodilla y le dirigió una mirada inquisitiva. Él no sintió dolor y negó con la cabeza—. No todo son tretas de los sacerdotes. Zeus se ha mostrado favorable a ti, y no ha ocurrido lo mismo con el macedonio o nos lo hubieran hecho saber.

Prometeo volvió a vaciar los pulmones y cerró los ojos. La tensión apenas le había permitido dormir y se notaba muy cansado.

—Te aseguro que tu rival tampoco habrá dormido. —Prometeo asintió levemente sin abrir los ojos; agradecía que Cabrias lo conociera tan bien—. Y la presión adicional a causa del decreto de Alejandro es la misma para ambos. —Siguió masajeando sus músculos en silencio, pasando de las piernas a los brazos. Cuando volvió a hablar, lo hizo en un tono más serio—. Voy a decirte algo que en circunstancias normales un entrenador no debería decir: trata de vencer, haz todo lo posible por lograrlo, pero una derrota, por mucho que te doliera ahora, no empañaría el gran logro de haber llegado a la final en Olimpia.

Prometeo ladeó la cabeza para mirarlo, un tanto extrañado. Cabrias sabía muy bien que había dedicado la vida a intentar igualar los logros de su abuelo, y que, tras los primeros éxitos, toda la ciudad había hecho suyo el sueño de que algún día proporcionara a Atenas la gloria olímpica.

—Sé que el nombre de Perseo es una carga pesada de llevar —continuó Cabrias—, pero eres el mejor luchador que he conocido nunca, y todavía podrás presentarte una o dos veces más a los Juegos con posibilidades de victoria.

Prometeo volvió a descansar la cabeza sobre el mármol. Cabrias tenía razón en cuanto a la presión que suponía ser el nieto de Perseo, pero no se trataba sólo de eso. Se había entregado desde la niñez a intentar ser *olimpiónico* hasta el punto de que aquel objetivo era lo que daba sentido a su existencia.

«Además, mi madre ha sacrificado todo lo que tenía para que pudiera lograrlo.» Altea había destinado hasta la última dracma del negocio familiar de cerámica a mantenerlo, pagar entrenadores, viajes...

Cabrias le dio una palmada en el muslo.

—Ya puedes levantarte. Vamos a calentar un poco.

Salieron del edificio de los baños y se quedaron junto a la orilla del río Cladeo. Había bastante viento y el cielo era un manto denso de nubes negras, tan cercanas que parecían a punto de aplastar Olimpia. Prometeo giró la cabeza cuando la masa oscura destelló con un largo relámpago justo encima del monte Cronos.

—Zeus está impaciente por ver el combate... —Cabrias tuvo que detenerse cuando llegó el trueno—. Nunca había visto un cielo así durante los Juegos de Olimpia. Reconozco que resulta inquietante, pero recuerda que el macedonio estará más nervioso que tú.

Se agarraron de los hombros y practicaron algunas de las técnicas con las que contrarrestar la estrategia que Cabrias pensaba que seguiría su adversario. El viento seguía soplando, cálido y pesado, y los relámpagos rompían cada poco tiempo la oscuridad del cielo. Prometeo procuraba relajar la mente, que no lo distrajera aquel ambiente más propio del Tártaro, para que su cuerpo respondiera a las acometidas de su entrenador con la rapidez del instinto.

—Los dioses parecen ansiosos —dijo Cabrias tras un nuevo relámpago—. No los hagamos esperar más.

Se alejaron del río Cladeo en dirección al estadio. El recinto sagrado del Altis estaba envuelto en una extraña penumbra y los templos parecían enormes animales dormidos. Apenas vieron algunas personas mientras bordeaban el santuario de Hera y se acercaban a la terraza de los «tesoros», los pequeños edificios con forma de templo erigidos para albergar las espléndidas donaciones que habían hecho algunas ciudades.

Frente a la terraza de los tesoros se alineaban los Zanes, estatuas de Zeus en las que se inscribía el nombre y la ciudad de quienes quebrantaban alguna de las principales normas de los Juegos. Prometeo pasaba junto a aquellas estatuas de la vergüenza, observándolas de reojo, cuando un intenso relámpago hizo fulgurar los rasgos severos del dios. Durante un instante un Zeus iracundo flotó frente a él como un espectro de luz azulada.

Parpadeó para deshacer aquella imagen y siguió avanzando entre rachas de viento. El estadio en el que había combatido su abuelo Perseo había sido desplazado un centenar de pasos con el fin de agrandar el recinto del Altis. Para acceder al nuevo estadio había que dejar atrás los Zanes y salir del recinto sagrado. Nada más hacerlo, Cabrias y él se detuvieron. Tenían frente a ellos los dos largos túmulos que flanqueaban la pista de carreras del estadio. La muchedumbre que los cubría profería un rugido agresivo que se imponía al fuerte viento.

—Recuerda que a partir de ahora tu adversario te estará observando —le dijo Cabrias antes de ponerse de nuevo en marcha.

Pasaron junto a la línea de salida de las carreras, formada por una hilera de losas de mármol blanco. El rugido que los envolvía, más propio de una batalla que de un acontecimiento deportivo, se volvió más fuerte cuando una multitud de espectadores empezó a corear el nombre de Prometeo.

El clamor del público le erizaba la piel, pero continuó caminando sin apresurarse. Procuraba que su cuerpo se mantuviera suelto y no dar la impresión de que los nervios lo agarrotaban. Sonrió y levantó un brazo para saludar. Notaba la tensión del soldado que está a punto de chocar contra la falange enemiga, pero su mente permanecía concentrada.

El luchador macedonio había llegado antes y estaba con su entrenador junto a los asientos de piedra de los jueces. Ellos se colocaron al otro lado del círculo de combate, cerca del sitial reservado a la sacerdotisa de Deméter. Prometeo comenzó a hacer ejercicios para mantener calientes los músculos y evitó mirar directamente a su rival.

«Mostrarte seguro te ayuda a sentirte seguro», solía decirle Cabrias.

El macedonio no era tan alto y corpulento como él; no obstante, su musculatura bien definida y el hecho de que hubiera llegado a la final demostraban que era un gran luchador y que había seguido un entrenamiento muy riguroso. Era algo más joven y tenía una barba poblada, tan negra como su cabello corto.

Las trompetas sonaron a lo largo de todo el estadio y el vocerío de las gradas se redujo, aunque algunos gritos aislados insistían en que Prometeo vengara la gran humillación que el decreto suponía para Atenas. Se acercó con Cabrias al círculo de tierra batida mientras el macedonio y su entrenador lo hacían desde el otro lado. Un heraldo situado junto al juez pronunció la fórmula ritual. Después anunció el nombre de Néstor de Macedonia y la multitud estalló en una mezcla de ovaciones y abucheos.

Prometeo sabía lo que vendría a continuación. Sin apartar la mirada del macedonio, procuró mantener el rostro inexpresivo cuando el heraldo anunció su nombre y los abucheos se impusieron a los vítores. Alguna otra ciudad además de Atenas se había visto perjudicada por el decreto de Alejandro, pero eran más los que se veían favorecidos.

—Prometeo de Atenas, Néstor de Macedonia, ocupad vuestras posiciones.

El juez acompañó aquellas palabras con un movimiento de su vara y ellos se internaron en el círculo de tierra batida. Los relámpagos se sucedían en el cielo, aunque seguía sin llover. Ambos inclinaron el cuerpo y levantaron las manos en posición de combate mientras aguardaban la señal del juez.

—¡Luchad!

Néstor se abalanzó sobre él con una rapidez felina. Intentó apresarle el cuello sin conseguirlo, le aferró una muñeca y lo golpeó con la cabeza en la clavícula. Prometeo oyó las protestas de Cabrias; era normal que se produjesen roces o choques con la cabeza, pero un cabezazo voluntario era un movimiento ilegal que en esta ocasión el juez no señaló.

Empujaron el uno contra el otro mientras trataban de lograr una buena presa y desequilibrar al oponente. El macedonio era muy rápido de piernas y cambiaba continuamente la dirección en la que hacía fuerza, impidiendo que Prometeo lo expulsara del círculo o lo derribara.

«¡Por Heracles, no sabía que era tan rápido!»

Liberó la muñeca y se volvieron a agarrar de los brazos, dando tirones para desestabilizar al otro. Néstor se agachaba y erguía con brusquedad, manteniendo la cabeza baja para golpear el rostro de Prometeo. De repente impactó con fuerza en una de sus cejas. Cabrias volvió a protestar sin que el juez interviniera y Prometeo se dio cuenta de que aquel árbitro no iba a estar a la altura de la legendaria imparcialidad de los jueces de Olimpia.

La siguiente vez que Néstor lo embistió, él retrocedió ligeramente, como si temiera que la cabeza de su rival lo golpeara de nuevo. El macedonio se apresuró a avanzar otro paso y en ese instante él lo empujó con todas sus fuerzas al tiempo que mantenía la presa de sus brazos; Néstor se desequilibró y retrocedió tratando de apuntalarse, pero él lo obligó a girar y lo lanzó fuera del círculo.

El juez lo señaló con la vara.

—¡Asalto para Prometeo de Atenas!

El público gritó mientras Cabrias se acercaba para examinarle el rostro. Hizo una mueca y le apretó con el pulgar el borde de la ceja.

—Tienes un poco de sangre, pero la herida no está muy abierta. Procura que no te golpee en este lado.

—El juez no debería permitir...

—¡Prometeo! —Cabrias clavó la mirada en sus ojos—. No te lamentes por lo que no puedes cambiar. —En sus labios apareció un atisbo de sonrisa y le palmeó el hombro—. Habría sido demasiado fácil luchar sólo contra el macedonio, de este modo tu victoria tendrá más mérito.

Prometeo asintió con los labios apretados y regresó a su posición en el círculo. El juez los miró a ambos con la vara en alto y luego la bajó.

—¡Luchad!

Néstor repitió su táctica y Prometeo trató de mantener el rostro a salvo de los movimientos violentos que hacía con la cabeza, pero eso lo obligaba a permanecer demasiado erguido. Las manos se aferraban y soltaban continuamente mientras forcejeaban sin acercarse a los límites del círculo. Una parte del público comenzó a abuchear la técnica poco deportiva del macedonio sin que eso pareciera afectar al juez. Prometeo consiguió agarrar la nuca de Néstor y empujó a salvo de sus cabezazos. La otra mano la tenía entrelazada con la del macedonio, que la retorció violentamente, logró aferrar uno de sus dedos y lo dobló hacia atrás.

Prometeo tuvo que agacharse para que no le rompiera el dedo. Cabrias protestaba a gritos, pero el juez se había colocado detrás del macedonio de manera que tretas como aquélla quedaran fuera de su vista. Néstor se echó encima de Prometeo al tiempo que le retorcía el brazo y lo hizo caer de espaldas.

—¡Asalto para Néstor de Macedonia!

Cabrias se acercó de nuevo a Prometeo, ignorando los gritos cada vez más exaltados del público. Tenía el rostro lívido de ira, pero consiguió que su voz reflejara calma.

—Ya sabes a lo que te enfrentas. Y eres mucho mejor luchador que él. No permitas que un juez corrupto le conceda una victoria injusta y nos arrebate la gloria.

—No lo haré.

Prometeo abrió y cerró la mano. Le dolía bastante el dedo, pero no estaba roto y podía moverlo. De repente una luz cegadora hizo que todo desapareciera. Un instante después, el aire vibró con un trueno tan potente como si el cielo estallara.

Miró alrededor con el cuerpo encogido. No sabía si no oía nada porque se había quedado sordo o porque el público que recubría los túmulos había enmudecido de terror. Todos permanecieron inmóviles durante un extraño momento, hasta que una lluvia de gruesos goterones comenzó a empaparlos.

El juez se alejó rápidamente para hablar con otros magistrados. En los Juegos Olímpicos era muy raro que lloviera, sobre todo de aquel modo. Del público se alzaba un murmullo inquieto que se mezclaba con el rumor de la lluvia al golpear contra la arena.

Cabrias se acercó a Prometeo y habló de espaldas al luchador macedonio.

—La lluvia te favorece. Tú eres más fuerte, podrás apuntalarte mejor en la arena mojada.

Prometeo se retiró el agua de los ojos y observó el suelo, que absorbía las gotas y desprendía una humedad caliente con olor a tierra. Todavía estaba conmocionado por el fogonazo y la fuerte explosión. Iba a responder a Cabrias cuando se percató de que el juez había regresado.

—El combate debe continuar. Ocupad vuestras posiciones.

Cabrias se acercó al oído de Prometeo.

—Recuerda que el oráculo de Zeus te escogió a ti. El macedonio debe de pensar que lo que ha ocurrido es una señal de Zeus, y seguro que el juez también lo piensa.

Prometeo se dirigió ensimismado a su puesto en el círculo de tierra. Nunca había sido testigo de algo que pareciese con tanta claridad una señal de los dioses, pero no estaba tan seguro de que fuese un signo favorable para él.

El juez contempló el cielo con inquietud. Su túnica estaba empapada y tenía la corona de laurel torcida sobre el pelo mojado.

Alzó la vara y la bajó de nuevo.

—¡Luchad!

Néstor aguardó en su posición y Prometeo se acercó sin apresurarse. Notaba que la arena se había vuelto más pesada. También debía tener en cuenta que en sus cuerpos desnudos los restos de aceite se mezclaban con la lluvia y estarían más resbaladizos. El luchador macedonio amagó con la mano hacia su cuello un par de veces y finalmente se abalanzó con la cabeza baja. Prometeo se agachó para quedar a su altura y se trabaron en un rápido forcejeo de agarres y empujones. La arena mojada hacía más fácil apuntalarse, como había dicho Cabrias, y además dificultaba los rápidos giros que estaba acostumbrado a hacer el macedonio. Prometeo logró sujetarle un brazo y avanzó hasta el límite del círculo.

«Ya lo tengo...» Néstor se retorció, se dejó caer y volvió a incorporarse con la agilidad de un gato, pero Prometeo no lo soltó... hasta que Néstor lo cabeceó de nuevo en la ceja.

El dolor hizo que levantara el rostro momentáneamente. Aun así, su instinto de luchador le permitió mantener el agarre y la posición del cuerpo. Habría seguido empujando si la cabeza de Néstor no hubiera impactado una segunda vez contra su ceja. Aquello lo cegó durante un instante que el macedonio aprovechó para agacharse y hacer con el brazo un veloz barrido que atrapó una pierna de Prometeo. Se abrazó a ella, anudando ambos brazos con una presa que le doblaba la rodilla, e hizo que cayera fuera del círculo.

—¡Asalto para Néstor de Macedonia!

Prometeo se puso de pie y se apartó de su rival. A través de la tromba de agua oía los gritos de protesta de los partidarios de Atenas y las exclamaciones de júbilo de sus adversarios, que sentían muy cerca la victoria. No se dio cuenta de que se aproximaba su entrenador hasta que le agarró la cara para examinar la raja profunda que le partía la ceja. La sangre manaba en abundancia, aunque la lluvia que bajaba por su rostro la diluía con rapidez.

Cabrias se alejó hacia el juez y él se quedó mirando al suelo. Veía como en un sueño los hilos de agua enrojecida que se desprendían de su nariz y su barbilla. Oyó la voz irritada de su entrenador y giró la cabeza. Cabrias estaba frente al juez en actitud agresiva y el magistrado lo contemplaba envarado.

«Van a expulsarnos.»

Se acercó a su entrenador y le puso una mano en el hombro.

—Piensa en Atenas. Una derrota injusta es más honorable que una expulsión.

Cabrias alzó la mirada para contemplar su rostro manchado de sangre. Asintió con los labios apretados y se alejó del juez.

Prometeo regresó al círculo de tierra batida. Aunque la tormenta empezaba a formar charcos en las zonas más duras del estadio, la arena en la que iban a combatir seguía absorbiendo el agua. El macedonio ocupó también su posición y el juez indicó que comenzara el cuarto asalto.

—¡Luchad!

Prometeo aferró un antebrazo de Néstor y se apuntaló en la arena pesada para no ceder a su empuje sin intentar tampoco hacerlo retroceder. Colocó su cabeza junto a la del macedonio de manera que la ceja herida quedara a salvo, y se mantuvo pegado a su rival. El macedonio forcejeó para lograr una presa o conseguir desplazarlo. Sin embargo, Prometeo contrarrestaba con rapidez todos sus intentos y lo obligaba a ejercer una fuerza constante. Al cabo de un rato notó que su adversario había perdido algo de velocidad, pero siguió limitándose a contrarrestar todas las técnicas que trataba de llevar a cabo.

El macedonio se revolvió para golpearlo con la cabeza y Prometeo aumentó la fuerza de su agarre. Su adversario empezó a desesperarse al notar que la fatiga le hacía mella e intentó variar la posición sin que él se lo permitiera. De repente trató de retroceder con brusquedad, intentando alejarse de él, y Prometeo aprovechó para empujarlo hasta el límite del círculo de combate. El macedonio se quedó desequilibrado y su rostro se contorsionó en una mueca de rabia e impotencia. Prometeo dio un nuevo paso para expulsarlo del círculo, y en ese instante notó que lo golpeaba la vara del juez.

—Tu técnica no ha sido reglamentaria. Regresad a vuestras posiciones.

Los abucheos del público se oyeron a través del aguacero como el rugido de un enorme león. El luchador macedonio bajó la mirada mientras se alejaba para volver a su posición de inicio. Prometeo permaneció inmóvil, con la respiración agitada y sus ojos grises clavados en el juez. Notaba en su interior la misma ira que había hecho que lo expulsaran la primera vez que participó en los Juegos.

«Fuego en el corazón y hielo en la mente.»

Las palabras de Aristóteles acudieron a él como un susurro junto a su oído. Se apartó del juez y regresó a su lado del círculo.

—¡Luchad!

Prometeo se movió tan rápido como fue capaz. Sabía que su resistencia era mayor que la de Néstor, que ya había dado muestras de fatiga, y lo acosó con amagos, agarres y cambios de técnica que impedían cualquier intento del macedonio por recobrar la iniciativa. Su adversario cedió un paso y Prometeo lo empujó con fuerza haciendo que retrocediera. Se adelantó mientras seguía empujándolo, pero permitió que Néstor se apuntalara, y en cuanto el macedonio se impulsó para recuperar terreno, él se ladeó al tiempo que le sujetaba un brazo, lo volteó sobre la cadera y lo hizo caer al suelo de espaldas.

En lugar de concederle el asalto, el juez se quedó mirándolos como si no supiera qué decisión tomar.

—¡Asalto para Prometeo de Atenas! —proclamó finalmente.

Un griterío de batalla estremeció el estadio. Parecía que dos ejércitos estuvieran a punto de chocar el uno contra el otro. Prometeo salió del círculo de combate con los puños apretados y Cabrias corrió a su lado.

—¡Ha sido magnífico, por Zeus! No has dejado que reaccionen ni tu adversario ni ese maldito juez.

Prometeo asintió sin decir nada y Cabrias observó satisfecho su expresión concentrada. La lluvia seguía limpiando la sangre que manaba de su ceja.

—Es el asalto definitivo, Prometeo. Si consigues volver a sorprenderlos, te llevarás la victoria.

El juez levantó la vara cuando ocuparon sus posiciones. Los relámpagos se multiplicaban en el mar de nubes que cubría el cielo, el fragor de los truenos era como un terremoto interminable.

—¡Luchad!

Prometeo se lanzó hacia delante y aferró los brazos de Néstor. Clavó sus pies desnudos en la arena, empapada por la lluvia, y contuvo las tentativas del macedonio por iniciar cualquier ataque. Néstor logró soltar un brazo, pero Prometeo buscó su mano y consiguió entrelazar los dedos. El luchador macedonio estaba usando toda su fuerza y no pasó mucho tiempo antes de que volviera a perder rapidez. Prometeo presionó con mayor vigor y avanzó un paso.

De pronto notó el golpe de la vara del juez en el brazo. Su agarre era válido y no estaba retorciendo los dedos del macedonio, pero soltó de inmediato su mano y lo agarró de la muñeca. Volvió a empujar al tiempo que forcejeaban, concentrado en las reacciones de su adversario. Lo llevó hasta el borde del círculo, le dio un nuevo empujón y retrocedió cuando Néstor reaccionó echándose hacia delante, igual que había ocurrido en el asalto anterior. El macedonio trató de sorprenderlo y esta vez se lanzó hacia su pierna, pero Prometeo se dejó caer de rodillas y le hizo una presa en el suelo. Intentó voltear a Néstor y hacerlo caer de espaldas; sin embargo, el macedonio estaba bien apuntalado, así que mantuvo una presa férrea con la esperanza de que terminara cediendo.

La lluvia se le metía en los ojos mientras ejercía toda la fuerza de que era capaz. A través de la tormenta le llegaban con energía creciente los gritos que coreaban decenas de miles de gargantas desde los túmulos del estadio:

—¡Prometeo... Prometeo...!

—¡Perseo... Perseo...!

—¡Atenas... Atenas...!

El juez se mantenía expectante, no parecía que fuera a intervenir en aquella acción. La postura obligaba a Prometeo a forzar la flexión de las piernas; de repente, el dolor de su rodilla lesionada volvió a aparecer y se incrementó con rapidez.

«Aguanta... —Notó que el macedonio se estaba agotando y comenzaba a ceder—. Un poco más...»

El dolor seguía creciendo, se estaba volviendo insoportable... Evocó los interminables entrenamientos desde que era un niño, la situación precaria de su madre, el anhelo ardiente de convertirse en un nuevo Perseo...

De su garganta surgió un gruñido agónico mientras su adversario se inclinaba cada vez más. Cerró los ojos, tratando de reunir todas sus fuerzas, y presionó con mayor ímpetu contra la arena mojada.

Su rodilla se destrozó con un crujido espantoso. La pierna se le dobló en un ángulo grotesco y cayó de espaldas sobre la arena.

—¡Asalto y victoria para Néstor de Macedonia!

El juez se apresuró a proclamar el triunfo del macedonio mientras el estadio enloquecía y la lluvia seguía empapando el cuerpo roto de Prometeo, cuyo rostro desencajado profería hacia el cielo de Olimpia un alarido inacabable.

Capítulo 9

Esparta, agosto de 324 a. C.

Penélope creyó oír un grito y se quedó escuchando sin mover un solo músculo.

«Parecía la voz de un hombre.»

Una pequeña lámpara de aceite iluminaba débilmente la mesa de su cocina y la talla que sostenía en las manos: una figura de madera de Apolo Carneo que debía entregar al día siguiente. La intensa lluvia repiqueteaba en las tejas del techo. Un trueno cercano retumbó durante largos segundos como si protestara un dios encolerizado.

Aguardó un rato sin oír nada más y retomó el hilo de su pensamiento mientras trabajaba en la talla. Sabía que aquél había sido el quinto día de los Juegos en Olimpia. Por la tarde habrían celebrado la final de lucha, pugilato y pancracio, y por la mañana la carrera del estadio, cuyo vencedor habría dado nombre a la Olimpiada. Quizás por eso llevaba un rato pensando en Perseo, el hermano de su padre, el hijo que Deyanira creyó que había muerto y después supo que continuaba vivo.

Se imaginó que alguien le daba la noticia de que su propio hijo seguía vivo. Aquello era imposible, había muerto en sus brazos y ella misma lo había enterrado, pero sólo con pensarlo los ojos se le humedecieron.

«¿Tendré algún hijo con el general Doriso?»

Odiaba a aquel hombre desde que había sabido que maltrataba a su joven esposa Lavinia, pero la posibilidad de tener otro hijo la hizo sonreír.

Un relámpago llenó la estancia de luz azulada y entornó los ojos. Poco después llegó el trueno. Cuando se extinguió, le pareció que oía de nuevo el vozarrón de un hombre que gritaba.

Se puso de pie y abrió la puerta de la cocina. La envolvió

una ráfaga de viento y el rumor de cascada que producía la lluvia al golpear contra los charcos del patio. Agachó la cabeza y se quedó escuchando.

Un momento después, se irguió de golpe al distinguir la voz crispada de un hombre seguida de un grito agudo.

«Son Doriso y Lavinia.»

El grito agudo se repitió y Penélope se internó en la lluvia, abrió la puerta de la calle y se dirigió a la vivienda del general sin ser consciente de que el agua empapaba su túnica. Apenas se colaban algunos rayos de luna entre los nubarrones de tormenta y la oscuridad era casi completa.

Se detuvo frente a la puerta del general.

«Por Ártemis, ¿qué estoy haciendo?» Si intervenía en una disputa entre Doriso y su esposa, el general podía enfurecerse aún más y pagarlo con Lavinia, o con ella misma.

—¡Maldita inútil! —El grito ebrio fue acompañado del sonido de un bofetón que estremeció a Penélope—. ¡Eres peor que una perra!

Se oyó otro golpe y un chillido ahogado de la joven. Penélope miró desesperada en todas direcciones sin ver a nadie. El sonido de los golpes se volvió más sordo, como si el general estuviera usando los puños. Ella se quedó inmóvil, con el cuerpo tan tenso que ni siquiera podía respirar.

Finalmente se abalanzó sobre la puerta.

No estaba echado el cerrojo y se abrió al primer empujón. Al otro lado del patio, iluminados por el tenue fulgor de una ventana abierta, distinguió a Doriso y Lavinia. La joven estaba tendida en el suelo y el general le pateaba el costado sin que ella reaccionara.

—¡Perra inútil! —Su siguiente patada le alcanzó la cara—. ¡Perra!

Penélope echó a correr al tiempo que un nuevo relámpago los iluminaba. Vio el rostro cubierto de sangre de Lavinia, y en medio del patio una pequeña pila de troncos. Cogió uno sin detenerse, dio otra zancada a la vez que lo volteaba y lo descargó con fuerza contra la cabeza del general.

Doriso había comenzado a girarse hacia ella y el tronco impactó contra su sien. Su mirada se extravió y se desmoronó sin emitir ningún sonido.

Penélope soltó el tronco y se quedó jadeando bajo la lluvia. El cuerpo del general había caído sobre las piernas de su esposa y miraba hacia el cielo con los ojos y la boca abiertos. Lavinia tampoco se movía y Penélope se agachó junto a ella.

—Lavinia... —susurró con voz temblorosa.

La joven tenía toda la cara ensangrentada, pero la sangre ya no manaba y Penélope sabía lo que eso significaba. Apoyó la oreja contra su pecho y sólo pudo oír el rumor incesante de la lluvia.

«Dioses...»

Se acercó al rostro del general y advirtió que tenía la sien hundida.

«Oh, dioses...»

Se volvió hacia las ventanas que daban al patio. La única que estaba abierta era la del dormitorio principal. Las demás tenían los postigos cerrados y no advirtió ninguna luz en su interior; los esclavos debían de estar acostumbrados a esconderse cuando su amo se ponía violento.

Se levantó procurando no hacer ruido y contempló los cadáveres aturdida. Su mirada se dirigió hacia el tronco con el que había matado al general. Sintió el impulso de llevárselo para esconderlo, pero se dio cuenta de que aquello era absurdo. Miró de nuevo hacia las ventanas, dio media vuelta y atravesó el patio hasta la puerta de la calle.

Un relámpago le permitió distinguir que no había ninguna patrulla cercana. Recorrió la corta distancia que la separaba de su casa y entró en la cocina. La lámpara de aceite seguía encendida y la talla de Apolo reposaba sobre la mesa, como si todo siguiera igual, como si no acabara de matar a un general de Esparta.

«Oh, Ártemis, ¿qué voy a hacer? —Sintió que se mareaba y se dejó caer en la silla—. ¿Qué puedo hacer?»

Por un momento tuvo la tentación de coger la figura de Apolo y seguir tallando la madera, como un niño que trata de disimular. Se mordió el labio mientras sus ojos recorrían la mesa, saltando de un lado a otro hasta que se detuvieron en la pulsera de Deyanira que llevaba en la muñeca. La envolvió con la otra mano y notó que su mente se centraba un poco.

Evocó la imagen de Lavinia y Doriso muertos y el tronco

junto a ellos. «Podría parecer que se han matado el uno al otro... —Lo descartó de inmediato. Nadie creería que Lavinia se había enfrentado a su esposo; además, no habría podido golpearlo con tanta fuerza estando malherida—. De todos modos, no hay manera de que sepan que he sido yo.» Le había parecido que las ventanas de los esclavos estaban cerradas..., aunque quizás alguno la había visto a través de una rendija.

Notó que la mano le escocía y soltó la pulsera de Deyanira. Le sorprendió ver que tenía una raja en la palma.

«Debo de habérmela hecho con el tronco. —Sintió un nuevo ramalazo de desesperación y negó con la cabeza—. Sabrán que he sido yo.» No sólo por la herida de la mano, o porque su casa estuviese a menos de cincuenta pasos de la del general, sino porque se había decidido que en una semana se convirtiera en su esposa y muchas mujeres sabían que lo detestaba.

«Y ayer me vieron hablando con Lavinia cuando apareció llena de marcas...» Timandra sería la primera que contaría aquello a las autoridades. Recordaba su mirada de odio cuando regresó al grupo después de hablar con Lavinia y de haber lanzado su jabalina una docena de pasos más allá de lo que Timandra lograría nunca.

—Si me detienen, me ejecutarán —murmuró—. Tengo que irme de Esparta.

El peso de aquellas palabras la dejó paralizada. Su mirada se desplazó hasta la piedra desgastada que hacía de altar junto al hogar de la cocina. Había vivido en aquella casa desde que nació, era la casa de sus ancestros, allí habían pasado la vida su padre Calícrates y su abuela Deyanira...

Un fuerte trueno le hizo dar un respingo y se quedó con el cuerpo en tensión. Le había parecido oír la puerta de la calle abriéndose. Imaginó la patrulla de soldados que estaría cruzando el patio, creyó sentir sus pasos sobre la tierra mojada... Se incorporó y se acercó a la ventana conteniendo la respiración. Cuando los soldados irrumpieran en la cocina, saltaría a través de la ventana y echaría a correr.

Pasó un rato sin que oyera nada más que la lluvia. Cogió un cuchillo grande, se arrodilló junto al hogar y escarbó hasta encontrar un saquito de cuero. Contenía unas veinte dracmas en plata,[4] todo lo que había logrado ahorrar vendiendo tallas. Lo guardó en la túnica y salió al patio con el cuchillo en la mano.

«¿Dónde puedo ir?», se dijo bajo la lluvia.

No tenía una respuesta, pero lo más urgente era huir de Esparta y trató de pensar en un recorrido que la mantuviera alejada de las patrullas. Finalmente abrió la puerta exterior, rodeó su casa y se alejó de la residencia de Doriso y Lavinia en dirección al río Eurotas.

La luna había desaparecido y tuvo que avanzar con los brazos extendidos a través de la negrura y el fragor ensordecedor de la fuerte lluvia. Un rayo saltó entre las nubes y escrutó con rapidez el entorno. Había llegado a las últimas casas, el río se encontraba a una veintena de pasos. Avanzó en esa dirección hasta notar que sus pies entraban en el agua y continuó por la ribera corriente abajo.

«Ya debo de estar cerca del puente», se dijo al cabo de un rato.

Se agazapó en el agua y esperó. El siguiente relámpago destelló con tanta fuerza que pareció que se había hecho de día. A su derecha quedaba el promontorio en el que se alzaba el templo de Atenea Chalkíoikos, a sus pies se hallaba la explanada de la Asamblea y frente a ella estaba el puente que cruzaba el río.

Mascculló una maldición al ver que dos hoplitas hacían guardia en el lado más cercano del puente. No podía cruzarlo, y tampoco podía arriesgarse a pasar cerca de ellos y que un relámpago la delatara.

Remontó el curso del río mientras trataba de recordar si por esa zona había un buen lugar para vadearlo. No estaba segura, y además la tormenta había ensanchado considerablemente el cauce. Le entró el temor de que la corriente se hubiese vuelto demasiado fuerte para cruzar e intentó distinguirlo por el sonido, pero la lluvia hacía tal estruendo contra la superficie del Eurotas que parecía que estaba al borde de una catarata.

Se internó en el río hasta que el agua le llegó al pecho. La

4. Una dracma era el salario que podía cobrar en un día un jornalero o un soldado.

corriente cobró intensidad, pero todavía no parecía demasiado peligrosa.

«Será más intensa en el centro del río.»

Las nubes se iluminaron con un resplandor violeta sin que vislumbrara otra cosa que agua frente a ella, y de nuevo la negrura. Avanzó un poco más y sus pies dejaron de tocar el suelo.

«Deyanira, Ártemis Ortia —rogó mientras comenzaba a dar brazadas—, permitid que llegue a la otra orilla.»

El miedo le oprimió las entrañas cuando se dio cuenta de que al flotar avanzaba con la corriente y ya no la sentía. Siguió dando brazadas y notó que se desplazaba, pero ya no sabía en qué dirección. Se volvió a uno y otro lado sin ver nada; no sabía dónde estaba, lo único que percibía era la sensación de estar flotando y el ruido del agua, que parecía hervir a su alrededor con el golpeteo de la lluvia.

Un rayo atravesó el firmamento y miró angustiada en todas direcciones. Creyó distinguir la orilla a la que quería llegar, pero tal vez se había girado y se tratara de la misma de la que había partido. Nadó en la oscuridad diez brazadas, veinte, treinta...

«¡Por Apolo, ya tendría que haber llegado!»

Pero seguía sin hacer pie, y le aterró pensar que estaba nadando en círculo. De repente chocó contra unas ramas y un dolor agudo le atravesó la pantorrilla. La pierna se le quedó enganchada y sintió que la corriente tiraba de ella con fuerza. Notó que la carne se le desgarraba y el agua empezó a pasar por encima de su cabeza. Chapoteó tratando de tomar aire sin conseguirlo, y desesperada se encogió para buscar las ramas que atrapaban su pierna. Tiró de ellas sintiendo que los pulmones le ardían, luchando contra el impulso cada vez más fuerte de abrir la boca para inhalar.

La pierna quedó libre y sacó la cabeza para tragar bocanadas de aire. Antes de que la corriente la arrastrara, se puso a nadar hacia donde suponía que estaba la orilla. En una docena de brazadas rozó la arena con las manos, gateó hasta salir del agua y se tendió en la ribera.

Mientras intentaba recobrar el aliento, se palpó la pierna. La herida no parecía muy profunda, aunque en la mano notó una sensación cálida. Se puso de pie y apoyó la pierna con cuidado. Le dolía bastante, pero no creía que hubiera nada roto y podía andar. Empezó a avanzar río abajo. Al cabo de unos pasos, pensó que los soldados del puente podrían verla y se alejó de la orilla.

Un relámpago prolongado le permitió examinar el entorno y advirtió que la corriente la había arrastrado una gran distancia. Esparta quedaba tan río arriba que apenas divisó las últimas casas.

Se aproximó de nuevo al río. Hacía mucho tiempo que no se alejaba tanto de Esparta y seguir la corriente sería la mejor manera de no perderse en medio de aquella negrura. Mientras caminaba trató de recordar a qué distancia se hallaban las siguientes poblaciones. El valle del Eurotas, entre los macizos del Parnón y el Taigeto, era el único territorio que controlaba Esparta después de los desastrosos enfrentamientos de las últimas décadas. En el valle había otras poblaciones, pero eran poco más que aldeas y no era probable que tuviesen soldados patrullando. Aun así, eran aliadas de Esparta y debía evitarlas.

Siguió andando durante largo rato, cojeando por la pierna herida, tropezando una y otra vez. Con cada relámpago se agazapaba y escudriñaba el entorno en busca de soldados o mercenarios. Cuanto más se acercaba a la costa, mayor era la probabilidad de que se encontrara con ellos. Desde hacía varios años había miles de mercenarios en el cabo Ténaro, procedentes de los ejércitos persas que el rey Alejandro había derrotado.

«Ahora hay muchos más que antes —recordó cada vez más inquieta. Hárpalo, el tesorero que había traicionado a Alejandro, había desembarcado hacía poco en el Ténaro con otro gran ejército mercenario—. Prefiero caer en las manos de un soldado de Esparta a que me atrape uno de ellos.»

Los mercenarios solían ser brutales y despiadados, y aunque no era habitual que se alejaran mucho de sus campamentos, a veces emprendían acciones de rapiña en busca de riquezas, comida o mujeres. Se las llevaban como esclavas, o las violaban salvajemente donde las encontraban y a menudo morían desangradas.

Desde hacía un rato tenía en la mano su cuchillo y lo empuñó con más fuerza. Si la atacaban, se llevaría por delante al menos a uno de ellos.

La noche siguió transcurriendo sin que Penélope se detuviera. La tormenta amainó, las nubes se abrieron poco a poco y empezó a distinguir la masa negra del Eurotas. Su curso la alejaba del destino al que le hubiera gustado llegar y se planteó cruzarlo de nuevo, pero no se atrevió y continuó recorriendo la margen izquierda. Aunque le parecía que la pierna ya no sangraba, se notaba cada vez más mareada y temía haber perdido mucha sangre.

«Ya queda poco —se dijo sin conseguir animarse. Poco después se sobresaltó al distinguir las cumbres del Parnón a su izquierda—. ¡Por Ártemis, está empezando a clarear!»

Aceleró la marcha tratando de ignorar el agotamiento y el dolor de su pierna. Pasado un rato, divisó frente a ella el horizonte y se dio cuenta de que era el mar.

Comenzó a recorrer la costa sin acercarse demasiado al agua. Vislumbró un par de pesqueros y se mantuvo alejada de ellos. Entre las nubes aún se veían las estrellas, pero en el horizonte se extendía el gris que anunciaba el amanecer. La desesperación la aguijoneó y trató de avanzar más rápido. Atravesó una pequeña masa boscosa y en el siguiente tramo de playa descubrió un barco mercante. Se detuvo dudando. Buscaba una embarcación de mayor tamaño, pero fuera del puerto de Gitio sería difícil encontrarla. Salió de entre los árboles y se acercó a la nave. Un mercante suponía un menor riesgo que un pesquero, pero también podía pertenecer a alguna población del valle, en cuyo caso la detendrían de inmediato y la entregarían a las autoridades espartanas.

«Si me devuelven a Esparta, me condenarán a muerte.» En cambio, si conseguía escapar en barco, estaría a salvo. La pérdida de influencia de Esparta la había dejado tan aislada del resto del mundo griego que nadie investigaría la muerte del general Doriso más allá de sus fronteras.

Había movimiento en el interior de la embarcación, dos o tres marineros que se afanaban en las tareas previas a la partida. Un hombre joven saltó a la arena y se quedó parado al ver a Penélope, que se encontraba a pocos pasos con su cuchillo oculto tras el antebrazo.

El joven no aparentaba más de dieciocho años, aunque en la penumbra era difícil de calcular. Giró la cabeza hacia el barco sin dejar de mirarla.

—¡Padre, aquí hay una mujer!

Por la borda se asomaron dos marineros: un joven que parecía el hermano mayor del que había hablado y un hombre recio con el semblante hosco lleno de arrugas.

—¿Qué quieres? —El hombre recorrió el entorno con la mirada para asegurarse de que no había nadie más—. Vamos, responde.

Penélope había pensado inventarse alguna historia, pero se dio cuenta de que no iba a engañarlo.

—Parece que sois de Beocia. Quiero que me llevéis con vosotros.

El hombre resopló para mostrar lo absurdo que le parecía aquello.

—¿Habéis oído? —les dijo a sus hijos—. Cree que somos un barco de pasajeros.

—Parecéis comerciantes, y los comerciantes transportan mercancía. Consideradme mercancía..., sin olvidar que soy una mujer libre.

—La mercancía proporciona dinero.

Penélope extrajo de la túnica su bolsita de cuero.

—Tengo una veintena de dracmas.

—La mercancía no da problemas, y es evidente que tú estás envuelta en uno muy gordo.

—Si zarpamos ya, no te daré problemas, sólo dinero. Y si tienes hijos pequeños, o conoces a alguien que los tenga, puedo trabajar de nodriza. He sido madre.

El hombre se mordisqueó el labio sin dejar de mirarla. Sus dos hijos aguardaban su decisión en silencio.

—Enséñame el dinero.

Penélope metió los pies en el agua y se acercó hasta quedar a un paso del barco. Al abrir la bolsa de cuero, dejó que se viera que llevaba un cuchillo.

—Aquí está. —Levantó la bolsa para mostrar las monedas y pequeños pedazos de plata que contenía. No le pasó por alto que el hijo mayor tenía más interés en sus senos, que la túnica sólo cubría parcialmente.

El hombre echó un vistazo al interior de la bolsa, se fijó en el brazalete de hierro que llevaba en la muñeca y volvió a morderse el labio mientras contemplaba el rostro de Penélope. La luz incipiente del amanecer hacía que sus ojos parecieran casi transparentes.

—Así que nodriza... —Miró de nuevo alrededor y se volvió hacia su hijo pequeño—. Mete el ancla, rápido.

El joven se apresuró a obedecer y tiró de la cuerda que sujetaba la piedra que hacía de ancla. Penélope aceptó la mano que el marinero le ofrecía para ayudarla a subir. Se sentó en la cubierta de modo que no se la viera desde el exterior y le entregó la bolsa que contenía todo su dinero.

—Me parece que estoy corriendo un riesgo al aceptarte en mi barco. —El hombre se guardó la bolsa—. Y veinte dracmas no es suficiente para cubrir ese riesgo. —Penélope apretó la empuñadura del cuchillo que sujetaba por debajo de la túnica—. Puedo conseguirte trabajo de nodriza, pero pediré que me entreguen por adelantado seis meses de tu sueldo, que tú obviamente no cobrarás.

—Tres meses —replicó ella al tiempo que experimentaba un inmenso alivio.

El marinero hizo como si se lo pensara. Las nodrizas espartanas eran muy valoradas en muchas ciudades por su disciplina y rigor. Tres meses de sueldo sería una suma importante, sobre todo en el destino que tenía pensado para ella, y dio gracias a los dioses por su suerte.

—De acuerdo, que sean tres meses.

Le ofreció una mano callosa y Penélope se la estrechó. Los hijos del marinero ocuparon los asientos de los remos, se pusieron a bogar y comenzaron a alejarse de la costa.

«Esparta...»

Penélope se sentía como una planta a la que arrancan de la tierra. Siempre había vivido en Esparta, allí había sido feliz con su madre y con su pequeño Teodoro, allí dejaba las tumbas de todos sus familiares...

El marinero interrumpió sus pensamientos.

—Has tenido suerte. —Se sentó junto a ella y observó con

recelo la costa espartana, de la que se distanciaban lentamente—. El niño del que te vas a ocupar es el hijo de uno de los hombres más importantes de Atenas, un comerciante extremadamente rico llamado Creonte.

Capítulo 10

Atenas, octubre de 324 a. C.

Aristóteles se apresuró hacia la puerta de su sala de trabajo al oír que había alguien en el patio. Salió y vio que se trataba de su esposa Herpilis.

—¿Todavía no ha llegado Prometeo? —le preguntó.

Herpilis sonrió con dulzura al ver el gesto preocupado de su marido.

—Aún no, pero estoy segura de que vendrá.

Él asintió sin relajar el ceño y regresó a la sala. Tomó asiento frente a los rollos de papiro que tenía desplegados en la mesa, pero apenas les echó un vistazo antes de apoyar la espalda en el respaldo con un suspiro.

Dos meses atrás, cuando ya sabía lo que le había sucedido a Prometeo en la final de lucha, le avisaron de que había regresado de Olimpia y recorrió las calles de Atenas a toda prisa hasta llegar a su vivienda. Altea, la madre de Prometeo, le abrió la puerta y le hizo un gesto en silencio para que entrara. Tenía los labios apretados y Aristóteles notó que las manos le temblaban, pero era una mujer fuerte y conseguía contener las lágrimas.

—Los médicos están con él... —Altea se interrumpió y bajó la mirada. Cuando volvió a levantarla, en sus ojos grises latía una súplica desesperada.

—Está bien. —Aristóteles oprimió con cariño los hombros de su vieja amiga—. Voy a verlo.

Atravesó el patio pasando junto al horno de cerámica y entró con Altea en la habitación de Prometeo. Lo encontró tumbado en su lecho como un gigante derrumbado. Tenía los ojos clavados en el techo mientras un hombre le palpaba con cuidado la rodilla y otro observaba atentamente.

«Tiresias y Basilio», se dijo Aristóteles al reconocer a dos de los médicos más prestigiosos de Atenas. Prometeo era un hombre conocido, nieto del famoso Perseo, y había caído herido mientras intentaba alcanzar la gloria para la ciudad. Atenas no iba a escatimar en gastos para tratar de que se recuperara.

Los médicos se volvieron hacia Aristóteles y lo saludaron con mucho respeto. Sabían que, entre los proyectos que el filósofo llevaba a cabo en el Liceo, se incluía una vasta historia de la medicina que narraba la vida y los logros de los médicos más destacados. Aquella obra recogía prácticamente todo el saber acumulado hasta entonces por la ciencia médica.

Prometeo forzó una sonrisa al tomar la mano que le ofrecía Aristóteles. Apenas había dormido desde el día de la final de lucha y sus ojeras eran tan oscuras que parecían pintadas con carbón.

—Tiresias, Basilio y ahora tú. —Su sonrisa tensa se estiró un poco más—. Entre los tres es imposible que no me curéis la pierna.

Aristóteles le apretó la mano y desvió la mirada para observar la rodilla.

«¡Oh, dioses...!»

Los médicos habían retirado el vendaje y los listones de madera con los que le habían entablillado la pierna en Olimpia. La articulación ya no estaba tan inflamada como debía de haber estado días atrás, lo que permitía ver que la cabeza de la tibia apretaba contra la piel de un modo antinatural.

—¿Quieres examinarlo? —Tiresias se levantó para ofrecerle la banqueta en la que había estado sentado.

Aristóteles se lo agradeció y ocupó su lugar. Envolvió suavemente la rodilla de Prometeo con las manos y cerró los ojos. En el Liceo no diseccionaban cadáveres humanos, pero llevaba muchos años haciéndolo con todo tipo de animales y analizando sus estructuras internas hasta el mínimo detalle. Evocó algunos de los diagramas que guardaba en papiro en su escuela. Representaban el interior de las rodillas de algunos grandes animales, como caballos y perros, y repasó mentalmente los elementos que las formaban.

Aumentó la presión poco a poco. Prometeo apenas fue

capaz de contener un largo gemido. Aristóteles sentía su dolor igual que si se lo estuviera causando a su propio hijo, pero a través de lo que sus dedos percibían podía intuir el interior de su articulación como si vislumbrara uno de sus diagramas. Tal como se había temido, la cabeza de la tibia estaba rota y los trozos desplazados de hueso no podían colocarse mejor.

«En Olimpia hicieron un buen trabajo. Nadie habría podido arreglar este destrozo.»

Abrió los ojos y la mirada anhelante de Prometeo lo llenó de congoja.

«Confía en mí como si yo fuese un dios.»

—Hay un desplazamiento... —Su voz surgió como un susurro áspero y carraspeó para aclarársela—. Se ha producido un desplazamiento notable de huesos, al menos en la tibia. Además, probablemente haya rotura completa de varios de los tejidos más blandos, si bien los principales tendones parecen enteros. —Se volvió hacia el médico Tiresias, que se mostró de acuerdo.

Prometeo seguía mirándolo sólo a él, aguardando en vilo su dictamen.

—La pierna tendrá que permanecer entablillada al menos un par de meses, hasta que los huesos suelden. Después podrás trabajar poco a poco para que los músculos ganen fuerza, y es probable que en otro par de meses te libres de las muletas.

Prometeo asintió sin apartar su mirada febril.

—Entonces, si todo va bien, ¿para el próximo verano podré volver a competir?

—Prometeo... —Aristóteles tragó saliva antes de continuar—. Vas a necesitar bastón el resto de tu vida, y es del todo imposible que puedas volver a luchar.

Aristóteles pasó entre las columnas del patio y observó el sol a media altura en el cielo despejado.

«Debería estar en el Liceo desde hace un buen rato.»

Esa mañana había quedado con su discípulo Eudemo de Rodas, que estaba al frente del equipo de trabajo encargado de recopilar toda la información necesaria para escribir una historia de las matemáticas, pero no quería marcharse sin Prometeo. Aquél era el primer día en que iba a ir él solo a su casa, cruzando las calles de Atenas con las muletas sin que nadie lo acompañara.

«Tiene que ser muy duro para él, pero es importante que lo afronte cuanto antes.»

Se había reunido con los médicos hacía un par de días y habían estado de acuerdo en que la pierna tenía que seguir entablillada al menos otras dos o tres semanas. No obstante, Prometeo ya podía desplazarse con muletas e incluso apoyar parte del peso en la pierna lesionada. Aunque fueran a quedar algo deformados, los huesos se estaban soldando.

«Lo que más me preocupa no es su pierna —se dijo con el ceño arrugado—, sino las heridas de su alma.»

En el patio apareció Pitias, su hija de doce años, acompañada por Herpilis. Pitias vestía una túnica de lino azul claro y llevaba en las manos una lujosa cítara que él le había regalado el año anterior. La estructura del instrumento la formaban dos cuernos de cabra, las cuerdas eran finos tendones y su caja de resonancia estaba hecha con el caparazón de una tortuga.

—Tu hija ha estado practicando una pieza nueva con su maestro de música. —El tono de Herpilis era suave como una brisa—. Quizás pueda mostrártela mientras esperas a Prometeo.

Aristóteles aceptó el ofrecimiento y su esposa encargó a unos esclavos que llevaran sillas al patio. También les pidió un pellejo relleno de agua caliente para que Aristóteles se lo colocara sobre el estómago, que le molestaba de forma intermitente desde hacía años. Cuando estuvieron sentados, Pitias comenzó a tocar una melodía dulce y tranquila.

«Su madre también era muy hábil con la cítara —recordó Aristóteles—. La tocaba a diario casi hasta que falleció. —Su expresión se relajó mientras observaba a su hija, que llevaba la cabellera negra recogida con alfileres de plata—. Cada día se parece más a ella.»

Se dejó llevar por los recuerdos mientras la música de Pitias lo envolvía. Después de permanecer dos décadas en la Academia de Platón, se había ido a Asos y allí había fundado su primera escuela de filosofía. Uno de sus discípulos fue Hermias, el tirano de Asos, el cual suavizó su gobierno gracias a la influencia de sus enseñanzas. El tercer año de su estancia en Asos se casó con Pitias, sobrina e hija adoptiva de Hermias, con la que tiempo después tuvo una hija a la que pusieron el mismo nombre que su madre.

De Asos se marcharon a Mitilene, en la que vivieron un año, y desde ahí se trasladaron a Macedonia, donde ejerció de maestro del futuro rey Alejandro. Cuando Alejandro se lanzó a la conquista del mundo, él regresó a Atenas y fundó el Liceo. Tan sólo unos meses después, su esposa Pitias murió.

Giró la cabeza para contemplar a Herpilis, que a su vez miraba cómo tocaba Pitias con la misma ternura que si fuese su propia hija.

«Los dioses la colocaron en nuestra casa.»

Herpilis había sido su ama de llaves desde que vivían en Asos y siempre había tratado a Pitias con mucho cariño. Dos años después de enviudar, se casó con ella y juntos tuvieron otro hijo, Nicómaco, que acababa de cumplir seis años.

La música cesó y Aristóteles se levantó para besar la frente de su hija.

—Gracias, ha sido un regalo magnífico.

El sonido de unos golpes lo interrumpió cuando iba a decirle algo a Herpilis. Un momento después, el esclavo de la puerta entró en el patio.

—Mi señor, Prometeo acaba de llegar.

Prometeo se quitó las muletas de las axilas y apoyó la espalda en el muro encalado de la vivienda de Aristóteles. Se enjugó el sudor de la frente con el borde de la túnica y levantó una mano para responder al saludo de dos hombres que pasaron delante de él.

«Al menos éstos no han apartado la mirada.»

Los observó mientras se alejaban hasta que oyó junto a él la voz de Aristóteles:

—Me alegro de verte. ¿Cómo te encuentras?

Prometeo apartó la espalda de la pared y se encogió de hombros.

—Dije que vendría y lo he hecho. Siento haber llegado tan tarde. —Había estado a punto de no salir de su casa, y mientras recorría las calles le habían dado ganas de darse la vuelta en una docena de ocasiones, cada vez que sentía el peso aplastante de la lástima que provocaba en la gente.

—Lo importante es que has venido, eso es otro avance. —La sonrisa de Aristóteles se acentuó y Prometeo temió lo que vendría a continuación—: ¿Te animas a que vayamos al Liceo dando un rodeo por la vía Panatenaica?

Prometeo agachó la cabeza con un suspiro. La vía Panatenaica era la avenida principal de Atenas, a aquella hora habría cientos de personas que la recorrían para acudir al mercado del ágora o a los templos de la Acrópolis.

—Claro, supongo que cuanta más gente mejor. —Miró a Aristóteles y su ceño se arrugó—. Entiendo que quieras que me acostumbre a que me vean... de este modo, pero ¿no sería más seguro para ti que fuéramos por calles menos transitadas?

Aristóteles movió la mano para restar importancia, un gesto que hacía últimamente con frecuencia. En su rostro eran evidentes las señales de cansancio y Prometeo pensó que debía de dormir muy poco.

—Si estás pensando en el día que atacaron mi casa, fue sólo un grupo de exaltados que enloquecieron con el decreto de Alejandro sobre los exiliados. Y enseguida acudieron atenienses sensatos a poner orden. —Aunque ya habían pasado dos meses, en su hombro seguía habiendo una llamativa cicatriz que procuraba tapar con la túnica—. Cuando voy por la calle lo único que recibo de vez en cuando es algún insulto. —Le dio una palmada en la espalda—. Y a nadie se le ocurriría atacarme yendo contigo.

«Más vale que tengas razón —pensó Prometeo—, porque no podría defenderte.»

Le alivió ver que irían con ellos los dos esclavos que solían acompañar a Aristóteles, hombres fuertes de aspecto resuelto con gruesos bastones que colgaban a un lado de su túnica corta. Encajó las muletas bajo las axilas, agarró los soportes de las manos y se echó hacia delante para avanzar.

Aristóteles señaló su pierna entablillada.

—¿No sientes ningún dolor?

—No. —Apartó la mirada al responder. Ya repartía su peso prácticamente por igual entre las dos piernas. La única molestia era la angustia de notar que la rodilla lesionada no sería capaz de flexionarse aunque no estuviera inmovilizada.

La calle desembocó en la vía Panatenaica, a la altura del mercado del ágora. Torcieron a la izquierda y caminaron por el centro de la amplia avenida flanqueados por tenderetes frente a los que se congregaban compradores y paseantes.

«A nadie parece preocuparle que estemos jugando con fuego al incumplir el decreto de Alejandro. —Prometeo no había podido asistir a la Asamblea en la que Hipérides había logrado que se aprobara esa decisión, pero él habría votado en contra. Contempló a los hombres que los rodeaban y frunció los labios—. Adentrarnos en ese camino es una locura, sólo sirve para ponernos a todos en peligro.»

La vía Panatenaica se volvía más empinada según se acercaba a la inmensa roca de la Acrópolis. A Prometeo le resultaba difícil avanzar con las muletas por aquella cuesta, pero se esforzaba para que no se notara. Se daba cuenta de que muchos rostros se giraban para no mirarlo y le parecía percibir el mismo pensamiento detrás de todos ellos: ya no era el nieto que iba a emular a Perseo, sino su nieto tullido.

«Perseo también sufrió lesiones graves en una rodilla», le había dicho alguien en un torpe intento de consolarlo. Negó con la cabeza. La diferencia era que a su abuelo Perseo lo habían herido con una flecha años después de que venciera en los Juegos Olímpicos.

«Mi abuelo era *olimpiónico* y un héroe de guerra. —Meneó de nuevo la cabeza—. Yo no soy nada.»

El bullicio que flotaba en el aire polvoriento del mercado del ágora no le impedía advertir que las conversaciones disminuían a su paso. Muchos atenienses procuraban no mirarlo a él directamente, pero se fijaban en Aristóteles sin ningún disimulo. Algunos murmuraban comentarios o mascullaban maldiciones cuando el filósofo pasaba con uno de sus esclavos guardianes a cada lado.

Poco a poco se acercaron al extremo sur del ágora. En una esquina se alzaba la casa de la moneda, donde se acuñaba la plata que Atenas extraía de las minas del Laurión. Entre los últimos puestos del mercado había algunos de cerámica y la expresión de Prometeo se ensombreció mientras los miraba.

—¿Cómo va la producción de vuestro horno? —preguntó Aristóteles como si le hubiera leído el pensamiento.

—Se mantiene, más o menos —respondió con una punzada de culpabilidad—. Mi madre paga al hijo de un vecino alfarero para que venga de vez en cuando a moldear vasijas o a encender el horno.

Él había intentado moldear vasos sencillos, o al menos cubrirlos con la pintura que en el horno se transformaba en esmalte negro, pero con la pierna estirada le resultaba muy difícil. Además, no tenía ninguna habilidad para la profesión de alfarero, otro motivo de frustración respecto a su abuelo Perseo, que había sido muy hábil tanto moldeando grandes vasijas como adornándolas con bellas pinturas que muy pocos eran capaces de igualar.

Continuaron ascendiendo la vía Panatenaica y se alejaron del ágora. Sin la distracción de los puestos del mercado, la gente se fijaba más en ellos. Aristóteles le estaba contando algo, pero Prometeo apenas se enteraba mientras permanecía vigilante a las reacciones que provocaba la presencia del filósofo. Al cabo de un rato llegaron al punto más elevado de la vía. A su izquierda se iniciaba la inmensa rampa escalonada que ascendía hasta los Propíleos, la entrada con forma de templo que daba acceso a la Acrópolis.

Prometeo advirtió que un grupo de hombres con túnicas suntuosas estaba descendiendo de la Acrópolis. Todo el mundo se apartaba para cederles el paso. Aristóteles también se fijó y se quedó inmóvil al reconocer al hombre obeso que marchaba en medio del grupo, ataviado con una túnica oriental de color púrpura con ribetes de oro y gruesos anillos en los dedos.

—Es Hárpalo —murmuró.

El tesorero de Alejandro había llegado a Atenas hacía un par de semanas. Esta vez Demóstenes, presionado por Hipérides, Creonte y otros hombres influyentes, había dado su aprobación a que lo acogieran. La única condición había sido que acudiera sin su ejército de mercenarios, que seguía en el cabo Ténaro.

—Será mejor que nos vayamos.

Prometeo se impulsó para avanzar con las muletas, pero

en ese momento Hárpalo soltó una exclamación y se detuvo al distinguir a Aristóteles. Se habían conocido en Macedonia, cuando el filósofo era el mentor de Alejandro y el propio Hárpalo había asistido a algunas de sus clases. Los hombres que acompañaban al tesorero también se detuvieron y centraron su atención en Aristóteles. Poco a poco, toda la gente que los rodeaba se percató de lo que ocurría y se extendió un silencio denso.

Hárpalo inclinó brevemente la cabeza hacia el filósofo. Le avergonzaba estar frente al maestro del rey Alejandro, a quien había robado y traicionado. Aristóteles respondió del mismo modo, mientras a su lado Prometeo observaba con inquietud la expresión de intenso desprecio que había aparecido en el semblante de Creonte. Apretó el agarre de las muletas con más fuerza. Un escalón más arriba del poderoso comerciante se encontraba Bitias, su temible guardaespaldas de rostro deformado por las quemaduras, que lo estaba contemplando a él con una mirada gélida.

Capítulo 11

Atenas, octubre de 324 a. C.

Penélope apoyó la mano en la espalda del hijo de Creonte.

—Si te alejas mucho de la mesa, la salsa te caerá encima de la túnica.

El pequeño Héctor cogió un trozo de cordero con los dedos, esperó a que goteara y se lo metió en la boca. Estaba bastante rollizo y sus manos eran regordetas como las de un bebé, pese a que ya tenía cuatro años. Estiró el brazo para coger otro trozo de la bandeja y Penélope lo detuvo.

—Primero traga lo que tienes en la boca.

Héctor resopló por la nariz, se dejó caer contra el respaldo y siguió masticando. Penélope lo observó mientras comía. Era su nodriza desde que hacía medio mes había desembarcado en el Pireo, que además de ser el puerto de Atenas era en sí mismo una ciudad con miles de habitantes. El marinero había cumplido su palabra y le había conseguido el trabajo, después de una lenta travesía en la que se habían detenido en algunos puertos para comerciar mientras ella permanecía oculta en la bodega.

—Ya puedes coger otro trozo. —Le puso la mano en la espalda para que se despegara del respaldo—. Acuérdate de acercarte a la mesa para que no te gotee.

El pequeño volvió a resoplar y Penélope pensó que cuando estaba enfadado se parecía más a su padre. Lo había visto sólo una vez, hacía dos días. Ella estaba jugando con Héctor en el patio cuando de pronto todo el mundo en la casa se alborotó y los esclavos empezaron a avisarse unos a otros de que había llegado su amo. Creonte solía quedarse en su mansión de Atenas mientras su esposa y su hijo vivían en la residencia que tenían en el Pireo. Ese día, no obstante, acudió al Pireo sin advertir previamente de su llegada.

Penélope, contagiada por la tensión general, se había quedado de pie con el niño en una esquina mientras los esclavos corrían de un lado a otro. La esposa de Creonte apareció en el patio tan engalanada como era habitual, con una lujosa túnica sobre su vestido color azafrán, un elaborado peinado y en el rostro un maquillaje de polvo de plomo que volvía su piel más blanca. Penélope había oído en Esparta que las atenienses de clase alta dedicaban horas a arreglarse aunque no fueran a salir de casa, pero no se había creído aquello del todo hasta que había llegado a Atenas.

Creonte entró acompañado de algunos esclavos y de un hombre muy robusto con quemaduras en la cara. Saludó a su esposa con formalidad, sin que llegaran a tocarse, y dedicó unas palabras a elogiar su aspecto. Enseguida miró alrededor, y al ver a su hijo se agachó con los brazos abiertos. Héctor corrió hacia él y Creonte lo levantó sin esfuerzo mientras el pequeño reía.

Su esposa se giró hacia Penélope y le hizo un gesto para que se acercara.

—Esposo mío, ésta es la nueva nodriza de Héctor. Se llama Penélope y es espartana.

Penélope inclinó la cabeza sin que Creonte la mirara.

—Una espartana, buena idea. —Pellizcó un moflete carnoso de su hijo—. ¿Sabes que la nodriza de Alcibíades era espartana? Se llamaba Amicla, y él la quería mucho. —Le hizo cosquillas y el pequeño se retorció de risa—. ¿Verdad que vas a obedecerla, y te vas a volver tan importante como lo fue Alcibíades?

Se entretuvo un momento más con su hijo y luego se lo entregó a Penélope con intención de irse. Cuando lo dejaba en sus brazos, se sorprendió al advertir que ella era casi tan alta como él. Su mirada pasó con rapidez del rostro de la espartana a su cuerpo, y de nuevo a la claridad inusual de sus ojos.

En los labios de Creonte se atisbó una sonrisa, como si fuese a decir algo con intención de agradarla, pero dejó el gesto a medias y se limitó a darse la vuelta para internarse en la casa con su esposa.

Penélope siguió recordando, sin darse cuenta de que Héctor se manchaba la túnica. El modo en que la había mirado Creonte le había resultado desagradable, pero era otra cosa lo que le había puesto la piel de gallina. El hombre de la cara quemada había seguido a Creonte cuando éste había entrado en la casa. Al pasar junto a ella no había dejado de mirarla, con sus labios retraídos mostrando los dientes en una mueca voraz.

«Parecía un lobo que se dispone a atacar.»

Se le volvió a erizar la piel y rodeó con una mano la pulsera de Deyanira. Una esclava con el rostro desfigurado se acercó llevando una jarra de agua y Héctor la observó mientras le llenaba el vaso.

—Tienes nariz de burro —dijo de pronto echándose a reír.

Penélope dio un manotazo en la mesa que sobresaltó al hijo de Creonte.

—Pídele disculpas ahora mismo.

Los ojos del pequeño se abrieron con sorpresa. Miró a la joven, que se había retirado un paso y permanecía cabizbaja, y frunció el ceño en una expresión obstinada.

—No quiero. Es una esclava.

—Es una persona, y tienes que aprender a tratar con respeto a todo el mundo.

El niño apretó los labios y pensó en llamar a gritos a su madre. Pero ya había intentado desobedecer en otras ocasiones a esa nodriza y su madre se había puesto de parte de ella. Por alguna razón, le concedía más autoridad a aquella espartana que a las anteriores mujeres que se habían ocupado de él.

—Perdón —dijo enfurruñado.

—Muy bien. Saber disculparse es una gran virtud.

Héctor la miró de reojo, cogió con brusquedad otro trozo de carne y se lo metió en la boca. Cuando todavía lo estaba masticando, se giró hacia ella.

—Mi padre dice que esa esclava es muy fea, así que yo también puedo decirlo.

Penélope enarcó las cejas.

—Yo no tengo nada que opinar sobre lo que haga o diga tu padre, pero no creo que él te haya dicho que insultes a los esclavos.

El ceño de Héctor se arrugó mientras pensaba una respuesta.

—No es insultarla si digo la verdad —replicó—. Esa esclava antes era normal y vivía en Atenas, pero se volvió fea y mi padre hizo que viniera al Pireo para no tener que verla.

Penélope observó a la esclava, que permanecía junto a la pared con la cabeza agachada, y estuvo tentada de preguntarle al niño si había sido su padre quien le había aplastado la nariz. Sabía que la muchacha se llamaba Alesia. Ella procuraba tratarla con mucha amabilidad, porque era evidente que la habían maltratado y siempre estaba muy asustada.

A Héctor se le pasó el enfado al ver que no respondía y cogió un poco más de cordero de la bandeja.

—Aunque sea una esclava fea, dentro de poco volverá a Atenas —aseguró mientras masticaba—. Todos iremos, porque en invierno cerramos esta casa y nos vamos a vivir a Atenas con mi padre.

Capítulo 12

Atenas, octubre de 324 a. C.

Hárpalo paseó su mirada ebria por el salón de banquetes de Creonte.

«No es el palacio de Babilonia, pero no está mal.»

En el suelo había un gran mosaico que mostraba al héroe ateniense Teseo matando al Minotauro con sus propias manos. Los triclinios que rodeaban el mosaico tenían patas de león labradas con plata y almohadones tejidos con un lino tan fino que parecía seda. En el aire flotaba un aroma dulce a especias orientales y los envolvía la música que tocaban con habilidad unas citaristas.

Hárpalo bebió un trago de su *kilix*, la copa ancha y poco profunda que solían usar los atenienses, y sonrió mientras algunas gotas resbalaban de sus labios gruesos. Creonte había organizado un banquete espléndido en su honor, pero sin duda lo más destacado eran dos bailarinas libias que habían atrapado su atención desde que habían entrado en el salón.

Una de ellas pasó cerca de su triclinio y él se estiró y la agarró de la muñeca.

—¡Ven a descansar conmigo!

Dio un tirón y la joven cayó sobre la piel sudorosa de su enorme vientre, que estaba desnudo excepto por la guirnalda de hiedra que le habían puesto al comenzar el banquete. El vino se derramó sobre el triclinio y Hárpalo se rio y levantó su *kilix* para pedir que lo rellenaran mientras rodeaba a la bailarina con el otro brazo.

—¡Demóstenes, cógete a la otra antes de que se te adelanten!

El orador ocupaba el triclinio inmediato al suyo. Lo miró con una sonrisa que no ocultaba su desagrado y alzó una mano para declinar el ofrecimiento.

«Afortunadamente no le hace tantos ascos al oro», pensó Hárpalo.

Poco después de que llegara a Atenas, había conseguido que Demóstenes lo visitara en la casa que había alquilado. Con aire casual le mostró algunas piezas del tesoro que había arrebatado a Alejandro, manteniéndose atento al rostro del orador, y enseguida vio con toda claridad la reacción que buscaba. El mismo destello inconfundible que había visto en la mirada de tantos hombres ante la presencia de grandes riquezas.

—Qué gruesa es esta copa —comentó Demóstenes ante una elaborada vasija de oro.

La miraba casi con indiferencia, pero era evidente que deseaba tocarla. Hárpalo la cogió y se la puso en las manos.

—Es tan pesada que apenas sirve para beber en ella, ¿verdad?

—Sí... —Demóstenes la sostenía como si fuese un objeto sagrado. Las arrugas de sus ojos casi habían desaparecido de tanto que los abría—. ¿Sabes cuánto pesa exactamente?

Hárpalo esperó hasta que la mirada de Demóstenes se detuvo en la suya.

—Para ti pesará veinte talentos.[5]

Los labios de Demóstenes se entreabrieron y asintió en silencio. Esa misma tarde, Hárpalo hizo que le llevaran la copa junto al resto del oro necesario para completar la cantidad mencionada.

«Es una suma notable —se dijo Hárpalo—, pero dos días después ya había merecido la pena.» Antípatro hizo llegar a Atenas un requerimiento para que lo apresaran y lo enviaran a Macedonia. En la Asamblea en la que los atenienses votaron

5. Cada talento son seis mil dracmas, por lo que la cantidad mencionada equivale a ciento veinte mil dracmas. La dracma era tanto una unidad de peso (4,36 gramos en Atenas) como una unidad monetaria (ese mismo peso en plata). En el diálogo —tal como está recogido parcialmente en Plutarco, *Vida de Demóstenes*—, los dos personajes juegan con ese doble sentido de valor y peso. Dado que la proporción entre el valor del oro y la plata en aquella época era aproximadamente de quince a uno, podemos saber que Hárpalo sobornó a Demóstenes con unos 35 kilos de oro.

si obedecían o no, Demóstenes simuló una enfermedad para no intervenir. Eso fue determinante para que se impusiera el bando de Hipérides, partidario de rechazar la petición de Antípatro.

Hárpalo manoseó los muslos oscuros de la bailarina, satisfecho de haber podido comprar con su oro al más influyente de los oradores atenienses. De pronto se quedó paralizado. Entre las risas y el bullicio del banquete acababa de oír que alguien se refería a él como «el tesorero de Alejandro». Eso hizo que empezara a pensar en su rey, de quien había sido amigo desde la infancia. Su respiración se agitó y notó que le faltaba el aire. Había traicionado a Alejandro en otra ocasión y éste lo había perdonado, pero eso nunca volvería a suceder.

«Ahora me despedazaría.»

Hacía varios años que no se veían, desde que él se había quedado como tesorero en Babilonia y Alejandro había continuado hacia Oriente. «Las noticias se volvieron más escasas según se alejaba —recordó con la mirada perdida—, incluso pasaron varios meses sin que se supiera nada de él.» Llegó a estar convencido de que Alejandro había muerto, de que nunca tendría que rendirle cuentas por la vida de gastos desaforados a la que llevaba años entregado. Pero de repente recibieron la noticia de que estaba regresando de la India y era cuestión de meses que llegara a Babilonia.

Levantó su copa para dar un largo trago. Todo el mundo decía que Alejandro había cambiado, que se había vuelto más despiadado. Cada día se enteraban de nuevos hombres que ocupaban cargos importantes a los que ejecutaba en su camino de regreso, insatisfecho con la administración que habían llevado a cabo durante su ausencia.

«Por fortuna, ahora estoy fuera de su alcance.»

Bebió más vino. Era fuerte y sintió que se tranquilizaba. Su oro había comprado la voluntad de varios atenienses importantes, y otros hacía tiempo que estaban dispuestos a enfrentarse al poder de Macedonia. Alzó la copa y bebió hasta apurarla mientras agarraba la carne firme de la bailarina.

—¡Mas vino!

Demóstenes se sobresaltó con su grito y Hárpalo le dirigió una sonrisa burlona.

—Tienes que relajarte, dejarte llevar...

Le pidió a la bailarina que echara el cuerpo hacia atrás y se juntara los pechos con las manos. Levantó por encima de ella la copa que acababan de rellenarle y la inclinó haciendo que cayera un chorrillo de vino en el hueco de los senos.

Se agachó con la boca abierta y comenzó a lamerlo.

—Está claro que Hárpalo se divierte.

Creonte volvió la cabeza al oír la voz de Hipérides, que ocupaba un triclinio contiguo al suyo.

—Es un hombre de gustos caros, pero fácil de contentar. Con un buen banquete, buen vino y mujeres se olvida de que Alejandro quiere su cabeza en una bandeja.

Hipérides se encogió de hombros sin apartar la mirada del tesorero.

—Que lo olvide de noche, si quiere, siempre que lo recuerde de día.

Creonte asintió mientras contemplaba a Hárpalo y a Demóstenes. Después de que se promulgara el decreto de Alejandro que tanto los perjudicaba, habían contactado en secreto con Hárpalo. La Asamblea decidió acogerlo gracias al renovado odio contra Macedonia y a los discursos de Hipérides, que apeló a favor del tesorero recordando que en el pasado había ayudado a Atenas con grandes envíos de trigo. Demóstenes tuvo el sentido común de no oponerse a la voluntad mayoritaria de la Asamblea, pero Creonte sabía que estaba en contra de esa decisión.

Se inclinó hacia el triclinio de Hipérides.

—No me fío de Demóstenes. Mira lo nervioso que está. Estoy seguro de que tiene pesadillas con el general Antípatro desde que la Asamblea rechazó su requerimiento de que entregáramos a Hárpalo. Entonces no quiso intervenir —no se creían que Demóstenes realmente hubiera estado enfermo—, pero debe de estar rompiéndose la cabeza para encontrar el modo de congraciarse con Antípatro.

—Nadie se fía de Demóstenes menos que yo, pero el tiempo corre de nuestra parte. —Hipérides se acomodó en el triclinio. Cada día parecía más seguro de sí mismo—. Mientras

Hárpalo permanezca en Atenas, las demás ciudades que se oponen a Alejandro creerán que podemos disponer de su ejército y su tesoro. Gracias a eso conseguiremos más aliados para levantarnos contra Macedonia.

Creonte mostró su acuerdo con un breve asentimiento. Habían enviado algunos hombres en secreto para tantear la posibilidad de que otras ciudades se unieran a ellos, aunque todavía no habían recibido ninguna respuesta. Se preguntó una vez más si Antípatro llegaría a atacarlos por no entregar a Hárpalo. La relación con Macedonia era bastante tensa desde que se habían negado a acatar el decreto de los exiliados, y lo del tesorero los había enfurecido aún más.

«Quizás estén esperando instrucciones del rey Alejandro», se dijo poco convencido. El rey se encontraba en Susa, más allá de Babilonia. Un mensaje tardaría más de un mes en llegar y su respuesta se demoraría otro tanto.

Rogó a los dioses que se les unieran varias ciudades antes de que Alejandro o Antípatro decidieran atacarlos. Cogió su *kilix* y se sintió mejor después de dar un buen trago. Esa noche estaba ofreciendo su mejor vino de Biblos y había encargado a sus esclavos que prepararan una mezcla contundente, con sólo una parte de agua por cada parte de vino. La inusual fuerza de la bebida se notaba en el ambiente. La tensión de estar conspirando contra Macedonia se había disuelto y las risas de sus invitados se imponían cada vez más a la música de las citaristas.

Alguien alzó la copa para brindar por él. Respondió con aire distraído, bebió de nuevo y se quedó ensimismado. Acababa de recordar que esa mañana, cuando bajaba con Hárpalo la rampa de la Acrópolis, se había cruzado con Aristóteles. Al filósofo lo acompañaba Prometeo, el malogrado nieto de Perseo, y una triste escolta de dos esclavos armados con bastones.

«De poco te van a servir cuando Atenas se levante contra Macedonia.»

Apuró su vino y dejó el *kilix* en la mesita. Mientras se lo rellenaban, observó a la segunda bailarina que había contratado. Tenía la piel tan oscura como su compañera y al danzar sobre el mosaico hacía tintinear las ajorcas doradas que llevaba en los tobillos. Lo único que cubría su cuerpo eran unos velos muy finos que se alzaban en cada giro mostrando brevemente su desnudez. Creonte había pagado una buena cantidad al propietario de aquellas esclavas para tenerlas esa noche en su casa, y se dijo que merecía la pena.

Se giró para echar un vistazo a las dos citaristas que habían venido con las bailarinas. Tenían la piel más clara, probablemente fuesen tracias. Una de ellas le llamó especialmente la atención. Era bastante alta y su túnica corta revelaba un cuerpo fuerte como el de una amazona. Sus miradas se cruzaron y él esperó la sonrisa dispuesta de las esclavas, pero la joven apartó los ojos con una expresión dura. En ese instante supo por qué se había fijado en ella y se sintió inflamado de lujuria. Le recordaba a la nodriza de su hijo, la espartana que había visto hacía unos días cuando había ido con Bitias a su casa del Pireo.

«Penélope», recordó que se llamaba.

Levantó la mano hacia la citarista e hizo un gesto para que se acercara que la joven no pudo ignorar. Se apartó de la pared sin dejar de tañer su instrumento, rodeó el triclinio y se quedó de pie frente a él.

—Siéntate aquí —ordenó Creonte con la voz ronca de deseo—. Y sigue tocando.

La citarista obedeció y se sentó en el borde del triclinio. Creonte se alegró de que le diera la espalda, de ese modo le resultaba más fácil imaginarse que se trataba de la espartana Penélope.

Le soltó el broche que sujetaba la túnica y comenzó a acariciar su cuerpo.

Capítulo 13

Persia, entre Susa y Ecbatana, noviembre de 324 a. C.

Alejandro había detenido su caballo de paseo en lo alto de una colina. Hasta donde le alcanzaba la vista se extendía una llanura en la que pacían grandes manadas de caballos, una imagen que lo había complacido hasta que había vuelto a pensar en los malditos atenienses.

—¿Qué creéis que debería hacer con Atenas? —preguntó sin volverse.

Hefestión y Ptolomeo adelantaron sus monturas hasta ponerse a su altura. Hefestión llevaba el mismo atuendo oriental que el rey —pantalones anchos y una colorida túnica que ajustaba con un ceñidor—, mientras que Ptolomeo vestía una sencilla túnica macedonia.

—Han incumplido tu decreto —respondió Ptolomeo— y están deteniendo a los exiliados samios que regresan a su patria. Sin embargo, nos separan más de diez mil estadios y Antípatro se encarga de los asuntos de Grecia. Creo que no hay que preocuparse por Atenas... a menos que no te fíes de Antípatro.

El ceño de Alejandro se frunció un poco más ante la sugerencia de traición.

—Pienso igual que Ptolomeo —intervino Hefestión—. Atenas es un problema menor del que debe ocuparse Antípatro.

Alejandro tiró de las riendas irritado.

—Atenas no es una ciudad cualquiera, por todos los dioses —les recriminó mientras iniciaban el camino de descenso—. Atenas es el corazón de Grecia. Su reacción al decreto no me preocupa, es sólo una pataleta que les podemos permitir por un tiempo, lo que me preocupa es que cometan la estupidez de dejar entrar a Hárpalo. Eso no sería una pataleta, sino un desafío que no podemos tolerar.

Ptolomeo lo miró extrañado.

—¿Por qué piensas que los atenienses van a cambiar de idea? Lo último que sabemos es que rechazaron a Hárpalo cuando se presentó en el Pireo.

Alejandro resopló con desdén.

—Tengo más confianza en un escorpión que en la mayoría de los oradores atenienses. Además, las comunicaciones tardan más de un mes y el último mensaje de Antípatro decía que Hárpalo estaba en el cabo Ténaro, a menos de una semana de navegación de Atenas. Demasiado cerca. Antípatro sabe hacer su trabajo, ya aplastó hace unos años a los espartanos, pero por si acaso le he escrito para que no permita de ningún modo que Atenas conspire con Hárpalo. Por otra parte, se supone que las ciudades griegas son nuestras aliadas, y que uno de los motivos de la expedición contra Persia era vengar la invasión de Grecia por parte de los persas. Eso dejaría de tener sentido si además de conquistar Persia tenemos que aplastar Atenas. Lo haré, si es necesario, pero preferiría evitarlo.

Continuaron avanzando en silencio. Los seguía una escolta de soldados persas y macedonios, y más atrás la comitiva de funcionarios, adivinos y aduladores varios que solía acompañar a Alejandro. El camino hizo un recodo y divisaron al pie de la colina el enorme campamento que habían establecido hacía dos días. La mirada de Alejandro se dirigió a una explanada situada a la derecha de las hileras de tiendas. Allí se estaba entrenando el último contingente que había engrosado las filas de su ejército: un cuerpo de treinta mil jóvenes persas que había dejado a cargo de maestros e instructores griegos antes de partir hacia la India.

El rostro de Alejandro se ensombreció al recordar el resultado de aquella expedición. Hacía dos años, después de ocho de incesantes conquistas —Siria, Egipto, toda Persia, parte de la India...—, sus soldados macedonios se negaron a seguir avanzando. Habían arriesgado la vida por él una y otra vez, mostrando una lealtad y una devoción prácticamente ilimitadas; sin embargo, no compartían su ambición inagotable de conquistas y querían regresar a su patria, o al menos no llevar una vida que consistiera sólo en encadenar una campaña tras otra sin importar los peligros que entrañaran. Alejandro estuvo tres días intentando que cambiaran de idea, pero fue en vano, y además los sacrificios que realizó esos días no resultaron propicios. No le quedó más remedio que aceptar la voluntad de sus hombres y renunciar a internarse más en la India. Para marcar el límite de sus conquistas, y dar gracias a los dioses por todo lo que habían conseguido, ordenó que se construyeran a lo largo de la frontera oriental de su imperio doce altares tan altos y anchos como torres.

«Después iniciamos el camino de regreso a Persia», recordó apesadumbrado. Dividió su ejército en tres partes, y la que él comandaba descendió el curso de los grandes ríos de la India hasta llegar al mar. Allí giraron hacia el oeste y tuvieron que atravesar un extenso desierto en la región de Gedrosia. En los dos meses que duró la travesía del desierto, la falta de agua y comida mató a tres de cada cuatro hombres que formaban su expedición.

Alejandro apretó los dientes. Jamás olvidaría los gritos desesperados de las decenas de miles de moribundos a los que habían tenido que abandonar a lo largo del camino.[6]

—¿Te encuentras mal? —Hefestión lo miraba preocupado—. Tu rostro ha perdido el color y estás sudando.

Alejandro se pasó una mano por la frente y observó sus dedos húmedos.

—No pasa nada, estoy bien.

Atravesaron una pequeña arboleda y Alejandro contempló las primeras hileras de tiendas. Tras cruzar el desierto había repuesto con algunas tropas orientales parte de los soldados que había perdido, pero hasta que no llegaron a Susa no se incorporaron los treinta mil jóvenes persas que ahora se encontraban en el campamento. Su llegada provocó una avalancha de protestas entre los militares macedonios, que observaron con desdén la exhibición que hicieron los nuevos soldados para mostrar las habilidades que habían adquirido en los años de entrenamiento. Más tarde, cuando Alejandro licenció

6. Las principales fuentes históricas coinciden en resaltar la terrible mortandad que se produjo cuando Alejandro atravesó con su ejército el desierto de Gedrosia, así como la profunda huella que esa experiencia dejó en él.

a los macedonios que ya no eran aptos para el combate, las quejas arreciaron.

—¡Si prefieres rodearte de esos persas, envíanos a todos a casa! —le gritaron con desprecio.

—¡Ve a conquistar el orbe con esos jovencitos bailarines!

Las protestas se intensificaron hasta convertirse en un motín y Alejandro actuó con una contundencia furiosa. Ejecutó a trece de los cabecillas y colocó a varios persas entre sus oficiales de confianza y su guardia personal. Los macedonios le suplicaron durante días que los perdonara, y finalmente organizó un gran banquete de reconciliación. A los heridos y a los hombres que ya no podían combatir por haber envejecido durante la larga campaña los recompensó con generosidad, y los envió a Macedonia con el privilegio de poder ocupar los puestos de honor en el teatro y los juegos.

«Ya no habrá más rebeliones», se dijo con la mente puesta en sus siguientes proyectos. Se estaban dirigiendo a Ecbatana para detenerse allí un tiempo antes de continuar hacia la gran Babilonia, que pensaba convertir en la capital de su imperio. Cuando estuvieran en Babilonia...

Notó que la vista se le nublaba. Apoyó las manos en el cuello del caballo y cerró los ojos.

—¡Alejandro! —oyó que lo llamaba Hefestión.

—Estoy bien. —Respiró hondo e irguió la cabeza. Una nube de puntos negros emborronaba su vista—. Voy a mi tienda a descansar un poco.

—¿Quieres que te acompañe?

Normalmente no habría rechazado la compañía de su amado Hefestión, pero en aquel momento su preocupación lo irritó. Le hacía sentir que parecía débil.

—No. Quiero estar solo. —Clavó los talones en su montura y dejó atrás a sus compañeros.

Cerca de su enorme pabellón de estilo oriental se alzaban las tiendas de sus dos esposas. Aunque había pensado hablar con ellas esa mañana, pasó de largo. Hacía tres años se había casado por primera vez con Roxana, hija de un noble persa. Roxana estaba de un humor de perros desde que se había casado también con Estatira, la hija mayor de Darío, el gran rey de Persia cuyo trono ocupaba él ahora. Había organizado esa boda de modo que en la misma ceremonia se celebrara un gran número de matrimonios mixtos entre oficiales macedonios y mujeres de la nobleza persa. A Hefestión le había asignado como esposa a Dripetis, la hija menor de Darío.

Desmontó y pasó entre los soldados apostados en la puerta. En el interior del pabellón dos sirvientes persas se apresuraron a arrodillarse y se inclinaron hasta tocar el suelo con la frente.

—Traedme vino. Y agua.

Avanzó por el suelo alfombrado, apartó una puerta de lona y accedió a la cámara en la que se encontraba su lecho. Se tumbó boca arriba y apoyó la cabeza en un grueso cojín de plumas. Su mirada vagó por la tela abombada del techo y después se dirigió a los esclavos, que entraron para dejar dos copas de oro en una mesa que había junto a su cama y se postraron de nuevo al salir.

Cerró los ojos y permaneció un rato inmóvil, percibiendo como en un sueño los sonidos amortiguados que le llegaban del campamento. La sensación de mareo se mitigó sin llegar a desaparecer. Se sentó en el borde del lecho, cogió la copa de agua y bebió despacio. Luego se inclinó para mirar debajo de su cama. Allí tenía siempre una espada y una caja de madera que había formado parte del tesoro de Darío. La superficie de la caja estaba cuajada de incrustaciones de marfil y piedras preciosas. El resultado era tan bello que había debatido con algunos de sus amigos qué podía guardar en ella que hiciera justicia a tan valioso embalaje.

Puso la caja a su lado y levantó la tapa. En el interior había una copia de la *Ilíada* que le había entregado Aristóteles cuando era su maestro. Estaba compuesta por dos rollos de papiro protegidos por estuches de cuero. Tomó uno de ellos y sacó el rollo que contenía, enroscado alrededor de una varilla de madera a la que se habían añadido dos discos en los extremos para poder enrollar y desenrollar cómodamente el lienzo de papiro.

Lo colocó sobre la cama y lo hizo girar para empezar a leer las palabras de Homero:

«Canta, oh diosa, la cólera del Pelida Aquiles; cólera funesta que

causó infinitos males a los aqueos y precipitó al Hades muchas almas...»

Su mirada se detuvo en una anotación escrita en el margen del texto.

—Aristóteles... —murmuró mientras rozaba con un dedo las letras inclinadas que había trazado su maestro sobre el papiro. Habían pasado once años desde el día en que se habían despedido y lo había abrazado como a un padre. Durante la mayor parte de su campaña militar se habían escrito con frecuencia, pero aquella cercanía se había extinguido de un modo abrupto.

Negó lentamente con la cabeza. Aristóteles no había formado parte de su expedición, pero sí lo había hecho su sobrino Calístenes. Era un filósofo notable, de gran elocuencia, al que había encomendado la misión de ser el cronista oficial de toda la campaña. Aunque tenía un carácter un tanto arrogante, su franqueza y su dominio de la retórica le granjearon desde el principio muchos seguidores en el ejército, sobre todo entre los hombres más jóvenes. Aquello se convirtió en un problema cuando empezó a hablar en contra de las costumbres orientales que se adoptaban en la corte.

«Calístenes tuvo la culpa de lo que le ocurrió», se dijo con el rostro crispado.

Hacía tres años, poco antes de iniciar la expedición hacia la India, quería imponer entre todos sus súbditos la costumbre persa de la *proskýnesis* o postración, por la que los persas se arrodillaban e inclinaban el cuerpo ante sus reyes. Los macedonios eran los más reticentes a esa práctica, pues si bien entre los persas la *proskýnesis* era simplemente un acto de sumisión al hombre que detentaba la autoridad suprema, los griegos y los macedonios sólo se postraban de ese modo ante los dioses. Para empeorar las cosas, los macedonios tampoco habían acogido con agrado que el sacerdote del oráculo egipcio de Siwa, consagrado a Zeus-Amón, hubiera declarado que Alejandro era hijo de ese dios. Con anterioridad a aquello, no obstante, ya eran habituales las afirmaciones sobre la naturaleza divina de Alejandro. Su madre Olimpíade le había asegurado antes de que cruzara a Asia que no era hijo de Filipo, sino de Zeus. Olimpíade afirmaba que en su noche de bodas, en la que había quedado encinta, había escuchado un gran trueno a la vez que sentía que caía un rayo sobre su vientre.

Con el fin de convencer a quienes rechazaban la postración, Alejandro pidió a algunos de los sabios más ilustres de su corte que sacaran el tema en una de las grandes tertulias que solía celebrar. El sofista Anaxarco fue el primero en complacerlo. Se puso de pie frente a la nutrida audiencia que se había congregado y afirmó que sus hazañas eran mayores y más numerosas que las de Dionisio o Heracles, y que con mayor justicia que esas divinidades debía ser considerado un dios también por linaje.

—Por otra parte —dijo Anaxarco para concluir—, no hay ninguna duda de que los macedonios profesarán honores divinos a su rey cuando ya no esté en este mundo. Siendo así, ¿acaso no es lo más justo que lo honren como a un dios ahora que aún vive entre nosotros?

Se alzó un coro de elogios entre quienes compartían sus puntos de vista y varios hombres manifestaron a voces su voluntad de que se instaurara la *proskýnesis* en ese mismo momento. Los macedonios, en cambio, guardaban silencio irritados.

Calístenes alzó la mano para tomar la palabra.

—Anaxarco, no declaro a Alejandro indigno de ninguno de los honores que se puedan atribuir a los hombres. No obstante, debemos distinguir entre los honores propios de los hombres y aquellos que los hombres han reservado a los dioses, a quienes se erigen templos e imágenes, se reservan bosques sagrados, y en su honor se celebran libaciones y sacrificios.

Las palabras de Calístenes provocaron un murmullo en la sala. Muchas de las miradas se dirigieron a Alejandro, que continuó escuchando al sobrino de Aristóteles con una sonrisa tensa.

—Si la *proskýnesis* se reserva a la divinidad como máximo honor, es porque los dioses están en un plano superior a nosotros. No sería apropiado confundir esto y ensalzar a los hombres a una dignidad impropia de su condición, pues de ese modo estaríamos aminorando la honra de los dioses al ofrecerles los mismos honores que a los hombres. —Calístenes extendió una mano hacia el rey al tiempo que recorría con la mirada a los asistentes—. Alejandro no consentiría que ningún hombre accediera a los honores reales de un modo injusto, y con mayor razón se indignarían los dioses contra cualquier mortal que usurpara los honores divinos o consintiera que otros se los otorgaran.

Alejandro advirtió con irritación creciente que los macedonios asentían a cada uno de los argumentos de Calístenes. Éste alabó a continuación las virtudes de Alejandro como hombre, general y rey, y criticó a Anaxarco porque, siendo consejero del rey de Macedonia, se había comportado como si lo fuese de Jerjes, Cambises u otro rey persa al encabezar aquella propuesta.

El sofista Anaxarco contemplaba con expresión furibunda al sobrino de Aristóteles, que lo ignoró y se volvió hacia el rey.

—Ahora he de pedirte, Alejandro, que consideres lo siguiente: cuando regreses a Grecia, ¿vas a obligar a los griegos, que son los hombres que más aprecian su libertad, a aceptar la *proskýnesis*? ¿O tal vez eximirás de ella a los griegos y la mantendrás como afrentosa obligación para los macedonios? ¿No sería más adecuado delimitar de una vez por todas estas cuestiones de honores, de modo que recibas los que son propios del hombre de parte de griegos y macedonios, y reserves las costumbres de los bárbaros sólo para cuando te halles entre bárbaros?

Los macedonios manifestaron ruidosamente su satisfacción y Alejandro esperó a que se calmaran.[7] Se esforzaba para que su rostro no revelara la cólera que había crecido en su interior hasta apenas dejarle respirar. Aristóteles le había repetido en más de una ocasión que el camino a la virtud pasaba por controlar las emociones.

Cuando todo el mundo quedó en silencio, hizo un gesto con la cabeza hacia el sobrino de Aristóteles, como si agradeciera su intervención, y declaró con aire magnánimo que los griegos y los macedonios podían olvidarse para siempre de la *proskýnesis*.

7. La intervención de Calístenes en relación a la *proskýnesis*, así como las trágicas consecuencias que se narran a continuación, están tomadas de Arriano, que recoge estos pasajes con todo detalle en su *Anábasis de Alejandro Magno*. Con ligeras variaciones, o de forma más escueta, relatan los mismos sucesos Curcio, Justino y Plutarco.

Unos meses más tarde, un joven soldado llamado Hermolao, que asistía con frecuencia a las lecciones de Calístenes, fue detenido junto a otros hombres por conspirar para asesinar a Alejandro. Pese a que ninguno de ellos mencionó que el sobrino de Aristóteles estuviera implicado, el rey hizo que lo apresaran y lo encerraran en la misma mazmorra que los demás.

«Calístenes era el cabecilla. —Alejandro apartó las manos de la *Ilíada* que le había regalado Aristóteles con una sensación de náusea—. Sus ideas llenas de odio eran lo que movía a Hermolao y a los otros asesinos.»

El día siguiente a las detenciones convocó una asamblea de macedonios e hizo que llevaran a todos los conspiradores menos a Calístenes. Después de que confesaran su culpabilidad, les preguntó qué les había hecho él para que quisieran matarlo.

—Lo preguntas como si no lo supieras —respondió Hermolao—. Hemos planeado tu asesinato porque ya no gobiernas a los macedonios como a hombres libres, sino que nos dominas como a esclavos.

Alejandro tuvo que acallar las protestas que se extendieron por la asamblea.

—Continúa exponiendo lo que tu maestro Calístenes te ha enseñado —le dijo a Hermolao.

Éste hizo un gesto desdeñoso y respondió que el único origen de sus palabras eran los actos execrables de Alejandro. Criticó que negara descender de Filipo porque el oráculo de Zeus-Amón hubiese afirmado que era hijo del dios, y a continuación mencionó a varios hombres cercanos a Alejandro que habían arriesgado su vida por él y a los que el rey había compensado con la muerte, ya fuera por injustas sospechas, por ataques de cólera o por no soportar otra cosa que la sumisión propia de esclavos.

Nuevos gritos impidieron continuar a Hermolao, pero Alejandro insistió en que le permitieran hablar.

—Qué magnánimo te muestras —ironizó Hermolao—, gran rey Alejandro, ante jóvenes que no tenemos habilidad para expresarnos. Pero a Calístenes, que puede exponer la verdad con una claridad que no eres capaz de oscurecer, lo mantienes encerrado en prisión. Y lo haces porque no quieres que demuestre de un modo innegable que es inocente, como hemos afirmado una y otra vez todos los que nos conjuramos para arrebatarte la vida y salvar de ese modo a Macedonia.

«Calístenes no era inocente —Alejandro dio un largo trago a la copa de vino que le habían traído los esclavos—. Hermolao estaba mintiendo.»

Tras exculpar a Calístenes, Hermolao lo acusó de rechazar las tradiciones macedonias y adoptar las vestiduras y costumbres persas hasta el extremo de pretender que los macedonios se arrodillaran ante él y lo veneraran como a un dios. También le censuró que colocara a persas en puestos cada vez más altos de las jerarquías civil y militar, porque eso implicaba poner a los macedonios, que eran los vencedores, bajo el yugo de los vencidos.

—Por todo ello —proclamó Hermolao con voz vibrante—, lo que nosotros pretendíamos no era matar al rey de los macedonios, sino al rey de los persas.

Alejandro inspiró hondo un par de veces antes de responder a las acusaciones de Hermolao ante la asamblea de macedonios. Justificó uno a uno los homicidios que le había recriminado de personas próximas a él, y declaró que, a pesar de la tolerancia propia de su reinado, a veces no quedaba más remedio que repeler la violencia con violencia.

—La señal más evidente de mi clemencia es que ni siquiera sobre los vencidos ejerzo un poder despótico. En efecto, no he venido a Asia con la intención de destruir sus sociedades y asolar sus tierras, sino con el deseo de que, una vez sometidos, no lamentaran mi victoria. Gracias a eso, sus hombres forman parte de vuestras tropas y derraman la sangre por vuestro imperio. La lealtad sólo es duradera si se basa en el agradecimiento. Si queremos conservar Asia, no sólo atravesarla, debemos ser clementes con sus habitantes y su lealtad hará nuestro imperio eterno.

Paseó la mirada por la asamblea. Casi todos asentían a sus palabras, aunque hubiera algunos ceños fruncidos.

—Hermolao ha mencionado aquel oráculo de Zeus que me reconoció como hijo suyo. ¿Es que acaso están en mi mano las respuestas de los dioses? Zeus me ofreció el nombre de hijo y aceptarlo no nos ha perjudicado a lo largo de nuestras conquistas. Ojalá los indios, a quienes nos enfrentaremos dentro de poco, me creyeran un dios, pues la fama, esté o no fundada, a veces consigue tanto como las armas. —Señaló hacia Hermolao sin mirarlo—. Por último, hemos oído que este criminal me reprocha la adopción de costumbres persas. Baste decir que veo en otros pueblos costumbres que no deberíamos avergonzarnos de imitar, y que el único modo de gobernar un imperio tan grande es enseñando nosotros algo a los demás pueblos y al mismo tiempo aprendiendo algo de ellos.

La asamblea concluyó y Alejandro entregó a Hermolao y sus cómplices a sus compañeros de armas, que los torturaron y los ejecutaron. En el caso de Calístenes, ordenó que lo sometieran a tormento y que después lo colgaran hasta que muriera. Como un recordatorio de las consecuencias de conspirar contra él, dejó que su cuerpo maltrecho se bamboleara durante varios días a la vista de todos, devorado lentamente por los cuervos y los insectos.

Capítulo 14

Atenas, noviembre de 324 a. C.

Aristóteles apretó los labios mientras contemplaba el mapa de Persia oriental que le había enviado su sobrino poco antes de que Alejandro lo ejecutara. Además de escribir la crónica de la campaña militar, Calístenes había trabajado con algunos hombres para cartografiar los territorios que recorrían según se internaban en Asia. A lo largo de los años le había hecho llegar una docena de mapas, copiados en grandes tablas, que ahora colgaban de las paredes del Liceo.

Dejó escapar un suspiro al tiempo que negaba con la cabeza.

«Siempre fue incapaz de contener la lengua.»

En varias ocasiones había escrito a su sobrino aconsejándole prudencia, pero Calístenes había seguido enfrentándose a la corte de aduladores de Alejandro, y ni siquiera había tenido reparos en criticar al rey en público. Él no creía que su sobrino hubiera llegado a conspirar para asesinar a Alejandro, pero tampoco estaba completamente seguro.

«Puede que intentara acabar con su vida... Y puede que eso fuera lo correcto.»

Muchas personas estaban convencidas de que Alejandro se había ido trastornando a lo largo de su interminable campaña hasta el extremo de convertirse en un ser paranoico y sanguinario. Aunque a menudo trataba a los vencidos con magnanimidad, también era frecuente oír relatos en los que se comportaba de un modo cruel y despiadado.

«Mi sobrino Calístenes forma parte de una larga lista», se dijo con la mirada perdida en el mapa de Persia.

Alejandro había ejecutado al general Parmenión y a su hijo Filotas por sospechar de ellos; a su amigo Menandro, porque no quiso ocupar el cargo que le había designado de gobernador de un fuerte; a Clito, uno de sus amigos más íntimos, a quien Aristóteles conocía porque de muchacho había asistido a sus lecciones, lo había matado con sus propias manos después de que discutieran estando borrachos...

—La cólera de Aquiles —murmuró.

Alejandro también se dejaba llevar por arrebatos de ira cuando era su pupilo, y acababa de recordar una conversación que habían mantenido después de que se peleara con otros jóvenes.

—La virtud, Alejandro, no consiste en reprimir por completo las pasiones, sino en experimentarlas de manera adecuada. Es decir, por razones justas y en la medida apropiada. En esto reside el equilibrio en las pasiones y en las acciones, el punto medio entre el exceso y el defecto del que te he hablado en otras ocasiones, y que será lo que te guíe por el camino de la virtud.[8]

Alejandro frunció su ceño adolescente. Tenía un raspón en el pómulo y todavía estaba agitado por la pelea.

—¿No es la pasión lo que nos conduce a veces a grandes hazañas? —replicó—. ¿No fue la cólera lo que dio la victoria a Aquiles?

Aristóteles señaló la *Ilíada* que reposaba en una mesa cercana. Había escrito comentarios a la historia de Aquiles en los márgenes del papiro y se la había regalado a Alejandro el día anterior.

—La cólera de Aquiles causó grandes males tanto a los suyos como a sí mismo. —Buscó la mirada de Alejandro, que cuando estaba tranquilo era un joven reflexivo—. El hombre que no gobierna sus pasiones se convierte en esclavo de ellas, y un esclavo semejante no puede gobernar a otros hombres con justicia.

Aristóteles pasó una mano por el mapa que le había enviado Calístenes. Las arrugas de su entrecejo se hicieron más profundas.

8. Esta idea la expresa Aristóteles con palabras muy parecidas en su *Ética a Nicómaco*, que ya había escrito cuando ejerció de maestro de Alejandro, por lo que es muy posible que entre ellos tuviera lugar un diálogo similar al que vemos en este pasaje.

«¿Mi vida correría peligro si volviera a reunirme con Alejandro?»

Las cartas que recibía de su antiguo pupilo, antaño frecuentes y llenas de afecto, habían adquirido una formalidad fría y se habían vuelto muy esporádicas tras la ejecución de Calístenes. No sabía si aquella mudanza en el trato se debía a que Alejandro se sentía culpable por haber ejecutado a su sobrino, o a que consideraba que, de algún modo, él había sido el inductor de la conspiración para acabar con su vida. Quizás ambos motivos se entremezclaban en la enrevesada mente de Alejandro.

Se alejó del mapa y se dirigió a una mesa en la que trabajaban dos de sus discípulos. Estaban diseccionando un pulpo haciendo uso de unas pinzas y de unos cuchillos pequeños y muy afilados que había encargado a medida. Entornó los ojos para tratar de apreciar los detalles. En su tratado sobre la reproducción de los animales había descrito los moluscos con una minuciosidad que no tenía precedentes en todo lo que se había escrito hasta entonces. Muchas de sus anotaciones habían sorprendido a otros estudiosos, como la sugerencia de que los pulpos macho tuvieran una especie de pene en algunos de sus tentáculos.[9]

—Dejad que me acerque un poco más.

Cogió un trozo de cristal de cuarzo que había sobre la mesa, se agachó y colocó el cuarzo entre el animal y sus ojos hasta que consiguió ver con nitidez y a un tamaño mayor que el natural. Después se desplazó lentamente mientras observaba el interior del pulpo.

—Habéis expuesto muy bien todas las estructuras. —Se irguió y dejó el trozo de cuarzo en la mesa—. Estáis haciendo una labor excelente.

Se apartó para que siguieran trabajando. Les había encar-

9. Este dato de Aristóteles, que es correcto, fue rechazado hasta su redescubrimiento dos milenios más tarde, en pleno siglo XIX. Lo mismo ocurrió con muchas de las afirmaciones del filósofo, como que los elefantes pueden desplazarse bajo el agua sacando sólo la trompa, o que los pulpos son capaces de cambiar de color para mimetizarse con el entorno.

gado que hicieran diagramas del interior de algunos moluscos para una conferencia que iba a impartir al cabo de unos días, a la que asistirían algunos filósofos recién llegados de Argos y Corinto. Desde que había fundado el Liceo, si alguien estaba interesado en profundizar en el conocimiento de los animales, sabía que tenía que acudir a su escuela.

Se detuvo junto a la siguiente mesa, donde un hombre estaba trabajando con cuidado en la disección de un pequeño cangrejo de río. Tenía enfrente un dibujo en papiro que mostraba las estructuras internas de un cangrejo similar. Era uno de los diagramas que había elaborado él años atrás, durante una temporada que había pasado en Lesbos centrado en el estudio de los animales. El hombre iba anotando en una tablilla las diferencias que encontraba entre el espécimen que estaba estudiando y el diagrama.

Sentado a la misma mesa estaba Licas, uno de sus discípulos más jóvenes. Aristóteles advirtió que prestaba más atención al pulpo de la mesa de al lado que al pequeño cangrejo.

Le apoyó las manos en los hombros y el joven se sobresaltó.

—Estimado Licas, ¿no te parece que incluso las partes de aquellos animales que son considerados insignificantes muestran una disposición admirable?[10]

—Sí, maestro, es tan sólo... —Dirigió la mirada al dibujo del cangrejo y se quedó en silencio con la cabeza agachada.

—En todas las cosas de la naturaleza hay algo maravilloso —continuó Aristóteles—, pero debemos investigar no sólo las causas de los fenómenos celestiales, sino también las de los seres vivos más diminutos. Examina a fondo este pequeño cangrejo y después podrás comparar su estructura interna con la de ese pulpo que tanto parece interesarte. Procediendo de este modo obtendrás un gran provecho, pues estudiar las diferencias entre los animales es un excelente método para descubrir las leyes generales de la vida.

—Gracias, maestro —murmuró Licas inclinando la cabeza. Se concentró en la disección del cangrejo y Aristóteles se alejó de las mesas.

10. Las ideas que expone Aristóteles en este diálogo están recogidas en sus obras *Partes de los animales* e *Historia de los animales.*

Alejandro acudió de nuevo a su mente y su rostro se ensombreció. Se dirigió a la biblioteca que cubría por completo una de las paredes. Estaba formada por una retícula de huecos cuadrados que albergaba más de trescientos rollos de papiro, cada uno de ellos con una etiqueta que indicaba el nombre de la obra y el autor.

—Calístenes... Calístenes... —Recorrió una hilera de papiros con el dedo hasta que encontró lo que buscaba: el primer libro que había escrito su sobrino sobre Alejandro.

Estaba sacando el papiro de su estuche cuando oyó a su espalda la voz de Teofrasto.

—Aristóteles, ya es la hora.

Se dio la vuelta un tanto sorprendido. Tenía previsto impartir esa tarde una conferencia abierta al público sobre política, pero pensaba que aún quedaba tiempo.

—Está bien. —Devolvió el papiro de Calístenes a su sitio—. No les hagamos esperar.

A cada lado de la puerta de la sala había una columna truncada que servía de pedestal. Una de ellas sostenía la cabeza de un camello y sobre la otra se enroscaba una gruesa serpiente disecada. Eran regalos de Alejandro, que a lo largo de su campaña había enviado al Liceo todo tipo de plantas y animales exóticos, lo que había ayudado a Aristóteles a ampliar sus estudios sobre el mundo animal.

Pasó entre las columnas y tomó con Teofrasto el sendero que conducía a una hilera de edificaciones sencillas que utilizaban como aulas. Inspiró el aire fresco y ligeramente fragante al tiempo que contemplaba el entorno. En el terreno que ocupaba su escuela, en las afueras de Atenas, abundaban los olivos, cipreses y granados, así como los arbustos de romero, tomillo y lavanda. Entre los árboles se veía el largo pórtico que había hecho construir para poder pasear protegidos del sol y la lluvia. Solía conversar en él con sus discípulos mientras lo recorrían de lado a lado. En ese momento estaba casi vacío, lo que permitía distinguir en su interior algunos de los mapas que le había enviado su sobrino Calístenes. A la derecha de aquel pórtico habían levantado un pequeño templo consagrado a las Musas, y un centenar de pasos más allá se ubicaba el gimnasio en el que había impartido sus conferencias antes de que estuvieran terminados los primeros edificios de su escuela.

—¿Ha venido Prometeo?

Recibió una respuesta negativa de Teofrasto y asintió con los labios apretados. Prometeo no estaba tan interesado en la filosofía como su madre Altea, que había sido la primera mujer que había dado clases en la Academia de Platón, pero había asistido con cierta regularidad a sus conferencias antes de partirse la rodilla. Ahora pasaba la mayor parte del tiempo en los gimnasios, entrenando sin descanso en la medida que se lo permitía su pierna entablillada. Le venía bien no quedarse en casa, pero Aristóteles temía que estuviera albergando esperanzas de una recuperación que no podía producirse. «El choque con la realidad puede acabar hundiéndolo.»

Continuaron en silencio y levantó la mirada hasta el cercano monte Licabeto, conocido por la presencia de lobos en sus laderas. A los pies de aquel monte se encontraba el antiquísimo santuario de Apolo Liceo, del que había tomado el nombre aquel barrio de Atenas y también su propia escuela.[11] Por un momento pensó en la posibilidad de perder el Liceo y experimentó un vértigo repentino. La sensación de precariedad era más intensa por el hecho de que él no era el propietario del terreno que ocupaba su escuela. Al haber nacido en Estagira, no era ciudadano de Atenas, sino meteco —extranjero que residía en Atenas—, por lo que sus derechos eran mucho más limitados y no podía poseer terrenos ni viviendas. La parcela que ocupaba el Liceo se la habían cedido algunos ciudadanos prominentes.

Cerró los ojos y rogó a los dioses que ese apoyo se mantuviera mucho tiempo.

—¿Cuánta gente ha venido para la conferencia? —le preguntó a Teofrasto.

—Más o menos la mitad de lo habitual.

—Eso me temía. —Esbozó una sonrisa y trató de adoptar

11. *Lykos* significa lobo, y Apolo Liceo era el dios que protegía a los rebaños del ataque de los lobos. Los liceos de la actualidad toman su nombre del Liceo aristotélico, y por lo tanto, indirectamente, del dios Apolo Liceo.

un tono ligero—. Por lo visto, la presencia de Hárpalo no sólo pone en riesgo a Atenas, también perjudica a la filosofía.

Dos semanas antes había llegado un requerimiento de Antípatro exigiendo a la ciudad que entregara a Hárpalo y los atenienses se habían negado. Desde entonces se podía palpar el nerviosismo en el ambiente de Atenas, pero la tensión se había multiplicado hacía un par de días. Habían recibido otro requerimiento, esta vez por parte de Filóxeno, el almirante de la poderosa flota de Alejandro, y la ciudad se había negado de nuevo a entregar a Hárpalo.

—Los atenienses se están arriesgando demasiado —dijo Teofrasto—. Y lo que más me preocupa es que poco a poco los antimacedonios se están imponiendo. Eso es peligroso para Atenas... y también para ti.

Aristóteles asintió, no tenía sentido negar lo evidente.

Aristóteles, padre de la biología

Aristóteles abordó casi todas las ramas del saber, pero el estudio de los seres vivos fue sin duda una de sus principales cumbres intelectuales y marcó el inicio de la biología como ciencia.

Antes que él, los filósofos que se interesaban por los animales apenas recurrían al análisis empírico y a menudo generalizaban a partir de observaciones escasas y poco rigurosas. Aristóteles, en cambio, estudió metódicamente a los animales desde que era discípulo de Platón en la Academia, diseccionó ejemplares de más de cincuenta especies y recogió datos sobre más de quinientas. Partiendo de sus minuciosas observaciones, desarrolló teorías sobre anatomía, fisiología, comportamiento y reproducción en el mundo animal.

Además de la observación directa, Aristóteles llevó a cabo un estudio crítico de todas las obras relevantes que se habían publicado en su época. También realizó entrevistas a numerosos pescadores, apicultores y cazadores con el fin de aprovechar su experiencia. Sus análisis y reflexiones lo llevaron a concluir que «la naturaleza no hace nada en vano»; es decir, que en ella todo ocurre de un modo ordenado y dirigido a una finalidad. Con esa convicción, y persiguiendo comprender y exponer ese orden natural, alcanzó logros extraordinarios como reconocer el carácter mamífero de los cetáceos, distinguir los peces cartilaginosos de los óseos, o describir con precisión el desarrollo del embrión del pollo, las costumbres de las abejas y las cuatro cámaras del estómago de los rumiantes.

La influencia y el prestigio de Aristóteles en el estudio de los seres vivos han perdurado a lo largo de la historia. El propio Charles Darwin escribió en una carta: «Linneo y Cuvier fueron mis dos dioses, pero ambos son menores comparados con el gran Aristóteles».

Enciclopedia Universal, Socram Ofisis, 1931

Capítulo 15

Atenas, noviembre de 324 a. C.

Hárpalo alzó los ojos cerrados hacia el sol mientras un esclavo se encargaba de atar el elaborado correaje de sus sandalias de cuero. El día era fresco, pero la suave calidez que recibía en la cara lo adormecía.

Extendió los brazos y dos esclavos lo ayudaron a levantarse. Desde que había llegado a Atenas estaba recuperando con rapidez el peso que había perdido durante su larga huida de Alejandro. Se alisó la túnica por encima de la curva del vientre con una sonrisa satisfecha e hizo un gesto a la escolta de esclavos que iría con él hasta la casa de Hipérides. Los hombres salieron a vigilar la calle y él cruzó el patio de su mansión en dirección a la puerta.

De pronto su escolta volvió a entrar atropelladamente. Tras ellos lo hicieron varios soldados encabezados por un oficial.

El rostro de Hárpalo se volvió del color de la cera.

«No puede ser...»

Trató de acordarse de todos los atenienses a los que había sobornado, y de los pocos que se habían negado a aceptar su oro, pero el miedo enredaba sus pensamientos.

Intentó encontrar en la expresión severa del oficial un resquicio de codicia que le diera esperanza.

—Qué visita tan inesperada —dijo forzando una sonrisa—. ¿En qué puedo ayudarte?

El oficial hizo un gesto y los soldados lo rodearon.

—Hárpalo de Macedonia, quedas arrestado en nombre de Atenas.

Aristóteles entró en el aula de la conferencia, donde tan sólo lo aguardaba una docena de hombres. Observó discretamente sus rostros; quizás no era lo más prudente que impartiera una conferencia sobre filosofía política en aquel momento, pero la había convocado hacía un par de semanas, antes de que Antípatro y Filóxeno exigieran la entrega de Hárpalo y Atenas se negara.

—Sed bienvenidos al Liceo. —Lo habitual era que se quedara de pie, pero estaba cansado y pidió que colocaran una silla en la tarima que había frente a su auditorio—. Como sabéis, vamos a hablar de política. De filosofía política, no de los acontecimientos políticos recientes —se apresuró a añadir.

Algunos hombres esbozaron una sonrisa nerviosa.

—En primer lugar, es preciso que definamos al hombre como un «animal político». —Se alzaron algunas cejas entre quienes no habían oído antes aquella expresión—. El hombre es un animal que necesita a la sociedad, tanto para sobrevivir como para realizarse, ya que sólo las bestias y los dioses son autosuficientes. Además, es la propia naturaleza la que ha dado al hombre la necesidad y la capacidad de vivir en sociedad. —Se inclinó hacia delante—. Esto podemos verlo claramente en el hecho de que, a diferencia de otros animales, disponemos de la palabra, que nos permite expresar lo que es bueno y lo que es malo, lo justo y lo injusto, que sólo el hombre puede percibir. Sería absurdo pensar que la naturaleza nos hubiera dotado de algo superfluo, puesto que la naturaleza no hace nada en vano, así que vivir en sociedad es lo natural para el hombre.

Ahondó un poco más en aquella cuestión e hizo una pausa por si alguien quería hacer preguntas o comentarios. A menudo acudían a las conferencias del Liceo hombres que también habían escuchado a los filósofos de la Academia platónica o habían leído alguna obra de Platón. Lo que él había afirmado hasta entonces, la sociabilidad natural del hombre, también lo postulaba Platón. En ese sentido aquel punto no era conflictivo, pero más adelante iba a exponer otras ideas que contradecían la visión de su antiguo maestro.

—Una vez establecido que lo natural en el hombre es la asociación política, debemos indagar con mayor detalle en la finalidad de esta asociación. Por supuesto, no es sólo la existencia material de quienes se asocian. Igual que al hablar de ética nos preguntamos cómo puede ser feliz el hombre, al hablar de política debemos preguntarnos cómo pueden alcanzar la felicidad todos los hombres. Además, debemos establecer que todos los hombres tienen derecho a ser felices. —Aquello provocó nuevos gestos de extrañeza—. La política es la más alta de todas las ciencias y su mayor bien es la justicia. Por consiguiente, un Estado que vele más por los intereses de sus gobernantes que por los del conjunto de los ciudadanos será un Estado injusto.

A continuación expuso algunos ejemplos prácticos. Estaba llevando a cabo junto a Teofrasto la recopilación y análisis de más de ciento cincuenta constituciones de otras tantas ciudades. También estaba estudiando las opiniones de otros autores sobre cómo debía ser la mejor constitución. Su objetivo, como el de Platón, era definir una constitución ideal, aunque su método era diferente al de los autores que lo habían precedido. Analizando los casos reales, y prescindiendo de planteamientos utópicos, quería aprovechar lo mejor de los logros políticos existentes.

Un joven de espesa barba negra intervino con brusquedad.

—He leído alguna de tus obras. Pese a que el divino Platón fue tu maestro durante veinte años, criticas sin cesar sus ideas sobre política.

Aristóteles asintió despacio antes de responder. Estaba acostumbrado a que se presentara de vez en cuando un seguidor de la Academia platónica y le echase en cara que algunas de sus ideas fueran diferentes, incluso opuestas, a las de quien había sido su mentor durante tanto tiempo. No se lo reprochaba, era natural que a veces los jóvenes asumieran a ciegas las ideas de sus maestros, con una actitud más propia de la religión que de la filosofía, y las defendiesen de un modo impetuoso.

—No hay duda de que los diálogos de Platón son eminentemente notables —contestó con calma— y que están llenos de elegancia, originalidad e imaginación. Sin embargo, no mantienen siempre el mismo nivel de precisión, y hay cuestiones que se tratan de forma insuficiente. Estoy de acuerdo con muchos de los planteamientos que hace Platón en el *Político*: considero que el hombre de Estado tiene que destacar en virtud y justicia, y que además de lealtad al régimen establecido debe poseer una gran capacidad para los asuntos de la administración. Por otra parte, creo que el régimen aristocrático que expone Platón en *La república* está demasiado alejado de lo posible. El estudio de las constituciones y la realidad histórica nos llevan a concluir que el mejor régimen es una democracia moderada.

El seguidor de la Academia lo miraba con el ceño arrugado mientras él exponía los detalles de aquella democracia moderada, de la que participaría una amplia clase media. Su constitución contendría elementos de diversos regímenes, aprovechando lo que mejor había funcionado en constituciones mixtas como las de Esparta, Creta y Cartago. Con visión pragmática, hacía especial hincapié en garantizar la separación de poderes y resaltaba la importancia de que todos los ciudadanos pudieran participar en la Asamblea, los tribunales y las magistraturas.

En la comparación que estaba haciendo con las ideas de Platón se podía sentir el enorme afecto y respeto que siempre conservaría por su gran maestro, pero se dio cuenta de que el joven iba a volver a protestar y sacó a colación otro de los puntos en los que coincidían.

—En mi obra *Sobre la educación* expongo la gran importancia que tiene la educación en la polis, como ya expuso Platón. La educación debe ser común a todos y tener como finalidad el desarrollo moral de los ciudadanos. Hemos de prestar especial atención a la música, por la influencia que ejerce en el carácter, teniendo en cuenta que el modo dórico proporciona al alma una calma perfecta, mientras que el modo frigio nos llena de pasión y entusiasmo. En cuanto a los niños, los magistrados encargados de la educación deben vigilar con el mayor cuidado las palabras y los cuentos que lleguen a sus oídos. Y al igual que proscribimos las palabras indecentes, hemos de hacer lo mismo con las pinturas y las representaciones obscenas. Los magistrados deben asegurarse de que ninguna estatua ni dibujo recuerde ideas de este género, a no ser en los templos de aquellos dioses a quienes la ley misma permite la obscenidad.

Varios hombres murmuraron mostrándose de acuerdo. Aristóteles pensaba pasar a otro punto más neutro, pero el joven de antes volvió a alzar la voz:

—El rey Alejandro parece empeñado en tratar a los bárbaros igual que a los griegos. —La mención de Alejandro hizo que el ambiente se tensara de inmediato—. Ha fundado innumerables ciudades en las que bárbaros y griegos son ciudadanos con los mismos derechos, en su ejército se mezclan por igual ambas razas y sabemos que se han celebrado miles de bodas mixtas entre sus soldados y mujeres persas. Incluso él mismo está casado con dos mujeres persas, y con ninguna griega. ¿Cuál es tu opinión sobre esa política de tratar como iguales a los griegos y a los bárbaros? ¿Qué le dices al respecto en las cartas que le escribes?

Aquella pregunta desvelaba una actitud marcadamente hostil que Aristóteles no esperaba. Tardó un momento en reaccionar mientras todos los asistentes aguardaban en silencio su respuesta.

—Creo que sabes que desde hace años apenas he cruzado alguna carta con el rey Alejandro —contestó lentamente, sin querer aludir de manera explícita a la muerte de su sobrino Calístenes—. Y si lees mis obras, sabrás que le aconsejé que se comportara con los griegos como un caudillo, tratándolos como iguales, mientras que a los bárbaros que sometiera los tratase como un amo a sus siervos.

Aquél era otro punto de fricción que mantenía con Alejandro, que según extendía sus conquistas iba desarrollando una visión del mundo que casi nadie compartía. Su política de fusionar las razas era tan ajena al pensamiento griego como su visión de cambiar el marco de la polis —la ciudad-Estado griega— por el de un imperio en el que las ciudades eran sólo unidades dependientes de un Estado central.

De pronto se oyó a través de la puerta abierta un barullo de voces agitadas que se extendía con rapidez por el Liceo. Aristóteles se levantó y en ese momento apareció Teofrasto en el umbral con una expresión de desconcierto.

—¿Qué ocurre? —inquirió Aristóteles.

—Se trata de Hárpalo, el tesorero de Alejandro... Demóstenes acaba de hacer que lo detengan.

Capítulo 16

Atenas, noviembre de 324 a. C.

Penélope observó con el ceño fruncido a los esclavos que estaban con ella en la cocina. Hacía un par de días habían dejado la casa del Pireo y se habían trasladado a la mansión que tenía Creonte en Atenas.

«Parecemos un grupo de condenados a muerte.»

En la enorme cocina todo el mundo permanecía en silencio, como si nadie se atreviese a hablar. Lo único que se oía era el borboteo de una olla de cobre sobre las brasas del hogar, el repiqueteo de unos cuchillos que picaban verdura y los chasquidos de los piñones que Alesia, la esclava de la nariz aplastada, abría en el suelo.

Penélope contempló con pena a la muchacha. Hablando con otros empleados de la casa se había enterado de que Creonte había abusado de ella durante mucho tiempo. También había sido él quien le había roto la nariz de un puñetazo.

Oyó a su espalda unos pasos pesados y supo de un modo instintivo que era Bitias. Su cuerpo se puso rígido mientras el guardaespaldas de Creonte rodeaba la mesa y se sentaba enfrente de ella.

—Esclava —le dijo con rudeza a Alesia—, deja eso y tráeme vino.

La muchacha se apresuró a obedecer. Bitias la siguió con la mirada y luego volvió su rostro quemado a Penélope, que esbozó una sonrisa y bajó los ojos.

La voz áspera del guardaespaldas resonó de nuevo.

—Esclava, sirve también una copa a la nodriza.

Penélope estuvo a punto de rechazar el vino, pero se contuvo e inclinó la cabeza como gesto de agradecimiento. Los labios deformados de Bitias se abrieron mostrando sus dientes oscuros más de lo habitual. Probablemente le estaba sonriendo, pero la mirada fría que clavaba en ella le resultaba espeluznante.

Bitias dio varios tragos a su copa sin dejar de mirar a Penélope. La boca retorcida hacía que le cayera por la barbilla un hilo de vino que se retiraba de vez en cuando con el dorso de la mano.

«Maldita zorra —pensó mientras la contemplaba—; es igual que todas las mujeres, le doy asco y miedo.» Bebió otro trago y notó que el vino le goteaba en la túnica. La espartana tenía sus extraños ojos claros clavados en la mesa y sintió el impulso de agarrarla del pelo y gritarle que lo mirara. En los burdeles solía ordenar a las mujeres que no apartaran la mirada. A las que no eran capaces de obedecer las abofeteaba hasta que se quedaban mirándolo o perdían el conocimiento. Llevaba varios anillos y algunas habían quedado tan desfiguradas como él.

Al recordar aquello dejó escapar una risa cruel.

Penélope se estremeció. Sentía la brutalidad y el odio de Bitias como si la envolviera un viento gélido. No sabía si lo ofendería más que lo mirara o que no lo hiciera y mantuvo los ojos bajos mientras daba un sorbo a su vino.

«Si me atacara no podría hacer nada, es demasiado fuerte.»

En ese momento se acordó de que su madre le había enseñado a preparar algunos venenos con plantas que crecían en Esparta. La propia Deyanira había intentado emplear uno de ellos para acabar con el marido que la maltrataba, y su madre decía que ella tenía que conocer aquellos venenos por si se veía en una situación similar.

Bitias dejó la copa dando un golpe sobre la mesa. Se levantó despacio, sin apartar la mirada de ella, y salió de la cocina.

Penélope esperó a que los pasos se alejaran y apartó su copa de vino. Poco después oyó que alguien llamaba a la puerta de la calle. Creonte comenzó a hablar a gritos con el recién llegado y ella trató de distinguir lo que decían.

«Hablan de Hárpalo...» La voz de Creonte estaba cargada de frustración y rabia. Penélope sabía que, hacía unos días, el orador Demóstenes había convencido a la Asamblea ateniense de que detuvieran al antiguo tesorero de Alejandro. Su argumento había sido que de ese modo aplacarían a Antípatro al mismo tiempo que evitaban el acto deshonroso de entregar a Hárpalo. En aquel momento ella había pensado que, si los atenienses no obedecían a Antípatro, éste los aplastaría con la misma facilidad con la que había machacado al ejército de Esparta.

En la cocina todo el mundo se mantenía en vilo mientras Creonte gritaba cada vez más fuerte.

«¡Hárpalo se ha fugado de Atenas! —Penélope frunció el ceño al enterarse de aquello—. Ya no pueden entregárselo a Antípatro...»

Se preguntó qué iba a ocurrir, cómo le afectaría todo aquello. En cualquier caso, no había nada que pudiera hacer al respecto. De lo que tenía que preocuparse era de pasar el invierno en aquella mansión sin tener ningún encontronazo con Creonte ni con Bitias. Después regresaría a la residencia del Pireo, donde había vivido segura las últimas semanas.

Creonte se puso a maldecir contra Demóstenes, diciendo a gritos que Hárpalo debía de haberlo sobornado para que le dejara escapar. Oyeron que cruzaba la casa llamando a su guardaespaldas. De pronto apareció en la puerta de la cocina, con el rostro tan congestionado que parecía que iba a darle un ataque.

—Bitias ha salido de aquí hace un rato —se apresuró a decirle Penélope—. No sé dónde puede estar ahora.

Creonte se alejó dando voces por el pasillo y ella se quedó conteniendo el aliento. En el suelo, la joven esclava se había encogido sobre sí misma como si quisiera desaparecer. Penélope le puso una mano en la espalda y notó que todo su cuerpo temblaba.

«Ártemis Ortia, protégenos de Bitias y Creonte.»

Se dio cuenta de que ella también estaba temblando.

Capítulo 17

Atenas, diciembre de 324 a. C.

«Puedo hacerlo...»

Prometeo, aferrado a la cuerda que colgaba del árbol, alzó el rostro empapado de sudor hacia su objetivo. La cuerda tenía seis gruesos nudos por encima de él, con una separación de un par de pies entre cada uno, y alcanzaba una altura de tres hombres.

«Una vez más. —Estaba jadeando, no conseguía recuperar el aliento—. ¡Una vez más, por Zeus!»

Tensó los brazos y levantó del suelo su pesado cuerpo. Soltó una mano y se agarró al primer nudo, repitió el proceso con la otra y volvió a tirar con todas sus fuerzas. Logró ascender un poco más y desplazó el agarre de las manos.

«Un nudo... un asalto.» En la final de los Juegos de Olimpia había ganado el primer asalto, pese a las maniobras antideportivas de su oponente, Néstor de Macedonia, que le había partido una ceja de un cabezazo. Sintió que lo envolvía el rugido del público y por un instante aleteó en sus labios una sonrisa.

Miró con los dientes apretados el siguiente nudo y tiró sin descanso, palmo a palmo, hasta que consiguió alcanzarlo.

«El segundo asalto se lo llevó Néstor. Me retorció el dedo y aun así el juez se lo concedió.»

Llevaba un buen rato entrenándose con la cuerda y sus músculos le gritaban que parara; sin embargo, el verdadero progreso se lograba cuando uno iba más allá de sus límites. Su entrenador no habría estado de acuerdo, pero ya no tenía entrenador. Cabrias ahora se ocupaba de un par de jóvenes prometedores que no se habían destrozado una pierna como él.

Trató de subir una mano, sintió que iba a caer y se aferró

de nuevo sin llegar a desplazarla. «Me robaron también el tercer asalto.» Néstor había vuelto a golpearlo con la cabeza sin que el juez hiciera nada. Notó que la rabia se hacía más intensa y consiguió avanzar lentamente por la cuerda.

Al llegar al tercer nudo intentó enganchar la cuerda con las piernas, pero el entablillado de la rodilla rota le impedía sujetarse bien. Sentía que los brazos le ardían. Cerró los ojos y volvió a encontrarse en el cuarto asalto, envuelto en la tormenta que desgarraba los cielos de Olimpia. Cuando estaba a punto de vencer, el juez lo había golpeado con su vara, sin ninguna justificación, para que se detuviera y que el asalto se reiniciara.

Con un esfuerzo titánico logró ascender un palmo. Se había sobrepuesto a las injusticias, había sabido apoyarse en sus puntos fuertes e incidir en los débiles de su oponente. Otro palmo, el cuarto nudo estaba más cerca. Había superado al macedonio en fuerza, rapidez y resistencia y lo había llevado hasta el límite del círculo de combate. Siguió avanzando, igual que había hecho en Olimpia pese a todas las dificultades, y agarró el cuarto nudo con una sensación de triunfo. Había hecho caer a Néstor de espaldas y el juez había tenido que concederle el asalto. El público gritaba enloquecido y Cabrias lo felicitaba exultante.

Miró hacia el suelo, que comenzaba a encontrarse a una distancia peligrosa. Allí no había público, entrenadores ni ovaciones. Estaba anocheciendo y sólo algunas personas que salían del gimnasio se detenían para observarlo sin acercarse mucho. Más allá del edificio del gimnasio se veía la roca de la Acrópolis, con sus grandes templos como testigos indiferentes a su sufrimiento.

En el quinto asalto, el definitivo, el juez había vuelto a detenerlo cuando estaba a punto de conseguir la victoria, de lograr lo que llevaba toda su vida anhelando. Tiró de la cuerda y ascendió un poco más. Habían reanudado el asalto y le había hecho una presa a Néstor en el suelo. El clamor del público era tan fuerte que se sobreponía al estruendo de la tormenta.

«¡Prometeo...! ¡Perseo...! ¡Atenas...!» No dejaban de gritar mientras él ejercía toda la fuerza de que era capaz y el dolor de su rodilla se incrementaba con rapidez.

Agarró con una mano el quinto nudo y tiró con rabia. Volvió a sentir que su rival cedía cada vez más, que su rodilla estaba a punto de reventar..., pero antes de que eso ocurriera, el macedonio cayó de espaldas y él se alzó con el triunfo y se convirtió en *olimpiónico.*

Apoyó su frente sudorosa en el quinto nudo y cerró los ojos. Aquello no era cierto. Había acabado en el suelo, gritando de dolor bajo la lluvia, derrotado y con el cuerpo roto. Levantó la mirada hacia el sexto nudo. Habría más asaltos, más competiciones, más finales en Olimpia. Lo que tenía que hacer era superar sus límites, ignorar el dolor por muy intenso que fuese, hacer caso omiso a quienes no creían que pudiera lograrlo...

Apenas era capaz de sujetarse, notaba que los brazos ya no le respondían, pero trató de subir una mano. El otro brazo no pudo sostenerlo y se aferró a la cuerda con ambas manos, intentando desesperadamente conseguir un mejor agarre con las piernas.

«Debo lograrlo...»

El sexto nudo, justo encima de su cabeza, era un trofeo tan valioso y lejano como la victoria en Olimpia. El sufrimiento le hacía gemir con la mirada clavada en él. Unas lágrimas se mezclaron con las gotas de sudor que caían por su rostro enrojecido.

«Por todos los dioses..., tengo... que...» El gemido se convirtió en un gruñido gutural mientras flexionaba los brazos, alejando su pesado cuerpo un poco más del suelo.

Soltó una mano, la alzó cuanto pudo y la cerró justo debajo del sexto nudo. Movió las piernas en vano y tiró de nuevo sin conseguir que su cuerpo ascendiera. Casi podía rozar el nudo con uno de sus dedos. Volvió a tensar los músculos tanto como era capaz y soltó la mano que tenía más abajo.

El otro brazo cedió y comenzó a caer.

Alguien gritó cuando su cuerpo se estrelló contra el suelo.

Aristóteles se encontraba a medio estadio de allí cuando oyó el grito.

Estaba dando un paseo cerca del gimnasio acompañado por Foción, que con sus casi ochenta años era el más veterano de los diez estrategos que dirigían el ejército de Atenas. Tras ellos marchaban los esclavos encargados de proteger al filósofo, cuyo número había subido recientemente de dos a cuatro por petición de su esposa Herpilis. Al oír el grito, Aristóteles pensó de inmediato en Prometeo y echó a correr.

Detrás del gimnasio había un árbol con una cuerda de nudos atada a una de sus ramas. En la base dos hombres se inclinaban sobre alguien que estaba tumbado y no se movía. Aristóteles llegó junto a ellos y vio que efectivamente se trataba de Prometeo.

—Se ha caído desde lo más alto —dijo uno de los hombres mientras se apartaba para dejarle espacio.

El entablillado de la pierna se había quebrado, pero lo más preocupante era la mancha de sangre que se extendía en la tierra por debajo de la cabeza.

—¡Ve al gimnasio y trae agua! —ordenó Aristóteles a uno de sus esclavos.

Rodeó con las manos la cabeza de Prometeo y palpó con cuidado. No notó ninguna fractura evidente, sólo un corte en el cuero cabelludo. Prometeo gimió cuando le tocó la herida y abrió los ojos.

—¿Qué ha ocurrido? —murmuró.

—Parece que te has caído de la cuerda de nudos.

—¿La pierna...? —Trató de incorporarse y Aristóteles le puso una mano en el pecho.

—Ahora te la examinaré, espera un poco. Primero vamos a ocuparnos de tu cabeza.

El esclavo regresó del gimnasio con un odre de agua. Aristóteles lavó la herida de Prometeo y luego cogió su túnica de la base del árbol. La dobló y se la puso bajo la cabeza para que la presión detuviera la hemorragia. Le pidió a Foción el cuchillo que llevaba y cortó las cuerdas que sujetaban el entablillado, que ahora era un inútil amasijo de listones rotos.

Era difícil apreciar los daños en una articulación que ya estaba deformada. La cabeza de la tibia abultaba de un modo antinatural por debajo de la carne y toda la rodilla tenía un aspecto extraño, como si fuera un saco lleno de piedras. Aristóteles envolvió la articulación con una mano y flexionó la pierna con suavidad.

—¿Te duele? —Prometeo susurró una negativa sin mirarlo. Le dobló la pierna un poco más y presionó—. ¿Esto te duele?

Prometeo volvió a negar y Aristóteles continuó examinando la rodilla. Todo parecía igual que la última vez que la había revisado, pero hasta que no apoyara la pierna no sabría si había daños adicionales.

Al cabo de un rato la hemorragia de la cabeza se había detenido y Prometeo parecía menos aturdido. Lo ayudaron a levantarse, se puso la túnica y apoyó con cuidado la pierna lesionada.

—Ve poco a poco. —Aristóteles agarraba uno de los gruesos brazos de Prometeo y dos de los esclavos lo sostenían por el otro lado. Las manchas de sangre de la túnica hacían que pareciera un soldado recién llegado de una batalla.

—No siento dolor. De hecho..., es como si hubiera perdido la sensibilidad. —Prometeo apoyó todo el peso sobre la pierna. Intentó flexionarla y palideció al ver que apenas lo conseguía—. ¡No puedo doblarla!

—Debes tener paciencia —trató de calmarlo Aristóteles—. Has tenido suerte y no parece que la pierna se haya dañado con la caída, pero lleva cuatro meses entablillada y es normal que no seas capaz de doblarla. Por otra parte, hay una buena noticia: estaba previsto que siguieras unos días más con la rodilla inmovilizada, pero creo que no es necesario. De todos modos, ya te dije que después de quitar el entablillado habría que trabajar bastante para recuperar la capacidad de flexión de la articulación. En tu caso sabemos que ésta será bastante limitada, pero estoy seguro de que lograremos cierta mejoría.

Prometeo apartó la mirada.

«Cierta mejoría para poder caminar como un tullido, pero no para competir. Ya me dejaste muy claro lo que piensas.»

Se estaba haciendo de noche y Aristóteles pidió a sus esclavos que fueran al Liceo a por antorchas. Cuando regresaron con ellas se pusieron en marcha hacia las murallas de Atenas. El filósofo comenzó a hablar de los acontecimientos políticos más recientes con Foción, que era el único de los estrategos que iba con cierta regularidad al Liceo. Prometeo caminaba junto a ellos atento a las sensaciones que le transmitía la pierna. Unas veces se apoyaba más en la muleta y otras menos, pero siempre tenía la impresión de que su pierna era un objeto rígido que no pertenecía a su cuerpo, como si hubiera sufrido una amputación y llevara una de madera. Hasta entonces había tenido la esperanza de que al quitarle el entablillado recuperaría el control sobre su cuerpo, pero la sensación era exactamente la contraria.

Aristóteles se dio cuenta de que Prometeo estaba sumiéndose en pensamientos oscuros e intentó distraerlo.

—Foción me ha dicho que el caso Hárpalo ha dado un nuevo giro. —Suponía que Prometeo no estaría al tanto, últimamente llevaba una vida desordenada y ni siquiera acudía a la Asamblea—. ¿Te habías enterado de que se ha tomado la decisión de juzgar a Demóstenes?

Prometeo lo miró sorprendido. Ya no participaba en las conversaciones que surgían en los gimnasios y apenas hablaba con Aristóteles y con su madre; no obstante, sabía que unas semanas antes Demóstenes había hecho que detuvieran a Hárpalo y lo custodiaran en la Acrópolis, junto a los setecientos talentos que había llevado a Atenas. Al revisar el dinero se descubrió que faltaba la mitad. Cuando Hárpalo escapó, quedó claro que había utilizado ese dinero para sobornar a varios atenienses influyentes. Una exhaustiva investigación desveló quiénes habían sido sobornados y entre ellos se encontraba el propio Demóstenes, que había recibido veinte talentos. Pese a todo, Prometeo no se esperaba que Demóstenes, que llevaba dos décadas liderando la Asamblea, pudiera tener que enfrentarse a un juicio.

—Nunca lo habría imaginado... —Bajó la mirada al suelo. Todavía estaba mareado por el golpe—. Supongo que Hipérides es uno de los acusadores.

—Así es. —Aristóteles parecía preocupado—. Lleva años intentando arrebatar a Demóstenes el control de la Asamblea y ésta es su gran ocasión.

Prometeo trató de pensar en las implicaciones mientras se acercaban a la gran muralla de Atenas, que protegía la ciudad con sus treinta pies de altura y doce de grosor.[12] Los soldados

12. La longitud del pie ático era de 29,6 centímetros, por lo que las murallas tenían unos nueve metros de altura y tres y medio de anchura.

la patrullaban por el pasillo que había en lo alto. Cruzaron la muralla por la puerta de Diocares y se volvió hacia sus acompañantes.

—¿Qué creéis que va a pasar en el juicio?

Foción hizo una mueca que acentuó las arrugas de su rostro.

—Ya sabemos que en Atenas puede suceder cualquier cosa en un juicio o en una sesión de la Asamblea. El resultado depende de lo inspirados que estén ese día Demóstenes e Hipérides. Cualquiera de los dos podría imponerse sobre el otro.

En el tono de Foción no había ironía, tan sólo resignación. Aunque llevaba décadas ocupando cargos de gran responsabilidad, estaba de acuerdo con la famosa sentencia de Eurípides: «La democracia es la dictadura de los demagogos». En la Asamblea y en los tribunales se imponían los más capaces de excitar las emociones del auditorio, no los que tenían la razón o la verdad de su parte.

Prometeo sintió un escozor repentino en la herida de la cabeza, pero evitó tocársela para que no le preguntaran otra vez cómo se encontraba. La pierna también había empezado a dolerle. El juicio a Demóstenes podía ser determinante para el futuro de Atenas y trató de seguir pensando en ello, pero notaba que su mente se espesaba como la miel en invierno.

Sentía los latidos golpeándole en las sienes y entornó los ojos. No quería seguir hablando del juicio con Aristóteles y Foción, lo único que quería era estar solo.

Rodearon la Acrópolis por el norte y llegaron al ágora sin que volviera a participar en la conversación. La pierna no dejaba de dolerle y el avance se le hacía cada vez más penoso. Al llegar a la calle que llevaba a su vivienda se despidió. Aristóteles quiso acompañarlo hasta la puerta de su casa, pero él se negó.

Avanzó por su calle despacio, conteniendo un gemido a cada paso. Su madre llevaría tiempo esperándolo para que cenaran juntos. Sintió una punzada de culpabilidad; cada vez hablaba menos con ella y notaba el sufrimiento que eso le causaba, pero no podía evitarlo. Intentaba aferrarse a una esperanza que nadie compartía, ni siquiera ella.

Antes de llegar a su casa, se desvió por una calle lateral.

La noche se había cerrado, pero la luna casi llena le permitía distinguir el entorno mientras cruzaba Atenas cojeando. Al cabo de un rato entró en una taberna a la que cada vez acudía con más frecuencia. Ocupó una mesa en la esquina más alejada de la puerta y pidió una jarra de vino. Cuando la camarera se marchó, apoyó la cabeza en las manos y comenzó a masajearse las sienes. El dolor lo estaba torturando.

Su mirada se desplazó sin rumbo por el entorno. A un par de pasos, colgada de la pared, una pequeña vela emitía un resplandor tan tenue que ni siquiera disipaba la penumbra. Cerró los ojos y revivió el momento en que se había precipitado al vacío desde la cuerda. La sensación de estar cayendo era muy parecida a la que lo acompañaba día y noche desde que los dioses decidieron que se destrozara la rodilla en lugar de concederle la gloria.

—Estuve tan cerca...

Su murmullo se deshizo entre las voces animadas del salón. La camarera le llevó una jarra, cogió la moneda que había dejado en la mesa y se alejó sin decir nada.

Un nuevo fogonazo de dolor hizo que apretara los párpados.

Agarró la jarra con ambas manos y comenzó a beber.

«Ya no va a venir», se dijo Altea con un suspiro triste.

Apagó la lámpara de aceite y se quedó sentada a oscuras en la cocina. En las cenizas del hogar había una sopa que se había quedado fría. No había comido nada desde el desayuno, pero no quería cenar sin su hijo.

Al cabo de un rato salió al patio y se dirigió a la puerta exterior. Se oían algunas voces lejanas, pero nadie que se acercara por la calle. Suspiró abatida y se dio la vuelta. La luna hacía que el horno de cerámica reluciera con un resplandor espectral entre las sombras del patio. Se acercó a él y apoyó una mano en su fría superficie curva.

Recordaba la época feliz en la que ayudaba a su padre con las cerámicas. Entonces el horno casi siempre estaba encendido, pero ahora cada vez pasaba más tiempo apagado. Ni siquiera recordaba cuándo había sido la última vez que lo habían utilizado.

La tierra del patio crujió con suavidad mientras regresaba

a la casa. Entró en su dormitorio y se sentó frente a una pequeña mesa que había junto a la ventana. A través de los postigos abiertos entraba claridad suficiente para que se viera reflejada en el espejo de plata que había sobre la mesa.

«Afrodita y Eros», pensó mientras levantaba una mano y acariciaba las figuras delicadamente labradas que coronaban el espejo. Se lo había regalado Platón el día de su boda, hacía más de cincuenta años. Aquel objeto le servía para recordar a su querido amigo y maestro. Eso siempre le había aportado serenidad, pero en esta ocasión sólo hizo que se sintiera más triste.

Recorrió con la mirada la superficie pulida. En la época de su boda era una joven la que se reflejaba en el espejo; ahora veía a una anciana con el rostro lleno de arrugas, el cabello blanquecino y una expresión derrotada. Apretó los labios y los ojos grises de la anciana la miraron con severidad. No estaba derrotada, no se rendiría mientras le quedara una brizna de energía.

Una lágrima silenciosa recorrió los surcos de su rostro.

No iba a rendirse mientras le quedara vida, pero la situación de su hijo le partía el alma.

De pronto oyó que llamaban a la puerta de la calle.

«¡Prometeo!»

Salió de la alcoba y atravesó el patio con rapidez.

—¿Quién es?

—Soy Eritras, el orfebre.

Altea quitó el cerrojo y abrió la puerta. En la calle había un hombre fornido, de pelo negro y barba entrecana, al que acompañaba una nutrida escolta de esclavos con antorchas.

—Disculpa que llegue tan tarde, Altea. Hemos tenido mucho trabajo en el taller, pero me dijiste que viniera aunque se hiciese de noche.

—No te preocupes. Te agradezco que hayas venido a mi casa... —Dudó unos instantes, pero conocía a Eritras desde hacía tiempo y se fiaba de él—. Pasa al patio, sólo tardaré un momento.

El orfebre cruzó el umbral y aguardó junto a la puerta mientras Altea se dirigía a su dormitorio. Poco después, salió con el espejo que le había regalado Platón.

—Aquí lo tienes.

Eritras apenas le echó un vistazo antes de envolverlo en un paño. Ya lo había examinado en otra ocasión en que Altea se había planteado venderlo, y además sabía que a ella le resultaba muy doloroso desprenderse de él. Le pagó la cantidad que habían acordado y se alejó por la calle rodeado de sus esclavos.

Altea cerró la puerta y contempló en la penumbra la bolsa de monedas que tenía en la mano. El espejo de Platón era el último objeto de valor que le quedaba por vender.

«Si no conseguimos otros ingresos, muy pronto estaremos en una situación desesperada.»

Capítulo 18

Ecbatana, diciembre de 324 a. C.

Alejandro sabía que estaba a punto de morir.

Lo habían rodeado jinetes enemigos que acometían contra él con lanzas y espadas. Sentía el vigor fiero de Bucéfalo entre las piernas, en su espíritu la exaltación inhumana que lo dotaba de una energía inagotable cada vez que luchaba, pero tenía la certeza de que aquella batalla sería la última.

—No... —gimió mientras su cuerpo se retorcía en el lecho, cubierto de un sudor frío.

Desvió una lanza con la espada, golpeó a un enemigo de revés y sintió en el costado de la coraza el golpe de otra lanza que no había visto venir.

—No... —volvió a gemir mientras las sábanas se enredaban en sus piernas.

Clavó los talones en Bucéfalo, que se impulsó con sus potentes cuartos traseros y chocó contra el caballo que tenía delante. Durante un momento no hubo ningún enemigo al alcance de su espada, como si se hubiera abierto un claro en el bosque del combate. Miró alrededor, confuso. Estaba librando su primera gran batalla en Asia. A su espalda quedaba el río Gránico, que acababa de cruzar bajo una lluvia de flechas y jabalinas persas. Sus enemigos habían dispuesto la infantería en una segunda línea y toda su caballería, más de diez mil jinetes, formando un frente compacto a lo largo de la orilla para que ellos no cruzaran.

—¡Vamos, por Heracles! —gritó blandiendo la espada.

En el ala izquierda de su ejército había colocado la mayor parte de su caballería pesada, en el centro la infantería y el resto de las fuerzas en el ala derecha. Había ordenado que cruzaran el río todas las tropas a la vez, pero hasta ese momento sólo el escuadrón que comandaba personalmente había logrado traspasar las líneas enemigas.

Tres jinetes persas se lanzaron contra él. Ptolomeo se interpuso en el camino de uno de ellos y Alejandro se tumbó sobre el cuello de Bucéfalo para evitar la primera lanza, cuya punta rozó las alas blancas que adornaban su yelmo. Hizo que su caballo saltara hacia delante y empotró la espada en el cuello de su enemigo. El otro jinete intentó atravesarlo con su lanza, pero Alejandro se la arrebató de un fuerte tirón y la impulsó haciendo que la contera de bronce se clavara en el peto de cuero del jinete. Acto seguido hundió la punta de la lanza en el cuello de un caballo persa, que se derrumbó haciendo que el arma se partiera.

Persia era la mayor potencia del mundo y el rey Darío no había considerado que el ejército de Alejandro supusiera una amenaza que requiriese su presencia; no obstante, había enviado a detenerlos a varios de sus mejores generales y a los sátrapas de Asia Menor, algunos de los cuales eran además sus parientes.[13] Alejandro vio que Mitrídates, yerno de Darío, estaba causando una gran matanza al frente de un escuadrón de caballería de élite. Tiró de las riendas de Bucéfalo y se abalanzó contra Mitrídates, cuya armadura dorada resplandecía con el sol de la mañana. El general persa era uno de los mejores combatientes de su ejército; antes de que lo alcanzara Alejandro, levantó su pesada lanza y la arrojó con todo el ímpetu de que era capaz. El arma atravesó el escudo y la coraza de Alejandro y se clavó en su hombro izquierdo. Alejandro rugió como un león herido, se arrancó la lanza sin dejar de cabalgar y golpeó con ella a Mitrídates en el pecho. El arma se partió sin llegar a herir de gravedad al general persa, que desenvainó la espada al tiempo que sus caballos chocaban.

Alejandro fue más rápido y le incrustó en la cara el extremo roto de la lanza.

13. Los sátrapas eran los gobernadores de las provincias persas. La batalla que estamos viendo es la primera gran confrontación que se produjo entre las fuerzas con las que Alejandro acudió a Asia y el poderoso Imperio persa. La actuación de Alejandro en esta batalla la recoge con especial riqueza Flavio Arriano (*Anábasis de Alejandro Magno,* libro I).

Mitrídates cayó hacia atrás dando gritos, aferrado al fuste de madera que tenía clavado en el rostro. Alejandro se volvió en busca de un compañero que le proporcionara otra lanza, pero había avanzado más que ningún otro soldado y estaba rodeado de persas que se abalanzaban sobre él.

—¡Por Ares! —Golpeó a un enemigo con el escudo—. ¡Por Macedonia! —El hombro sangraba profusamente y tenía empapado el brazo, pero no sentía ningún dolor.

El general Resaces consiguió acercarse a Alejandro sin que éste lo advirtiera. Curvó el cuerpo para tomar impulso y descargó un tremendo espadazo contra su cabeza. El yelmo se partió y una de las alas que lo adornaban cayó al suelo.

Alejandro sintió que el mundo se desvanecía.

«Vas a morir», le susurró una voz procedente del Hades.

Alzó el escudo al tiempo que Bucéfalo se revolvía y detuvo un nuevo golpe.

«No es posible... —El siguiente impacto quebró el borde de su escudo—. No puedo morir...» Al llegar a Asia, después de visitar la tumba de Aquiles en Troya, había celebrado en el santuario de Atenea un sacrificio y había depositado en ofrenda su mejor armadura. Los sacerdotes de Atenea le habían asegurado que la diosa lo ayudaría a obtener una resonante victoria.

Detuvo otro golpe mientras notaba que la sangre se deslizaba por el interior de su yelmo. A su espalda apareció Espitrídates, el sátrapa de Lidia. Alzó su magnífica espada con empuñadura de oro y la descargó contra el cuello de Alejandro.

El filo de la espada atravesó con facilidad músculos y huesos.

Alejandro sintió que su alma se precipitaba al Hades.

—¡Nooo! —Un mundo de brumas lo envolvió mientras caía—. ¡No, dioses...!

—¡Alejandro!

Algún ser del inframundo lo había agarrado y se revolvió para intentar escapar.

—¡Alejandro, soy Hefestión!

El rostro de su amigo se materializó frente a sus ojos.

—¿Hefestión? —Miró a uno y otro lado. Se encontraban en una alcoba muy amplia, con suelo de mosaico y paredes cubiertas de grandes tapices orientales—. ¿Dónde estamos?

—En Ecbatana, en el palacio. Creo que anoche bebiste demasiado y has tenido otra pesadilla.

Alejandro notó que su piel estaba pegajosa y se llevó la mano al brazo en busca de sangre. Tenía una larga cicatriz en el hombro. Era una cicatriz antigua, pero al tocarla regresó a la batalla y sintió los relinchos aterrados, el entrechocar de las armas y la lanza de Mitrídates incrustándose en su carne.

—Mi cuello... —Se lo palpó con avidez y después movió la cabeza lentamente—. Me lo cortaron... en la batalla del río Gránico...

—No, Alejandro. —Hefestión le puso una mano en la cara e hizo que lo mirara a los ojos—. Sólo ha sido una pesadilla. En Gránico te hirieron en el hombro y en la cabeza, pero no fueron heridas graves y ya hace diez años de eso.

—El sátrapa de Lidia... Espitrídates...

—Estuvo a punto de clavarte su espada por la espalda, pero Clito llegó antes, le cortó el brazo de cuajo y obtuvimos una victoria aplastante.

«Clito... —Los recuerdos se desenmarañaban poco a poco. Clito había matado al sátrapa de Lidia mientras él acababa con el general Resaces—. Clito me salvó la vida.»

Su semblante se oscureció cuando se entremezcló otro recuerdo. Años después de aquella batalla, estando borrachos en un banquete, Clito lo había ofendido y él había atravesado con una lanza el cuello de aquel amigo que le había salvado la vida.

—No te vayas, Hefestión. —Le cogió la mano. Todavía era de noche, la única luz de la alcoba provenía de la lámpara de pie largo que ardía detrás de su lecho—. Sirve vino y quédate conmigo.

Su amigo se dirigió a una mesa en la que había una jarra y algunas copas de oro con incrustaciones de piedras preciosas. Antes de recostarse sobre los almohadones, Alejandro miró debajo de la cama y comprobó que estaba su espada, junto a la caja de la *Ilíada.*

—Gránico... —murmuró mientras Hefestión llenaba las copas.

Aquélla había sido su primera gran batalla en Asia y quizás la más importante de todas. Aunque el rey Darío no luchó en ella, murieron muchos sátrapas y generales persas y eso hizo que las provincias de Asia Menor se rindieran a él sin apenas oposición. Con su primera gran victoria en Persia, un año después de partir de Macedonia, conquistó un territorio mayor que toda Grecia.

Hefestión regresó con las copas, se sentó en el borde del lecho y contempló el rostro de Alejandro. Los cabellos rubios se le pegaban a la frente y tenía la mirada extraviada.

—En Gránico luchaste como un dios.

Alejandro asintió brevemente antes de beber de su copa. Hefestión sabía que hablarle de su actuación en las batallas era lo mejor que podía hacer para sacarlo de ese estado.

—Lograste que su caballería saliera huyendo, igual que conseguiste en la batalla de Issos que el rey Darío se diera a la fuga.

Alejandro miró a su amigo.

—Es cierto. En Issos su ejército era varias veces más numeroso que el nuestro, pero los aplastamos con la caballería y Darío huyó de nosotros.

—Huyó de ti, Alejandro. En Issos el gran rey de reyes huyó de ti.

Hefestión continuó rememorando y se dio cuenta de que Alejandro se animaba un poco más con cada recuerdo. Un año después de la batalla de Gránico, el inmenso ejército de Darío se había enfrentado por fin a ellos en Issos, en la frontera entre Asia Menor y Siria. Alejandro escogió para la batalla una llanura de menos de quince estadios de anchura, con el mar a un lado y las montañas al otro, de modo que los persas no pudieran aprovechar su mayor número para flanquearlos y atacarlos por la retaguardia. Tanto la caballería en el ala izquierda como la infantería en el centro se enzarzaron en duros combates. Alejandro envió a la caballería tesalia en ayuda de su ala izquierda, por detrás de su ejército para que los persas tardaran más en darse cuenta de ese movimiento, y encabezó un ataque en el ala derecha con su caballería de élite, igual que había hecho en la batalla de Gránico. De nuevo consiguió romper las líneas persas y arremetió contra la retaguardia enemiga. En poco tiempo desbarató su caballería y causó un gran destrozo en su infantería, que hasta ese momento se estaba imponiendo a los soldados macedonios.

—Te lanzaste a por el rey Darío como si fueras Aquiles. —La comparación hizo sonreír a Alejandro por primera vez—. Nadie era capaz de detenerte.

Alejandro se irguió sobre el lecho.

—Apenas miraba a los hombres que se me echaban encima mientras cabalgaba hacia Darío. Por Zeus, paraba sus golpes y los atravesaba con mi espada con la misma facilidad que si estuviera combatiendo contra muchachos. —En sus ojos apareció un destello de fiereza—. Veía a Darío gesticulando asustado hacia mí, ordenando a su guardia real que me detuviera, pero cada vez había más muertos amontonados a nuestro alrededor y yo seguía avanzando.

—Yo estaba unos pasos detrás de ti y nunca he visto a nadie luchar de ese modo. Tu espada apenas se veía, era como un rayo que cayera una y otra vez sobre los persas.

En la frente de Alejandro aparecieron algunas arrugas.

—Alguien me hirió... —Se pasó una mano por el muslo sin llegar a mirarlo; frente a él estaba Darío, gritando a sus hombres que le dieran un carro más ligero para poder escapar—. Vi la sangre, pero el corte no me detuvo. —Su voz se había vuelto soñadora—. También pude ver que Darío arrojaba su arco y su escudo antes de subirse a otro carro y salir huyendo.

Hefestión se levantó para servir más vino, satisfecho al notar que la tensión se estaba disipando en el espíritu de Alejandro. Su amigo siguió evocando la persecución al gran rey de los persas. Darío se había desprendido de su túnica real en un intento de pasar desapercibido, pero Alejandro continuó tras él durante más de doscientos estadios. En el campo de batalla, la infantería y la caballería persas se desbandaron al ver que su rey huía. Finalmente, Alejandro tuvo que abandonar la persecución. Comenzaba a hacerse de noche y hacía tiempo que cabalgaba rodeado de persas que escapaban de la batalla. Al regresar se dirigió al campamento enemigo, que sus hombres ya estaban saqueando, y descubrió con agrado que habían capturado a la familia de Darío.

—Estatira y Dripetis —Hefestión alzó la copa al mencionar a las hijas de Darío—. Quién me iba a decir entonces que acabarían convirtiéndose en nuestras mujeres.

En la gran batalla de Issos también hicieron prisioneras a

la esposa y a la madre de Darío, y además lograron un considerable botín en oro y plata, más de cinco mil talentos. Aquélla fue la primera vez en la historia que un ejército persa comandado por su rey sufría una derrota.[14] A las cuantiosas pérdidas de soldados, de su familia y de parte del tesoro real, Darío tuvo que añadir el verse privado de acceso al mar y con ello a su gran flota, que acabó desertando. También perdió el acceso a su provincia más lucrativa, Egipto, que Alejandro conquistó al año siguiente tras tomar por asedio las ciudades de Tiro y Gaza.

Hefestión levantó la copa hacia su amigo.

—¡Por el faraón de Egipto, hijo de Zeus-Amón!

Alejandro bebió un largo trago y cerró los ojos mientras el calor se extendía por su cuerpo. En Egipto había hecho construir algo mucho mejor que un monumento para que su nombre fuese recordado eternamente.

«Alejandría...»

Aquella ciudad, que ya se había convertido en una de las más populosas de Egipto, era la primera de las cincuenta ciudades que había fundado con su nombre a lo largo de todo su imperio. En todas ellas promovía la mezcla de población oriental y occidental, y su existencia favorecía la difusión del idioma y la cultura griegos.

Hefestión volvió a llenar las copas. Alejandro notaba una ligera euforia provocada por el vino y la conversación con su amigo, que estaba adentrándose en la gran batalla que se había producido un año después de que tomaran Egipto: la batalla definitiva de Gaugamela.

—Darío no quería luchar —rememoró Hefestión—. Te ofreció la mitad de su imperio y la mano de su hija si te retirabas.

14. En la batalla de Issos se enfrentaron cuarenta mil soldados macedonios contra cien mil persas, según Curcio. Diodoro de Sicilia y Justino elevan las fuerzas persas hasta cuatrocientos mil hombres, mientras que Plutarco y Arriano afirman que eran seiscientos mil. En cualquier caso, la desproporción de fuerzas era enorme, y pese a ello Alejandro obtuvo la victoria con menos de quinientos muertos en sus filas frente a decenas de miles en las de los persas.

—Me acuerdo perfectamente de cuando os reuní para decíroslo. —Alejandro adoptó una expresión burlona—. La mayoría pensabais que debía aceptar su oferta.

—No me culpes por ello; después de que lo derrotáramos en Issos, Darío estuvo dos años acumulando fuerzas y disponía de un ejército cinco veces más numeroso que el nuestro. —Hefestión seguía sonriendo, pero se notaba que aquello había herido un poco su orgullo—. De todos modos, el único que se manifestó en contra de luchar fue Parmenión.

—*Si yo fuera Alejandro, aceptaría el ofrecimiento,* me dijo con mucha gravedad.

—*Y si yo fuera Parmenión, también lo aceptaría,* le respondiste. —Hefestión se echó a reír y Alejandro lo secundó, aunque su risa tenía un tinte amargo. Unos meses después de aquello, había ejecutado a Parmenión y a su hijo Filotas, dos de sus mejores generales, porque sospechaba que conspiraban contra él.

—En Gaugamela parecía que lo teníamos todo en contra —se apresuró a continuar Hefestión—. Darío había escogido una llanura muy amplia que le permitía extender su enorme ejército y envolvernos, pero tú anticipaste todos sus movimientos como si te hubieses metido en su cabeza. Nadie que te hubiera visto aquel día organizando la batalla y combatiendo podría dudar de que eres hijo de Zeus.

La luz regresó al rostro de Alejandro y revivió la batalla con Hefestión. La clave de su estrategia había sido colocar ambas alas de su ejército retrasadas y en ángulo respecto a las fuerzas centrales, de modo que estaban preparadas para enfrentarse a un enemigo que tratara de flanquearlos. También dispuso una segunda línea detrás del cuerpo central para que el conjunto formara una especie de rectángulo, lo que les permitiría luchar de frente contra un enemigo que atacara desde cualquier dirección. Además, gracias a que había leído al historiador Jenofonte, sabía cómo enfrentarse a los temibles carros de Darío y sus afiladas guadañas laterales. Cuando los carros persas atacaron a sus soldados de infantería, éstos los recibieron con una lluvia de proyectiles e inmediatamente abrieron las filas para que los carros pasaran a través de ellas causando un mínimo de daños.

—Darío debió de sorprenderse al ver que no te lanzabas contra él como en Issos, sino que te dirigías hacia la derecha.

—Él había escogido un campo de batalla que le favorecía, pero yo sabía que podíamos contrarrestar esa ventaja si manteníamos la iniciativa en todo momento.

Alejandro continuó rememorando la batalla con tanto entusiasmo que no se dio cuenta de que derramaba vino sobre las sábanas. Al abrirse hacia la derecha había forzado a Darío a desplazar su movimiento envolvente más de lo que tenía previsto. El frente persa se abrió tanto que se produjo una brecha en sus líneas y Alejandro se internó de inmediato con su escuadrón de élite. Darío se aterrorizó al verlo de nuevo cabalgando hacia él, encabezando su temible caballería y acabando con todos los hombres que trataban de detenerlo.

—Por todos los dioses, estuve a punto de atraparlo. —Alejandro negó con la cabeza mientras veía al rey Darío saltando de su carro a un caballo y escapando al galope. Las filas persas se desmoronaron y él las atravesó con su caballería en pos de Darío, convencido de que iba a capturarlo—. Al poco de iniciar la persecución me avisaron de que Parmenión necesitaba ayuda en el ala izquierda. Tuve que dar la vuelta y atacar la retaguardia persa para asegurar la victoria.

—¿Qué importancia tiene que no atraparas a Darío? Aquella victoria te proporcionó su imperio.

Alejandro torció el gesto con un ligero gruñido, aunque luego asintió. En los siguientes meses le habían abierto las puertas las principales ciudades persas: Babilona, Susa, Persépolis, Ecbatana... Se apoderó de las inimaginables riquezas del tesoro persa y siguió persiguiendo a Darío, al que finalmente asesinaron sus propios hombres. En Persépolis, la capital del Imperio persa, dejó que sus soldados saquearan la ciudad y después le prendieron fuego. Con ese acto final quedaba vengada la invasión de Grecia que los persas habían llevado a cabo ciento cincuenta años antes, en la que habían incendiado Atenas.

Tras alcanzar los objetivos iniciales de la expedición a Persia, Alejandro permitió que regresaran a casa los soldados de las ciudades griegas que formaban parte de la liga de Corinto. Sin embargo, muchos decidieron quedarse a cambio de una buena remuneración. Con ellos, los macedonios y los soldados asiáticos que había ido integrando en su ejército, Alejandro continuó hacia Oriente, conquistando nuevos territorios en los que se mostraba benevolente cuando aceptaban sus condiciones. Si se negaban a rendirse, saqueaba sus ciudades, ejecutaba a los hombres y esclavizaba a las mujeres y los niños.

Tres años después de la muerte de Darío se internaron en la India. Llegaron hasta el río Indo y cruzaron alguno de sus principales afluentes sin mucha dificultad. En el río Hidaspes, sin embargo, se produjo una terrible batalla contra el rey Poros y sus doscientos elefantes.

«Nadie ha sido capaz de vencer jamás a Alejandro —se dijo Hefestión—, pero la batalla del río Hidaspes determinó el final de sus conquistas.»

Se llevó a los labios su pesada copa de oro y bebió pensativo. En aquella batalla, Alejandro consiguió desbaratar las filas del ejército indio gracias a una estratagema y después hizo que la infantería pesada cargara contra los elefantes. El combate resultó durísimo y se prolongó durante horas. Cuando el rey Poros se rindió, habían muerto más de cuatro mil soldados de la infantería macedonia y tenían el doble de heridos.

El silencio se espesó en la alcoba real mientras Hefestión y Alejandro continuaban ensimismados. Después de aquella espantosa batalla, sus tropas estaban desmoralizadas. Obedecieron a Alejandro y marcharon hacia el este, pero se negaron a continuar cuando les llegó el rumor de que en el río Ganges los esperaba un ejército enemigo que multiplicaba en soldados al del rey Poros y además contaba con miles de elefantes.

«Yo fui el único de sus hombres que no se negó a seguir», recordó Hefestión.

Ptolomeo, Pérdicas, Nearco, Seleuco... Todos los generales le pidieron a Alejandro que regresaran a Macedonia. Tampoco habría servido de nada que lo apoyaran en su afán ilimitado de conquistas, porque desde el primer soldado de la falange hasta el último jinete de caballería dejaron claro que no darían ni un paso más hacia Oriente.

Hefestión observó a Alejandro, que tenía la mirada vidriosa de los sonámbulos. Se preguntó qué estaría pasando por su mente. El regreso desde la India había resultado más duro que cualquier batalla. En el desierto de Gedrosia habían muerto tres cuartas partes de los hombres que seguían a Alejandro. Desde entonces todo había ido mejorando, pero ninguno de los que habían sobrevivido olvidaría los dos meses infernales que habían sufrido en aquel desierto.

Alejandro seguía con la mirada perdida y Hefestión comenzó a inquietarse.

—¿Te encuentras bien?

Los labios de Alejandro se movieron débilmente sin que llegara a responder. Pasado un momento, miró a Hefestión como si le costara enfocarlo.

—Estaba recordando Gedrosia..., igual que tú. —El rictus amargo de su boca se curvó en una sonrisa extraña—. Y también estaba pensando en Atenas.

Hefestión frunció el ceño. Lo último que habían sabido era que Atenas había desatendido los distintos requerimientos que les habían llegado desde Macedonia para que entregaran a Hárpalo. En lugar de obedecer, su orador Demóstenes había convencido a la Asamblea para que lo detuvieran y lo encerraran en la Acrópolis.

—¿Sigues decidido a atacar Atenas?

—No me han dejado otra opción. —La semana anterior había ordenado que armaran una flota para asediar Atenas por mar mientras el ejército de Antípatro bajaba desde el norte—. Se están burlando de nosotros y todo el mundo griego permanece atento a nuestra reacción. Una conducta así tiene que recibir un castigo ejemplar o la llama de la rebelión se extenderá.

Hefestión trató de mejorar el ánimo de su amigo; sirvió más vino y se puso a hablar de las expediciones que Alejandro quería llevar a cabo los siguientes años.[15] Tenía previsto construir la flota más poderosa que hubiera existido nunca —un millar de grandes naves de guerra— y doblegar con ella el poder de Cartago. Su intención de retomar la campaña de conquistas, esta vez hacia Occidente, creaba tensiones entre los

15. Diodoro de Sicilia (*Biblioteca Histórica*, libro XVIII) recoge los planes de Alejandro para conquistar el Mediterráneo tal como se evocan en este pasaje.

generales macedonios; en cambio, Hefestión, al igual que los oficiales asiáticos que ahora formaban parte del ejército, apoyaría a Alejandro ciegamente.

Un gallo lejano anunció el amanecer mientras se imaginaban la vía que recorrería la costa africana hasta alcanzar las columnas de Heracles.[16] A lo largo de aquella vía erigirían templos consagrados a los dioses griegos y a los dioses locales, en los lugares más apropiados fundarían nuevas Alejandrías...

Aquellos proyectos se desvanecieron cuando oyeron el sonido de una pequeña campana. Un esclavo entró en la alcoba con una bandeja de plata en la que llevaba un pergamino sellado con cera. Alejandro entregó su copa a Hefestión y abrió el mensaje.

—Es de Antípatro..., sobre Atenas... —Sus ojos recorrieron rápidamente la escritura apretada. Cuando terminó, dejó el pergamino sobre las sábanas—. Hárpalo ya no está en Atenas.

—¿Lo han entregado?

—No. —La mirada de Alejandro era tan fría como su voz—. Parece que se les ha escapado.

—¿No será una treta de ese maldito Demóstenes?

—No lo creo. —Alejandro sabía que durante su primer año de reinado Demóstenes solía referirse a él como «el jovencito». Pero desde que había arrasado Tebas, aquel orador temblaba con sólo oír su nombre—. Si Atenas se levanta contra nosotros, serán otros políticos los que encabecen la rebelión. Además, parece que Demóstenes se enfrenta a algún tipo de acusación, aunque ese punto no queda claro en el mensaje de Antípatro.

Hefestión dejó las copas en el suelo y tomó el pergamino.

—¿Qué vas a hacer ahora? —preguntó al terminar de leerlo. Desde hacía tiempo se preguntaba si Atenas acabaría destruida igual que Tebas.

Alejandro se pasó las manos por la cara y después se masajeó el cuello. De pronto notaba la falta de sueño como si cada parte de su cuerpo pesara el doble.

—*El necio sólo conoce el mal cuando ha llegado* —respondió

16. Estrecho de Gibraltar.

citando la *Ilíada*—. Voy a esperar, pero tendré un ejército preparado. Si Hárpalo vuelve a aparecer en Atenas, o si hay cualquier otro indicio de que estén empezando una rebelión, caeremos sobre ellos.

Capítulo 19

Atenas, diciembre de 324 a. C.

Creonte avanzó por el pasillo que lo llevaba al patio con un sentimiento de exaltación. Ese día iba a celebrarse el juicio a Demóstenes, y podía suponer un gran avance hacia el objetivo largamente anhelado de que Atenas se levantara contra Macedonia.

—Sé bienvenido, Leóstenes. —El recién llegado, uno de los diez generales de Atenas, llevaba un grueso manto sobre la túnica para protegerse del frío de aquella mañana invernal—. No te esperaba tan pronto.

—He preferido no arriesgarme a llegar tarde al juicio.

—Tienes razón, pero tampoco sería bueno llegar demasiado temprano. Toda la ciudad está pendiente de lo que ocurra hoy y no debemos parecer ansiosos. —Lo invitó con un gesto a que entrara en la vivienda—. Pediré que nos sirvan vino y un poco de queso mientras esperamos.

Leóstenes aceptó el ofrecimiento y se adentró en el patio. Notó un golpe en la pierna y al bajar la mirada vio que lo había golpeado una peonza.

—Perdón, señor.

El hijo de Creonte salió de entre las columnas con expresión compungida. Su padre empezó a regañarlo y Penélope, que venía detrás del pequeño, se apresuró a intervenir.

—Lo siento mucho, tenía que haberle dicho que no lanzara la peonza si había gente en el patio.

Creonte la contempló en silencio. La intensidad de su mirada hizo que a Penélope se le erizara el vello de la nuca.

—No te preocupes —repuso él con repentina amabilidad—. Sigue jugando con Héctor.

Continuaron su camino hasta la sala de trabajo, donde les llevaron vino y un queso siciliano muy especiado.

—¿Has leído el discurso de acusación que va a pronunciar Hipérides? —preguntó Leóstenes cuando el esclavo cerró la puerta.

Creonte asintió mientras cogía un trozo de queso. En el juicio contra Demóstenes había diez acusadores y cada uno había preparado su propio discurso de acusación, pero sin duda el más importante, el que probablemente determinaría el resultado de la votación, era el de Hipérides.

—Lo he leído, y es un discurso formidable. Quizás el mejor de todos los que ha escrito hasta ahora.

—¡Eso es magnífico, por Apolo! ¿Crees entonces que vamos a ganar el juicio? —Leóstenes llevaba tanto tiempo como Creonte deseando que su facción se hiciera con el control de la Asamblea.

—Tenemos un caso muy sólido, de eso no hay duda, pero nos enfrentamos a Demóstenes. Si hay un orador capaz de escapar de una situación así, es él. No sólo por su habilidad con las palabras, sino porque incomprensiblemente en Atenas sigue habiendo muchos fanáticos que se tirarían por un barranco si Demóstenes se lo pidiese. —Ladeó la cabeza—. Calculo que, con independencia de lo que se diga hoy en el juicio, tiene garantizado el voto a favor de alrededor de un tercio de los miembros del jurado..., es posible que algo más.

Leóstenes frunció el ceño y apoyó la espalda en el respaldo de su silla.

—Más de un tercio...

Se acarició la barba castaña al tiempo que asentía a algo que estaba pensando. Creonte se metió en la boca otro trozo de queso mientras lo observaba. Dio un sorbo a su vino y dejó que ambos sabores se mezclaran. Esa noche celebraría en su casa un gran banquete que esperaba que fuese de celebración, no para lamerse las heridas.

Sus labios se abrieron en una sonrisa. Fuera cual fuese el resultado del juicio, había tomado una decisión al ver en el patio a Penélope, la nodriza espartana.

«Esta noche disfrutaré de ella.»

Altea golpeó la puerta con los nudillos.

—Prometeo, si no sales ya, vas a llegar tarde al juicio. —Se quedó escuchando sin que le llegara ninguna respuesta—. Eres uno de los miembros del jurado; si llegas tarde, escogerán a otro y te pondrán una multa.

A través de la puerta se oyó la voz áspera de su hijo.

—Ahora salgo, no te preocupes.

Prometeo sintió que los pasos de su madre se alejaban. Estaba sentado en el borde de la cama y tenía un dolor de cabeza espantoso. Todo parecía dar vueltas a su alrededor, como si aún le durara la borrachera de la noche anterior.

Se inclinó sobre la pierna lesionada, que apenas podía doblar, y trató de anudar las correas de su sandalia. Su rostro se congestionó mientras lo intentaba.

«Un poco más... Maldita sea...»

Parecía que la cabeza iba a estallarle. La vista se le nubló y acabó el nudo a ciegas. Rodó sobre el colchón y se quedó boca arriba, tragando aire mientras los latidos del corazón retumbaban en su cabeza como si fueran martillazos.

«Tengo que levantarme», se dijo sin llegar a moverse.

Cada año se elegían al azar seis mil ciudadanos atenienses, y entre ellos se seleccionaban los miembros del jurado para cada juicio que se celebraba en Atenas. El número total siempre era impar para impedir que hubiera empates. Los jurados también eran muy numerosos con el fin de evitar sobornos, y su número era mayor cuanto más importante fuese el juicio. En el caso contra Demóstenes, los ciudadanos atenienses que constituían el jurado ascendían a mil quinientos uno.

Y Prometeo era uno de ellos.

Se movió lentamente sobre el colchón, gimiendo con cada esfuerzo hasta que consiguió sentarse otra vez en el borde. Tenía que presentarse al juicio o le impondrían una fuerte multa, y sabía que estaban arruinados. Además, si Demóstenes era declarado culpable de aceptar el soborno de Hárpalo, habría un vuelco político en la Asamblea y se multiplicaría la probabilidad de una guerra con Macedonia.

Cogió el bastón que tenía al lado de la cama y se levantó con un gruñido. Se quedó mirándolo y probó a dar unos pasos sin usarlo. Cojeaba de un modo ostensible y tuvo que apoyarse en la pared para no caerse.

—Patético —murmuró.

Abrió la puerta del dormitorio y el aire frío le hizo esbozar una mueca, pero le vendría bien para el dolor de cabeza. Avanzó con el bastón y al llegar al horno apagado miró hacia la cocina, donde suponía que se encontraba su madre.

Apartó la mirada y salió a la calle.

El frío no impidió que empezara a sudar enseguida. Quería llegar cuanto antes al edificio del tribunal y no hizo ninguna pausa hasta que estuvo en la plaza del ágora. Allí la sensación de náusea constante se convirtió en una arcada que le hizo doblarse en dos y vomitar.

Se incorporó lentamente y se limpió la boca con el dorso de la mano. El ágora estaba repleta de gente y varios hombres lo estaban mirando con más o menos disimulo. Caminó despacio hasta el pórtico más cercano, sin poder evitar que le temblara el brazo del bastón, y se metió entre las columnas. Apoyó la espalda en una y aguardó mientras se calmaba su estómago.

La pared interior del pórtico estaba adornada con cuadros de gran tamaño. Encima de las pinturas había una hilera de escudos y armaduras que conmemoraban algunas victorias. Prometeo se fijó en la inscripción grabada en el escudo que tenía enfrente:

«Alejandro, hijo de Filipo..., de los bárbaros que ocupan Asia.»

Le pareció irónico leer aquello en ese momento. Era el escudo de algún persa que había muerto en la batalla del río Gránico, la primera gran victoria del rey de Macedonia en Asia. Alejandro había enviado a Atenas trescientos escudos como símbolo de su victoria. Se preguntó si dentro de poco habría escudos en otras ciudades que conmemoraran la victoria de Alejandro sobre Atenas.

Salió del pórtico y continuó hacia el edificio del tribunal. Su tamaño hacía que le resultara imposible pasar desapercibido y oyó algunos saludos, pero se limitó a asentir vagamente sin detenerse. Se identificó al llegar a la puerta, le dieron las dos piezas de bronce con las que realizaría su voto a favor o en contra de Demóstenes y se internó en el edificio en medio de una corriente de hombres.

Se detuvo en el espacio central, rodeado por otros mil quinientos miembros del jurado, y miró alrededor mientras el estómago y la cabeza lo atormentaban.

El juicio iba a durar todo el día, y le parecía que iba a desmayarse en cualquier momento.

Creonte estaba sentado entre el público, junto al general Leóstenes. Se dedicaba a observar al jurado y hacía un rato que se había fijado en Prometeo. Le hacía gracia que el malogrado nieto de Perseo el *olimpiónico* no dejara de volver su rostro demacrado a uno y otro lado como si quisiese escapar de allí.

Sus miradas se cruzaron por un instante y Creonte esbozó una sonrisa. Los ojos plateados de Prometeo le habían hecho pensar en la nodriza espartana, que tenía un color de ojos similar.

Su atención se centró en el presidente del tribunal al ver que se ponía de pie. El hombre, un anciano de semblante riguroso y cabello tan blanco como su túnica, aguardó hasta que la sala quedó en silencio antes de hacer oír su voz solemne:

—¡Que comience el juicio contra Demóstenes!

Capítulo 20

Atenas, diciembre de 324 a. C.

El esclavo de Aristóteles corría sin descanso a través de las calles de Atenas.

Cuando llegó a la casa de su amo, lo encontró en el patio junto a su esposa.

—El juicio ya ha empezado —informó sin más preámbulo.

Herpilis había cogido la mano de Aristóteles, y éste notó que su esposa apretaba con más fuerza.

—Está bien —le dijo al esclavo—. Regresa al tribunal y vuelve en cuanto haya alguna novedad.

Se quedaron solos en el patio y Herpilis dejó escapar un suspiro. El ambiente en Atenas se había ido tensando según se acercaba aquel juicio del que todo el mundo estaba pendiente. Le había pedido a su esposo que ese día no fuera al Liceo, y el hecho de que hubiera aceptado mostraba que él también estaba preocupado.

«Aunque a mí nunca me lo reconocerá», pensó mientras observaba la expresión grave de Aristóteles.

El segundo de los acusadores terminó su discurso y bajó del estrado. Prometeo tenía la impresión de que sus argumentos habían sido flojos y repetitivos. El silencio que predominaba entre el público y los miembros del jurado ponía de manifiesto lo poco convincente que había resultado.

Cerró los ojos y respiró despacio para tratar de controlar las náuseas.

«Si todos los acusadores fueran tan poco persuasivos, Demóstenes no tendría ningún problema para salir indemne.» Por desgracia, estaba seguro de que Hipérides sería mucho más contundente.

El secretario del tribunal se acercó al presidente y le informó de que el agua de las clepsidras había sido repuesta y estaban preparadas para medir el tiempo del siguiente discurso. El presidente asintió brevemente y llamó al tercer acusador para que expusiera su alegato de culpabilidad:

—Tiene la palabra Hipérides, hijo de Glaucipo. Oigámoslo.

Hipérides subió los escalones del estrado con una expresión severa, inclinó la cabeza hacia el presidente y se volvió hacia los hombres que debían condenar o absolver al imputado. Demóstenes, sentado entre sus acusadores y el presidente del tribunal, lo contempló con fingida despreocupación. Habían sido amigos hacía mucho tiempo, pero cuando sus posiciones políticas se distanciaron, Hipérides se convirtió en su enemigo más tenaz y peligroso.

«Ésta es su mejor oportunidad de acabar conmigo», se dijo con una mezcla de desprecio e inquietud.

—Miembros del jurado —comenzó Hipérides con gravedad—, me sorprende el hecho de que Demóstenes sea el único hombre de Atenas contra quien no tienen vigor los decretos del pueblo. Y tampoco las leyes que determinan que los contratos son válidos también cuando perjudican a quien los ha propuesto.[17]

Un murmullo se elevó entre la multitud que llenaba la sala. El propio Demóstenes había hecho que se promulgara un decreto que ordenaba una investigación a fondo sobre el dinero de Hárpalo. De ese modo pretendía convencer al pueblo de que él no había sido sobornado. Para resultar más convincente, añadió una cláusula en la que proclamaba que, en caso de ser encontrado culpable, aceptaba la pena de muerte.

—Ninguno de los enemigos de Demóstenes propuso los decretos que ahora lo perjudican —continuó Hipérides—. Lo hizo él en persona para librarse de la acusación de haber cobrado veinte talentos en contra del interés del Estado. Sin

17. Hipérides es considerado uno de los mejores oradores de la Antigüedad. Para reconstruir el discurso que se recoge en estos pasajes, la fuente principal es él mismo (Hipérides, *Discurso contra Demóstenes*), por lo que estamos escuchando su propia voz (con alguna adaptación para hacerlo más asequible al lector contemporáneo).

embargo, cuando la investigación que él mismo pidió confirma su culpabilidad, trata de eludir las consecuencias atacando calumniosamente a sus investigadores y exigiendo que se demuestre con todo detalle cómo recibió el oro, quién se lo entregó y dónde. —Se volvió hacia Demóstenes y adoptó un tono de desdeñosa burla—. Quizás quieras que los investigadores se conviertan en tus administradores y te detallen qué uso has hecho del oro recibido, y también que te entreguen un justificante de cada uno de tus gastos.

Aquello provocó entre el público y el jurado numerosos comentarios mordaces en contra de Demóstenes.

«Ha comenzado muy bien», se dijo Creonte con satisfacción contenida.

Hipérides recordó a continuación que al Consejo del Areópago, formado por los más altos magistrados de Atenas, le había correspondido dirigir la investigación y redactar un listado de implicados con las sumas recibidas por cada uno. Por su parte, a los miembros del jurado les competía declarar a los acusados culpables o inocentes.

—Tened en cuenta que la intención de Demóstenes no es sólo embaucaros para anular su propia causa, sino que pretende hacer fracasar todos los procesos emprendidos por la ciudad sobre este asunto. —Su tono vibrante reflejaba la enorme injusticia que supondría esa posibilidad—. Deliberad con mucha atención y no os dejéis engañar por él, pues el Consejo ha hecho de la misma manera todas las declaraciones sobre el dinero de Hárpalo, son iguales para todos los acusados. Si vosotros desestimáis la declaración que acusa a Demóstenes, se consideraría que no hay nadie que haya recibido dinero y serían absueltos también todos los demás imputados. —Hizo una pausa mientras caminaba lentamente por el estrado—. En definitiva, estimados jueces, no juzgáis sobre veinte talentos, sino sobre los trescientos cincuenta que desaparecieron; y no sólo sobre la culpa de este hombre, sino sobre la de todos los implicados en los sobornos. Si dejáis libre a Demóstenes —lo señaló sin mirarlo—, tendréis que dejarlos ir a todos.

Penélope observaba disimuladamente a la esposa de Creonte mientras hacía girar la pulsera de su abuela Deyanira. Se encontraban en las cuadras de la mansión, donde unos esclavos estaban descargando de unas mulas varias cestas con el marisco y el pescado que se consumiría en el banquete de esa noche.

—¡Mira, mamá! —El pequeño Héctor no podía parar de correr de un lado a otro—. ¡Mira qué dientes tan afilados tiene éste!

Su madre lo ignoró y continuó atendiendo al proceso de descarga con el rostro inexpresivo. Mantenía una postura rígida, con la cabeza ligeramente hacia atrás como si quisiera mantener la distancia con quienes la rodeaban.

«Es la mujer más fría que he conocido —se dijo Penélope—. Supongo que es perfecta para alguien como Creonte.»

Cuando comenzara el banquete, aquella mujer se encerraría en sus habitaciones del segundo piso y lo último que haría sería molestar a su esposo.

«Debe de haber oído gritar a las esclavas en varias ocasiones. También habrá visto las marcas que les deja Creonte, pero estoy segura de que nunca le ha dicho nada.»

Héctor seguía dando gritos de entusiasmo ante la procesión de gruesas anguilas, pulpos de largos tentáculos, rodaballos, erizos, ostras... De pronto tropezó con una de las cestas y cayó de rodillas sobre la paja del establo. La esposa de Creonte dirigió a Penélope una mirada severa y ella se apresuró a levantar al niño y sacarlo de allí.

Mientras se dirigía a la cocina volvió a acariciar la pulsera de Deyanira. Durante la celebración del gran banquete, ella estaría en la habitación de Héctor, que era donde dormía siempre.

Se preguntó si esa noche oiría el llanto de alguna esclava a la que estuviera maltratando Creonte.

El fuerte dolor de cabeza no era lo único que mantenía crispado el rostro de Prometeo. El discurso de acusación de Hipérides proseguía con la misma fluidez y claridad que el agua que manaba de las clepsidras. Las opciones para Demóstenes disminuían con cada nuevo argumento que esgrimía Hipérides.

El orador recalcó con vehemencia que la declaración del Consejo del Areópago, al que el propio Demóstenes se había confiado, era suficiente para declararlo culpable. A continuación, recordó que Demóstenes había convencido a la Asamblea de que detuvieran a Hárpalo y lo custodiaran en la Acrópolis junto con su dinero. Consideraba otra prueba de su culpabilidad el hecho de que no hubiera dicho nada cuando a la Acrópolis llegó sólo la mitad de los setecientos talentos declarados. Además, otros acusados habían admitido haber recibido parte del dinero, e incluso el propio Demóstenes lo había reconocido en un primer momento, si bien aseguraba que lo había cogido para hacer una aportación a los fondos de Atenas.

—Con esa infame justificación —proclamó Hipérides—, Demóstenes mostró que no le bastaba con haberse dejado corromper personalmente, sino que consideraba que debía extender su culpa y su deshonor a todo el pueblo.

Dio un paso hasta el borde del estrado y recorrió con la mirada a la multitud de jueces que llenaba la sala. Percibía que los estaba convenciendo, pero que aún se mostrarían receptivos a los argumentos con los que trataría de defenderse su enemigo político.

Alzó una mano crispada de indignación y continuó su alegato:

—Demóstenes sostiene en sus viles acusaciones que el Consejo quiere eliminarlo para complacer a Alejandro. Más bien sería al contrario, pues si bien es cierto que un hombre al que no es posible corromper con dinero supone una amenaza para los tiranos, igualmente lo es que éstos prefieren que se mantenga en el poder una persona a la que pueden comprar con facilidad.

Demóstenes removió su cuerpo huesudo sobre el asiento de madera, consciente de que nunca se había encontrado en una posición tan desfavorable. El odio contrajo sus labios mientras seguía escuchando a Hipérides. Éste aseguró que Demóstenes siempre había favorecido a Alejandro, como cuando convenció a los atenienses de que no se unieran a la rebelión de los tebanos, o cuando hizo que Atenas no apoyase el levantamiento de Esparta contra Macedonia.

—Cuando Hárpalo llegó a Atenas —prosiguió Hipérides—, el decreto de los exiliados había creado un ambiente de levantamiento en muchas ciudades griegas, e incluso varias de las satrapías de Persia se nos habrían unido. Pero Demóstenes, al ordenar el arresto de Hárpalo, nos hizo perder esa situación favorable igual que había hecho con las anteriores. En castigo por acoger a Hárpalo, por no entregarlo cuando nos lo exigieron Antípatro y Filóxeno, y por dejar posteriormente que escapara, es posible que Alejandro decida lanzar una campaña de represalia contra Atenas. Esa campaña nos encontraría sin aliados griegos, que al no contar con Hárpalo han enviado a Alejandro embajadas conciliatorias, y tampoco dispondríamos de la ayuda de los sátrapas persas, que han optado por la prudencia y se mantendrían en el bando de Alejandro.

»Muchas veces en el transcurso de nuestra historia hemos aceptado sin vacilar luchas temibles contra Persia, Esparta, Tebas y Macedonia; sin embargo, en ninguna de esas ocasiones combatimos para proteger a hombres culpables que deberían ser condenados a muerte según las leyes y según su propio decreto. Si no castigarais a Demóstenes —proclamó con mayor énfasis—, estaríais apoyando sus acciones, que han sido motivadas exclusivamente por la codicia, y compartiríais con él la responsabilidad de poner a Atenas en peligro mortal. Por otra parte, sabéis que, en el caso de que tengamos que recurrir a las armas, este cobarde no dudará en abandonar de nuevo su puesto ante el peligro.

»No quiero extenderme más. Han quedado suficientemente ilustradas las faltas de Demóstenes, su gravedad y las consecuencias que pueden acarrear para Atenas. Ahora es preciso que todos vosotros, mirando a la salvación de la ciudad, y conforme a las leyes y la justicia, emitáis contra Demóstenes un veredicto de culpabilidad.

Capítulo 21
Atenas, diciembre de 324 a. C.

Penélope oyó unos pasos que se acercaban a su dormitorio.

Se incorporó en el lecho, con los ojos abiertos en la oscuridad. Los pasos se detuvieron frente a su puerta y contuvo el aliento.

Durante un momento lo único que distinguió fue la respiración regular del pequeño Héctor entremezclada con las voces que llegaban amortiguadas desde el salón de banquetes.

La puerta se abrió con un chirrido suave y se estremeció al ver la figura que se recortaba en la penumbra.

«¡Bitias!»

No movió ni un músculo mientras el mercenario entraba procurando no hacer ruido.

—Penélope... —El susurro le llegó sin que apenas vislumbrara el rostro quemado—. Creonte quiere que acudas a su sala de trabajo.

Penélope se quedó inmóvil. Todos sus instintos la conminaban a permanecer en la calidez de su lecho, como si eso pudiera ofrecerle alguna protección frente a Bitias y Creonte. Giró la cabeza hacia la cama de Héctor. Siempre que se había encontrado en presencia de Creonte había estado también su hijo.

—Date prisa. —El susurro había adquirido el tono airado de quien no está acostumbrado a tener que repetir las órdenes.

Penélope apartó las sábanas, apoyó los pies desnudos en el suelo de madera y se puso de pie. Bitias se dio la vuelta en silencio y salió de la habitación. Ella se ajustó la túnica para cerrar el escote, dirigió una última mirada a Héctor y siguió al mercenario.

Recorrieron sin hablar el pasillo que llevaba a las escaleras. Cuando llegaron al piso inferior, Penélope sintió en los pies el frío de las baldosas de piedra y la envolvió el bullicio del banquete. Creonte había regresado de la sala del tribunal hacía un par de horas con algunos hombres y poco a poco se había ido presentando el resto de los invitados.

Cruzaron el patio hasta el extremo opuesto al salón de banquetes, y Bitias golpeó con los nudillos en una puerta.

Creonte había abandonado el banquete murmurando una disculpa. Podía ausentarse durante un rato sin que nadie lo echara de menos porque toda la atención estaba centrada en Hipérides. Con su apabullante discurso había aplastado a Demóstenes y había logrado que lo declararan culpable.

Oyó que llamaban a la puerta y ordenó que entraran. El resultado del juicio le hacía sentirse más vivo y poderoso que nunca, con una sensación de euforia que se incrementaba aún más por la expectativa del encuentro con Penélope.

Bitias se quedó en el exterior y la nodriza espartana entró con un aire de alarma en sus insólitos ojos plateados. Creonte hizo una seña y la puerta se cerró detrás de ella.

—Por Afrodita que eres una mujer hermosa. —La contempló con una sonrisa, dando por hecho que ella agradecía el halago. Cuando siguió hablando, Penélope se dio cuenta de que arrastraba ligeramente las palabras—. Hace tiempo que quiero hablar contigo. Tengo entendido que haces una labor excelente con mi hijo, y creo que mereces una recompensa más allá de tu pequeño salario.

—No es necesario que...

—Sí, sí lo es —la interrumpió Creonte—. Has estado dedicada a Héctor día y noche. Es un trabajo muy duro, y para agradecértelo he decidido mejorar tus condiciones.

Creonte se humedeció los labios. Había utilizado palabras similares con todas las esclavas con las que se había encaprichado. Por supuesto, tenía en cuenta que la espartana era una mujer libre y no una esclava, por eso su oferta sería mucho más generosa.

Avanzó hasta quedar a un paso de Penélope.

—He decidido que tendrás la ayuda de una esclava. —Alzó la mano para atajar una réplica—. De hecho, será ella la que duerma con Héctor y tú dispondrás de tu propia alcoba. —Se acercó un poco más y el olor agrio de su aliento envolvió a Penélope—. Además, cuando mi esposa y mi hijo regresen al Pireo, tú podrás quedarte en Atenas. —Su mirada descendió con avidez a sus labios, a su cuello, al nacimiento de sus senos—. Tú te quedarás conmigo... —Levantó una mano y le rozó el hombro.

Penélope retrocedió.

—Prefiero seguir como hasta ahora. —Tenía la garganta seca y su voz sonó ahogada. Dio otro paso hacia atrás para alejarse de Creonte, que seguía avanzando, y chocó con la puerta. Sus ojos recorrieron rápidamente la habitación: sobre la mesa vio un candelabro de dos brazos y en la esquina contraria una lámpara de pie largo.

—Creo que no has entendido lo que te estoy ofreciendo. —La voz de Creonte se había convertido en un susurro ronco. Volvió a llevar la mano al hombro de Penélope y ella se la apartó—. Puedes vivir como una princesa persa... —le acarició la línea de la mandíbula y Penélope le agarró la muñeca— o puedes hacer que me cabree.

Ella lo soltó, pero mantuvo las manos levantadas sobre el pecho.

—Por Hera, te lo ruego...

Creonte apoyó una mano en la pared y sus túnicas se rozaron. Se inclinó hacia ella para hablarle al oído.

—Me excita que te resistas...

Intentó meter la mano entre las de Penélope para llegar a sus senos. Ella se revolvió y lo golpeó con las dos manos en el pecho. Era un hombre muy pesado y apenas lo desplazó, pero fue suficiente para que retrocediera un paso.

En el rostro de Creonte apareció un aire de desconcierto que rápidamente se transformó en ira.

—¡Perra!

La abofeteó con fuerza y la cabeza de Penélope chocó contra la pared. Junto al dolor y el miedo experimentó una oleada de rabia. Paró una nueva bofetada de Creonte con el antebrazo y le dio un puñetazo en la cara. Creonte rugió como un animal enloquecido. Hizo amago de abalanzarse sobre ella, pero se anticipó y volvió a estrellarle el puño en la cara.

Creonte se tambaleó hacia atrás y ella corrió hasta la mesa y cogió el candelabro. No era un objeto grande, pero estaba hecho de bronce y podía ser un arma contundente. Él vio que lo blandía en alto y retrocedió acobardado. Manoteó en el picaporte sin apartar los ojos de ella y abrió la puerta.

—Bitias... —Miró hacia el exterior y de nuevo a Penélope—. ¡Bitias!

Ella agarró con más fuerza el candelabro. En la sala había una ventana, pero tenía los postigos cerrados y la puerta abierta era la única salida. Alzó el candelabro y se echó hacia delante dispuesta a estrellarlo contra la cabeza de Creonte.

Bitias apareció en el hueco de la puerta y ella se detuvo en seco.

Creonte sangraba por la nariz y de su barba caían hilillos que manchaban de rojo su túnica. Se colocó detrás de Bitias.

—¡Agárrala! —gritó con los dientes manchados de sangre.

Penélope levantó de nuevo el candelabro. Sólo logró que la sonrisa deformada de Bitias se abriera un poco más.

—Será mejor que lo sueltes.

Ella lo ignoró y se dirigió a Creonte.

—No puedes hacerme esto. —Le dio rabia que su voz temblara—. No te pertenezco, soy una mujer libre.

—Yo puedo hacer lo que quiera. —La boca ensangrentada de Creonte se curvó en una mueca cruel—. Y nadie te va a echar de menos, Bitias lo ha comprobado. No tienes familia ni amigos en Atenas, no has salido a la calle ni una sola vez desde que llegaste a la ciudad.

El mercenario desenvainó la espada.

—Suelta el candelabro o te rajo como a un perro.

Penélope retrocedió manteniendo el candelabro frente a ella.

—No quiero que la mates, guarda la espada —ordenó Creonte.

Bitias se encogió de hombros y envainó su arma. Avanzó hacia Penélope y ella intentó golpearlo, pero el mercenario le agarró el brazo, se lo sacudió con fuerza haciendo que soltara el candelabro y la derribó de un revés. Después se echó sobre ella y la inmovilizó con la misma presa que hacía a las mujeres que violaba en los saqueos de las ciudades.

Creonte se acercó al ver que había pasado el peligro. Bitias se puso de pie y levantó a Penélope sujetándole con una mano los dos brazos por detrás de la espalda. Con la otra le aferraba el cuello.

—He sido muy generoso contigo. —Creonte cogió el rostro de Penélope y contempló la belleza extraña que le proporcionaban aquellos ojos. Le abrió la túnica y los pechos quedaron al descubierto—. Por Zeus, eres más hermosa que las esculturas de Praxíteles. Es una verdadera lástima que no pueda fiarme de ti.

Penélope trató de hablar. Los dedos del mercenario la apretaban con tanta fuerza que sólo fue capaz de emitir un gemido ahogado.

—No hace falta que respondas, ya has dejado clara tu postura. Eres una zorra espartana que no se va a doblegar.

Creonte escupió en el suelo y se llevó una mano a la cara con un gesto de dolor. Observó sus dedos ensangrentados y negó con la cabeza.

—Nunca imaginé que una mujer me haría esto. —Volvió a negar—. Agárrala bien.

Ladeó el cuerpo para coger impulso y descargó un puñetazo con todas sus fuerzas contra el estómago de Penélope.

—Ya puedes soltarla.

Bitias obedeció y Penélope cayó al suelo como un fardo. Boqueaba desesperada sin conseguir que en sus pulmones entrara ni un hilo de aire. Creonte se agachó y le arrancó la túnica.

—Amordázala y átala. —Contempló disgustado las manchas de sangre de su ropa y luego miró a Penélope, que se retorcía desnuda en el suelo—. He de cambiarme de túnica y regresar al banquete, pero en cuanto pueda vendré a por ti.

Cogió la llave de la sala de trabajo y se la entregó a Bitias.

—Cuando termines de atarla, la dejas aquí encerrada y me devuelves la llave.

El rostro quemado de Bitias no reflejó ninguna emoción al asentir, pero Creonte advirtió un destello en su mirada.

—Ahora ocúpate sólo de lo que te he mandado. Tienes que ser paciente; cuando yo termine con ella, podrás hacerle lo que quieras.

Capítulo 22

Atenas, diciembre de 324 a. C.

Prometeo vio que se le había acabado el vino, llamó a la camarera y pidió una segunda jarra.

Metió la mano en el bolsillo de su túnica y sacó una de las dos monedas que le quedaban, un pequeño óbolo de plata del tamaño de una lenteja gruesa. Por hacer de jurado había recibido un pago de tres óbolos —media dracma—. Se había dicho que con ese dinero llevaría algo de trigo a su madre; sin embargo, cuando entregó a la camarera su segunda moneda ya tenía claro que la tercera también se convertiría en vino.

Bebió un trago largo y dejó la jarra sobre la mesa con una mueca de desagrado. El vino era fuerte y demasiado ácido, pero al menos le había quitado el dolor de cabeza que lo había estado torturando todo el día.

Echó un vistazo alrededor. La taberna estaba a rebosar y había un ambiente bullicioso en el que flotaba un desagradable olor a sudor, guiso de pescado y vino rancio. En la maraña de conversaciones distinguía lo suficiente para darse cuenta de que casi todo el mundo hablaba del juicio a Demóstenes.

«A partir de ahora nuestro futuro lo van a decidir fanáticos como Hipérides y Creonte», se dijo con amargura. Todo apuntaba a que, antes o después, se enfrentarían a Macedonia en una guerra que no podían ganar.

En una mesa cercana, un marinero robusto que había asistido al juicio como público alzó su voz por encima de la de sus compañeros:

—El discurso de Hipérides fue demoledor, pero yo creo que la mayoría del jurado habría condenado a Demóstenes en cualquier caso.

—¡Por Zeus, yo lo habría condenado a muerte sin dudarlo! —exclamó otro marinero.

Se pusieron a hablar varios a la vez y al cabo de un momento estaban discutiendo a gritos. Prometeo levantó la jarra irritado y dio otro trago a su vino.

Después del discurso de Hipérides había estado convencido de que Demóstenes no tenía ninguna posibilidad. Sin embargo, tras los discursos de los acusadores llegó su turno y habló con la misma brillantez que en la mayoría de sus intervenciones. Aquello despertó la esperanza de Prometeo, que durante la larga cola de la votación aguantó las acometidas de la resaca con algo más de ánimo. Llegó a las dos grandes ánforas en las que se depositaban las fichas de bronce que les habían entregado al comenzar el juicio, votó a favor de la inocencia de Demóstenes y regresó al centro de la sala.

Cuando terminó el recuento de votos, el presidente del tribunal hizo público el resultado.

«Culpable.»

Prometeo negó con la cabeza y bebió de nuevo. El proceso a Demóstenes era de los llamados «juicios con evaluación», en los que quien recibía un veredicto de culpabilidad tenía derecho a proponer una condena alternativa. Lo habitual en los casos de corrupción era que la pena de muerte se sustituyera por una multa de diez veces la cantidad recibida, pero Demóstenes había conseguido que por su soborno de veinte talentos no se lo condenara a una multa de doscientos talentos, sino de cincuenta.

«Da lo mismo doscientos que cincuenta.» Lo importante era que Demóstenes había sido declarado culpable, y eso implicaba que los políticos más belicistas tomarían el control de Atenas.

Se terminó la segunda jarra, sacó su última moneda y se quedó contemplándola. Hacía unos días se había enterado de que su madre había vendido el espejo de plata que le regaló Platón por su boda.

«Cuando vuelva a competir...»

El pensamiento naufragó en la tormenta oscura de su mente. Llamó a la camarera y pidió otra jarra de vino.

Se sentía amodorrado y movió la silla para apoyar la espalda en la pared de adobe de la taberna. Llevaba varios días sin acudir al Liceo a entrenar. Por fin había asumido que era un tullido y seguiría siéndolo, como le repetían desde hacía meses todos los médicos, Aristóteles e incluso su propia madre con sus silencios y sus miradas cargadas de pena.

«Creí que llegaría a ser como mi abuelo Perseo», se dijo con la mirada perdida. Aquella idea le parecía ahora tan absurda como si hubiera pretendido emular a Zeus.

La camarera le llevó la tercera jarra, y dejó que el vino bajara por su garganta. Había soñado con convertirse en *olimpiónico* como su abuelo, pero hubiera sido más acertado que lo compararan con su tío Eurímaco, un gigante como él que había atormentado a su familia con sus problemas con la bebida.

Soltó un bufido de desprecio y se miró la rodilla deformada. Su tío Eurímaco al menos había alcanzado una muerte gloriosa luchando en el ejército ateniense. A él ni siquiera le permitirían formar parte de las últimas líneas de la falange.

Siguió bebiendo y la angustia y la culpa se volvieron más difusas, igual que todo lo que lo rodeaba.

Cuando terminó la jarra, cerró los ojos y se hundió en una oscuridad vacía.

Capítulo 23

Atenas, diciembre de 324 a. C.

Creonte se giró sobre el triclinio y se quedó mirando hacia la puerta.

«¿Qué estará haciendo Bitias con Penélope?»

Su guardaespaldas se había quedado a solas con la espartana hacía ya mucho rato. Lo único que tenía que hacer era amordazarla y atarla, pero cada vez estaba menos seguro de que lo hubiera obedecido.

En lugar de Bitias, quien entró en el salón de banquetes fue uno de los esclavos de la cocina llevando una gran bandeja humeante.

—Tacos de anguila de Copais —anunció—, adobados con vinagre, orégano y sal, envueltos en hojas de acelga y asados a la brasa.

Los invitados acogieron la llegada de aquel plato con exclamaciones alegres. El esclavo se arrodilló frente a la mesita del triclinio más cercano y empezó a servir. Las anguilas del lago Copais costaban una fortuna y eran apreciadas por su tamaño y la delicadeza de su carne. Poco a poco se extendió por la sala el aroma suculento de la anguila asada con el adobo de orégano y Creonte sintió que recuperaba el apetito. Después de cambiarse de túnica había tenido que esperar un buen rato a que la nariz le dejara de sangrar para poder regresar al banquete.

En el exterior hacía frío, pero había ordenado que colocaran en el salón dos grandes braseros y el aire se había caldeado. Una docena de lámparas de aceite y algunos gruesos velones de sebo proporcionaban una buena iluminación y contribuían a mantener la temperatura.

Hipérides estaba situado a la derecha de Creonte. Llevaba una corona de olivo, como los vencedores olímpicos, para conmemorar su gran victoria sobre Demóstenes.

—Todo está delicioso —le dijo a su anfitrión—. Creo que no he comido mejor en toda mi vida.

—Tu brillante actuación en el tribunal no merece menos —respondió Creonte con una reverencia. La engañosa sencillez del discurso de Hipérides le había proporcionado un aire de sinceridad con el que había convencido a muchos jueces indecisos—. Gracias a ti no tendré que volver a soportar a Demóstenes en mi casa.

Hipérides soltó una carcajada y Creonte rio con él. En el salón tampoco estaba ninguno de los partidarios de Demóstenes, ya no los necesitaban para controlar la Asamblea.

El esclavo se detuvo frente al triclinio de Creonte y éste indicó con un gesto que le sirviera. Luego cogió de su mesita uno de los trozos de anguila y se lo llevó a la boca mientras goteaba adobo grasiento. Al morderlo, sintió un latigazo de dolor desde la encía hasta la nariz.

«¡Por todos los...!» Escupió el pescado en la mano y se quedó con los párpados apretados hasta que el dolor remitió.

—Vaya, ¿te has mordido? —le preguntó Hipérides.

Creonte asintió sin mirarlo. Aquella zorra espartana lo había golpeado con una fuerza sorprendente. Se preguntó si le habría partido algún hueso, pero contuvo el impulso de palparse la cara porque Hipérides lo estaba mirando.

Echó un vistazo hacia la entrada. Bitias seguía sin aparecer.

Alguien comentó que Demóstenes debía de haber cenado pan duro en la cárcel y varios hombres rieron. Creonte esbozó una sonrisa al imaginárselo en una celda. Sin duda su expresión sería todavía más agria de lo habitual.

«Tiene suerte de seguir con vida.» Demóstenes se había defendido con habilidad y había logrado que le conmutaran la pena de muerte por una multa de cincuenta talentos. Era una cantidad enorme que le resultaría imposible reunir a corto plazo, por lo que tendría que seguir en la cárcel..., aunque ése no era el plan que tenían para él.

Llamó la atención de Hipérides.

—¿Estás seguro de que Demóstenes intentará escapar?

—No hay duda; sus hombres han sido bastante torpes y tenemos toda la información.

—Debemos estar completamente seguros de que nadie impide la fuga. —Ya había insistido varias veces, pero el futuro de Atenas dependía de eso—. Demóstenes es un zorro astuto; si consigue librarse de la cárcel de un modo legal, podría llegar a rehabilitarse políticamente. E incluso sería capaz de convencer a muchos de que es un mártir a quien sus enemigos hemos acusado de forma injusta. En cambio, si escapa de Atenas, será un exiliado para siempre y no podrá regresar.

Hipérides acomodó el cuerpo sobre los cojines de pluma. Parecía el hombre más satisfecho del mundo.

—Nadie va a entorpecer su fuga, estate tranquilo. Y no sólo será un exiliado, sino también un cobarde que huye una vez más. Él mismo va a cavar su tumba política.

En aquel momento entró Bitias y Creonte se irguió en el triclinio. El mercenario cruzó el salón de banquetes y se inclinó para hablarle.

—Ya está preparada —le dijo al tiempo que le ponía la llave en la mano.

«¡Me estoy ahogando!»

Penélope tenía la nariz tan inflamada por los golpes que no era capaz de tomar aire y la mordaza apenas le permitía respirar.

«Diosa Ártemis, sálvame... —El trapo que Bitias le había metido en la boca le estaba presionando la garganta—. Deyanira, ayúdame...»

Cerró los ojos e intentó que no la invadiera el pánico. Bitias la había atado con tanta fuerza que desde hacía un rato no sentía las manos ni los pies. Se retorció sobre el suelo, ignorando el dolor de su estómago, y consiguió encoger un poco el cuerpo. Así entraba algo más de aire en sus pulmones, el suficiente para no desvanecerse.

Miró alrededor y se dio cuenta de que uno de los ojos se le había hinchado tanto que apenas podía abrirlo. En aquella sala sólo había una pesada mesa de madera, una silla, una pequeña estantería con algunos documentos y una lámpara de pie largo que Bitias había dejado encendida. Se preguntó si podría arrastrarse hasta la lámpara, y si serviría de algo tirarla, pero al momento lo descartó. Únicamente lograría que la lámpara se apagara o que el aceite le cayese encima y la quemara.

La falta de aire la dejó aletargada. Unos instantes después el miedo hizo que su cuerpo se agitara con una sacudida y se esforzó por seguir respirando. A través de la puerta cerrada le llegaban las risas lejanas del banquete.

Intentó mover los brazos para cambiar de posición y le resultó imposible. Los tenía atados a la espalda y las ataduras de las manos estaban unidas a las de los tobillos. Lo único que podía hacer era permanecer en el suelo como un fardo hasta que vinieran a por ella.

«Diosa Ártemis, Deyanira, os lo suplico...»

Creonte cogió su *kilix* de la mesita para dar un largo trago, pero lo pensó mejor y sólo tomó un sorbo. Llevaban mucho tiempo bebiendo y no quería estar tan borracho que no pudiera disfrutar de la espartana.

Un triclinio más allá del de Hipérides se encontraba el general Leóstenes, probablemente el único de los invitados que todavía se mantenía sobrio y quería seguir hablando de política. Habían decidido que viajaría con discreción al cabo Ténaro, en el Peloponeso, para hacer los primeros contactos con el fin de reclutar un ejército de mercenarios. También sondearía a las ciudades que podían unirse a ellos en una rebelión contra Macedonia.

—Estoy de acuerdo en ir al Peloponeso en cuanto el mar nos permita navegar —dijo Leóstenes—, pero es importante que mi viaje se coordine con el de los embajadores que le enviaremos a Antípatro. —Era la tercera vez que hablaba de aquello con Hipérides, que desde hacía un rato estaba más pendiente de las bailarinas que de la conversación—. Los embajadores tienen que transmitirle a Antípatro los mensajes de buena voluntad de Atenas antes de que yo llegue al Peloponeso, de modo que encubran el motivo de que esté allí, pero...

—Leóstenes —Creonte levantó su *kilix* hacia él—, creo

que por hoy hemos exprimido suficiente a Hipérides y se merece un descanso. Te aseguro que nuestros embajadores harán todo lo posible para convencer a Antípatro de que Demóstenes es el único responsable de que Atenas acogiera a Hárpalo, de que no lo entregáramos cuando lo pidieron y de que después se fugara. Demóstenes quedará como el único culpable de agitar la llama de un levantamiento contra Macedonia y durante un tiempo eso servirá para ocultar nuestras intenciones. Brindemos por ello, y no hablemos más del asunto por esta noche.

El general aceptó a regañadientes y bebió un poco más del excelente vino de Biblos que les estaba ofreciendo Creonte. En el salón se mezclaban las risas con el sonido melodioso de una cítara y una flauta doble que tocaban dos muchachos desnudos y bellos como jóvenes Apolos. Los músicos se paseaban por delante de los invitados y algunos aprovechaban para acariciar sus cuerpos, igual que otros lo hacían con las bailarinas o con las esclavas entrenadas para el placer que ocupaban varios de los triclinios.

Leóstenes estuvo un rato contemplando a las bailarinas y después miró extrañado a su anfitrión.

—Parece que te sangra la nariz.

Creonte se limpió con la tela de un cojín. Sólo eran un par de gotas.

—No es nada —dijo con una sonrisa forzada—, me he dado un pequeño golpe esta tarde.

Leóstenes volvió su atención a las bailarinas y él contempló la mancha roja del cojín con una expresión irritada.

Penélope llevaba horas desnuda sobre el suelo de piedra. El frío se le había metido hasta los huesos y no dejaba de temblar. La posición a la que la forzaban las ataduras le provocaba unos calambres aún más dolorosos que los golpes que había recibido. Casi agradecía que la falta de aire le hiciese pasar ratos inconsciente.

Notó que los hombros se le agarrotaban en un intenso espasmo y trató de moverlos. El dolor siguió incrementándose y gimió a través de la mordaza. De pronto oyó el sonido metálico de la cerradura. Contuvo el aliento y miró hacia la puerta con el único ojo que podía abrir. Creyó oír el roce de unos pies al otro lado y de nuevo un sonido débil en la cerradura, como si alguien tratara de entrar sin hacer ruido.

«¡Dioses, ayudadme!»

Su mirada permanecía fija en la entrada. La cerradura cedió con un chasquido y la puerta comenzó a abrirse.

La respiración de Creonte se volvió más agitada. Llevaba un rato contemplando cómo manoseaba Hipérides a la bailarina que había sentado en su triclinio. Era una esclava tracia, de piel clara y muy voluptuosa, como solían gustarle al orador.

«Su punto débil son las mujeres, pero al menos sabe elegir bien.»

Hipérides había expulsado de su casa a su hijo para meter en ella a la más famosa de las hetairas atenienses. También mantenía una segunda amante en el Pireo, y otra más entre sus posesiones de Eleusis.

Los labios de Creonte se entreabrieron al ver la expresión de entrega de la esclava. Dio otro trago a su vino. En cuanto terminara aquella copa, iría a por la espartana.

Penélope contempló aterrada cómo se abría la puerta. La luz de la lámpara le permitió distinguir el brillo de un cuchillo grande. Un momento después, se dio cuenta de que lo empuñaba la esclava de la nariz aplastada.

La muchacha se arrodilló junto a ella y empezó a cortar las cuerdas de sus manos.

—Bitias ha ido a hacer sus necesidades —susurró mientras serraba frenéticamente.

Penélope se tumbó sobre la espalda cuando sus manos quedaron liberadas. El dolor que le transmitían los hombros era atroz y sentía las manos como si fuesen dos muñones helados. Manoteó con torpeza contra su rostro y consiguió librarse de la mordaza.

—¡Déjame el cuchillo y vete!

La esclava la miró un instante y siguió cortando las cuerdas de los tobillos. Penélope abrió y cerró las manos; la sangre volvía a ellas y era como si por sus venas pasaran cristales.

Se echó hacia delante y agarró las manos de la muchacha.

—¡Vete!

Le cogió el cuchillo y siguió cortando. La esclava vio que podía hacerlo y se puso de pie.

—Gracias —susurró Penélope mientras la muchacha se deslizaba hacia el exterior.

Se le resbaló el cuchillo. Las manos le dolían cada vez más y estaban muy débiles. Retomó la tarea angustiada, mirando sin cesar hacia la puerta abierta. Las cuerdas empezaron a teñirse con el rojo de su sangre.

De pronto cedieron. Trató de levantarse y se dio de bruces contra el suelo. No sentía los pies. Dejó el cuchillo a un lado y se puso a masajearlos con un vigor desesperado.

Le pareció oír pasos, voces. Levantó la cabeza hacia la puerta y las lágrimas le emborronaron la visión. Un instante después comenzó a sentir el escozor de los cortes que se había hecho en los tobillos. Cogió el cuchillo e intentó levantarse. Los pies apenas le obedecían y se tuvo que apoyar en la pared para no caer. Dio un paso hacia la puerta y luego otro. Se agarró al marco y salió al patio tambaleándose. Una brisa gélida envolvió su cuerpo desnudo y empezó a temblar con tanta fuerza que temió que se le cayera el cuchillo.

Oía la música y las voces del banquete, pero no había nadie en el patio. Lo cruzó con paso vacilante y llegó al pasillo que conducía a la puerta de la calle. El esclavo portero dormitaba en un taburete con la espalda apoyada en la pared.

«Dioses, que no se despierte...»

Al llegar a su altura, el hombre abrió los ojos y miró a Penélope boquiabierto.

—¿Qué...? —Se quedó callado al ver que la nodriza, desnuda y con el rostro magullado, ponía un cuchillo de cocina frente a su cara.

—Déjame pasar y no digas nada.

La voz de Penélope era un sollozo cargado de miedo, pero también de determinación, y el hombre no se movió mientras ella abría la puerta. Le habría impedido el paso de ser una esclava, pero aquella espartana era una mujer libre y no sabía cómo debía actuar. No obstante, en cuanto ella salió a la calle se fue corriendo a buscar a Bitias.

Penélope se alejó de la mansión trastabillando, sin saber qué dirección tomar. La calle estaba desierta y la negrura de la noche apenas estaba atenuada por el débil resplandor de la luna. Quería echar a correr, pero apenas era capaz de andar.

Miró hacia atrás. La mansión de Creonte era una sombra enorme y albergó la esperanza de que la oscuridad la ocultara antes de que salieran a por ella.

Aquella esperanza apenas duró un latido.

Lo primero que distinguió fueron unos pasos rápidos y pesados. Después el sonido de una espada al desenvainarse y la voz áspera de Bitias:

—Eres una zorra muy terca.

En el tono del mercenario había una estremecedora mezcla de cólera y regocijo. Se situó frente a ella y la señaló con la espada.

—Date la vuelta y regresa a la mansión.

Penélope levantó el cuchillo con la mano temblándole.

—No voy a hacerlo.

Bitias profirió una especie de gruñido. Alzó la espada y giró lentamente a su alrededor. De pronto amagó un ataque, ella blandió el cuchillo y el mercenario se lo arrancó de las manos con un espadazo. Creonte se había acercado por detrás sin que lo advirtiera y la inmovilizó con un fuerte abrazo.

Bitias envainó la espada y se acercó a Penélope con el puño cerrado. Ella esperó hasta que levantó el brazo y en ese instante descargó una patada con todas sus fuerzas contra la entrepierna del mercenario. Bitias se encogió con un grito de dolor y ella lanzó la cabeza hacia atrás. Sintió contra su coronilla el crujido de la nariz de Creonte y de pronto estuvo libre.

Echó a correr, pero apenas dio tres pasos antes de caer al suelo. Se incorporó apretando los dientes. El puño del mercenario impactó contra su cabeza y se derrumbó.

Medio inconsciente, se removió en el suelo y consiguió ponerse a cuatro patas. Oía la voz de Creonte cargada de ira, pero no distinguía las palabras. La agarraron del brazo y la pusieron de pie de un tirón. Creonte se acercó a ella; tenía la nariz hundida y le manaba sangre que en la noche parecía negra. La llamó zorra y le escupió en la cara. Ella trató de escapar, pero Bitias la sujetaba con fuerza.

Creonte mostró los dientes oscurecidos por la sangre, levantó su mano gruesa cerrada en un puño y lo descargó contra su rostro. La insultó con rabia y le dio otro puñetazo.

Y después otro.

Y otro.

Y otro...

Capítulo 24

Atenas, diciembre de 324 a. C.

Prometeo despertó sobre la mesa de la taberna con una intensa sensación de malestar.

Se incorporó y pasó una mano por su rostro empapado de sudor. Por un momento pensó que ya era de día, pero en la taberna seguía habiendo bastantes mesas con hombres que bebían, discutían o jugaban a los dados.

Apoyó la espalda en la pared y cerró los ojos. De pronto sintió que el mundo se ponía a girar y volvió a abrirlos.

—Sigo borracho —farfulló.

La sensación de que todo daba vueltas no desaparecía y se agarró al borde de la mesa. Estaba muy cansado, los párpados le pesaban como si fueran de plomo. Lo único que quería en aquel momento era llegar a su cama.

Cogió el bastón del suelo y trató de levantarse. Lo consiguió al segundo intento y avanzó paso a paso hacia la salida.

Oyó la expresión «el maestro de Alejandro» y se detuvo. Cuando alguien se refería a Aristóteles de ese modo solía ser con ánimo despectivo. El hombre que había hablado advirtió su presencia y se quedó callado. La gente lo reconocía al momento y todo el mundo sabía que tenía una relación muy estrecha con Aristóteles.

Las conversaciones se apagaron a su alrededor. Cada vez había más hombres mirándolo y se preguntó irritado cuántos consideraban que Aristóteles era un enemigo de Atenas.

«Vale mil veces más que cualquiera de vosotros», pensó mientras miraba al que lo había criticado y a sus compañeros de mesa.

Se apartó de ellos tambaleándose y continuó hasta la calle. El aire frío lo despejó un poco, pero a los pocos pasos estuvo a punto de caerse.

—Mierda... —Se apuntaló en el bastón y se quedó quieto en medio de la calle.

«Debería regresar a la taberna.»

Desechó la idea y cojeó hasta una pared para avanzar pegado a los muros de las viviendas. En el siguiente cruce distinguió el resplandor de unas antorchas; poco después, pasaron unos esclavos llevando una litera en la que dormía un hombre tapado con un grueso manto de lana. La oscuridad lo envolvió de nuevo según se alejaban. Al cabo de un rato, le pareció ver unas sombras que se acercaban a él y luego se retiraban. Supuso que se trataba de ladrones que habían decidido no arriesgarse a atacarlo.

Dobló una esquina y se detuvo al ver que había una pelea. Enseguida se percató de que no era una pelea, sino una brutal paliza que le estaban dando a alguien que ya estaba inconsciente.

Un momento después, se dio cuenta de que quien estaba recibiendo la paliza era una mujer desnuda.

Lo invadió una oleada de ira y cojeó hacia ellos tan rápido como era capaz. El hombre que sujetaba a la mujer advirtió su presencia y lo miró alarmado. Dejó que su víctima cayera al suelo y retrocedió un paso al tiempo que desenvainaba una espada, pero no consiguió evitar que el bastón de Prometeo se estrellara contra su cabeza.

El bastón se partió en dos y el hombre se desplomó.

Prometeo se había percatado en el último momento de que se trataba de Bitias, el guardaespaldas mercenario de Creonte, y de que éste era el otro atacante. Creonte aprovechó que se había desequilibrado y le dio un puñetazo en la mandíbula que lo derribó. Acto seguido cogió del suelo uno de los trozos del bastón y se puso a golpearlo con furia. Prometeo levantó un brazo para evitar que le diera en la cabeza y trató de ponerse de pie, pero con la pierna rígida le resultaba imposible. El bastón impactó en sus costillas, en el brazo, de nuevo en las costillas... Aunque la borrachera mitigaba el dolor, su enemigo era un hombre muy fuerte y podía matarlo a bastonazos.

La siguiente vez que se inclinó para atacarlo, él se impulsó hacia delante y le estrelló el puño en la rodilla. Creonte gritó y el dolor lo paralizó por un instante que él aprovechó para barrerle las piernas con un brazo igual que habría hecho en un combate de lucha.

La espalda de Creonte golpeó contra el suelo y se quedó sin respiración. Giró la cabeza y contempló horrorizado a su enorme adversario, que se acercaba a cuatro patas.

—¡Soy Creonte, no...!

El puñetazo fue como una roca que chocara contra su cara.

Prometeo contempló jadeando a Creonte, que yacía inconsciente con un hilo de sangre saliendo de su boca. Se apartó de él y se acercó gateando a la mujer.

«¡Dioses!»

Tenía el rostro completamente ensangrentado y le dio la impresión de que estaba muerta. Acercó la oreja a sus labios y creyó distinguir un aliento tenue, pero quizás se tratara sólo de la brisa.

—Miserables...

Regresó junto a Creonte y tuvo que contenerse para no aplastarle la cabeza a puñetazos. Lo despojó de la túnica, lo dejó desnudo sobre la tierra y cubrió con su ropa el cuerpo de la mujer.

Parecía un cadáver envuelto en una mortaja.

«Pobre desgraciada.»

Se colocó a la mujer sobre un hombro y logró ponerse en pie con un gruñido de esfuerzo. La sujetó con un brazo y extendió el otro para mantener el equilibrio mientras avanzaba con mucho cuidado hacia el muro más cercano. Cuando consiguió llegar, se apoyó en él y siguió alejándose de los cuerpos inmóviles de Bitias y Creonte.

En su espalda, Penélope exhaló un gemido apagado.

Capítulo 25

Atenas, diciembre de 324 a. C.

Las manos de Altea temblaban sobre el lecho de su hijo, donde yacía la mujer medio muerta con la que había aparecido esa noche.

—Hera, Atenea, Hestia... —bisbiseaban sus labios en una plegaria incesante.

Sentado junto a ella, Prometeo contemplaba a la mujer con una mirada vidriosa. Había llegado borracho y le había contado lo sucedido de un modo confuso. Tenía varias marcas de golpes, pero no se le veía ninguna herida grave como a aquella desdichada.

Altea advirtió que empezaba a clarear y abandonó el dormitorio. Aunque hacía bastante frío, no se dio cuenta de que caminaba descalza por la tierra del patio. Abrió la puerta de la calle y miró atemorizada a ambos lados. Prometeo le había dicho que había golpeado al poderoso Creonte, que quizás incluso lo había matado. Susurró una nueva plegaria, salió al exterior y caminó apresuradamente hasta la casa del vecino alfarero con el que tenía más confianza.

Titubeó unos instantes, aturdida por la magnitud de lo que estaba ocurriendo.

Cogió el llamador de bronce y golpeó dos veces.

El pequeño Nicómaco se acercó a sus padres, seguido por su esclavo pedagogo, y se quedó esperando. Su madre decía algo en voz baja y parecía preocupada. Él sabía que estaban hablando del juicio que se había celebrado el día anterior, pero con sus seis años no tenía muy claro qué era un juicio, sólo sabía que Demóstenes era un ateniense muy importante al que habían metido en la cárcel.

Hizo caso omiso del susurro de advertencia de su pedagogo y tiró suavemente de la túnica de su padre.

—¿Vamos a ir al Liceo?

Aristóteles se volvió e hizo una caricia en la mejilla de su hijo. Crecía con rapidez, pero su carita redonda y los grandes ojos que lo miraban sin pestañear le seguían recordando a cuando era un bebé.

—Claro. Te dije que iríamos y vamos a ir.

Nicómaco oyó el suspiro de su madre, pero ella no dijo nada, y al cabo de un momento salieron a la calle acompañados de una escolta de esclavos. El pequeño se despidió de Herpilis con un gesto alegre y se alejó de la vivienda caminando junto a su padre.

—¿Hoy vas a dar clase a otros señores?

Aristóteles rio.

—Sí, esta mañana voy a dar una conferencia.

—¿De qué vas a hablar?

—De la felicidad y de cómo alcanzarla —le dijo su padre con una sonrisa.

Las finas cejas de Nicómaco se elevaron.

—¿Vas a enseñarles a ser felices?

—Más que enseñarles, voy a invitarlos a reflexionar sobre algunas ideas. Les diré, por ejemplo, que para ser felices tenemos que actuar de manera que desarrollemos nuestras capacidades. —Pensó un momento—. Imagina a un hombre al que se le da muy bien la pintura. —Nicómaco asintió con la boca entreabierta—. Pues ese hombre será más feliz si se dedica a pintar y a mejorar su técnica de pintura que si se dedica a algo que se le dé muy mal, como ser zapatero.

Nicómaco volvió a asentir mientras el semblante de Aristóteles se ensombrecía. Sus propias palabras le habían hecho pensar en Prometeo.

—¡Mira, papá!

Aristóteles siguió la mirada de su hijo y vio un par de lechuzas que pasaban volando por encima de ellos. Las aves continuaron hacia la cercana Acrópolis y se metieron en una hendidura de la pared de piedra.

—Son lechuzas —le explicó a su hijo—. Hay muchas en la Acrópolis. Lo normal es que sólo salgan de noche, pero a veces se ven algunas al atardecer o cerca del alba, como ahora.

—¿En Atenas hay muchas porque es el animal preferido...? —Nicómaco se quedó callado y frunció el ceño mientras buscaba el mejor modo de expresarse—. ¿Hay muchas porque es la favorita de Atenea, que es la patrona de Atenas?

—Muy buena reflexión. Puede que sí, aunque no podemos estar seguros. Lo que sí sabemos es que la lechuza representa a Atenea, y también que es uno de los símbolos de la ciudad de Atenas. —Metió una mano en su túnica y rebuscó en un bolsillo interior—. ¿Sabes que a las monedas de dracma atenienses, que son muy valoradas en todo el mundo, se las llama «las lechuzas de Atenas»? Mira, aquí tengo una. —Le entregó a su hijo una moneda de plata—. En un lado está la cabeza de Atenea con su yelmo y en el otro hay una lechuza como las que hemos visto volando.

—Es verdad —susurró Nicómaco mientras contemplaba la lechuza que lo miraba fijamente desde la moneda.

Se la devolvió a su padre y se puso a buscar más lechuzas en la pared de la Acrópolis, que estaban empezando a rodear.

Aristóteles observó el entorno. La mañana era bastante fría pese a que no soplaba viento. El sol del amanecer hacía relucir con un tono anaranjado el mármol de los templos y los muros encalados de las casas de Atenas. Aquí y allá se oía el repiqueteo de los talleres que ya se habían puesto en marcha: cuchilleros, zapateros, curtidores, alfareros y otros artesanos comenzaban a trabajar con el canto del gallo. Muchos de ellos ya habían desplegado la mercancía frente a sus talleres, aunque la mayoría de los atenienses aún permanecía en el interior de sus viviendas. Por eso Aristóteles había decidido salir tan pronto aquella mañana.

Observó de reojo a Nicómaco, que levantaba la cabeza tratando de encontrar lechuzas. Desde hacía unos meses lo acompañaba de vez en cuando al Liceo y su pedagogo le daba clases allí. Aunque compartía la inquietud de Herpilis por el ambiente revuelto de Atenas, no quería que su hijo viviera encerrado en casa.

Cruzaron las murallas de la ciudad y al cabo de un rato llegaron al Liceo. Se podía acceder al interior del recinto desde varios puntos, pero en la entrada principal se pasaba entre dos columnas que sostenían una cornisa de piedra y un frontón al estilo de la Academia platónica. Había algunos hombres frente a las columnas. El más joven miró hacia Aristóteles, y al percatarse de la presencia de su hijo se apresuró hacia ellos.

—Maestro, es mejor que no...

La advertencia llegaba tarde, Nicómaco ya se había adelantado al grupo y alzó una mano hacia la cornisa de piedra con los ojos muy abiertos.

—Papá, aquí pone «ESPÍA».

Aristóteles se acercó a la cornisa. La palabra estaba escrita en grandes letras y parecía evidente lo que habían utilizado como pintura.

«Es sangre.»

—¿Habéis encontrado... —miró de reojo a su hijo, que parecía asustado— algún animal muerto?

El joven discípulo respondió que no y Aristóteles rogó a los dioses que no se tratara de sangre humana. Se agachó junto a Nicómaco.

—No le des importancia, sólo es una broma. —Señaló a un esclavo que se acercaba con una palangana y un paño—. Mira, van a limpiarlo y dentro de poco no se verá nada.

Se incorporó para entrar en el Liceo, pero advirtió que su discípulo quería contarle algo más.

—Maestro, no sé si sabes ya que Demóstenes se ha fugado de la cárcel.

—¡Por Apolo, ¿cómo es posible?!

—Al parecer tenía comprados a varios guardias que han desaparecido con él. También había un barco esperándolo.

Aristóteles apartó la mirada y se advirtió la tensión de su mandíbula bajo la barba grisácea. No consideraba a Demóstenes un aliado, pero había servido como muro de contención frente a sus enemigos más virulentos. El día anterior, al enterarse de que lo habían condenado, había albergado la esperanza de que siguiera ejerciendo influencia desde la cárcel, y de que antes o después se rehabilitara políticamente, pero ahora...

«Esto ya sólo va a empeorar.»

Se giró hacia su hijo.

—Lo siento, Nicómaco. Hoy vas a tener que dar clase en casa. Ya vendrás otro día.

La gravedad de su tono hizo que el pequeño no protestara. Bajó la mirada y emprendió el camino de regreso con su pedagogo y los cuatro esclavos que solían escoltar a Aristóteles.

En la cornisa de piedra el agua había borrado la primera letra de la palabra ESPÍA. El esclavo seguía frotando y algunas gotas rojizas se desprendían de la cornisa como si la piedra sangrara. Aristóteles negó con la cabeza mientras contemplaba el trabajo de limpieza. Se internó en el recinto del Liceo y recorrió el sendero que llevaba a la biblioteca.

Quedaba una hora para la conferencia. Trató de aprovecharla pasando a limpio unas notas que había tomado para su enciclopedia de medicina, pero no conseguía dejar de pensar en las implicaciones que la fuga de Demóstenes tendría para la seguridad del Liceo y de su familia. Cuando llegó el momento de la conferencia, entró en la sala en la que iba a celebrarse y por un instante pensó que se había confundido. Esperaba alrededor de treinta personas y apenas había una decena.

«Tendría que haberlo previsto», se dijo con los labios apretados.

Aunque aquélla era una conferencia abierta al público, su audiencia estaba formada sobre todo por jóvenes discípulos y sólo había tres hombres ajenos al Liceo. Se situó en la tarima que había frente a las sillas y se tomó unos momentos para serenarse. Dio la bienvenida a todos los presentes, recordó que el tema que iban a tratar era la felicidad y cómo alcanzarla, y comenzó su exposición:

—Si reflexionamos adecuadamente, nos daremos cuenta de que todo acto humano pretende obtener un fin. Estos fines, u objetivos, son distintos para cada hombre. En los que se dedican a la medicina será la salud de sus pacientes, en quienes se dedican a la construcción naval será un navío excelente, en los generales será la victoria, y así sucesivamente.

Paseó la mirada por su público. Aunque eran pocos, al menos parecían muy interesados.

—En realidad, la salud, la victoria o los bienes materiales

no son fines absolutos, sino que a su vez son medios para alcanzar el fin último, el bien que todo hombre busca por naturaleza, que no es otro que la felicidad.

Varios de sus oyentes asintieron. Uno de los que no pertenecían al Liceo levantó la mano para hablar.

—Maestro, si la felicidad no consiste en poseer salud ni riqueza, ¿qué es entonces?

—Para dar respuesta a esa pregunta, tenemos que interrogarnos primero por la naturaleza del hombre. —Una sonrisa asomó a sus labios. Para él era tan importante la búsqueda de conocimiento como su divulgación, y siempre había disfrutado enseñando—. El hombre está compuesto de cuerpo y alma. Tenemos una naturaleza animal y una naturaleza racional, y debemos intentar alcanzar la virtud en ambas.

Se puso a andar por la tarima mientras desarrollaba aquellas ideas.

—En relación al cuerpo, el modo de alcanzar la virtud es mediante el buen comportamiento repetido, que conduce a la adquisición de un hábito virtuoso. En cambio, la repetición de un mal comportamiento conlleva la adquisición de un hábito vicioso. En cuanto al intelecto, hemos de considerar tres tipos de saber, cada uno con su propia virtud: el saber productivo, en el que la virtud es el conocimiento de un arte; el saber práctico, que consiste en el gobierno de uno mismo o de los demás, en el que la virtud es la prudencia; y, por último, el saber teórico, en el que la virtud es la sabiduría. Por otra parte, debemos tener en cuenta que cada hombre tiene una función que le es propia y que depende de sus propias características. Por lo tanto, alcanza la felicidad cuando actúa de acuerdo con esa función propia mediante el desarrollo de las virtudes. Esto proporciona un sentimiento de realización, plenitud y sentido que podemos identificar con la felicidad.

Aristóteles se mantuvo en silencio para darles tiempo a reflexionar. Al cabo de un rato, intervino el mismo que había hablado antes:

—Si cada hombre tiene una función propia que depende de sus características..., ¿no podemos encontrar ninguna regla o consejo para alcanzar la felicidad que sirva a todos los hombres?

—Podemos encontrar consejos generales, pero que habrá que adaptar a las circunstancias de cada uno. Por ejemplo, nuestra conducta debe situarse en un punto medio virtuoso que estará ubicado entre dos extremos perniciosos. Tenemos que ser valientes, pero no temerarios ni tampoco cobardes. Debemos ser generosos, pero no despilfarradores ni tampoco tacaños. En cualquier caso, el punto medio no se puede determinar del mismo modo para todos, pues ¿qué es ser generoso: contribuir a una causa con una dracma, con diez, con cien? Depende de las circunstancias de cada uno.

Se detuvo en mitad de la tarima y observó con satisfacción las expresiones atentas.

—Hay otro principio que puede tener una utilidad general cuando intentamos alcanzar la virtud: se trata de imitar a los excelentes, a aquellos que destacan sobremanera en la actividad que nosotros queremos desarrollar.

Invitó a sus oyentes a que debatieran entre ellos sobre la felicidad y la virtud. Mientras escuchaba sin intervenir, pensó en Alejandro. Cuando todavía era el príncipe heredero de Macedonia y él le daba clases, le había expuesto la regla de imitar a los excelentes y Alejandro había saltado de inmediato:

—¡Yo imitaré en todo a Aquiles!

Los labios de Aristóteles se tensaron. El principal anhelo de Alejandro cuando era adolescente era imitar al divino Aquiles, el héroe de la guerra entre griegos y troyanos que se narraba en la *Ilíada*.

«¿Cuál será su sueño ahora, que ha superado a sus héroes y se ha convertido en el mayor conquistador que ha habido nunca?»

Pasado un rato tomó la palabra para hacer algunos comentarios sobre lo que habían estado debatiendo y después recapituló las ideas principales. En una conferencia abierta al público no solían profundizar más. Cuando se trataba de una clase o un debate con discípulos avanzados, a sus ideas sobre ética solían contraponer las de Platón y realizar un análisis comparativo. Para Platón existía una Idea de Bien —un ente superior con una existencia separada de nuestro mundo terrenal—, y el conocimiento de esa Idea de Bien era una condición necesaria y suficiente para alcanzar la virtud. Aristóteles había creído en el mundo de las Ideas de Platón mientras estudiaba con él en la Academia; sin embargo, después había comenzado a separarse de la teoría de las Ideas hasta desecharla completamente. Para él no existía ninguna Idea cuyo conocimiento bastara para alcanzar la virtud, sino que ésta dependía de la adquisición de hábitos virtuosos mediante la repetición de comportamientos correctos.

Abandonó el aula y se dirigió de nuevo a la biblioteca para seguir trabajando en la enciclopedia de medicina. Antes de que llegara a la puerta, se volvió sobresaltado al oír que alguien lo llamaba a voces. Era un hombre que se acercaba corriendo desde la entrada del Liceo.

Sintió que el corazón se le detenía al ver que se trataba de un esclavo de su casa.

—Mi señor... —jadeó el esclavo.

—¿Qué ha ocurrido? ¡Habla!

—La señora y los niños están bien... —El esclavo alzó una mano mientras intentaba recuperar el aliento—. Pero ha venido un vecino de la señora Altea..., que ruega que vayas a su casa lo antes posible.

—¿Ha dicho algo más? —Aristóteles aguardó la respuesta temiendo que le hubiera sucedido algo grave a Prometeo.

El esclavo negó con la cabeza.

—Sólo eso, mi señor, que acudas cuanto antes.

Los esclavos que formaban la escolta de Aristóteles ya habían regresado tras acompañar a Nicómaco y Aristóteles les pidió que fueran con él. Salió corriendo del Liceo y continuó hacia las murallas de Atenas tan rápido como era capaz.

Capítulo 26
Atenas, diciembre de 324 a. C.

Hipérides despertó sobresaltado cuando se abrió la puerta de su alcoba. La resaca y el agotamiento hicieron que tardara un momento en darse cuenta de que no se encontraba en su casa, sino en la mansión de Creonte.

El sirviente que había aparecido en el umbral dijo algo que no consiguió entender.

—¿Qué dices?

—El médico ha pedido que vayas cuanto antes a la habitación de mi amo —repitió el esclavo.

Hipérides abandonó la cama, salió al pasillo sin perder tiempo en calzarse y avanzó a toda prisa a través de la mansión.

«¿Se habrá muerto Creonte?»

La noche anterior, mientras disfrutaba de la bailarina en su triclinio, había visto que el esclavo portero de Creonte entraba en el salón bastante agitado, se inclinaba sobre su amo y le susurraba unas palabras al oído. La música y las risas del banquete le impidieron oír lo que decía, pero advirtió que Creonte se tensaba de inmediato.

Cuando el esclavo terminó de hablar, su anfitrión se puso de pie y le dirigió una sonrisa tirante.

—He de ocuparme de un asunto doméstico —dijo antes de alejarse hacia la puerta.

Hipérides lo observó con una vaga curiosidad mientras abandonaba el salón. Enseguida centró su atención en el cuerpo voluptuoso de la bailarina, pero al cabo de un rato volvió a pensar en Creonte y en cómo lo habían afectado las palabras del esclavo. Se fijó en Leóstenes y en los otros invitados preguntándose si alguien más lo habría advertido, pero todos estaban entregados al vino, la conversación o el placer.

—Tengo que salir a orinar, no te vayas con otro. —Besó a la bailarina y dejó el salón de banquetes.

En el patio se ajustó la túnica para protegerse del frío. Distinguió junto a la puerta exterior al sirviente que había hablado con Creonte y se acercó a él.

El esclavo lo miró con una expresión de alarma y dio un paso para colocarse frente a la puerta.

—¿Dónde está Creonte?

—No..., no lo sé, señor.

Los labios finos de Hipérides se curvaron en una sonrisa fría.

—Supongo que estás obedeciendo a tu amo, pero mientes muy mal. —Movió la mano para que se apartara—. Voy a salir, quítate de la puerta.

El esclavo arrugó el ceño y negó con la cabeza.

—No puedo hacerlo. Mi amo me ha ordenado que no deje salir a nadie hasta... —Cerró los labios de golpe.

—¿Hasta que él regrese? —La sonrisa de Hipérides se convirtió en un gesto duro—. Entiendo que quieras obedecer a tu amo, pero estás hablando con el líder de la Asamblea de Atenas. Si tratas de impedirme que salga a la calle, lo lamentarás.

El esclavo no se movió. La tensión crispaba su rostro mientras maldecía su mala suerte en aquella extraña noche.

Hipérides empezó a rodearlo y miró con desprecio la mano que el hombre adelantó hacia él.

—Si me tocas, me aseguraré de que acabes en las minas.

El esclavo retiró la mano al instante. En los túneles de las minas de plata trabajaban miles de esclavos en unas condiciones tan espantosas que la supervivencia media era inferior a tres años.

Hipérides abrió la puerta y salió a la calle. Una capa de nubes velaba la luz de la luna y no veía nada más allá de ocho o diez pasos. Se alejó un poco más de la entrada, atento a cualquier sonido mientras escudriñaba la negrura, pero lo único que distinguía era la música y las voces del banquete.

«¿Qué es eso?»

Sus ojos empezaban a acostumbrarse a la oscuridad y en el suelo vislumbraba un bulto inmóvil que parecía un hombre tumbado. Le hizo un gesto al esclavo portero para que lo acompañara y se acercó más.

Enseguida vio que aquel bulto era Bitias.

Muy cerca de él, yacía Creonte.

«¡Por todos los dioses!»

Se arrodilló en el suelo de tierra y le movió la cabeza con cuidado.

—Creonte, ¿me oyes?

Su rostro parecía deformado y estaba cubierto de sangre. Hipérides acercó la oreja a su boca temiendo que hubiera muerto. No notó nada durante un rato, pero finalmente distinguió un aliento tenue.

—Está vivo.

Palpó el torso de Creonte sin encontrar heridas de arma blanca. Después echó un vistazo a Bitias. Había un pequeño charco de sangre debajo de su cabeza, pero también estaba vivo.

Miró alrededor sin ver más cuerpos, sólo la espada de Bitias y un cuchillo grande de cocina.

—¿Qué ha ocurrido? —le preguntó al esclavo.

—Yo... No sé por qué han salido...

El bofetón hizo trastabillar al esclavo, pese a que tenía treinta años menos que Hipérides y le sacaba media cabeza.

—Basta de juegos —masculló Hipérides—. Dime ahora mismo qué ha ocurrido.

Los ojos del esclavo se desviaron hacia el cuerpo de Creonte antes de empezar a hablar.

—Hace un rato apareció de pronto la nodriza espartana de Héctor, el hijo de mi amo. Llevaba un cuchillo y quería salir de la casa. Yo la dejé...

—¿Por qué quería irse en mitad de la noche?

El esclavo titubeó con la mirada puesta de nuevo en Creonte.

—Estaba... desnuda, y sangraba. La habían golpeado.

Hipérides apretó los dientes.

—¿Es una esclava? —Rogó a los dioses que lo fuese, pero el hombre movió la cabeza para negar.

—Es una mujer libre.

Hipérides cerró los ojos y masculló una maldición.

—¿Qué ocurrió después?

—Avisé a Bitias, que me pidió que informara al amo y salió

de la casa. Cuando le dije lo que estaba ocurriendo, mi amo fue tras ellos. Y me ordenó que no dejara salir a nadie antes de que él regresara.

—¿No sabes quién los ha atacado? ¿No has visto u oído nada?

—He estado dentro de la casa con la puerta cerrada. Si hubiera sabido que estaban atacando al amo, habría intentado defenderlo.

Hipérides se volvió hacia los cuerpos y luego escrutó las frías sombras que los rodeaban. Todo el mundo en Atenas sabía quién era Creonte. Se preguntaba quiénes eran los hombres que se habían atrevido a atacarlo, y que además habían sido capaces de derrotar a Bitias.

«Probablemente tengan con ellos a la espartana.»

—Coge a tu amo —dijo al fin—. Vamos a llevarlo a la casa, pero tenemos que procurar que nadie vea lo que ha ocurrido.

Entró en la mansión antes que el esclavo para asegurarse de que no había nadie en el patio. Avanzaron con sigilo hasta el dormitorio de Creonte y el esclavo dejó a su amo sobre la cama. En la penumbra parecía que estaba descargando un cadáver.

—Ahora ve a por Bitias y mételo en su habitación. Y dile al sirviente más rápido que haya en la casa que vaya corriendo a llamar al médico Aminias.

El esclavo salió e Hipérides usó una palangana que había junto al lecho para limpiarse los restos de sangre de las manos. Observó con el ceño fruncido a Creonte mientras se secaba con un paño y luego se dirigió al salón de banquetes.

La música continuaba y nadie le prestó mucha atención cuando entró. La bailarina lo había obedecido y seguía en su triclinio, cubriendo su desnudez únicamente con un pequeño almohadón que sostenía en el regazo. En la otra mano sujetaba un *kilix* y se estaba riendo por algo que le decía Leóstenes.

Hipérides forzó una sonrisa, se sentó junto a la bailarina e hizo un gesto a los músicos para que dejaran de tocar. Los invitados lo miraron, entre extrañados y divertidos.

—Siento deciros que a nuestro anfitrión le ha sentado mal el vino y está vomitando como un joven imberbe tras su primera borrachera. —Todos se rieron al oír aquello e Hipérides prosiguió con tono despreocupado—. Creo que no había bebido mucho, pero por lo visto llevaba todo el día con la tripa revuelta. He pedido que llamen a un médico para que le dé algo que le permita descansar. Creonte dice que continuemos sin él, pero os sugiero que nos limitemos a una última copa y después nos vayamos.

Se elevaron algunas protestas en tono jocoso. La música se reanudó y algunos hombres se apresuraron a apurar su bebida antes de que les rellenaran los *kilix* por última vez. Hipérides pidió a los esclavos que retiraran la crátera y las jarras de vino y aguardó con un nudo de preocupación en el estómago. Apenas dio un par de sorbos a su copa y dejó que la bailarina siguiera hablando con Leóstenes.

Se mantenía atento a la puerta y al cabo de un rato vio que pasaba el médico Aminias, con su característica cabellera de un gris claro como la ceniza. Aunque varios invitados habían terminado su vino, nadie parecía dispuesto a ser el primero en marcharse.

Hizo un gesto para reclamar de nuevo que cesara la música y le pidió a la bailarina que se fuera. Algunos hombres se quejaron entre risas, pero todos empezaron a levantarse.

Unos minutos más tarde, acompañó al último invitado a la puerta y regresó al dormitorio. Aminias estaba inclinado sobre Creonte y no levantó la cabeza cuando él entró. Tres lámparas ardían en la cabecera de la cama y su luz permitía al médico coser la carne abierta debajo de una ceja. La aguja curva entraba y salía sin que Creonte reaccionara.

—¿No ha recobrado la consciencia?

—No. —Aminias tiró de la aguja por última vez y comenzó a anudar el hilo—. Lo han golpeado con mucha fuerza. Tiene la nariz rota y no he conseguido colocar bien el tabique. También es posible que tenga partido el hueso de la ceja. —Cortó el hilo y contempló las magulladuras del rostro—. Unos golpes así pueden dejar secuelas. Ni siquiera me atrevo a asegurar que vaya a despertar. —Dejó escapar un suspiro—. Ahora sólo queda rogar a los dioses.

Hipérides cerró los párpados y se los frotó. Esa mañana había madrugado para repasar el discurso contra Demóstenes antes del juicio y estaba agotado.

—De acuerdo. Pediré que hagan una ofrenda a Asclepio y luego me iré a dormir a una habitación de invitados. —Apuntó al médico con un dedo—. Pero tú no te vas a mover de aquí. Cuidarás de Creonte y harás que me avisen de inmediato si recobra la consciencia… o se muere.

«Ya ha amanecido», advirtió Hipérides mientras recorría la casa seguido por el esclavo que lo había despertado.

Oyó los gritos de Creonte antes de llegar a su dormitorio. Lo primero que sintió fue alivio al saber que estaba vivo, pero el tono salvaje de aquellos alaridos le hizo temer que hubiera enloquecido. Se apresuró a entrar y vio que Aminias intentaba mantener tumbado a Creonte mientras éste soltaba maldiciones y trataba de liberarse a manotazos.

—¡Creonte, para! —Hipérides se unió al médico en sus esfuerzos por impedir que se levantara. Uno de los ojos de Creonte estaba tan hinchado que no podía abrirlo. El otro tenía un derrame que lo teñía de sangre casi por completo y se movía de un lado a otro sin que fijara la mirada en ninguna parte—. ¡Creonte, soy Hipérides!

Al oír el nombre dejó de sacudirse, aunque la tensión mantenía su cuerpo agarrotado. Su ojo rojo se detuvo en Hipérides y lo miró con los labios retraídos en una mueca feroz.

—Anoche te golpearon en la cabeza y has pasado varias horas inconsciente. —Hipérides retiró lentamente las manos—. Ahora estás en tu casa, en tu cama. El médico Aminias está con nosotros, se ha estado ocupando de ti.

—Es mejor que por ahora sigas tumbado. —Aminias también lo soltó—. Para restablecerte tienes que calmarte y procurar descansar.

El ojo de Creonte seguía clavado en Hipérides y parecía fulgurar como un sol encarnado. Se llevó una mano a la cara, recorrió la costura de su ceja y rozó con cuidado la carne hinchada que le cubría el ojo.

—Dadme un espejo —pidió con la voz enronquecida. Palpó la deformidad hinchada en que se había convertido su nariz y dejó escapar un gruñido de dolor y rabia—. Daos prisa, quiero verme la cara.

Aminias levantó las manos para calmarlo.

—Creo que sería mejor...

—¡Un espejo o hago que te azoten!

El médico retrocedió un paso. En una mesa había un pequeño espejo de plata y se lo llevó a Creonte, que lo agarró con ambas manos y contempló su reflejo.

—¡Hijo de perra! —Acercó una mano a la cara sin llegar a tocarla—. Y la espartana..., ella fue la que me hundió la nariz de un cabezazo... —Devolvió el espejo a Aminias y apoyó la cabeza en el colchón—. Recolócame el tabique.

El médico titubeó.

—Está roto por más de un sitio, lo he examinado cuando estabas inconsciente y...

Creonte resopló mientras movía la cabeza para negar.

—Hazlo.

—Sería muy doloroso, y no...

Aminias se calló cuando el ojo rojo de Creonte se clavó en él. Se volvió hacia Hipérides, que se encogió de hombros sin decir nada. Suspiró y se dirigió a la mesa en la que había dejado la bolsa de cuero que contenía su instrumental. Escogió una especie de pipeta y sacó también un par de varillas metálicas, de un palmo de longitud y un grosor algo menor que el de un dedo meñique.

Llenó la pipeta de agua y regresó junto a Creonte.

—Lo primero que voy a hacer es meter agua en la nariz para intentar que salgan los coágulos de sangre.

Creonte respondió con un breve asentimiento y cerró el ojo sano. Sabía que el anciano, formado en la escuela del gran Hipócrates, era uno de los mejores médicos de Atenas. Si alguien podía recomponer una nariz rota, era él.

Aminias introdujo la punta de la pipeta en una de las fosas nasales y sopló por el otro extremo para que entrara el agua. Creonte tosió con violencia y expulsó por la nariz un chorro rojizo. El médico esperó a que recobrara el aliento y repitió la operación por la otra fosa con el mismo resultado.

—Ahora tengo que introducir las varillas.

Colocó la punta redondeada en la entrada de la nariz, palpó con la otra mano la carne hinchada y presionó para que la varilla penetrara hacia el fondo. Creonte se estremeció con un largo gemido gutural. El médico aumentó la presión mientras tanteaba a través de la carne el avance del instrumento.

—No consigo...

Inclinó la varilla en distintas direcciones. El rostro de Creonte se congestionó y su gemido se hizo más agudo. El sudor había vuelto su piel brillante y comenzaba a descender por su rostro.

Aminias siguió intentándolo durante un rato. Finalmente desistió y extrajo la varilla. Creonte se puso a maldecirlo a gritos, e Hipérides lo tomó por los hombros para llevarlo hacia la puerta.

—Se lo advertí, por Asclepio —protestó Aminias—. No me ha querido escuchar.

—No te preocupes, estás haciendo un buen trabajo y recibirás una generosa recompensa por él... y por tu discreción. —Aguardó a que el médico asintiera—. Debo hablar a solas con Creonte, pero antes dime en qué estado se encuentra Bitias.

—Estuve con él hace un rato y seguía inconsciente. Lo han golpeado con un objeto romo —se tocó encima de la oreja derecha—, quizás se tratara de un garrote. Creo que tiene el cráneo fracturado.

—Está bien. Ve con él y pide que me avisen si se despierta.

Cuando el médico salió de la alcoba, Hipérides vio que un esclavo aguardaba junto a la puerta. Llevaba un mensaje para él que había llegado a su casa y le remitían desde allí. Rompió el sello de cera y le echó un vistazo al contenido mientras regresaba junto a Creonte.

—Es la confirmación de que nuestros planes siguen su curso. Demóstenes se fugó anoche de la cárcel y está en un barco rumbo al Peloponeso. —Su mirada se desvió a la rodilla vendada de Creonte y retornó a su rostro maltratado—. Ahora, dime quién te ha dejado en semejante estado, y qué demonios ocurrió anoche con tu nodriza espartana.

En la mirada de Creonte destelló la ira.

—Esa zorra... Quise mostrarme amable con ella y me atacó como una fiera. La encerré, pero logró escaparse y durante el banquete me avisaron de que había llegado a la calle. Bitias y yo salimos tras ella y conseguimos atraparla. —La respiración de Creonte se volvió más agitada—. Entonces la maldita zorra me rompió la nariz, y cuando estaba dándole su merecido apareció de la nada esa mala bestia. Dejó fuera de combate a Bitias y después me atacó a mí.

Hipérides frunció el ceño.

—¿Estás diciendo que os atacó un solo hombre?

—No es sólo un hombre, es un maldito gigante. Nos atacó Prometeo, el campeón de lucha.

—Prometeo... —Hipérides meneó la cabeza mientras reflexionaba—. No encontramos el cuerpo de la mujer, lo más probable es que se lo llevara él. ¿En qué estado quedó la espartana?

Creonte lo pensó un momento. Visualizó la cabeza inerte de Penélope bamboleándose a uno y otro lado mientras él le daba puñetazos.

—Estaba inconsciente... —Apretó la mano, reviviendo la sensación de golpear el rostro de la espartana—. Creo que todavía estaba viva, aunque es posible que haya muerto.

—Esperemos que sea así, o podrías tener problemas.

—¡Qué dices! —rugió Creonte—. Esa perra me atacó primero, merecía cada golpe que le di. Y mira en qué estado me ha dejado Prometeo. Debes ordenar ahora mismo que los detengan. ¡Tienen que pagar por esto!

—La espartana no es una esclava, es una meteca, una extranjera libre, ¿no te das cuenta de lo que eso significa? Podría acudir al arconte polemarco y denunciarte ella a ti. No sería la primera vez que un ciudadano es condenado por maltratar a una meteca.

—¡Por Zeus, no dices más que estupideces! —Se incorporó y salpicó de saliva al orador—. ¡Yo soy Creonte, y no voy a permitir...!

Hipérides golpeó el colchón con las manos.

—¡Ya basta! Nos hemos librado de Demóstenes y dentro de unos días el general Leóstenes zarpará al Peloponeso para organizar la rebelión. Atenas tiene por fin la oportunidad de liberarse de Macedonia, la oportunidad de recobrar la libertad que llevamos tantos años esperando, ¡y no vas a arruinarla por un arrebato! —Sostuvo la mirada de Creonte. En ese momento le hubiera gustado matarlo, pero sus enormes riquezas lo convertían en un aliado imprescindible—. La espartana tiene de testigo a Prometeo, a quien sigue envolviendo el aura de gloria de su abuelo Perseo, aunque ahora sea un lisiado. Es más, su pierna rota podría conmover a un tribunal y ponerlo de su parte. Y ahora tenemos que ser más fuertes que nunca, lo último que necesitamos es un juicio que pueda acabar contigo igual que hemos acabado nosotros con Demóstenes. Así que no vas a denunciar ni a la espartana ni a Prometeo. —Levantó una mano para atajar la réplica de Creonte—. Lo más probable es que ganaras, pero sería una distracción que no nos podemos permitir.

Creonte siguió incorporado, con la mirada clavada en Hipérides y la respiración convertida en un jadeo. Su ojo se cerró como un sol que se apaga y volvió a tumbarse sin dejar de resollar.

—Muy bien, no los denunciaré. —Soltó el aire por la nariz, de la que manaba lentamente la sangre—. Tendré paciencia, seré discreto... Y encontraré otro modo de hacer que paguen cien veces por lo que me han hecho.

Capítulo 27

Atenas, diciembre de 324 a. C.

Prometeo levantó bruscamente la cabeza al sentir los golpes en la puerta de su casa.

Estaba en su dormitorio, se había quedado dormido en una silla junto a su cama, en la que se encontraba la mujer a la que habían golpeado con tanta brutalidad. Su madre estaba sentada en el borde del lecho y lo miraba asustada.

—Quédate aquí.

Cogió del suelo su espada de hoplita, salió de la habitación y atravesó el patio cojeando. Al llegar a la puerta, acercó la cabeza al marco para mirar a través de una rendija.

—¡Aristóteles!

Se apresuró a abrir y el filósofo entró después de pedir a sus esclavos que se mantuvieran alerta en el exterior.

—Me ha llegado vuestro mensaje de que viniera lo antes posible. —Reparó en que Prometeo tenía marcas de golpes en el brazo con el que sujetaba la espada—. ¿Qué ha ocurrido?

Prometeo se lo contó a grandes rasgos mientras se dirigían al dormitorio. Altea le agradeció que hubiera acudido y Aristóteles se arrodilló para examinar a la mujer que yacía en la cama. Se encontraba en un estado tan lamentable que apenas se atrevía a tocarla. El rostro de Penélope era un hematoma que en algunos lugares mostraba un tono rojizo y en otros era morado oscuro. En el lugar de los ojos había dos masas de carne hinchada que le daban un aspecto de animal ciego. La hinchazón también le deformaba de manera grotesca los pómulos, la nariz y la boca.

—Hay que suturar estos cortes. —En la frente y en uno de los pómulos la carne estaba abierta. Altea había lavado las heridas y ya no sangraban, pero eran rajas profundas de bordes separados—. Prometeo, diles a dos de mis esclavos que vayan corriendo a mi casa. Que Herpilis les dé vendas y mis utensilios médicos. —Se volvió de nuevo hacia la cama y tragó saliva. Él era más un estudioso que un practicante de la medicina, pero al estar implicado Creonte no quería involucrar a ninguno de los médicos que conocía.

Prometeo salió para dar las instrucciones a los esclavos y regresó rápidamente.

—Hay varios cortes en el interior de los labios y de las mejillas —estaba diciendo Altea. Había pasado la noche en vela y las ojeras hacían que sus ojos parecieran aún más claros—. También he visto que los golpes le han arrancado dos muelas.

Aristóteles asintió mientras rodeaba la cabeza de Penélope con las manos. La movió a los lados con mucho cuidado.

—No parece que tenga roto el cuello.

Palpó los huesos de la cara a través de la carne tumefacta.

—La mandíbula está fuera de su sitio... —Notó en sus dedos el crujido que hacía el hueso—. Y está rota. Voy a intentar encajarla.

Observó la cara deformada mientras trataba de recordar los detalles de aquel procedimiento. Aunque había leído la descripción que hacía Hipócrates, sólo lo había practicado en una ocasión, hacía muchos años, cuando uno de sus esclavos recibió la coz de una mula.

Se colocó de modo que tuviera frente a él la cabeza y abrió la boca de Penélope con suavidad. Los dientes habían rajado los labios por dentro, pero aquellos cortes podían sanar sin necesidad de coserlos. Apoyó los pulgares sobre las muelas inferiores de cada lado, envolvió con las manos el maxilar inferior y presionó hacia abajo con los pulgares. La mandíbula descendió ligeramente y entonces apretó para intentar desplazarla hacia dentro. Sintió que el hueso encajaba en la articulación y el cuerpo de Penélope se estremeció.

—Ha funcionado.[18]

18. El procedimiento con el que Aristóteles encaja la mandíbula de Penélope se describe en el tratado hipocrático *Sobre las articulaciones*. Este método, al igual que otros aportes de Hipócrates, considerado el padre de la medicina, sigue utilizándose en la práctica clínica actual.

En ese momento apareció en el umbral uno de los esclavos y entregó a Prometeo lo que les habían pedido.

—Muy bien, justo a tiempo. —Aristóteles se movió hacia un lado sin apartar las manos de la cabeza de Penélope—. Prometeo, sujeta la mandíbula de este modo..., con cuidado... Eso es. —Cogió una venda y rodeó la cabeza de manera que la mandíbula sólo pudiera abrirse el ancho de un dedo—. Si sobrevive, tendrá que llevar este vendaje durante un mes y medio.

Retiró la sábana y examinó el hematoma que se extendía por la mitad del vientre. En el resto del cuerpo no había señales de golpes. Le recorrió las costillas sin hallar evidencias de fractura y comprobó el resto de los huesos.

—El daño se concentra en la cabeza. —La cubrió de nuevo con la sábana y contempló con un nudo de congoja el rostro de Penélope, que exhalaba un aliento débil y entrecortado. Cogió una aguja curva y empezó a coser el corte de la frente con hilo de tendón—. No sé si llegará a recuperarse. —Se giró hacia Prometeo—. Lo que sí tengo claro es que Creonte querrá que muera, y que tú corres peligro.

—¿Por qué? —preguntó Altea con voz temblorosa—. Mi hijo golpeó a Creonte porque estaba a punto de matar a esta pobre mujer. Habría que meterlo a él en la cárcel.

Aristóteles terminó de coser y sonrió con tristeza a su vieja amiga.

—Tienes razón, por supuesto, pero debemos ser realistas y tener en cuenta todas las circunstancias. —Sujetó con dos dedos el corte del pómulo, dio la primera puntada y tiró para que la carne se cerrara—. Al menos no es una esclava. —El cabello largo la identificaba como una mujer libre—. Eso es lo único bueno: no pertenece a Creonte y él no puede reclamar que se le devuelva.

Entrecerró los ojos y habló despacio mientras seguía cosiendo.

—He visto que tiene marcas recientes de ataduras en las muñecas y en los tobillos..., donde además hay varias heridas como las que te harías al cortar unas cuerdas apresuradamente. —Se quedó callado mientras completaba la sutura y cortó el hilo—. A eso hay que añadir que estaba desnuda y que la estaban golpeando en la calle, cerca de la casa, lo que me hace pensar que la tenían retenida, quizás para forzarla, y que consiguió escapar y la atraparon nada más salir. —La contempló pensativo—. No lleva maquillaje ni perfume, ni tiene las uñas arregladas; no es una bailarina ni una hetaira. Su complexión es muy atlética, propia de las espartanas. Además, como podéis ver... —levantó el borde de la sábana para mostrar el cordón de hierro entrelazado que le rodeaba la muñeca—, el estilo de este brazalete es propio de Esparta. Por todo ello, podemos estar razonablemente seguros de que es una espartana que servía como mujer libre en la casa de Creonte. Y el hecho de que no les preocupase retenerla por la noche me hace pensar que tal vez residiera en la casa, y que probablemente no tenga allegados en Atenas, nadie que fuese a denunciar su desaparición.

La silla de Prometeo crujió cuando se echó hacia delante.

—¿Qué podemos hacer para protegerla?

Hasta ese momento había dado por hecho que avisarían a la familia de la mujer para que se hiciese cargo de ella. Si Aristóteles tenía razón, y siempre la tenía, no había familia a la que avisar, pero no iba a permitir de ningún modo que aquella mujer volviera a caer en manos de Creonte.

—Lo primero que hay que conseguir es que Creonte esté seguro de que ni tú ni la espartana vais a denunciarlo. —Aristóteles asintió mientras reflexionaba—. Lo más probable es que intente averiguar si sigue viva. Y, si sobrevive, tratará de encontrar el modo de matarla..., a menos que deje de verla como una amenaza. Para conseguirlo puedo hablar con Foción, y que él contacte con Creonte y le garantice que ninguno de vosotros va a presentar una denuncia.

—¿Eso será suficiente para apaciguarlo? —inquirió Altea.

—Creo que sí, su partido acaba de hacerse con el control de la Asamblea y querrán evitar que este asunto los perjudique. De todos modos, durante un tiempo será mejor que Prometeo no salga a la calle. Y que dos de mis esclavos guardianes se queden con vosotros. —Los ojos castaños de Aristóteles pasaron de Altea a Prometeo—. Los próximos días serán los más peligrosos, pero con Creonte el peligro irá más allá. Le has arrebatado la presa —dijo señalando a Penélope— y lo has golpeado hasta dejarlo inconsciente. Puedes estar seguro de que en Creonte tendrás un enemigo para toda la vida.

Capítulo 28

Atenas, diciembre de 324 a. C.

Bitias cerró los ojos y se concentró en el llanto de mujer que oía a su espalda.

Giró la cabeza a la izquierda y escuchó con ese lado. Al cabo de un momento, la volvió hacia la derecha.

«Me ha dejado sordo. —Los sollozos cargados de miedo sólo le llegaban a través del oído izquierdo—. El hijo de perra de Prometeo me ha dejado sordo de un lado.»

Levantó una mano y rozó la carne abultada encima de la oreja derecha. Notaba una presión constante, igual que si lo estuvieran aplastando con unas enormes tenazas. Apretó un poco y el dolor estalló en una llamarada, como si lo envolviera de nuevo el fuego que le había achicharrado la cara hacía años. Se encogió con un largo gruñido y el llanto a su espalda se hizo más intenso.

Entreabrió los ojos y se dio la vuelta con el dolor y la ira contrayendo su rostro deforme. Estaba en una habitación de esclavos y tenía frente a él a las tres mujeres sobre las que recaían las sospechas de haber ayudado a Penélope. Había estado investigando durante dos días, desde que había recobrado la consciencia, y ninguna de ellas había confesado. Sin embargo, tampoco tenían testigos ni una coartada creíble para el momento en que había escapado la espartana.

Desenvainó su puñal cartaginés, ancho y de doble filo, y avanzó hacia las esclavas. La más menuda, una ayudante de cocina de cabellos casi blancos y cuerpo fibroso, se quedó paralizada mirando la hoja de metal. Junto a ella se encontraba una de las dos tejedoras que poseía Creonte, una mujer corpulenta que desde que había entrado en aquella habitación tenía las manos entrelazadas como si rogara a los dioses.

—Por favor —suplicó al ver que se acercaba—, por favor...

—¡Cállate!

La mujer se encogió y Bitias se inclinó sobre ella agarrando el puñal con tanta fuerza que los nudillos se le pusieron blancos. El deseo de clavárselo se hizo tan intenso que por unos instantes su dolor desapareció.

Se obligó a desviar la mirada y se apartó de ella. Creonte le había dicho que no empezara el castigo hasta que él llegase.

Se detuvo frente a la tercera de las esclavas, la que no paraba de llorar. Era muy joven y atractiva, con la salvedad de la nariz aplastada. Bitias sabía que Creonte se había encaprichado de ella durante un tiempo, hasta que la muchacha hizo algo que lo disgustó y le rompió la nariz de un puñetazo.

La esclava tenía el rostro empapado de lágrimas y no dejaba de temblar.

«Está aterrada —se dijo Bitias con una sombra de duda—. No parece capaz de arriesgarse para liberar a nadie.»

Pero no tenía una coartada firme, así que su destino sería el mismo que el de las otras dos mujeres.

El dolor volvió a incrementarse como una marea que sube con rapidez. Apretó los dientes con un gemido y se apartó de las esclavas.

«Maldito seas mil veces, Prometeo.»

Resultaba humillante que lo hubiera noqueado un tullido, y más aún que lo hubiese hecho delante del hombre al que servía de guardaespaldas. Pero lo peor de todo era que lo había dejado medio sordo, algo que tendría que ocultar a toda costa.

Se volvió hacia las mujeres deseando descargar en ellas su frustración y su rabia.

Si Creonte tardaba mucho en llegar, empezaría sin él.

«Tranquila...»

La voz llegaba en la oscuridad igual que las olas a una playa de noche.

—Tranquila...

Poco a poco se desvanecía, y regresaba el silencio.

...

La angustia se abrió paso de nuevo como la sombra de un presagio. Con ella regresó la voz:

—Tranquila, estás a salvo.

Había otro sonido, una especie de lamento que iba y venía con su desazón. La voz le respondía en la oscuridad; pertenecía a una mujer mayor y siempre era amable, cálida. En algún momento comprendió que el lamento era un gemido que salía de su propia garganta.

—No te preocupes, vas a ponerte bien.

Era consciente de que llevaba bastante tiempo en aquella oscuridad. Y también de que ésta no era completa; había una tenue luz anaranjada y quiso abrir los ojos para ver más, pero no fue capaz. La angustia aumentó, los gemidos se incrementaron y notó vagamente que una mano se apoyaba en su brazo. La voz repetía de forma insistente algunas palabras, sonidos cuyo significado se le escapaba. Trató de luchar contra la oscuridad, contra la voz, contra su propia angustia...

Sintió que todo daba vueltas y cayó de nuevo en el vacío.

...

La oscuridad esta vez era silenciosa. Al cabo de un rato, oyó que alguien se acercaba.

—Hola... ¿Estás despierta?

Reconoció la voz amable que había oído más veces. Giró la cabeza hacia ella y asintió lentamente.

—Sí... —susurró con una voz áspera que le arañó la garganta.

—Tienes que intentar comer algo. Vamos a incorporarte un poco.

Se quedó esperando, y notó unas manos grandes que envolvían sus hombros y tiraban hacia delante. «Es un hombre.» Sintió que estaba completamente a su merced y de pronto vio a Creonte levantando un puño para golpearla. Trató de revolverse para escapar y oyó una voz grave.

—No te preocupes, te estoy sosteniendo para que mi madre pueda colocar un cojín en tu espalda.

La dejó con suavidad y oyó de nuevo la voz de la mujer.

—Es mi hijo Prometeo. Él te salvó cuando Creonte te estaba dando una paliza.

—Gra... Gracias. —Algunos fragmentos de recuerdos la envolvieron: Bitias se acercaba con una sonrisa espeluznante...; ella estaba desnuda y atada en un suelo frío...; Creonte la insultaba y la golpeaba con saña...

Su respiración se agitó y movió la cabeza tratando de ver en la oscuridad.

—¿Estoy ciega?

—No puedes abrir los ojos porque están muy inflamados. —Penélope se dio cuenta de que la mujer no había afirmado que sus ojos estuvieran bien—. Hay que esperar unos días para que remita la hinchazón. —Pareció que dudaba—. Tienes un vendaje en la cabeza que sólo te permite abrir un poco la boca porque tu mandíbula está rota. Durante algunas semanas no podrás masticar, y es importante que no hagas fuerza para abrir la boca.

Penélope se quedó callada. Estaba asustada y aturdida, no quería preguntar más por sus lesiones. Cruzó los brazos lentamente sobre el regazo y sintió algo de alivio cuando sus dedos tocaron la pulsera de su abuela Deyanira.

—Voy a darte puré de lentejas. Están muy cocidas y aplastadas para que puedas tragarlo sin necesidad de masticar.

Le pusieron una cuchara en los labios. Adelantó un poco la cabeza y notó el sabor de las lentejas a la vez que se intensificaba el dolor de las heridas que tenía en la boca.

Gimió, tragó y volvió a gemir con el latigazo que restalló en su mandíbula.

Cerró los labios y giró la cabeza.

—Tienes que tomar un poco más. —La mujer parecía preocupada—. No has comido nada en tres días, tu cuerpo necesita alimento para recuperarse.

Penélope abrió la boca y recibió una nueva cucharada. Esta vez le dolió más y de sus párpados hinchados brotaron unas lágrimas.

Trató de ignorar el dolor y consiguió tragar otras dos cucharadas. Cuando volvió a negarse, la mujer no insistió.

—Ahora voy a darte algo que te aliviará y te ayudará a descansar.

La cuchara regresó con un líquido de sabor fuerte en el que creyó distinguir la hierba de Quirón, que ella había utilizado alguna vez para tratar el dolor y las inflamaciones. Retiraron el cojín de su espalda y se quedó tumbada, tan agotada como si hubiera pasado un día entero compitiendo.

Sus pensamientos se volvieron más lentos. El hombre y la mujer seguían en la habitación y sus voces cautelosas eran un murmullo que la envolvía como un viento suave. Prestó más atención al tono del hombre y percibió algo oscuro, como lo que transmiten quienes ya no aprecian la vida ni creen en los dioses.

«Prometeo... —Su madre le había dicho cómo se llamaba. También había dicho en algún momento cómo se llamaba ella y se esforzó en recordarlo—. Altea, eso es.»

—Prometeo y Altea —musitó mientras se dormía.

Creonte estaba impaciente por acudir a la habitación en la que lo esperaba Bitias con las esclavas. Sin embargo, la reunión que estaba manteniendo con el administrador de sus bienes era demasiado importante para aplazarla.

La gran mesa de su sala de trabajo acogía tantos rollos y láminas de papiro que no se veía la superficie de madera. El administrador, un hombre de su edad que desde hacía dos décadas trabajaba en exclusiva para él, llevaba más de una hora repasando detalladamente el estado de sus finanzas. Creonte le había pedido que averiguara el valor de venta de cada una de sus propiedades y cuáles serían sus ingresos a lo largo del siguiente año.

«No podemos competir con las riquezas de Alejandro —pensó mientras el administrador garabateaba las cifras finales—, pero el factor sorpresa puede hacer que la balanza se incline de nuestro lado.» Aquel elemento sería esencial en la guerra que se avecinaba. Si perdían el factor sorpresa, el rey Alejandro o su general Antípatro arrasarían Atenas.

Cogió un papiro y lo dejó de nuevo sobre la mesa con impaciencia. El día anterior Leóstenes había mantenido una reunión secreta con el Consejo de los Quinientos, el órgano que encabezaba la Asamblea y dirigía los asuntos del Estado. Le habían asignado cincuenta talentos del tesoro público y una cantidad suficiente de armas para que acudiera al Peloponeso y empezara a formar un ejército de mercenarios. Atenas albergaba en sus principales santuarios una gran cantidad de oro y plata, pero un conflicto armado consumiría con rapidez el tesoro de la ciudad. Los atenienses más acaudalados, como Creonte, tendrían que apoyar el esfuerzo bélico con grandes aportaciones.

El administrador dejó la pluma y levantó la cabeza. A Creonte le dio la impresión de que los ojos del hombre se detenían un momento en su nariz aplastada antes de descender de nuevo al papiro. Le había dicho a todo el mundo que había sufrido un accidente mientras cazaba jabalíes: su caballo se había encabritado al cruzarse con un lobo y él había caído encima de unas piedras. Le creyeran o no, el aspecto grotesco de su nariz y los grandes hematomas que cercaban sus ojos atraían las miradas de un modo que le resultaba sumamente irritante.

El administrador tomó el papiro y carraspeó.

—La explotación y las rentas de las granjas aportarán dos talentos y medio, que podrían llegar a tres si los precios suben. —Lo miró y Creonte asintió para que continuara; tres talentos le parecía una cifra razonable teniendo en cuenta que el precio de los alimentos siempre subía cuando se declaraba una guerra—. Los alquileres de las viviendas en Atenas y en el Pireo, entre diez y doce minas.[19] Las herrerías... y otros negocios en la ciudad, quizás puedan sumar medio talento, incluso algo más si consigues aumentar la producción de armas.

Una sonrisa débil asomó a los labios de Creonte. El administrador era un hombre pudoroso y siempre usaba un eufemismo como «otros negocios» para referirse a los dos burdeles que poseía, uno en Atenas y otro en el Pireo.

—En cuanto a los esclavos de las minas del Laurión, ahora mismo tienes doscientos y la ciudad te paga un sexto de dracma diario por el alquiler de cada uno de ellos, lo que suma un total de dos talentos al año. Considerando los esclavos que mo-

19. Una mina eran cien dracmas y un talento eran sesenta minas; es decir, seis mil dracmas. Recordemos que una dracma solía ser el salario diario de un jornalero o un soldado, por lo que un talento equivalía a unos dieciséis años de salario.

rirán, y suponiendo que consigas reponerlos por otros que compres a buen precio, la cifra neta será aproximadamente la mitad, un talento.

—Continúa —pidió Creonte sin poder ocultar su impaciencia.

—Por supuesto, el comercio marítimo sigue proporcionando el grueso de tus ingresos. Por lo que sabemos de los embarques abiertos, una vez que comience la temporada de navegación recibirás entre siete y nueve talentos. —Levantó la mirada del papiro—. Si bien hay que tener en cuenta que estás cerrando acuerdos para invertir en la siguiente temporada una cantidad similar.

Creonte le dio una vuelta al anillo para sellar que llevaba en la mano derecha.

—Son buenos acuerdos, no voy a renunciar a ninguno de ellos, pero voy a financiar todas las expediciones. Y sólo mediante créditos concedidos por extranjeros, nunca de atenienses. Si un ciudadano tiene dinero, que lo ponga a disposición de la ciudad para luchar contra Macedonia, como hago yo y como debería hacer todo ateniense que no sea un miserable siervo del rey Alejandro. —Su rostro se crispó repentinamente y agachó la cabeza. La nariz llevaba todo el día torturándolo—. Si he entendido bien —continuó—, el resumen es que tendré unos ingresos de entre doce y catorce talentos. —Hizo un gesto vago hacia los papiros—. Piensa qué podríamos vender para llegar a veinte sin afectar mucho a los ingresos y empieza a buscar compradores. Ahora, discúlpame, no me encuentro bien.

Abandonó la sala de trabajo y fue directo a la habitación de las esclavas. Una mueca tensaba sus labios cada vez que apoyaba la pierna derecha, donde seguía llevando la rodilla vendada. El médico le había asegurado que en un par de semanas podría andar con normalidad, pero a él le daba la sensación de que tenía algo roto.

Un nuevo pinchazo hizo que la pierna cediera y tuvo que apoyarse en la pared de piedra. Mientras aguardaba a que el dolor remitiese, soltó una risita áspera y cargada de desprecio.

«¿De verdad son tan estúpidos que piensan que no voy a hacer nada?»

Foción le había hecho llegar a través de Hipérides un mensaje en el que Prometeo se comprometía a no presentar ninguna denuncia, ni en su nombre ni en el de la espartana, a cambio de que los dejara tranquilos. Aquel mensaje lo había enfurecido todavía más. Era evidente que se lo hacían llegar a través de Hipérides con el fin de que éste lo presionara para que aceptase. Por otra parte, no tenía dudas de que el intermediario entre Prometeo y Foción había sido Aristóteles, que era amigo de ambos. La intervención del filósofo en aquel asunto era otra humillación por la que tendría que pagar antes o después.

Apoyó la pierna con cautela y siguió avanzando. Se había planteado castigar a las responsables de la fuga de Penélope delante de los demás esclavos, pero finalmente había desechado la idea. Asistir a los castigos servía de lección para el resto de la servidumbre sólo si las penas no eran demasiado duras ni frecuentes. En esta ocasión, bastaría con que supieran lo que les había ocurrido a las esclavas.

Al entrar en la habitación distinguió con claridad un olor desagradable, pese a que apenas podía tomar aire por la nariz. Bitias sostenía un puñal en la mano y se volvió hacia él con una expresión rígida. Las tres mujeres comenzaron a suplicarle y advirtió con repugnancia que una de ellas, la más corpulenta, se había defecado encima.

—¡Callaos!

Se acercó cojeando a las esclavas y se detuvo frente a la que se había manchado. La mujer cayó de rodillas frente a él.

—Mi amo, juro por...

El golpe la lanzó hacia atrás. Su cabeza impactó contra la pared y se desplomó.

—Vamos a acabar con esto de una vez. —Creonte se alejó unos pasos—. Mátalas.

Bitias dejó escapar un gruñido y avanzó hacia la esclava de pelo blanco. La mujer retrocedió con la mirada fija en el puñal y su espalda chocó contra la pared. Antes de que Bitias la atravesara, la muchacha de la nariz aplastada se interpuso con un grito desesperado:

—¡Ella no ha hecho nada, yo liberé a Penélope!

—¡Espera!

Bitias se contuvo al oír la orden de su jefe. Creonte se acercó a la muchacha hasta que sus rostros quedaron a un palmo.

—Así que fuiste tú quien dejó escapar a la espartana...

La esclava asintió con un gimoteo y él leyó en sus ojos oscuros que era cierto. Bajó la mirada por su rostro de piel canela y experimentó una punzada de deseo al detenerse en los labios opulentos, que temblaban empapados de lágrimas. Levantó una mano y acarició con suavidad la carne tierna de su labio inferior. Hubo una época en que aquella boca le daba placer a diario, en que incluso había besado esos labios con una pasión febril.

—Mi amo...

—Shhh. No digas nada. —La muchacha tenía la nariz hundida y deformada. Sabía que se lo había hecho él, pero no recordaba por qué.

«Ahora yo tengo el mismo aspecto, y es por culpa de ella.» Le rodeó el cuello con las manos y apretó poco a poco. Los latidos de la esclava golpeaban contra sus dedos mientras los ojos oscuros le dirigían una súplica aterrada. Presionó con más fuerza y la esclava soltó un gemido ronco y se aferró a sus muñecas. Él rozó con un beso sus labios húmedos.

—Vas a morir —le susurró al oído.

Los latidos se volvieron tan débiles que apenas los percibía.

—Bitias.

El guardaespaldas hundió el puñal en el vientre de la joven y tiró hacia arriba. Creonte la mantuvo de pie mientras el cuerpo se agitaba con violentos espasmos.

Cuando dejó de moverse, abrió las manos y la muchacha se desplomó. La esclava del pelo blanco seguía apoyada contra la pared, tan pálida como sus cabellos.

—Esto es lo que le ocurre a quien me traiciona. —En los labios de Creonte apareció una sonrisa—. Pero quien no lo haya hecho no tiene nada que temer. Despierta a tu compañera y seguid con vuestras tareas.

Bajó la mirada y contempló el charco de sangre que se extendía lentamente alrededor de la muchacha de piel canela.

—Ocúpate del cadáver —le pidió a Bitias antes de salir cojeando de aquella habitación.

Capítulo 29

Ecbatana, diciembre de 324 a. C.

El viejo médico sacudió la cabeza desesperado.

—¡Por Apolo y Asclepio, Hefestión! Llevas siete días enfermo y tu cuerpo está débil; aunque te encuentres mejor, tienes que seguir con la misma dieta: agua, leche fermentada y cereal cocido.

—¡Maldito seas, Glauco, esa mierda es lo que me mantiene débil!

El médico hizo caso omiso de su protesta, cogió de la mesa la bandeja con trozos humeantes de pollo asado y se la entregó a un esclavo. Le susurró algunas instrucciones y el esclavo abandonó la suntuosa alcoba que ocupaba Hefestión en el palacio de Ecbatana.

—Glauco, te juro que como ese esclavo vuelva a traerme un cuenco de gachas, lo mataré.

—Pues tendrás que hacerlo, porque eso es justo lo que le he ordenado.

Hefestión se puso de pie lanzando la silla hacia atrás y caminó a grandes zancadas hasta la ventana abierta. El movimiento brusco le produjo un retortijón que hizo que se quedara unos segundos con las manos crispadas sobre el marco de piedra.

Llenó los pulmones con la brisa templada de la mañana y procuró que su voz sonara firme.

—De acuerdo, Glauco. Has cuidado bien de mí y cumpliré tus instrucciones hasta que me restablezca. —Se dio la vuelta con una sonrisa resignada—. Me quedaré en el palacio y seguiré tu insípida dieta. —Se apartó de la ventana y echó una mirada distraída al mapa de cuero que ocupaba la mitad de la mesa. En él se veía la península arábiga, la siguiente región que Alejandro pensaba anexionar a su imperio antes de dirigirse a Occidente—. Ve al estadio, no tiene sentido que tú también te prives de los juegos. Son los mayores que hemos organizado desde que abandonamos Macedonia y no necesito que estés junto a mí como si fuera un crío.

El viejo médico lo miró con suspicacia.

—Agua, leche fermentada y cereal cocido —insistió.

Hefestión asintió con un suspiro. El médico dudó un momento y salió de la alcoba con pasos apresurados. Esa mañana iba a disputarse la prueba más prestigiosa de todo certamen atlético: la carrera de velocidad en la que los contendientes tenían que recorrer la longitud de un estadio.

Hefestión se sentó en su lecho y esperó hasta que el esclavo regresó con las gachas. Entonces sacó el puñal que guardaba debajo de los cojines y se puso en pie. El sirviente, un persa muy delgado con la cabeza completamente afeitada, se quedó paralizado mientras se le acercaba aquel fornido general macedonio conocido por su carácter explosivo.

—No sé con qué te habrá amenazado el médico, pero si no te llevas esa mierda y me traes de inmediato una bandeja repleta de pollo asado, juro por mis dioses y por los tuyos que te rebanaré la garganta.

El esclavo salió con tanta prisa como un gato mojado, perseguido por el vozarrón de Hefestión:

—¡Y que no se te olvide traerme una buena jarra de vino frío!

Hefestión dejó su puñal en la mesa y ocupó la silla. El mapa de la península arábiga le hizo pensar en Atenas. Esperaba que sus orgullosos habitantes permanecieran en calma y no alteraran los planes de conquista de Alejandro.

Se pasó una mano por la frente. No tenía la fiebre alta que lo había hecho delirar durante tres días, pero su piel estaba cubierta por una capa de sudor y se notaba muy débil.

—Por Heracles, ya estoy recuperado —murmuró—. Lo que necesito ahora es comer bien.

Torció el gesto cuando un nuevo retortijón le recorrió las tripas. Oyó los pasos de alguien que se acercaba a la carrera y un momento después el esclavo dejó en su mesa la comida y el vino que le había pedido. El olor le hizo la boca agua y contempló su pequeño banquete sintiéndose regocijado como un niño que ha conseguido robar unos pasteles.

La carne del pollo era tierna y suave, y notó que calmaba el dolor de sus tripas. Gimió de placer mientras comía con un hambre voraz y bebía vino directamente de la jarra. Cuando estaba arrancando de los huesos los últimos trozos, imaginó la expresión de Alejandro si lo viera disfrutando de aquel sencillo pollo como si fuese la mejor carne de buey y se echó a reír.

De pronto, un dolor brutal hizo que se doblara con tanta brusquedad que golpeó la bandeja con la frente. Sus manos aferraron la túnica sobre el estómago, que se había endurecido como si fuera de piedra. Escupió la comida que tenía en la boca y se quedó jadeando con la cabeza apoyada en el borde de la mesa.

«Dioses, qué dolor...»

Levantó la mirada hacia la puerta con una expresión desesperada. Era como si un hierro al rojo atravesara sus entrañas y se le hundiera en los pulmones. Intentó gritar para pedir ayuda, pero ni siquiera era capaz de tomar aire.

Apoyó un brazo en la mesa y trató de levantarse. Sus piernas cedieron y cayó al suelo volcando la silla.

Se quedó retorciéndose en el suelo, con el rostro congestionado y un gemido agónico brotando de su garganta:

—Alejandro...

Alejandro contemplaba fascinado a su esposa Roxana, la más bella y sensual de las mujeres de su imperio, que en aquel momento cabalgaba sobre él con el rostro contorsionado por el placer y la lujuria. La joven se mordía los labios hasta casi hacerse sangre, jadeaba como un animal salvaje y le clavaba las uñas en el pecho con tanta fuerza que Alejandro gruñía de dolor a la vez que la excitación lo enloquecía.

La agarró de las caderas, tratando de refrenarla, y ella incrementó el ritmo con el vigor de una sacerdotisa de Dioniso durante las ceremonias orgiásticas en honor del dios. Se movía hacia delante y hacia atrás frenéticamente, como si quisiera que el sexo de su esposo la traspasara. Alejandro la había deseado desde que la había visto por primera vez, pero nunca como en ese momento.

Roxana se tumbó sobre él sin dejar de moverse con la habilidad de una concubina. Sus senos se aplastaron contra el pecho de Alejandro y se deslizó arriba y abajo mientras lo miraba a los ojos y jadeaba entre los dientes apretados.

—Alejandro... —Su voz anhelante tenía un acento gutural que denotaba su origen bárbaro—. Alejandro...

Se humedeció con la lengua los labios carnosos, de un tono rojo oscuro, y volvió a pronunciar su nombre. Él agarró sus nalgas sintiendo que se acercaba el éxtasis, la besó apasionadamente y ella presionó con sus músculos internos para multiplicar el placer.

Sus cuerpos se estremecieron mientras gemían el uno en la boca del otro.

—Por Ares y Afrodita... —Alejandro tragó saliva y mantuvo los ojos cerrados mientras recuperaba el aliento. Apenas notaba el peso de Roxana, que reposaba la cara en su torso y le envolvía los hombros con las manos como si quisiera impedir que se fuese.

—Me has dejado embarazada —susurró ella al cabo de un rato—. Mi adivino ha visto en las estrellas que hoy era el día indicado para que te diese un heredero.

Alejandro abrió los ojos y se quedó mirando al techo en silencio. De ser cierto, aquello sería una gran noticia, pero el tono triunfal de Roxana lo inquietaba. Ella era la hija de Oxiartes, un noble persa, mientras que su otra esposa, Estatira, era hija del rey Darío. Roxana era consciente de que provenía de un linaje inferior, y siempre había tratado de imponerse a Estatira con una fiereza que a Alejandro le hacía pensar en su madre, Olimpíade.

—¿No te alegras? —En los ojos oscuros de Roxana había un brillo de alarma.

—Claro que sí —repuso él forzando una sonrisa.

«Sólo espero que Estatira no esté embarazada y dé a luz antes que tú.» Todavía se estremecía al recordar lo que le había hecho su madre a la joven Cleopatra, otra de las esposas de su padre. Tras morir Filipo, Olimpíade había arrojado a la hija de Cleopatra a un brasero y había forzado a la joven a contemplar cómo se achicharraba su bebé. Después había obligado a Cleopatra a quitarse la vida ahorcándose.

Roxana intentaba leer los pensamientos de Alejandro pasando la mirada de uno a otro de sus ojos dispares: el izquierdo marrón y el derecho gris.

—El adivino asegura que daré a luz un varón. Llevará tu nombre y será un gran guerrero.

El semblante de Alejandro se endureció ligeramente.

—¿El adivino ya ha escogido el nombre?

Giró el cuerpo para dejar a Roxana sobre las sábanas y se sentó en el borde del lecho. Estuvo a punto de dejarse llevar por la irritación y mencionar al hijo que ya tenía, pero se contuvo. Durante cinco años había tenido como amante a Barsine, hija del sátrapa persa Artabazo, y ella le había dado un hijo bastardo al que había llamado Heracles. Barsine era una mujer tan bella como inteligente; cuando él se casó con Roxana, comprendió que tanto ella como su hijo corrían peligro y se retiró a Pérgamo.

—Pensé que querrías que tu heredero llevara tu nombre.

Alejandro recogió su túnica del suelo y comenzó a ponérsela. Quería tener hijos, pero le molestaba el modo en que Roxana insistía en que éste sería «su heredero», como si la cuestión de su sucesión dependiera sólo de ella y fuese un tema urgente. Tenía treinta y dos años y pensaba vivir mucho más que su padre, que había muerto a los cuarenta y seis.

—Organizaré un sacrificio y les pediré a los dioses que se cumpla el vaticinio de ese adivino al que tanto aprecias. —Se inclinó para besar a Roxana y contempló su cuerpo todavía sudoroso. Sus pechos firmes, el vientre liso y las caderas rotundas despertaron en él un eco de deseo. Era una compañera de cama extraordinaria, y no tenía duda de que también sería una gran madre.

Al otro lado de la puerta lo aguardaba una escolta de media docena de soldados. Se pusieron tres a cada lado y avanzaron casi a la carrera por los amplios pasillos del palacio. Había pensado en visitar a Hefestión antes de acudir a los juegos, pero Roxana lo había retenido más de lo previsto y ya debían de estar esperándolo en el estadio.

En el patio de armas montaron a caballo y cruzaron la primera de las siete murallas concéntricas que protegían el palacio de Ecbatana y su inmenso tesoro. La fortaleza se veía desde la ciudad como una sucesión de coloridas almenas, ya que las murallas disminuían en altura según te alejabas del palacio y estaban pintadas en distintos tonos: la interior era dorada y las siguientes plateada, naranja, azul, roja, negra y blanca.

Ecbatana era una de las ciudades más grandes del imperio y llevaba semanas entregada a los festejos que había organizado Alejandro: una sucesión ininterrumpida de sacrificios, banquetes, festivales de teatro y competiciones artísticas y deportivas. El estadio se ubicaba en el exterior de la ciudad. En los alargados túmulos que servían de gradas se habían congregado cerca de cuarenta mil personas, más de la mitad pertenecientes al ejército o a la corte de Alejandro y el resto habitantes de Ecbatana y de las ciudades cercanas.

Desmontó junto al gran pórtico de piedra que había hecho construir a la entrada del estadio y aguardó con impaciencia a que un chambelán se ocupara de su atavío: una larga capa persa de color púrpura ribeteada en plata, coraza bruñida que reflejaba el sol con destellos dorados y una corona de olivo labrada en oro que era una alegoría de sus victorias y de su relación con Zeus. Tras ajustarse al cinto una espada con la vaina cuajada de gemas, se subió a un carro, tan refulgente como su armadura, que remedaba el que había usado en las batallas el gran rey Darío. Iba a recorrer el estadio como rey de reyes a la cabeza de un desfile de caballería con los estandartes de todos sus cuerpos de armas.

El rumor del público que llegaba a través del pórtico que daba acceso al estadio creció hasta convertirse en un estruendo. Alejandro sonrió; debían de haber anunciado que estaba a punto de hacer su aparición. Aguardó hasta que uno de sus capitanes le indicó que los hombres que lo seguirían en el desfile estaban preparados, se agarró con una mano al borde del carro y levantó el látigo para espolear a los caballos.

—¡Rey Alejandro!

Se volvió hacia atrás con el látigo en alto. El hombre que había gritado intentaba acercarse a él sin que los soldados se lo permitieran. Lo reconoció como uno de los esclavos de palacio y un presentimiento le heló la sangre.

—¡Dejad que se acerque!

El esclavo estuvo a punto de caer cuando lo soltaron.

—¡Habla, rápido!

—El general Hefestión... Lo han encontrado inconsciente, parece que está muy grave.

Alejandro dejó caer el látigo y saltó del carro. Se arrancó la capa, montó en su caballo y le clavó los talones con una violencia desesperada. El animal se alejó del estadio al galope y se adentró en la ciudad sin que Alejandro se girara para ver si alguien lo seguía. Los cascos de su montura hendían la tierra mientras hombres y niños se arrojaban a los lados de la calle para no ser atropellados.

—Dioses, que esté vivo —suplicaba Alejandro—, que esté vivo y haré cuanto queráis.

Atravesó a galope de carga las siete murallas de Ecbatana con su caballo echando espuma por la boca, saltó a tierra antes de que se detuvieran y entró corriendo en el palacio.

—¡Hefestión! —Las lágrimas hacían que apenas distinguiera a los sirvientes que se apartaban apresuradamente de su paso—. ¡Hefestión!

La puerta de su alcoba estaba abierta. Entró como un rayo y vio que había algunos hombres alrededor del lecho.

—Hefestión... —Se arrodilló junto a él y le tomó la cara sin que abriera los ojos—. Háblame.

Oyó un hilo de voz detrás de él.

—Señor... Ha muerto.

—No. —Alejandro le movió la cabeza—. ¡No! ¡Despierta!

El cuello de Hefestión estaba frío, su boca se abrió dejándolo con una expresión extraña.

—¡¿Dónde está el médico?!

—Han ido a buscarlo —dijo alguien.

Alejandro empezó a temblar como si estuviese desnudo en una tormenta. Apartó las manos del rostro de Hefestión para que el temblor no lo molestara. Sus labios comenzaron a moverse sin que dijera nada. Cuando era alumno de Aristóteles, el filósofo le había explicado que en algunos casos un hombre pierde la consciencia hasta el punto de que parece que ha muerto. Pero no recordaba qué era lo que había que hacer para que reviviese.

«Aristóteles... —Sintió un rencor profundo hacia su viejo maestro. Le había pedido que formara parte de su expedición y se había negado—. Si estuviera aquí, él podría salvar a Hefestión.»

Se giró al oír unos pasos apresurados. Se trataba del médico, el anciano Glauco, que se retorcía las manos con una expresión horrorizada.

—Sálvalo. —Alejandro se levantó de un salto—. ¡Sálvalo!

El médico se sentó en el borde del lecho y presionó con los dedos el cuello de Hefestión. Se volvió lentamente hacia su rey. Tenía el rostro pálido y sudoroso, y antes de hablar tragó saliva con dificultad.

—Ya no se puede hacer nada —susurró. Alejandro continuó inmóvil, como si no lo hubiera escuchado. El anciano recorrió la habitación con la mirada y reparó en la jarra y los restos de comida que había sobre la mesa—. Le dije que no podía tomar carne ni vino. Le dije...

—¡Le dijiste! —El rostro de Alejandro se congestionó como si fueran a reventarle las venas—. ¡Le dijiste! —Estrelló el puño contra el rostro del anciano, que cayó sangrando sobre las sábanas—. ¡Lo que tenías que haber hecho era estar con él! —Siguió golpeando la cabeza y el cuerpo de Glauco—. ¡Lo que tenías que haber hecho era salvarle la vida!

Se irguió y desenvainó la espada.

—No... —La devolvió a su funda y retrocedió un paso—. No tendrás una muerte rápida. —Se volvió hacia los soldados que habían entrado en la alcoba—. Lleváoslo, y que lo crucifiquen.[20]

El médico apenas gimoteó una súplica mientras lo arrastraban ensangrentado fuera de la habitación. Alejandro cayó de rodillas junto a Hefestión y empezó a llorar en silencio. En el dormitorio había numerosos sirvientes y soldados que contemplaban la escena sobrecogidos.

Al cabo de un rato, Alejandro notó que alguien le ponía la mano en un hombro y alzó su rostro cubierto de lágrimas.

20. La orden de crucifixión del médico la recoge Plutarco en *Vida de Alejandro*. Tanto Plutarco como Arriano describen con detalle el enorme impacto que le causó a Alejandro la muerte de Hefestión.

—Ptolomeo... —sollozó—. Míralo, Ptolomeo, ¿cómo es posible? ¿Cómo puede haber muerto?

Ptolomeo negó con la cabeza sin decir nada. Junto a él se encontraba Nearco, almirante de la flota y amigo de Alejandro desde los tiempos en que Aristóteles les daba clases. También estaba Pérdicas, otro de sus viejos compañeros y uno de sus más fieles generales. Alejandro los contempló sin dejar de llorar y se abrazó a Hefestión.

—Dejadnos solos. —Hizo un gesto con la mano sin levantar la cabeza—. Salid, salid todos.

La habitación se vació en medio de un silencio lúgubre y Alejandro se quedó solo con el cadáver. Pegó el rostro al de Hefestión y le susurró palabras de cariño que lo acompañaran en su viaje al Hades. La mañana dio paso a la tarde sin que dejara entrar a nadie en la alcoba. Cuando la luz empezó a declinar, besó la frente de Hefestión y pronunció las mismas palabras que Aquiles en la *Ilíada*, que tantas veces había leído junto a su querido Hefestión:

—*Deseo ofrecer mi cabellera al héroe Patroclo para que se la lleve.*

Su voz llorosa estaba teñida de una pena infinita. Aquiles había amado a Patroclo como él amaba a Hefestión, y al igual que Aquiles, cogió sus cabellos rubios y comenzó a cortarlos con la espada. Cuando terminó, colocó la cabellera en las manos de su compañero.

Volvió a abrazarse a Hefestión y le habló al oído mientras las horas transcurrían a un ritmo diferente en el interior de aquella alcoba. En algún momento de la noche, uno de sus generales entró para decirle que el anciano Glauco había perecido en la cruz. Cuando volvieron a quedarse solos, Alejandro esbozó una sonrisa triste y habló con un sollozo en el que vibraba una dureza creciente:

—¿Recuerdas? Aquiles arrojó a la pira de Patroclo a doce hijos de los troyanos a los que había dado muerte. El maldito médico sólo es el primero de los que mueren en tu honor, mi querido Hefestión, porque te juro que en tu nombre daré muerte no a una docena de hombres, como hizo Aquiles por Patroclo, sino que mataré a docenas de docenas.

Capítulo 30

Atenas, diciembre de 324 a. C.

La posibilidad de enfrentarse al poderoso ejército de Alejandro se veía en Atenas como algo cada vez menos remoto. Se respiraba una atmósfera de excitación, pese a que eran muy pocos los que sabían que el general Leóstenes había viajado al Peloponeso para preparar una rebelión armada. En los últimos años Demóstenes había convencido al pueblo de que mantuvieran una postura prudente, pero ahora era Hipérides quien encabezaba la Asamblea y todo el mundo sabía que era favorable al levantamiento armado.

En la casa de Prometeo había un motivo adicional de preocupación. Habían pasado cuatro días desde que le habían hecho llegar a Creonte su oferta de tregua y seguían sin recibir una respuesta. Cada noche Prometeo hacía turnos con los esclavos que había dejado Aristóteles para mantenerse en guardia frente a un posible ataque.

Penélope había despertado con fiebre esa mañana. Tenía calor y frío al mismo tiempo y todo su cuerpo temblaba. El dolor de su mandíbula, que había llegado a remitir bastante, cada vez era más fuerte y se había extendido por toda su cabeza. La hinchazón de los ojos había mejorado y le permitía abrirlos una rendija, pero le angustiaba que lo único que veía eran formas difusas.

—Bebe un poco de agua.

Altea la ayudó a incorporar la cabeza. Ella dio un sorbo al cuenco que le acercaba a los labios y trató de distinguir su rostro.

—¿Puedes verme? —preguntó Altea.

Penélope se esforzó en separar los párpados. El dolor se hizo más intenso y volvió a cerrarlos.

—Veo muy borroso. —Sólo había distinguido una cabellera blanca enmarcando unos rasgos desvaídos. Y un brillo en los ojos que la sorprendió, pues parecían de un gris tan claro como los suyos.

Altea dejó el cuenco en el suelo de tierra y permaneció a su lado en silencio. La puerta estaba entreabierta y se oía a Prometeo y a los esclavos hablando.

—... no lo sé, tal vez... —Penélope distinguió la voz de Prometeo y trató de seguir la conversación para distraerse de su dolor—... más que el peso de un hombre, quizás el doble.

Se quedaron callados y Penélope oyó los gemidos de alguien que hacía un gran esfuerzo.

—Imposible —resopló uno de los esclavos—. Yo soy incapaz de despegarlo del suelo.

Cruzaron algunas palabras más y a Penélope le agradó que Prometeo tratara a los esclavos como iguales. En Esparta solían recibir el mismo trato que los animales y había oído que los atenienses se portaban mejor con sus esclavos, pero lo que había visto en la casa de Creonte le había hecho pensar lo contrario.

—Déjame que lo intente —pidió el segundo esclavo. Penélope supuso que estaban tratando de levantar algo muy pesado. Al cabo de un rato, el hombre desistió—. Hay que ser un coloso como tú, que llevas la sangre de un *olimpiónico*.

La respuesta de Prometeo se demoró y en ella apareció un tono amargo.

—Mi abuelo fue campeón olímpico, tienes razón. Aunque él no era luchador, sino corredor.

—Es cierto, ganó la carrera del estadio. Él fue quien dio nombre a la Olimpiada de Perseo.

El aire se congeló en los pulmones de Penélope.

«Perseo...»

Estaba tan asombrada que apenas podía pensar. A su mente acudió el brillo de los ojos de Altea, tan claros como los suyos. Tan claros como los de su abuela Deyanira, la madre de Perseo.

«Altea es la hija de Perseo, y Prometeo es su nieto.»

Contuvo el impulso de girarse hacia Altea. Ella no había conocido a su padre, Calícrates, pero él le había contado a su madre toda la historia de Deyanira y Perseo. Desde pequeña sabía que Perseo, el hermano de su padre, había tenido una hija en Atenas que se llamaba Altea.

«Altea y Prometeo son mi familia.»

En su interior se expandió una emoción extraña y cálida. Poco a poco, una sonrisa apareció entre la venda que sujetaba su mandíbula rota.

La fiebre siguió subiendo según pasaban las horas.

Altea estaba cada vez más preocupada al ver que Penélope se sumía en un letargo profundo, como si se estuviera apagando lentamente. Al caer la noche, decidió aumentar la dosis del remedio que Aristóteles les había dado para combatir la fiebre. Dejó a Prometeo con Penélope y fue a la cocina con un nudo en el estómago. En la mesa había un cuenco con varios higos de sicomoro que Aristóteles hacía que le trajeran de Egipto. Añadió al cuenco un poco de hierba de Quirón, cogió un almirez de madera y se puso a machacar los pequeños higos. Cuando consiguió una pasta homogénea, agregó un poco de agua y removió hasta que obtuvo la consistencia de un puré claro.

Cubrió el cuenco con sus manos arrugadas y susurró una plegaria:

—Asclepio, hijo de Apolo, Quirón, hijo de Cronos, conjurad la fiebre y sanad a Penélope.

En el dormitorio, Penélope se sobresaltó al notar que le tocaban la cara y entreabrió los ojos. Prometeo le estaba poniendo un paño húmedo en la frente.

—Gracias —musitó.

Él dijo algo, pero sólo distinguió su tono de voz grave. Se sentía cada vez más agotada y cerró los ojos.

«Prometeo, tu abuelo Perseo no nació en Atenas —se imaginó que le decía—. Perseo era hijo de mi abuela Deyanira.»

Altea regresó a la habitación y su hijo se levantó para cederle el sitio. Penélope siguió sus imágenes borrosas a través de la rendija de sus párpados. Prometeo parecía el doble de alto que Altea, era un hombre enorme que hablaba poco y casi siempre daba la impresión de estar sumido en pensamientos sombríos.

«Desciende de Aristón», se dijo Penélope entre las brumas

de la fiebre. Aristón, el marido que maltrataba a su abuela Deyanira, había sido un hombre gigante y taciturno como Prometeo.

Acomodaron un almohadón debajo de su cabeza y abrió la boca lo poco que le permitía el vendaje para tomar el remedio que había traído Altea. Su pensamiento se deshacía una y otra vez, pero siempre surgía alrededor de la misma idea.

«Mi padre y mi abuela no quisieron que Perseo conociera su origen espartano.»

En la época de Perseo, Atenas y Esparta mantenían una guerra enconada y ser espartano en Atenas podía suponer una sentencia de muerte. Además, ser extranjero implicaba no tener acceso a muchos de los privilegios que otorgaba la ciudadanía ateniense. Deyanira y Calícrates habían querido que Perseo ignorara que era espartano para protegerlo.

«Yo también debo protegerlos. No... —Su consciencia osciló como la llama de una vela ante una racha de viento—. No tengo derecho a decírselo.»

Tragó otra cucharada y tosió sin fuerza. Le picaban los puntos de la ceja y el pómulo, pero la sensación se disolvía en el mar de dolor en el que flotaba a la deriva, cada vez más lejos de cualquier orilla a la que pudiera regresar.

Capítulo 31
Atenas, diciembre de 324 a. C.

Creonte miró de reojo a Bitias, que lo seguía con una expresión agria en su rostro desfigurado. Desde que lo había atacado Prometeo parecía poseído por una ira violenta, como si en lugar de un hombre fuese el propio Minotauro.

«Espero que sea capaz de contenerse si se lo ordeno.»

Dejaron atrás el templo de Hefesto, dios de la fragua y patrono de los herreros, y descendieron la pequeña colina en la que se agrupaban la mayoría de las forjas de Atenas. A su alrededor sonaba incesante el golpeteo de los martillos dando forma al metal, un sonido agudo y violento que hacía que sus huesos vibraran como si se encontrasen en medio de una batalla de gigantes.

Creonte era el dueño de media docena de talleres de forja. Había ordenado que todos se dedicaran en exclusiva a la producción de armas, pero uno de ellos, el más grande de todos, seguía sin obedecer sus instrucciones. El capataz era el antiguo propietario del taller, un hombre mayor llamado Calias que conocía bien el oficio y conseguía un buen ritmo de producción, por lo que Creonte había hecho la vista gorda y le había tolerado la mala costumbre de quedarse todos los meses algunas dracmas más de lo que le correspondía.

Lo que estaba haciendo ahora, sin embargo, era mucho más grave.

El taller era una construcción de dos pisos en cuya planta superior vivía Calias. Creonte se detuvo junto a la entrada y se apoyó en el muro para masajearse la rodilla que le había golpeado Prometeo. Aunque ya no la llevaba vendada, seguía doliéndole cuando caminaba por terreno irregular. Hizo un gesto con la cabeza y Bitias empujó la puerta doble de madera y bronce. Las hojas se abrieron y accedieron a un patio amplio en el que se afanaba una veintena de esclavos. Alrededor había varias salas de trabajo y un cobertizo alargado que servía de almacén.

Calias estaba hablando con algunos trabajadores al otro lado del patio, de espaldas a ellos. A la derecha de Creonte había un gran horno de tiro forzado del que se ocupaban dos hombres que llevaban la túnica enrollada por la cintura. Creonte sabía que en ese horno el mineral de hierro se calentaba con carbón vegetal hasta obtener una masa dúctil e incandescente, que adecuadamente trabajada se convertiría en las valiosas espadas que habían dado renombre a aquel taller.

El capataz se dio cuenta de que habían llegado. Despidió apresuradamente a sus trabajadores y se acercó con una sonrisa nerviosa. Todavía era un hombre robusto, aunque su pelo y su barba eran grises y al sonreír se le marcaban las arrugas de los ojos.

—Me alegra verte, Creonte. —Su mirada se detuvo un instante en la nariz deformada, pero tuvo la prudencia de no mencionarla—. ¿A qué debo el honor de tu visita?

Creonte contuvo una mueca de desprecio.

—Siempre me ha gustado venir a tu taller. —Avanzó por el patio y señaló a un hombre que descargaba su pesado martillo contra un trozo de hierro al rojo. El brazo con el que golpeaba era el doble de grueso que el otro y su amplio torso brillaba por el sudor—. Recuerdo que fuiste tú, Calias, quien me explicó que el martillo no sólo amasa el hierro contra el yunque para darle forma. Tiene que comprimirlo para volverlo más duro, pero sin excederse para que mantenga cierta flexibilidad. ¿Te acuerdas de esa conversación?

—La recuerdo, sí. —El capataz advirtió que Bitias se había colocado detrás de él y se movió para tenerlo a la vista.

—Y también recordarás que pagué una fortuna para comprarte el taller porque tus espadas siempre han tenido fama de ser las mejores.

—Y así sigue siendo —repuso Calias con tono inseguro.

Creonte asintió y se quedó en silencio mientras el trabajador dejaba de golpear la pieza de hierro y la sumergía en una artesa llena de aceite. El trabajo de forja le producía una suerte de fascinación religiosa. Sólo la intervención conjunta de Hefesto y Hades podía explicar que los metales se fundieran, modificaran sus propiedades y adoptaran cualquier forma. El hierro levantó una llamarada en la artesa y cuando salió del aceite siguió envuelto en fuego durante un momento. El herrero lo examinó con ojo crítico; el metal se endurecía al enfriarse, pero no tenía que hacerse demasiado rápido o se tornaba quebradizo.

Creonte se volvió de nuevo hacia el capataz.

—Como bien sabes, el general Leóstenes está en el Peloponeso intentando reclutar un ejército que nos permita luchar contra Macedonia. Lo que quizás no haya llegado a tus oídos es que Hárpalo, el tesorero de Alejandro, se ha marchado del Peloponeso rumbo a Creta y se ha llevado con él a todos sus mercenarios.

Calias frunció el ceño.

—No lo sabía.

—Pues ahora ya lo sabes. Y el problema es que los mercenarios de Hárpalo estaban excelentemente armados, pero los que quedan en el Peloponeso son los que Alejandro expulsó de Persia. Aunque son tropas curtidas en la campaña de Asia, están en la miseria y hace tiempo que vendieron sus mejores armas. Lo único que tienen son espadas de bronce de la peor calidad, y eso por no hablar de quienes cuentan sólo con un cuchillo.

El capataz apretó los labios y bajó la mirada.

—El caso, Calias, es que todos mis talleres se dedican a fabricar armas: espadas —contó con los dedos como si se dirigiera a un niño—, lanzas, escudos, yelmos... En estos momentos nadie hace arados, cofres de metal... o rejas —dijo señalando varios tramos de grueso enrejado de bronce que se apoyaban en una de las paredes del patio—. Tus espadas, es decir, mis espadas, son necesarias en el Peloponeso de manera urgente.

—La reja ha sido una excepción —respondió Calias con vehemencia—. De hecho, dije que no cuando vinieron a encargármela, pero luego ofrecieron el doble y pensé que debía aceptar.

—Ya veo. Así que decidiste embolsarte unas cuantas dracmas a costa de privar a nuestro ejército de las espadas que tanto necesita.

—Yo nunca...

—Eso es traición, Calias —continuó Creonte sin subir el tono—. Y es todavía más despreciable porque, en lugar de proporcionar armas a nuestro ejército, estás aceptando el dinero de nuestros enemigos. Esa reja, en la que trabajan la mitad de los trabajadores del taller desde hace varios días, es para Evandro, un maldito comerciante de Macedonia.

—Yo... Pensé que con ese dinero podríamos...

—¿Crees que necesito el dinero de un miserable macedonio? Lo que nos hace falta son herreros, yunques, hornos. Y hombres honrados que lleven Atenas en la sangre, no traidores que venden a sus compatriotas por un poco de plata.

El capataz retrocedió y Bitias le aferró los brazos desde atrás.

—¡No! —Calias miró desesperado a uno y otro lado. Los esclavos del taller continuaban con su trabajo sin levantar la cabeza; sabían muy bien quién era el dueño y lo que implicaba enfrentarse a él y a su guardaespaldas—. ¡Sólo haré espadas, haré todo lo que me digas, lo juro por Atenea, lo juro por la tumba de mis padres!

Creonte lo observó mientras consideraba la idea de que Bitias lo rajara allí mismo, como había hecho con la esclava que había ayudado a Penélope a escapar.

Sus labios se curvaron en una sonrisa.

—¿Has pensado que iba a matarte? Al contrario, he venido a darte otra oportunidad. Deberías pagar por tu traición, pero lo mejor para la ciudad es que te dediques, día y noche, a fabricar las mejores espadas que se hayan visto nunca.

Calias, todavía sujeto por Bitias, asintió vigorosamente. Creonte se acercó a la reja y dio una palmada en un grueso barrote.

—Esta tarde vendrán a llevársela. La fundirán y fabricarán corazas con el bronce.

Calias tragó saliva.

—El hombre que me la encargó... —Omitió que ya le había entregado la mitad del importe, aunque suponía que Creonte estaba al tanto—. ¿Qué hago cuando venga a reclamarla?

—Dile que hemos decidido usar el bronce para hacer una gran estatua de Alejandro, que queremos glorificarlo como rey de todos los hombres y de todos los dioses. —El tono burlón de Creonte desapareció y sus ojos se entornaron—. O, mejor aún, cuando ese perro macedonio entre en el taller, degüéllalo y arroja su cadáver a un pozo. Es lo que haremos antes o después con todos los macedonios.

Capítulo 32

Atenas, diciembre de 324 a. C.

—¡Abrid, soy Aristóteles!

El golpe seco del llamador de bronce había hecho que Prometeo empuñara su espada, pero al oír el nombre del filósofo salió de la habitación y cruzó el patio en tres zancadas.

—Está muy grave —dijo nada más abrir—. Desde ayer por la tarde permanece inconsciente.

Aristóteles cogió la bolsa de cuero que llevaba uno de sus esclavos, entró en el dormitorio y arrugó el ceño. El aire estaba caliente y tenía un olor ácido. Prometeo y Altea se quedaron a los pies de la cama y permanecieron expectantes mientras él se arrodillaba junto a Penélope. Le exploró el cuello, se inclinó para oler su aliento y examinó el aspecto de las heridas que le había cosido hacía unos días.

—Parece que la bilis y la mucosidad se han calentado —dijo hablando para sí mismo—, eso es mala señal... ¿Ha tenido escalofríos?

—Ayer tuvo muchos. —La voz de Altea estaba agrietada por la tensión y el agotamiento—. Pero desde que cayó el sol se quedó completamente inmóvil, como si se hubiera desvanecido.

Aristóteles palpó la mandíbula de Penélope por encima del vendaje. Luego le abrió con cuidado el ojo que tenía menos hinchado.

—No creo que se pueda salvar. —Suspiró y se volvió hacia sus amigos—. Con los golpes tan fuertes en la cabeza a veces sucede esto. Lo único que se me ocurre ya es cubrir su cuerpo con telas mojadas. No perdemos nada por intentar reducir la fiebre de ese modo, aunque lo más probable es que no recupere la consciencia.

Retiraron la sábana y la túnica de Penélope y la dejaron desnuda sobre el lecho. Prometeo trajo de la cocina una jarra llena de agua, empaparon la sábana y se la pusieron encima.

—Lo más importante es la cabeza —aseguró Aristóteles. Metió unos paños en la jarra, los sacó chorreando y cubrió con ellos la cabeza y parte del rostro amoratado.

El tiempo transcurrió lentamente sin que Penélope reaccionara. Cuando la sábana empezaba a secarse volvían a mojarla. La tercera vez que lo hicieron, su cuerpo se estremeció.

—Tenemos que aprovechar esta reacción. —Aristóteles abrió la bolsa de cuero y sacó una pequeña vasija de cristal de roca que contenía un líquido oscuro. Le quitó el tapón de arcilla y lo inclinó con cuidado sobre la boca de Penélope.

—¿Qué es eso? —preguntó Altea.

—Lo mismo que le has estado dando hasta ahora, pero mucho más concentrado. No puedo hacer que vengan médicos a vuestra casa, pero uno de los mejores se ha encargado de prepararlo. —Levantó la vasija para observar el nivel restante y decidió verter un poco más. Pasado un momento, la garganta de Penélope se contrajo levemente—. Ya está. Si le diera más, podría matarla.

Se quedaron observando la respiración débil de Penélope. No se apreciaba ningún cambio.

—Casi se me olvida —dijo Aristóteles al cabo de un rato—, traigo novedades de Creonte. Ha hecho saber a través de Hipérides que no va a emprender acciones legales ni de ningún otro tipo. Creonte es una alimaña, pero ha asegurado que, si no lo denunciáis, él tampoco actuará contra vosotros. Y realmente no creo que en estos momentos vaya a enfrentarse a los miembros de su partido.

Prometeo asintió en silencio y señaló con la cabeza a Penélope.

—Supongo que Creonte estará contento con ese acuerdo de tregua. Pero si ella muere, soy yo el que no va a respetarlo.

Cuando el sol se hundió en el horizonte, Altea añadió unos trozos de madera al viejo brasero de bronce que había en la habitación y volvió a sentarse junto a Penélope.

—Ártemis Ortia, patrona de las espartanas —murmuró con los ojos pesados de sueño—, apiádate de esta hija de Esparta.

Llevaba un rato a solas con ella. Aristóteles había regresado con su esposa, que estaba muy inquieta por el exaltado ambiente antimacedonio que se respiraba en Atenas. En cuanto a Prometeo, había conseguido convencerlo de que se fuera a descansar. Su hijo pasaba los días pendiente de Penélope y por las noches apenas dormía, incluso cuando no le correspondía hacer guardia.

Oyó que se cerraba la puerta del taller de cerámica. A pesar del compromiso de Creonte, Aristóteles había querido que dos de sus esclavos guardianes siguieran con ellos. Aguardó sin oír nada más y se acurrucó bajo el manto de lana sin conseguir dejar de tiritar por el frío.

Penélope seguía inconsciente, pero la fiebre casi había desaparecido y habían vuelto a cubrirla con su túnica y una sábana seca. Su rostro parecía menos inflamado y su respiración era lenta y tranquila, como si estuviera durmiendo, aunque tal vez sólo fuera un indicio de que la llama de su vida se apagaba.

Una pequeña lámpara de aceite ardía junto al brasero y mantenía el dormitorio en una penumbra anaranjada. Altea apoyó la cabeza en las manos, cerró los ojos y se quedó adormilada.

No sabía cuánto tiempo había pasado cuando se dio cuenta de que oía una especie de bisbiseo. El semblante de Penélope estaba crispado y sus labios se movían como si discutiera en sueños. Altea se acercó a ella, pero no logró distinguir ninguna palabra, sólo un murmullo áspero y sibilante que poco a poco ganaba intensidad.

—Shhh. Tranquila.

Penélope se movió con una pequeña sacudida y dejó escapar un susurro entrecortado y acuciante.

—Tranquila, estás a salvo. —Altea le puso una mano en el brazo y el cuerpo de Penélope se estremeció.

—... anira... —Movió los labios en un balbuceo incomprensible y emitió un gemido ahogado—. No... Deyanira...

Gimió de nuevo y se agitó bajo la sábana. De pronto abrió

sus ojos hinchados con una expresión de espanto y lanzó un grito. Su mirada se quedó clavada en el techo durante unos instantes y luego su cuerpo se aflojó como si el alma lo hubiera abandonado.

Altea contempló en vilo el rostro maltratado de Penélope hasta que se dio cuenta de que seguía respirando. Aguardó un rato sin que ocurriera nada más y volvió a encogerse bajo el manto de lana con el ceño fruncido.

«Deyanira...»

No oía ese nombre desde hacía muchísimo tiempo. Observó a Penélope y se dejó llevar por los recuerdos experimentando una extraña desazón. Hacía casi medio siglo había viajado al oráculo de Delfos con Platón y otros miembros de la Academia. En una de las avenidas que conducían al santuario oracular se produjo un encuentro con unos espartanos al que se había pasado años dándole vueltas.[21]

«Los espartanos pensaban que yo era exactamente igual que su madre, que se llamaba Deyanira. —Al parecer, aquella Deyanira tenía un color de ojos tan insólito como el suyo—. Y como el de Penélope», se dijo recordando el brillo plateado de su mirada llena de espanto.

Uno de los espartanos era un hombre enorme y agresivo, mientras que el otro tenía una mirada bondadosa y se comportó con ella con mucha amabilidad.

«Se llamaba Calícrates», recordó.

Al regresar a Atenas, le refirió a su padre lo sucedido en Delfos y le preguntó si podían tener un antepasado común que justificara su parecido con la madre de esos hombres. Sin embargo, Perseo atribuyó la semejanza a la casualidad. Ella seguía sin estar convencida e iba a insistir, pero de pronto recordó una vieja historia familiar: su abuelo paterno había regresado él solo del Peloponeso con su padre recién nacido, pues acababan de matar a su esposa. En ese momento se le ocurrió que su padre podía ser en realidad hijo de una espartana. Si eso era cierto, saberlo podía causar un gran impacto a su padre, por lo que nunca volvió a hablar de ese tema, ni con él ni con nadie. Con el paso de los años casi había llegado a olvidar-

21. Hace referencia a los hechos narrados en *El asesinato de Platón*.

se del asunto, pero las dudas sobre el origen de su familia habían regresado con fuerza al oír de los labios de Penélope el nombre de Deyanira.

Sacó los brazos del manto, puso otro trozo de madera en el brasero y advirtió que Penélope entornaba los ojos. Poco a poco giró la cabeza hacia ella.

—¿Cómo te encuentras? —Altea apoyó los dedos en su cuello; no tenía fiebre y su pulso era regular.

Penélope asintió muy despacio y pidió agua en un susurro. Se bebió la mitad del cuenco, reposó la cabeza en la almohada y volvió a mirar a Altea.

—Ya puedo verte mejor. —Sus labios heridos se abrieron en una sonrisa—. Eres una mujer muy bella.

—Vaya, por Atenea, ahora sí que me preocupa tu vista.

Penélope movió la mano hacia ella y Altea se la cogió.

—He estado inconsciente, ¿verdad? —El vendaje que le sujetaba la mandíbula hacía que su pronunciación fuera defectuosa.

—Dos días, con fiebre muy alta. Pero ahora no tienes.

—Gracias. —Penélope negó con la cabeza como si buscara en vano otro modo de expresarse—. Gracias.

Presionó débilmente la mano de Altea y se quedaron en silencio.

—Intenta dormir un poco, te vendrá bien para recuperarte.

Penélope cerró los ojos. Negó despacio y volvió a abrirlos.

—He pasado demasiado tiempo fuera de la realidad. Me siento como si pesara diez veces más, pero me gusta sentir que estoy viva.

Se quedó mirando al techo, parpadeando como si combatiera el sueño. Altea habló con aire despreocupado.

—Cuando estabas inconsciente has repetido un nombre: Deyanira. ¿Es alguien de tu familia?

Penélope dejó de parpadear.

—Era mi abuela. —Su mirada recorrió la penumbra sin llegar a dirigirse a Altea—. Falleció hace mucho tiempo, pero era una mujer muy respetada y su nombre se sigue honrando en Esparta.

Altea se dejó llevar por su intuición.

—Has mencionado a alguien más... Calícrates.

Contuvo la respiración y advirtió que los ojos de Penélope se detenían.

—¿He dicho su nombre? —Penélope se quedó callada. Había decidido que no revelaría la verdad, pero tenía la mente embotada y le costaba medir sus palabras—. Era... mi padre.

Altea notó que su corazón se aceleraba.

—Has mencionado a tu padre junto a alguien más: Perseo.

La mano de Penélope se contrajo entre sus dedos.

—¿Perseo?... No sé... Ah, creo que lo he oído aquí, en vuestra casa. Es el atleta que dio nombre a la Olimpiada, y me pareció oír que era el abuelo de Prometeo. ¿Era tu padre?

Altea asintió y tragó saliva. Notaba que Penélope estaba recelosa e inquieta, y se sentía mal presionándola cuando estaba tan débil, pero tenía la corazonada de que su única oportunidad de obtener la verdad residía en hacer que hablara mientras tuviese la guardia baja.

—Penélope... —Esperó hasta que ella giró la cabeza y la miró a los ojos—. Sé que conoces la relación entre mi padre y el tuyo. —Una sombra de alarma atravesó el rostro magullado de Penélope—. Sé que sabes que Deyanira, la madre de Calícrates, tu abuela..., también es nuestra familia.

Penélope abrió los labios sin llegar a decir nada. «Altea lo sabe... —Sus pensamientos se agolparon con rapidez y se sintió mareada—. No es posible... Mi padre... Él dijo...»

Cerró los ojos y empezó a negar con la respiración acelerada.

—Cálmate, Penélope. —Altea le acarició el brazo—. Es algo que sospechaba desde que hablé con tu padre en Delfos, hace más de cuarenta años. Creo que él no quiso revelarme la verdad para evitar que en Atenas se conociera el origen espartano de nuestra familia y que eso nos perjudicara. —Penélope la miró con los ojos llenos de lágrimas—. Yo tampoco quiero que el secreto salga a la luz; sobre todo no quiero que se entere mi hijo, porque toda su vida ha girado alrededor de la leyenda de su abuelo Perseo, que en Atenas es un héroe. Prometeo siempre ha tratado de emularlo y todo el mundo lo compara con él. Lo destrozaría saber que en realidad era espartano. Pero a mí no me va a perjudicar y necesito que me lo confirmes, necesito saber la verdad.

Penélope negó sin dejar de llorar, y la voz de Altea se quebró al insistir.

—Tengo derecho a saberlo, Penélope. Y creo que me lo debes.

Penélope apretó los párpados. Dos gruesas lágrimas se deslizaron por su rostro.

—De acuerdo —sollozó. Sentía en la habitación la presencia de Deyanira y Calícrates, y les rogó que la perdonaran—. Deyanira... era la madre de Perseo. Tu padre era espartano.

El eco de las palabras de Penélope se quedó flotando entre las sombras de la alcoba. Era lo que Altea había imaginado, pero eso no amortiguó el impacto de la revelación. En su rostro de anciana la expresión se había congelado y tenía la misma sensación que si el suelo hubiese desaparecido bajo sus pies.

Se mantuvo inclinada sobre el lecho, con la mente varada en el recuerdo de su padre y una mano apoyada en el brazo de Penélope, que no dejaba de sollozar. De pronto se sobresaltaron al oír el sonido característico del bastón de Prometeo.

«¡Nos ha oído!»

Altea se volvió hacia la puerta horrorizada, buscando desesperadamente las palabras con las que persuadir a su hijo de que lo que había hablado con Penélope no era cierto.

Sus ojos permanecían clavados en la entrada del dormitorio, pero un momento después oyeron el chirrido de la puerta de la calle y los pasos irregulares de Prometeo, que se alejaba en la noche ateniense.

Capítulo 33

Atenas, diciembre de 324 a. C.

Creonte se detuvo al llegar a la entrada del santuario de Hefesto y se volvió hacia Bitias.

—Espérame aquí, no tardaré mucho.

Cruzó el muro que delimitaba el santuario y se adentró en el terreno sagrado. Su guardaespaldas no era ateniense, sino tracio, por lo que no podía entrar en los santuarios de Atenas salvo en ocasiones excepcionales.

Un escalofrío le recorrió la espalda según se acercaba al templo de Hefesto. Se había construido antes que el Partenón, y hasta la aparición de éste era sin duda el templo más imponente de Atenas. Las seis columnas de su fachada eran más esbeltas que las del Partenón y dejaban mucho espacio entre ellas, lo que otorgaba al edificio un aire de elegancia y ligereza. Sobre las columnas había diez metopas, esculpidas en reluciente mármol de la isla de Paros, que representaban los trabajos de Heracles. Sin embargo, lo que atrapó la mirada de Creonte fueron las esculturas del espacio triangular del frontón, que parecían dotadas de vida.

—Hefesto... —murmuró.

El dios estaba trabajando en su fragua mientras el resto de los dioses olímpicos lo contemplaban con respeto, o quizás con temor a lo que pudiera salir de la forja. El tiempo había desvaído los colores, pero el conjunto había sido pintado con gran habilidad y de la fragua de Hefesto parecía emanar un enorme poder.

La base escalonada del templo formaba cuatro grandes peldaños. Entre las dos columnas de la derecha se habían tallado otros más pequeños y Creonte subió por ellos para acercarse a la puerta principal, donde se encontraba uno de los ayudantes del templo.

—Vengo a hacer un donativo, avisa al sacerdote.

El ayudante lo conocía y obedeció sin hacer preguntas. Un momento después apareció el sacerdote, un hombre enjuto de larga barba castaña que inclinó la cabeza para saludarlo.

—Piadoso Creonte, tu presencia siempre es motivo de alegría.

—Agradezco tus palabras. He venido para hacer al dios una ofrenda y una petición.

El sacerdote lo invitó a que entrara en el templo. El interior de la nave estaba rodeado de columnas que soportaban una base de piedra, sobre la que se asentaba una segunda hilera de columnas que llegaba hasta el techo. Al fondo de la nave, un pedestal rectangular sostenía dos magníficas estatuas en bronce de Atenea y Hefesto. Tenían un siglo de antigüedad y las había esculpido Alcámenes, que además de ser el discípulo más avanzado de Fidias contaba entre sus obras las famosas cariátides de la Acrópolis.

Creonte metió una mano entre los pliegues de su túnica y sacó una pequeña bolsa de cuero. Contenía veinte estateras de oro, el equivalente a unas seiscientas dracmas de plata.

—Hefesto es un dios poderoso al que Atenas necesita ahora más que nunca. —Depositó la bolsa en la mano del sacerdote—. Hace décadas que no se pintan las esculturas del frontón. Con esto podrás devolverles todo su esplendor para que el dios sienta que Atenas lo honra debidamente.

El sacerdote abrió la bolsa y sus cejas se alzaron al distinguir el brillo del oro.

—Es una ofrenda muy generosa. Hoy mismo contrataré a alguno de los mejores pintores de Atenas para que comience cuanto antes. —Levantó una mano hacia la estatua de Hefesto—. Puedes hacerle tu petición al dios, estoy seguro de que te escuchará.

El sacerdote cruzó una puerta que había detrás de las estatuas y desapareció en el opistodomo, la sala posterior del templo en donde se custodiaban el tesoro y los objetos necesarios para los rituales sagrados. Creonte se colocó frente a la estatua de Hefesto y alzó los brazos.

—Dios de la fragua —oró con una voz que retumbaba en

la nave solitaria—, tú que posees el secreto para transformar los metales en armas invencibles, acepta con benevolencia la ofrenda que he venido a traerte y haz que nuestras armas quiebren las del enemigo, atraviesen sus corazas y pongan fin a sus vidas. —Sintió que la mirada del dios penetraba hasta el interior de su alma e inclinó la cabeza—. Apóyanos en la lucha, glorioso Hefesto, acércanos a la victoria y la ciudad te honrará con los mayores sacrificios que se hayan visto nunca en Atenas.

Se mantuvo frente al dios con los brazos levantados. Sentía su presencia en el silencio que lo rodeaba, en el frío que erizaba su piel, en el aroma purificador que desprendía el incensario que humeaba junto a las estatuas.

«Hefesto me ha escuchado.»

Atravesó la nave en dirección a la salida con una ligera sensación de euforia. Ninguna otra ciudad había erigido un templo tan magnífico a Hefesto, y sin duda el dios se sentiría aún más honrado cuando las estatuas del frontón recobraran su esplendor.

Pasó entre las grandes columnas, se alejó unos pasos y se dio la vuelta para contemplar de nuevo el templo antes de abandonar el terreno sagrado. Estaba realizado enteramente con el valioso mármol de las canteras del monte Pentélico, lo que lo dotaba de un ligero brillo dorado cuando el sol incidía directamente sobre él, como ocurría en aquel momento. Hinchó los pulmones y cruzó el muro del santuario para reunirse con su guardaespaldas.

Iniciaron el descenso de la pequeña ladera sin que prestara atención a las protestas de su rodilla lesionada. Aunque todavía era pronto, el ágora ya se estaba llenando de gente que paseaba por los pórticos y entre los tenderetes del mercado. Observó el gesto adusto de Bitias y se detuvo para revelarle algo que había pensado contarle más adelante.

—Hace poco recibí una información que seguramente mejorará tu ánimo. —Su guardaespaldas lo miró sin que variara su expresión adusta—. Supongo que estás deseando vengar la humillación que nos han causado Prometeo y Penélope.

Los ojos de Bitias se entornaron.

—Creía que ibas a dejar que salieran indemnes —dijo con la voz enronquecida.

—Eso es lo que quiero que crean todos. Sin embargo, acabo de poner en marcha algo que nos permitirá desquitarnos. Tendremos que tener paciencia, es un proceso que requiere tiempo... Pero te aseguro que la zorra espartana volverá a estar en nuestras manos, y que esta vez no habrá nadie que pueda arrebatárnosla.

Capítulo 34

Atenas, enero de 323 a. C.

Altea contempló a su hijo y sintió que el estómago se le encogía.

«Diosa Atenea, ¿cómo puedo ayudarlo?»

Prometeo apilaba gruesos troncos de leña en una de las paredes del taller con expresión mortificada. Llevaba tres días sumido en un silencio sombrío, desde que había oído a Penélope revelar que su abuelo Perseo era espartano. Aquella noche abandonó la casa y Altea permaneció en vela hasta que su hijo regresó con las primeras luces del alba. Entonces se apresuró al patio temiendo encontrarlo borracho, quizás herido.

—¿Dónde has estado? —preguntó mientras lo examinaba con ansiedad.

Su hijo no estaba ensangrentado ni olía a vino, pero se apoyaba en el bastón con la espalda encorvada y su mirada era un pozo insondable de tristeza y derrota.

—En la Acrópolis, hablando con los dioses. —Tenía la voz distante de quien habla en sueños. Posó la mirada en su madre y sus labios se curvaron en un gesto amargo—. También he ido a visitar la tumba de mi abuelo espartano.

—Oh, hijo mío, yo...

—Tú lo sabías desde hacía mucho tiempo.

El tono acusatorio fue como una bofetada para Altea.

—Sólo lo sospechaba, y...

—Me has mantenido engañado toda la vida.

Sus ojos se apartaron de ella, pasó de largo sin esperar una respuesta y dejó a Altea en el mar de angustia en el que llevaba tres días ahogándose. Ella tenía desde hacía muchos años la sospecha de que su padre podía ser espartano, y aun así la confirmación le había supuesto una conmoción que le llevaría tiempo asumir. Su hijo, en cambio, nunca se había planteado la posibilidad de que su abuelo pudiera ser otra cosa que un ateniense de origen intachable. Lo que antaño era su inspiración y su mayor motivo de orgullo, y que ya se convirtió en algo traumático al truncarse su carrera de luchador, ahora debía de sentirlo como un motivo de vergüenza y deshonra.

Se secó disimuladamente las lágrimas cuando Prometeo terminó de apilar la leña. Su hijo se acercó a una artesa que contenía la arcilla que habían comprado con las últimas dracmas que les quedaban. Ambos sabían que ésa era su última oportunidad de evitar la ruina.

Prometeo tomó un pellizco de aquella arcilla rojiza y lo frotó entre el índice y el pulgar.

—No estoy seguro de cuánta mica hay que añadir.

—Es mejor ir poco a poco. —Altea cogió un tamiz de malla fina y puso encima un puñado de mica pulverizada. Luego empezó a agitar el tamiz sobre la artesa para espolvorear el mineral. Cuando había esparcido una capa tenue, le pidió a su hijo que amasara la arcilla.

Prometeo dobló la masa pastosa sobre sí misma y hundió en ella sus grandes manos. Siguió volteándola y aplastándola hasta que su madre le pidió que parara, y volvieron a coger un poco de arcilla para examinarla. La tensión que flotaba entre ellos mantenía un nudo en la garganta de Altea, que se esforzó en hablar con un tono sereno:

—¿Te das cuenta de cómo ha cambiado la textura? —Ya le había explicado que era necesario añadir algún material a la arcilla para que tuviera la suficiente firmeza a la hora de moldearla. Además, así se reducía el riesgo de que se resquebrajara durante la cocción. En caso de no disponer de mica, se podía utilizar polvo de arcilla cocida, pero con la mica se lograba que las vasijas reflejaran la luz de un modo agradable en las superficies que no se pintaban.

Decidió añadir un poco más de mica y Prometeo volvió a inclinarse sobre la artesa para amasar la arcilla. La piel de sus gruesos antebrazos se iba cubriendo de rojo.

—Ya está, así es como tiene que sentirse —aseguró Altea tras comprobar de nuevo la textura—. Es importante memorizar esta sensación. La fabricación de cerámicas no admite errores en ninguna de sus fases: moldeado, secado, horneado..., todo tiene que ser muy preciso. Pero por muy bien que lo hagamos en esas etapas, el resultado será un desastre si no partimos de una arcilla adecuada.

Prometeo asintió sin levantar la mirada de la artesa. Altea tomó un pegote de arcilla del tamaño de su puño, lo colocó en el plato circular del torno y se sentó para accionar el pedal que lo hacía girar.

—Hay que sentir el equilibrio en la arcilla. —Envolvió la masa y dejó que se deslizara entre sus manos nudosas sin apenas apretar—. Hay que notar cómo cobra forma bajo tus dedos, visualizar la vasija que quieres moldear y sentir cómo la arcilla te va obedeciendo... —Hundió los pulgares en el centro y abrió un hueco que ensanchó despacio, levantando los dedos poco a poco para obtener una curva suave—. El ritmo es importante. Si haces girar el torno demasiado rápido, la vasija se deformará; si lo haces demasiado despacio, te será difícil conseguir una forma regular.

Siguió trabajando con los ojos entornados. Cada día veía más borroso, pero desde niña su padre le había enseñado a sentir la arcilla y casi podía moldear utilizando únicamente el sentido del tacto.

Presionó un poco más con los pulgares y de pronto sus dedos se crisparon deformando la superficie de la copa.

«Oh, dioses, cada día duele más...»

Echó un vistazo rápido a Prometeo. Estaba ocupado con la arcilla y no se había dado cuenta de lo que había ocurrido. Procuró que su rostro se mantuviera impasible y se puso a restablecer la forma regular de la copa.

—Déjame intentarlo —pidió Prometeo cuando la vasija estuvo terminada. Su madre había tardado mucho en moldearla y era evidente que estaba cansada.

Altea se levantó del asiento y se apoyó un momento en el torno. Respiró hondo y llevó la copa al estante en donde dejaban que las vasijas se secaran durante unos días antes de hornearlas. Después se sentó en el taburete que había frente a la artesa y esbozó una sonrisa.

—Para hacer un *kilix*, yo uso como referencia el tamaño de mi puño, pero el tuyo serviría más bien para hacer una crátera.

Cogió un pegote de arcilla de la artesa y se lo dio a Prometeo, que ocupó el asiento del torno y consiguió colocarse de modo que pudiera accionar el pedal. La rigidez de su rodilla hacía que la posición resultara bastante forzada, pero al menos podía regular la velocidad del torno.

Colocó las manos sobre la arcilla y la hizo girar.

«Atenea Ergane, patrona de los artesanos, obra el prodigio de que pueda modelar una vasija que logremos vender.»

Apretó con suavidad y la arcilla empezó a cobrar forma.

Penélope salió del duermevela con un gemido de dolor.

Se llevó las manos a la venda que sujetaba su mandíbula rota y las dejó allí un rato, notando una punzada con cada latido. La puerta cerrada mantenía el dormitorio en penumbra y lo recorrió con la mirada. La hinchazón de sus ojos había remitido y ya podía abrirlos del todo. Había temido quedarse ciega, pero se había ido recuperando y ahora le parecía que veía bien con ambos ojos.

Pensó en Prometeo y su mirada se perdió entre las sombras del techo.

«Me salvó la vida, y yo...»

La sensación de culpabilidad le oprimió el pecho. Tendría que haberlo protegido de aquel secreto que había permanecido oculto durante dos generaciones. Había hecho daño al hombre que la había salvado, y además lo había hecho traicionando la memoria de su padre y de su abuela.

«Perdóname, abuela Deyanira. —Envolvió la pulsera que le había pertenecido—. Y, sobre todo, ayuda a Prometeo.»

Suspiró apesadumbrada. Él sólo había entrado un par de veces en el dormitorio desde que se había enterado de que los padres de Perseo eran espartanos. Se había interesado por la evolución de sus heridas, evitando que sus miradas se cruzaran, y luego se había marchado.

Giró el cuerpo sobre el colchón, se puso de lado y sacó las piernas de la cama. Se incorporó hasta sentarse en el borde y sintió que se mareaba. Dejó pasar un momento, se inclinó hacia delante y se dio impulso para ponerse de pie. El esfuerzo hizo que apretase los dientes y un latigazo de dolor le atravesó la mandíbula. La vista se le nubló y se tuvo que apoyar en la pared para no caerse.

«Altea me dijo que no me levantara todavía.»

Esperó un rato con la cabeza agachada y luego avanzó con cuidado hacia la puerta. Al abrirla sintió frío y se cerró más la túnica. No había nadie en el patio. Altea y Prometeo debían de estar en el taller y los esclavos guardianes de Aristóteles se habían marchado hacía un par de días. Según le había dicho Altea, Creonte había declarado que no emprendería ninguna acción en su contra y Prometeo consideraba que Aristóteles necesitaba la protección de esos esclavos más que ellos.

Caminó con pasos inseguros a través del patio y abrió la puerta del taller.

—¡Penélope, te has levantado! —Altea se acercó a ella con las manos manchadas de arcilla y un gesto de preocupación—. Pareces mareada. Ven, siéntate aquí.

Ella obedeció y ocupó el taburete del que se había levantado la anciana. Prometeo estaba moldeando arcilla, sentado frente a un torno que accionaba con un pedal. Apenas esbozó un asentimiento antes de seguir con su trabajo.

—Estáis haciendo vasijas —susurró con la voz entorpecida por el vendaje.

—Así es. —Un atisbo de sonrisa apareció en el rostro de Altea—. Nuestro taller ha sido uno de los más prestigiosos de Atenas durante casi dos siglos. Tenemos uno de los mejores hornos y a mi padre, Perseo, se lo consideraba uno de los pintores de cerámica más destacados de su época. —La sonrisa se hizo más triste—. Eran otros tiempos, por supuesto. Ahora mucha gente prefiere las vasijas de metal y la mitad de los hornos de Atenas han cerrado. Pero se sigue valorando una buena cerámica y aún tenemos un buen horno. Y yo recuerdo todo lo que me enseñó mi padre.

Prometeo observaba de reojo a Penélope mientras trabajaba en el torno. Su rostro todavía mostraba restos de hematomas y las costuras del pómulo y la ceja resultaban aparatosas, pero la hinchazón casi había desaparecido y lo que más destacaba eran sus ojos plateados.

«Nunca había visto unos tan parecidos a los nuestros.»

Se dio cuenta de que estaba haciendo el *kilix* demasiado

profundo. Reprimió una maldición y juntó las manos para compactar la arcilla y comenzar de nuevo.

Su atención regresó a Penélope. A él siempre lo había complacido su color de ojos porque favorecía que lo compararan con su abuelo, que tenía el mismo tono. Sin embargo, ahora que sabía que Perseo había heredado aquel rasgo de su madre espartana, ver ese mismo color en los ojos de Penélope le hacía sentir que su vida había sido una gran farsa.

Estaba apretando el pedal del torno con demasiada fuerza y la copa volvió a deformarse. Dejó escapar el aire entre los dientes, juntó la arcilla y empezó otra vez. La rodilla y la cadera lo estaban torturando y todavía no había sido capaz de moldear una sola copa.

Penélope se percató del gesto de dolor de Prometeo y de la expresión angustiada de Altea, que se acercó a su hijo para tratar de ayudarlo. Las manos de Prometeo parecían idóneas para los combates de lucha, pero demasiado grandes y fuertes para elaborar refinadas vasijas. Tenía la frente cubierta de sudor y apretaba los labios mientras intentaba seguir las instrucciones de su madre.

La mirada de Penélope recorrió el taller y le sorprendió su aspecto desolado. Había dos mesas de trabajo que parecían llevar mucho tiempo sin usarse y unos grandes estantes para vasijas que sólo contenían un pequeño *kilix* de arcilla fresca.

Prometeo siguió trabajando con todo el cuidado que podía y su copa empezó a parecerse a la que había hecho su madre. Era un *kilix* ancho y bajo, de pie corto y proporciones regulares. Altea le indicó cómo conseguir que fuese un poco más delgado y Prometeo rozó la arcilla con suavidad.

Penélope se mantuvo en vilo mientras la copa giraba en el torno. Su forma cambiaba muy lentamente bajo los dedos de Prometeo, que mostraba los dientes en una mueca tensa y resoplaba con cada respiración.

—Bien —murmuró Altea—. Muy bien... Cuidado ahora...

El sudor goteaba de la barbilla de Prometeo, que apartó las manos y dejó de accionar el pedal del torno. Contemplaba la vasija que acababa de moldear con la mirada fija y los labios entreabiertos. Antes de que el *kilix* terminara de girar, sus paredes se inclinaron hacia abajo como una flor que se marchita.

Los tres se quedaron en silencio mientras la vasija malograda se detenía. Prometeo dio un grito y la aplastó de un manotazo. Se puso de pie haciendo caer la silla y se agarró la rodilla rota conteniendo un gemido de dolor. Levantó la cabeza hacia su madre y luego miró a Penélope, que se echó hacia atrás al sentir la rabia y la desesperación que ardían en aquella mirada.

—Hijo mío...

Prometeo pasó al lado de su madre, cojeó hasta un hacha de gran tamaño que estaba apoyada en la pared y aferró el mango. Con la otra mano agarró uno de los troncos que había apilado y salió al patio.

Altea se quedó mirando la puerta y a Penélope se le encogió el corazón al ver que empezaba a llorar.

Capítulo 35

Atenas, enero de 323 a. C.

Prometeo observaba con mirada huidiza a los hombres con los que se cruzaba.

«Si supieran que Perseo era espartano...»

Agachó la cabeza al pasar junto a un grupo de soldados y se impulsó con el bastón para alejarse. A su derecha se alzaba la colina de Hefesto y lo envolvió el sonido metálico de innumerables fraguas que parecían trabajar a plena actividad. Siguió avanzando con la mirada en el suelo, dejó atrás el Pórtico de Zeus y se detuvo junto al pequeño recinto que albergaba el altar de los doce dioses olímpicos.

El ágora bullía de actividad frente a él. Los puestos del mercado estaban atestados y en los pórticos que rodeaban la plaza se alzaban las voces crispadas de cientos de atenienses que discutían sobre política exterior. Hipérides avivaba en cada Asamblea el deseo de libertad que latía en el interior de todo ateniense, pero el temor que inspiraba Alejandro también estaba grabado con fuego en la mayoría de los hombres y eso hacía que las discusiones fuesen más virulentas.

Se desvió de la vía Panatenaica por una calle lateral y se acercó a la Acrópolis sintiendo sobre él la mirada reprobatoria de los dioses. En lo alto de la gran roca que dominaba la ciudad se destacaba la estatua de bronce de Atenea Prómacos realizada por Fidias. La diosa, equipada con yelmo, coraza y escudo, presentaba un aspecto temible con sus cincuenta pies de altura y la lanza levantada en posición de ataque para proteger a los atenienses de sus enemigos.

Rogó a la diosa que lo perdonara, y sintió que la patrona de Atenas permanecía indiferente a su ruego. En los combates de lucha siempre había tenido la sensación de que Atenea velaba por él. Ahora se preguntó si su derrota y su trágica lesión no serían un castigo de la diosa por el secreto que ocultaba en sus venas, y que de salir a la luz cubriría Atenas de vergüenza.

Siguió avanzando despacio, sumido en sus pensamientos mientras se aproximaba a las murallas a través de calles estrechas. Después del desesperante episodio del día anterior, en el que su madre y Penélope habían sido testigos de su incapacidad para moldear una copa, no había vuelto a acercarse al torno. Su madre se había encargado de transformar la mitad de la arcilla que tenían en *kilix* de armoniosas proporciones. Un total de ocho se alineaban ahora en un estante del taller. Allí permanecerían durante tres o cuatro días, hasta que se secaran lo suficiente para poder meterlos en el horno sin riesgo de que se resquebrajaran.

Negó con la cabeza al recordar las señales de dolor que su madre había tratado de ocultar. No había notado que le doliera cuando ella moldeaba las primeras copas, pero en las últimas las manos le temblaban y su rostro tenía el color de la cera.

—Diosa Atenea...

La plegaria murió en sus labios y continuó avanzando en silencio.

Cruzó la muralla por la puerta de Diocares y el paisaje cambió abruptamente. En el exterior de la ciudad no había casas y la campiña se desplegaba libre de obstáculos que entorpecieran la vista. Se habían talado los árboles alrededor de las murallas para evitar que pudieran ocultarse soldados enemigos. La construcción más cercana era la escuela del Liceo, con sus edificios de una planta, su pórtico alargado y el pequeño templo dedicado a las Musas.

Nada más acceder al recinto de la escuela, se cruzó con un joven que llevaba varias tablillas de cera y le preguntó por Aristóteles.

—Está reunido con Teofrasto —respondió señalando con la cabeza el edificio que albergaba la biblioteca.

Prometeo decidió esperar y se dirigió al pórtico. Subió los escalones de la base y pasó entre las columnas. Uno de los filósofos que daban clase en el Liceo estaba explicando algo a media docena de alumnos. Se alejó de ellos, procurando que su bastón no hiciera ruido contra el suelo de piedra, y se quedó en el otro extremo.

De la pared interior del pórtico colgaban grandes mapas pintados en tablas de madera. Sabía que muchos de ellos los había enviado Calístenes, el sobrino de Aristóteles. El que tenía delante mostraba los alrededores del Hindu Kush, la altísima cordillera que Alejandro había atravesado para llegar a la India. Aristóteles había creído que desde sus cumbres se podría divisar el Océano Exterior, y así se lo había transmitido a Alejandro cuando le daba clases. Sin embargo, aquel mapa ya mostraba que la India era un territorio mucho más extenso de lo que ningún griego había supuesto anteriormente. Las esperanzas de Alejandro de alcanzar el Océano Exterior se habían debilitado al no conseguir divisarlo desde lo alto del Hindu Kush, y habían terminado de desvanecerse cuando, por mucho que avanzara hacia Oriente, seguía recibiendo noticias de que lo único que había más allá eran enormes extensiones de tierra.

Se volvió hacia el interior del Liceo. Los esclavos que servían de escolta a Aristóteles hacían guardia frente a la sala en la que se encontraba el filósofo. La puerta se abrió al cabo de un rato y él se acercó.

—Prometeo, me alegra verte. —Aristóteles advirtió que quería que hablaran a solas y se despidió de los hombres que lo acompañaban—. ¿Altea y Penélope se encuentran bien? —le preguntó mientras entraban en la sala vacía.

—Sí, están bien. —Desvió la mirada hacia la alargada estantería y luego la bajó al suelo—. He venido para hablarte de otra cosa.

Aristóteles aguardó a que continuara, pero él volvió a apartar la vista y negó con la cabeza. Tenía el rostro demacrado y se encorvaba como si tuviera treinta años más.

—Lo que voy a contarte... —Negó de nuevo y dejó escapar el aire con un suspiro profundo—. El caso es que... mi abuelo Perseo no era ateniense.

Aristóteles frunció el ceño.

—¿Cómo que Perseo no era ateniense? ¿Qué quieres decir?

Prometeo le habló de las sospechas que tenía Altea desde

hacía muchos años, y de cómo éstas se habían confirmado con las revelaciones de Penélope. Cuando terminó su relato, Aristóteles pasó un rato en silencio.

—Imagino lo duro que tiene que resultar esto para ti —dijo finalmente—. Sin embargo, estoy convencido de que, si haces conmigo algunas reflexiones, lo verás de otro modo.

—No veo de qué otro modo puede verse. Pero habla, te lo ruego.

—En primer lugar, convendrás conmigo en que hay cosas mucho más importantes que ser ateniense, espartano... o macedonio. A las personas se las debería valorar por su virtud, no por su ciudad de origen. ¿Estás de acuerdo?

—Sí —admitió Prometeo con cierta reticencia.

—Bien, ya tenemos la primera premisa: el valor de una persona procede de su virtud.

—¿Premisa? —Prometeo frunció el ceño—. ¿Eso significa que estás construyendo un...? —No recordaba el término.

—Un silogismo, eso es. Un razonamiento en el que, partiendo de premisas, se llega a una conclusión necesaria. Recuerdo que la primera vez que te lo enseñé me dijiste que nunca dudarías de una conclusión que se te presentara de ese modo, y es lo que pretendo hacer ahora.

—Está bien. Continúa, por favor.

—La siguiente premisa es igual de sencilla: la virtud procede del esfuerzo. Esto es así porque la virtud no es otra cosa que el hábito que se instaura a base de repetir una conducta virtuosa; es el resultado del esfuerzo de una voluntad bien dirigida. Si unimos ahora ambas premisas, que el valor de una persona procede de su virtud, y que la virtud procede del esfuerzo, la conclusión inevitable es que el valor de una persona procede de su esfuerzo. —Sonrió y su mirada se cargó de cariño—. Escucha, Prometeo, nadie es virtuoso porque él mismo u otros digan que lo es, igual que tampoco se es virtuoso por haber nacido en una u otra ciudad. No son las palabras ni el origen los que otorgan la virtud, sino el hábito de actuar correctamente, que sólo se establece tras un proceso de reflexión adecuado y una puesta en práctica firme y constante de la disciplina. Eso es lo que definía a tu abuelo, a quien, como sabes, tuve la suerte de conocer durante los primeros años que pasé en Atenas. Perseo era, sin duda, un hombre virtuoso, alguien admirable por su espíritu de sacrificio y por el empeño que ponía en hacer lo correcto. Y eso no cambia ni un ápice por el hecho de que sus padres fueran atenienses o espartanos.

Prometeo bajó la mirada y asintió con los labios apretados. No podía poner objeciones al razonamiento de Aristóteles, pero no le iba a resultar tan sencillo superar aquello.

—No juzgues a Perseo a través de los ojos de los demás —insistió Aristóteles— ni tampoco hagas eso contigo. Tienes que sentirte orgulloso porque realmente eres como tu abuelo Perseo. No importa si tus logros son mayores o menores, lo que importa es que siempre has mostrado unos valores dignos de admiración acompañados de una disciplina y una capacidad de sacrificio extraordinarios. En eso eres igual que tu abuelo, y eso es lo que convierte a todo hombre, independientemente de sus logros, en un verdadero héroe.

Prometeo esbozó una sonrisa que se apagó al momento.

—Si en Atenas se enterasen...

Aristóteles dejó escapar un suspiro.

—Ésa es otra cuestión que debemos considerar con cuidado. Si ocurriera, podrías encontrarte en una situación desagradable, pero supongo que yo soy la única persona a la que se lo habéis contado. —Aguardó a que Prometeo asintiera—. Bien, es preferible que nadie más lo sepa. Tanto vosotros como yo guardaremos el secreto. —Se quedó pensativo—. Me da la impresión de que Penélope es una mujer en la que podéis confiar; no obstante, si se viera en una circunstancia complicada... ¿Qué opinión te has formado de ella?

Prometeo meditó la respuesta. Desde que había sabido por culpa de Penélope que Perseo era espartano, sentía hacia ella un resentimiento que se daba cuenta de que era injustificado, pero que no podía evitar. Por otra parte, pese a sus heridas y su mandíbula rota, nunca se quejaba; estaba claro que era una mujer dura, y le había asegurado a Altea que no hablaría de aquello con nadie más.

—Creo... —Pensó un momento más en Penélope, en la impresión que le había producido desde que había recobrado la consciencia—. Estoy seguro de que ella no nos traicionaría.

Aristóteles, padre de la lógica

Aristóteles no sólo revolucionó nuestra concepción del conocimiento, sino que nos proporcionó una herramienta prodigiosa para alcanzarlo. Sus tratados sobre lógica establecieron las bases del razonamiento deductivo y han ejercido una influencia en todos los campos del saber, de la filosofía a las ciencias exactas, que llega hasta la actualidad.

Su extraordinaria capacidad intelectual le permitió analizar los razonamientos y separar en ellos la estructura del contenido, identificando qué estructuras de razonamiento conducen a conclusiones válidas y cuáles a falacias. Al hacerlo, convirtió la lógica en una herramienta universal, aplicable a cualquier disciplina que busque alcanzar verdadero conocimiento.

Su logro más destacado en el campo de la lógica es el estudio de los silogismos, estructuras de razonamiento que constan de dos premisas y una conclusión que se deduce necesariamente de ellas. Aristóteles describe este proceso en su obra *Primeros analíticos*:

«El silogismo es un razonamiento en el que, partiendo de ciertas cosas establecidas, algo distinto de ellas resulta necesariamente por el hecho de que son así.»

Este método permite que emerjan verdades nuevas e irrefutables a partir de principios establecidos. El ejemplo más célebre de silogismo aristotélico, que el propio filósofo incluyó en su obra, es el siguiente:

+ Premisa mayor: Todos los hombres son mortales.
+ Premisa menor: Sócrates es un hombre.
+ Conclusión: Por lo tanto, Sócrates es mortal.

Además del silogismo, Aristóteles analizó la estructura de las proposiciones, clasificó distintos tipos de argumentos y estableció métodos para diferenciar las conclusiones válidas de las engañosas. Estas aportaciones ampliaron el ámbito de la lógica, permitiendo no sólo extraer consecuencias correctas a partir de premisas dadas, sino también examinar con rigor cualquier razonamiento.

Gracias a su capacidad para aplicar la lógica a cuestiones tan diversas como la ética o la física, Aristóteles demostró que el razonamiento metódico es el camino hacia el saber y la verdad. Con ello, convirtió la lógica en un pilar imprescindible del pensamiento humano.

Enciclopedia Universal, Socram Ofisis, 1931

Capítulo 36

Atenas, enero de 323 a. C.

Penélope depositó el *kilix* en el suelo del horno, se irguió y contempló con un estremecimiento las ocho vasijas que aguardaban la acción del fuego.

«Apolo Carneo, protector de los espartanos, que estas vasijas se conviertan en valiosas cerámicas que salven de la ruina a Altea y Prometeo.»

Los *kilix*, dispuestos en círculo, estaban separados unos de otros para que no se pegaran durante la cocción. Ya no mostraban el color rojizo de cuando fueron moldeados, sino la tonalidad oscura de la disolución de agua, arcilla y minerales que había usado Altea para pintarlos.

—Este pigmento se transformará en esmalte negro con la acción del calor —le había explicado la anciana mientras untaba las vasijas con un pincel. Sabía preparar distintas disoluciones con las que obtener varios colores, pero para dibujar figuras que permitieran aprovechar esa variedad cromática había que tener, además de experiencia con la pintura, una agudeza de visión y un pulso firme con los que ya no contaba.

Penélope agachó la cabeza para salir del horno y bajó el escalón que había frente a la puerta de la cámara de cocción. El gris azulado del amanecer estaba dando paso a una luminosidad cobriza que tenía algo de irreal. Su mirada encontró la de Altea e intercambiaron una sonrisa inquieta.

—Ahora el fuego tiene que obrar su magia. —Altea echó una última ojeada al interior del horno y cerró con un gesto resuelto la puerta de metal. Tenía setenta y cinco años, pero por un momento Penélope vislumbró a la mujer fuerte e independiente que siempre había sido.

«Ambas somos nietas de Deyanira», se dijo con una mezcla de afecto y orgullo.

Prometeo estaba en el suelo, tumbado frente a la pequeña puerta que daba acceso a la cámara de combustión del horno. Penélope se fijó en los voluminosos músculos de sus brazos, hinchados por el esfuerzo mientras trataba de encajar unos leños en la posición adecuada. Se quedó contemplándolo y pensó que poseía el atractivo físico de un semidiós, pero su rostro se había congestionado y eso lo hacía parecer más irascible de lo habitual.

Prometeo terminó de colocar los troncos, cogió un palo largo y prendió la punta en una lámpara de aceite.

—Tienes que hacer que empiece a arder por igual en varios puntos —le recordó su madre.

Al cabo de un rato, la leña crepitaba con un fuego moderado. Habían cerrado la tapa que coronaba el horno para reducir la circulación del aire y que la arcilla perdiera el agua que le quedaba antes de alcanzar la temperatura de ebullición. Si no lo hacían de esa manera, las copas se quebrarían.

—Cuando abramos la tapa superior —explicó Altea—, pondremos más leña y el horno alcanzará poco a poco su máxima temperatura. Luego añadiremos leña verde para que el humo se adhiera al pigmento, y de ese modo los *kilix* adquirirán su color negro definitivo.

Se quedaron en silencio, contemplando el baile suave de las llamas. De vez en cuando los ojos de Penélope se desviaban hacia Prometeo, que mantenía los brazos cruzados sin apartar la mirada del fuego.

Apretó los labios y notó como un eco sordo el dolor de su mandíbula.

—Prometeo... —se decidió a hablar finalmente—, quiero agradecerte de nuevo que me salvaras la vida. Y que después hayas seguido arriesgándote por mí.

Prometeo contempló sus ojos claros y la expresión pesarosa de su rostro, que aún mostraba las huellas del maltrato. Asintió y volvió a mirar el fuego.

Penélope rompió de nuevo el silencio.

—Lamento haber revelado que Perseo era espartano y el daño que eso te ha producido. —El rostro de Prometeo se tensó y volvió a asentir sin mirarla—. También quería decirte que la madre de Perseo, Deyanira, era alguien de quien puedes sentirte orgulloso, una mujer excepcional que...

Prometeo se giró hacia ella con una mirada que parecía arder.

—Me da igual quién fuera Deyanira. Era una espartana, igual que Perseo, y si eso se supiera en Atenas, caería sobre nosotros tal vergüenza que más nos valdría exiliarnos.

Penélope se llevó a la boca una cucharada de gachas de cebada y masticó con cuidado. El sol se había puesto hacía un rato y las brasas del hogar apenas le permitían distinguir el entorno. Había pasado el día encerrada en la cocina para no tener que volver a enfrentarse a Prometeo.

Tomó otra cucharada. Se había acostumbrado a comer sin apenas abrir la boca y ya no le dolía cuando masticaba algo muy blando.

—Creo que los huesos están soldando bien —había dicho Aristóteles hacía un par de días. Después de examinarla, le retiró los puntos de la ceja y el pómulo, e insistió en que tenía que seguir llevando el vendaje de la mandíbula durante un mes.

Rebañó el cuenco de gachas y se apoyó en el respaldo de la silla. A lo largo del día Altea le había ido informando sobre el proceso de cocción de las vasijas. El horno tenía un pequeño agujero por el que se podía ver el interior, y Altea había dicho que el pigmento se había transformado en el esmalte vitrificado de intenso color negro que querían. Por la tarde habían apagado el horno y ahora estaban esperando a que se enfriara lo suficiente para poder abrirlo y comprobar que los *kilix* no se habían dañado.

«Ojalá pudiera hacer algo para ayudarlos.» Su mirada se dirigió al brazalete que llevaba en la muñeca, pero sólo era una tira de hierro entrelazado que no valía ni media dracma.

Distinguió a través de la ventana un resplandor y el ruido de unos pasos irregulares. La puerta de la cocina se abrió y apareció Prometeo con una lámpara de aceite. Penélope trató de leer su expresión mientras él dejaba la lámpara sobre la mesa y se sentaba en una silla que le quedaba pequeña.

Prometeo apoyó los brazos en la mesa y se inclinó hacia ella.

—Supongo que entiendes el deshonor que supondría para nosotros que en Atenas se supiera lo de Perseo. —Penélope asintió. Se daba cuenta de que Prometeo trataba de mostrarse más amable que antes, pero seguía estando tenso y su tono resultaba agresivo—. Además, no hay ninguna prueba de que eso sea cierto, y nadie creería la palabra de una mujer extranjera.

Penélope se irguió sobre la silla.

—Si tratara de perjudicaros, no sólo os estaría traicionando a vosotros. Me estaría traicionando a mí misma y estaría traicionando a mis antepasados.

Se quedaron en silencio, con la lámpara situada entre ellos y el suave fulgor de la llama reflejándose en los ojos de ambos.

«A las personas se las debería valorar por su virtud, no por su ciudad de origen.»

Prometeo inclinó la cabeza al recordar las palabras de Aristóteles. Estaba de acuerdo en que los méritos de su abuelo Perseo eran los mismos independientemente de dónde hubiera nacido. Y en que él debería sentirse igual de orgulloso de su abuelo aunque su sangre no fuera ateniense, sino espartana. Pero era más fácil pensarlo que sentirlo. Lo que más pesaba sobre su ánimo era la deshonra que acarrearía para él y para Atenas que se supiera la verdad. Podía llegar a ocurrir que los espartanos exigiesen una modificación de los registros oficiales de Olimpia para que reflejasen que la Olimpiada de Perseo le pertenecía en realidad a Esparta. Era difícil imaginar una humillación mayor.

Al cabo de un momento, negó con la cabeza y levantó la mirada.

—Tengo que pedirte disculpas, Penélope. He sido injusto contigo, tú no tienes la culpa de nada. —Su semblante seguía tenso—. Lo que ocurre... Después de lo de mi rodilla... —Sus manos se movieron en un gesto de impotencia y apartó los ojos de Penélope.

—Agradezco tus palabras —dijo clla cohibida—, aunque no eran necesarias.

Prometeo asintió con la mandíbula apretada. Volvió a cruzar la mirada con Penélope y un momento después la rigidez de su rostro se mitigó con un atisbo de sonrisa, que enseguida se contagió a los labios de ella.

—De acuerdo, vayamos a abrir el horno. Ya debe de haberse enfriado lo suficiente.

Altea los aguardaba en el patio y la mirada inquisitiva que dirigió a su hijo hizo pensar a Penélope que sabía de qué habían estado hablando. Prometeo se acercó al horno con la lámpara de aceite y apoyó una mano en la puerta.

—Todavía quema un poco, pero creo que ya se puede abrir.

Hizo girar la manivela y tiró de ella. En la pared curva del horno apareció una gran boca oscura y Penélope trató de divisar el interior mientras rogaba a los dioses que todo hubiera salido bien. Prometeo era demasiado grande para entrar en el horno, pero se apoyó en el borde de la puerta e introdujo la cabeza y el brazo de la lámpara.

Al cabo de un momento, se irguió con una vasija en la mano.

—Son unos *kilix* perfectos —declaró con una sonrisa.

Capítulo 37

Atenas, enero de 323 a. C.

«Penélope...»

Creonte releyó el nombre grabado en la tablilla de arcilla blanqueada y una risa feroz brotó de su garganta.

—Mira esto, Bitias. —Le mostró la tablilla a su guardaespaldas, que le echó un vistazo y soltó un gruñido satisfecho al distinguir el nombre de la espartana—. Te dije que volvería a nuestras manos, y esto nos lo garantiza.

Se encontraban en las cuadras de su mansión, iluminados por una antorcha que llevaba Bitias. Junto a las puertas aguardaba el empleado público que había llevado la tablilla. Creonte leyó de nuevo las palabras grabadas en la arcilla y su sonrisa se amplió cuando llegó al nombre de Prometeo.

—Has cumplido tu palabra —le dijo al funcionario.

—Si me descubren, acabaré en la cárcel.

—Es imposible que te descubran... a menos que confieses, y en ese caso la cárcel será el menor de tus problemas.

El hombre inclinó la cabeza ante la amenaza. Una yegua a la que habían despertado resopló y rascó la paja del suelo mientras Creonte sacaba de la túnica una pesada bolsa de cuero.

—Aquí tienes lo acordado. —Se la entregó al funcionario—. Cien dracmas, y tendrás otras cien en cuanto Penélope esté en mi casa.

—Ya conoces los plazos. Todavía tienes que esperar unos días.

—No te preocupes por eso, te aseguro que no voy a cometer ningún error. —Creonte se volvió hacia su guardaespaldas—. Vigila la calle y asegúrate de que nadie lo ve saliendo de aquí.

Bitias cruzó las puertas del establo mientras el funcionario se cubría el rostro con una capucha. Reapareció al cabo de un rato, le indicó que podía irse y el hombre se perdió entre las sombras de la noche.

Creonte salió de las cuadras por la puerta que daba al interior de la mansión y se dirigió a su alcoba. En la túnica notaba el peso de la tablilla y la palpó por encima de la tela con una expresión de regocijo.

—Penélope...

Prometeo avanzaba ensimismado por la vía Panatenaica, que a primera hora de la mañana estaba poco concurrida.

«Seis dracmas...»

Sentía en el estómago el tibio aleteo de una esperanza, una sensación que no experimentaba desde antes de que su vida se trastocara en la final de los Juegos de Olimpia. Si los *kilix* se vendían por más de cinco dracmas, obtendrían un beneficio que permitiría que el negocio de cerámica comenzara a remontar.

«Seis dracmas, por Atenea y Hermes..., o incluso una por *kilix*, ocho en total.»

Alzó la mirada hacia la tienda de vasijas, situada más allá de la casa de la moneda, y la bajó de nuevo para fijarse en dónde apoyaba el bastón. El dueño de la tienda, un viejo conocido de la familia llamado Pisandro, había estado de acuerdo en que la calidad de los *kilix* era excelente.

—Se nota que los ha hecho tu madre —dijo mientras sopesaba uno de ellos y lo hacía girar para apreciar su simetría y la lisura de la superficie—. Ligero como una pluma y brillante como la obsidiana. —Torció ligeramente la boca y lo dejó sobre el mostrador—. No es el tipo de vasija más demandado actualmente, pero creo que encontraremos un cliente que sepa apreciarlos. Regresa en un par de días y te diré cuánto podemos sacar por ellos.

La vía Panatenaica se volvió más inclinada y Prometeo se apoyó con mayor firmeza en el bastón. Frente a la tienda de Pisandro había un expositor de madera que mostraba un par de cráteras de bronce y varias copas de terracota. Inclinó la cabeza y entró en la tienda, que tenía las ventanas abiertas para que se apreciara mejor la mercancía.

—Salud, Pisandro.

El dueño estaba hablando con uno de sus hijos y se dio la vuelta al oír su nombre. Hacía tiempo que se había quedado calvo y lo compensaba con una larga barba grisácea que le daba aspecto de filósofo.

—Salud, Prometeo. —Hizo un gesto a su hijo, que se metió en la trastienda. Después señaló uno de los estantes—. Aquí tengo tus *kilix*, esperando a que me des tu visto bueno para que el comprador venga a por ellos.

El rostro de Prometeo se distendió con una sonrisa.

—¿Los has vendido todos?

—Sí..., si estás de acuerdo en el precio.

Prometeo contuvo el aliento.

—¿Cuánto?

—He hablado con una decena de clientes, y sólo he recibido una oferta mínimamente...

—Dime cuánto.

Pisandro suspiró.

—Cuatro dracmas. —La mandíbula de Prometeo se tensó—. Ya sé que no es mucho, pero la mayoría de la gente prefiere pagar la mitad y llevarse copas más sencillas. Los clientes con dinero ya no aprecian la cerámica, dicen que está pasada de moda y sólo están dispuestos a pagar precios altos por las copas de plata, o incluso de oro.

—Sólo para recuperar lo invertido ya necesitamos cinco dracmas.

Pisandro alzó las manos mostrando las palmas.

—Es imposible. De verdad. Si ya era difícil hace unos meses, en la situación actual es inviable. Demóstenes garantizaba la paz, pero con Hipérides encabezando la Asamblea la mayoría de los atenienses piensa que acabaremos luchando contra Macedonia. La gente gasta más cuando se siente segura y ahorra en tiempos convulsos, ya sabes que siempre ha sido así.

—¿Cuánto sacarías tú con esta venta?

El tono acusatorio de Prometeo crispó el rostro de Pisandro.

—Yo sólo quiero ayudaros. Cuatro dracmas es todo lo que el comprador está dispuesto a pagar después de un duro regateo. Tu madre y yo hacemos tratos desde hace muchos años y antes de eso los hice con tu abuelo Perseo. Me considero amigo de tu familia, y sé que esta venta es importante para vosotros.

Prometeo asintió y levantó una mano a modo de disculpa. Su mirada recorrió las vasijas de metal que se alineaban en los estantes y pasó a los *kilix* que había moldeado su madre.

«Con cuatro dracmas perdemos dinero.»

Por un momento pensó en llevarse las vasijas, pero sabía que no tenía sentido. Se apoyó en el bastón con las dos manos y bajó la mirada al suelo.

—Dame las cuatro dracmas.

Capítulo 38

Atenas, enero de 323 a. C.

Penélope permanecía atenta al trabajo de Altea en el torno. Le fascinaba el modo en que la arcilla obedecía sus deseos y se expandía como si cobrara vida bajo sus manos. El pegote amorfo que había comenzado a girar hacía un rato ya se había convertido en una vasija bella y delicada que Altea seguía acariciando para retocar sus proporciones.

«Es evidente que disfruta con su trabajo.»

La expresión de Altea era serena, aunque a veces su rostro se tensaba y cerraba los ojos como si esperara a que pasase una punzada de dolor. Penélope le había visto hacer lo mismo el día anterior en algunas ocasiones, pero no con tanta frecuencia como esa mañana.

«Es su primera copa de hoy —se dijo preocupada—. No creo que pueda hacer más.»

En un estante se secaban los cinco *kilix* que había moldeado los dos días anteriores. Calculó que la arcilla que quedaba en la artesa serviría para moldear otro par. Con el *kilix* del torno sumarían ocho, el mismo número que habían hecho con la otra mitad de la arcilla, y que Prometeo había ido a cobrar esa mañana.

«Hace ya mucho que se fue.» Le parecía extraño que tardara tanto en regresar, pero no quería compartir su inquietud con Altea, que vivía atormentada al ver que la lesión de su hijo no sólo había hundido su carrera, sino también su espíritu.

Altea dejó de accionar el pedal del torno y apartó las manos con los dedos crispados. La vasija estaba aún a medio terminar. Antes de que el torno se detuviera, oyeron la puerta de la calle.

—Prometeo... —Altea se volvió hacia la entrada del taller.

Nada más ver a su hijo, comprendió que la venta no había ido bien.

—Cuatro dracmas. —Prometeo sacó de su túnica las pequeñas monedas de plata y las dejó sobre el torno—. Por los ocho *kilix*. Pisandro asegura que no se puede conseguir más.

Aquella noticia era desoladora, pero a Altea le preocupó más el aspecto de Prometeo. No lo veía tan abatido desde que había regresado de Olimpia con la rodilla destrozada.

—Vamos a la cocina. —Consiguió acompañar sus palabras con una sonrisa—. Hoy todavía no has comido nada, te prepararé algo.

Prometeo salió y Altea dirigió a Penélope una mirada interrogativa, pero ella prefería dejarlos solos y se quedó en el taller.

Las brasas casi se habían apagado en el pequeño recuadro de piedras que formaba el hogar. Altea sopló para avivarlas, añadió unos trozos de madera y colocó encima una cazuela de cobre. Le puso agua y agregó harina de lentejas con vinagre y hojas de laurel. Detrás de ella, Prometeo se había dejado caer en una silla y negaba lentamente con la cabeza.

Altea se dio la vuelta y su hijo la contempló sin dejar de negar.

—Lo siento. —La voz de Prometeo se quebró y sus ojos se humedecieron—. Lo siento muchísimo.

—No digas eso. —Altea se arrodilló frente a él y le tomó las manos—. No hay nada de lo que tengas que disculparte.

Prometeo movió la cabeza para rechazar sus palabras.

—Por supuesto que lo hay. Has dedicado tu vida a intentar que cumpliera mis sueños. Has gastado cuanto tenías en mi carrera de luchador y luego en mi convalecencia. No sólo te he decepcionado, también te he arruinado.

—No, hijo mío. —Altea le acarició la mejilla e intentó que la mirara—. No puede haber una madre más orgullosa. No hay nadie que sea mejor persona ni que se haya esforzado más que tú. —Prometeo rehuyó sus ojos y a ella se le partió el corazón al ver que unas lágrimas surcaban su rostro—. Mírame, por favor.

—¿Cómo puedes decir que estás orgullosa de mí? ¿Es que no ves...? —Las palabras se convirtieron en un nudo en su garganta. Altea se puso de pie y lo abrazó llorando.

—Hay que levantarse tantas veces como te derriben, ¿no es eso lo que decía tu entrenador? —Esperó a que su hijo asintiera—. Ya hemos pasado por malos momentos y nunca nos hemos rendido. Tampoco vamos a hacerlo ahora.

Prometeo rodeó a su madre con los brazos y la estrechó con delicadeza. Le impresionó lo delgada que se estaba quedando.

—No nos vamos a rendir —repitió cerrando los ojos.

Mientras Prometeo comía se pusieron a repasar la lista de posibles clientes para los *kilix* que iban a hornear. Ninguno parecía mejor alternativa que venderlos a través de Pisandro.

La mañana casi había transcurrido cuando Penélope entró en la cocina.

—¿Podéis venir al taller? —Su voz era un susurro expectante—. Me gustaría enseñaros algo.

Los dos se dieron cuenta de que tenía las manos manchadas de arcilla. La siguieron hasta el taller y lo primero que les llamó la atención fue la vasija que ocupaba el centro del torno. No se parecía en nada al *kilix* que había dejado Altea sin completar.

—Le he añadido más arcilla —dijo Penélope—. Necesitaba hacerla más alta para poder realizar algunos cambios.

Prometeo apretó los labios mientras contemplaba aquel horror. La vasija estaba inclinada hacia un lado, sus paredes eran irregulares y tenía dos asas nuevas, una más alta que otra.

—No sé usar el torno —continuó Penélope—, así que le he dado forma con las manos como mejor he podido. Sé que su apariencia no es buena, pero lo que quería era que sirviera para mostrar algunas ideas que se me han ocurrido.

Altea se acercó y examinó una de las asas con los ojos entrecerrados. Era como si dos serpientes se hubiesen enroscado sobre sí mismas. En cada extremo sobresalía la cabeza de uno de los animales, con la boca muy abierta para morder la pared de arcilla y de ese modo sujetarse a la vasija.

—Es un trabajo extraordinario —murmuró. Su difunto hermano Eurímaco había sido muy hábil moldeando los pies y las asas de las vasijas, pero ni siquiera él habría sido capaz de hacer algo así.

Penélope señaló la mesa de trabajo.

—He intentado añadir algunas figuras decorativas, pero no he sido capaz de pegarlas y las he dejado ahí. La idea que tenía era poner una debajo de cada asa.

Prometeo cogió con cuidado una de las figuras de arcilla. Representaba a la diosa Ártemis con una túnica larga y alas desplegadas como si estuviese echando a volar. Pese a su aparente sencillez, transmitía perfectamente la tensión del movimiento y los pliegues principales de la túnica.

—¿Cómo...? —La otra figura representaba a Apolo con su arco y era igual de evocadora—. ¿Cómo lo has logrado?

Penélope se encogió de hombros.

—Llevo toda la vida haciendo tallas. En Esparta me ganaba la vida vendiéndolas. —Temió que Altea se hubiera enfadado y se volvió hacia ella—. Siento haber estropeado tu *kilix*. Me pareció que os podían venir bien ideas nuevas y quería ayudaros.

Altea observó con mayor detenimiento la figura que sostenía Prometeo y luego ambos miraron a Penélope. En el semblante de Prometeo se veía que estaba realmente impresionado, y eso hizo que ella se sintiese más ligera.

—Penélope —le dijo Altea con los ojos brillantes—, creo que nos has salvado.

Capítulo 39

Pella, Macedonia, febrero de 323 a. C.

Antípatro observó el pergamino con el sello de cera de Alejandro sin decidirse a abrirlo. Tenía la superstición de que los mensajes que llegaban tras el ocaso solían portar malas noticias, y desde luego aquél olía a presagio aciago como si lo hubiera dejado caer un cuervo sobre su mesa.

«Horas oscuras, noticias oscuras.»

Había hecho salir al secretario que le había traído el mensaje y se encontraba solo en la estancia del palacio que utilizaba como sala de trabajo. Hacía un rato había pedido que le sirvieran la cena y casi había terminado. Apartó la bandeja con los restos de carne, se limpió las manos en un paño y cogió el pergamino.

La sensación de presagio se removió en su interior como una mala digestión.

Quebró el sello de Alejandro y comenzó a leer. El tono no difería del de la mayoría de los mensajes que recibía del rey, pero enseguida percibió entre líneas la presencia malévola de Olimpíade, la madre de Alejandro.[22]

Siguió leyendo con los labios apretados. Al cabo de un momento, sus ojos se abrieron como platos.

—¡No puede ser!

Cuando creía que las malas noticias habían terminado, lle-

22. Plutarco y Diodoro de Sicilia coinciden en presentar a Olimpíade como una mujer ambiciosa y despiadada. Su relación con Antípatro era muy mala debido a que ella quería ejercer una mayor influencia en los asuntos de gobierno, y a que sentía recelos del poder y el prestigio que Antípatro había acumulado como regente de Macedonia.

gó a las últimas líneas. El eco de la voz de Olimpíade, llena de odio hacia él, resonaba en cada una de las palabras de Alejandro. Su rostro se congestionó, cogió el cuchillo de la cena y lo clavó en el pergamino soltando un grito de rabia.

La puerta se abrió y entró uno de los miembros de su escolta con expresión alarmada.

—¡Que venga mi hijo Casandro! ¡Ahora mismo!

Casandro cogió el pergamino rasgado y comenzó a leer con aprensión la carta del rey. Su padre era un hombre recio, de carácter contenido, a quien el hecho de ser un anciano de setenta y seis años no había restado ni un ápice de lucidez. Tenía que haber una buena razón para que se mostrara tan furioso.

Se sentó en el borde de la gruesa mesa de roble e inclinó el pergamino hacia una vela para distinguir mejor los trazos de tinta oscura. Aunque su padre ostentaba un enorme poder como regente, siempre se mostraba austero y sólo había un pequeño candelabro de dos brazos iluminando la mesa. El resto de la estancia estaba sumido en la penumbra.

—Pero... —Repasó el punto que acababa de leer para asegurarse de que lo había entendido bien—. ¡Es una locura, padre! Alejandro pide que le enviemos todos los hombres que podamos, cuando sabemos que Atenas puede alzarse en armas en cualquier momento.

—Nos sugiere que hagamos una nueva leva, como si fuera igual de sencillo que sacudir las ramas de un olivo para recoger sus frutos. En Macedonia apenas quedan jóvenes que reclutar, para satisfacer su demanda tendríamos que enviarle una parte de nuestro ejército regular. —Antípatro señaló la carta—. Y ya has leído que ha licenciado a los veteranos y los ha enviado a Macedonia con el general Crátero. Deben de ser unos veinte mil soldados. Alrededor de la mitad estarán en condiciones de combatir, pero no sabemos cuándo vendrán y parece que pretende que mandemos a nuestros hombres sin esperar a la llegada de Crátero.

Casandro estaba cada vez más desconcertado.

—Si diezmamos nuestro ejército, será como enviar a Atenas una señal para que inicien la rebelión.

—Es evidente que no deberíamos correr ese riesgo..., aunque todavía quiero creer que en Atenas puede imponerse la cordura. Para romper la paz, los belicistas necesitan el respaldo del pueblo. Lo que sabemos hasta ahora es que Leóstenes está reuniendo fuerzas y tratando de lograr alianzas en el Peloponeso, y también que algunos de los atenienses más destacados, como Hipérides y Creonte, están a favor del enfrentamiento. Sin embargo, la ciudad está dividida, y sin el apoyo de la mayoría de la Asamblea los antimacedonios no pueden iniciar una guerra.

Su hijo aguardó a que continuara, mirándolo como si creyese que podía resolver cualquier problema. Aunque ya había cumplido treinta años, su falta de madurez y una constitución poco robusta lo hacían parecer más joven. Antípatro pensó en lo que iba a tener que afrontar y sintió pena por él.

—Obedecer al rey supone debilitarnos, pero no enviarle tropas se interpretaría como un acto de traición. —Antípatro dejó escapar un suspiro de impotencia—. En cualquier caso, necesitamos cada soldado que tenemos; para cumplir con mi deber de proteger Macedonia no me queda más remedio que proporcionar a Alejandro menos hombres de los que espera.

A Casandro se le ocurrió una nueva idea y estuvo a punto de dejar caer la carta.

—¿Crees que Crátero puede venir con instrucciones...? —No se atrevió a terminar la pregunta.

—¿De asesinarme? No lo creo, pero si sigo vivo es porque no me he limitado a tomar precauciones para lo que creía más probable. Cuando llegue Crátero, estaré rodeado de un ejército acostumbrado a obedecer mis órdenes. —Señaló el pergamino—. Sigue leyendo.

Casandro hizo lo que le pedía. Al cabo de un momento, miró a su padre con la tez pálida.

—Alejandro dice que debes abandonar Macedonia y reunirte con él en Babilonia. —La caída en desgracia de su padre no dejaba lugar a dudas, ya fuera simplemente para apartarlo del poder o para ejecutarlo—. Esto es obra de Olimpíade —masculló con el rostro crispado.

—Por supuesto que lo es. Olimpíade lleva toda su vida vertiendo su veneno en los oídos de Alejandro, y ahora que la muerte de Hefestión lo ha trastornado, ha conseguido su propósito. El motivo principal de esta carta no es requerir que enviemos soldados a Babilonia, sino pedir que vaya yo.

Antípatro se alejó del suave resplandor de la mesa y apoyó las manos en el marco de piedra de la ventana. Dos soldados atravesaban el patio de armas con una antorcha y los siguió con la mirada mientras se preguntaba si se avecinaba su última batalla, aquella en la que sus enemigos se alzarían con la victoria.

«*Cuanto más crezca tu poder, más lo harán la envidia y la inquina de tus enemigos.* —Se lo había dicho Aristóteles hacía tiempo en una carta, tras la batalla en la que había aplastado al ejército de Esparta—. Tenías razón, Aristóteles, pero bien saben los dioses que he sido cauto.» Siempre había evitado toda ostentación de poder o de riqueza; había cumplido con presteza cada orden de Alejandro; nadie había oído de sus labios una crítica hacia el rey...

La patrulla salió del patio de armas y él dejó la mirada fija en el ala este del palacio, donde residía la madre de Alejandro.

La voz de Casandro sonó a su espalda como si estuviera leyendo sus pensamientos.

—Tenemos que matar a Olimpíade.

Antípatro se volvió alarmado, pese a que su hijo había hablado en voz baja.

—Ahora mismo —insistió Casandro.

El susurro tenso de Antípatro apenas alcanzó a su hijo a través de las sombras:

—Sería lo mejor para Macedonia, pero Alejandro mataría de un modo terrible a quien lo hiciera y a toda su familia. Además, Olimpíade tiene muchos partidarios y su guardia personal es muy numerosa, atacarla daría lugar a una carnicería, puede que incluso a una guerra civil. —A pesar de sus palabras, Antípatro se detuvo por un instante a contemplar la idea—. Olvídalo, es una locura. Sin duda alguna Olimpíade habrá recibido una carta de Alejandro en la que le habrá informado del contenido de ésta. Ahora mismo debe de tener un centenar de soldados haciendo guardia alrededor de su dormitorio.

—Entonces..., ¿vas a dejar que Olimpíade se salga con la suya? ¿Te vas a ir a Babilonia, quizás para que Alejandro te mate?

Antípatro negó con la cabeza.

—No voy a ir a Babilonia.

Casandro se quedó rígido. Una cosa era irritar a Alejandro enviándole menos hombres de los que esperaba, pero desobedecer de ese modo una orden directa...

—¿Acaso vas a...?

Su padre atajó la pregunta.

—Por ahora vamos a esperar a Crátero, y mientras tanto nos ocuparemos de reclutar los hombres que vamos a enviar a Alejandro. Dentro de unas semanas habrá que tomar una decisión, pero cada cosa a su tiempo. —Él tenía que quedarse para controlar a la retorcida Olimpíade, que sin su contrapeso sería capaz de llevar a cabo todo tipo de desmanes, y sobre todo para intentar sofocar los conatos de rebelión que pudieran producirse en Grecia.

—Si acabamos el reclutamiento y Crátero todavía no ha llegado... —insistió su hijo—, ¿irás a Babilonia para llevarle esas tropas a Alejandro?

Antípatro lo miró en silencio. «Irás tú, Casandro. Y ruego a los dioses que Alejandro no considere mi ausencia una traición y te lo haga pagar con la vida.»

Apoyó una mano en el hombro de su hijo.

—Cada cosa a su tiempo —repitió.

Capítulo 40

Atenas, febrero de 323 a. C.

«¡No! —Los ojos de Creonte recorrieron rápidamente las últimas líneas del texto—. ¡No puede ser, por todos los dioses!»

Cerró el puño aplastando el papiro.

—¡Miles de mercenarios perdidos por culpa de Demóstenes!

Golpeó la mesa con rabia y el candelabro que la iluminaba cayó sobre unos contratos que había estado revisando.

—Maldita sea... —Las velas derramaron pequeños charcos de cera sobre los pergaminos. Apagó de un manotazo una que había quedado encendida y se puso de pie sin molestarse en levantar el candelabro.

«Miles de mercenarios...»

Empezó a andar por su sala de trabajo, ahora sumida en la penumbra. Hacía un mes se habían enterado de que Hárpalo se había marchado a Creta llevándose con él su ejército de mercenarios. El general Leóstenes envió un barco a Creta para pedirle que se uniera a ellos en la rebelión contra Macedonia, pero las noticias que portaba aquel papiro revelaban que eso ya no era posible. Uno de los hombres de confianza de Hárpalo, llamado Tibrón, lo había asesinado y se había puesto a la cabeza de su ejército con la intención de conquistar Cirene.

Creonte se dio cuenta de que seguía teniendo en la mano el papiro estrujado y lo arrojó al suelo.

—Hárpalo nos ofreció en dos ocasiones su ejército y su tesoro —masculló entre dientes—. Y Demóstenes desbarató ambas oportunidades.

Se apoyó en la mesa y trató de pensar con calma. Ya no podrían contar con los soldados de Hárpalo para el ejército que estaban reclutando; no obstante, Leóstenes también informaba de que la mayoría de los mercenarios que habían recalado en el Peloponeso procedentes de las campañas de Asia había aceptado unirse a ellos.

«Lo de Hárpalo hará que tardemos más tiempo en estar preparados, pero antes o después reuniremos las fuerzas suficientes.»

Puso de pie el candelabro mientras reflexionaba. Retrasarse en los preparativos aumentaba el riesgo de que el general Antípatro se lanzara contra Atenas antes de que estuviesen listos.

«Al menos la producción de armas se ha incrementado.» Cada semana enviaban a Leóstenes un barco cargado con espadas y lanzas, yelmos, corazas, escudos...

Alguien golpeó en la puerta con los nudillos.

—Mi señor... Ha venido un hombre que desea hablar contigo.

Creonte frunció el ceño. No esperaba a nadie. Salió de la sala de trabajo y vio que en el patio aguardaba alguien que ocultaba su rostro con una capucha, pero él lo reconoció al momento y el corazón se le aceleró.

—Ven conmigo.

Regresó a la sala y cerró la puerta tras el encapuchado, que se aseguró de que no había nadie más antes de descubrirse el rostro.

Era el funcionario al que había pagado cien dracmas hacía unas semanas.

—Traigo novedades sobre el asunto de la espartana Penélope.

—Espero que sean buenas noticias. —Se temía que fuera otro jarro de agua fría como lo de Hárpalo.

—Ya está todo en marcha —aseguró el funcionario—. Esta misma mañana irán a por ella.

Penélope estaba en el patio de la casa taller, sentada con Prometeo y Altea frente a la mesa de trabajo.

—Ya sólo queda un asa. —Aristóteles le había quitado el vendaje de la mandíbula el día anterior y se notaba que hablaba con cierta cautela. Examinó el borde de la crátera a la que iba a pegar el asa y utilizó un punzón metálico para hacer unas muescas—. ¿Así está bien? —le preguntó a Altea, que entrecerró los ojos para observar el resultado.

—Creo que es suficiente... Pero haz unas pocas más por si acaso.

Penélope volvió a arañar la pared de arcilla e hizo lo mismo en los puntos de unión del asa. Era una variante más gruesa de las serpientes enroscadas que había moldeado para la primera vasija en la que había colaborado. Sonrió al recordar ese día. Después de que les mostrara lo que había hecho, Altea decidió usar toda la arcilla que quedaba para hacer una vasija más grande que un *kilix*: una jarra de vino a la que incorporaron sus asas de serpiente. Debajo de las asas pegaron las figuras de Ártemis y Apolo, cocieron la vasija junto a los cinco *kilix* que había moldeado Altea, y Prometeo se llevó todo para venderlo.

Por los cinco *kilix* sólo obtuvieron un par de dracmas. Sin embargo, la jarra se vendió por diez. Pisandro, el dueño de la tienda de cerámica, le dijo a Prometeo que encontraría con facilidad clientes dispuestos a pagar un buen precio si le llevaba más vasijas como ésa.

Una agradable excitación recorrió el estómago de Penélope. Aquella venta les permitió comprar una remesa de arcilla y contratar por unos días a Ícaro, el hijo de un vecino alfarero, que ayudó a Altea a moldear seis vasijas grandes. Ella añadió después asas en forma de serpiente y figuras como las que solía hacer en Esparta. En algunas vasijas también labró una franja de pequeños motivos en relieve que les proporcionó un aspecto más vistoso que si sólo se hubieran pintado.

En esa ocasión triplicaron el dinero que habían gastado en arcilla y leña.

Unos días más tarde, con la siguiente hornada de vasijas, volvieron a triplicar lo invertido.

«Altea ya no tiene que moldear», se dijo satisfecha. Ícaro trabajaba ahora a tiempo completo y se encargaba de moldear las vasijas y cocerlas. Altea sólo se ocupaba de dirigir el taller y supervisar el trabajo.

Metió un pincel en un cuenco de arcilla líquida y untó con

cuidado las muescas de la vasija. Cogió el asa y presionó contra el cuerpo de la crátera. Después utilizó los dedos para apretar los bordes de las junturas, usó una herramienta fina y redondeada de madera para suavizar los rebordes y por último pasó un paño para disimular las uniones.

—¡Ya está! —Dejó el paño sobre la mesa y alzó la vista. Se encontró con los ojos de Prometeo, que le devolvió la sonrisa antes de bajar la mirada. En ella siempre percibía un fondo de dolor, pero también una bondad y una nobleza que no había sentido antes en ningún otro hombre.

—Eres la Fidias de los alfareros —bromeó Altea en un tono que no ocultaba su admiración.

Prometeo se levantó para llevar la crátera al taller y ocultar su turbación. La gratitud que sentía hacia Penélope por salvarlos de la ruina era tan intensa como la culpabilidad que experimentaba porque hubieran estado tan cerca de arruinarse. Su horno había sido construido hacía casi dos siglos, antes incluso del saqueo de Atenas por parte de los persas. Cinco generaciones de ceramistas habían mantenido el prestigio del taller familiar hasta llegar a él, que había estado a punto de hacer que tuvieran que venderlo.

Echó un vistazo al joven Ícaro, que amasaba arcilla en la artesa, y se quedó contemplando las vasijas que se alineaban en un estante. Todas tenían algún añadido de Penélope que les daba un aire especial. Levantó la mano y rozó pensativo una de las figuras que ella había moldeado con tanta habilidad.

—Te alegrará saber que vas a recuperar tu dormitorio —le había dicho su madre hacía unos días.

Aquello le cortó la respiración.

—¿Quieres decir que Penélope va a irse? —Habían hablado con ella y sabían que no conocía a nadie más en Atenas—. ¿Quiere regresar a Esparta?

Su madre arrugó el ceño.

—No, todo lo contrario. Lo que había pensado, si no te parece mal, es ofrecerle que se quede con nosotros tanto tiempo como quiera. He hablado con un carpintero que nos haría una cama a buen precio y podríamos ponerla en la cocina.

—Sí, por supuesto. —Prometeo experimentó un alivio tan intenso que lo desconcertó—. Me parece bien que se quede.

Colocó la crátera junto a las otras que se estaban secando y se dirigió a la puerta del taller todavía ensimismado. Agachó la cabeza para pasar bajo el dintel y estuvo a punto de chocar con Penélope, que entraba con unos pinceles.

—Perdona, Prometeo...

Penélope levantó la mirada hacia él, que seguía con la cabeza agachada. Se encontraban tan cerca que le pareció sentir el calor que emanaba el cuerpo de ella a través de la túnica.

—No, yo... —Dudó si pasar de lado junto a Penélope o retroceder, y siguieron mirándose a los ojos sin que ninguno de los dos se moviera. La mirada de Penélope bajó a sus labios y sintió que el corazón se le aceleraba. Los de ella siempre le habían parecido muy sensuales y estaban entreabiertos, como si...

De pronto fue consciente de la presencia del ayudante a su espalda; pasó al lado de Penélope y salió del taller.

La luz del sol inundaba el patio y la temperatura era inusualmente cálida para encontrarse todavía en invierno. Prometeo evitó la mirada de su madre y se puso a revisar la puerta del horno. Penélope salió al cabo de un rato y Altea le sugirió que fueran juntas hasta la Academia. Estaba fuera de Atenas y suponía un largo paseo, pero Altea parecía animada y con fuerzas.

—¿No queréis que os acompañe? —Prometeo trató de disimular su inquietud. Penélope había salido un par de veces a pasear por la ciudad con su madre, pero nunca habían ido más allá de las murallas.

—No es necesario. —Altea le dirigió una mirada elocuente—. Además, te recuerdo que Aristóteles está esperándote en el Liceo.

—Sí, es cierto... —Prometeo titubeó. Hacía más de un mes que Creonte se había comprometido a olvidarse de lo ocurrido entre ellos y hasta ese momento no habían sabido nada de él. Además, su madre era una mujer muy respetada y el camino que llevaba hasta la Academia estaría concurrido. Era muy improbable que tuvieran problemas a plena luz del día.

Se despidió de ellas y salió a la calle.

Capítulo 41

Atenas, febrero de 323 a. C.

Los cinco esclavos escitas que iban a ocuparse del arresto de Penélope estaban formados en la sala de guardias de la cárcel de Atenas. El magistrado que los dirigía, un hombre bajo y corpulento llamado Euristeo, caminaba frente a ellos mientras les daba instrucciones.

—Hay que evitar a toda costa que la espartana escape. Sabemos que es una mujer fuerte, muy atlética. Si echa a correr es posible que no le deis alcance. Cuando la encontremos tenéis que rodearla, y si intenta escapar lo impedís con toda la contundencia que haga falta.

Los escitas eran esclavos públicos destinados a mantener el orden en el interior de la ciudad. Estaban armados con largos bastones que tenían un alcance considerable y podían resultar tan letales como una espada. Euristeo llegó hasta el último de ellos y se dio la vuelta mientras seguía hablando.

—No creo que tengamos problemas en reconocerla. Es una mujer bastante alta, de unos treinta años, con los ojos de color gris muy claro. —Se detuvo con un ligero carraspeo; sabía que lo que venía a continuación no les iba a gustar—. En cuanto a su dirección, lo último que sabemos es que estaba residiendo en casa de Prometeo, el luchador, y ahí es donde vamos a buscarla.

Los escitas se miraron entre sí.

—Señor, ¿qué hacemos si Prometeo se enfrenta a nosotros?

Euristeo asintió y se mordisqueó el labio inferior. Aun estando lesionado, aquel gigante era capaz de dejar fuera de combate a los cinco esclavos escitas. Él iba a encabezar el grupo, pero de ningún modo se enfrentaría a Prometeo. Por otro lado, él formaba parte de los Once, los magistrados encargados de los arrestos y las prisiones, y las fugas de Hárpalo y Demóstenes habían puesto mucha presión sobre ellos. No se le olvidaba que en una ocasión la Asamblea había condenado a muerte a los Once como castigo por la fuga de varios prisioneros. Haría todo lo necesario para llevar a cabo el arresto que le habían encomendado.

—Vosotros centraos en evitar que la espartana escape. Si Prometeo intenta impedir que la capturemos, estará actuando en contra de las leyes de Atenas y pediré que acudan soldados para que lo arresten a él también.

Se detuvo en mitad de la sala de guardias.

—¿Alguna otra pregunta? —Los miró uno a uno sin que dijeran nada—. Pues salgamos a detener a esa espartana.

Prometeo abandonó la ciudad por la puerta de Diocares y se alejó de las murallas en dirección al Liceo.

Al cabo de unos pasos alzó el bastón y siguió andando. La rodilla no le dolía, pero le faltaba sensibilidad y tenía la impresión de estar apoyándose en algo que no formaba parte de su cuerpo.

De pronto se desequilibró y tuvo que apoyarse en el bastón para no caer.

Masculló una maldición y continuó avanzando. Ya había abandonado toda esperanza de retomar su carrera de luchador, sabía que su pierna no podía recuperarse hasta ese punto, pero había creído que se libraría del maldito bastón y parecía que eso tampoco iba a ocurrir.

—Recuerda que no eres un tullido —le había dicho Aristóteles en una de sus últimas conversaciones.

«No soy un tullido —se repitió con amargura—, pero qué bien lo disimulo, parezco el mismísimo Hefesto.»

Echó un vistazo a su rodilla deformada y negó con la cabeza. El dios Hefesto era cojo, pero al menos podía andar sin bastón.

Más allá de la escuela de Aristóteles se alzaban las altas paredes del gimnasio del Liceo. Últimamente había acudido varias veces a ejercitarse, sobre todo desde que en el taller habían contratado a un ayudante, aunque no le gustaba dejar solas a su madre y a Penélope.

—No sé para qué sigo entrenando —murmuró.

De no ser por Aristóteles, que insistía en que lo hiciera, no volvería a pisar un gimnasio en su vida. Siguió caminando sin levantar la mirada del suelo. A veces la sensación de vacío lo dominaba de tal modo que era como si algo se hubiese muerto dentro de él.

Se sobresaltó al oír unos gritos. Varias personas parecían estar discutiendo en la puerta de la escuela del Liceo. Aceleró el paso, ignorando las protestas de su pierna lesionada, y se dio cuenta de que no se trataba de una discusión. Un grupo de jóvenes atenienses había bloqueado la entrada del Liceo y estaba insultando a dos discípulos de Aristóteles que querían entrar.

—¡Quietos! —Prometeo contuvo el impulso de echar a correr, sabía que si lo intentaba se daría de bruces contra el suelo—. ¿Qué demonios estáis haciendo?

Los jóvenes se volvieron hacia él. Eran alrededor de una docena y rondaban los veinte años.

—Ésta es la escuela de un enemigo de Atenas —dijo con tono agresivo el que parecía encabezar el grupo.

—Aristóteles es un espía de Antípatro —afirmó otro.

—La lucha por la libertad tiene que empezar limpiando la ciudad. ¡Atenas libre!

—¡Atenas libre! —repitieron varios.

A Prometeo lo sorprendió el fanatismo de los más jóvenes, que ni siquiera tendrían edad para participar en la Asamblea.

—Aristóteles es un filósofo —replicó—, se dedica únicamente al conocimiento. Y gracias a él tenemos el Liceo, que es una de las escuelas más prestigiosas de Atenas.

El grupo seguía bloqueando el acceso y el cabecilla intervino de nuevo.

—Las ideas de Aristóteles son peligrosas para Atenas y para todos los pueblos que valoran la libertad. Él fue el maestro de Alejandro y lo convenció de que acabara con la libertad de todos los pueblos griegos.

A Prometeo lo desesperaba oír aquello una y otra vez.

—Por Apolo, ¿no te das cuenta de que no tiene ningún

sentido? Aristóteles no dicta la política del rey Alejandro ni está de acuerdo con ella. Y no sé si sabes que Alejandro asesinó a su sobrino Calístenes.

El joven soltó una risotada desdeñosa.

—A Aristóteles eso le dio igual, a él lo único...

—¡Ya basta! —Prometeo se adelantó y algunos chicos se apartaron—. Si quieres saber lo que piensa Aristóteles, lee sus obras o asiste a sus conferencias. Y ahora, dejad de acosar a la gente o tendréis que véroslas conmigo.

—Tú deberías estar de nuestro lado —protestó uno de los más jóvenes—. Has competido muchas veces en nombre de Atenas y tu abuelo Perseo es uno de los héroes de la ciudad.

El cabecilla escupió en el suelo.

—Olvídate de él. Aristóteles le ha lavado el cerebro y no es más que otro pelele de los macedonios. Vámonos, ya volveremos otro día.

Prometeo sostuvo su mirada desafiante hasta que se alejó con sus compañeros.

—Lo que me inquieta no son los jóvenes. —Prometeo estaba exasperado por la aparente despreocupación de Aristóteles—. Son sólo cachorros ladrando, pero las ideas que transmiten son las que oyen a sus padres en sus casas o en el ágora.

—Siempre he tenido detractores y siempre los tendré. —Aristóteles echó un vistazo por la ventana de la pequeña sala en la que había entrado con Prometeo. No quería que nadie los oyera hablando de ese tema.

—¿No te alarma que un grupo de chicos venga a bloquear la entrada del Liceo? ¿O que los hayan enviado sus mayores? Hipérides y sus partidarios quieren que Atenas se levante contra Macedonia y no dejan de avivar en el pueblo la llama de la rebelión. Y con cada ateniense convencido aumenta el peligro para ti.

—Por todos los dioses, Prometeo, no estoy ciego. Veo las miradas de odio, oigo los insultos, pero también las palabras de apoyo de muchos atenienses que son capaces de distinguir entre Alejandro y yo, entre Macedonia y yo. —Se quedó mirándolo—. ¿Qué quieres que haga, irme de Atenas? —Negó con la cabeza y sus ojos parecieron destellar—. ¿Cómo podría hacerlo ahora que el Liceo se ha convertido en la escuela más avanzada del mundo? Muchos de los mejores pensadores han venido hasta aquí para trabajar con nosotros; poseemos la mayor biblioteca de la ciudad; hemos recopilado, analizado y ordenado todo el conocimiento sobre matemáticas, medicina, filosofía natural...

Suspiró y se quedó en silencio. El Liceo era su creación, pero también algo que lo trascendía.

—No voy a marcharme, Prometeo. El Liceo y los trabajos que desarrollamos en él son más valiosos que mi propia vida.

Lo dijo en voz baja, pero con tanto aplomo que Prometeo se limitó a agachar la cabeza.

Al cabo de un momento, Aristóteles le dio una palmada en el hombro.

—Ahora que hemos acabado con las cuestiones fastidiosas, salgamos a disfrutar del sol. —Abrió la puerta y dejó que Prometeo pasara primero—. Dime, ¿qué tal está la mandíbula de Penélope?

—Creo que bastante bien. —Carraspeó para disimular la sonrisa que afloraba a sus labios—. Tiene cuidado al masticar, como le dijiste, pero no parece que le duela.

—El hueso está en su sitio y ya casi se ha soldado. Si no se da ningún golpe fuerte, terminará de curarse sin problemas.

Tomaron un sendero que hacía un recorrido circular por el terreno ajardinado. Aristóteles echó un vistazo al cielo sin nubes y luego abordó el tema por el que había pedido a Prometeo que acudiera al Liceo.

—Sé que no te entusiasma mi insistencia en que sigas entrenándote, y ha llegado el momento de que te dé algunas explicaciones.

—¿Vas a decirme que has descubierto cómo curarme la pierna y que voy a volver a luchar?

—Sabes que no, pero me alegra que trates el tema con humor, aunque sea un tanto sombrío. —Aristóteles lo tomó del brazo mientras caminaban—. En alguna ocasión te he hablado de que la virtud consiste en el hábito de comportarse correctamente...

—... y que este hábito se adquiere repitiendo una y otra vez las acciones correctas. ¿Acaso insistes en que me entrene para que no pierda el buen hábito de entrenarme? —Levantó el bastón—. No veo que en mis circunstancias eso tenga mucho sentido.

—Tienes razón, parte de mi insistencia es para que mantengas el hábito de entrenarte, y también la virtud de la disciplina, que es una de las armas más poderosas de las que disponemos los hombres.

Prometeo desvió la mirada hacia el templo de las Musas y dejó escapar el aire en un suspiro cansado.

«La disciplina no va a hacer que vuelva a luchar. —Aristóteles también decía que era muy importante prestar atención a cada una de nuestras acciones, porque con ellas construimos los hábitos que acaban determinando nuestro destino—. Todo eso quizás le sirva a otro, pero mi destino se rompió el día que se me rompió la rodilla.»

No le veía sentido al empeño de Aristóteles en que se entrenara, pero no quería volver a interrumpirlo y dejó que siguiera hablando.

—En mis conferencias sobre ética digo que el hombre obtiene la felicidad cuando se realiza. Es decir, que alcanza una sensación de plenitud y sentido cuando cumple la función que le es propia, que depende de sus características particulares. —Prometeo frunció el ceño, no estaba seguro de haber oído aquello anteriormente—. Tú has dedicado casi toda tu vida al arte de la lucha, que requiere una técnica específica, fuerza, disciplina..., y yo he insistido en que sigas entrenándote para que mantengas esas habilidades.

Prometeo entendía cada vez menos.

—La función propia de un luchador es luchar. ¿De qué me sirve entrenarme si no puedo hacerlo?

—El arte de la lucha, como todo arte, tiene una finalidad. Competir por la victoria es una posible finalidad, pero no es la única. Un buen luchador, aunque tenga una rodilla lesionada, puede poner en práctica sus habilidades de otro modo que también puede resultar muy satisfactorio.

Prometeo lo miró perplejo.

—Me estoy refiriendo a enseñar a luchar, al trabajo de un entrenador —concluyó Aristóteles.

—¿Entrenador? —Nunca se había concebido de otro modo

que no fuese luchador. O, desde su lesión, luchador malogrado. Trató de imaginarse al otro lado del círculo de combate y sólo vio a un lisiado apoyado en un bastón—. Es una idea absurda, Aristóteles. Nadie querría que lo entrenara un tullido... —Se calló al llegar al pórtico, donde había algunos grupos de hombres conversando.

—Recuerda que los atenienses no te honran sólo por los logros de tu abuelo Perseo, sino sobre todo por los tuyos propios. Además, gracias a tu madre has tenido durante muchos años a los mejores entrenadores, de quienes no sólo has aprendido a luchar, sino también a entrenar. Y tampoco olvides que un entrenador no suele tener un historial de éxitos tan ilustre como el tuyo. Te empeñas en recordar tu derrota en la final de Olimpia, pero te has mantenido invicto durante años y has vencido en un buen número de campeonatos.

—Olvídalo, Aristóteles. Se me cae la cara de vergüenza sólo de pensar en ofrecerme a alguien como entrenador.

—No tienes que hacerlo. —Aristóteles miró hacia el final del pórtico y levantó una mano—. Ya lo he hecho yo por ti.

Dos hombres jóvenes salieron del pórtico y se dirigieron hacia ellos. Eran bastante corpulentos y contemplaban a Prometeo tan fascinados como si se les hubiera aparecido el mismísimo Heracles.

—La decisión final es tuya —le dijo Aristóteles antes de que pudieran oírlos—. Pero debes saber que ya he negociado tus honorarios, y están dispuestos a pagar una cantidad acorde con la enorme admiración que sienten por ti.

A tan sólo seis estadios del pórtico del Liceo, el comando que iba a detener a Penélope se detuvo frente a la entrada de la casa taller.

El miembro de los Once que los dirigía acercó la cabeza a la puerta y escuchó en silencio durante un momento.

—Adelante —dijo al tiempo que se apartaba.

Uno de los esclavos escitas golpeó la puerta con su bastón largo.

—¡Abrid! —Golpeó de nuevo—. ¡Abrid en nombre de Atenas!

Capítulo 42

Atenas, febrero de 323 a. C.

—¡Abrid en nombre de Atenas!

Los golpes se repitieron mientras Ícaro, el joven ayudante, trataba de quitarse a toda prisa la arcilla de las manos. Abandonó su asiento frente a la artesa, cruzó el patio corriendo y, tras dudar un momento, abrió la puerta.

El magistrado Euristeo observó sus manos manchadas de arcilla y su expresión atemorizada. Se inclinó para mirar detrás del joven sin ver a nadie.

—Buscamos a la espartana Penélope.

—No... —Ícaro se dio cuenta de que sonaba como un niño asustado y eso lo puso aún más nervioso—. No está en la casa. —Su mirada se desvió hacia los cinco escitas que lo contemplaban con frialdad. En una reunión de la Asamblea, uno de sus amigos había participado en una pelea que los escitas atajaron con su habitual contundencia. Bastó un solo bastonazo para que cayera al suelo inconsciente y con la mitad de los dientes rotos.

—¿Prometeo tampoco está?

Ícaro negó con la cabeza y Euristeo lo apartó sin miramientos. Enfrente del horno de cerámica vio una mesa con un pequeño cuenco y unas herramientas de trabajo. A su izquierda había una puerta abierta, que supuso que daba al taller de alfarería, y otras tres cerradas que debían de corresponder a la cocina y los dormitorios.

—Buscad en todos los rincones —ordenó a los escitas.

Entró en el taller mientras los esclavos se dirigían a las otras habitaciones. Ícaro lo siguió sin atreverse a preguntar por qué buscaban a Penélope. El magistrado paseó la mirada por el torno, la artesa llena de arcilla y los estantes donde había varias vasijas muy ornamentadas. Sin decir una palabra, regresó al patio.

Los escitas ya habían revisado los dormitorios. Dos de ellos seguían en la cocina y se oyó de pronto un ruido fuerte como el de un mueble que se vuelca. Al cabo de un momento, salieron con sus largos bastones y negaron con la cabeza.

Euristeo se volvió hacia Ícaro.

—¿Dónde está la espartana?

El joven levantó sus manos manchadas de arcilla.

—No lo sé. —Su mirada pasó del magistrado a los escitas—. De verdad, no me lo han dicho.

Euristeo reprimió el impulso de darle un puñetazo. Le tenía miedo a Prometeo, y el chico ya parecía bastante asustado como para estar mintiendo.

—Haz un esfuerzo, ¿dónde crees que puede haber ido?

Ícaro tragó saliva y pensó a toda prisa. Penélope y Altea habían estado hablando hacía un rato en el patio y él había oído la mayor parte de la conversación.

—Al Liceo. Penélope ha ido con Altea al Liceo. —Volvió a tragar saliva y asintió varias veces—. Os lo aseguro, allí podréis encontrarla.

Penélope levantó el rostro hacia el sol y disfrutó de la sensación de libertad.

Hacía apenas unos minutos que habían salido a la calle y ahora formaban parte del reguero de gente que se desplazaba por la vía Panatenaica. Muchos iban en sentido contrario al suyo, rumbo al ágora, y otros se dirigían como ellas a la puerta Dipilón para salir de Atenas.

«Es una ciudad increíble...»

Todo en Atenas la impresionaba, empezando por el número incontable de viviendas. En la mayor parte de la ciudad se agrupaban unas junto a otras formando una maraña de calles estrechas y zigzagueantes por las que resultaba fácil perderse.

Contempló con los labios entreabiertos los elevados muros a los que se acercaban.

«Qué diferente es todo de Esparta.»

En su ciudad no había murallas ni un centro urbano en el que se concentrara la población. La ciudad-Estado de Esparta se había formado mediante la unión de cinco aldeas y mantenía la primitiva dispersión de viviendas y edificios públicos. Además, la población disminuía desde hacía muchísimo tiempo y era sólo una fracción de la que tenía Atenas.

«Doscientos mil habitantes», recordó que le había dicho Altea. Resultaba difícil concebir un número tan elevado de personas en una misma ciudad. Altea le había explicado que el cuerpo de ciudadanos estaba formado por unos treinta mil hombres. Sumando mujeres, niños, extranjeros y esclavos —de los que la próspera Atenas disponía en número mucho mayor que Esparta—, se llegaba a la asombrosa cifra de doscientas mil almas que habitaban la ciudad.

Se detuvo en seco al advertir la presencia de una mujer rodeada de esclavos que evitaban que nadie se acercara a ella.

«¡Es la esposa de Creonte!»

—¿Qué ocurre? —le preguntó Altea.

Penélope agachó la cabeza. Hasta ese día había salido de casa llevando un velo que ocultaba el vendaje de su mandíbula, pero ya no la tenía vendada y por primera vez iba con el cabello y el rostro descubiertos.

—Es... —La mujer llevaba el pelo recogido en un elaborado peinado, un vestido de lino plisado de color azafrán y unos largos pendientes de oro con perlas. Su actitud era más indiferente que altiva, con la mirada ligeramente alzada por encima de la gente—. Pensaba que era la esposa de Creonte, ahora no estoy segura.

Altea se fijó en la mujer.

—La esposa de Creonte pasa la mayor parte del año en el Pireo y apenas sale de casa, como es habitual entre las atenienses de clase alta. La he visto pocas veces, pero creo que no es ella. De todos modos, no tienes de qué preocuparte.

—Tienes razón... —Penélope recordaba con aversión la fría mirada de la mujer de Creonte, su indiferencia respecto a la brutalidad con que su esposo trataba a menudo a los esclavos—. En cualquier caso, preferiría no volver a cruzarme con ella.

Observó de reojo a la mujer mientras seguían avanzando.

La palidez antinatural de su piel debía de ser consecuencia del maquillaje de polvo de plomo que también usaba la esposa de Creonte. La blancura de la tez de las mujeres se consideraba una virtud en la clase alta de Atenas, era un signo de que se mantenían encerradas en sus casas guardando fidelidad a sus esposos.

Altea señaló un edificio de gran tamaño situado entre la puerta Dipilón y la Puerta Sacra.

—Vamos a entrar un momento al Pompeion. Es donde se prepara la procesión de las fiestas Panateneas, que supongo que conocerás.

Penélope asintió. Las Panateneas eran la principal festividad de Atenas. Sabía que, una vez al año, todos los habitantes participaban en una procesión que recorría la ciudad hasta llegar a la Acrópolis. Allí entregaban a la diosa Atenea un nuevo peplo, el manto sagrado que unas muchachas confeccionaban a lo largo del año para vestir la estatua de la diosa.

La entrada del Pompeion semejaba el acceso a un gran templo, con cuatro enormes columnas y un elevado frontón. Penélope entró junto a Altea y ante su vista se desplegó un patio rectangular muy amplio, de unos cincuenta pasos de longitud por veinte de anchura. Varios jóvenes desnudos se ejercitaban levantando pesos y otros estaban practicando el salto de longitud siguiendo las instrucciones de un *paidotriba,* el responsable del entrenamiento físico de los jóvenes.

—Cuando no se celebran las Panateneas, el Pompeion se utiliza también como gimnasio —explicó Altea—. Pero ven, lo que quiero enseñarte se encuentra al otro lado.

Un pórtico columnado rodeaba el patio. Lo recorrieron entre hombres que contemplaban los entrenamientos de los jóvenes o paseaban entre los cuadros y esculturas que embellecían los largos pasillos.

Penélope se percató de que varios hombres se fijaban en ellas.

«No me extraña, no hay ni una sola mujer.» Observó de reojo a Altea. No parecía molestarle en absoluto que la miraran.

—Aquí está. —Altea señaló una estatua situada en el centro de uno de los pasillos y se volvió expectante hacia Penélope.

«Sócrates», leyó ella en la base de la escultura.

—¿Sabes quién es? —le preguntó Altea.

—El maestro de Platón —respondió sin dudarlo.

—¡Bravo! —Altea le había contado que ella había estudiado filosofía con Platón, pero no le había hablado de Sócrates—. No estaba segura de que supieras quién es.

—En Esparta su historia sigue siendo famosa. —Penélope esbozó una sonrisa burlona—. Sócrates era el ateniense al que el propio oráculo de Delfos designó como el más sabio; uno de vuestros mayores filósofos, considerado por muchos el más justo de todos los hombres..., y la propia ciudad de Atenas lo condenó a muerte. —Su sonrisa se acentuó—. ¿Cómo no iba a recordarse su historia en Esparta? Se enseña a los niños en la escuela como muestra de la injusticia de los atenienses y de los graves defectos de vuestra democracia como sistema de gobierno.

Altea inclinó la cabeza con una sonrisa.

—Su muerte fue injusta, no cabe ninguna duda. Por eso la Asamblea se arrepintió y encargó después que le erigieran una estatua en un lugar prominente.

Penélope contempló los ojos saltones de Sócrates, su nariz chata de boxeador, la barba larga y descuidada... Decían que era un hombre feo, pero lo que a ella siempre la había impresionado era que el propio dios Apolo hubiese afirmado, a través de la pitonisa del oráculo de Delfos, que era el más sabio de todos los hombres.

—¿Llegaste a conocerlo?

—Soy vieja, pero no tanto —rio Altea—. No, yo nací unos meses después de que él muriera. —Rozó su barba de bronce—. No tuve la suerte de conocerlo, pero Platón me habló muchísimo de él. Decía que Sócrates era el hombre más justo que había existido, y que resultaba impresionante escucharlo. —Miró a Penélope y encontró sus ojos claros abiertos con avidez, como siempre que tenía ocasión de aprender algo nuevo—. ¿Sabías que Platón quería dedicarse a la poesía? Sin embargo, al conocer a Sócrates, quemó todo lo que había escrito y se convirtió en su discípulo más destacado. Dedicó sus primeras obras a transmitir el pensamiento de su maestro; luego su pensamiento evolucionó y empezó a exponer sus propias ideas, pero el protagonista de casi todas sus obras siguió siendo Sócrates.

Penélope se quedó en silencio. Sentía tanta admiración por Sócrates como por la propia Altea, que había dedicado buena parte de su vida a la filosofía y había tratado con los principales filósofos, cuyo intelecto superior consideraba más propio de dioses que de mortales.

Contempló a Altea sin que ella se percatara. Le llenaba de orgullo que fuese de su familia.

Abandonaron el Pompeion y salieron de la ciudad por la puerta Dipilón, cuyas grandes hojas de madera y bronce se abrían a la principal vía que unía Atenas con el resto de Grecia. Era la primera vez que Penélope cruzaba las murallas desde que llegó del Pireo, y le dio la impresión de que su enorme grosor y altura hacían que la ciudad resultara inexpugnable.

«Lo parece, pero no es así.» Ni aquellas impresionantes murallas, ni los Muros Largos que unían Atenas con el Pireo, habían evitado su capitulación ante Esparta en la época en que vivía su padre. Y tampoco habían impedido que Macedonia los sometiera hacía tres lustros.

Alzó la mirada a lo alto de las murallas, donde los soldados patrullaban entre torreones de piedra. Por lo que había oído, los líderes de la Asamblea ateniense pretendían que la ciudad se enfrentara de nuevo al poderoso ejército macedonio.

Se preguntó si aquellos muros servirían para evitar que Atenas fuera arrasada.

Euristeo contempló el recinto del Liceo mientras se acercaban y suspiró resignado. Desde que había salido de la casa taller había preguntado a varios soldados si habían visto a Penélope o a Prometeo. Nadie recordaba haberse cruzado con la espartana, pero algunos soldados habían visto al nieto de Perseo dirigiéndose al Liceo.

Suspiró de nuevo cuando divisó en el interior de la escuela la enorme figura de Prometeo. Se encontraba al lado de un pórtico, hablando con Aristóteles y otros hombres.

Se volvió hacia su comando de escitas.

—Seguidme.

Los olores de la ciudad se disiparon según Penélope y Altea se alejaban de la puerta Dipilón. Penélope respiró hondo el aire fresco y se dio cuenta de que había echado muchísimo de menos la sensación de libertad de encontrarse en campo abierto. Llevaba meses viviendo en el Pireo y en Atenas, la mayor parte del tiempo encerrada entre cuatro paredes, mientras que en Esparta todos los días se entrenaba con otras mujeres en el campo, corrían por las laderas del Taigeto, se bañaba en las aguas del Eurotas...

Altea interrumpió sus pensamientos.

—Ahora entiendes por qué a este tramo de la vía Panatenaica lo llamamos «calle de las tumbas».

La vía se había ensanchado al salir de la ciudad y a ambos lados se alzaban lápidas y monumentos funerarios que recordaban a los ciudadanos más notables. Altea le indicó a quiénes pertenecían algunos de los monumentos mientras caminaban.

Al poco rato, se detuvieron frente a uno de ellos.

—Aquí están enterrados mis padres. —Altea señaló sus estatuas—. Ésta es mi madre, Casandra. Y éste es mi padre..., tu tío Perseo.

Penélope contempló sobrecogida el conjunto escultórico. Altea le había dicho que lo había diseñado el propio Perseo. Al tratarse de un campeón olímpico, lo habitual habría sido verlo practicando la disciplina deportiva con la que había obtenido la victoria en los Juegos. Sin embargo, Perseo estaba representado de la mano de su esposa Casandra y de sus hijos Eurímaco y Altea cuando éstos eran niños. Los cuatro parecían caminar hacia la persona que los observaba y componían una escena sencilla. El único elemento que recordaba que Perseo había proporcionado la gloria olímpica a Atenas era la corona de olivo que ceñía su cabeza.

Altea cerró los ojos. Penélope, tras observar con cierta inquietud a las personas que transitaban por la calle de las tumbas, decidió imitarla. Como si unas nubes de tormenta se disiparan, en su mente surgió la imagen de su padre y de su abuela Deyanira en el Elíseo, el maravilloso jardín del reino de los muertos. Junto a ellos estaba Perseo, con la misma expresión benévola que tenía en su escultura funeraria.

Contemplarlos juntos dibujó una sonrisa en el rostro de Penélope.

«Deyanira, Calícrates, Perseo... Proteged a Altea y a Prometeo, que me salvaron la vida y cuidaron de mí incluso antes de saber que éramos familia.»

La placidez de su rostro desapareció de pronto al recordar cuando estaba encerrada, atada de pies y manos en el suelo, temiendo que en cualquier momento llegaran Bitias y Creonte.

«Si no hubiera sido por Alesia...» La joven esclava de la nariz aplastada también le había salvado la vida. La incluyó en sus plegarias y rezó para que pudiera mantenerse al margen de la crueldad de Creonte. Llevaba un tiempo pensando que, si conseguían ganar suficiente dinero con la venta de las cerámicas, intentaría comprarla a través de un intermediario para otorgarle la libertad.

Siguió rezando a sus antepasados y rogó con fervor por su hijo, un alma inocente y pura que esperaba que estuviera también en el Elíseo, jugando entre sus jardines con otros niños.

Notó que Altea le rodeaba los hombros.

—Estás llorando...

Le rozó la mejilla y los labios de Penélope temblaron. Tomó aire y lo soltó entrecortadamente sin llegar a decir nada.

—Estaba pensando en mi hijo —susurró por fin—. En mi pequeño Teodoro... —Al pronunciar su nombre apretó los párpados y las lágrimas se derramaron por su rostro.

Altea le acarició los hombros mientras lloraba. Intentó detener las lágrimas, pero le resultaba imposible. Finalmente se giró hacia Altea y se unió a ella en un abrazo.

—Murió cuando tenía cinco años... —Le llegó como un relámpago de dolor el recuerdo de sus grandes ojos castaños, cuya luz se había ido apagando según aumentaba la fiebre—. Era un niño tan cariñoso... Tan alegre... —Su risa era una música cuyo eco se le escurría entre los dedos—. Y de repente...

Altea siguió abrazándola sin prestar atención a las miradas de la gente. Al cabo de un largo rato, notó que el cuerpo de Penélope se relajaba.

—Es la primera vez que hablo de esto con alguien. —Penélope esbozó una sonrisa con los labios húmedos. Sus ojos tenían el brillo de un estanque en calma—. Me alegro de habértelo contado.

Altea le acarició la mejilla. Ella retuvo su mano y se la besó.

Se alejaron de la tumba de Perseo cogidas del brazo como madre e hija. Aquel camino las llevaba directamente a la Academia, la escuela de filosofía que había fundado Platón. Altea iba a contarle algo sobre la Academia a Penélope, pero se dio cuenta de que estaba distraída.

—¿En qué estás pensando?

Penélope la miró con una sonrisa que se contagió al rostro de Altea.

—Creo que Deyanira, nuestra abuela, está muy feliz en este momento. Le arrebataron a Perseo nada más dar a luz y durante toda su vida deseó reunirse con él. Su descendencia quedó dividida en dos ramas, una ateniense y otra espartana, que durante dos generaciones se han mantenido separadas...

—Hasta ahora —concluyó Altea apretándole el brazo con suavidad.

Euristeo iba a cruzar la entrada del Liceo cuando vio que se aproximaba una patrulla de soldados. Alzó una mano para que los escitas aguardaran y se acercó a la patrulla.

—¿Habéis visto a una espartana que se llama Penélope, bastante alta, con los ojos muy claros...?

Los soldados negaron.

—Puede que fuera acompañada por Altea, la hija de Perseo.

Los hombres volvieron a negar. Euristeo les dio las gracias y se dio la vuelta para entrar en el Liceo, resignado a tener que enfrentarse a Prometeo.

Lo detuvo la voz de uno de los soldados.

—Espera... ¿Has dicho la hija de Perseo? Creo que la he visto hace un rato, saliendo de la ciudad por el Dipilón. Y es posible que fuera acompañada por otra mujer más joven, no me fijé muy bien.

—¿Estás seguro de que ha sido en el Dipilón?

El soldado lo confirmó y Euristeo se giró hacia los escitas. Por el Dipilón se llegaba a la Academia, y Altea estaba muy vinculada a la escuela de Platón.

—Vamos a la Academia, ¡rápido!

Penélope alzó la vista hacia el frontón de la entrada de la Academia. En la viga de piedra que lo sostenía resaltaba una inscripción tallada con grandes letras:

«No entre nadie que no sepa geometría.»

—No te preocupes —dijo Altea—. Platón hizo tallar esa frase como un recordatorio de la importancia que tiene el mundo de las matemáticas dentro de su filosofía, pero nadie tiene prohibida la entrada a la Academia.

Pasaron entre las dos columnas que daban acceso al recinto y avanzaron por una senda flanqueada de pinos. Penélope contemplaba el entorno con la misma sensación de recogimiento y serenidad de espíritu que si hubiera entrado en un lugar sagrado. Se cruzaron con un grupo de hombres vestidos con sencillas túnicas de lino y le impresionó el respeto con que todos saludaron a Altea. Un poco más adelante, un anciano se acercó a ellas con un paso vivo que agitaba sus largos cabellos blancos.

—Querida Altea... —Se inclinó con una sonrisa que no deshizo del todo la severidad de su rostro—. Nos has privado demasiado tiempo de tu presencia.

—Me hubiera gustado venir antes, Jenócrates, pero me hago mayor y no todos los días me veo con fuerzas.

—Eres una de nuestras mejores maestras y tu ausencia en los debates resulta irremplazable; no obstante, me resignaré a que nos dejes de lado siempre que necesites quedarte en casa para reponer fuerzas. —Su entrecejo permanecía fruncido y su tono era algo seco, pero Penélope podía percibir que sentía un gran cariño por Altea—. Dime, ¿quién es tu acompañante? Los ojos os dan un aire de familia, pero creo que no me equivoco si afirmo que es espartana.

—Tienes razón, Jenócrates, es espartana. —Habían quedado en resaltar ese aspecto para desviar cualquier comentario sobre el parecido—. Se llama Penélope, y la hemos contratado para que nos ayude en el taller. También le proporcionamos alojamiento, así que pasamos mucho tiempo juntas. Quería mostrarle la Academia porque no sólo es una magnífica tallista, sino que tiene una mente inquieta y muy perspicaz.

—Entonces, Penélope, has venido al lugar idóneo. —Jenócrates hizo una ligera reverencia con las manos extendidas—. Como director de la Academia, te doy la bienvenida.

Ella imitó su reverencia, un tanto cohibida al saber que se encontraba ante un filósofo tan importante como para dirigir la escuela que había fundado Platón.

—He de decir —continuó Jenócrates— que tenía referencias indirectas sobre ti, pues me han hablado de las excelentes tallas que adornan las vasijas que salen de vuestro taller.

Penélope murmuró un agradecimiento y Altea invitó a Jenócrates a que se les uniera. La Academia contaba con unos magníficos jardines, algunas estatuas y un riachuelo que cruzaba el recinto con un trazado sinuoso. El camino que estaban recorriendo seguía el curso de la corriente y el murmullo del agua acompañaba sus pasos. A su derecha podían ver un pórtico que ocupaba todo un lateral de la Academia, y frente a ellos varias edificaciones que servían como aulas, viviendas, establo y cocina. En el extremo contrario a la entrada se alzaba un templo dedicado a las Musas. Platón lo había hecho construir con la misma planta circular y el mismo tamaño que tenía el templo de la comunidad de Pitágoras en Crotona.

—Penélope ha conocido a Aristóteles en nuestra casa —dijo Altea—. Sabe que fue discípulo de Platón y el otro día me estuvo preguntando cómo es la relación entre la Academia y el Liceo, teniendo en cuenta que de algún modo son escuelas rivales. Creo que le resultaría muy interesante conocer tu punto de vista.

Penélope agradeció que Altea planteara esa cuestión. Le debía la salud a Aristóteles y le preocupaba que tuviese tantos enemigos en Atenas.

—Estoy seguro, Altea, de que tu punto de vista y el mío son muy similares. —Jenócrates se pasó una mano por la barba, tan blanca como su cabello—. Ambos fuimos compañeros de Aristóteles durante muchos años cuando estudiábamos con Platón. Aristóteles llegó a la Academia muy joven..., creo que sólo tenía diecisiete años, pero enseguida se convirtió en el discípulo favorito de Platón. —Esbozó una mueca entre burlona y resignada—. Platón solía referirse a él como «la mente de la Academia».

Aristóteles había pasado dos décadas en la Academia, y Jenócrates aseguró que durante todo ese tiempo la relación entre los dos grandes filósofos siempre había sido de respeto y admiración mutua.

—Aristóteles aceptaba las cuestiones básicas del pensamiento de Platón, aunque ya diferían en el método. Pasaba mucho tiempo examinando la naturaleza con minucioso detalle y tomando nota de cuanto veía. Aquello era el embrión de lo que lo acabó separando de la doctrina de Platón. Insistía en resaltar el valor de lo que captamos a través de los sentidos y se empeñaba en encontrar pautas y reglas válidas a través de la experiencia. Con el paso de los años, eso lo llevaría a negar uno de los pilares fundamentales del pensamiento de Platón: la teoría de las Ideas.

Penélope frunció el ceño. No sabía qué era eso de «la teoría de las Ideas».

—La teoría de las Ideas —intervino Altea— es la base del pensamiento de Platón. Afirma que no podemos fiarnos de los sentidos, y que las sensaciones que captamos con ellos no nos pueden proporcionar verdadero conocimiento. En cambio, con la razón podríamos acceder al auténtico conocimiento si ascendemos con ella hasta el mundo de las Ideas, que son modelos perfectos de los que la realidad es sólo una copia imperfecta. —Vio que Penélope mantenía el ceño fruncido e hizo un gesto con las manos para quitar importancia—. Es una teoría compleja de entender, no te preocupes ahora por eso. El caso es que Aristóteles, después de haberla aceptado mientras estudiaba en la Academia, unos años después acabó publicando unas críticas demoledoras.

Jenócrates continuó la explicación con aire incómodo. Él se había marchado de la Academia a la vez que Aristóteles porque no estaba de acuerdo con que Platón nombrara como sucesor a su sobrino Espeusipo. Había pasado unos años estudiando con Aristóteles antes de regresar.

—Aristóteles pasó de aceptar la teoría de las Ideas a afirmar que resulta absurdo admitir la existencia de dos mundos. Decía que con ello Platón duplicaba la realidad y complicaba innecesariamente las explicaciones. Su estilo se volvió cada vez más preciso y analítico, muy diferente al de Platón, y dijo que la teoría de las Ideas se basaba en mitos y metáforas vacías.

—Entonces... —Penélope titubeó—, ¿desde la Academia se ve con hostilidad a Aristóteles?

—¿Hostilidad? —Jenócrates alzó las manos como si quisiera detener aquella palabra—. No, por Zeus, somos filósofos, no políticos. La diversidad de opiniones y de métodos enriquece el objetivo común, que es la búsqueda de respuestas, de conocimiento. —La respiración se le había agitado y se quedó pensativo—. No debemos hablar de hostilidad; sin embargo, reconozco que Aristóteles ha herido algunos sentimientos al afirmar, en más de una ocasión, que las obras de Platón son elegantes e ingeniosas..., pero imprecisas e insuficientes. —Miró a uno y otro lado, como si no quisiese que nadie más lo oyera—. En cualquier caso, yo no considero que las afirmaciones de Aristóteles sean censurables. Su método habitual consiste en hacer un análisis crítico de las aportaciones de todos los filósofos anteriores antes de llegar a sus propias conclusiones. Y resulta innegable que sus logros son portentosos en muchos campos.

Altea tomó la palabra, todavía cogida del brazo de Penélope.

—Como ves, aunque hay cierta rivalidad no puede hablarse de enemistad. Al principio hubo bastantes detractores que decían que Aristóteles había traicionado a Platón, pero ahora casi todo el mundo reconoce que es un filósofo excepcional y que el trabajo que lleva a cabo en el Liceo tiene un valor incalculable. El propio Platón, si estuviera entre nosotros, diría lo mismo. —Miró a Jenócrates, que asintió mostrando su conformidad—. En mi caso, estoy segura de que sus aportaciones servirán para iluminar a los hombres durante muchas generaciones.

Altea rio al ver la expresión desconcertada de Penélope.

—¿Te sorprende que dos filósofos de la Academia elogiemos a Aristóteles? Mucha gente lo odia por haber sido el maestro del rey Alejandro, pero nadie por sus ideas y su trabajo como filósofo. Y en lo que respecta a su relación con la Academia, has de saber que las ideas de Aristóteles no siempre son contrarias a las de Platón. En muchos casos son complementarias, cuando no similares. Por ejemplo, en el análisis de la virtud, Aristóteles coincide con Platón en que dejarse llevar por los impulsos y realizar comportamientos injustos tiene como consecuencia una degeneración o desequilibrio en nuestro interior que aumenta la probabilidad de que sigamos comportándonos de ese modo. Y cuando estudia la felicidad, está de acuerdo con Platón en la necesidad de alcanzar un equilibrio entre la búsqueda de bienestar material y la dedicación a la vida contemplativa propia de un filósofo. Aunque con diferentes matices, ambos consideran que el hombre consiste en cuerpo y alma, y que es necesario atender a ambas naturalezas para alcanzar una vida plena.

Penélope escuchaba con tanta atención como era capaz, pero se daba cuenta de que sólo conseguía captar una parte del significado. Pese a que todo lo que decían Jenócrates y Altea le resultaba sumamente interesante, no estaba acostumbrada a pensar sobre ese tipo de cuestiones y se notaba un poco aturdida.

Altea señaló hacia delante.

—El templo de las Musas, aquí lo tenemos.

Se volvió hacia Jenócrates, que se había quedado rezagado, y vio que estaba mirando hacia la entrada de la comunidad. Entornó los ojos y advirtió que por el camino que habían seguido ellos se acercaba con rapidez un grupo de esclavos escitas armados con sus largos bastones.

Penélope no se había percatado de lo que ocurría y se adelantó unos pasos mientras contemplaba embelesada el templo circular. Altea le había dicho que era su lugar preferido para reflexionar y encontrar serenidad. También sabía que Platón había acudido allí con frecuencia en busca de inspiración o sosiego. En el interior del templo, rodeado por sus estatuas de mármol, el visitante podía sentir la mirada atenta de las nueve Musas y de la diosa Hestia, a cuyos pies ardía el fuego sagrado que nunca se apagaba.

«¿Me inspirarán las Musas a mí también?»

Un extraño regocijo hizo que se estremeciera y su semblante se iluminó.

De repente oyó una voz brusca a su espalda:

—¿Eres Penélope?

El recuerdo de Bitias y Creonte acudió a ella como si la atravesara un cuchillo de hielo. Se dio la vuelta y vio que se acercaban varios hombres empuñando bastones.

—¿Eres Penélope, de Esparta? —repitió con voz autoritaria el hombre que los encabezaba.

—¿Qué ocurre? —Altea se plantó delante de ellos como si fuera a impedirles el paso. Su apariencia resultaba a la vez majestuosa y frágil.

—Soy Euristeo, magistrado de los Once. Tengo orden de detener a esta mujer. —Euristeo advirtió que se estaban acercando algunos hombres jóvenes, seguramente miembros de la Academia. No le convenía que aquella situación se alargara—. Apártate y dejad que nos la llevemos sin causar problemas.

Jenócrates se colocó junto a Altea cortando el paso al magistrado. Penélope contemplaba aterrada todo lo que sucedía.

—Magistrado Euristeo, soy el director de la Academia, como bien sabes. Mi intención no es cuestionar tu autoridad, pero estoy seguro de que podemos resolver esta situación sin necesidad de que apreséis a Penélope. Te propongo que se quede en la Academia mientras yo voy a Atenas y hablo con las autoridades responsables de su caso. Tienes mi palabra de que no abandonará el recinto hasta que yo regrese de Atenas con una respuesta definitiva.

Euristeo contempló al anciano que tenía delante. Aquel caso no ofrecía dudas, pero el director de la Academia era un hombre muy respetado en Atenas y prefería no tener que enfrentarse a él. Observó el entorno de reojo y los músculos de su mandíbula se tensaron bajo la barba poblada. Diez o doce discípulos se mantenían expectantes a unos pasos y se estaban acercando más.

Su mirada se desplazó a la espartana, que se encontraba entre ellos y el templo de las Musas, inmóvil como un conejo asustado. Tal como le habían dicho, era una mujer alta y fuerte que no resultaría fácil de atrapar si echaba a correr.

«No podemos permitirnos otro fracaso», se dijo recordando de nuevo las fugas de Hárpalo y Demóstenes.

—¡Atrapadla!

Desplazó a Jenócrates con brusquedad y los esclavos escitas se lanzaron contra Penélope. Varios discípulos trataron de formar una barrera delante de Jenócrates y Altea. Los escitas los apartaron a bastonazos, y en la refriega Altea recibió un empujón que la tiró al suelo con violencia.

Penélope se dejó caer de rodillas.

—¡Me entrego! —Un discípulo yacía en el suelo y otro se tapaba la cara con las manos ensangrentadas. Sobre la tierra, Altea se aferraba el pecho con el rostro crispado de dolor—. ¡Deteneos, os lo ruego! —Uno de los escitas se abalanzó sobre ella con el bastón en alto. Sus antebrazos detuvieron parte del golpe, pero el bastón impactó contra su cabeza y se derrumbó.

Altea vio que el escita clavaba una rodilla en la espalda de Penélope y le echaba los brazos hacia atrás. El rostro de Penélope estaba aplastado contra el suelo y su mirada aturdida encontró la de Altea.

—Las leyes de Atenas son sagradas —proclamó Euristeo. Sus botas hicieron crujir la tierra mientras avanzaba hacia Penélope—. Esta espartana las ha incumplido, y por eso va a dejar de ser una mujer libre y se va a convertir en esclava.

Capítulo 43

Atenas, febrero de 323 a. C.

«Que mi madre no haya muerto...»

Prometeo avanzaba con el bastón tan rápido como era capaz a través de las calles de Atenas.

«Dioses, que no haya muerto.»

Jadeaba con el rostro enrojecido, tambaleándose como un toro herido mientras los transeúntes se apartaban para dejarle paso. Al doblar la esquina de su calle perdió el equilibrio, se golpeó contra un muro y continuó a trompicones hacia su casa.

Unos minutos antes, mientras se encontraba en los jardines del Liceo con los dos jóvenes a los que finalmente había decidido entrenar, vio que se acercaba corriendo un discípulo de la Academia. De inmediato pensó en su madre y en Penélope.

—¡Prometeo! —El hombre se inclinó tratando de recobrar el aliento—. ¡Tienes que ir a tu casa cuanto antes!

—¡¿Qué ha ocurrido?!

—Ha venido un comando de escitas a la Academia... para detener a la espartana Penélope...

Prometeo notó que la garganta se le secaba.

—¿De qué la acusan? —preguntó con voz ahogada.

—No lo sé, pero los escitas la han apresado... —Alzó una mano para que le dejara continuar—. Jenócrates ha intentado evitarlo y se ha producido un alboroto... Tu madre se ha caído y la han llevado a tu casa con mucho dolor en el pecho. Jenócrates cree que se trata del corazón.

Los pensamientos se congelaron en la mente de Prometeo.

Un instante después, echó a correr hacia su casa.

Prometeo abrió la puerta con tanta fuerza que casi la arranca de los goznes. En el patio, junto a la habitación de su madre, estaba el ayudante del taller con las manos entrelazadas como si rezara. Pasó a su lado e irrumpió en el dormitorio.

Había más personas, pero él sólo prestó atención a su madre, que le dirigió una sonrisa débil desde la cama.

—¿Cómo te encuentras? —Se arrodilló junto a su lecho y le tomó las manos. Las tenía frías y estaba muy pálida.

—Un poco mareada... —Su rostro se crispó y contuvo la respiración durante un momento—. Me duele el pecho, pero creo que es sólo porque me he caído y me he golpeado las costillas. —Apretó las manos de su hijo y su mirada se cargó de angustia—. Se han llevado a Penélope. Dicen que van a hacerla esclava.

—¡Esclava! —El miedo dilató los ojos de Prometeo—. ¿Cómo es posible?

Altea cerró los párpados y negó lentamente con la cabeza. Alguien puso una mano en el hombro de Prometeo, que se giró y reconoció a Jenócrates, al que conocía desde niño.

—Tu madre tiene el corazón delicado y necesita reposar. No ha querido quedarse a descansar en la Academia. Se ha empeñado en que la trajéramos aquí y te avisáramos.

Prometeo se fijó en los otros hombres presentes en el cuarto. Todos eran miembros de la Academia.

—¿Sabéis por qué han detenido a Penélope?

Jenócrates negó con expresión pesarosa.

—Ha venido a por ella un miembro de los Once con un grupo de escitas. Se ha limitado a mencionar que ha incumplido alguna ley y que va a ser vendida como esclava.

En ese momento entró Aristóteles en el dormitorio. Prometeo soltó las manos de Altea y se puso de pie.

—Mi madre ha recibido un golpe y le duele el pecho. Y han detenido a Penélope, dicen que van a convertirla en esclava.

—Creonte... —murmuró Aristóteles arrugando el ceño. Se arrodilló junto a Altea, apoyó la oreja contra su pecho y estuvo un rato escuchando—. Los latidos son algo débiles, pero el ritmo es regular.

Altea entreabrió los ojos.

—Yo estoy bien —susurró—. Ayudad a Penélope.

Aristóteles posó una mano en su mejilla.

—Vamos a pensar qué podemos hacer. —Se volvió hacia Prometeo—. Es mejor que dejemos a tu madre tranquila. Salgamos.

—Antes de irme del Liceo envié un mensaje a Foción —les dijo Aristóteles en el patio—. Si consigue enterarse de algo, vendrá aquí para informarnos.

Prometeo se puso a andar de una pared a otra como un animal enjaulado. Su bastón producía un sonido rítmico contra la tierra mientras Aristóteles y Jenócrates hablaban entre ellos en voz baja.

«Penélope... —La imaginó encadenada a la pared de la cárcel, quizás maltratada por sus captores. Apoyó las manos en el horno de cerámica y agachó la cabeza—. ¿Cómo habrá logrado ese hijo de perra que la detengan?» Recordó, como si lo tuviera delante, el rostro de Penélope destrozado por los golpes de Creonte. Si acababa de esclava en su casa...

Cerró los puños sobre la pared del horno. La rabia y la impotencia lo estaban cegando y trató de pensar con claridad.

«Foción es un hombre poderoso. Conseguirá que la pongan en libertad hoy mismo.»

El chirrido de la puerta de la calle hizo que se volviera.

—Foción, muchas gracias por venir. ¿Has averiguado algo? ¿Sabes de qué acusan a Penélope?

Foción asintió con gravedad.

—La acusación es por no haber pagado la tasa de meteca, de extranjera residente en Atenas. En el registro consta que estuvo trabajando en casa de Creonte, pero de eso hace más de un mes y nadie ha vuelto a registrarla.

—¡Eso es falso! —estalló Prometeo—. ¡Yo la registré hace casi un mes! —Recordaba perfectamente al funcionario escribiendo en una tablilla su nombre y el de Penélope—. Yo la registré —insistió angustiado—, tiene que haber algún error.

Jenócrates le puso una mano en el brazo.

—No creo que se trate de un error. Un funcionario corrupto puede hacer desaparecer una tablilla.

—¿Qué va a ocurrir ahora? —inquirió Aristóteles—. Parece evidente que Creonte está detrás de este asunto. ¿Se le puede volver a presionar a través de Hipérides?

—Esta vez no —respondió Foción—. Creonte ha sido cuidadoso y su nombre no aparece en la denuncia. Además, aunque la acusación es inusual, resulta perfectamente válida desde un punto de vista legal.

La mirada de Prometeo pasó con incredulidad de uno a otro.

—Entonces..., ¿qué vamos a hacer?

Foción apretó los labios antes de responder.

—Llegados a esta situación, lo normal es que el arconte aplique la ley y Penélope sea vendida como esclava en subasta pública. Y ya sabemos que nadie puede competir con las riquezas de Creonte. También podría ocurrir que el arconte decidiera ofrecerla de forma preferente al último patrono que figura en el registro. Es decir, a Creonte.

—¡Tiene que haber algo que podamos hacer para salvarla! —gritó Prometeo desesperado.

—Me temo que no. De un modo u otro, Penélope acabará como esclava de Creonte.

Capítulo 44

Atenas, febrero de 323 a. C.

Penélope temblaba de frío mientras se abrazaba las rodillas en el suelo de su celda. Hacía tiempo que había anochecido y desde que la habían encerrado no le habían llevado comida ni agua. En los tobillos le habían colocado unos pesados grilletes que le laceraban la carne cada vez que se movía.

Levantó la mirada al oír voces y ruido de cerrojos. A través de la reja de su celda vio el pasillo de la cárcel bañado en el tenue resplandor de una antorcha que quedaba fuera del alcance de su vista.

—La espartana está en la última celda.

Era la voz de uno de los guardias. Se estaba acercando acompañado de alguien.

«Prometeo...» Penélope apartó la cabeza de las rodillas. La luz se volvió más intensa. Frente a su reja apareció un guardia, seguido por Bitias y Creonte.

—No... —Penélope se echó hacia atrás ignorando el metal que se le clavaba en los tobillos. El guardia giró la llave en la cerradura y entreabrió la reja.

—Él no puede entrar —dijo refiriéndose a Bitias.

Creonte hizo un gesto a su guardaespaldas, que retrocedió con la mirada clavada en Penélope. El guardia abrió la puerta del todo.

—Procura no dejarle marcas.

Extendió una mano y Creonte le entregó unas monedas.

—¡No puedes dejar que entre!

El hombre cerró la puerta ignorando su grito y desapareció por el pasillo.

Creonte dejó escapar el aire lentamente mientras contemplaba a Penélope. El guardia le había entregado la antorcha a

Bitias y podía verla con claridad. Se acercó despacio, disfrutando de su angustia, de su vulnerabilidad, de la expresión de horror que dilataba sus fascinantes ojos plateados.

—Penélope... —susurró como si fuese una niña a la que regañara. Se inclinó para agarrarla del pelo y tiró con fuerza obligándola a ponerse de pie.

Ella dejó los brazos colgando a lo largo del cuerpo, sabía que con los grilletes no tenía ninguna posibilidad de defenderse. Su mandíbula empezó a tiritar y apretó los dientes para que el temblor se detuviera.

Creonte le levantó el rostro y se acercó tanto que parecía que iba a besarla.

—Casi no te quedan marcas. —Entornó los ojos mientras le movía la cara. Los únicos signos de la paliza que le había dado eran unas cicatrices blanquecinas que le cruzaban el pómulo y una ceja, y dos más pequeñas en el borde del labio superior.

De repente echó su cabeza hacia atrás y le dio una bofetada que la lanzó contra el suelo. Una llamarada de dolor estalló en la mandíbula de Penélope. Creonte avanzó y ella se cubrió la cara con los brazos. Al otro lado de la reja se oía la respiración pesada de Bitias.

—No estés tan asustada. —Creonte se arrodilló y le apartó una mano—. Tu castigo de verdad llegará más adelante, cuando estés en mi casa como esclava.

Un escalofrío de terror recorrió el cuerpo de Penélope. Cuando la habían detenido había oído la palabra «esclava», pero no había pensado en la posibilidad de regresar a la casa de Creonte. Si se convertía en su esclava, ni todos los contactos de Prometeo podrían salvarle la vida.

Creonte le acarició la cara y ella trató de apartarse.

—Sigues siendo una mujer muy hermosa. —Le agarró la mandíbula para que lo mirara y se tocó la nariz aplastada—. Mira en cambio lo que me hiciste a mí. —En su rostro apareció una sonrisa cruel—. Me has dejado tan feo como la esclava que te ayudó a escapar.

«¡Alesia...!»

—He de reconocer que era una muchacha con agallas. —Creonte se acercó más, recreándose en su sufrimiento—.

Primero se arriesgó para darte un cuchillo y que pudieras escapar, y después confesó su crimen para que otras esclavas no recibieran el castigo que le correspondía a ella. La echarás de menos cuando regreses a casa, porque hice que Bitias la rajara como a un cerdo.

Penélope siguió sin decir nada, pero sus ojos se llenaron de lágrimas. Una de ellas le bajó por el rostro y Creonte la secó con delicadeza.

—Tú no tendrás tanta suerte como ella. —Volvió a acariciarla. Su voz era cada vez más fría—. Cuando me canse de ti, cuando estés tan desfigurada que ya sólo me inspires asco, te llevaré a un prostíbulo para que te usen allí, día y noche, durante el resto de tu miserable vida.

Capítulo 45

Atenas, febrero de 323 a. C.

El arconte polemarco, el magistrado que se encargaba de juzgar las causas relativas a los metecos, observó con disgusto a Prometeo y a Creonte. La tensión entre aquellos hombres era tan evidente que temía que en cualquier momento se produjera un estallido de violencia. En cada esquina de la sala había un guardia armado, pero Prometeo, pese a su cojera, no sería fácil de reducir.

Se dirigió al secretario que aguardaba de pie junto a él.

—Comprueba de nuevo si el testigo ha llegado.

El secretario abandonó la sala y el arconte bajó la mirada al pergamino que tenía sobre el regazo. Allí había anotado los principales datos del caso y los releyó por encima.

«Penélope..., Creonte..., vencido el plazo...»

Se removió incómodo en el asiento. Todo era bastante irregular en aquel asunto, empezando por el hecho de que el juicio se celebrara en su residencia y no en el edificio del tribunal. Le habían pedido la máxima discreción y por eso ahora estaba reunido con Creonte y Prometeo en su salón de banquetes, sentados en los triclinios como si éstos fueran sillas.

Sus viejas vértebras se quejaron y colocó otro cojín entre la espalda y la pared.

«Discreción y rapidez», le había pedido el propio Hipérides. En las reuniones de la Asamblea los debates eran cada vez más virulentos entre los partidarios de mantener una buena relación con Macedonia y los que, como Hipérides, querían que Atenas se levantara contra los macedonios. El poderoso Creonte era uno de los mayores apoyos de Hipérides mientras que Prometeo era amigo de Aristóteles, el filósofo más respetado y a la vez más odiado de Atenas por sus vínculos con Macedonia. Hipérides quería que el juicio pasara lo más inadvertido posible porque le preocupaba que se viera como un enfrentamiento entre las dos facciones, y que eso caldeara todavía más el ambiente de las calles.

El anciano magistrado suspiró. No le gustaba que lo presionaran, pero se trataba de un caso claro. El juicio sería un mero trámite y la sentencia se aplicaría ese mismo día.

La puerta del salón se abrió y apareció el secretario.

—El testigo todavía no ha llegado.

El arconte reflexionó un momento.

—No vamos a esperar más. —Hubiera preferido al testigo, pero tenían su declaración y con eso bastaba—. Que entre la acusada.

Prometeo se puso de pie en cuanto Penélope apareció en la puerta.

Llevaban seis días sin verse, desde la mañana en que la habían detenido en la Academia. Penélope le dirigió una mirada llena de angustia mientras atravesaba la sala y Prometeo le hizo un gesto con la cabeza para tratar de infundirle un ánimo que él no sentía. No le habían dejado entrar en la cárcel para verla, pero a base de sobornos había conseguido que le hicieran llegar mensajes de aliento de los que ahora casi se arrepentía. En los ojos de Penélope latía un rescoldo de esperanza que se le clavaba en el alma.

Penélope ocupó el lugar que le habían reservado, a la derecha del arconte, y Prometeo se dio cuenta de que Creonte la estaba observando como a una mercancía que ya le perteneciera.

«Diosa Atenea, no permitas que eso ocurra.»

El arconte se aclaró la garganta y los miró a todos. No había visto hasta entonces a Penélope y le llamaba la atención la fuerza y la sensualidad que transmitía. No le extrañaba que Prometeo quisiera quedarse con ella, ni que Creonte tratara de recuperarla.

Se fijó en cómo miraba Prometeo a la espartana y supuso que eran amantes.

«Debería haber tenido la sensatez de registrarla», se dijo con un atisbo de compasión.

Volvió a aclararse la garganta, echó un vistazo al pergamino y pronunció en voz alta su veredicto:

—Después de una revisión completa del registro de extranjeros, se ha comprobado que la única inscripción que consta de la espartana Penélope es la que se realizó con domicilio en la residencia de Creonte, hijo de Cidón, del demo de Escambónidas. Según el registro, ella abandonó esa residencia hace casi dos meses. En el tiempo transcurrido desde entonces, se tiene constancia de que ha seguido residiendo en Atenas, pero sin que se realizara, dentro del plazo establecido de un mes, una nueva inscripción tal y como exigen las leyes de nuestra ciudad.

Prometeo se agarró al borde de su triclinio con tanta fuerza que la madera crujió. Tenía que contenerse para no gritar que aquello no era cierto. Ya lo había declarado durante la breve investigación que habían llevado a cabo y sabía que lo expulsarían si mostraba un comportamiento violento.

—Teniendo en cuenta los hechos —prosiguió el arconte—, la decisión que tomo, la única a la que se puede llegar aplicando las leyes, es que la espartana Penélope sea vendida como esclava.

—¡Nooo!

El grito de Penélope estremeció el aire de la sala. Creonte se humedeció los labios mientras la contemplaba, sabía que el trámite que venía a continuación sería mucho más corto de lo habitual.

«Esta noche la tendré a mi disposición.»

El arconte bajó la mirada innecesariamente hacia el pergamino. No le gustaba alterar los procedimientos, como iban a hacer en esa ocasión. No obstante, se había reunido con otros magistrados y habían encontrado una fórmula para vender a la espartana que no infringía las leyes y resultaba favorable a los intereses de Atenas.

Observó a Creonte y a Prometeo, sentados el uno frente al otro. Ambos habían mostrado un interés considerable por Penélope, por lo que esperaba que el nuevo procedimiento resultara discreto y rápido, como quería Hipérides.

—Este tribunal considera que no será necesario recurrir a una subasta pública, siempre que Creonte o Prometeo ofrezcan el precio adecuado para una esclava de estas características. Este precio se estima en quinientas dracmas. ¿Alguno de vosotros está dispuesto a llegar a esa cifra?

—Yo —respondió Prometeo de inmediato.

Creonte lo miró con desdén y declaró que él también estaba dispuesto.

—En ese caso, la venta se va a realizar del siguiente modo. —La mirada del arconte se desvió hacia los guardias para asegurarse de que permanecían vigilantes—. En atención al hecho de que Creonte es el único que figura en el registro como antiguo patrono de la espartana, él será quien haga su oferta en primer lugar. Ten en cuenta, Creonte, que será la única oferta que podrás hacer. A continuación, será el turno de Prometeo. —Se volvió hacia él—. Si superas en cien dracmas la oferta de Creonte, la espartana será tuya.

Las palabras del arconte se quedaron flotando en el ambiente tenso de la sala. Nunca se había vendido un esclavo de ese modo, pero los magistrados habían decidido hacerlo así para obtener del acaudalado Creonte la mayor suma posible para las arcas de la ciudad. Habían calculado que podía llegar a ofrecer setecientas u ochocientas dracmas; sin embargo, viendo a la espartana, el arconte estimaba ahora que podía subir hasta mil.

Penélope lloraba en silencio mientras Creonte meditaba su oferta. Era consciente de la inmensa riqueza de Creonte y no veía modo de escapar al pavoroso destino que se cernía sobre ella. A sólo unos pasos, Prometeo intentaba transmitirle algo de calma. Había suplicado a todos sus conocidos que lo ayudaran con la cantidad que pudieran y quería creer que había una posibilidad. Gracias sobre todo a Aristóteles, que había puesto a su disposición la mayor parte de los fondos del Liceo, podía ofrecer seis mil dracmas. Era una cantidad enorme que Creonte no imaginaría que tenía a su alcance. Además, el procedimiento de venta establecido por el arconte los favorecía, ya que Creonte no podría realizar una contraoferta.

—Mmm... —Creonte parecía haber tomado una decisión, pero se removió en el asiento mientras su mirada iba de Penélope a Prometeo. Asintió un par de veces y se dirigió al arconte con voz potente—: ¡Ofrezco treinta mil dracmas!

Aquella cifra desmesurada arrancó del arconte una exclamación de asombro. Penélope leyó la derrota en la mirada de Prometeo, cerró los ojos y apretó con fuerza la pulsera de Deyanira.

«Dame fuerzas y coraje como los tuviste tú.» Creonte quería someterla a un tormento prolongado, y rogó a su abuela que eso le ofreciera una oportunidad de escapar, o al menos de morir luchando.

—¿Has dicho treinta mil dracmas? —El arconte todavía no era capaz de asimilarlo—. ¡¿Cinco talentos?!

Creonte se puso en pie.

—Y los pondré hoy mismo a disposición de la ciudad. —Experimentaba tanto regocijo que casi se echa a reír. Aquella suma era lo que tenía previsto aportar al tesoro de la ciudad durante los próximos meses para contribuir al esfuerzo bélico. Estaba comprando a Penélope con un dinero que pensaba entregar en cualquier caso—. Solicito, por lo tanto, que la esclava sea trasladada directamente a mi casa.

—Bien... —El arconte seguía impresionado. Se dio cuenta de que no había preguntado a Prometeo si superaba la oferta de Creonte y le dirigió una mirada interrogativa.

Prometeo se limitó a negar con los dientes apretados.

—Bien —repitió el magistrado—. Llegados a esta situación, no veo ningún problema en entregarte ya a la esclava.

Hizo un gesto a los guardias, que se dirigieron hacia Penélope. En ese momento la puerta del salón se abrió y apareció un sirviente.

—Mi señor...

—¡¿No ves que ahora estoy ocupado?! Os he dicho que no me molestéis durante el juicio. Ni aunque esté ardiendo Atenas.

—Pero...

La mirada furibunda del arconte hizo que el sirviente inclinara la cabeza y cerrara la puerta.

Prometeo contemplaba con el cuerpo en tensión a los guardias que se acercaban a Penélope. Estaban armados con espadas y permanecían atentos a él. Sería muy difícil derrotarlos, y sabía que en el patio había otros cuatro soldados. Además, al llegar había visto que en la calle aguardaba Bitias con media docena de hombres.

Apretó su bastón con tanta fuerza que los nudillos se le pusieron blancos. El día anterior había llevado a cabo un último intento de salvar a Penélope y había resultado infructuoso. Tras averiguar el domicilio del funcionario que lo había atendido al hacer el registro de Penélope, se ocultó en una vivienda en ruinas que había en la misma calle y lo esperó durante horas y horas, hasta que el hombre apareció en mitad de la noche.

El funcionario llegó a la puerta de su casa y se dio cuenta de que se acercaba alguien por detrás. Se giró a tiempo de divisar a Prometeo y abrió la boca para pedir ayuda, pero el bastón impactó contra su cabeza antes de que gritara.

Cuando el hombre despertó, casi se le para el corazón al ver a Prometeo dándole golpecitos en la cara para reanimarlo. Estaban dentro de una vivienda que tenía los marcos de las ventanas arrancados y el techo hundido.

—Si gritas, te partiré el cuello. —Los ojos de Prometeo brillaban en la penumbra como dos esquirlas de hielo. Le envolvió la garganta con una mano y lo obligó a ponerse de pie—. Tú registraste a Penélope en mi casa, grabaste la tablilla delante de mí y ahora esa tablilla no aparece. Y además has declarado que no recuerdas haberla registrado.

—Hago muchos registros a lo largo de un mes, es imposible recordar... —La presión de aquella mano enorme convirtió su voz en un gemido gutural.

—Sé que has recibido dinero de Creonte. —No tenía la certeza, pero era lo único que explicaba lo que estaba ocurriendo.

—No sé de qué me hablas.

Prometeo tiró hacia arriba y los pies del funcionario dejaron de tocar el suelo. Profería un sonido agónico mientras trataba de respirar. Lo mantuvo en vilo hasta que su rostro se amorató y después lo bajó.

—No vuelvas a mentirme.

El hombre negó con la mirada extraviada.

—No lo haré, lo juro... —Se agarró al brazo de Prometeo

y habló entre jadeos—. Lo que dices es verdad... Creonte me pagó para... que le entregara la tablilla de registro.

—Y supongo que te dijo que te daría más dinero cuando la espartana estuviera en sus manos.

El funcionario apartó la mirada y asintió.

—Eres un imbécil. ¿Creías que Creonte iba a dejar con vida a un testigo tan peligroso como tú? Cualquier noche te encontrarías en una situación similar a ésta, pero con Bitias en lugar de conmigo, y él no te daría la oportunidad de seguir vivo que voy a darte yo.

El hombre abrió mucho los ojos y se quedó mirándolo.

—Espero que entiendas que ésta es tu única oportunidad, porque si no la aceptas y consigues esquivar a Bitias, seré yo quien acabe contigo. —Cerró la mano sobre su garganta y el funcionario asintió varias veces—. Hay un barco que partirá por la mañana desde el Pireo rumbo a Alejandría de Egipto, una ciudad muy próspera en donde un ateniense con buena formación consigue trabajo con facilidad. He comprado un pasaje para que puedas viajar en ese barco con un nombre falso. ¿Comprendes lo que te estoy ofreciendo? —El hombre asintió de nuevo—. Por supuesto, hay algo que tienes que hacer antes de irte.

«El funcionario me engañó.»

Prometeo siguió aferrando su bastón. Si el hombre hubiera hecho lo que le había pedido, Penélope no estaría ahora en manos de los guardias, que estaban atándole los brazos a la espalda para que no escapara mientras la llevaban a casa de Creonte.

La puerta del salón volvió a abrirse y apareció el mismo sirviente que había entrado hacía un rato. El arconte se enfadó otra vez con él, pero en esta ocasión le dijo que pasara.

—¡Llevaos a la esclava! —ordenó mientras el sirviente se acercaba a él. Se había percatado de que Prometeo parecía a punto de saltar. Una pelea entre los guardias y aquel gigante destrozaría su salón de banquetes.

Creonte se puso de pie cuando los hombres que custodiaban a Penélope llegaron a su altura. Prefería que los guardias estuvieran entre él y Prometeo hasta que salieran a la calle y se reuniera con Bitias.

Se acercó a Penélope mientras caminaban hacia la puerta.

—He pensado algo especial para esta noche. —Recorrió su cuerpo con la mirada—. Voy a dejarte así atada, y cuando...

—¡Alto! —La orden del arconte fue obedecida de inmediato por los guardias. Penélope se giró hacia el magistrado, que sostenía algo en las manos—. ¡Ha aparecido la tablilla perdida!

—¡¿Cómo es posible?! —rugió Creonte. Él mismo había machacado la tablilla con una piedra y había arrojado los restos al pozo de su mansión.

—Esta mañana la han encontrado en el registro y acaban de traerla.

La alegría de Prometeo era tan intensa que apenas logró contener un grito. El funcionario al que había amenazado la noche anterior debía de navegar ya rumbo a Egipto. Le había dado su palabra de que haría llegar una tablilla falsa al arconte antes del juicio, y hasta ese momento había pensado que lo había traicionado. Al parecer, el funcionario había decidido no correr riesgos y no había enviado la tablilla, pero al menos la había dejado en el registro y la habían encontrado a tiempo.

Se volvió hacia Creonte, que lo estaba mirando con una ira fría, tan consciente como él de que la tablilla no era auténtica.

—Ya que la tablilla ha aparecido —exigió sin dejar de mirar a Creonte—, hay que poner en libertad a Penélope ahora mismo.

—¡No! —La expresión de Creonte se endureció aún más—. Ya la he comprado, ya es mía. En todo caso tendría que celebrarse otro juicio, éste ya ha concluido.

Prometeo sintió que las entrañas se le helaban. Miró a Penélope, que se mantenía en vilo, y después al arconte.

El ceño del anciano magistrado se arrugó en un gesto de desagrado.

—Todavía no hay nada escrito ni sellado. —Levantó la tablilla que acababan de entregarle—. Y en vista de las pruebas, no hay motivo para privar a esta mujer de libertad. —Se quedó mirando a Creonte, como si lo desafiara a llevarle la contraria—. Guardias, desatadla.

Penélope se volvió hacia Prometeo mientras la liberaban de sus ataduras. No entendía cómo lo había logrado, pero sabía que era él quien había vuelto a salvarla.

Pasó entre los guardias y lo abrazó con fuerza.

Capítulo 46

Atenas, febrero de 323 a. C.

Penélope apenas era capaz de sostenerse en pie cuando salió de la casa del arconte. Sus latidos seguían desbocados y aún sentía en las muñecas el roce áspero de las cuerdas. El horror en el que había estado a punto de convertirse su vida continuaba oprimiéndole el pecho como una pesadilla de la que le costara despertar. Notó que las piernas le fallaban, pero Prometeo le rodeaba los hombros con un brazo y la sostuvo con mayor firmeza. Avanzaron despacio a través de las losas desgastadas del patio, manteniéndose en tensión mientras varios soldados los seguían con la mirada.

Al llegar a la calle encontraron a Bitias esperando junto a media docena de mercenarios. El grupo tenía un aspecto siniestro con sus petos de cuero endurecido y las espadas que no se molestaban en disimular. Nada más verlos, Bitias se puso en guardia. Su mirada se endureció y avanzó hacia ellos, pero se detuvo al comprender que el arconte había dejado libre a Penélope.

—Hijos de perra... —masculló antes de escupir en el suelo.

Penélope se obligó a sostenerle la mirada. El brazo de Prometeo que la rodeaba se había vuelto tan rígido como si fuera de hierro. Los ojos de Bitias parecían arder, pero ella contuvo el impulso de encogerse y no apartó la vista hasta que pasaron frente a él. Se alejaron en silencio sin que nadie se lo impidiera y continuaron hacia la casa taller mientras las sombras se alargaban con la caída del sol.

Los recibió un silencio denso y Penélope se apresuró a la habitación de Altea. Prometeo le había contado que estaba fuera de peligro, pero que seguía bastante débil. La anciana había aguantado despierta para conocer el resultado del juicio; al verla, se incorporó en el lecho con una sonrisa iluminando su rostro demacrado.

—¡Estás libre! —exclamó con la voz quebrada.

Se fundieron en un abrazo y Penélope no pudo contener las lágrimas. Prometeo las contemplaba desde la puerta, sin terminar de creerse que el juicio hubiera resultado favorable y Penélope estuviera de nuevo con ellos.

Altea estaba tan agotada que se quedó dormida enseguida. Penélope la dejó con suavidad en el lecho, le besó la frente y salió de la alcoba.

En el patio la luz de la luna aportaba al entorno la apariencia de un sueño. Apenas se percibía el murmullo de una Atenas que comenzaba a adormecerse al otro lado de los muros. Prometeo contempló a Penélope y su pecho se llenó con una emoción tan intensa que durante un momento no fue capaz de hablar.

—Estás a salvo —murmuró con su voz grave.

Penélope se acercó con la mirada enlazada en la suya.

—Estoy contigo —susurró.

Prometeo adelantó la mano y ella envolvió sus dedos en una caricia lenta. Apenas se estaban tocando, pero la sensación era tan íntima que sus cuerpos se estremecieron. La mirada de Prometeo descendió hasta la boca de Penélope, y en su respiración agitada distinguió el mismo anhelo que latía en él.

Se inclinó sobre ella, que le tomó el rostro con ambas manos, y comenzaron a besarse con una intensidad creciente.

Capítulo 47

Atenas, febrero de 323 a. C.

Argeo, el jefe de los esclavos de la casa de Aristóteles, echó un vistazo a la olla y la dejó en el suelo de la cocina.

—Sigue sucia, Doro. Vuelve a lavarla.

Doro inclinó la cabeza ante su jefe, se arrodilló y se puso a frotar de nuevo la olla de cobre. Sus labios se movieron en silencio mientras la limpiaba, formulando maldiciones y expresando el placer que sentiría si le clavara un cuchillo a Argeo y le sacara las tripas.

Dirigió la mirada al estante en el que se encontraban los cuchillos y escogió mentalmente el que utilizaría.

—Se lo metería hasta la empuñadura —musitó.

En su rostro poco agraciado emergió una sonrisa torcida. Nunca se atrevería a hacer algo así, no tenía ni el valor ni la fuerza necesarios, pero se estremecía de gozo sólo de imaginarlo.

Secó la olla con un paño y buscó a Argeo.

—Hoy me toca salir. ¿Puedes darme media dracma?

—Sólo te corresponden dos óbolos, no tres. —Argeo se cruzó de brazos, harto de tener una y otra vez la misma conversación con Doro. Aristóteles daba una pequeña asignación a todos sus esclavos. Algunos obtenían un importe extra por realizar determinados trabajos, y también podían recibir una remuneración si su amo los alquilaba a otros hombres. No era insólito que con el paso de los años un esclavo consiguiera ahorrar lo suficiente para comprar su libertad, pero Doro era perezoso y huraño. Nunca había llegado a ahorrar más de un par de dracmas.

Doro miraba al suelo con los labios apretados, odiando al jefe de los esclavos por humillarlo una vez más. Sintió el sabor de la bilis en la garganta al pensar en suplicarle, pero recordó para qué quería ese óbolo extra y se tragó el orgullo.

—Descuéntamelo el próximo día... Te lo ruego.

Argeo suspiró mientras sacaba de su túnica una bolsita de cuero. Le entregó los tres óbolos y Doro se alejó murmurando algo ininteligible. En el patio vio que Aristóteles hablaba con sus hijos. El filósofo debía de estar contándoles algo divertido, porque Pitias no dejaba de sonreír y Nicómaco soltaba de vez en cuando una risa aguda que mostraba sus pequeños dientes.

Doro miró alrededor, asegurándose de que nadie lo veía, y se quedó contemplando a Pitias.

«Es tan bella como la mismísima Afrodita...»

La hija de su amo acababa de cumplir trece años, pero Doro podía ver que bajo su túnica se adivinaba un cuerpo de mujer completamente desarrollado. Su madre había sido muy hermosa y Pitias había heredado sus rasgos agraciados y la llamativa elegancia de sus movimientos.

El esclavo vigiló de nuevo el entorno y permaneció oculto entre las sombras de la galería. Quería grabar la imagen de Pitias en su memoria para poder evocarla más tarde. La hija de Aristóteles rio levantando un poco la cabeza y ofreció al sol la blancura perfecta de su cuello. Doro tragó saliva. Se habría quedado allí durante horas, pero no podía arriesgarse a que lo descubrieran y avanzó sigiloso por la galería.

El esclavo de la puerta lo saludó y dejó que saliera a la calle. Doro se alejó con rapidez, observando de reojo a las personas con las que se cruzaba. Atravesó la vía Panatenaica y continuó en dirección a la colina de las Ninfas. Cerca de las murallas llegó a uno de los principales burdeles de Atenas y se puso tenso al acercarse a la entrada, pero el guardia de la puerta no le impidió el paso.

Tras una cortina encontró un pasillo escasamente iluminado por una lamparita que ardía en una hornacina. Había dos puertas, una en cada pared. Sabía que ambas daban a salones en los que podías sentarte a beber vino mientras entraban y salían prostitutas en busca de clientes. La diferencia era que en el salón de la derecha podías tomarte una jarra de vino ácido por un óbolo, mientras que en el de la izquierda cada copa costaba tres óbolos y te arrancaba un suspiro de placer.

El precio y el atractivo de las mujeres diferían del mismo modo entre ambos salones.

Se aseguró de que llevaba las tres monedas y entró en el de la izquierda.

Se quedó junto a la entrada, envuelto en una mezcla de perfumes de mujer que inspiró con avidez. Del techo colgaban un par de lámparas de alabastro que iluminaban el espacio central, donde algunas bailarinas danzaban desnudas sobre gruesas alfombras orientales. En los triclinios dispuestos a lo largo de las paredes se mantenía una penumbra que favorecía la intimidad.

Una mujer mayor, la única que iba vestida, se le acercó y lo invitó a ocupar uno de los triclinios. Le cobró la media dracma que llevaba y ordenó con un gesto que le sirvieran una copa. Todo transcurrió sin palabras y él se quedó agarrado a su *kilix*, oliendo el vino sin probarlo todavía. Recorrió con la mirada a las mujeres que bailaban y luego a las que acompañaban a los otros hombres que se reclinaban en los triclinios.

«No está aquí.»

Dio un pequeño sorbo y contempló con más atención a las bailarinas. Decidió que la más bonita era una muchacha teñida de rubio, delgada y con caderas generosas, y se imaginó que bailaba para él. Se mojó los labios en la copa sin apartar la mirada. Al cabo de un rato, uno de los hombres abandonó su triclinio, la cogió de la mano y se la llevó por una puerta lateral.

Doro inspeccionó de nuevo el salón. Se había ido otra chica y habían entrado dos más, pero ella, el motivo por el que había ido al prostíbulo, seguía sin aparecer. Dio otro sorbo, comprobó que le quedaba poco más de media copa y se inquietó. No le permitirían seguir allí mucho tiempo sin que gastara más dinero. En algunas ocasiones había tenido que marcharse sin verla, y temió que esa vez ocurriera lo mismo.

Miró de reojo a la mujer que controlaba el salón y descubrió que lo estaba observando. Bajó la mirada y se llevó el *kilix* a los labios.

Se fijó en los otros hombres y vio que no había ningún esclavo. Otros días sí los había, pero en esta ocasión él era el único, como ponían en evidencia su cabeza rapada, su ausencia de anillos y su túnica corta de lana basta. Se encogió en el triclinio y bebió otro sorbo. En realidad, lo importante en aquel salón no era ser libre o esclavo, sino poseer o no algunas dracmas. Eso era lo que lo diferenciaba siempre de los demás, lo que hacía que fuera el único que bebía solo en su triclinio, que no se iba con ninguna mujer ni hablaba con ellas. Contempló con envidia las expresiones arrogantes de aquellos hombres, las caricias confiadas que hacían a las chicas, las risas que intercambiaban con ellas.

Sintió un oscuro regocijo al odiarlos sin que se percataran.

Se abrió una de las puertas laterales y entró otra chica desnuda. Doro tardó un momento en reconocerla, pero cuando lo hizo se quedó mirándola con la boca abierta.

«Apolonia...»

Era tan parecida a Pitias, la hija de Aristóteles, que podría pasar por su hermana gemela, aunque con unos años más que le aportaban mayor rotundidad en las caderas y en los senos. Poseía el atractivo de una adolescente a la vez que la belleza y majestuosidad de una princesa oriental. Doro casi dejó caer su vino cuando ella descubrió su mirada y le dirigió una sonrisa deslumbrante.

Como era habitual, uno de los hombres se levantó rápidamente de su triclinio y se acercó a ella, pero Apolonia lo contuvo con delicadeza y caminó hacia Doro.

—Me alegra verte de nuevo. —Su voz suave erizó la piel del esclavo.

—Yo...

Apolonia hizo una mueca graciosa y se arrodilló delante de su triclinio.

—No tengo... —La mano con la que Doro sujetaba la copa empezó a temblar—. No tengo dinero —murmuró con la garganta seca.

Ella se encogió de hombros sin dejar de sonreír. Su cuerpo estaba tan cerca que Doro podría tocarlo si extendía el brazo.

—Puedo bailar para ti. —Señaló hacia atrás sin girarse—. Pero primero tengo que atender a ese hombre. ¿Me esperarás?

Doro asintió.

Apolonia se levantó y se alejó caminando despacio. Sus pies descalzos parecían rozar la capa de alfombras como si apenas pesara. Cuando desapareció, Doro se quedó mirando la puerta cerrada y de pronto le entró miedo de que lo echasen antes de que regresara.

Siguió tomando a sorbitos el poco vino que le quedaba, encogido en su triclinio para tratar de pasar desapercibido. Tenía la mirada clavada en la copa y de vez en cuando la desviaba hacia la mujer que controlaba el salón. Quizás había visto que Apolonia hablaba con él, pero seguro que no se creía que ella había dicho que la esperara.

Al cabo de lo que le pareció una eternidad, la puerta volvió a abrirse. Apolonia se asomó desde el umbral y le hizo gestos para que se acercara. Doro se puso de pie con torpeza y cruzó el salón llevando su copa vacía. Les rogó a los dioses que, si aquello era un sueño, durase un poco más.

Apolonia le cogió la mano e hizo que entrara en una sala llena de cojines que no había visto nunca. Pensó que se quedarían ahí, pero ella lo condujo hasta otra puerta que daba a un pasillo. Lo recorrieron hasta el final y entraron en una habitación en la que no se oía música ni olía a perfume.

—Bienvenido —lo sorprendió una voz de hombre.

La copa resbaló de las manos de Doro cuando reconoció el rostro quemado de Bitias.

Bitias avanzó hacia el esclavo, que trató de retroceder y chocó contra la puerta que acababa de cerrar Apolonia.

—Siéntate —ordenó con una mirada de desprecio. El esclavo era un alfeñique que temblaba como las hojas de un álamo en mitad de una tormenta. Tenía los ojos redondos y muy juntos, la barbilla hundida y una boca pequeña de labios tan finos que apenas se apreciaban. Obedeció al instante y se sentó en una silla sin apartar los ojos de él.

Desde el otro lado de la sala se oyó la voz de Creonte.

—Querido Doro, no tengas miedo.

Bitias ladeó la cabeza para oír mejor a su jefe. Definitivamente se había quedado sordo del oído derecho, algo que algún día haría pagar a Prometeo. Creonte se levantó haciendo crujir su asiento y caminó hacia ellos. En una esquina ardía una gruesa vela de sebo que casi desprendía más humo que luz, pero bastaba para distinguir el sudor que empezaba a resbalar por el rostro del esclavo.

Creonte adelantó a Bitias y se inclinó sobre Doro con una sonrisa de complicidad.

—He sabido que visitas mi establecimiento con bastante frecuencia.

Doro separó los labios sin llegar a decir nada y se oyó el castañeteo de sus dientes.

—Vamos, vamos, no hay ningún motivo para que estés asustado. —Creonte hizo una seña y Apolonia se sentó en las piernas del esclavo—. Lo que quiero decirte es que me apena que te limites a contemplar a una muchacha tan bella como Apolonia, cuando podrías pasar tiempo con ella en la intimidad.

—A mí eso me gustaría mucho —susurró Apolonia en el oído de Doro.

Lo rodeó con los brazos y le besó el cuello haciendo que se estremeciera. Doro apoyó las manos en su espalda, pero las dejó rígidas. El temor era más fuerte que el deseo, y además sabía que pasar un rato con Apolonia costaba cincuenta dracmas.

Creonte le pidió con un gesto a Bitias que saliera de la habitación y aguardó a que la puerta se cerrara.

—Doro, tú y yo podemos ser amigos, y a mis amigos los trato muy bien. —Apolonia acarició la nuca del esclavo y volvió a besarle el cuello—. Creo que tu amo Aristóteles es muy injusto contigo. Me gustaría compensar lo mal que te tratan en esa casa, que ni siquiera puedes permitirte una mujer cuando te dejan salir un rato.

Doro se puso alerta al oír el nombre de Aristóteles, pero los besos y las caricias de Apolonia hicieron que cerrara los ojos y suspirara. La muchacha empezó a moverse sobre sus piernas y él recorrió con las manos la piel sedosa de su espalda.

Creonte esbozó una sonrisa dura mientras los contemplaba. Habían pasado dos semanas desde el juicio a Penélope y todavía le duraba el regusto amargo de aquella derrota. Ya iba siendo hora de que la suerte se pusiera de su lado.

—Doro —dijo con voz suave—, ¿cada cuánto te dejan salir de la casa de tu amo?

—Cada... cinco días...

—Pues escucha bien lo que te ofrezco. Tú sólo tienes que darme algo de información, y tal vez hacer alguna otra pequeña cosa que te pida. A cambio, cada cinco días podrás acudir aquí sin pagar nada, beber mi mejor vino... y disfrutar de Apolonia.

La muchacha buscó la boca de Doro y lo besó con ansia. Le cogió una mano y la llevó hasta su seno, que el esclavo manoseó mientras gemía.

—¿Estás de acuerdo, Doro?

Apolonia se retiró ligeramente y asintió mientras clavaba en Doro una mirada enfebrecida de deseo. Sus labios casi se rozaban y sus jadeos se entremezclaban en un único aliento.

—Sí. —Doro notó que la mano de la muchacha le subía la túnica y buscaba su erección—. Sí —repitió con más fuerza—, haré lo que quieras.

Apolonia dejó que la penetrara mientras Creonte salía de la habitación.

Capítulo 48

Atenas, marzo de 323 a. C.

Herpilis entró en la cocina y observó el trabajo de sus sirvientes.

Esa noche irían a cenar Altea, Prometeo y Penélope, a quien aún no conocía. Apenas tenía vida social y aquella velada le hacía especial ilusión.

—Parece que está todo bastante adelantado —le dijo a Argeo, el jefe de los esclavos.

—Así es, señora. Vamos a meter el pan en el horno, la olla sólo tiene que estar un poco más en el fuego y las salsas están casi terminadas.

Herpilis agradeció el trabajo que estaban realizando y abandonó la cocina. Argeo esperó a que se alejara y se dirigió a la mesa en la que Doro estaba cortando verduras.

—Así no sirven, tienes que hacer trozos más pequeños.

Doro asintió en silencio y se puso a hacer lo que le pedía. Ya no le importaba que en aquella casa todo el mundo tratara de humillarlo. Su situación era mejor que la de cualquier otro esclavo: se había acostado dos veces con Apolonia, la mujer más atractiva de Atenas, y podría volver a hacerlo todas las veces que quisiera. En la casa de Aristóteles sólo recibía desprecios, pero Creonte había convertido sus sueños en realidad.

El cuchillo se volvió más lento y acabó por detenerse mientras evocaba a Apolonia desnuda, llevándolo al placer de formas que ni siquiera había imaginado que existían.

Se estremeció y continuó troceando verduras para la cena.

Altea abrió el pequeño cofre en el que guardaba sus objetos de tocador.

Escogió una cinta de color tierra y levantó las manos para rodear con ella sus cabellos. De pronto la vista se le oscureció. Notó que se ahogaba, que sus pulmones no eran capaces de recibir suficiente aire... Apoyó los brazos en la mesa y aguardó con los ojos cerrados a que la sensación remitiera.

«Tengo que ser paciente.»

Aristóteles le había dicho que era normal que se fatigara. Tras el incidente en la Academia había pasado varios días en la cama y después se había limitado a dar paseos cortos, sin ir más allá del ágora o las murallas. Ese día le había asegurado a su hijo que se encontraba con fuerzas para ir a cenar a casa de Aristóteles y Herpilis, pero lo cierto era que estaba bastante cansada.

Levantó la cabeza y contempló su reflejo mientras se colocaba la cinta. Le daba la impresión de que se había quedado más delgada. Elevó la mirada a las figuras de Afrodita y Eros y su rostro se iluminó. Con sus primeros ingresos como entrenador, Prometeo había acudido al establecimiento de Eritras, el orfebre, y había recomprado el espejo que le regaló Platón por su boda.

Terminó de peinarse y se dirigió a la puerta sin dejar de sonreír. Su situación económica había cambiado radicalmente en pocas semanas. No sólo habían recuperado el espejo, también habían ahorrado cerca de un centenar de dracmas gracias a los considerables ingresos de Prometeo y a la venta de las cerámicas que Penélope embellecía con tanta habilidad.

Al llegar al umbral vio que ambos se encontraban en el patio, conversando junto al horno. Estaban tan absortos el uno en el otro que no se percataron de su presencia. Los observó un momento antes de acercarse. Desde el juicio a Penélope dormían juntos y le alegraba verlos así de felices, pero a la vez sentía un eco de inquietud, como si no pudiera creerse que el caprichoso destino fuese a permitir que aquella época tranquila se prolongara.

Penélope se volvió hacia ella y contempló con una sonrisa su peinado y su nuevo mantón, de un bello tono marrón rojizo, que también era un regalo de Prometeo.

—Altea, estás muy elegante.

Ella agradeció el cumplido y se sentó, todavía era pronto para ir a casa de Aristóteles.

—Estábamos hablando del abuelo Perseo —dijo Prometeo— y de su medio hermano Calícrates, el padre de Penélope. Tú coincidiste con él en una ocasión, ¿se parecía al abuelo?

Altea entornó los ojos mientras desgranaba recuerdos.

—Hablé una única vez con él en Delfos y no recuerdo muy bien... Físicamente no se parecía a tu abuelo, de eso estoy segura. Sin embargo, los dos tenían algo similar. Tu abuelo Perseo irradiaba bondad, era algo que notabas cuando estabas en su presencia, y con Calícrates tuve una sensación parecida.

—Ojalá lo hubiera conocido. —En la voz de Penélope había un fondo de tristeza que se disolvió enseguida—. Pero he tenido la suerte de conoceros a vosotros, que para mí erais parte de la leyenda de Deyanira, una rama de mi familia que sentía tan lejana como si pertenecieseis a otro mundo.

—Ya has visto que de legendario tenemos poco —bromeó Prometeo—. Cuando llegaste a nuestra casa estábamos al borde de la ruina y yo soy un luchador que ya no puede luchar.

Altea escrutó el semblante de su hijo. No mostraba ninguna pesadumbre y se lo agradeció internamente a Aristóteles. Las conversaciones que había tenido con Prometeo, y que lo hubiera incitado a convertirse en entrenador, habían sido cruciales para sacar a su hijo del pozo de amargura en el que se encontraba.

«Y el hecho de que su abuelo Perseo fuese espartano ya no parece afectarle ahora que se ha enamorado de Penélope.»

Prometeo continuó hablando.

—Has dicho «la leyenda de Deyanira», como si fuese una heroína. ¿Por qué se la venera de ese modo en Esparta?

Penélope llevó la mano a la pulsera de su abuela sin darse cuenta.

—Deyanira, como madre y como mujer, es un símbolo de devoción y coraje para las mujeres de Esparta. Su segundo marido, el padre de Perseo, se llamaba Aristón y era un hombre brutal que la maltrataba con frecuencia. —Sintió una ligera punzada de culpabilidad. Cuando había conocido a Prometeo, su enorme tamaño y su permanente estado de irritación le habían hecho pensar en Aristón—. Aunque Deyanira era una mujer fuerte y valiente, aguantó el maltrato durante muchos años para proteger a sus hijos. Hasta que un día se rebeló contra él y lo acuchilló. —Sus labios se curvaron en una mueca de orgullo—. Por supuesto, la sometieron a juicio, pero fue absuelta porque se consideró que el comportamiento de Aristón había sido deshonroso.

Levantó el brazalete de hierro entrelazado.

—Pertenecía a Deyanira. Desde que se libró de Aristón lo llevaba como un símbolo de que nadie podía ser su dueño.

Altea alargó la mano y acarició la fina tira de metal.

—Consérvala como una reliquia sagrada. Deyanira no es sólo nuestra antepasada; estoy segura de que, igual que ocurre entre las mujeres de Esparta, los dioses la aprecian de un modo especial.

Aristóteles y Herpilis acudieron al patio para recibir a sus invitados en cuanto el esclavo portero les anunció que habían llegado. Aristóteles no dejó de advertir que Altea se sujetaba al brazo de Penélope y que estaba un poco pálida. En cambio, Prometeo seguía mejorando de su lesión y apenas se apoyaba en el bastón.

A Penélope le intimidaba encontrarse en la casa de un filósofo tan importante como Aristóteles, por lo que agradeció la calidez con que la acogió Herpilis. La esposa de Aristóteles, que tenía unos cinco años más que ella, la recibió con un abrazo y después le presentó a sus hijos.

—Esta mujercita es Pitias, que ya tiene trece años.

La joven se inclinó de un modo tan solemne que la hizo sonreír.

—Y este muchacho es nuestro pequeño Nicómaco.

Penélope se agachó para quedar a su altura.

—¿Cuántos años tienes?

—Seis —respondió estirándose.

«Es la edad que tendría mi pequeño Teodoro.» Le acarició la mejilla. La suavidad de su piel hizo que se agitaran sus recuerdos más preciados.

—Eres muy guapo, Nicómaco.

El pequeño esbozó una sonrisa pícara y sacó una mano que había mantenido oculta tras la espalda.

—Mira qué concha tan bonita tengo.

—¡Tiene unos colores preciosos! ¿Dónde la has encontrado?

—En la playa. Tengo muchas. —Su gesto se enfurruñó—. Pero mis padres ya no me dejan salir de casa y no puedo coger más.

Su madre le revolvió el pelo.

—Ya volverás a ir. Tienes que tener paciencia.

Los niños ya habían cenado y Herpilis le pidió a una esclava que se los llevara para acostarlos. Antes de irse, Nicómaco quiso enseñarle a Penélope la comadreja domesticada que tenían,[23] pero su madre no se lo permitió.

Pitias agachó la cabeza cuando se cruzaron con Doro y éste la miró de un modo que hizo que se sintiera incómoda. El esclavo continuó hasta el salón de banquetes y dejó sobre la mesa unos cuencos con aceitunas adobadas en una salmuera de hinojo.

Aristóteles no había adoptado la costumbre ateniense de comer recostados en triclinios y cenarían alrededor de una mesa en la que habían colocado un par de candelabros. Dos esclavos sirvieron vino caliente especiado con azafrán y canela a todos menos al filósofo, que sólo iba a beber leche fermentada de yegua.

—Mi punto débil es el estómago —le explicó a Penélope—. El vino me sienta mal desde hace años, pero afortunadamente puedo comer casi de todo. —En su rostro apareció una sonrisa divertida—. Claro que tampoco me atrevería a probar vuestro famoso caldo negro.

Aquello hizo que todos rieran. El caldo negro se comía sólo en Esparta, en las comidas comunales de los soldados, y consistía en un guiso salado elaborado con sangre, vino avinagrado y vísceras de cerdo.

Les llevaron una bandeja con pan de trigo crujiente y unos cuencos con tacos de queso y huevos de codorniz coci-

23. En la Atenas clásica las comadrejas eran más habituales que los gatos para mantener a raya a las ratas.

dos. Después del aperitivo, los esclavos colocaron en la mesa una variedad de humeantes verduras, un par de vasijas con salsa de moras y vinagreta de hierbas y sirvieron el plato principal: ventresca de atún envuelta en hojas de higuera y asada a la brasa con orégano. A Penélope le pareció que aquella comida desprendía el aroma más sabroso que había olido en su vida.

Herpilis le hizo algunas preguntas sobre su vida en Esparta a las que ella respondió con amabilidad pero sin profundizar. Hablar sobre Esparta le provocaba un sentimiento agridulce de alivio y melancolía. Allí habían decidido que tenía que casarse con un hombre detestable; por otra parte, Esparta era su patria, en la que había vivido feliz con su madre y después con su hijo.

Herpilis advirtió que no era un tema del que le gustara hablar y dejó que Aristóteles y Altea llevaran el peso de la conversación. Se notaba que eran viejos conocidos y que estaban acostumbrados a disputar sobre filosofía, y al cabo de un rato se enfrascaron en un debate sobre el «ser» y el «no ser» del que Penélope no entendía ni una palabra.

—Platón cayó en la misma trampa que Parménides —afirmó Aristóteles—. Porque si consideras que lo que no es no puede llegar a ser, entonces no puedes aceptar el cambio. Y si no aceptas el cambio, que es obvio que se produce constantemente en el mundo real, niegas la posibilidad de que obtengamos conocimiento válido analizando el mundo real. Y si aceptáramos eso, a los filósofos sólo nos quedaría resignarnos a la ignorancia, o a imaginar mundos ideales que tampoco conducen a ningún conocimiento. O, peor aún, a dedicarnos a ejercer de simples sofistas que enseñan a los demagogos a imponerse en la Asamblea con argumentos falsos.

Altea advirtió la expresión desconcertada de Penélope.

—Oh, discúlpanos, querida. Somos tan tediosos como descorteses.

—En absoluto, para mí es un privilegio poder escucharos... Pero reconozco que no soy capaz de comprender nada.

Altea paseó la mirada por la mesa mientras Doro se acercaba a servir vino.

—Déjame que ponga un ejemplo de lo que estamos hablando... —Cogió un vaso con agua—. Estamos tratando del problema del cambio; es decir, de si algo puede convertirse en otra cosa que antes no era. El agua de este vaso podría transformarse en hielo si se enfriara mucho, o en vapor si se calentara lo suficiente, ¿verdad?

Penélope asintió titubeante.

—Sin embargo —continuó Altea—, Platón y Parménides consideraban que lo que no es no puede llegar a ser. El no ser no existe, y por lo tanto nada puede surgir de él. En el ejemplo del agua, si dejamos el vaso en el exterior en una noche fría y al amanecer lo encontramos lleno de hielo, tendremos algo que *es*, el hielo, en el lugar donde antes no existía ese hielo. Como para ellos ese cambio del no ser al ser no es posible, afirman que se trata de una apreciación engañosa de los sentidos, de los que nunca podemos fiarnos, y que las impresiones que recabamos a través de los sentidos no nos sirven para obtener verdadero conocimiento, sino simples opiniones.

Penélope dudó si decir algo. Se daba cuenta de que la aparente sencillez del ejemplo envolvía conceptos cuya profundidad apenas atisbaba.

—Aristóteles ha dicho que Platón y Parménides están equivocados —se atrevió a responder—. ¿Cómo se resuelve el problema? ¿Lo que vemos es cierto o es... un engaño?

—Aristóteles es quien ha resuelto el problema. —Altea inclinó la cabeza con respeto hacia el filósofo—. Nadie podrá responderte mejor que él.

—En realidad, no existe la contradicción que veían Platón y Parménides —dijo Aristóteles—. El cambio es posible, sin que eso signifique que el no ser se transforme en ser. —Juntó las manos y apoyó los dedos en la boca. Sabía que aquello no era sencillo para los no iniciados en filosofía, pero Penélope era una mujer inteligente; podría entenderlo si conseguía explicarlo con claridad—. Tenemos que tener en cuenta que todo está constituido por materia y forma. Para simplificar, podemos decir que la forma son las características que están presentes en esa materia. El cambio no se produce en la materia, sino en la forma, que se sustituye de una a otra dentro de la misma materia. Y esto tampoco significa que la forma haya pasado del no ser al ser, puesto que hay que tener en cuenta un segundo concepto: se trata de distinguir entre «estar en acto» y «estar en potencia». Las sustancias tienen una forma «en acto», que es la que muestran en el momento presente, y otra u otras formas «en potencia», que son las posibles formas que puede adoptar esa materia. En el ejemplo que ponía Altea —señaló el vaso—, el agua se presenta en este momento, «en acto», en estado líquido, pero «en potencia» el agua ahora mismo también es hielo y es vapor, porque puede llegar a serlo.

Se quedó esperando hasta que Penélope asintió. Ella lo hizo con la sensación de que aquellas ideas, que se ramificaban en su mente con aparente sentido, podían desvanecerse en cualquier momento.

Aristóteles dio una palmada suave en la mesa.

—En definitiva, el cambio consiste en pasar de una forma en acto a otra en potencia que ya estaba presente. Por lo tanto, en el cambio no se pasa del no ser al ser, sino que se sustituye el ser en acto por el ser en potencia que también estaba presente. —Se encogió de hombros con una sonrisa—. Se acabó la contradicción, y además podemos fiarnos de la información que nos proporcionan nuestros sentidos para obtener a partir de ella conocimiento verdadero.

—De hecho —intervino Altea—, aunque yo sigo siendo una filósofa vinculada a la Academia platónica, donde la utilidad de la experiencia sensible continúa poniéndose en entredicho, no puedo sino reconocer que el método que se sigue en el Liceo para estudiar la naturaleza, basado en la observación y en la experiencia, ha dado lugar a una larga serie de descubrimientos asombrosos.

Aristóteles inclinó la cabeza hacia su amiga.

—Te lo agradezco, filósofa de la Academia.

Penélope observó la sonrisa de Altea y le alegró que disfrutara tanto de la conversación. Era la mujer más inteligente que había conocido y estaba claro que la filosofía la hacía feliz. Por otro lado, se había dado cuenta de que Altea escuchaba a Aristóteles con auténtica veneración, y eso le hizo admirar todavía más al filósofo.

Prometeo se inclinó hacia Penélope.

—Como has podido comprobar, Aristóteles y mi madre a veces se elevan a mundos demasiado abstractos y Herpilis y yo nos quedamos mirándolos como si hablaran en egipcio. —Rieron y después Prometeo levantó su copa para brindar—. Querido Aristóteles, a pesar de que a menudo no comprendo tus conferencias o tus tratados, reconozco que me ayudaste mucho cuando me convenciste de que lo importante no es lo que somos «en acto», en el momento presente, sino que tenemos la opción de cambiar porque en nuestro interior residen muchas versiones de nosotros mismos «en potencia». Gracias por hacerme comprender que tenía otras opciones, y por ayudarme a ponerme en marcha hacia ellas. ¡Que los dioses te guarden por muchos años!

Brindaron y bebieron a la salud de Aristóteles, que se mostró un tanto azorado ante aquellas efusiones. Herpilis pidió a algunos esclavos que recogieran la comida sobrante y trajeran el postre. Mientras lo hacían, Doro abandonó su posición en una esquina de la sala y se ocupó de rellenar de nuevo las copas.

Penélope contempló las bandejas de pasteles que colocaron en la mesa. Se decidió por uno con piñones tostados bañado en miel.

—Mmm. Está delicioso. La fama de los pasteles de Atenas ha llegado hasta Esparta, pero nunca imaginé que disfrutaría tanto comiéndolos.

Escogió otro, de dátiles y vino dulce, y lo saboreó mientras escuchaba la conversación entre Aristóteles y Prometeo. Se habían puesto a hablar sobre las posibilidades de que Atenas y Macedonia entraran en guerra. En un momento dado, Aristóteles pidió a los esclavos que abandonaran la sala.

—¿Yo también? —preguntó Doro.

—Sí, deja la jarra en la mesa, nos serviremos nosotros mismos.

Aristóteles aguardó hasta que el esclavo cerró la puerta tras él.

—Los últimos rumores que me han llegado son preocupantes. Creonte y otros hombres siguen enviando armas y dinero al Peloponeso, donde el general Leóstenes ya ha reclutado a miles de mercenarios. Además, se dice que va a acudir a los etolios para que se unan a Atenas en un levantamiento.[24]

Prometeo tamborileó con los dedos en la mesa. Ya no sonreía.

—No cabe duda de que Antípatro también estará al tanto. Solíais escribiros con cierta frecuencia, ¿no te ha dejado entrever sus intenciones?

—Si alguien interceptara una carta entre Antípatro y yo, y en ella hubiera una sola palabra sobre política, ese mismo día me colgarían de las murallas de Atenas. Nunca hemos hablado de política y desde luego no vamos a empezar ahora. —Miró hacia la puerta y bajó la voz—. No obstante, lo conozco bien. Es un hombre paciente y práctico, debe de estar esperando para ver si Atenas se está limitando a medir sus fuerzas o va más allá. Y mientras espera, él también estará preparándose para la guerra..., aunque para ello tiene dos obstáculos importantes: el propio Alejandro y Olimpíade, la madre del rey.

—Antípatro siempre se ha llevado mal con Olimpíade —objetó Altea—. ¿Por qué va a tener ahora más problemas con ella?

—Por la muerte de Hefestión —respondió Aristóteles—. No sólo era el mejor amigo y el amante de Alejandro. Era la persona que más influencia tenía sobre él, su principal asidero con la realidad y el único que podía ejercer de contrapeso al enorme influjo que Olimpíade tiene sobre Alejandro. Estoy seguro de que, en cuanto Olimpíade recibió la noticia de la muerte de Hefestión, se puso a escribir una carta tras otra a su hijo con todo tipo de acusaciones contra Antípatro para convencerlo de que lo ejecute... o al menos de que lo aparte del poder y le conceda a ella la regencia de Macedonia.

Penélope estuvo un rato mirando hacia la mesa antes de hablar.

24. Etolia era una región de Grecia central cuyas ciudades formaban una poderosa confederación militar. Los etolios y los atenienses fueron los más afectados por el decreto de los exiliados que Alejandro hizo promulgar en los Juegos de Olimpia del año 324 a. C.

—Cuando yo era una niña, Esparta había quedado debilitada tras vencer al ejército tebano de Epaminondas, pero seguíamos teniendo bastante poder e influencia dentro del Peloponeso. Recuerdo vivir en una ciudad próspera y orgullosa —dijo con una sonrisa triste—. Hace unos años, nuestro rey Agis decidió enfrentarse a Antípatro. El ejército macedonio nos infligió una derrota aplastante, y ahora Esparta es un estado débil, pobre y humillado. Entiendo que Atenas quiera disfrutar de una libertad plena; sin embargo, cuando veo la prosperidad de la que disfruta ahora y oigo hablar de guerra, no puedo dejar de sentir que las consecuencias serían las mismas que sufrimos nosotros. Y no importa si Antípatro cae en desgracia. Es un general excepcional, bien lo sabemos en Esparta, pero Macedonia cuenta con un ejército formidable independientemente de quien lo encabece. Si sufren una derrota, enviarán más tropas desde Persia. Y si fuera necesario, vendría el propio Alejandro, que nunca ha perdido una batalla y además dispone de un número inimaginable de soldados.

Herpilis, prudente como siempre, prefirió dar un sorbo a su copa de vino en lugar de expresar lo que estaba pensando. Un enfrentamiento bélico contra el Imperio macedonio podía resultar desastroso a la larga para todos los atenienses, de eso no cabía duda, pero el peligro que corría su familia en Atenas se multiplicaría desde el mismo instante en que se declarara la guerra.

Capítulo 49

Babilonia, marzo de 323 a. C.

Alejandro cabalgaba junto a Ptolomeo con expresión ausente, dejándose llevar por el lento bamboleo de su caballo.

«Mejorará cuando lleguemos a Babilonia —trató de convencerse Ptolomeo—. Necesita que se celebre el funeral de Hefestión para empezar a olvidarse de él.»

Habían pasado tres meses desde la muerte de Hefestión y había ocasiones en que Alejandro casi parecía haberse recuperado, pese a que apenas dormía por las noches. Sin embargo, cuando no tenía ninguna obligación que atender, como en aquella jornada final de marcha hacia Babilonia, solía quedarse con la mirada perdida y Ptolomeo suponía que su mente viajaba a un lugar en el que Hefestión seguía vivo.

«Ni siquiera reaccionó al saber que su esposa Roxana está embarazada, y eso que los adivinos han vaticinado que dará a luz un varón.»

Su inmenso ejército avanzaba tras ellos con parsimonia, produciendo un rumor de tormenta lejana sobre el que de pronto se impuso el repiqueteo de unos cascos contra el pavimento de la calzada real. Poco después, Ptolomeo vio que uno de los exploradores se acercaba al trote.

—Vienen unos ancianos desde Babilonia. —El soldado, un macedonio curtido, tiró de las riendas al llegar a su altura—. Viajan despacio, a lomos de unas mulas, calculo que nos encontraremos con ellos en media hora. Parecen muy nerviosos, pero no han querido transmitirme ningún mensaje. Sólo han dicho que son astrónomos caldeos y que necesitan hablar urgentemente con el rey.

Ptolomeo pensó que quizás aquello haría reaccionar a Alejandro. Los caldeos, además de magníficos astrónomos, eran capaces de leer el futuro en los movimientos de los cuerpos celestes.

La respuesta de Alejandro no llegó y Ptolomeo se volvió hacia el explorador.

—Escóltalos con un par de hombres hasta que nos encontremos con ellos. —Observó de nuevo a Alejandro mientras el explorador se alejaba. Tenía que evitar que los caldeos lo vieran en ese estado—. Al final del día llegaremos a Babilonia —le dijo—. Según el último mensaje de Pérdicas, los preparativos para el funeral de Hefestión están bastante avanzados.

Alejandro levantó la mirada y sus ojos se posaron difusamente en los de Ptolomeo. Pérdicas había partido de Ecbatana antes que ellos, con el cadáver embalsamado de Hefestión y el encargo de organizar para él las más espléndidas honras fúnebres en Babilonia.

—Hefestión... —Una expresión de dolor crispó el rostro de Alejandro y su mirada volvió a perderse.

Ptolomeo apretó los labios.

«Por Heracles, tenemos que llegar cuanto antes a Babilonia. —Pasó una mano por las crines recortadas de su montura—. Cuando estemos en la ciudad, la actividad lo hará revivir.»

Se irguió sobre el caballo para escrutar el camino en busca de los adivinos caldeos, pero las ondulaciones del terreno aún los mantenían fuera de la vista. Recordó con expresión adusta los dramáticos días vividos tras la muerte de Hefestión. Nadie había sido capaz de separar a Alejandro del cadáver durante dos días. Cuando lo lograron, se negó a comer o hacer otra cosa que no fuese permanecer tumbado, como si estuviera dejándose morir. Sólo hablaba para lamentarse por la pérdida de Hefestión y para imponer las medidas de luto más estrictas: ordenó que siguieran la costumbre de los persas cuando morían los reyes y afeitaran las crines a todos los caballos y mulas; prohibió el sonido alegre de las flautas y cualquier otro tipo de música en el ejército; decretó que el cuerpo de caballería que comandaba Hefestión llevaría para siempre su nombre y su estandarte...

«Lo único que consiguió animarlo fue la expedición contra los coseos.»

Aquel belicoso pueblo de la montaña vivía del bandidaje y nunca se había sometido a los reyes persas. Alejandro se lanzó contra ellos como si estuviera poseído por una furia divina. A lo largo de cuarenta días los persiguió con la misma saña que si los considerara responsables de la muerte de su amante y él fuese el mismísimo Aquiles vengando la muerte de Patroclo. Degolló a todos los hombres y ni siquiera perdonó la vida a los adolescentes. Cuando todo terminó, contempló el terreno cubierto de cadáveres ensangrentados y dijo que aquello eran las «exequias de Hefestión».

Continuaron avanzando por la calzada real hasta llegar a lo alto de un repecho, desde donde vieron que los caldeos se hallaban a menos de un estadio. Eran tres, cada uno a lomos de su propia mula y sin ningún sirviente que los acompañara. Llevaban unas llamativas barbas de un palmo de longitud, blancas como el lino, que contrastaban con el naranja intenso de sus túnicas largas y de sus extraños gorros cilíndricos. Se curvaban sobre sus monturas como lo haría cualquier anciano; no obstante, Ptolomeo sabía que eran los mejores adivinos del imperio y le recorrió la espalda un escalofrío al preguntarse por qué motivo querrían hablar con el rey con tanta premura.

Alejandro también los había visto. Durante un instante pareció vacilar, pero de pronto alzó el puño para que el ejército se detuviera y se adelantó al paso hacia los astrónomos caldeos. Los ancianos se dieron cuenta de que el rey se aproximaba y se bajaron trabajosamente de sus mulas.

Ptolomeo se mantuvo junto a Alejandro. Los seguía una escolta, pero él era el único de los generales que se encontraba cerca del rey en ese momento. Tenían a su espalda el sol de la mañana y proyectaban largas sombras hacia los adivinos, que se habían echado al suelo y lo tocaban con la frente para recibir a su monarca haciendo la postración completa.

Alejandro había salido de su ensimismamiento y Ptolomeo advirtió que estaba inquieto. A lo lejos se divisaban las altas murallas de Babilonia. Detrás de los ancianos, la calzada real se dirigía hacia la ciudad trazando una línea recta como el tajo de una espada.

—¡Oh, rey de reyes, señor de Asia, esplendoroso soberano...!

Los adivinos mantenían la cara contra el suelo mientras proseguía la retahíla de títulos y Ptolomeo se preguntó cuál de los tres estaría hablando. Alejandro desmontó, se acercó a ellos y les ofreció la mano para ayudarlos a levantarse.

—Me han dicho que deseáis hablar conmigo.

—Así es, gran rey Alejandro —declaró el más delgado mientras se pasaba la mano por la barba, de la que caían granitos de tierra. Su voz grave debía de haber sido imponente unos años atrás, pero ahora estaba agrietada como una pradera castigada por la sequía—. Desde que supimos de vuestra venida hemos estado consultando los astros en busca de algún fenómeno que nos mostrara un eco de vuestro destino, algún indicio que nos permitiera ofreceros un consejo valioso.

El adivino titubeó y se quedó en silencio. Dirigió una mirada apremiante hacia sus compañeros, que tampoco dijeron nada.

—¿Y bien? —Alejandro los miró uno a uno—. ¿Qué habéis visto?

El anciano volvió a pasarse la mano por la barba.

—Los signos son claros, oh, gran rey de reyes. Hemos repetido una y otra vez nuestras observaciones... —Miró de nuevo a sus silenciosos acompañantes—. Hemos debatido durante largas horas... Hemos...

Alejandro lo interrumpió.

—Sabéis cuánto respeto vuestra ciencia, sabios ancianos, y os agradezco que hayáis venido hasta aquí para transmitirme lo que habéis visto. No dudéis en hacerlo.

El hombre asintió con los labios fruncidos.

—Tenéis que detener vuestra marcha, gran rey Alejandro. —Apuntó con una mano nudosa hacia la ciudad amurallada—. Las señales son claras: no debéis acercaros más a Babilonia. Entrar en la ciudad podría tener consecuencias funestas.

Ptolomeo vio que Alejandro palidecía.

—¿Quieres decir que la vida del rey corre peligro? —le preguntó al adivino—. ¿Eso es lo que habéis visto?

—Su vida estará a salvo si pasáis de largo —se apresuró a responder el anciano—. Sin embargo, si cruza las murallas de Babilonia, el gran rey Alejandro podría morir. [25]

25. Las principales fuentes históricas, desde Diodoro hasta Arriano, coinciden en que los caldeos aconsejaron a Alejandro que no entrara en Babilonia, ya que los presagios señalaban que hacerlo supondría un gran peligro para él.

Capítulo 50

Babilonia, abril de 323 a. C.

Alejandro ordenó que su inmenso ejército acampara a doscientos estadios de Babilonia. Ptolomeo trató de razonar con él, pero el rey se encerró en su tienda con el séquito de sacerdotes y adivinos que siempre lo acompañaba y no dejó que entrara nadie más. Ni siquiera le permitió el paso a Eumenes, que además de general era su secretario personal y se encargaba de anotar en el diario del monarca todo lo que acontecía.

El general Pérdicas acudió desde Babilonia al cabo de un par de días y encontró a Ptolomeo reunido en su tienda con Eumenes y Anaxarco, el principal filósofo de la corte itinerante de Alejandro.

—¡Qué demonios está ocurriendo! —Pérdicas se había puesto una coraza y llevaba la espada al cinto, aunque su túnica y su calzado eran propios de un civil y la buena vida de los dos últimos meses le había rellenado las facciones—. En la ciudad se rumorea que Alejandro no se atreve a entrar a causa de un vaticinio de los caldeos.

—Y me temo que así es. —Ptolomeo sostuvo su mirada irritada—. No sale de su tienda, se pasa el día y la noche tratando con adivinos y ha dado orden de no permitirnos el acceso ni siquiera a nosotros. Precisamente ahora estábamos decidiendo si acudir a enfrentarnos a los soldados de la entrada.

Pérdicas asintió con decisión y se llevó la mano a la espada.

—Sin armas —se apresuró a aclarar Eumenes.

—De acuerdo. —El general se desabrochó el cinto mientras salían de la tienda y se lo entregó a uno de los oficiales que lo habían acompañado desde Babilonia.

En la puerta de lona que daba acceso a la gran carpa de Alejandro había media docena de soldados que cruzaron las lanzas frente a ellos. Pérdicas les hizo un gesto de saludo con la cabeza. Todos llevaban años al servicio de Alejandro.

—Estamos desarmados, como podéis ver, y venimos a hablar con el rey.

Las lanzas no se movieron.

—Hemos recibido órdenes muy claras —proclamó el hombre que estaba al mando—. El rey ha dicho que no entre nadie.

El general Pérdicas se adelantó hasta que su cara quedó a un palmo de la del soldado. Después lo pensó mejor y alzó la voz hacia el interior de la tienda.

—¡Alejandro, soy Pérdicas! —No hubo respuesta—. ¡Traigo noticias de Babilonia, voy a entrar!

Aguardaron un rato en silencio y Pérdicas se encogió de hombros.

—No ha dicho que no entre. —Puso una mano en la lanza y resopló irritado cuando el guardia la sujetó con más fuerza—. Puedes atravesarme aquí, o nos acompañáis dentro y os aseguráis de que los hombres más leales al rey no hemos venido para tratar de matarlo a puñetazos.

Ptolomeo agarró otra de las lanzas y se produjo un forcejeo. Los guardias no se decidían a atacarlos con sus armas y retrocedieron hasta el umbral de la tienda.

La lona se apartó con brusquedad y apareció Alejandro. Tenía unas ojeras violáceas y los ojos inyectados en sangre.

—¡Por todos los dioses, ¿no sois capaces de respetar mi voluntad ni una sola vez?!

—Traigo noticias importantes de Babilonia —se apresuró a decir Pérdicas. El rostro del rey se contrajo al oír el nombre de la ciudad—. Habla con nosotros, Alejandro. Concédenos unos momentos y luego, si así lo deseas, nos iremos.

La mirada de Alejandro pasó de uno a otro mientras respiraba a través de los dientes apretados. Después se desvió hacia el mar de tiendas que formaba el campamento.

—Estáis dando un espectáculo lamentable, por Zeus. —Se dio la vuelta con gesto contrariado—. Pasad y soltad de una vez lo que tengáis que decir.

La tienda del rey era un pequeño palacio de tela y paneles de madera sostenido por postes que elevaban el techo a una altura de veinte codos. El espacio interior era enorme y olía intensamente al incienso y las hierbas purificadoras que se quemaban en numerosos altares de plata.

Pérdicas contempló con desagrado a la cohorte de adivinos que retrocedían a su paso como animales asustados.

—Alejandro, en la ciudad te esperan decenas de embajadas que han venido a rendirte honores desde todos los confines del mundo. Y los propios babilonios están ansiosos por recibir a su rey, sobre todo desde que saben que has decidido que Babilonia sea la capital de tu imperio.

Alejandro lo escuchaba sin dejar de morderse los labios.

—Que vengan aquí. Los recibiré en el campamento.

—¡Por Ares, Alejandro! ¡Eres el rey más poderoso del mundo, posees innumerables ciudades y palacios, no puedes recibir a las embajadas en un campamento como si fuéramos un miserable pueblo de nómadas!

Alejandro lo miró con los músculos en tensión. Sobre uno de los altares, al alcance de su mano, un afilado cuchillo de sacrificio reflejaba la luz oscilante de las lámparas que los rodeaban.

—Los caldeos han vaticinado que moriré si entro en la ciudad, ¿es eso lo que quieres? —Su voz se había vuelto gélida, sus ojos enrojecidos no pestañeaban. Movió la cabeza para mirarlos a todos—. ¿Es eso lo que queréis? —Señaló al hombre que estaba al mando de sus adivinos—. Aristandro ha inmolado un cordero para consultar a los dioses por mi futuro en Babilonia y a la víctima le faltaba un lóbulo del hígado. Es una señal que ninguno de vosotros pasaría por alto, pero pretendéis que lo haga yo.

Su mirada vidriosa recayó en Ptolomeo, que percibió el profundo temor que latía bajo la capa de rencor y agotamiento.

—Alejandro, sabes que las señales y los oráculos siempre son ambiguos. —Advirtió que Aristandro iba a replicar y le cerró la boca con una mirada—. Nosotros mismos hemos utilizado esa ambigüedad en algunas ocasiones para convencer al pueblo y al ejército de que debían hacer lo que considerábamos adecuado.

—Pero no... —Alejandro cerró los ojos y se esforzó por recuperar el hilo de sus pensamientos—. Los caldeos son los mejores adivinos... El sacrificio... —Sacudió la cabeza, su rostro era cada vez más inexpresivo—. No podemos...

Su voz se extinguió y Eumenes aprovechó para intervenir.

—He estado indagando, y he averiguado el verdadero motivo de los caldeos para afirmar que no debes entrar en la ciudad. Cuando vinimos por primera vez a Babilonia, hace siete años, ordenaste que se restaurara el templo de Bel. Sin embargo, la restauración no se ha llevado a cabo y los caldeos se han estado quedando las donaciones destinadas al templo. Saben que, si entras en la ciudad, harás que el templo se restaure y eso los perjudicará económicamente.

Alejandro movió los labios en silencio al tiempo que negaba con la cabeza. Cerca de ellos había algunas jaulas y Ptolomeo señaló una en la que dormitaba un cabrito.

—Aristandro puede repetir el sacrificio, como hacemos antes de las batallas si las señales no resultan favorables.

El adivino frunció el ceño, pero se limitó a mirar a Alejandro. Al ver que el rey no se oponía, les pidió a dos sacerdotes que lo ayudaran a iniciar el ritual.

El filósofo Anaxarco se puso a desgranar argumentos en contra del vaticinio de los caldeos mientras los sacerdotes sacaban al animal y lo rociaban con agua lustral. Alejandro escuchaba sus palabras sin apartar la mirada de la ceremonia del sacrificio. Uno de los sacerdotes seccionó la yugular con un tajo limpio y otro se encargó de recoger la sangre en una vasija dorada. Cuando el cabrito terminó de sangrar, el adivino le abrió el vientre y examinó su hígado.

—No tiene defectos. —Le disgustaba forzar de ese modo las señales de los dioses, pero no era buena idea enemistarse con aquellos generales y se guardó su opinión.

Alejandro contempló confundido el hígado del animal. Luego se volvió hacia los lados, mirando a través de los hombres que tenía alrededor como si no los viera.

«Está buscando a Hefestión», comprendió Ptolomeo.

Se acercó a Alejandro y le puso una mano en el hombro.

—Todo está preparado para que celebremos su funeral. Muchas ciudades han contribuido, la primera de ellas Babilonia, y también todos los que lo conocíamos y lo amábamos.

—El gasto total ha sido de doce mil talentos —intervino

Pérdicas—. Serán los funerales más fastuosos que se hayan visto nunca, como tú querías. Habrá miles de participantes en los certámenes musicales, competiciones de gimnasia...

—¿Y su pira funeraria? —murmuró Alejandro sin fijar la vista en ellos.

—Está a punto de completarse, y es todavía más impresionante de lo que habíamos imaginado a partir de los diseños del arquitecto. Cuando la vean arder, los propios dioses la envidiarán.

—Alejandro... —Ptolomeo le oprimió con suavidad el hombro y logró atrapar su mirada errante—. Hefestión te está esperando en Babilonia.

Alejandro permitió que los médicos le suministraran un brebaje que le hizo dormir el resto de la tarde y toda la noche. A la mañana siguiente se dirigió a la gran Babilonia subido a un carro tirado por ocho magníficos corceles y rodeado por una guardia de un millar de soldados. A su espalda marchaba el resto del ejército.

Todavía faltaban diez estadios para llegar a la ciudad cuando se vieron envueltos por una muchedumbre vociferante que se agolpaba a ambos lados de la calzada real. En lo alto de la muralla también había miles de hombres. Alejandro alzó la espada para saludar y los gritos se intensificaron.

—¿Qué gritan? —preguntó inclinándose hacia Ptolomeo, que cabalgaba junto a su carro. Distinguía su nombre en varias lenguas, y también la palabra «rey», pero había otra que repetían con insistencia y no identificaba.

—¡Rey Alejandro, dios Alejandro! —respondió Ptolomeo, impresionado por aquella recepción.

«Dios Alejandro...»

La sonrisa del rey se hizo más amplia antes de titubear. Seguía acordándose del presagio de los caldeos y las murallas se encontraban cada vez más cerca.

De pronto algo cayó delante de su carro. Se estremeció al distinguir que se trataba de un cuervo moribundo, lo que sin duda era un augurio nefasto. Levantó la mirada y vio que una bandada se estaba peleando sobre sus cabezas. Poco después, otro cuervo se desplomó frente a ellos en mitad de la calzada real.

Alejandro procuró no mostrar el espanto que le generaba aquella señal y siguió saludando mientras escrutaba la muchedumbre en busca de armas. Las murallas, construidas con ladrillos cocidos unidos con brea, se alzaban cada vez más imponentes. Tenían una altura de cincuenta codos,[26] casi el triple que las de Atenas, y eran tan anchas que en el pasillo que las coronaba se podían cruzar sin problema dos cuadrigas. Alejandro fijó la mirada en el acceso que estaban a punto de cruzar, la grandiosa puerta de Ishtar, revestida de ladrillos vidriados de color azul que destellaban bajo el sol.

«Los caldeos vaticinaron mi muerte si entraba en la ciudad...»

Notó que se le agarrotaba el cuerpo. Contuvo el aliento al penetrar en la gruesa muralla y apoyó ambas manos en el carro. La oscuridad cayó sobre él, sintió que los sonidos se amortiguaban...

De pronto se encontró al otro lado de la puerta de Ishtar. Volvió a respirar y contempló el interior de Babilonia.

—¡Rey Alejandro! —gritaba una multitud inmensa de hombres y mujeres—. ¡Dios Alejandro!

Agarró la espada con más fuerza y se irguió. Quizás había sido una temeridad enfrentarse a su destino de ese modo, pero seguía vivo. La avenida de Nabucodonosor, la más amplia de Babilonia, estaba cubierta de pétalos, flores y guirnaldas. A ambos lados de la vía una fila inacabable de músicos hacía vibrar el aire con el canto victorioso de las trompetas. Nubes de incienso, mirra y otras fragancias exóticas envolvían su marcha. Los propios sacerdotes de los templos le rendían honores al pasar, igual que las distintas autoridades y los orgullosos nobles cuyos linajes se remontaban mil quinientos años atrás, hasta la época del rey Hammurabi en la que Babilonia poseía un imperio propio.

Desfilaron durante más de dos horas antes de llegar al pa-

26. Quinto Curcio Rufo es el historiador que narra con mayor detalle la entrada de Alejandro en Babilonia y nos proporciona este dato de 50 codos, que equivale a unos 22 metros de altura.

lacio real. Babilonia era la ciudad más extensa y opulenta que conocía y en los jardines del palacio se acumulaban presentes cuyo valor excedía el millar de talentos: cofres repletos de marfil, plata o especias; jaulas con espléndidos leones y panteras; yeguadas de cientos de magníficos sementales; corazas y espadas cuajadas de piedras preciosas; largas telas de resplandeciente seda cuyo precio superaba al del oro...

El carro se detuvo frente a la puerta principal del palacio y Alejandro bajó de un salto. El general Pérdicas se apresuró a acercarse.

—Como tú ordenaste, no habrá banquetes oficiales hasta que termine el duelo por Hefestión, pero creo que deberías atender cuanto antes a las embajadas. —Hizo un gesto discreto hacia un lateral de la entrada, donde se agrupaba más de un centenar de hombres. Unos llevaban túnicas griegas, otros ropajes orientales y también los había ataviados con extrañas vestiduras que Alejandro no había visto jamás.

—Que esperen en el salón del trono. —Alejandro dedicó a los embajadores una breve inclinación de cabeza—. Ahora debo reunirme con Hefestión.

Se internaron en el palacio y atravesaron un patio adornado con esculturas y fuentes que lanzaban agua hacia las alturas. Pérdicas lo guiaba y Eumenes caminaba a su lado.

—¿Se sabe algo del emisario que envié al oráculo de Siwa?

—Todavía no —respondió Eumenes. Alejandro soltó varios exabruptos y el secretario aguardó antes de mostrarle un documento sellado—. Lo que sí ha llegado es una carta de Olimpíade.

Alejandro contempló con aprensión el mensaje de su madre. No le cabía duda de que hablaría de Antípatro, como casi todas las cartas que recibía de ella.

—Luego la leeré.

Cruzaron un vestíbulo y bajaron por una escalera que conducía al sótano más profundo del palacio. La temperatura cayó varios grados durante el descenso. Cuando llegaron al último escalón, encontraron un corto pasillo que finalizaba en una puerta abierta.

—Aquí es —murmuró Pérdicas.

Alejandro indicó con un gesto que se quedaran en el pasillo y traspasó el umbral notando que se le erizaba el vello de la nuca. El sótano era una sola estancia de planta rectangular y techo abovedado. En cada esquina se apostaba un soldado con uniforme de gala, tan rígido que podía pasar por una estatua. En el centro del sótano, junto al fuego sagrado que ardía en un trípode de bronce, se hallaba el sarcófago de Hefestión.

Alejandro se quedó inmóvil, conmocionado por encontrarse de nuevo junto a la persona que había amado más que a su propia vida. Le parecía sentir su presencia en el aire con olor a tierra que entraba en sus pulmones, en el frío húmedo que estremecía su piel, en el dolor lacerante que le traspasaba el pecho y se volvía más agudo a cada instante...

Se acercó despacio al sarcófago, que le llegaba a la altura de los hombros. Las maderas preciosas se alternaban con el marfil y el nácar en un magistral trabajo de taracea. A lo largo de la superficie sobresalían imágenes en altorrelieve que mostraban los hechos más relevantes de la vida de Hefestión. Alejandro recorrió el contorno contemplando detenidamente cada figura, dejándose llevar por los recuerdos...

Se detuvo al llegar a la cabeza del sarcófago.

—Abridlo.

Los soldados acudieron con presteza. Consiguieron levantar la gruesa cubierta de madera y la desplazaron poco a poco.

—Ya es suficiente —indicó cuando la habían retirado unos palmos—. Ahora dejadnos solos.

Esperó hasta que los guardias se retiraron al pasillo. Apoyó las manos en el borde del sarcófago y miró sobrecogido hacia el interior.

El cuerpo estaba envuelto en un sudario de lino y no se distinguían las facciones. Alejandro agradeció que no se percibiera el hedor de la putrefacción; los embalsamadores persas no eran tan buenos como los egipcios, pero habían hecho un buen trabajo. Hefestión reposaba sobre un grueso acolchado forrado de seda dorada que también recubría la pared interior del sarcófago. Junto al cuerpo habían colocado sus armas, algunos objetos personales y la cabellera que se había cortado Alejandro.

—Hefestión... —Alejandro posó una mano en la frente cubierta de lino. Durante un rato volvió a sentirse como en Ecbatana, cuando su cadáver todavía estaba caliente y no podía asimilar que los dioses le hubieran arrebatado la parte más preciada de su alma.

Acarició las facciones por encima de la tela y se volvió hacia la puerta.

—Eumenes, tráemela.

Su secretario entró en el sótano, le entregó la caja que contenía los rollos de la *Ilíada* y salió con el mismo sigilo. Alejandro contempló la elaborada superficie de la caja y sonrió con tristeza al darse cuenta de que tenía cierto parecido con el sarcófago de Hefestión. La vista se le emborronó y vio frente a él a su compañero, disfrutando de una copa tras otra de buen vino mientras le leía pasajes de la *Ilíada*.

Se inclinó sobre el sepulcro y depositó la caja junto al cadáver. A Hefestión le gustaba leer los pasajes que protagonizaban Aquiles y Patroclo, pero fue otra cita de la *Ilíada* la que acudió a su mente.

—*Míseros mortales* —murmuró—, *semejantes a las hojas, que ya se hallan florecientes y vigorosos comiendo los frutos de la tierra, ya se quedan exánimes y mueren.*

Acarició el rostro cubierto de Hefestión, despidiéndose de él en silencio. Al cabo de un rato llamó a los soldados para que colocaran la tapa. Cuando la encajaron, produjo un sonido sordo que pareció volver más espeso el aire del sótano.

Los guardias retornaron a sus posiciones y Alejandro contempló la danza de las llamas sagradas en el trípode de bronce. Había enviado mensajeros a todas las ciudades de su imperio para que apagaran los fuegos que ardían en los templos. Sabía que muchos pensaban que era un presagio nefasto, pues tal medida de luto solamente se llevaba a cabo cuando moría el rey de reyes.

«No comprenden que Hefestión y yo éramos la misma persona.»

No le importaban las opiniones de los hombres corrientes, pero había oído murmurar a algunos adivinos y había captado las miradas recelosas de varios sacerdotes. Y aunque no se arrepentía de haber dispensado tal honor a Hefestión, le desasosegaba que muchos hombres que tenían una relación especial con los dioses consideraran que aquello era un mal augurio.

Cuando regresaron a la calidez del vestíbulo, tras subir en silencio las escaleras que los alejaban de Hefestión, Alejandro se detuvo para leer la carta de su madre. Las embajadas llevaban mucho tiempo esperando para reunirse con él, no les pasaría nada porque la espera se prolongase un poco más.

Olimpíade era hábil con las palabras y logró hacer que sonriera al dedicar unas frases amables a la memoria de Hefestión. Sin embargo, sólo estaba conteniéndose para lo que venía a continuación.

«Antípatro...» Alejandro suspiró con impaciencia la primera vez que vio su nombre, pero su ceño se arrugó según seguía leyendo. Su madre aseguraba que Antípatro tenía intención de enviarle menos hombres de los que le había pedido.

«*Y eso ni siquiera es lo peor* —continuaba Olimpíade—. *He sabido que Antípatro va a desobedecer tu orden de presentarse ante ti en Babilonia. Con la excusa de que Atenas está alentando una rebelión entre las ciudades griegas, pretende aferrarse al trono de Macedonia. Un trono del que, como te he dicho muchas veces y acaba de quedar en evidencia, sólo conseguirás arrancarlo mediante la fuerza.*»

Alejandro se quedó en silencio. Su madre siempre se había llevado mal con Antípatro y lo criticaba carta tras carta, pero lo que mencionaba en aquel mensaje eran actos de traición.

Continuó hacia el salón del trono con el rostro tenso. Los pasillos estaban iluminados con antorchas y había guardias apostados cada pocos pasos. Pérdicas carraspeó para llamar su atención.

—Antes de que te reúnas con las embajadas, quizás te gustaría saber las noticias que he recibido al entrar en la ciudad relativas a los nuevos contingentes.

—Hazme un resumen. —Alejandro aminoró la marcha.

—Dentro de pocos días llegarán los soldados reclutados en Persis. Son cerca de veinte mil, a los que hay que sumar alrededor de cinco mil hombres de los pueblos de la montaña, poco disciplinados pero duros y acostumbrados a luchar. —Aquello hizo brotar una sonrisa en el rostro de Alejandro, pero su general no había terminado—. Unos días más tarde recibiremos las tropas mercenarias que nos han prometido los sátrapas de Caria y Lidia. En total, calculo que en un par de semanas contaremos con otros treinta mil hombres.

Alejandro quería preguntar algunos detalles, pero se estaban acercando al salón del trono y aquellas noticias habían avivado su ánimo. Era un momento excelente para reunirse con las embajadas.

En el exterior aguardaban numerosos oficiales y miembros de la corte que se apresuraron a echarse a los lados al verlo llegar. Ordenó que abrieran las puertas y el rumor de conversaciones que dominaba el salón se convirtió en un silencio expectante. Alejandro permaneció fuera mientras lo anunciaban con la larga lista de títulos que le correspondían como dueño y señor de todos los territorios que había conquistado. Un mayordomo oriental se acercó para ponerle una capa púrpura, pero lo alejó con un gesto. Llevaba una coraza y la espada al cinto, el atuendo idóneo para presentarse ante las embajadas como lo que más temían: no sólo un rey poderoso, sino un general invencible.

Ocupó un trono dorado situado sobre una tarima y recorrió con la mirada el inmenso salón. Estaba experimentando una sensación que no había tenido hasta entonces. Había conquistado medio mundo y frente a él se encontraban las embajadas del otro medio rindiéndole pleitesía. Casi todos llevaban, entre los regalos que querían ofrecerle, coronas de oro para glorificarlo del mismo modo que se hacía con los dioses.

«Ah, Hefestión, ojalá pudieses ver esto.»

Los embajadores de Cartago se habían echado al suelo para hacer la postración completa y Alejandro los contempló con desdén.

«Ya os llegará vuestra hora.» Se dedicarían sonrisas y buenas palabras, por supuesto, pero no iba a olvidar que los cartagineses habían ayudado a Tiro, su metrópoli, durante el largo asedio al que había sometido la ciudad y que tantos hombres le había costado.

También había embajadas de Etiopía, de Libia, de las lejanas tierras de los celtas y los íberos... Alejandro los contemplaba y vislumbraba años de campañas y negociaciones, que unas veces culminarían en pacíficas capitulaciones y otras en ríos de sangre derramada. Al fondo del salón divisó etruscos, brucios y lucanos de la península itálica, así como delegados de la pujante Roma. Todos le harían promesas e intentarían adivinar sus intenciones.

«Algunos llegarán a acuerdos entre ellos para oponerse a mí de forma conjunta», se dijo mientras los observaba. Para debilitar su voluntad de ofrecer resistencia iba a pedirles que se quedaran como invitados algunas semanas, al menos hasta que concluyeran los funerales de Hefestión. Tenía que asegurarse de que tomaban buena nota del tamaño cada vez mayor de su ejército y de su flota.

Los primeros en recorrer el pasillo que conducía hasta su trono fueron los embajadores de Atenas. No había ninguno que conociera, pero no le extrañó. Sabía que varios de los principales oradores atenienses estaban ocupados en conspirar contra él.

El hombre que encabezaba la delegación alzó una corona de oro y Alejandro inclinó la cabeza en un gesto ceremonial, aceptando que lo honraran como a un dios.

Mientras lo hacía, se preguntó si llegaría el día en que tendría que vengarse de Atenas.

Capítulo 51

Atenas, abril de 323 a. C.

Penélope advirtió que se acercaba un grupo de atenienses desde el otro extremo de la calle. Miró discretamente a Herpilis, que caminaba a su lado, y comprobó que el velo le tapaba la mayor parte del rostro.

«No pueden reconocerla», se dijo intentando tranquilizarse.

Ella también se había puesto la túnica de modo que le cubriera el pelo y la boca. No era lo más habitual, pero tampoco resultaba extraño vestirse así entre las atenienses de clase alta, que de esa manera mostraban recato y evitaban que el sol estropeara la preciada palidez de su piel.

Mantuvo la mirada en el suelo mientras los hombres llegaban a su altura y se cruzaban con ellas. Luego se volvió hacia Herpilis y vio que los ojos de la esposa de Aristóteles le sonreían.

—Te agradezco mucho que me hayas sacado de casa.

—No seas tonta, Herpilis, soy yo la que te está agradecida por enseñarme la ciudad. —No había vuelto a salir con Altea, que seguía bastante débil, y ella no se atrevía a internarse por su cuenta en Atenas por miedo a encontrarse a solas con Bitias o Creonte.

Bajaron la mirada cuando pasó junto a ellas un joven que llevaba de las riendas una mula cargada con leña. El ambiente contra Aristóteles era cada vez más hostil y Herpilis llevaba meses encerrada en su casa. Mientras tanto, su esposo solía acudir al Liceo antes de que amaneciera y permanecía allí hasta después del ocaso, ocupándose de todos los proyectos que llevaban a cabo como si sintiese que el tiempo para avanzar en ellos se estaba agotando. También Prometeo pasaba todo el día fuera de casa. El número de jóvenes a los que entrenaba había ascendido hasta media docena y se ejercitaba con ellos en el gimnasio del Liceo. No obstante, Penélope sabía que había otro motivo para que se quedara allí tanto tiempo.

«Quiere proteger a Aristóteles.» Prometeo le había dicho que en cada Asamblea aumentaban las voces que se alzaban en contra del filósofo.

Herpilis levantó una mano y señaló hacia delante.

—Ya hemos llegado. —Frente a ellas se abría una calle amplia que transcurría bajo la pared vertical del lado este de la Acrópolis. A lo largo de aquella vía se alineaba una larga fila de monumentos—. La famosa avenida de los Trípodes.

Penélope sonrió bajo el velo. Todo lo que descubría en Atenas incrementaba su sensación de hallarse en una ciudad construida por los dioses. Los monumentos de esa avenida los habían financiado los coregos, las personas que costeaban los coros de las obras de teatro que participaban en el festival de las Grandes Dionisiacas. Era un gran honor para el corego que su obra resultase ganadora. Como trofeo recibía un trípode de bronce, y se había instaurado la tradición de que encargase un monumento conmemorativo para colocarlo en aquella avenida como recordatorio perenne de su victoria.

—Éste fue uno de los primeros. —Herpilis se detuvo frente a un bloque de mármol de la altura de un hombre en el que habían cincelado los datos del corego y de la obra. Al igual que en los demás monumentos, el trípode de bronce estaba colocado en lo alto—. Como puedes ver, la vanidad de los coregos ha ido aumentando con el paso del tiempo.

Penélope contempló divertida la hilera de monumentos, que se hacían más grandes según la avenida de los Trípodes descendía hacia el teatro de Dioniso. Avanzaron despacio seguidas por los dos esclavos de Herpilis que las escoltaban. Los bloques de mármol dieron lugar a elegantes peanas con forma de columna, y tras ellas comenzaron las esculturas. Algunas eran sencillas y otras resultaban ostentosas, pero casi todas reflejaban un talento por parte del artista que distaba mucho de lo que se podía encontrar en Esparta.

Las palabras de Herpilis sacaron a Penélope de sus pensamientos.

—Ésta es la obra de la que te hablaba —dijo casi con veneración.

Frente a ellas, sobre un pedestal que les llegaba por el pecho, una estatua representaba a Dioniso sosteniendo en un hombro el trípode de bronce. El dios del vino y el delirio místico inclinaba ligeramente el cuerpo al apoyarse en una viña.

—Fíjate en el modo en que Praxíteles consigue dotar de vida al mármol. —Herpilis movió una mano para trazar una curva doble siguiendo la línea del cuerpo—. Fidias fue el mejor de los escultores humanos, pero Praxíteles tenía que ser un dios para crear semejantes obras.

Penélope se desplazó lentamente mientras contemplaba la escultura. Dioniso parecía estar en movimiento gracias a que apoyaba más peso en una pierna que en la otra, lo que le hacía arquear ligeramente la cadera, la espalda y el cuello en un gesto natural que le proporcionaba elasticidad y ligereza.

—Realmente parece que está vivo —murmuró sobrecogida.

El pintor que había rematado la obra había conseguido brindar con sus pinceles la impresión de que lo que se veía no era piedra, sino carne. El dios estaba desnudo y la piel de su cuerpo parecía cálida como si la sangre recorriera sus venas. Sostenía el trípode sin aparente esfuerzo, con tan sólo una ligera tensión en el brazo que lo sujetaba. En su rostro, dotado de una belleza singular, la expresión era a un tiempo serena y orgullosa.

Herpilis echó un vistazo alrededor y se ajustó el velo antes de hablar.

—El rey Alejandro sólo permite que lo represente en esculturas Lisipo. Es un gran escultor, no cabe duda, pero yo creo que nadie ha logrado igualar a Praxíteles. —Sonrió al observar la mirada fascinada de Penélope—. Parece que estás de acuerdo conmigo.

Penélope se limitó a asentir, absorta en la contemplación de la estatua de Dioniso. Ella se consideraba hábil haciendo tallas y pequeñas figuras, pero ni siquiera podía imaginar cómo era posible obrar semejante prodigio a partir de un bloque de piedra.

No quería marcharse, pero de pronto le preocupó que su actitud llamara la atención. Apartó la mirada y continuaron recorriendo la avenida de los Trípodes. Apenas se detuvieron en las siguientes obras mientras Herpilis le contaba algunos datos y anécdotas. Los monumentos conmemorativos eran cada vez más grandes, y al acercarse al final de la avenida los había que eran como pequeños templos.

—Algunos han costado miles de dracmas —comentó Herpilis—. Hay quien critica que los coregos se gasten más en el monumento que en el propio coro, pero los atenienses siempre han apreciado la grandiosidad, y creo que a la mayoría le gusta que se adorne la ciudad de este modo.

—Desde luego son grandiosos. —Penélope se detuvo frente a uno de los más imponentes. Echó una ojeada a un grupo de hombres que conversaba cerca de ellas y se aproximó a Herpilis para hablar en voz baja—. Quizás los atenienses valoran más este tipo de demostraciones desde que están sometidos a Macedonia.

Herpilis asintió, dándole la razón al tiempo que miraba alrededor con inquietud.

—Mejor no menciones a Macedonia —susurró. Volvió a mirar con discreción a ambos lados y luego hizo un gesto hacia el monumento—. El hombre que mandó construir éste se llamaba Lisícrates. Ganó el trípode de bronce hace diez o doce años. Era habitual encontrarlo paseando por aquí, así daba ocasión para que la gente le alabara tanto la victoria como el monumento —agregó con una risita.

El pedestal, con forma de cubo y una anchura de algo más de dos pasos, sostenía una escultura que semejaba un estilizado templo circular de la altura de tres o cuatro hombres. A lo largo de su pared curva sobresalían seis columnas inclusas rematadas por llamativos capiteles corintios.[27]

—Nunca había visto algo así —musitó Penélope.

Entre los capiteles había metopas que repetían una imagen en relieve del trípode. Encima de las columnas, un friso

27. El monumento de Lisícrates sigue estando en la actualidad en Atenas, en la misma ubicación donde lo contemplan en este pasaje Herpilis y Penélope.

circular continuo mostraba con sus esculturas el triunfo del dios Dioniso sobre los piratas tirrenos. El monumento estaba coronado por el trípode de bronce, lo que transmitía la impresión de que éste apuntaba al cielo.

Herpilis volvió a hablar y Penélope se giró hacia ella.

—Cuando Lisícrates encargó...

Un hombre aferró bruscamente su velo y tiró descubriéndole el rostro.

—¡Es la esposa de Aristóteles!

Penélope agarró el brazo del agresor, pero era demasiado fuerte y no consiguió que soltara a Herpilis. Otros hombres impidieron a golpes que los esclavos se acercaran a su ama. Penélope retrocedió un paso y lanzó una patada contra la entrepierna de su adversario. No le acertó de lleno, pero logró que soltara a su amiga.

Herpilis cayó y se golpeó contra el pedestal del monumento. Antes de que el hombre volviera a atacarla, aparecieron otros que se interpusieron.

—¡¿Qué haces, desgraciado?!

—¡Es la mujer del maldito Aristóteles!

—Me da igual quién sea. Estás atacando a una mujer, miserable.

Llegaron más hombres y Penélope aprovechó la confusión para ayudar a Herpilis a levantarse. Su amiga se recolocó el velo con las manos temblándole. Los esclavos se pusieron delante de ellas y Penélope advirtió que uno tenía la cara ensangrentada.

—¡Lárgate a Macedonia!

—¡Dejad de decir estupideces!

—¡Tendríamos que acabar con su esposo y arrojar el cadáver a los perros!

Los gritos a favor y en contra prosiguieron mientras Penélope rodeaba los hombros de su amiga y se alejaban por la avenida de los Trípodes. Herpilis se había hecho daño al caer y avanzaba penosamente, gimiendo a cada paso. A pesar de los velos, ahora todas las personas que había en la calle se fijaban en ellas. Algunos lo hacían con pena, pero en muchas de las miradas ardía el desprecio.

Penélope miró hacia atrás.

—Tranquila, no nos persiguen.

No era del todo cierto. Algunos de los hombres trataban de ir tras ellas y forcejeaban con otros que intentaban impedírselo, lo que hacía que el grupo, cada vez más numeroso, ascendiera lentamente por la avenida de los Trípodes.

Apretaron el paso y el griterío fue quedando atrás poco a poco. El esclavo herido se apoyaba en su compañero para seguir su ritmo y parecía a punto de desvanecerse. Cuando abandonaron la avenida de los Trípodes, Penélope se sintió un poco más segura, aunque su corazón seguía latiendo como si se hubiera desbocado.

—Lo siento —sollozó su amiga.

—Era sólo un grupo de exaltados —trató de consolarla sin dejar de avanzar—. La mayoría te defendía.

Herpilis negó con la cabeza.

—No debería haber asumido el riesgo. Tendría que haberme quedado encerrada en casa igual que obligo a mis hijos a hacerlo. —Volvió a negar con una mirada desesperada—. Nunca más saldré a la calle.

Capítulo 52

Babilonia, abril de 323 a. C.

Alejandro contempló el entorno con una sensación de irrealidad.

—Somos como dioses en el Olimpo —murmuró con una mano apoyada en el sarcófago de Hefestión.

Se encontraba en lo alto de la pira funeraria de su compañero, la mayor que se hubiera construido nunca.[28] Tenía forma de pirámide escalonada y su altura era de más de ciento treinta codos, suficiente para que no pudiera distinguir ningún rostro en la inmensa multitud que se extendía en todas direcciones en el exterior de la ciudad. Su ejército, los antiguos compañeros de armas de Hefestión, ocupaba el espacio entre la pira y las murallas de Babilonia. En total eran más de cien mil hombres, pero eso apenas era la mitad del grupo que formaban los habitantes de la ciudad, que a su vez se veía superado por el número de los que habían acudido de otros lugares para asistir maravillados a un espectáculo como no se había visto jamás.

Retiró la mano del sarcófago y se giró lentamente. Medio millón de personas rodeaba la pira, y el viento sólo le traía silencio.

Desde aquella altura privilegiada podía ver por encima de las poderosas murallas de Babilonia. Su mirada recorrió la milenaria ciudad con una mezcla de orgullo y asombro. Trescientos estadios de muralla albergaban un sinnúmero de lujo-

28. Diodoro de Sicilia (*Biblioteca Histórica*, libro XVII) describe en detalle las dimensiones de la pira funeraria de Hefestión —180 metros de ancho y 60 de altura—, así como la ornamentación de cada uno de sus niveles.

sos barrios, campos de cultivo con los que los habitantes se podían alimentar indefinidamente en caso de asedio, dos enormes palacios reales y los famosos Jardines Colgantes de Babilonia, una creación tan fabulosa que muchos griegos pensaban que sólo pertenecía a la leyenda. El exuberante Éufrates partía en dos la ciudad, con toda su fuerza y su riqueza encauzadas por grandes diques de piedra y un ingenioso sistema de grutas subterráneas que recibían el agua de las crecidas y evitaban sus estragos.

La luz se volvió más intensa y Alejandro alzó la vista al cielo. El sol acababa de liberarse de la nube que lo ocultaba. Un águila apareció desde el este, giró la cabeza hacia el espectáculo insólito de la pira y soltó un largo chillido que estremeció el aire.

«Los dioses nos contemplan.»

Se volvió por última vez hacia el sarcófago de Hefestión, puso una rodilla en el suelo e inclinó la cabeza.

—Adiós, mi querido amigo.

Se levantó y caminó hasta el borde de la larga escalinata. Llevaba el báculo que lo distinguía como sumo sacerdote y la corona de oro que le habían entregado los atenienses, pero vestía una sencilla túnica de lino blanco y estaba descalzo. El silencio se hizo más denso. Notaba en la piel el calor del sol, y en el fondo de su garganta el olor acre del aceite inflamable con el que habían impregnado toda la estructura. Alrededor de la pirámide había un centenar de soldados con antorchas encendidas.

Bajó el primer escalón y se le hizo un nudo en el estómago al sentir que se alejaba de Hefestión. En la primera fila del ejército se encontraban sus hombres de mayor confianza, los generales que habían conquistado medio mundo junto a él y Hefestión. A su lado estaban las embajadas, de aspecto dócil y espíritu traicionero. Durante las siguientes dos semanas asistirían a los Juegos fúnebres y después regresarían a sus patrias, donde se dedicarían a calcular riesgos y tejer intrigas. Siguió descendiendo sin apartar la mirada de ellas y dejó atrás el nivel superior de la pira, compuesto por una gran acumulación de armas macedonias en honor de sus victorias y otras muchas de los pueblos a los que habían sometido. En el siguiente nivel, ocultando la estructura de ladrillo y techos de tronco de palmera que formaba la pirámide, fieros leones y toros de tamaño doble que el natural revestían todo el perímetro de la pira. Alejandro continuó bajando y se vio envuelto por centauros de piel dorada que intentaban raptar mujeres en una boda y combatían contra hombres que se lo impedían, en una larga escena que representaba la lucha entre la civilización y la barbarie.

Se detuvo en el tercer nivel de la pirámide, donde las esculturas mostraban una intensa cacería en la que se perseguía todo tipo de animales salvajes. Había descendido hasta la altura de las murallas de la ciudad y ya sólo veía los tejados de los edificios más altos, la ciudadela y la parte superior de los Jardines Colgantes. El viento agitó sus cabellos dorados e hizo aletear el borde de la túnica como si quisiese que continuara. Alejandro asintió y reanudó el lento descenso hacia el mundo de los mortales. Los vapores del aceite oscuro que empapaba la pira eran más intensos y los ojos le escocían, pero reprimió el impulso de frotárselos. Pasó junto a grandes águilas, dejó atrás serpientes que alzaban la cabeza hacia ellas y recorrió el tramo que cruzaba el último nivel hasta llegar a tierra.

La enorme masa de gente que se había congregado aquella mañana se mantuvo expectante mientras Alejandro recorría con aire solemne los cincuenta pasos que lo separaban de sus generales. Tomó la antorcha que le ofrecía Ptolomeo y se volvió hacia la colosal pirámide funeraria. La base tenía un estadio de anchura y a lo largo del nivel inferior sobresalían proas doradas de quinquerremes con arqueros y guerreros asomándose a la borda. El espacio vacío entre las naves estaba cubierto por telas de fieltro de color púrpura.

Avanzó hasta el centro de la pira, con el báculo de sumo sacerdote en una mano y la antorcha en la otra, y levantó la llama hacia el cielo.

«¡Oh, dioses, acoged a Hefestión como uno de los vuestros!»

Medio millar de trompetas hicieron vibrar el aire con una única nota profunda y melancólica que se prolongó más allá de lo que parecía posible. Cuando el sonido se extinguió, Alejandro arrojó su antorcha y las llamas comenzaron a extenderse.

Retrocedió de espaldas al tiempo que docenas de oficiales se acercaban con teas por los cuatro costados de la pirámide funeraria y le prendían fuego. Las proas de los quinquerremes se vieron envueltas en llamas que se unieron a lo largo de la base hasta convertirse en un incendio voraz. Los arqueros y los guerreros empezaron a arder y a continuación lo hicieron las serpientes y las águilas. Detrás de Alejandro se alzaba un mar de exclamaciones, pero cuando las llamas envolvieron a los centauros se impuso el rugido del fuego.

La mirada del rey no se apartaba del sarcófago de Hefestión, rodeado por sinuosas columnas de humo en lo alto de la pirámide. Alguien gritó detrás de Alejandro exhortándole a que se alejara. Las primeras llamas rozaron el sarcófago y la mano que sostenía el báculo comenzó a temblar. El calor que despedía la pira llegaba hasta Alejandro en oleadas cada vez más intensas. El fuego conquistó la cima de la pirámide y Alejandro avanzó contra un aire ardiente que era como el aliento de la monstruosa Quimera. Apretó los párpados al sentir que los ojos se le quemaban y se apuntaló en el báculo para no caer. Consiguió erguir el cuerpo, llenó los pulmones de aquel calor infernal y gritó envuelto en el estruendo de las llamas hasta quedarse sin aire.

La pira funeraria de Hefestión ardió durante un día y una noche, y todos los que la vieron hablarían de ella durante el resto de su vida. Cuando las cenizas aún despedían una espesa columna de humo que teñía de gris el amanecer, dieron comienzo los Juegos fúnebres. Su duración prevista era de dos semanas y serían los mayores de la historia, con más de tres mil participantes entre las representaciones teatrales y las competiciones deportivas.

Después de la primera semana hubo un día de descanso y Alejandro decidió dedicarlo a participar en los entrenamientos que su armada realizaba en el Éufrates. Había ampliado el puerto de Babilonia, que ahora era capaz de ofrecer amarradero a un millar de navíos de combate, y había ordenado que construyeran unos enormes astilleros que trabajaban a pleno rendimiento. También había hecho traer desde Fenicia cincuenta naves de guerra, que fueron desmontadas y transportadas por tierra desde el Mediterráneo hasta Tápsaco, a orillas del Éufrates, donde se montaron de nuevo y descendieron el río hasta llegar a Babilonia.

Alejandro se subió al barco que capitaneaba Nearco, el almirante de su armada, y vio que entre los hombres que contemplaban el espectáculo naval desde la orilla había varios embajadores.

—Todos los días tenemos algunos por aquí —le dijo Nearco—. A veces incluso vienen acompañados de escribas.

Alejandro asintió sin dejar de mirarlos.

—Así no se les olvidará ningún detalle cuando informen en sus ciudades de que no tendría sentido oponerse a nosotros.

La nave llegó al centro de la corriente y Alejandro se acercó a Eumenes. Su secretario no dejaba de tomar notas que luego transcribiría al diario real.

—¿Has sabido algo de los hombres que envié a Siwa?

La respuesta negativa de Eumenes hizo que se diera la vuelta con los labios apretados. Las embajadas volverían a sus ciudades al cabo de una semana, cuando concluyeran los Juegos fúnebres. «Padre Zeus, que mis emisarios regresen antes de que terminen los Juegos, y que lo hagan con una respuesta positiva del oráculo.»

Se apoyó en la borda y contempló el baile sincronizado del centenar de remos que entraba y salía del agua. Desde la muerte de Hefestión lo asaltaba con frecuencia el pensamiento de que los dioses lo habían abandonado. Cerró los ojos y procuró calmarse. A veces aquella idea sólo era una sensación desagradable que podía ignorar, pero en otras ocasiones crecía hasta convertirse en un miedo que atenazaba su garganta y le impedía respirar.

—Dadme el timón —pidió de pronto.

Siempre le había gustado navegar y esperaba que ahora le sirviera para distraerse. Organizó una carrera río abajo e impuso un ritmo endiablado a sus remeros. La competición se prolongó durante casi una hora sin que estuviera claro hasta el último momento quién lograría la victoria.

Finalmente, su nave quedó primera y la excitación de la carrera sirvió para mejorar su ánimo.

—Vamos a continuar por las lagunas —le indicó a Nearco.

Dividió la flota en varios grupos y se internaron por un canal estrecho en una zona poco profunda y rodeada de juncos. Un silencio reverente se extendió por la nave cuando pasaron junto a un antiquísimo cementerio de reyes asirios. El sol estaba en lo más alto y él se protegía con un sombrero de ala ancha en el que habían ajustado una diadema blanca que simbolizaba su condición de soberano.

—Acercaos todo lo posible —ordenó.

Estaban aproximándose a un pequeño mausoleo de piedra grisácea que el tiempo había deshecho como barro bajo la lluvia. De repente, una ráfaga de viento arrancó el sombrero de su cabeza y lo lanzó hacia la tumba del rey asirio. El sombrero cayó al agua y comenzó a hundirse, pero la diadema se enganchó en unos juncos al lado del sepulcro.

Alejandro se quedó paralizado en medio de un coro de exclamaciones ahogadas. Que la diadema real hubiese caído junto a la tumba de un monarca era sin duda un presagio funesto. Un marinero joven se lanzó al agua y todos contemplaron en silencio cómo nadaba con dificultad entre los juncos y llegaba hasta la diadema. La vegetación obstaculizaba sus movimientos y su cabeza desapareció bajo el agua mientras se esforzaba en mantener la diadema por encima de la superficie. Surgió poco después, se atragantó al intentar tomar aire y volvió a hundirse.

—Se va a ahogar —murmuró Aristandro, el jefe de los adivinos de Alejandro.

El joven emergió de nuevo y se puso la diadema en la cabeza para poder usar las dos manos para mantenerse a flote. Todo el mundo permaneció en tensión mientras nadaba hacia el barco con la cabeza ceñida por la diadema real. Alejandro sintió que algo oscuro se removía en sus entrañas. Miró a Aristandro y se estremeció al ver la expresión de horror que crispaba el rostro del adivino. Le hizo una seña y se retiró con él y otros dos adivinos al extremo opuesto de la cubierta mientras algunos hombres ayudaban al joven marinero a subir al barco.

—Sólo hay una manera de conjurar una señal como ésta. —La mirada de Aristandro era tan intensa que parecía enajenado—. Nadie que se ciña la diadema real debe seguir con vida.

Alejandro miró a los otros adivinos y éstos se apresuraron a mostrar su acuerdo.

—No hay otra alternativa —insistió Aristandro—. Si no quieres tentar al destino, debes ordenar que lo decapiten.

Alejandro asintió y se frotó las sienes para aliviar un dolor repentino. Se giró hacia el marinero, que bajó la cabeza cuando sus miradas se cruzaron. La tripulación permanecía tan silenciosa que se podía oír el susurro del viento entre los juncos.

Cruzó algunas palabras más con los adivinos y se acercó al joven, que se arrodilló frente a él.

—Tu conducta ha sido una muestra de valentía y lealtad, y por ello recibirás como recompensa un talento de oro.

El joven cerró los ojos mientras el agua goteaba de sus cabellos. Era impulsivo, pero no estúpido, y al ver al rey con los adivinos había comprendido que su vida estaba en juego.

—Sin embargo —continuó Alejandro—, ceñirte la diadema real ha sido un acto sacrílego que no puede quedar sin consecuencias. Cuando regresemos a Babilonia, serás conducido al patio de castigo del palacio real. —Sentía a su espalda la presencia severa de los adivinos y carraspeó antes de concluir—. Allí, se te atará a un poste y recibirás treinta latigazos.

—Los dioses no considerarán suficiente ese castigo —insistió Aristandro durante el viaje de vuelta—. Sólo la vida del joven los aplacará.

—¡Aplácalos tú! —estalló Alejandro—. ¡Haz un sacrificio expiatorio, haz cien sacrificios si es necesario, pero consigue que los dioses queden satisfechos y me muestren señales propicias!

El barco dejó atrás las tumbas de los reyes asirios y remontó el cauce principal del Éufrates sin que nadie se atreviera a acercarse a Alejandro. Escudriñaba la orilla, vigilaba las aguas oscuras y seguía el vuelo de las aves en busca de nuevas señales. Tenía la mandíbula tan apretada que se le levantó un fuerte dolor de cabeza. Sentía que no estaba atendiendo las advertencias que le enviaban los dioses, pero también que la ejecución del joven marinero no sería de su agrado.

Al llegar al palacio ordenó que comparecieran ante él todos los sacerdotes de la corte especializados en sacrificios y expiaciones. Ptolomeo y Pérdicas quisieron acompañarlo, pero no se lo permitió.

Los primeros sacerdotes que acudieron llevaban una noticia que empeoró aún más su ánimo.

—Esta mañana escapó un león de la colección de animales del palacio. —El hombre titubeó y Alejandro lo apremió con un gesto—. El león entró en los establos, quizás con ánimo de cazar, pero un asno lo mató de una coz.[29]

Alejandro se frotó las doloridas sienes. Al igual que su antepasado Heracles, él había convertido al león en uno de sus símbolos. A veces se ponía una capa con su piel para combatir y había hecho que lo representaran de ese modo en varias pinturas y monedas.

«Que un simple asno haya acabado con un león es otra señal nefasta.» No necesitaba adivinos para comprender algo tan evidente.

—Multiplicad los sacrificios y los rituales de expiación —ordenó al medio centenar de sacerdotes que se congregaron en aquella sala—. Y que se haga lo mismo a lo largo y ancho de toda Babilonia. En caso de que aparezca cualquier otra señal, debo ser informado al instante.

Durante la segunda semana de los Juegos ocupó su lugar en la tribuna en todas las competiciones, pero el resto de su tiempo lo pasó haciendo ofrendas a los dioses y escuchando a los adivinos que se presentaban en el palacio en número creciente. Cada día estaba más convencido de que había sido un error ignorar el vaticinio de los caldeos y cruzar las murallas de Babilonia. En su ánimo no dejaba de crecer el resentimiento contra los hombres que lo habían convencido de que entrara en la ciudad. Se negaba a hablar con ellos y durante las largas noches que pasaba en vela se preguntaba si aún podía confiar en su lealtad. Tampoco atendía los insistentes requerimientos de Roxana, que ya estaba embarazada de cuatro me-

29. Diodoro, Plutarco y Arriano recogen incidentes como el de la diadema en el río y el del león muerto por la coz de un asno, así como el profundo temor que aquellos hechos producían en Alejandro.

ses, ni de Estatira, que quería que también la dejara a ella encinta por temor a quedar relegada cuando naciera el hijo de Roxana.

El último día de los Juegos, dos esclavos lo estaban vistiendo en su alcoba cuando se abrió la puerta y entró uno de sus guardias.

—Señor, acaban de regresar los emisarios que enviasteis a Siwa.

—¡Que entren! ¡Que entren inmediatamente!

Ordenó a los esclavos y a los guardias que salieran. Quería estar a solas cuando los emisarios le trasladaran las palabras del oráculo. Al cabo de un momento, dos hombres de su edad accedieron a la alcoba con las ropas arrugadas y los cabellos sucios de polvo. Les agradeció que hubieran acudido a verlo sin perder tiempo en asearse. Mientras se inclinaban ante él, llenó tres copas de vino, derramando parte en la bandeja, y les entregó las suyas tratando de contener la ansiedad.

—Bebed conmigo, pues habéis realizado por mí un viaje muy largo y duro, y decidme después cuál ha sido la respuesta del oráculo.

Él apenas dio un sorbo mientras los hombres apuraban sus copas. Tenían el rostro quemado por el sol y las barbas enmarañadas. Cuando terminaron de beber, uno de ellos habló con aire solemne:

—El oráculo ha respondido la pregunta, mi señor. Zeus-Amón permite que se rindan honores de héroe a Hefestión.[30]

Alejandro dejó escapar el aire retenido y sintió una paz y una dicha que se extendieron por cada poro de su cuerpo. Los ojos se le humedecieron y se acercó a una ventana que daba a los jardines del palacio.

«Los dioses están de nuevo conmigo.»

Notó cómo se desvanecía el peso de los vaticinios y las se-

30. En el mundo griego los ruegos y las plegarias se dirigían a los dioses, los héroes y los antepasados. Sin embargo, las ofrendas y los actos de adoración estaban reservados a los dioses y a los héroes, cuya naturaleza se consideraba intermedia entre las deidades y los hombres. Alejandro quería instituir el culto a Hefestión, pero no habría sido posible con una respuesta negativa del oráculo.

ñales desfavorables de las últimas semanas. El oráculo era una confirmación de que seguía bajo la tutela de Zeus, rey de los dioses. Había sido un estúpido al dejarse arrastrar por las supersticiones; los dioses todavía lo protegían, como siempre habían hecho, y todos sus proyectos para el futuro seguían al alcance de su mano.

Alejandro entró en la sala en la que había convocado a sus principales generales y el rumor de conversaciones se apagó con rapidez. Alrededor de una gran mesa rectangular había una docena de macedonios y al menos el doble de militares orientales. Los observó mientras los guardias cerraban la puerta a su espalda y se dirigió al espacio libre que había entre Nearco y Ptolomeo.

—Vaya, vaya —la sonrisa con la que había entrado se hizo más amplia—, veo que nuestras fronteras se van a expandir más de lo que habíamos previsto. —La mesa estaba cubierta por un enorme mapa de cuero que reproducía hasta el último confín del mundo conocido. Debajo de Babilonia estaba la península de Arabia, a la que varios trazos recientes ampliaban sus límites por el este y el sur—. ¿Han regresado todas las expediciones?

—Dos de los tres barcos —respondió Nearco—. No han llegado a circunvalar toda la península, pero ahora tenemos más información sobre sus ciudades y los lugares idóneos para establecer nuevos puertos. —Tocó tres puntos del mapa marcados en rojo—. Desde aquí podríamos controlar esta franja de litoral y las islas cercanas.

Alejandro se giró hacia Ptolomeo y Pérdicas, que se mostraron de acuerdo. Apoyó los puños en el borde de la mesa y se inclinó sobre el mapa.

«Arabia...»

Se le hacía extraño iniciar una gran expedición militar sabiendo que Hefestión no estaría a su lado, pero ya no experimentaba la misma tristeza al pensar en él. El día anterior, en la clausura de los Juegos fúnebres, había decretado el final del duelo a la vez que anunciaba la respuesta del oráculo de Siwa.

—Cuando regreséis a vuestra patria —les había dicho a los

embajadores griegos—, os encargaréis de que se le rindan honores de héroe a Hefestión. Antes de que partáis os daré instrucciones detalladas sobre las estatuas y templos que construiréis para él en cada una de las ciudades, así como las fechas en las que deben realizarse sacrificios en su honor.

Algunos embajadores no pudieron ocultar su sorpresa, pero se sobrepusieron con rapidez y se unieron al coro de respuestas serviles que ofrecían los demás. Alejandro respondió con la misma amabilidad, deslizando entre las palabras de agradecimiento la advertencia de que incumplir el culto a Hefestión sería considerado un sacrilegio tan grave como quebrantar los honores divinos que había establecido hacía años para él mismo.

«El oráculo de Zeus ha elevado a Hefestión por encima de los hombres —se dijo con un ligero asentimiento— y así se le honrará en todo mi imperio.» Además de las instrucciones dadas a los embajadores, había enviado mensajeros a Alejandría de Egipto y a la isla de Faros, donde se levantarían grandes templos a Hefestión que se convertirían en lugar de peregrinaje.

Recorrió con la mirada la costa de Arabia. Las últimas estimaciones habían acrecentado considerablemente su extensión, pero no era necesario conquistar el interior de la península. Bastaría con derrotar a los árabes en las ciudades costeras. Lo que le interesaba era su valiosa producción de especias y establecer una cadena ininterrumpida de puertos desde la India hasta Egipto. Las rutas comerciales eran esenciales para sostener la economía y el control del imperio.

—¿Cuándo estará dispuesta la flota?

—Los astilleros están a pleno rendimiento —contestó Nearco—. En un mes y medio o dos tendremos otras cien naves completamente equipadas.

—Bien, muy bien —murmuró Alejandro.

Desvió la vista hacia la India y desde allí recorrió el flanco sur de su imperio. Una vez que hubieran conquistado Arabia, sería la hora de ir más allá de Egipto.

«Cartago...» Las aletas de su nariz se dilataron. Les haría pagar por el apoyo que habían prestado a Tiro. Los cartagineses serían un enemigo temible, eran la mayor potencia marítima del Mediterráneo, pero cuando se enfrentara a ellos estaría preparado para aplastarlos. Había ordenado que los principales astilleros de Fenicia, Siria, Cilicia y Chipre se dedicaran a construir grandes naves de guerra. Si todo iba bien, al cabo de dos años tendría en el Mediterráneo una flota de un millar de barcos a la que nadie podría hacer frente.

Siguió recorriendo la costa norteafricana hasta llegar a las columnas de Heracles, consciente de que Hefestión era el único general macedonio que había apoyado plenamente su proyecto de expandir el imperio por todo el Mediterráneo occidental. Ni siquiera estaba seguro de que hombres como Nearco y Ptolomeo, a los que siempre había llamado amigos, estuvieran convencidos como él de que conquistar Arabia resultaba imprescindible, mucho menos de que compartieran su visión de dirigirse después hacia Occidente.

Su mirada se detuvo al llegar a Macedonia y frunció el ceño. No debía permitir que nada lo distrajese de su proyecto de conquistar Arabia, pero tampoco podía olvidar que Antípatro había desobedecido su orden de que abandonara el puesto de regente y se presentara ante él en Babilonia. Aseguraba que podía estallar una rebelión en el mundo griego en cualquier momento, pero algo así parecía descabellado. Había enviado a Crátero de regreso con los veteranos, y las embajadas que acababan de irse de Babilonia habían visto que disponía de un ejército muy superior al de todas las ciudades griegas juntas.

Negó con la cabeza y apartó la vista ligeramente irritado.

«Cuando regresen a sus patrias, los embajadores convencerán a sus ciudadanos de que rebelarse contra nosotros es un suicidio.»

Capítulo 53

Atenas, mayo de 323 a. C.

Prometeo contemplaba sobrecogido a la enardecida multitud que llenaba las gradas del teatro de Dioniso.

«La ciudad parece dispuesta a enfrentarse al inmenso poder de Macedonia...»

No quedaba un asiento libre ni siquiera en las filas superiores, excavadas en la base de roca de la Acrópolis durante la última ampliación del teatro. Más de quince mil hombres, la mitad de los ciudadanos de Atenas, se habían congregado para celebrar aquella Asamblea extraordinaria.

Sentado junto a Prometeo en la segunda fila del teatro, Foción compartía la misma preocupación.

—Lo que votemos hoy determinará el destino de Atenas. —Señaló con la cabeza hacia el escenario—. Y me sorprendería que Hipérides no lograra que se vote lo que él quiere.

—¡Varones atenienses...! —El líder de la Asamblea tuvo que aguardar mientras se apaciguaba el bullicio de conversaciones acaloradas. Junto a él se encontraba el general Leóstenes, que acababa de regresar del Peloponeso, y un poco más atrás los embajadores que habían estado con Alejandro en Babilonia—. ¡Varones atenienses, las noticias que nos han llegado recientemente nos sitúan ante una oportunidad única que no debemos desaprovechar!

—¡Libertad! ¡Libertad! ¡Libertad! —se pusieron a gritar los antimacedonios más acérrimos desde el lado occidental del anfiteatro—. ¡Muerte al invasor! ¡Muerte a Antípatro! ¡Muerte a Alejandro!

Aquellas voces fueron respondidas por otras que los acusaban de estar jugando con la vida de los habitantes de Atenas. Una nube de gritos llenó el teatro tensando el ambiente todavía más.

Foción se inclinó hacia Prometeo para que pudiera oírlo.

—La semilla de lo que está ocurriendo la plantó Alejandro con el decreto de los exiliados.

Prometeo frunció el ceño.

—El decreto es lo que hizo que la ciudad acogiera a Hárpalo... y a la larga que Hipérides se pusiera al frente de la Asamblea y estemos al borde de la rebelión. ¿Crees que Alejandro cometió un error de cálculo?

Foción negó mientras contemplaba el alboroto de las gradas.

—Alejandro suele ir dos pasos por delante de los demás en todos sus movimientos, tanto en el campo de batalla como en el de la política. —Volvió a negar con expresión sombría—. Cuando regresó de la India debió de pensar que las ciudades griegas llevábamos demasiado tiempo sin sentir la firmeza de su poder. Al imponernos el retorno de los exiliados nos recordó que no somos ciudades libres, pese a que conservemos nuestro autogobierno. Además, los exiliados son en su mayoría partidarios de Alejandro, y más ahora que los ha favorecido con el decreto. Su regreso le garantiza un buen número de adeptos en las ciudades más proclives a rebelarse.

—Eso no es lo que ha ocurrido en Atenas —repuso Prometeo—. Hemos incumplido el decreto y estamos deteniendo a los exiliados que tratan de regresar.

En el centro del escenario, el presidente del Consejo alzaba los brazos en un vano intento de tranquilizar los ánimos.

—No creo que a Alejandro le importe mucho que desobedezcamos el decreto. Nos ha dado una orden y ahora nos está dando tiempo para cumplirla. Si nos levantamos en armas, el resultado será igualmente el que está buscando: reforzar nuestra sumisión, aunque de un modo mucho más cruento. —Foción dejó escapar un suspiro mientras sus ojos cercados de arrugas recorrían la multitud—. Puede que estemos preparados para un conflicto breve, y eso es lo que alienta a muchos de nuestros conciudadanos, pero una guerra es una carrera de fondo y contra Alejandro no tenemos ninguna posibilidad de vencer.[31]

El presidente del Consejo ordenó que unos heraldos hicieran sonar sus trompetas para reclamar silencio. Cuando el sonido metálico de los instrumentos se apagó, Hipérides volvió a proyectar su voz potente desde el escenario con la misma habilidad que un actor de teatro. La magnífica acústica del recinto permitía que se le oyera desde las últimas filas.

—Escuchad, atenienses, la información de que disponemos, y después decidiremos entre todos qué curso de acción queremos seguir. Las novedades que nos han traído los embajadores llevan dos días circulando entre nosotros, pero permitidme que las resuma. Alejandro está reuniendo en Babilonia un gran número de tropas y una flota...

—¡Un ejército al que nadie puede hacer frente! —gritó uno de los políticos contrarios a Hipérides.

—Un ejército inmenso, eso es —prosiguió él antes de que volvieran a interrumpirlo—. Y ahí reside nuestra gran oportunidad, pues está acumulando la mayor parte de las fuerzas de las que dispone para dirigirse con ellas a conquistar Arabia: una campaña que lo mantendrá ocupado y con toda su atención puesta en esa parte del mundo durante al menos un año.

Extendió una mano hacia los embajadores, que ratificaron sus afirmaciones. Se recolocó el extremo de la túnica sobre el hombro izquierdo y avanzó unos pasos hacia el borde del escenario.

—Sabemos también que el general Antípatro permanece en Macedonia con un ejército esquilmado por los envíos de soldados que le ha exigido el rey Alejandro a lo largo de los años. Ahora mismo, su hijo Casandro va camino de Babilonia para llevarle a Alejandro miles de hombres que reducen aún más las fuerzas de las que dispone Antípatro.

Un hombre situado en la primera fila se puso de pie.

—¿Y qué nos dices del general Crátero? —gritó alzando una mano—. Está yendo a Macedonia con los veteranos de las

31. La mayoría de las ideas que expresa Foción en este capítulo están recogidas en Plutarco, *Vida de Foción*.

campañas de Alejandro. Muchos están heridos, pero se dice que cuenta con diez mil hombres curtidos en innumerables batallas que son válidos para el combate.

En el rostro afilado de Hipérides se adivinó una sonrisa y Prometeo se dio cuenta de que había encargado que le hicieran esa pregunta. Era una de las tácticas habituales de los políticos para manipular al pueblo.

—Esa amenaza se ha esfumado, pues Crátero está retenido en Cilicia. Hemos sabido que el gobernador de la provincia ha muerto en una batalla y Crátero ha asumido sus funciones. Alejandro quiere que Cilicia contribuya con sus astilleros a la construcción de una enorme flota, por lo que la presencia de un gobernador de su confianza es fundamental. Antípatro no va a poder contar con la ayuda del general Crátero durante mucho tiempo.

Aquello era una novedad para casi todo el mundo y desató una oleada de rumores a lo largo del anfiteatro. El general Leóstenes se adelantó hasta colocarse junto a Hipérides.

—Atenienses, cuando el rey Alejandro pidió que lo nombráramos *hegemón*, jefe supremo de la liga de Corinto, nos aseguró que su objetivo era ponerse al frente de los ejércitos griegos para vengar las afrentas que nos hicieron los persas en el pasado. Sin embargo, ahora que ha conquistado Persia, ¡pretende tratarnos no como aliados sino como a súbditos!

Las palabras de Leóstenes fueron acogidas con fervor. Su relato obviaba que no se habían unido voluntariamente a Alejandro en la liga de Corinto, sino que éste los había sometido por la fuerza de las armas, pero al pueblo siempre le resultaba más grato oír una versión heroica de su pasado.

—Nos trata incluso peor de lo que lo haría un rey persa —continuó Leóstenes—, pues exige que lo adoremos como a un dios. Y para agravar la humillación, pueblo de Atenas, ¡nos acaba de llegar la orden de que debemos rendir culto a su amante Hefestión!

La confirmación de lo que hasta entonces había sido sólo un rumor provocó un hervidero de protestas.

—¡Ha llegado la hora de recobrar la libertad que con tanto sacrificio defendieron nuestros héroes de Maratón cuando hicieron retroceder al invasor persa! —La mención a Maratón arrancó un rugido del público—. Crátero está retenido en Cilicia, los etolios se muestran dispuestos a unirse a nosotros y muchos otros pueblos esperan que Atenas encabece de nuevo la lucha por la libertad de todos los griegos.

Foción se apoyó en el hombro de Prometeo y se puso de pie. El silencio se extendió como una ola alrededor de él antes de que dijera algo. Lo habían nombrado cuarenta veces estratego, el cargo que se elegía cada año para dirigir el ejército, con lo cual superaba incluso al mítico Pericles.[32] Foción apenas intervenía en la Asamblea y no le interesaba el poder; ocupaba una y otra vez el cargo de estratego sólo porque los atenienses se lo pedían. En alguna ocasión, y pese a los encendidos discursos de otros hombres ansiosos por obtener ese cargo, lo habían nombrado estratego sin estar presente y después habían tenido que ir a su casa a comunicarle que habían vuelto a elegirlo.

—Joven Leóstenes, tus discursos son parecidos a los cipreses, que siendo bellos y elevados no dan fruto. —Se volvió hacia las gradas—. Permitidme, atenienses, un solo consejo que considero razonable. No toméis una decisión basándoos en los rumores, que son sólo palabras, y a menudo manipuladas, sino hacedlo a partir de las noticias cuando estéis seguros de que éstas representan hechos ciertos.

Sus palabras levantaron una nube de comentarios de aceptación. Se apoyó de nuevo en Prometeo para sentarse y miró a su joven amigo arrugando el ceño.

—Todos parecen de acuerdo conmigo. ¿Habré propuesto, sin advertirlo, algún desatino?

Hipérides se apresuró a cortar aquella reacción de la Asamblea.

—Foción, como siempre, nos aporta la voz de la prudencia. Y estamos de acuerdo con él, pues no queremos tomar decisiones precipitadas que puedan perjudicarnos. —Su voz se fue volviendo más enérgica—. Sin embargo, tampoco podemos desaprovechar esta acumulación de circunstancias,

32. Pericles fue nombrado estratego en treinta ocasiones.

gracias a la cual tal vez consigamos recobrar la libertad que nos concedieron los dioses, ¡y librarnos de la infamante servidumbre a la que estamos sometidos, que hace hervir nuestra sangre de ciudadanos de la gloriosa Atenas!

La Asamblea volvió a enfervorizarse, unos gritando a favor de la rebelión y otros en contra. Los ciudadanos solían colocarse en las gradas en función de sus opiniones políticas y los debates eran más enconados donde las distintas facciones entraban en contacto. Prometeo advirtió que varios esclavos escitas corrían por los pasillos con los bastones preparados. Miró hacia atrás y vio que algunas filas por encima de él se había desatado una pelea multitudinaria. Aunque las armas estaban prohibidas en la Asamblea, los hombres se estaban golpeando con saña y ya había alguno inconsciente sobre los asientos de piedra.

Los escitas trataron de imponer orden a bastonazos. A pesar de su contundencia, la pelea se prolongó y surgieron nuevos focos en otras zonas del teatro. En la Asamblea las decisiones se tomaban por mayoría; si se decidía declarar la guerra, todos los hombres tenían que ponerse a disposición del ejército estuvieran o no de acuerdo con la decisión de combatir.

Más allá del teatro, la ciudad entera permanecía en vilo. La decisión que tomara la Asamblea afectaría al destino de todos los habitantes de Atenas. En caso de derrota, el enemigo podía imponerles el mismo castigo que ellos habían aplicado en otras ocasiones a algunas ciudades a las que habían vencido: ejecutar a todos los hombres y vender como esclavos a las mujeres y los niños.

Los bastones de los escitas y las llamadas a la calma desde el escenario consiguieron extinguir la mayor parte de las peleas.

—Varones atenienses... —Hipérides tuvo que alzar aún más la voz—. Varones atenienses, hagamos honor a nuestra democracia y resolvamos los desacuerdos mediante nuestros votos. Además, considerad que no es una decisión irreflexiva ni imprudente la que os propongo que sometáis a votación. Decidid, sencillamente, si queréis aceptar la condición de siervos de Alejandro y las crecientes exigencias que nos hace, o preferís autorizar que el general Leóstenes negocie en nombre de Atenas para coaligarse con los etolios y otros pueblos que quieren recobrar la libertad. Insisto, atenienses, en que esto no implica declarar la guerra, sino unirse en busca de una posición de mayor fuerza para reclamar a Antípatro, del modo más adecuado a las circunstancias que se vayan desarrollando, la libertad de Atenas y de los pueblos que quieran unirse a nosotros en esa reclamación.

Foción soltó un bufido junto a Prometeo.

—Por mucho que Hipérides utilice la palabra «prudencia», ha expuesto su propuesta de un modo tan difuso que implica autorizar cualquier acción que quieran llevar a cabo.

Prometeo observó las gradas tratando de adivinar el efecto del discurso de Hipérides.

—Ni Alejandro ni Antípatro aceptarán nunca las exigencias que están planteando. Aprobar esa propuesta implicaría llevarnos a la guerra.

El secretario del Consejo declaró que comenzaba la votación, que sería a mano alzada. En primer lugar levantaron el brazo los que estaban en contra de la propuesta de Hipérides.

Prometeo mantuvo el brazo en alto mientras los hombres encargados del recuento recorrían los pasillos. Un mar de brazos cubría las gradas, pero era difícil saber si eran o no mayoría. Pensó en su madre y en Penélope, que estaban esperándolo en casa. Hacía un par de meses, al regresar de entrenar a unos jóvenes en el gimnasio del Liceo, había encontrado a Penélope tan alterada que era incapaz de mantenerse quieta.

—¡Atenas está llena de cobardes! —le espetó nada más entrar—. Han atacado a Herpilis en la avenida de los Trípodes y han herido a uno de los esclavos. Si no llegan a intervenir otros hombres...

Penélope apretaba los puños y en sus ojos ardía una fiereza que Prometeo no había visto antes. Le contó lo que había ocurrido y se fue calmando poco a poco, pero ese mismo día empezó a entrenarse para recobrar la forma física que tenía en Esparta. Aunque no salía a correr al exterior, todas las mañanas hacía una larga serie de ejercicios gimnásticos, se fortalecía levantando pesos y practicaba lanzando jabalinas contra una tabla de madera que habían colocado en una esquina del patio.

El recuento terminó y el secretario del Consejo anotó el número de votos. A continuación, levantaron el brazo los que estaban a favor de la propuesta de Hipérides.

En el centro de la primera fila, sentado en uno de los asientos de mármol con respaldo, Creonte levantó el brazo y se volvió a uno y otro lado. Le pareció que el número de brazos alzados era similar a los que se habían levantado para rechazar el curso de acción que proponía Hipérides. Cuando terminaron de contar los votos de las gradas inferiores, bajó el brazo y esperó mientras proseguía el recuento en las filas más elevadas.

Se jugaban mucho en aquella votación y la tensión hacía que le doliera el estómago. Se echó hacia delante, apoyó los codos en las rodillas y entrelazó las manos. En sus pensamientos apareció Doro, el esclavo de la casa de Aristóteles que acudía a su prostíbulo para acostarse con Apolonia y darle información. Gracias a él ya conocía la disposición interna de la vivienda de Aristóteles, los turnos que hacían los distintos esclavos, las actividades y horarios de todos los miembros de su familia...

A varios asientos de distancia, Prometeo observaba con el corazón en un puño a los hombres encargados del recuento. Acababan de reunirse con el presidente del Consejo para repasar las tablillas en las que habían anotado los votos. Agachó la cabeza y su mirada recaló en el abultamiento que formaba la túnica sobre su rodilla derecha. Gracias a las duras jornadas de entrenamiento había conseguido no depender siempre del bastón. Aunque cojeaba más cuando no lo llevaba, prefería presentarse sin él cuando tenía que acudir al gimnasio o a la Asamblea.

«Pero no podré defender Atenas si finalmente hay guerra.»

El murmullo expectante se hizo más intenso y levantó la mirada.

El presidente del Consejo acababa de llegar al centro del escenario.

—Estimados atenienses... —Esperó un momento y en las

gradas se hizo un silencio absoluto—. La propuesta de Hipérides, por una diferencia de doscientos quince votos, ha sido aprobada.

Prometeo intercambió con Foción una mirada sombría en medio del estruendo que llenó el teatro.

Capítulo 54

Babilonia, mayo de 323 a. C.

Alejandro se quitó de encima de Estatira y se tumbó jadeante sobre el colchón de plumas.

Una brisa cruzó la alcoba e hizo ondular las telas que colgaban del dosel y protegían el lecho de los molestos mosquitos. Cuando recobró el aliento se giró hacia su esposa. Estatira poseía la belleza irreal y el aire de pureza de las estatuas de las diosas. Todo lo contrario a la naturaleza salvaje de Roxana, que exudaba sexualidad por cada poro.

Pasó un dedo lentamente por la curva sedosa de su cadera. La desnudez cobriza y estilizada de Estatira le parecía aún más hermosa entre la blancura de las sábanas. Ella se acercó despacio, como si dudara que fuera a permitírselo, lo besó en los labios y apoyó la cabeza en su pecho.

—Cuéntame cómo te hiciste esta cicatriz —susurró mientras acariciaba una línea gruesa y rosada que él tenía encima del pezón.

—Creo que ya lo sabes... —Alejandro sonrió. A Estatira le gustaba que le narrara los momentos más intensos de sus batallas, sobre todo si con eso conseguía que se quedara un rato más con ella—. Fue en la India, luchando contra los malios, una de las tribus más agresivas que nos encontramos.

Su esposa besó la cicatriz.

—¿Cómo ocurrió?

Alejandro la rodeó con un brazo y dejó la mirada en el techo de madera labrada del dosel mientras desgranaba sus recuerdos. Habían logrado romper el perímetro exterior de la fortaleza en la que se ocultaban los malios y después habían colocado escalas de asalto sobre el muro de la ciudadela. Él advirtió que algunos de sus soldados vacilaban, se cubrió con el escudo y subió el primero por una de las escalerillas de mano. Notó que su escudo de bronce recibía un golpe tras otro, pero no se detuvo. Al alcanzar lo alto de la escala enganchó el escudo en el borde del muro y atravesó con su espada a los dos hombres que lo atacaron. Terminó de coronar la muralla y golpeó frenéticamente con el escudo y la espada hasta que consiguió arrojar al vacío a varios enemigos.

—¡Alejandro, estamos contigo!

Tres de sus hombres habían llegado a lo alto del murallón y lo protegían con sus escudos de los innumerables dardos que le arrojaban desde todas direcciones. Oyó un grito y advirtió que la escala por la que había subido acababa de romperse por el peso de los soldados que trataban de seguirlo.

Los ataques arreciaron y la situación se volvió insostenible; si seguían en esa posición, morirían en cuestión de segundos. Miró hacia atrás: había una altura considerable, pero sus soldados estaban preparados para cogerlo. Se volvió hacia el patio interior, donde una multitud de enemigos le lanzaba todo tipo de proyectiles, y saltó hacia ellos soltando un rugido salvaje.

Consiguió caer de pie y los malios retrocedieron despavoridos ante aquel hombre que no temía a la muerte. Su leyenda lo precedía, sabían que nadie había podido vencerlo y muchos aseguraban que era un dios. El jefe de los malios logró reunir el suficiente coraje y se abalanzó sobre él seguido por dos lugartenientes. Trató de alcanzar su cuello con una espada curva, pero Alejandro le partió el brazo con el borde del escudo y lo atravesó con su arma. Detuvo el siguiente ataque, hirió a su enemigo en el muslo y el tercer hombre se dio la vuelta y regresó con el grupo de malios que lo rodeaba.

Alejandro se agachó tras el escudo; el muro evitaba que lo atacaran por la espalda y un árbol protegía uno de sus flancos. Los tres hombres que habían subido con él a la muralla se arrojaron desde lo alto y cayeron a su lado. Uno de ellos se rompió la pierna y al rodar por el suelo se le salió el yelmo. No pasó ni un instante antes de que dos flechas se le clavaran en la cabeza.

Alejandro miró a la cima de la muralla y vio que nadie más había conseguido subir.

«Dame fuerzas, poderoso Zeus...»

Una piedra golpeó su yelmo y sintió un vértigo intenso que se tragó los gritos de guerra de sus enemigos. Envuelto en un extraño silencio se apoyó en Leonato, que protegía su flanco izquierdo, y logró mantenerse de pie. De pronto notó un impacto en el pecho y un dolor tan intenso que lo dejó paralizado. De su coraza sobresalía el asta de una flecha y se quedó mirándola perplejo. La afilada punta se había hundido completamente, cortando en su camino músculo, hueso y pulmón.

—¡Alejandro!

—Leonato... —Parte del aire escapó por la herida del pulmón. Las fuerzas le fallaban. Puso una rodilla en tierra y mantuvo el escudo en alto. Sus hombres se agacharon junto a él y trataron de protegerlo, pero al cabo de un momento el mundo se convirtió en oscuridad y se desplomó sobre el escudo.

—¿Qué ocurrió después? —Estatira lo miraba con los ojos muy abiertos, como si fuera la primera vez que se lo contaba.

—Los soldados que estaban fuera consiguieron reventar la puerta de la muralla y atacaron a los malios. —Omitió que sus tropas, creyendo que había muerto, exterminaron a toda la población de la ciudad sin respetar a mujeres ni a niños. Aquélla había sido la masacre más brutal de toda la guerra—. Llevaron mi cuerpo al campamento y un cirujano logró extraer la punta de la flecha. La herida tardó bastantes días en sanar, pero finalmente lo hizo y ya sólo me queda de recuerdo esta fea marca. —Se la miró e hizo una inspiración profunda. Habían pasado dos años, pero cuando hinchaba del todo los pulmones seguía doliéndole.

Estatira le besó de nuevo el pecho y después el hombro, donde tenía varias cicatrices.

—¿Cómo te hicieron éstas?

—Lanzas, espadas, flechas... Los brazos están muy expuestos en una batalla, igual que las piernas. No puedes cubrir de bronce todo tu cuerpo o apenas podrías moverte. Para proteger las zonas más expuestas debes usar la espada y el escudo y moverte rápido. Lo más importante es mantener la mente despejada, porque para vencer tienes que anticiparte a los movimientos de tu enemigo. De ese modo siempre le harás más daño que él a ti.

—Pero también te han golpeado en la cabeza. —Estatira

metió los dedos entre su pelo rubio y lo acarició con las uñas. Alejandro cerró los ojos y gruñó con un ronroneo suave, disfrutando de aquel momento de placidez pese a que sabía que lo estaban esperando en el salón del trono—. ¿Cómo logras sobrevivir cuando te dejan aturdido o inconsciente en medio de una batalla?

—Teniendo siempre cerca a hombres leales y valientes. Al poco de heredar el trono, los ilirios estuvieron a punto de romperme el cráneo con una maza de hierro. —Se llevó la mano a un lado de la cabeza con una mueca—. Y en Gránico, la primera batalla que libramos en Asia, me golpearon tan fuerte con una espada que me partieron el yelmo. En ambas ocasiones me salvaron los hombres que me rodeaban.

Estatira pegó su cuerpo a él como si temiera perderlo. Bajó la mano por su abdomen musculoso, rozó la mata dorada de vello púbico y recorrió en silencio la gruesa cicatriz que le cruzaba el muslo. Alejandro había recibido aquella herida en la batalla de Issos, luchando contra Darío, el padre de Estatira. También había sido en aquella batalla donde habían capturado a la madre y a las hijas de Darío, pero Alejandro nunca había oído una palabra amarga de labios de Estatira.

—He de irme.

Se incorporó en el lecho y depositó un beso en el vientre desnudo de su esposa. Había hecho varios sacrificios a los dioses pidiendo que se quedara embarazada, quería tener un hijo que fuera también de la estirpe de Darío. Apartó las telas de gasa del dosel y se vistió mientras ella lo contemplaba desde la cama.

En la puerta de la alcoba lo aguardaba una escolta que lo siguió mientras avanzaba con rapidez por los pasillos del palacio. Se detuvo de pronto al encontrarse frente a él a Roxana. Estaba descalza, con los cabellos alborotados y una túnica ligera que se abombaba en torno a su embarazo de seis meses.

Roxana se acercó con las manos alrededor del vientre. En sus ojos brillaban unas lágrimas, pero su mirada era más fiera que nunca.

—Hace tiempo que no vienes a vernos.

Alejandro apretó los labios y soltó el aire por la nariz, pero permitió que Roxana le tomara una mano y la pusiera sobre su vientre.

—Tu heredero se estaba moviendo con mucha energía hace un momento. —En su voz apareció un ligero temblor—. Es fuerte como tú. Los adivinos dicen que también será un gran rey.

Alejandro retiró la mano y la expresión de Roxana se crispó.

—Me están esperando. Hablaremos en otra ocasión.

Casandro llevaba más de una hora en la última posición de la fila de peticionarios que acudían a hablar con el rey. Estaba claro que Alejandro pretendía humillarlo, y a través de él a su padre Antípatro, pero podía ofenderlo todo lo que quisiera si con eso se desahogaba y no ordenaba que lo ejecutasen.

Le sudaban las manos y se las secó en la túnica. La voz de Alejandro reverberaba en el inmenso salón del trono, mucho más grande que el del palacio de Pella, la capital de Macedonia. Había oído hablar de las dimensiones y la riqueza de Babilonia, pero eso no lo había preparado para todo lo que estaba viendo desde que había cruzado las enormes murallas de la ciudad.

«Ya soy el siguiente.»

Estaba mareado y procuró que su respiración agitada se calmara. Los dos hombres que tenía delante, probablemente emisarios de alguna de las ciudades persas, comenzaron a exponer su petición en una lengua que él no comprendía. Un intérprete situado junto al trono traducía al griego para Alejandro.

Volvió a secarse las manos en la túnica y miró alrededor. Las paredes del salón estaban cubiertas de losetas vidriadas con relieves de palmeras y leones. A su derecha, un cuadro de gran tamaño representaba una esplendorosa cacería, repleta de animales salvajes y hombres a caballo. Frunció el ceño al darse cuenta de que la mitad de los jinetes llevaba ropajes orientales. El propio Alejandro formaba parte del grupo, y los persas cazaban junto a él y otros nobles macedonios como si todos fueran considerados iguales.

—¡Casandro!

La voz de Alejandro le hizo dar un respingo. Los hombres que lo habían precedido pasaron a su lado y él se adelantó para ocupar su posición.

—Acércate, Casandro. Eres mi amigo desde la infancia, no un simple peticionario.

En las palabras y la expresión del rey había una calidez que contrastaba con la frialdad de su mirada. No lo invitó a que fuera a saludarlo con un beso y Casandro lo interpretó como un indicio de que su destino estaba en juego. Junto al rey había algunos generales, entre ellos Ptolomeo, Pérdicas y Leonato, con quienes se había formado como soldado e incluso habían asistido juntos a varias lecciones de Aristóteles cuando eran adolescentes.

Todos mantenían la misma actitud distante que el rey.

—Comprenderás, Casandro, que me ha sorprendido mucho que hayas venido tú y no tu padre, a quien requerí con toda claridad que acudiera a Babilonia.

—Mi padre... —Casandro estaba tan aturdido que no sabía qué decir—. En sus cartas...

—Ya he leído las excusas que ha escrito para que me las trajeras..., quizás pensando que no serías capaz de repetirlas por ti mismo.

Algunos de los generales se rieron y Casandro enrojeció.

—Que vengas tú en lugar de tu padre es grave, pero aún es peor que sólo hayas traído la mitad de los hombres que os pedí.

—En Grecia, la situación...

Alejandro desdeñó sus palabras con un gesto de la mano.

—Tu padre lleva tiempo insistiendo en que la llama de la rebelión está prendiendo en varias ciudades, especialmente en Atenas. —Se encogió de hombros—. Si eso ocurriera, los atacaríamos no sólo con las tropas que tenemos en Macedonia, sino con las de todas las provincias occidentales del imperio.

Casandro agachó la cabeza y Alejandro lo contempló pensativo. En las circunstancias actuales, con Grecia levantisca y Crátero retenido en Cilicia, no le parecía mala idea que Antípatro se quedara en Macedonia. El problema era que no estaba seguro de si el viejo general había tomado la decisión por los motivos adecuados o porque le había tomado demasiado apego al trono de Macedonia, como insistía Olimpíade en sus incesantes cartas. En cualquier caso, lo más relevante en ese momento era centrarse en los últimos preparativos de la expedición a Arabia, que daría comienzo en una semana. Su madre tendría que soportar a Antípatro hasta que lo sustituyera como regente de Macedonia el general Crátero, con quien Olimpíade siempre se había llevado bien y en quien él tenía una confianza plena.

—Vámonos —zanjó—. No quiero llegar tarde a los sacrificios que he organizado para celebrar la nueva campaña. Ya me ocuparé de este asunto más adelante.

Casandro esbozó una sonrisa y asintió sin saber qué otra cosa hacer ante aquella amenaza velada. Alejandro pasó a su lado dándole una palmada en la espalda con una sonrisa rígida, privándole de nuevo del beso que lo hubiera reconocido como uno de sus compañeros. Junto al rey caminaba Pérdicas, que ahora era el segundo al mando en el ejército. Casandro esperó a que pasaran todos los generales y los siguió sintiéndose como un simple muchacho. Todos eran más robustos y tenían mayor experiencia militar que él, que no había participado en la gloriosa expedición con la que aquellos hombres habían conquistado medio mundo.

Dos sirvientes orientales flanqueaban la puerta del salón. Al acercarse Alejandro, se echaron al suelo con los brazos extendidos y tocaron las baldosas con la frente. Casandro, que nunca había visto hacer la postración, dejó escapar una risita aguda y nerviosa.

Alejandro se detuvo en seco. Un momento después, se dio la vuelta.

—¿Te hace gracia que me muestren respeto? —Avanzó hacia Casandro y le aferró la cabeza con ambas manos—. ¿Que me traten como a su rey y señor?

Tiró de él y le golpeó la cabeza contra la pared.

—¿Te hace mucha gracia?

Lo golpeó una segunda vez, y una tercera. Casandro chillaba y la sangre empezó a correr entre los dedos de Alejandro, que lo golpeó una vez más y lo soltó con expresión de repugnancia.

El rey se alejó con sus generales y Casandro se quedó encogido en el suelo del salón del trono, temblando mientras su sangre goteaba sobre las baldosas.

Alejandro ordenó que repartieran vino y animales en cantidad suficiente para que todas las unidades militares realizaran sacrificios y celebraran un gran banquete. Los preparativos habían concluido y el enorme ejército que debía conquistar Arabia se pondría en marcha al cabo de seis días. El ambiente entre las tropas era de euforia; se lanzaban a una gran expedición con un poder militar que parecía invencible, y los comandaba un rey que había resultado victorioso incluso en condiciones de gran inferioridad numérica, como había sido el caso de las primeras batallas en Asia. Además, los soldados adoraban a Alejandro. No sólo no había sido derrotado jamás en el campo de batalla, sino que siempre encabezaba los ataques, se preocupaba como ningún otro comandante por la seguridad de sus hombres y se mostraba extremadamente generoso en el reparto del botín.

Alejandro pasó la mayor parte del día recorriendo Babilonia para dirigir en persona los sacrificios que se llevaron a cabo en los principales templos. Al ocaso se reunió con su círculo más cercano en uno de los salones y el vino corrió a raudales desde el principio de la velada. Se notaba algo cansado y se marchó antes de lo habitual; sin embargo, en la puerta se encontró con Medio, uno de sus amigos de Tesalia, que lo convenció para que siguiera bebiendo con él.

Cuando finalmente se retiró, ya estaba amaneciendo. Se dio un baño, como solía hacer antes de acostarse, y se quedó dormido nada más tocar las sábanas.

Al día siguiente no salió del palacio. Pasó la tarde jugando a los dados con Medio y otros amigos y por la noche reanudaron los banquetes y las borracheras. También lo hicieron los soldados a lo largo y ancho de la inmensa Babilonia. La ciudad le tenía tanto apego al lujo como a los festejos, resultaba idónea para militares ávidos de disfrutar de placeres de todo tipo antes de que empezaran las duras jornadas de marcha y los combates en los que quizás perderían la vida.

Casandro se decidió a acudir al salón de Alejandro la segunda noche de banquetes. El día anterior también le había llegado la invitación a través de un mayordomo del rey, como si no hubiera sucedido nada entre ellos. Le daba miedo acercarse a Alejandro, pero a la vez temía ofenderlo o que pensara que estaba conspirando contra él si no aparecía. Se quitó el vendaje que cubría la sutura de su cabeza, se dirigió a la sala cuando el banquete ya había comenzado y ocupó un triclinio vacío lo más cerca posible de la puerta.

Le llevaron una copa de vino y una bandeja con carne. La presencia de oficiales griegos y orientales le hizo pensar en el cuadro de la cacería que había visto en el salón del trono. Cerca de un centenar de personas ataviadas del modo más diverso se congregaba en aquel banquete, sin contar sirvientes, bailarinas y músicos. Alejandro atraía la atención como el centro de un remolino que todo lo une y al que todo se dirige.

«Ya no parece un rey macedonio», se dijo mientras palpaba la dolorosa costura que tenía a un lado de la cabeza.

En Macedonia el monarca era considerado el primero entre sus iguales; si se mostraba con ellos demasiado arrogante o despreciativo, corría el riesgo de provocar una rebelión que lo derrocara. En su adolescencia, Casandro había visto en el rey Filipo un trato de igualdad con su círculo íntimo de nobles y generales. «También Alejandro se comportaba así antes de partir hacia Persia.» Bebió un sorbo de su copa mientras lo observaba con disimulo. Los orientales que rodeaban al rey lo trataban casi con veneración. En cambio, podía percibir cierto distanciamiento con los hombres que habían sido sus amigos desde antes de que llegara al trono, como Ptolomeo, Eumenes o Pérdicas.

Un hombre con aspecto de funcionario se acercó a Alejandro y le entregó una pequeña caja de madera. Alejandro la abrió y sacó una moneda de plata que observó por ambas caras con expresión de deleite.

—¡Es un trabajo magnífico, por Heracles! —Sacó más monedas de la caja y empezó a repartirlas entre los hombres que lo rodeaban—. Decidme qué os parecen. El orfebre ha hecho un gran trabajo, ¿no es cierto?

Su mirada encontró la de Casandro y su sonrisa se volvió más amplia, como si realmente se alegrara de verlo.

—Casandro, viejo amigo. Me gustaría conocer también tu opinión.

Arrojó a través del salón una moneda que aterrizó entre

los almohadones del triclinio. Casandro la cogió y miró al rey, pero Alejandro ya estaba hablando con otros hombres.

La moneda era grande y pesada, una decadracma recién acuñada en Babilonia. Casandro contempló el anverso procurando que su rostro no reflejara lo que pensaba. La mayoría de las monedas que Alejandro había hecho acuñar a lo largo de su reinado mostraba el rostro de Heracles, si bien con unos rasgos cada vez más parecidos a los del propio Alejandro. En la decadracma que tenía en las manos aparecía directamente Alejandro en una imagen que proclamaba su carácter divino. De pie y ataviado con sus armas, estaba a punto de ser coronado por Niké, diosa de la victoria, mientras portaba el rayo de Zeus como si el rey de los dioses fuese su verdadero padre.

Le dio la vuelta y no pudo evitar que sus cejas se arquearan. En el reverso de las monedas solía estar representado Zeus, protector supremo de Macedonia, pero en aquélla figuraba de nuevo Alejandro. Montaba a caballo y acosaba con su lanza al rey indio Poros, que huía en un gran elefante. La imagen resultaba una alegoría bastante efectiva de las incesantes victorias de Alejandro, su dominio militar y la inmensidad de sus hazañas.

«No hay nadie que maneje como él la propaganda.»

Casi todos los pueblos usaban las monedas, y las de los Estados más poderosos acababan llegando a las manos de millones de personas. La mayoría de los gobernantes las acuñaban con algunos símbolos que identificaban a sus Estados o a los principales dioses que los tutelaban. Sin embargo, Alejandro había sabido aprovechar la enorme difusión de sus monedas para transmitir el mensaje de que poseía una naturaleza divina e invencible.

Casandro observó de nuevo a Alejandro, que escuchaba regocijado las alabanzas que hacían todos a aquellas decadracmas.

«A Atenas y a la mayoría de las ciudades griegas sólo consigues alejarlas más cada vez que proclamas que eres un dios.»

Dejó la moneda sobre las sábanas del triclinio y la contempló pensando si incluirla en el mensaje que iba a enviar a su padre. Recorrió con la mirada el banquete, donde se congregaba la cúpula militar que dirigiría la invasión de Arabia. El rey y sus generales bebían y reían tan estruendosamente que la música apenas se oía. Alejandro estaba sudando y su rostro ojeroso se mostraba exultante.

«¿Hasta qué punto te crees tus propias mentiras?»

Sus miradas se cruzaron y Casandro se apresuró a bajar la cabeza.

—La infantería y la caballería tienen que estar listas para partir en dos días. —Alejandro se sentía agotado, quería que aquella reunión terminara de una vez. Se volvió hacia el almirante Nearco y continuó resumiendo lo más relevante con la misma brusquedad—. Tú y yo zarparemos con la flota un día más tarde. ¿Tenéis alguna pregunta?

Sus generales se miraron unos a otros sin que ninguno replicara. Alejandro los despidió con un ademán seco y salieron de la estancia.

Cuando se quedó solo, sus hombros se hundieron y se apoyó en el borde del asiento.

—Oh, dioses...

Levantó la mirada hacia uno de sus esclavos personales y le hizo un gesto para que se acercara.

—Ayúdame a llegar hasta el lecho. —Pasó un brazo por el hombro del esclavo y se puso de pie con el rostro crispado—. Luego ve a avisar a mi médico, sin que se entere nadie.

Desde hacía unos días notaba algo de fiebre por las tardes, pero nunca tanta como en ese momento. Había pedido que lo trasladaran del palacio del norte al que se ubicaba en medio de la ciudad, junto a la puerta de Ishtar y los Jardines Colgantes. Allí encontraba más sosiego y había hecho que lo instalaran en una cámara abovedada que tenía al fondo una piscina alimentada por las aguas del río.

Se quedó esperando al médico sentado en el borde del lecho, no quería que lo encontrara tumbado como un inválido. Apretó los dientes con rabia al sentir que le dolía todo el cuerpo. En otras ocasiones había experimentado síntomas similares y la enfermedad había llegado a durar varias semanas. No quería ni imaginarse que por unas malditas fiebres tuviera que aplazar una expedición que llevaban meses planificando.

«Por Ares, tenemos preparados cientos de barcos, decenas de miles de soldados...»

El médico, un griego de la isla de Cos que formaba parte de su corte desde hacía años, apareció en la cámara y se acercó al lecho con pasos apresurados. Sus cejas blancas se arrugaron mientras lo examinaba.

—¿Te duele el pecho?

—Un poco... —Alejandro se llevó la mano a la cicatriz que había besado Estatira hacía unos días—. Sobre todo en la zona donde se me clavó la flecha.

El anciano apoyó una oreja en su espalda y le hizo toser.

—Creo que la afección se ha extendido al pulmón. Hay un exceso de flema y tienes bastante calentura. —Observó sus ojos con una mirada crítica—. Procura dormir desnudo aunque sientas frío. Los baños y unas hierbas que voy a darte ayudarán a contener la fiebre, pero lo más importante es reducir la flema para restaurar el equilibrio de los humores. Para eso voy a prescribirte algunas frutas ácidas. En cuanto a la dieta, sólo puedes tomar alimentos ligeros y frutas frías. Y nada de vino, sólo agua y algunos zumos...

Alejandro movió una mano para que parara.

—Encárgate de que me traigan sólo lo que pueda tomar. —Fijó la mirada en el rostro del médico—. Dentro de tres días tengo que encabezar la flota que partirá hacia Arabia. ¿Puedes hacer que me recupere para entonces?

El anciano meditó la respuesta. Su ceño seguía arrugado.

—Si sigues al pie de la letra mis instrucciones, es probable que entonces te encuentres mejor. Pero no deberías cabalgar al menos durante una semana.

—Bien, muy bien. Ése es precisamente el plan; los primeros días bajaré el Éufrates en barco. Encargaré que pongan un lecho en la cubierta para poder descansar durante la navegación.

Se despojó de la túnica y se tendió sobre las sábanas, aliviado por evitar el enorme trastorno que supondría aplazar la expedición. Cerró los ojos y no los abrió hasta que le trajeron los alimentos que había prescrito el médico. Pasó la tarde algo más tranquilo, tomando cada hora la bebida medicinal que le habían preparado y entrando y saliendo de un duermevela mientras la luz declinaba.

Por la noche el médico le dio unas hierbas para que durmiera y logró hacerlo durante algunas horas, aunque se retorció sin cesar y las sábanas se enredaron en su cuerpo desnudo como si fueran serpientes. Poco antes de que amaneciera abrió los ojos de golpe, sintiendo que acababa de caer desde mucha altura. Miró a uno y otro lado con las manos todavía aferrando el colchón, tenía la impresión de que si se soltaba seguiría cayendo. Abrió los dedos poco a poco y se liberó de la maraña de sábanas para sentarse en el borde de la cama.

La habitación daba vueltas a su alrededor y permaneció un rato con la cabeza apoyada en una mano. Echó un vistazo a la bandeja que había junto al lecho, bebió un vaso entero del brebaje contra la fiebre y se puso de pie.

«Zeus protector...»

Se tambaleó y separó los brazos para no caerse. Contuvo con un gesto al esclavo que se disponía a sujetarlo y caminó despacio hasta la piscina. Cuando metió los pies en el primer escalón lo recorrió un escalofrío intenso que le erizó la piel. Bajó otro par de escalones y se dejó caer en el agua.

Empezó a tiritar de tal manera que tuvo que apretar la mandíbula para que los dientes no entrechocaran. Le cubría por los hombros y avanzó moviendo los brazos hacia el extremo contrario, donde se abría un ventanal desde el que se veían los Jardines Colgantes. El agua le parecía más fría que nunca y los espasmos agitaban su cuerpo sin cesar, pero recurrió a toda su voluntad para seguir avanzando. Se agarró al borde del ventanal y se quedó mirando la estructura escalonada de los jardines. Las terrazas se sucedían unas sobre otras, cada una albergando un magnífico vergel de macizos de flores y grandes árboles que en conjunto daban la impresión de ser una frondosa colina en medio de aquella región de llanuras y desiertos. Nabucodonosor II, uno de los reyes más poderosos de Babilonia, había hecho construir aquella maravilla para su joven esposa Amytis, que añoraba los montes y los bosques en los que había pasado su infancia.

Los espasmos terminaron cediendo y salió del agua sintiéndose menos febril, aunque más agotado. Estaba seguro de que caería en un sueño profundo si regresaba al lecho. No obstante, hizo que lo vistieran y lo transportaran en litera hasta los altares en los que todas las mañanas llevaba a cabo sacrificios a distintos dioses. Dos esclavos se mantuvieron junto a él para ofrecerle con la regularidad prescrita todo aquello que el médico había dicho que tenía que tomar.

La realidad había cobrado un matiz extraño y a veces se le escapaba el significado de las palabras de los sacerdotes, pero todos los signos fueron favorables. A los dioses les habían complacido sus ofrendas y apoyaban la expedición a Arabia.

Por la tarde se reunió de nuevo con sus generales en la cámara de la piscina. En esta ocasión los recibió en su lecho, apoyado en algunos cojines para mantener el tronco incorporado. Al igual que en los sacrificios, no logró captar el sentido de algunas de las cosas que dijeron, pero eso no impidió que percibiera la inquietud que les provocaba su estado. Aunque el plan original era que la campaña se iniciara a la mañana siguiente, Pérdicas lo sorprendió proponiendo que aplazaran la partida un par de días.

—¿Acaso es la primera vez que me pongo al frente del ejército sin que mi salud sea perfecta? —Pérdicas bajó la mirada, pero sus labios permanecían apretados—. He cabalgado largas distancias, incluso he combatido con heridas graves, y el resultado ha sido siempre la victoria.

—En aquellas ocasiones las circunstancias eran diferentes —repuso Ptolomeo—. Ahora nos podemos permitir esperar un poco sin que haya consecuencias. Además, el ánimo de las tropas se verá perjudicado si ven que estás enfermo. Sobre todo en las unidades del ejército que parten por tierra un día antes de que zarpes tú con la flota.

Alejandro los miró uno a uno en silencio. Comprendió que habían hablado entre ellos antes de la reunión, y que todos estaban de acuerdo. La irritación hizo que su incipiente dolor de cabeza se incrementara.

—Los planes se mantienen. Las tropas de tierra saldrán de Babilonia mañana por la mañana, y yo mismo estaré con ellos para que me vean dar la orden de partida.

—Sí, Alejandro —respondió Ptolomeo.

—Se hará como ordenes —contestó Pérdicas en el mismo tono marcial.

Alejandro esperó a que abandonaran la estancia y pidió a un esclavo que lo ayudara a llegar a la piscina. El esclavo tuvo que entrar con él para que no perdiera el equilibrio en los escalones. Se desplazó lentamente hasta el borde y contempló los Jardines Colgantes a la luz rojiza del crepúsculo.

El dolor de cabeza se volvió tan intenso que tuvo que cerrar los ojos.

Oyó entre brumas los gritos del esclavo pidiendo ayuda.

Al día siguiente aceptó que se aplazara la expedición a Arabia.

Estaba tan débil que tuvieron que cargar con él para meterlo en la piscina e intentar que le bajara la fiebre. Volvió a asistir a un sacrificio, pero se limitó a mirar lo que hacían los sacerdotes con la cabeza apoyada en la almohada de la litera. Cuando convocó a sus generales y les dijo que aceptaba que la partida del ejército se retrasara un día, vio en sus rostros una mezcla de alivio y preocupación.

«Les inquieta que el retraso acabe prolongándose varias jornadas», pensó mientras sus ojos ardientes pasaban de Pérdicas a Nearco, de Eumenes a Ptolomeo.

Fue a la mañana siguiente, tras hacerles algunas preguntas sobre los preparativos y aceptar que la salida se aplazara otro día, cuando se dio cuenta de que su mayor preocupación no era la campaña de Arabia.

«Temen por mi vida.»

Quiso protestar, decirles que los médicos que lo atendían cada vez en mayor número aseguraban que en cualquier momento podía producirse una mejoría repentina, que las sangrías y los purgantes que habían comenzado a suministrarle estaban a punto de hacer efecto...

—Salid —se limitó a susurrar con un hilo de voz.

La fiebre siguió subiendo y el tiempo dejó de transcurrir a su ritmo natural. En algunas ocasiones el dolor incrementaba su consciencia y un instante parecía eterno, y en otras todo se volvía borroso y tras un parpadeo se encontraba en un lugar distinto.

Asistió a un nuevo sacrificio, sin saber si había cambiado de día, y pidió que lo llevaran a su palacio del norte de Babilonia. Cuando la barcaza que transportaba su litera pasó cerca del campamento militar, miles de soldados se asomaron a la muralla para verlo pasar y gritar su nombre.

—¡Alejandro! ¡Rey Alejandro!

En sus voces se percibía el temor, y eso lo conmovió.

Antes de sacarlo de la barcaza cerraron las cortinas de su litera para que los soldados no vieran su piel amarillenta y su rostro consumido. Las cortinas eran de color rojo y tenía la impresión de que flotaba en medio de un extraño amanecer. Al llegar a la alcoba real lo trasladaron de la litera al lecho y después entraron sus principales generales, tal como había pedido.

Esa mañana no era capaz de hablar, pero dirigió a todos una mirada de reconocimiento. Sus ojos se detuvieron finalmente en Pérdicas, su oficial de mayor graduación, y movió la cabeza para que se acercara. Sentía el cuerpo tan pesado como si fuese de plomo y apenas podía mover las manos, pero consiguió quitarse el anillo con el sello real y se lo entregó. No tenía sentido que por su enfermedad se quedaran paralizadas muchas decisiones importantes del ejército y del reino. Pérdicas lo conocía bien y tomaría las decisiones adecuadas hasta que él pudiese retomar el mando.

Los hombres que lo rodeaban trataron de animarlo con anécdotas de pasadas campañas militares y hablando de la próxima conquista de Arabia. No sólo eran sus generales, sino sus más leales amigos, muchos de ellos desde su infancia en Macedonia. Sus esfuerzos por entretenerlo le habrían hecho sonreír si hubiese tenido suficientes fuerzas.

Cerró los ojos y sus hombres empezaron a hablar entre ellos en susurros. Sus voces a veces se disolvían y otras cobraban mayor fuerza, como si se acercaran a su lecho o entraran más personas en la habitación. Le pareció que se hacía de noche, luego de día y de nuevo de noche, pero nunca llegaba a dormirse del todo. Los médicos le hacían nuevos cortes sin que apenas se percatara. En algún momento le dieron un purgante que hizo que vomitara y después se sintiera algo mejor, aunque todavía más agotado.

Un rumor constante atravesaba las paredes del palacio y alcanzaba su alcoba, pero no fue consciente hasta que cobró la fuerza de una tormenta. Lo formaba una miríada de voces humanas que proferían amenazas y lamentos. Separó los párpados y vio a varios de sus generales discutiendo entre sí, llevaban un tiempo haciéndolo. Ptolomeo advirtió que había abierto los ojos y se acercó a su lecho. Le puso una mano en el brazo y fijó la mirada en él como si quisiera asegurarse de que realmente estaba consciente.

—Los soldados necesitan verte. —Un lento parpadeo de Alejandro le mostró que lo había entendido—. Amenazan con derribar los muros del palacio si no se lo permitimos. Creen... —Bajó un momento la mirada—. Piensan que los engañamos cuando aseguramos que sigues vivo.

«Sigo vivo», se dijo Alejandro, y su propio pensamiento le resultó extraño.

Ptolomeo señaló una de las paredes.

—Estamos pensando en abrir otra entrada en tu alcoba para que los soldados puedan desfilar delante de ti. ¿Crees que podrás mantener los ojos abiertos?

Un nuevo parpadeo hizo que Ptolomeo diera la orden. Un arquitecto se encargó de que cubrieran de mantas la pared del dormitorio y empezaron a golpearla con martillos. No les llevó mucho tiempo abrir un gran hueco sin hacer demasiado ruido ni provocar una nube de polvo.

Ptolomeo y Pérdicas colocaron algunos almohadones detrás de Alejandro para incorporarlo un poco y proporcionar a su imagen algo de dignidad. Los soldados comenzaron a cruzar la alcoba, mirando a su rey con lágrimas en los ojos, y al pasar frente a él hacían el saludo militar.

«Se están despidiendo de mí», comprendió Alejandro.

Procuraba cruzar la mirada con todos, aunque apenas los veía. Ptolomeo se mantenía a su lado y le rozaba el hombro cuando los ojos se le cerraban. Le confortaba sentir el amor y el dolor de sus hombres, el fervor que vibraba en sus voces, su nombre mil veces repetido...

«Alejandro...»

De pronto era de noche y a la vez de día. Oyó la voz de Roxana, que poseía la ferocidad de una leona que protege a su camada. Intentó abrir los ojos para buscar su rostro y encontró el de Estatira, que al intentar decirle algo se deshizo como una imagen en un estanque. Los últimos retazos de luz se convirtieron en los rasgos de su amado Hefestión.

—¿Nos está viendo?

Creyó distinguir el tono irritante de Casandro, que estaría allí para asegurarse de que se moría y así Antípatro podría quedarse con el trono de Macedonia.

Quiso incorporarse, ordenarle que se marchara, pero entonces sintió la voz de Zeus como un trueno que se acercara, y supo que todo estaba bien.

Pérdicas se mantenía en vilo alrededor del lecho con los demás generales, igual que toda la ciudad de Babilonia, igual que las demás partes del imperio que iban enterándose de que la vida de Alejandro estaba en peligro.

La respiración del rey se había apaciguado. Su rostro estaba en calma y los jadeos habían dado paso a unas exhalaciones cada vez más suaves y distanciadas.

Exhaló de nuevo y los generales contuvieron el aliento esperando una nueva inspiración que no llegaba.

Pérdicas se volvió al cabo de un rato hacia sus compañeros, con el rostro desencajado, y puso en palabras aquel hecho inabarcable.

—Alejandro ha muerto.

Capítulo 55

Atenas, julio de 323 a. C.

Estaba anocheciendo cuando Prometeo volvió del Liceo y encontró a Penélope entrenándose con la jabalina.

No utilizaba una de competición, como los atletas en los certámenes deportivos, sino la lanza corta con punta de hierro que usaban como arma arrojadiza algunos soldados. La jabalina voló a través del patio y se clavó con un ruido seco en la tabla de madera que había en la otra esquina. Penélope se quedó mirándola con la respiración agitada y la piel brillante de sudor. El esfuerzo había congestionado su rostro y las cicatrices se le notaban más de lo habitual. Prometeo recordó el maltrato que había sufrido a manos de Creonte y sintió una necesidad tan intensa de protegerla que se le cortó el aliento.

Fue hacia ella y la envolvió en un abrazo.

—Penélope... —No podía soportar la idea de que alguien volviera a hacerle daño—. Debes casarte conmigo.

En el interior de Penélope se extendió una emoción cálida y se sintió tan liviana como si no pesara, pese a que en el fondo de sus conversaciones hacía tiempo que latía la idea de un futuro común.

Un momento después, se apartó de él con el ceño fruncido.

—¿Has dicho que «debo casarme»? —No le gustaba cómo sonaba aquello; el deber era el motivo por el que se había desposado en Esparta con su primer marido.

—Quiero decir que... Si nos casamos, dejarás de ser considerada extranjera. Serás la esposa de un ateniense y estarás más protegida por las leyes de Atenas.

Penélope cogió las manos que él tenía apoyadas en su cintura y las retiró.

—¿Ése es el único motivo por el que quieres que nos casemos?

Prometeo se quedó desconcertado... hasta que adivinó la sonrisa que escondían los labios de Penélope.

—Sabes muy bien que no —dijo antes de besarla.

Altea sentía su frágil corazón lleno de dicha. Había oído desde la cocina la conversación entre su hijo y Penélope, y nada podía hacerla más feliz que el hecho de que fueran a casarse.

Cerró los ojos y las arrugas que los rodeaban se suavizaron.

«Deyanira, heroína entre las mujeres de Esparta, amada por los dioses, escucha mi ruego. Penélope y Prometeo son sangre de tu sangre y sabes que han sufrido mucho. Bendice su enlace y protege su futuro.»

Apoyó la espalda en el respaldo de la silla y aguardó con una sonrisa, que se expandió cuando Prometeo y Penélope entraron para hablar con ella.

Decidieron que la ceremonia se celebraría dos semanas más tarde, sin saber que en su noche de bodas la noticia de la muerte de Alejandro caería sobre Atenas.

«¡Que sea verdad, poderoso Hefesto, que haya ocurrido...!»

Creonte avanzaba en la penumbra azulada previa al amanecer tan rápido como era capaz. Cayó al suelo y se golpeó con dureza el hombro, pero se levantó sin que se alterara su expresión eufórica y siguió corriendo junto a Bitias. Lo había despertado un esclavo con un mensaje de Hipérides garabateado a toda prisa en un papiro:

¡Ha muerto!

Al leerlo soltó un grito tremendo y se apresuró a salir de su casa. Desde hacía unos días llegaban a Atenas mensajes de las más diversas procedencias que decían que Alejandro estaba enfermo, mezclados con otros que aseguraban que había fallecido o que ya se había restablecido. El ambiente en toda la ciudad era de tensa expectación, pese a que los rumores de la muerte del rey habían llegado en varias ocasiones a lo largo de los años y siempre se habían revelado falsos.

«Hipérides no me habría enviado el mensaje si no estuviese seguro.»

Se adentró en la calle del prestigioso orador y vio frente a su casa un grupo bastante numeroso. Algunos eran esclavos de hombres que habían llegado antes que él, pero en su mayoría se trataba de atenienses que pedían a gritos que les confirmaran los rumores. Creonte le dijo a Bitias que aguardara fuera, accedió a la casa y se dirigió al salón principal, donde la voz del líder de la Asamblea se imponía sobre las de otros hombres que hablaban al mismo tiempo.

—... llegado directo de Babilonia. —Hipérides lo vio en la puerta y le hizo un gesto para que se acercara sin dejar de hablar—. Eso posiblemente nos dé unos días de ventaja sobre Antípatro, que tenemos que aprovechar.

Un anciano sentado en un triclinio se apresuró a replicar.

—¿No sería mejor que habláramos con el Consejo antes de...?

—¡No! —Hipérides se puso en pie—. Lo más probable es que los generales de Alejandro se enfrenten entre sí por el control del imperio, y que se produzcan levantamientos en algunas provincias persas y en otras regiones orientales. Ahora mismo nadie va a ayudar a Antípatro. —Su mirada adquirió una intensidad ardiente—. ¡Por eso es imprescindible que el Consejo se limite a validar nuestra propuesta y podamos presentársela esta misma mañana a la Asamblea!

Se alzó un coro estruendoso de gritos a favor. Hipérides se acercó a Creonte, puso una mano en su hombro y habló con una voz potente que en realidad se dirigía a todos los presentes.

—Creonte, tu papel va a ser fundamental. La muerte de Alejandro está confirmada, pero posiblemente no le llegue a Antípatro hasta dentro de unos días. Mi intención es partir hoy mismo al Peloponeso, unirme a Leóstenes y convencer a las ciudades que se han mostrado favorables a la rebelión de que tenemos que movilizar nuestros ejércitos cuanto antes. Llevaré algunos barcos, y debes ocuparte de que embarquen a tiempo todas las armas que tengas almacenadas.

—Serán alrededor de un millar de espadas y casi el doble de jabalinas.

—Excelente. —El orador le palmeó el hombro y se dirigió a su secretario, que aguardaba con un papiro y una pluma en la mano—. Si no hay más objeciones... —recorrió el salón con una mirada rápida—, sigamos con el decreto. ¿Qué es lo último que has escrito?

—*El pueblo de los atenienses se hará cargo...*

—Eso es. El pueblo de los atenienses se hará cargo de la común libertad de los griegos...

Se puso a caminar por el salón mientras dictaba. Los atenienses que lo escuchaban, miembros destacados del partido antimacedonio, asentían a sus palabras o las comentaban entre sí en un ambiente de intensa excitación. El decreto que estaba preparando Hipérides proclamaba que Atenas, al igual que había hecho en otros momentos cruciales de la historia, iba a encabezar la lucha por la libertad frente a un enemigo temible.

—Alejandro era un bárbaro —proclamó Hipérides con el mismo tono que usaría en la Asamblea—, ambicioso y brutal, que sometió a los griegos con el fin de utilizar a nuestros hombres y nuestros recursos para expandir sus conquistas.

Creonte se estremeció al pensar que aquellas palabras de Hipérides se repetirían a lo largo y ancho de Grecia, exaltando a pueblos que se apresurarían a aportar soldados al ejército que iba a liderar Atenas.

«Hemos sido los siervos de Macedonia durante quince años. —Se sentía como si estuviera soñando, pero aquello era real—. Hoy se han roto las cadenas. Hoy comienza nuestra libertad.»

Otros dos políticos entraron en el salón con expresión de incredulidad. Un momento después, acogían entusiasmados las palabras con las que Hipérides daba forma al decreto que iniciaría la guerra abierta contra Macedonia.

Creonte se percató de pronto de algo en lo que no había pensado hasta entonces.

«Aristóteles ha perdido la sombra protectora de Alejandro.»

Asintió despacio, abstrayéndose del bullicio que lo rodeaba. No era el momento de tratar ese asunto en público, pero la siguiente vez que el esclavo de Aristóteles acudiera al burdel para acostarse con Apolonia, ya no sería sólo información lo que le pediría.

A pocos estadios de la casa de Hipérides, Penélope levantó la cabeza del pecho de Prometeo y vio que todavía estaba dormido. Se apoyó de nuevo en su piel cálida y cerró los ojos.

«Mi esposo», pensó sintiéndose dichosa.

La tarde anterior habían celebrado una ceremonia sencilla en la casa taller. Foción se había encargado de oficiar el enlace y ellos se habían colocado frente a un pequeño altar de piedra cubierto de brasas. Recordó la expresión radiante de Altea mientras esparcía unas briznas de romero y enebro sobre las brasas, haciendo que se extendiera por el patio un aroma purificador.

«Parecía tan feliz...»

A continuación fueron ellos los que derramaron sobre el altar los frutos de la tierra: granos de trigo, aceite y vino puro. Cuando acabaron las ofrendas, el anciano Foción colocó sobre sus hombros una banda de lana que simbolizaba el vínculo matrimonial.

«Ya estamos casados ante los dioses.» La idea todavía le resultaba extraña, y al mismo tiempo la llenaba de paz.

Prometeo inspiró profundamente y entreabrió los ojos.

—Buenos días, esposo —susurró Penélope.

Se acercó a él y empezaron a besarse lentamente. Prometeo bajó la mano por su espalda, acariciando su piel desnuda...

El ruido de unos golpes lejanos hizo que ella se apartara.

—¿Qué ha sido eso?

Un momento después golpearon precipitadamente la puerta de su casa.

—¡El rey Alejandro ha muerto, Asamblea en el teatro a media mañana!

Prometeo arrugó el ceño.

—Ha muerto Alejandro... —murmuró.

—¿Eso implica que va a haber guerra?

En la mirada de Penélope había un brillo de alarma y Prometeo trató de disimular su preocupación. Deseaba poder decirle que no.

—Vamos a esperar a ver qué ocurre en la Asamblea.

Abandonaron la cama y se pusieron las túnicas. Al abrir la puerta del dormitorio vieron que el sol ya se elevaba sobre los muros de la casa. En el patio seguían colgadas las cintas de lino y las ramas de laurel y olivo que habían puesto para la boda, dándole un tono festivo que ahora contrastaba con su ánimo.

Prometeo pasó junto al horno y salió al exterior. En ambos lados de la calle vio esclavos escitas que golpeaban las puertas y repetían el mismo mensaje. La Asamblea casi nunca se convocaba con tanta premura, era evidente que la facción belicista no quería perder ni un momento.

—¡Prometeo!

Algo en la voz de Penélope hizo que entrara de nuevo y se dirigiera a toda prisa al cuarto de Altea.

—Tu madre...

Penélope estaba arrodillada junto al lecho con los ojos llenos de lágrimas. Prometeo se abalanzó sobre la cama, apoyó la cara en el pecho de Altea y buscó sus latidos en vano.

—Mamá...

El dolor rompió su voz en un sollozo. La estrechó con mucha delicadeza y cerró los ojos. Por un momento se sintió como cuando era un niño y acudía a ella llorando. Su madre lo abrazaba y enseguida lo consolaba con su cariño y sus palabras sabias, pero esta vez permanecía silenciosa entre sus brazos.

Se incorporó y acarició su rostro de anciana, en el que se había congelado la misma sonrisa apacible que había mostrado durante la boda. Su expresión serena y su larga cabellera blanca hacían que pareciera una diosa descansando.

Se inclinó sobre ella y le besó la frente con ternura.

—Al menos se ha ido feliz —dijo en un susurro entrecortado. Su madre había disfrutado de una vida plena, y las parcas habían cortado el hilo de su destino antes de que se enterara de que la guerra se cernía sobre Atenas.

Capítulo 56

Pella, Macedonia, julio de 323 a. C.

Antípatro levantó la mirada del mapa de Grecia.

—¿Qué ocurre? —preguntó con voz tensa al soldado que acababa de entrar en la sala.

—Ha llegado un hombre procedente de Atenas, mi señor. Es un comerciante macedonio, dice que trae noticias importantes.

Antípatro apretó los labios.

«Ya ha comenzado.»

—Traedlo aquí. Quiero hablar con él de inmediato.

Se echó hacia atrás mientras pasaba las manos por los brazos de su asiento. Estaba pendiente de recibir novedades de Atenas desde que hacía un par de días había llegado la impactante noticia de la muerte de Alejandro. En esa ocasión el mensajero había sido un oficial enviado por su hijo Casandro, un hombre enflaquecido y de ojos vidriosos que parecía que hubiera cabalgado desde Babilonia sin hacer una sola parada. Tras informarle de que su hijo estaba a salvo, le comunicó el fallecimiento de Alejandro y relató lo que había sucedido en Babilonia los días posteriores a su muerte.

—Al enterarse de que el rey había sucumbido a la enfermedad, se extendió por el ejército una sensación de temor y desamparo. —El oficial frunció levemente su ceño quemado por el sol—. El ánimo de los soldados era como el de los niños que han perdido a su padre. Sabían que sus enemigos le tenían miedo a Alejandro y siempre habían confiado en él para que los sacara de cualquier situación comprometida. Tras su muerte, ya no se sentían dueños de los territorios que Alejandro había conquistado, sino invasores de pueblos enemigos que los rodeaban por todas partes y deseaban librarse de ellos.

«Alejandro se consideraba señor de griegos y bárbaros por igual —pensó Antípatro—. Pero él era el único que veía las cosas de ese modo.»

El oficial le contó que los hombres más cercanos al rey, los generales macedonios que rodeaban el lecho en el momento de su muerte, se quedaron tan perplejos como los soldados. Alejandro parecía inmortal y además no había nombrado un heredero. Hubo seis días de interminables disputas sobre quién debía ocupar su lugar tanto al frente del ejército como en el trono. Finalmente, tras algún episodio de violencia que logró ser contenido antes de que se propagara a todo el ejército, Pérdicas propuso una solución que recabó los suficientes apoyos. Dado que era el segundo en la jerarquía militar, y que el propio Alejandro le había entregado su anillo real, él sería el regente hasta que el hijo de Roxana, si es que nacía varón, alcanzara la mayoría de edad.

«Regente de un niño que todavía no ha nacido. —Antípatro torció el gesto—. Pérdicas ya se ve a la cabeza del imperio de por vida.»

Durante las discusiones sobre quién debía heredar el trono, algunas facciones del ejército apoyaron a otro candidato. Se trataba de Filipo Arrideo, un hermano bastardo de Alejandro que el rey Filipo había tenido con una bailarina. Viajaba con el ejército y Alejandro lo había tratado con afecto, pero en su infancia Olimpíade le había suministrado unas hierbas que habían mermado sus facultades mentales, por lo que no podía ocupar el trono. No obstante, como descendiente varón del rey Filipo, muchos macedonios lo consideraban depositario de la autoridad real, de modo que Pérdicas se convirtió también en su regente.

«Pérdicas mantendrá siempre a su lado a Roxana y a Filipo Arrideo. Legitiman su poder tanto como el anillo que le entregó Alejandro.»

El oficial llegó al punto que más preocupaba a Antípatro.

—Después de obtener la máxima autoridad, Pérdicas convocó en asamblea a los principales generales macedonios y entre todos decidieron el reparto de las provincias. —Levantó un papiro que llevaba en la mano y comenzó a leer—: *A Leonato le ha sido asignada la Frigia Helespóntica; a Ptolomeo, Egipto...*

Antípatro lo interrumpió con brusquedad.

—Dime qué han decidido respecto a Macedonia.

El oficial bajó el papiro.

—Por supuesto, mi general. La asamblea decidió que sigas como comandante de las tropas de Macedonia, además de ocupar el cargo de regente en Europa. —Antípatro experimentó un alivio considerable, que se enfrió con las siguientes palabras—. Cuando Crátero regrese a Macedonia, compartirá ambas posiciones contigo.

«¡Maldito seas, Pérdicas! —Al parecer, el general Pérdicas también había heredado de Alejandro las dudas que tenía sobre él. Procuró tranquilizarse y se dijo que Crátero no era tan ambicioso como Pérdicas—. Al menos, no lo era hacía unos años.»

El oficial pasó al siguiente punto del que se ocupó la asamblea de generales: los planes del propio Alejandro.

—La conquista de Arabia se ha cancelado de modo indefinido. Pérdicas y los demás generales han decidido centrarse en consolidar lo ya conquistado y apaciguar las regiones que puedan sublevarse al saber que Alejandro ha muerto. Por otra parte, Eumenes le entregó a Pérdicas las notas del archivo real relativas a los siguientes proyectos de Alejandro, y Pérdicas las sometió al parecer de la asamblea.

Antípatro siguió escuchando y no pudo evitar una sonrisa. Muchos de los generales de Alejandro lo adoraban y le eran absolutamente leales, pero sus planes debían de haberles parecido completamente descabellados. Entre los proyectos de Alejandro estaban erigir para el rey Filipo un monumento funerario que rivalizara con la más grande de las pirámides de Egipto; gastar miles de talentos en otro espléndido mausoleo para Hefestión; construir mil barcos de guerra más grandes que los trirremes para llevar a cabo una campaña contra Cartago, Libia, Iberia y las regiones costeras hasta Sicilia; hacer una calzada desde Egipto hasta las columnas de Heracles con el fin de estimular los viajes y el comercio, con tantos puertos y astilleros como fuera necesario...

El oficial carraspeó antes de concluir la relación.

—En el último punto, Alejandro expresaba su deseo de establecer nuevas ciudades y llevar poblaciones de Asia a Europa, así como de Europa a Asia, para unir de ese modo los continentes más extensos a través de enlaces matrimoniales que multipliquen las relaciones de parentesco.

Antípatro negó con la cabeza.

«Alejandro tenía un sueño que nadie más compartía, y que sólo él habría podido llevar a cabo.»

—Cancelaron todos los planes, ¿no es cierto?

—Así es, mi general.[33]

El comerciante que venía de Atenas entró en la sala acompañado de un soldado. Rondaba los cincuenta años y retorcía entre las manos un sombrero con evidente incomodidad. Por el modo en que se inclinó ante Antípatro, éste supuso que hacía mucho tiempo que no formaba parte de un ejército.

—Siéntate. —Señaló la silla que había al otro lado de la mesa. Él ya estaba sentado; sus viejas articulaciones le estaban dando guerra y prefería que no se notara que le dolían.

—Claro..., mi general.

El hombre se apresuró a obedecer y Antípatro le dijo al soldado que avisara a su secretario. Se temía que iba a necesitarlo.

—Me han dicho que traes noticias importantes. —Le hizo un gesto para animarlo a hablar.

—Sí, así es. —Retorció un poco más el sombrero, que ya estaba echado a perder—. Hace cuatro..., cinco días, me encontraba en el Pireo, dispuesto para levar anclas, cuando vi algo que me llamó la atención. Había algunos trirremes atenienses preparados para zarpar, y también otros barcos en los que estaban cargando mercancía que llevaban envuelta en lona. Me fijé en que la mercancía parecía pesada, pero lo que más despertó mi curiosidad fue que había varios soldados vigilando el proceso de carga y asegurándose de que nadie se acercaba demasiado.

—¿Sabes de qué se trataba?

33. Alejandro tenía la intención de llevar a cabo todos los proyectos mencionados en esta escena, según recoge Diodoro de Sicilia (*Biblioteca Histórica*, libro XVII). La cancelación de todos los proyectos en la asamblea encabezada por Pérdicas también está recogida por Diodoro.

—No puedo estar seguro, no podía arriesgarme demasiado con esos soldados, pero juraría que eran armas. Además, ese día había llegado a Atenas la noticia de la muerte de Alejandro. Los atenienses habían celebrado una Asamblea extraordinaria y habían aprobado algún decreto que los tenía a todos excitados.

—¿Un decreto? ¿Y qué dice ese decreto?

El comerciante pareció desconcertado.

—No lo sé. Soy macedonio; si se lo llego a preguntar a un ateniense, me habrían encarcelado por espía. Pero imagino que está relacionado con lo que vi en el Pireo.

Antípatro tamborileó sobre el mapa de piel de oveja que cubría la mesa.

—¿Te enteraste de algo más?

—¡Sí, por Zeus! —El hombre se inclinó hacia delante y apoyó el sombrero en el mapa—. Vi a Hipérides subiéndose a uno de los barcos.

Antípatro se irguió sobre el asiento.

—¿Hipérides? ¿Estás seguro?

—Sin ninguna duda. Embarcó en uno de los trirremes y poco después zarpó con otras cinco o seis naves en dirección a Egina.

«Es decir, que se dirigía al Peloponeso...» A Antípatro le hubiera gustado conocer el contenido del decreto, pero no era lo más relevante. Si Hipérides había zarpado al Peloponeso tras enterarse de la muerte de Alejandro, eso sólo podía significar una cosa.

«La guerra ha comenzado.»

El comerciante no tenía más información de interés y Antípatro lo despidió con la promesa de que recibiría una recompensa. El secretario había estado esperando junto a la puerta y ocupó el asiento que acababa de dejar libre el mercader.

Antípatro se pasó las manos por los cabellos blancos mientras observaba el mapa.

—Hipérides está en el Peloponeso, ya lo has oído. —Levantó la mirada—. Tenemos que pedir ayuda urgente a Crátero, a Leonato..., a todos los que puedan enviarnos tropas. La propia Macedonia corre peligro, y el único modo de evitarlo es disponer de fuerzas suficientes para aplastar a los atenienses y sus aliados.

Capítulo 57

Atenas, agosto de 323 a. C.

Doro se detuvo en la oscuridad con los cinco sentidos alerta.

Los rumores sobre la inminente guerra entre Atenas y Macedonia mantenían inquietos a los esclavos y a muchos les costaba dormir, lo que multiplicaba la probabilidad de que lo descubrieran. Tanteó la pared y avanzó otro paso con tanto sigilo como fue capaz. Le aterraba que lo atraparan, pero no tenía más alternativa que seguir adelante.

La última vez que había estado en el burdel de Creonte, Apolonia bailó desnuda para él y después mostró más habilidad que nunca para llevarlo hasta el borde del éxtasis. En ese momento, se detuvo con brusquedad y alejó de él su cuerpo de diosa.

—¿Quieres que Apolonia continúe? —La voz de Bitias hizo que Doro se estremeciera. El guardaespaldas surgió de las sombras y se acercó al lecho—. Ella hará todo lo que tú quieras, siempre que tú hagas lo que nosotros queremos.

Bitias expuso con su voz áspera lo que esperaban de él y Doro lo escuchó cada vez más horrorizado. Miró a Apolonia, que se mantenía de pie junto al guardaespaldas, y vio que ella le pedía con la mirada que accediera.

—Si me atrapan por algo así, me venderán a las minas. —Un escalofrío recorrió su débil cuerpo y se puso a temblar—. No duraría ni dos meses.

Bitias chasqueó la lengua y se sentó en el borde del lecho. Su boca desfigurada por las llamas parecía reírse de él.

—Si no nos haces este pequeño favor, entonces Argeo, el jefe de los esclavos de Aristóteles, sabrá que has estado traicionando a tus amos. Estaría encantado de librarse de ti, y no creo que resulte difícil convencerlo de que has vendido información a Creonte, ni de que has robado para pagar tus vicios degenerados. Acabarías en las minas igualmente. —Se inclinó hacia él y su voz se convirtió en un susurro—. Y si te libras de las minas, acabarás en mis manos, y te aseguro que será mucho peor.

El guardaespaldas se puso de pie y rodeó con un brazo los hombros de Apolonia, que se quedó rígida.

—Ya conoces tus alternativas, dinos por cuál te decides.

«No tenía elección. —Doro se detuvo al llegar a la puerta de las cuadras—. Lo que va a ocurrir no es culpa mía.»

Miró a través de la penumbra del patio. El esclavo que hacía la guardia de noche, un hombre que pesaba el doble que él, solía quedarse sentado junto a la puerta exterior. Desde allí no podría verlo, pero sí oírlo.

«Hermes, protector de los esclavos...» Consiguió desplazar la barra del cerrojo sin que hiciera ningún ruido. Abrió muy despacio la puerta, y cuando ya casi había espacio para que pasara se produjo un leve chirrido.

Aguantó la respiración, completamente inmóvil. Le llegó un sonido, como de algo que se desplazara, e imaginó que era el guardia acercándose. El sonido se repitió y se dio cuenta de que se trataba del viento, que soplaba en suaves rachas contra el tejado. Se encogió para pasar por el hueco de la puerta y entró en las cuadras.

Sólo había dos mulas y ambas dormían, una de ellas produciendo un resoplido tan fuerte que lo sobresaltó. Avanzó casi a tientas hasta el extremo contrario y palpó la puerta de la calle hasta que localizó la gruesa barra de madera que la mantenía cerrada. Tuvo que hacer uso de todas sus fuerzas para levantarla y dejarla sobre la paja del suelo. A continuación deshizo el camino y cruzó de nuevo la puerta que llevaba al patio.

Regresó al dormitorio de los esclavos sin que nadie lo viera, se tumbó en su catre de paja y se quedó con los ojos abiertos en la oscuridad.

Esperando.

El esclavo de guardia se incorporó sobresaltado.

«¿Me he dormido?»

Escrutó las sombras del patio sin distinguir ningún movimiento. Al cabo de un rato, se echó hacia atrás en el taburete y volvió a apoyar la espalda en la pared.

Un ruido procedente de las cuadras llamó su atención. Supuso que serían las mulas, pero cuando volvió a oírlo se levantó y se acercó a la puerta.

Inclinó la cabeza y se quedó escuchando. Él mismo se había encargado de colocar la tranca que bloqueaba el acceso desde la calle, nadie podía entrar por ahí sin hacer un gran estruendo. De todos modos, decidió echar un vistazo. Abrió la puerta y se asomó a la oscuridad de las cuadras entornando los ojos.

Un fuerte garrotazo hizo crujir su cráneo.

Aristóteles gimió sin llegar a despertarse.

Movió la cabeza sobre los papiros que cubrían la mesa y tosió débilmente, envuelto en el humo cada vez más espeso que se filtraba a través del suelo.

Su mano se cerró en un espasmo y la pluma que sostenía entre los dedos se le clavó en la palma. El pinchazo hizo que sus párpados se abrieran por un momento, pero volvió a quedarse aletargado.

Una difusa sensación de alarma hizo que abriera de nuevo los ojos. Junto a la mesa había una lámpara de pie largo y veía su pequeña llama anaranjada entre brumas.

—Hay humo —musitó aturdido. Se encontraba mal y a la vez sentía que el sueño lo dominaba, pero concentró toda su voluntad en levantar la cabeza.

«Pero ¿qué...? —En su sala de trabajo había una verdadera humareda—. ¡Los niños... Herpilis...!» Trató de levantarse y cayó al suelo. Los tablones quemaban y a través de las rendijas se colaba un humo denso. Debajo de él distinguió con claridad el rugido del fuego.

Los brazos se le estaban achicharrando y consiguió ponerse de rodillas. Se apoyó en la mesa, se estiró para alcanzar el picaporte y abrió la puerta. En el pasillo también había humo, además de oscuridad y silencio. Intentó gritar para avisar a su familia, temiendo que se estuvieran asfixiando, pero de su garganta sólo salió una especie de graznido ronco y empezó a toser.

Se agarró al marco de la puerta y logró ponerse de pie sin dejar de toser. Dio unos pasos tambaleándose y volvió a caerse.

«Nicómaco...» La puerta más cercana era la del dormitorio de su hijo. Avanzó a gatas hasta ella, la abrió y se acercó a la cama.

—Nicómaco —murmuró. Su hijo se movió como un muñeco sin vida cuando lo agitó, pero finalmente abrió los ojos.

—Papá... ¿Qué pasa?

Aristóteles advirtió que en aquella habitación había menos humo y no hacía tanto calor. El fuego debía de haberse originado debajo de su sala de trabajo.

—Ponte a gritar con todas tus fuerzas que hay fuego —dijo con la voz agarrotada— y ve a despertar a tu hermana. Bajad al patio y no dejéis de gritar hasta que estéis seguros de que los esclavos se han levantado.

Nicómaco se apresuró a obedecer y Aristóteles se apoyó en la cama para ponerse en pie. Las manos y los brazos le dolían como si se los estuvieran despellejando. Consiguió llegar al pasillo, dio varios pasos envuelto en un humo y un calor cada vez más intensos y entró en la habitación de su esposa.

Argeo oyó el chillido agudo de Nicómaco y se levantó de un salto.

Al abrir la puerta del dormitorio de esclavos notó de inmediato el olor a quemado. Se asomó al patio y vio que las puertas cerradas de las cuadras desprendían un humo espeso del que brotaban llamas anaranjadas.

—¡Fuego! —Echó a correr hacia las escaleras que llevaban al piso superior mientras daba órdenes—: ¡Coged cubos y usad el agua del depósito! ¡Sacad más del pozo! ¡Vosotros, venid conmigo!

Encontraron a los hijos de Aristóteles en las escaleras, pálidos de miedo y con los ojos llorosos por el humo.

—¡Llévalos al patio! —le dijo Argeo a uno de los esclavos. En la calle estarían más protegidos del fuego, pero si aquello se trataba de un ataque podía haber hombres esperándolos en el exterior.

Cuando llegó arriba se volvió hacia el fondo del pasillo y se quedó espantado. La última habitación era la sala de trabajo de Aristóteles. A través de la puerta abierta se veía que el suelo estaba ardiendo y las llamas empezaban a extenderse por el pasillo.

Avanzó hacia el fuego seguido por otro esclavo, las habitaciones de sus amos se encontraban en esa dirección. El humo apenas le dejaba respirar y el calor se volvía cada vez más insoportable. Al llegar a la siguiente puerta estuvo a punto de chocar con Aristóteles, que salía tratando de sostener a su esposa.

—Ayudadla...

El otro esclavo sujetó a Herpilis mientras Aristóteles se derrumbaba en brazos de Argeo.

Pese a todos los esfuerzos, el fuego se extendió al resto del edificio. El patio se convirtió en un horno y tuvieron que salir al exterior. Argeo llevó a Aristóteles hasta el otro lado de la calle y el filósofo se quedó sentado con la espalda apoyada en un muro.

Su esposa y sus hijos se sentaron junto a él y los rodeó con los brazos.

—Mira nuestra casa —sollozó Herpilis.

Aristóteles asintió con el rostro tiznado y los ojos enrojecidos. Las llamas se alzaban hacia el cielo nocturno como una enorme ofrenda a los dioses, devorando lo que había sido su hogar durante doce años.

—Aquí nació Nicómaco —murmuró sin que nadie lo oyera. Su hijo no dejaba de llorar y lo estrechó con más fuerza. Las quemaduras de su brazo hicieron que se estremeciera de dolor.

Se inclinó para besar la cabeza de Pitias y miró con amargura a ambos lados de la calle. Unos años atrás algunos vecinos les habrían ofrecido alojamiento, pero ahora permanecían en sus viviendas u observaban el incendio desde lejos, como si no les importara que hubieran perdido su casa o que pudieran estar heridos.

Herpilis trató de hablar y tosió varias veces antes de conseguirlo.

—No podemos seguir viviendo en Atenas.

—Lo sé. —Aristóteles le acarició el pelo sin dejar de mirar las llamas que consumían su casa—. Lo sé.

Capítulo 58

Atenas, agosto de 323 a. C.

Creonte suspiró irritado al pensar que Aristóteles seguía vivo.

«A partir de ahora resultará más difícil acabar con él. —El filósofo y su familia habían sido acogidos por uno de sus seguidores, que pertenecía a una de las familias más ilustres de Atenas—. Es increíble que siga habiendo atenienses que lo apoyen.»

Cogió un par de aceitunas y se las llevó a la boca. Eran de mala calidad y torció el gesto mientras masticaba su carne correosa. Estaba en la sala de trabajo de Policles, el encargado del reclutamiento y del envío de armas y provisiones a las tropas que tenían en el Peloponeso. Era un hombre algo mayor que él, nervioso como un ratón y muy hábil con los números, aunque no tanto con su economía familiar. Tenía seis hijos que habían heredado la pereza de la madre en lugar de la inteligencia del padre, y Creonte le había hecho el favor de contratar a los tres en edad de trabajar para que en aquella casa comieran algo más que cebada y bellotas.

Cogió su copa y dio un trago para quitarse el mal sabor de boca. Al menos el vino no era tan desagradable como las aceitunas.

Policles levantó la mirada de su papiro.

—¿Trescientas jabalinas cada diez días?

—Sí..., quizás alguna más.

Su anfitrión frunció la nariz y se quedó mirándolo. Las imprecisiones lo ponían nervioso.

—Anota trescientas.

Policles asintió satisfecho. Mojó la pluma en el tintero y siguió escribiendo mientras bisbiseaba cifras.

Los pensamientos de Creonte regresaron a Aristóteles. Su esclavo Doro había acudido una vez más al burdel y le había dicho a Bitias que el filósofo pensaba enviar a su familia a Calcis, donde tenía unas tierras que había heredado de su madre, pero que él iba a quedarse en Atenas.

«Maldito arrogante.»

Aristóteles parecía pensar que la reputación que le otorgaba haber creado una miserable escuela de filosofía era suficiente para que la mayoría de los atenienses olvidase que había sido el maestro de Alejandro.

«La culpa es de los imbéciles que lo veneran y llenan sus oídos de alabanzas. —Sintió cómo le subía la bilis a la garganta—. Aristóteles se cree que Atenas...»

Su expresión cambió de pronto, fascinado ante la idea que estaba surgiendo en su mente como si retiraran uno a uno los velos que la cubrían. Había una manera de acabar con la vida de Aristóteles en la que no había pensado hasta entonces, pero que sin duda era el modo perfecto de hacerlo.

«Sí, eso es... —Estaba viendo cómo iba a ocurrir, y se estremeció de placer—. Tengo que esperar el momento idóneo, pero va a ser maravilloso.»

Policles terminó su trabajo, dejó la pluma en el soporte y sirvió más vino. Alzaron las copas y brindaron por la libertad de Atenas.

—¿Crees que lograremos cerrar pronto una alianza? —Creonte dejó la copa sobre la mesa—. Hay varias ciudades que han respondido a Leóstenes con buenas palabras, pero parece que no terminan de decidirse.

Policles frunció los labios.

—Al tratar de formar una alianza siempre hay alguien que no quiere arriesgarse y espera a que los demás la firmen antes. El problema es que, cuando varios se comportan así, la alianza no llega a establecerse. —Su semblante se distendió—. Pero piensa en los oradores que tenemos ahora en el Peloponeso, no creo que nadie pueda resistirse a ellos.

Creonte le dio la razón. Hipérides se había encontrado en el Peloponeso con Demóstenes, que al enterarse de la muerte de Alejandro se había puesto a viajar de ciudad en ciudad para convencer a sus asambleas de que se unieran a los atenienses en la lucha contra Macedonia. Los dos oradores habían dejado atrás sus diferencias y ahora trabajaban juntos en pro de una alianza más fuerte. Su labor estaba teniendo tanto éxito que en Atenas se hablaba de permitir el regreso de Demóstenes, e incluso de recibirlo como si fuese un héroe.

«Nunca me fiaré de él. —Tenía sus dudas de si el orador actuaba así para posibilitar su regreso a Atenas o por verdadero patriotismo—. Sea como sea, al menos en esta ocasión está haciendo lo correcto.»

Bebió un poco más de vino, se atragantó y el líquido le salió por la nariz al toser.

—¿Estás bien?

Creonte levantó una mano mientras tosía con más fuerza. Consiguió tomar un poco de aire y se puso de nuevo a toser con el rostro congestionado. Aquello le ocurría de vez en cuando porque su nariz aplastada le impedía respirar bien. Logró controlarse y cogió el paño que estaba junto al cuenco de aceitunas para limpiarse los restos de vino y saliva.

—Ya ha pasado —dijo con la voz ronca y los ojos enrojecidos.

Restregó el paño contra las manchas de vino de su túnica mientras pensaba con rencor en Penélope y Prometeo. El nieto de Perseo lo había dejado inconsciente cuando le estaba dando su merecido a la espartana y se había quedado con ella. Después lo había humillado en el juicio contra Penélope y había vuelto a arrebatársela.

«Y todo para rebajarse a casarse con ella, como si en lugar de una zorra espartana fuese una ateniense de clase alta.»

Respiró profundamente para calmarse. Todo el asunto del juicio había hecho que discutiera de nuevo con Hipérides, y se había dicho a sí mismo que debía olvidarse de Prometeo. No obstante, le seguía hirviendo la sangre cada vez que se cruzaba con él en la Asamblea o en el ágora.

Dejó el paño sobre la mesa. La mirada de Policles le molestaba y habló antes de que volviera a preguntarle si estaba bien.

—¿Has sabido algo de Antípatro? —Como responsable de la intendencia del ejército, Policles era de los primeros en recibir cualquier noticia sobre la guerra.

—Parece que sigue enviando mensajes de ayuda a los antiguos generales de Alejandro sin que nadie le responda. Se dice que está tan desesperado que ha empezado a ofrecer a sus hijas en matrimonio al primero que acuda.

Creonte gruñó satisfecho. Era una agradable novedad que Antípatro les tuviera miedo.

—Pérdicas está ahora al mando del ejército de Alejandro —reflexionó—, pero se encuentra demasiado lejos de Macedonia. Los mensajes entre ellos tardarán al menos un mes en llegar. Si convencemos a las ciudades que todavía no se nos han unido y nos movemos rápido, Antípatro tendrá que enfrentarse al ejército griego en inferioridad numérica.

Policles se metió en la boca una de sus aceitunas baratas.

—Supongo que Pérdicas no se moverá de Babilonia hasta que esté seguro de que su poder como regente está consolidado. Además, ya sabemos que tiene otro asunto del que ocuparse.

—¿Se ha confirmado la rebelión de las colonias griegas? —Creonte había oído rumores de que los griegos de algunas satrapías de Persia se habían levantado en armas nada más conocer la muerte de Alejandro.

—Así es, aunque al parecer son sólo unos pocos miles de desdichados. Lo más probable es que los aplasten con rapidez, pero servirá para distraer a Pérdicas por un tiempo.

Creonte asintió pensativo. También habían sabido que, en la frontera norte de Macedonia, el rey tracio Seutes había derrotado al gobernador que había dejado Alejandro.

«Otra rebelión que limita la capacidad de respuesta de Antípatro. Si se desplaza para atacarnos, tendrá que dejar parte de su ejército atrás para proteger Macedonia.»

Se volvieron hacia la puerta al oír que llamaban. Policles pidió que entraran y apareció un soldado que se cuadró ante él.

—Traigo un mensaje urgente del general Leóstenes.

Entregó a Policles un pergamino con un grueso sello de cera y los dejó a solas. Policles se apresuró a romper el sello, desplegó el pergamino y leyó en silencio mientras Creonte aguardaba impaciente.

—¡Es fantástico, por Atenea! La alianza se ha firmado y el

ejército ya se ha puesto en marcha. Los encabeza Leóstenes y van a intentar tomar el paso de las Termópilas.

—¡Bien! —Creonte sacudió el puño en el aire sintiéndose eufórico. Por fin se lanzaban al ataque. Además, las Termópilas era el lugar idóneo para bloquear a un ejército macedonio que se dirigiera al sur, e incluso para amenazar las cercanas fronteras de Macedonia.

Policles leyó las últimas líneas del pergamino.

—Leóstenes pide que enviemos a las Termópilas todos los soldados que podamos... y recalca la importancia de que lo hagamos lo antes posible.

Dejó el pergamino y su mirada nerviosa saltó entre los documentos que tenía en la mesa. Estaba entusiasmado como Creonte, pero también lo agobiaba la tarea de organizar con tanta premura el alistamiento y envío de miles de hombres.

Creonte echó la silla hacia atrás y se levantó para marcharse.

Se detuvo en el último momento.

—Policles, estoy pensando... Entre los hombres que vais a reclutar, creo que sería buena idea que incluyeras a Prometeo, el nieto de Perseo.

—¿Prometeo? —Policles arrugó el ceño—. Pero... su pierna...

—Sigue siendo un gigante, su presencia dará ánimos a nuestros soldados y atemorizará al enemigo.

—No creo que el comité de reclutamiento lo apruebe.

Creonte apoyó las manos en la mesa y se inclinó hacia él.

—Lo harán si se lo pides tú. —Su tono se hizo más suave—. Te lo estoy pidiendo como un favor personal. Algo que yo nunca te he negado.

La amenaza velada hacia sus hijos hizo que Policles apretara los labios.

—De acuerdo —respondió bajando la mirada—. Prometeo irá a la guerra.

Capítulo 59

Atenas, agosto de 323 a. C.

Prometeo sacó del carro un baúl de Herpilis y lo dejó en el borde del muelle. Podía cargar peso aunque su rodilla apenas se doblara, pero no se atrevía a cruzar la pasarela del barco. Se alejó cojeando y se quedó junto a Penélope mientras un par de marineros llevaba a bordo el escaso equipaje. Se trataba básicamente de ropa y algunos utensilios comprados en los últimos días, pues casi todas las pertenencias de la familia de Aristóteles se habían quemado en el incendio.

Las aguas del Pireo balanceaban suavemente las embarcaciones y refulgían con destellos ondulantes. El viento caliente estaba cargado con el olor denso del puerto y arrastraba un bullicio de conversaciones que hablaban de la guerra con esperanza, lo que contrastaba con la escena triste de Aristóteles junto al barco despidiéndose de su esposa y sus hijos.

Pitias dio un último beso a su padre esforzándose por contener las lágrimas. Después se apartó para que Aristóteles levantara a Nicómaco. El filósofo seguía llevando un brazo vendado y en el otro se veía una larga marca rojiza.

—Quiero quedarme contigo, papá. —El pequeño hundió el rostro lloroso en su cuello—. ¿Por qué tenemos que irnos?

Aristóteles estrechó a su hijo con más fuerza y cerró los ojos. Siempre había tratado de dar explicaciones lógicas a las preguntas de Nicómaco, pero no podía decirle que no quería contemplar un día su cadáver como el del esclavo que habían encontrado carbonizado entre los restos de las cuadras, junto a las mulas a las que habían partido la cabeza de un hachazo para que no hicieran ruido.

—Sólo será por un tiempo. —Besó el pelo suave de su hijo

deseando que aquello fuera cierto—. Te escribiré pronto, y quiero que tú también me escribas una carta muy larga.

Volvió a besarlo y lo dejó en el suelo. El pequeño se fue con su hermana sin dejar de sollozar y subieron al barco, donde Pitias rechazó la ayuda que le ofrecía Doro para cruzar la pasarela.

Herpilis tomó una mano de Aristóteles y posó los labios en la marca de una quemadura.

—Ruego a los dioses que nos reunamos pronto. —Aristóteles le acarició el rostro y la atrajo para abrazarla. Herpilis sabía que la separación les resultaba a ambos igual de dolorosa, pero al menos ella estaría con Nicómaco y Pitias en Calcis, y su vida no correría peligro cada día.

Aristóteles trató de decir algo, pero por una vez sus pensamientos no se hilvanaban. La única manera que encontraba de expresarse era aquel abrazo de despedida.

Herpilis se apartó y lo miró a los ojos tratando de sonreír. No tenía nada que recriminarle, siempre había sido un esposo y un padre bueno y cariñoso. No obstante, también era el mayor filósofo de su época, y sabía que los proyectos que estaba desarrollando en el Liceo eran para él tan importantes que estaba dispuesto a arriesgar su vida.

«Pero no la nuestra...» Eso dejaba como única salida que se fueran a Calcis.

—Ten mucho cuidado. —Besó por última vez los labios de su esposo y subió a bordo.

Los marineros retiraron la pasarela y quitaron las amarras. Poco después, los remeros comenzaron a bogar. Aristóteles se quedó en el muelle, con el alma desgarrada por la pena mientras el barco se alejaba lentamente con su familia.

Se mantuvieron en silencio mientras el carro cruzaba las avenidas rectas y ordenadas del Pireo, tan diferentes del laberinto de calles estrechas de Atenas. Penélope observaba las casas con mucha atención y su cuerpo se tensó cuando distinguió la mansión de Creonte.

«Aquí empecé a trabajar como nodriza de su hijo.»

La esposa y el hijo de Creonte probablemente estarían residiendo allí porque era verano, pero el muro alto no dejaba ver el interior. Apartó la mirada y cogió la mano de Prometeo.

El carro atravesó la muralla del Pireo y se adentró en los Muros Largos, las dos murallas paralelas que unían Atenas con su puerto formando entre sí un pasillo de un estadio de anchura.[34] Ese día se habían enterado de que el ejército de la alianza ateniense se había puesto en marcha hacia Macedonia. En Atenas reinaba un ambiente de optimismo que a Penélope le recordaba al que había en Esparta justo antes de que Antípatro los aplastara.

El camino habilitado para carros pasaba cerca de uno de los muros, lo que cortaba el viento y hacía más difícil de soportar el calor de aquella mañana. Pese a ello, Aristóteles se cubría con una capucha para que no lo reconocieran y Penélope sólo distinguía el perfil de su nariz recta y su barba canosa, que llevaba más descuidada de lo habitual.

—Me preocupa que se olvide de comer —había dicho Herpilis cuando se despedía de ella—. Cada día trabaja más y ya apenas duerme...

Miró hacia su esposo y Penélope le cogió las manos.

—Iré a visitarlo de vez en cuando. Y si veo que pierde peso, lo amenazaré con romperle algún libro para obligarlo a comer. —Eso consiguió que Herpilis sonriera—. Por Ártemis, voy a echarte mucho de menos...

Penélope cerró los ojos para revivir sus últimos momentos con Herpilis. Después de que Altea muriera, ella había sido la única amiga que tenía en Atenas. Su partida le dejaba una profunda sensación de pérdida.

Cruzaron la muralla por la que se accedía a Atenas desde los Muros Largos y bajaron la colina de las Musas en dirección a la Acrópolis. Tras recorrer parte de la vía Panatenaica divisaron frente a ellos la plaza del ágora. Esa mañana habían publicado las listas de reclutamiento en el Pórtico del Rey y la plaza estaba atestada.

Prometeo se giró hacia el ágora mientras el carro entraba

34. El estadio ático equivalía a 174 metros. Ésa era la anchura aproximada del pasillo que formaban entre sí los Muros Largos durante sus casi seis kilómetros de longitud.

en una calle lateral. Compartía la creencia de Foción de que estaban empezando una guerra que no podían ganar, pero eso no evitó una sombra de culpabilidad por no poder luchar por su ciudad. Aquella sensación, no obstante, pasó con rapidez. Él no había escogido destrozarse la rodilla, y lo último que quería era dejar sola a Penélope en Atenas.

Poco después llegaron a la nueva residencia de Aristóteles.

—Mañana estaré aquí al amanecer —aseguró Prometeo tras bajarse del carro.

El filósofo había conservado a los cuatro esclavos que le servían de escolta, pero desde el ataque a su casa él procuraba acompañarlo siempre que salía a la calle.

—Al amanecer... —Aristóteles seguía perdido en sus pensamientos—. Sí, está bien. Y os agradezco mucho que hayáis venido conmigo al puerto.

Se despidieron con un abrazo y Prometeo se alejó andando con Penélope. Al cabo de unos pasos reprimió una mueca de dolor. El viaje en carro no le había sentado bien a su rodilla y lamentaba no llevar el bastón. En ese momento se dio cuenta de lo abstraída que estaba su esposa y le rodeó los hombros con un brazo.

—Hoy no tengo que ir al Liceo. —Se había quedado sólo con uno de los jóvenes que entrenaba, de ese modo podía proteger a Aristóteles y pasar más tiempo con Penélope—. ¿Quieres que esta tarde llevemos flores a la tumba de mi madre?

—Me gustaría mucho —contestó Penélope con una sonrisa. Había pasado un mes desde la muerte de Altea y era la primera vez que Prometeo la mencionaba sin que el dolor alterara su voz. Ella también añoraba a aquella mujer extraordinaria, y resultaba imposible no sentir su presencia en cada rincón de la casa taller, pero para que la tristeza no se convirtiera en el telón de fondo de su matrimonio era necesario que Prometeo aceptara su pérdida. Algo que parecía que estaba empezando a ocurrir.

Continuaron recorriendo sin prisa las calles de Atenas, sintiéndose afortunados por tenerse en uno al otro en medio de aquellos días difíciles. Al abrir la puerta de la casa, el ayudante salió apresuradamente del taller.

—Han traído esto hace un rato. —Entregó a Prometeo una tablilla de arcilla como las que se usaban en algunas comunicaciones oficiales.

En cuanto empezó a leer, a Prometeo se le heló la sangre.

—Me han declarado apto para combatir. —Levantó la cabeza y encontró la mirada atemorizada de Penélope—. Partiré con el ejército dentro de cinco días.

Capítulo 60

Termópilas, octubre de 323 a. C.

Antípatro detuvo su caballo para recibir el informe del explorador.

—Los griegos siguen acampados en el paso de las Termópilas, mi general. No hay ninguna señal de que se estén preparando para moverse.

—Bien, eso es que todavía no nos han detectado.

Hacía una semana que se había puesto al frente del ejército macedonio y había dado la orden de que avanzaran hacia las Termópilas. En aquel momento se encontraban a poco más de una jornada de marcha.

—Quizás sólo pretendan defender el paso —dijo uno de sus oficiales.

Antípatro lo miró con impaciencia.

—Eso tendría sentido si tuvieran menos hombres que nosotros. Pero tienen el doble. —Clavó los talones en su montura—. Sigamos.

Sabía que la probabilidad de victoria habría sido mucho mayor si hubieran atacado antes de que los griegos ocuparan las Termópilas, pero no se recriminaba por ello. «Me he pasado tres meses enviando peticiones de ayuda, y el único que no se ha limitado a darme una excusa ha sido Leonato.»

En su carta de respuesta, el general Leonato aceptaba la propuesta de que se casara con una de sus hijas como modo de sellar una alianza entre ellos, y aseguraba que acudiría a Grecia con más de veinte mil soldados. Sin embargo, primero tenía que asentar su dominio sobre Frigia, la provincia persa que se le había asignado tras la muerte de Alejandro.

«Si realmente acude, no lo hará antes de dos meses. —Antípatro esbozó una mueca de desprecio—. Quizás para entonces haya un ateniense sentado en el trono de Macedonia y eso haga reaccionar a Pérdicas.»

Hasta ese momento Pérdicas se había centrado en consolidar su autoridad como regente mostrando una absoluta falta de escrúpulos. Siguiendo los deseos de Roxana, que se alineaban con su propio interés, había hecho que asesinaran a Estatira, la otra viuda de Alejandro. Los rumores que le habían llegado a Antípatro decían que la habían conducido a una trampa y después habían arrojado su cadáver a un pozo.

«Me pregunto si lo hicieron porque Estatira se había quedado embarazada de Alejandro..., aunque supongo que no esperaron a saberlo, no querrían correr riesgos.»

Al ser hija del gran rey Darío, un varón nacido de Estatira habría sido el candidato idóneo para suceder a Alejandro como rey de los macedonios y de los persas. Pero ni Pérdicas ni Roxana estaban dispuestos a que eso ocurriera. Entre ellos habían establecido una alianza por la que él ejercería como regente del imperio, y ella disfrutaría de todos los privilegios de ser la madre del rey.

«Por ahora la apuesta le ha salido bien a Pérdicas.» Justo antes de partir de Macedonia, Antípatro había recibido una carta de su hijo Casandro en la que le informaba de que Roxana acababa de dar a luz. Había tenido un varón, y lo habían llamado Alejandro.

«Han escogido bien el nombre... —Antípatro vio que se acercaba otro explorador—, pero el reinado de este Alejandro puede que empiece con una derrota.»

Prometeo, sentado con la espalda apoyada en una roca, contemplaba el enorme campamento griego. El ejército se extendía a lo largo de varios estadios en el paso de las Termópilas. Aquella estrecha franja de tierra que quedaba entre el mar y las escarpadas montañas era el principal acceso a Grecia para un enemigo que bajara desde Macedonia.

Los grupos de tiendas eran un poco diferentes en función de las ciudades de origen. La disposición también estaba determinada por los diversos cuerpos del ejército a los que pertenecían los hombres: caballería, infantería ligera o infantería pesada, con los mercenarios formando sus propios grupos. Leóstenes los había tenido toda la mañana haciendo instrucción y ahora la mayor parte estaba descansando. La alargada masa de soldados permanecía tan silenciosa que se distinguía el rumor de las olas que lamían perezosamente la playa.

«Leóstenes ha hecho un gran trabajo hasta ahora. —Prometeo alzó la mirada hacia las montañas que se cernían sobre ellos y luego la dirigió a la entrada del desfiladero—. Espero que vuelva a hacerlo en la siguiente batalla.»

Las tropas con las que él había partido de Atenas hacía dos meses habían sido atacadas a mitad de camino por los beocios. Se enfrentaban a una fuerza superior y parecía que iban a pasarlo mal, pero Leóstenes acudió en su auxilio desde las Termópilas y derrotó con facilidad a sus enemigos. En aquel combate, el oficial al mando de la unidad de Prometeo lo había colocado en la última fila del centro de la falange.

—Es la posición menos peligrosa en la que puedo ponerte. Estarás a salvo mientras no haya que retirarse corriendo. —La mirada del oficial descendió a su rodilla deformada y torció el gesto—. No deberías estar aquí. Debes de tener algún enemigo poderoso para que te hayan alistado.

Prometeo no respondió. Foción le había dicho que Creonte era el responsable de que lo hubieran incluido en las listas de reclutamiento, pero no iba a quejarse de que lo hubiesen enviado a luchar por su ciudad. A lo largo de los casi dos siglos de vida de la democracia ateniense muchos demagogos habían enardecido a la Asamblea logrando que aprobara propuestas insensatas. Los ciudadanos que no estaban de acuerdo, como era su caso respecto a la guerra contra Macedonia, tenían la misma obligación de combatir que los demás y lo hacían sin titubear. No luchaban para obedecer a los demagogos, sino para proteger su ciudad. Si caían derrotados, Atenas podía ser arrasada y sus mujeres e hijos hechos esclavos.

El ceño de Prometeo se arrugó mientras sus pensamientos viajaban a Atenas. Aristóteles había conseguido que el ateniense que lo acogía le cediera a Penélope dos guardias y una esclava para que ella siempre estuviese protegida y no tuviera que salir de casa ni para ir al mercado. También la protegía el hecho de que ya no era una meteca, sino la esposa de un ateniense que además había ido a luchar por la ciudad. Esperaba que eso fuese suficiente para mantenerla a salvo de Creonte, que por otra parte ya se había vengado de ellos al enviarlo a la guerra.

Su corazón se aceleró cuando las trompetas empezaron a sonar de repente por todo el campamento. Aquello significaba que los exploradores habían avistado a las fuerzas de Antípatro y Leóstenes había decidido combatir. Apartó la espalda de la roca y se levantó con bastante dificultad. La pesada coraza de bronce limitaba todavía más sus movimientos. Se puso el yelmo y el escudo y se dirigió a su sección del campamento usando la lanza a modo de bastón, lo que le permitía avanzar más rápido.

Los gritos de los oficiales se mezclaban por doquier con el sonido perentorio de las trompetas. El campamento parecía un hormiguero que se hubiera removido con un palo. Un joven hoplita se acercó corriendo a Prometeo con el yelmo bajo el brazo. Se trataba de un alfarero que vivía en su misma calle y que poseía una considerable habilidad para ser de los primeros en enterarse de las novedades.

—Antípatro se encuentra a tan sólo una jornada —se apresuró a informarle—. Su ejército es bastante menor que el nuestro, parece que ninguno de los generales de Alejandro ha respondido a su petición de ayuda.

—Son buenas noticias. —Prometeo apretó los labios al ver que la expresión del joven era tan entusiasta como si ya hubiesen vencido a todos sus enemigos. «No se da cuenta de que para ganar la guerra no tenemos que derrotar a un hombre, sino a un imperio»—. ¿Sabes dónde quiere combatir Leóstenes?

—En la llanura que hay frente a Heraclea. Allí podremos aprovechar nuestra superioridad numérica... y está lo bastante cerca para regresar a las Termópilas en caso de que sea necesario.

Prometeo asintió. A él lo habían asignado a las unidades que se quedarían guardando el paso. Su tarea consistiría en arrojar desde lo alto piedras y lanzas si sus enemigos llegaban a entrar en el desfiladero.

—Con la caballería tesalia no podemos perder —continuó el joven alfarero—. Los únicos que lo van a pasar mal son nuestros soldados del flanco izquierdo.

—Eso es cierto. —La mejor opción para un ejército menos numeroso era tratar de romper el flanco izquierdo de la falange, que solía ser el más débil, para hacer un movimiento envolvente y atacar por la retaguardia—. ¿Tú dónde vas a combatir?

—En el flanco derecho, en segunda fila —contestó el joven con orgullo.

—Un buen lugar para contemplar la victoria. —Habían llegado a la unidad de Prometeo, donde los hombres se apresuraban con los preparativos en un ambiente tenso—. Que Atenea te proteja.

El oficial al mando se dirigió hacia él nada más verlo. Su expresión rígida lo puso alerta.

—Se ha decidido que seas reasignado. Órdenes de arriba —añadió con incomodidad—. En lugar de quedarte en el desfiladero, irás con el ejército.

—Muy bien —respondió Prometeo un tanto desconcertado. Advirtió que algunos soldados lo observaban con disimulo—. ¿Cuál va a ser mi posición?

—Estarás en el flanco izquierdo. —La mandíbula de Prometeo se tensó—. Ocuparás la esquina de la primera línea de la falange.

Penélope lanzó la jabalina soltando un grito de rabia.

—¡Muere!

La punta metálica hendió el aire con un breve silbido y se clavó en la cabeza esbozada en la plancha de madera. Durante un rato sólo se oyó su respiración jadeante mientras contemplaba la tabla colocada en la esquina contraria del patio. A veces se imaginaba que la silueta que había trazado era un soldado que estaba atacando a Prometeo. Otras, como ahora, veía en aquella figura a Creonte, al que sabía responsable de que Prometeo hubiera tenido que ir a la guerra pese a que apenas era capaz de andar sin bastón.

Cogió otra jabalina y se concentró para canalizar su miedo y su rabia. Echó el brazo hacia atrás y la arrojó con el movimiento ágil y potente que tantas veces había entrenado en Esparta. El arma se clavó con un ruido seco en lo que habría sido la frente de Creonte. Cruzó el patio, apoyó una mano en la plancha de madera y tiró para arrancar la primera jabalina.

Un par de semanas después de que Prometeo se hubiese ido, algunos heridos de una batalla que se había producido contra los beocios llegaron a Atenas. Uno de ellos llevaba un mensaje para ella.

—Tu esposo quiere que sepas que se encuentra bien. Los oficiales lo colocaron en la posición más segura de la falange y ni siquiera llegó a entrar en combate.

«Prometeo no tuvo que combatir porque esa batalla fue una victoria rápida.» Desclavó la segunda jabalina de un fuerte tirón. Habría más batallas, y no dejaba de pensar qué ocurriría en la siguiente.

Atravesó el patio con las jabalinas en la mano. Todos los días hacía ofrendas a los dioses y el aroma de las hierbas que empleaba se unía al olor persistente de los sacrificios que se celebraban por toda la ciudad. En el gran altar de Atenea situado junto al Partenón se congregaba el mayor número de atenienses que invocaban el favor de los dioses para que les concedieran la victoria. La grasa que se quemaba sobre el altar producía una columna de humo que se elevaba desde la Acrópolis como si un volcán hubiera despertado en mitad de Atenas.

Llevaba toda la mañana entrenando y su hombro protestaba, pero volvió a lanzar una jabalina y después la otra sin tomarse un momento de descanso. Estar sin hacer nada le resultaba desquiciante. A veces se ponía a moldear figuras para las cerámicas; sin embargo, en su mente acababan surgiendo imágenes de Prometeo enfrentándose a las tropas del general Antípatro, el mismo que había arrasado al ejército de Esparta. Entonces tenía que levantarse y se ponía a caminar de pared a pared como una presidiaria. Le había asegurado a Prometeo que saldría de casa lo menos posible, aunque en algunas ocasiones, después de una noche de insomnio, avisaba a los guardias antes del alba y salía con ellos a las calles desiertas de Atenas. Cruzaba las murallas por la puerta Dipilón y echaba a correr hasta que llegaba a la Academia, donde daba la vuelta y regresaba a su casa manteniendo un ritmo extenuante que conseguía dejarle la mente en blanco.

Agarró el asta de una de las jabalinas y la desclavó de la madera. Rodeó la otra con los dedos, pero su mirada se quedó perdida y bajó la mano. Prometeo no iba a combatir contra hombres de madera. Sus enemigos serían soldados que no tendrían la rodilla destrozada y lo atacarían con armas de hierro y bronce afilado.

—Deyanira, Perseo... —Apoyó la cabeza en la madera e intentó en vano que su voz no se convirtiera en un sollozo—. Dioses de Atenas y de Esparta, proteged la vida de Prometeo.

Prometeo observó a sus enemigos a través de la estrecha visera del yelmo y se le secó la garganta. El ejército macedonio todavía se encontraba a varios estadios, pero se podía apreciar que Antípatro estaba adelantando hacia ellos su flanco derecho, que además tenía una profundidad mucho mayor de lo habitual.

«¡Ares poderoso, van a aplastarnos!»

Los hombres que lo rodeaban también se dieron cuenta de lo que estaba ocurriendo y en todo el flanco izquierdo se alzó un rumor nervioso de juramentos y plegarias. A lo largo de los años los soldados macedonios habían adquirido una aureola de superioridad, nadie quería ser el primero en enfrentarse a ellos, y mucho menos en aquellas circunstancias.

El aire vibró con el sonido de las trompetas y los treinta mil hombres de la falange griega comenzaron a avanzar por la llanura. El flanco que ocupaba Prometeo lo hizo con un ritmo muy lento mientras el ala derecha forzaba el paso para adelantarse.

«Leóstenes pretende que todo el frente choque a la vez», comprendió. Sin embargo, le daba la impresión de que el ejército macedonio ya estaba demasiado escorado para que eso ocurriera.

Las enormes masas de las falanges siguieron acercándose y echó un vistazo preocupado al espacio vacío que quedaba a su izquierda. Podía avanzar sin problemas con los demás soldados mientras no fuesen muy rápido, había estado practicando sin cesar desde que salieron de Atenas; lo que lo angustiaba era si sería capaz de mantener el equilibrio durante el combate. Siempre resultaba difícil en medio del empuje brutal de las falanges, pero era todavía más complicado cuando se ocupaba uno de los extremos.

«Si caigo al suelo, puedo darme por muerto.»

La distancia se redujo rápidamente, y cuando sólo estaban a cincuenta pasos sus enemigos aceleraron y empezaron a lanzar feroces gritos de guerra. La falange griega respondió con un ardor frenético, tratando de convertir su miedo en odio y coraje. El yelmo de Prometeo le cubría las orejas y sus propios gritos retumbaban en el interior de su cabeza. En medio de aquel fragor distinguió la orden de desplazarse con rapidez hacia la izquierda; los macedonios habían alterado su trayectoria, tenían que hacer lo posible para evitar que superaran su flanco antes de chocar con ellos.

Al forzar la marcha sintió un latigazo de dolor en la rodilla, trastabilló y estuvo a punto de caer. Apretó los dientes con la mirada clavada en la muralla de escudos y lanzas que se abalanzaba sobre ellos. Sólo los separaba una docena de pasos. Apoyó el hombro contra el interior de su escudo y se inclinó hacia delante para ejercer más impulso. Un instante antes del impacto, agachó la cabeza para que el escudo de bronce le protegiera la garganta e impulsó su lanza contra la cabeza de un macedonio.

Las falanges chocaron con un prolongado estruendo metálico, concentrando en un momento el empuje de miles de hombres de cada ejército. Prometeo se vio aplastado contra sus enemigos y notó con horror que sus pies dejaban de tocar el suelo y se desplazaba hacia atrás. Cuando volvió a sentir la tierra, se apuntaló y aguijoneó frenéticamente con su arma a los hoplitas macedonios. Alcanzó una coraza y dos yelmos sin llegar a encontrar la carne, pero sus acometidas eran tan potentes que los hombres a los que había golpeado en la cabeza se desplomaron.

La falange macedonia tenía el doble de fondo que la griega y su mayor empuje los obligó a seguir retrocediendo. Prometeo cedió un paso y luego otro manteniendo a duras penas el equilibrio. Sus dimensiones lo convertían en un objetivo prioritario y las lanzas enemigas golpeaban sin cesar su yelmo y su escudo.

El dolor estalló de pronto en su hombro derecho. Gritó y trató de mirárselo: a través de la visera sólo podía ver el asta de una lanza, pero notaba que se la habían incrustado hasta el hueso. El hoplita que lo había alcanzado seguía apretando con furia, agrandando la herida y provocándole un dolor tan intenso que creyó que iba a enloquecer. Su brazo había perdido fuerza, pero consiguió golpear con la lanza el casco de su enemigo. La cabeza del macedonio se echó hacia atrás y otro de los soldados griegos le atravesó el cuello.

Prometeo notó angustiado que la sangre caía con rapidez por su costado y le empapaba la pierna. Miró un instante hacia el fondo de la falange, donde los médicos del ejército podrían coserle, pero no quería abandonar su posición en un momento tan crucial.

Cedió otro paso y siguió atacando a los hoplitas macedonios con golpes cada vez más débiles.

—Su flanco izquierdo está resistiendo demasiado —se lamentó Antípatro.

Estaba siguiendo la evolución del combate desde una pequeña elevación del terreno, montado en su caballo y acompañado por algunos soldados cuya misión era trasladar sus órdenes al campo de batalla. Las rachas de viento arrastraban el repiqueteo metálico de las armas y los gritos de los heridos.

Recorrió la llanura con la mirada intentando distinguir los estandartes de ambos ejércitos. Exceptuando su flanco derecho, que seguía tratando de romper el ala izquierda de los griegos, su falange continuaba rehuyendo el combate, retrocediendo y girando al mismo tiempo en un movimiento que sus enemigos no eran capaces de seguir.

«Leóstenes ha demostrado ser un militar competente, pero por fortuna la destreza de sus tropas no está a nuestra altura.» El ejército griego estaba formado por soldados de ciudades diferentes que no estaban habituados a luchar juntos. El general Leóstenes no podía forzar más la maniobra de rotación sin que la formación de su falange se deshiciera.

Centró de nuevo su atención en el extremo donde se estaba combatiendo y movió la cabeza exasperado. Necesitaban que el flanco griego se rompiera, era el único punto donde podían superarlos. Allí había dotado a su falange con una profundidad de veinticinco filas mientras que la falange enemiga contaba con un fondo de doce hoplitas. Sin embargo, en el resto del frente los griegos eran muy superiores. No podía ser de otro modo cuando tenían treinta mil soldados y el ejército macedonio sólo trece mil.

«En un combate frontal nos habrían aplastado.»

Su caballo se removió al notar su inquietud y le palmeó el lomo. Su estrategia inicial había sido similar a la de Epaminondas en Leuctra: concentrar las fuerzas en un flanco y evitar el combate en el resto, con el objetivo de romper ese flanco y atacar por la retaguardia para que toda la falange enemiga se desbaratara.

«Por desgracia, eso ya no va a ocurrir.» Aquel plan sólo habría funcionado si el flanco griego se hubiera roto con rapidez. Además, Leóstenes había convencido en el último momento a los tesalios de que cambiaran de bando, y ahora la magnífica caballería tesalia desequilibraba todavía más las fuerzas.

«Si consiguen tomar la iniciativa, nos masacrarán.»

Entornó los ojos tratando de distinguir lo que ocurría entre las fuerzas de caballería. Estaban junto a la línea de la costa, demasiado lejos para su vista, por lo que se volvió hacia uno de sus hombres.

—Dime qué está ocurriendo con la caballería. —Al principio de la batalla había enviado a sus jinetes a realizar una maniobra de distracción para alejar a la poderosa caballería griega, pero sabía que aquello no podía durar.

—Hemos perdido algunas unidades, aunque nuestros hombres todavía mantienen ocupados a la mayor parte de sus jinetes. —El soldado observó en silencio durante unos instantes—. Se acercan poco a poco, yo diría que se encuentran a unos quince estadios.

«Sólo quince estadios... —Antípatro observó preocupado el movimiento de las falanges. Sus hoplitas estaban completando la difícil maniobra de rotación. Cuando la terminaran, les ordenaría que intentasen alcanzar a marchas forzadas la cercana ciudad de Lamia, cuyas murallas podrían protegerlos del ejército enemigo—. Necesitamos ganar algo más de tiempo, y sobre todo romper su maldito flanco izquierdo.» Si no desbarataban la falange griega antes de iniciar la huida, corrían el riesgo de que los alcanzaran antes de que llegasen a Lamia, y eso sería su fin.

Se dirigió a uno de sus soldados.

—Que nuestros jinetes amaguen un último ataque cerca de la costa. Tenemos que mantener alejada a su caballería como sea. Pero que un grupo pequeño..., cincuenta jinetes, rodeen la falange griega y se lancen contra su flanco izquierdo.

El hombro de Prometeo le transmitía un dolor espantoso cada vez que golpeaba con su lanza. La pérdida de sangre le emborronaba la vista y le faltaba la respiración.

«¡Aguanta! —El brutal empuje de los hoplitas macedonios le hizo retroceder otro paso—. ¡Aguanta...!»

Su lanza chocó contra un escudo y contempló horrorizado que el asta se desprendía de su mano. Un nuevo lanzazo contra su yelmo hizo que su visión volviera a oscurecerse.

Si no lo cosían ya, acabaría desvaneciéndose.

Gritó hacia su espalda que iba a salir, empujó con todas sus fuerzas con el escudo y se apartó hacia la izquierda. Su hueco lo ocupó de inmediato el hoplita que tenía detrás. Avanzó dando tumbos a lo largo del extremo de su falange. Cuando estaba llegando a la retaguardia, la pierna le falló y cayó violentamente. Se le partió la abrazadera del escudo y su yelmo golpeó contra la tierra dura.

Durante unos instantes se quedó aturdido y no comprendió los gritos que se extendían por su ejército.

—¡... la caballería!

—¡Retroceded, por Zeus!

El costado de su falange se estaba deshaciendo. Los oficiales empezaron a lanzar órdenes que apenas se oían para tratar de organizar una formación defensiva. Se giró hacia el otro lado y vio que un escuadrón de caballería cabalgaba directamente hacia ellos.

Ignorando el dolor de su hombro destrozado, consiguió ponerse de pie y desenvainó la espada. Los jinetes estaban abriendo la formación según se acercaban. Uno de ellos lo escogió como objetivo y se puso al galope con la lanza apuntando hacia él.

Prometeo levantó la espada, pero apenas era capaz de sostenerla. La lanza de su enemigo se partió contra su coraza y el caballo lo arrolló.

...

Cuando recobró la consciencia se encontraba boca abajo, con la cara contra la tierra. El golpe le había arrancado el yelmo y había perdido la espada. Sintió que el suelo vibraba y trató de incorporarse con un grueso hilo de sangre cayendo de su boca.

Levantó la cabeza y vio que un segundo caballo estaba a punto de embestirlo.

«Penélope...»

Vislumbró su rostro por un instante, hasta que sintió que el brutal impacto le reventaba el cráneo.

Capítulo 61

Atenas, octubre de 323 a. C.

—¡Prometeo!

Penélope se incorporó bruscamente en la cama, con la piel cubierta de sudor y una congoja que le oprimía el pecho. Volvió la cabeza a uno y otro lado, confundiendo las sombras de la habitación con la niebla del sueño en el que había visto a su esposo.

«Estaba muerto...»

Las lágrimas se mezclaron con el sudor al recordar su cuerpo cubierto de sangre. Prometeo estaba tendido en el suelo, alineado junto a otros cadáveres. Aunque su rostro estaba rígido, su voz había traspasado el velo de la muerte y había resonado en la mente de Penélope.

—¿Qué querías decirme? —sollozó. Todavía podía percibir el eco de sus palabras, la urgencia de su tono, pero el significado se le escapaba como humo que se deshace en el aire. Sus manos se crisparon sobre el lecho mientras trataba de retenerlo. Finalmente apartó las sábanas con un gemido de desesperación y salió del dormitorio.

La oscuridad de la noche apenas había dado paso a una tonalidad gris, desvaída y triste. Uno de los guardias estaba sentado en el patio y la miró adormilado.

—Vamos al Pórtico del Rey —le dijo Penélope.

Ahí era donde publicaban los listados de los hombres que habían perdido la vida en las batallas. Hacía tres días había llegado a Atenas un heraldo informando del combate que se había producido cerca de las Termópilas. Desde entonces ella pasaba todo el día junto al Pórtico, esperando a que llevaran las tablillas con los nombres de los caídos.

El guardia fue a avisar a su compañero, que dormía en el

taller, y Penélope se dirigió a la cocina para despertar a la esclava. No debía salir a la calle acompañada sólo por hombres, aunque fuesen sus guardias.

Cuando regresó al patio, le pareció que alguien golpeaba la puerta y se quedó paralizada.

«No, dioses...»

Se acercó a la entrada con el cuerpo en tensión, sin percibir las rachas de viento frío que agitaban su túnica y su cabellera suelta. En algunos casos la ciudad se encargaba de llevar los cadáveres a las casas para que los familiares se hicieran cargo de ellos.

Abrió la puerta conteniendo el aliento.

La calle estaba vacía.

Se apoyó en el marco de piedra sintiéndose mareada y cerró los ojos. «Prometeo está vivo. —Su rostro ensangrentado poseía la nitidez de un recuerdo, la voz que le había llegado desde el reino de los muertos era indudablemente la suya...—. No, sólo estaba soñando. —Sintió que lo estaba rechazando y los ojos se le humedecieron—. No era él, sólo era un sueño.»

Salió al exterior y los guardias la siguieron en silencio. La esclava había cogido un manto para ella que no quiso ponerse. Algunos perros callejeros se apartaron de su camino, pero no vieron a nadie hasta que llegaron a la vía Panatenaica. En la gran avenida de Atenas había varios mercaderes que se encaminaban al mercado del ágora a montar sus tenderetes. Penélope tomó su misma dirección y avanzó hasta llegar a la esquina del ágora, donde se encontraba el Pórtico del Rey.

Ya había cinco o seis mujeres aguardando. Intercambiaron breves gestos de reconocimiento y algunos saludos que eran como plegarias murmuradas. Penélope había hablado con ellas los días anteriores y sabía cuáles eran esposas y cuáles madres de soldados que habían combatido en la última batalla.

El número de mujeres continuó aumentando según se hacía de día y la actividad del ágora se incrementaba. Ellas guardaban silencio mientras los mercaderes anunciaban a voces sus mercancías y los pórticos que rodeaban la plaza se llenaban de atenienses que hablaban de la guerra con entusiasmo. En la última batalla habían perdido algunos hombres, pero el general Leóstenes había puesto en fuga al ejército de Antípatro, que ahora estaba encerrado en la ciudad de Lamia.

—¡Leóstenes está atacando sus murallas con unas fuerzas muy superiores! —exclamó un ateniense que pasaba por detrás de Penélope—. El heraldo dijo...

Se calló de golpe cuando su compañero le señaló el grupo de mujeres que aguardaba junto al Pórtico del Rey. Inclinó la cabeza a modo de disculpa y se alejaron en silencio, pero al ambiente lúgubre que rodeaba a Penélope siguió llegando una maraña de conversaciones exaltadas.

De pronto se alzó un rumor entre las mujeres. Penélope se volvió en la misma dirección que ellas y el corazón empezó a golpearle con fuerza en el pecho. Un secretario se acercaba al pórtico acompañado por un esclavo que llevaba cuatro o cinco tablas de madera. El secretario pidió que les dejaran paso y las mujeres abrieron un pasillo para que pudieran acceder al Pórtico del Rey.

En cuanto el esclavo colgó la primera tabla, Penélope se abalanzó sobre ella y comenzó a leer los nombres de los muertos tallados en la madera.

Aristóteles llevaba un rato con un rollo de papiro en las manos, abstraído frente a una pared repleta de libros. Bajó la mirada al título escrito en la etiqueta sin llegar a leerlo. La labor que quería llevar a cabo en el Liceo cada vez le robaba más horas de sueño, y a su estado de agotamiento se sumaba la preocupación por Prometeo.

También estaba inquieto por Penélope. Sabía que se pasaba el día en el Pórtico del Rey esperando a que anunciasen los nombres de los muertos. Aunque era la mujer más fuerte que había conocido, perder a Prometeo resultaría un golpe tremendamente duro para ella.

«Si se quedara sola, podría ofrecerle que fuera a Calcis con Herpilis.»

—Maestro... —Teofrasto interrumpió sus reflexiones—. ¿Dónde crees que deberíamos colocar ese libro?

Aristóteles contempló con el ceño fruncido el rollo de papiro, casi sorprendido de que estuviera en sus manos. Finalmente lo dejó en un estante vacío.

—Por ahora lo pondremos en la nueva estantería, hasta que movamos toda la enciclopedia de medicina.

En el incendio que había arrasado su casa se habían destruido decenas de libros. Estaba tratando de conseguir copias y había decidido que los guardaría todos en el Liceo. Para ello habían ampliado la biblioteca y estaban recolocando algunas obras.

Teofrasto cogió de una mesa otro rollo envuelto en su estuche de cuero y se lo entregó. En la sala también estaba Demetrio de Falero, un discípulo de Teofrasto que anotaba en un índice la ubicación de cada obra.

Aristóteles puso el libro en uno de los estantes superiores y Teofrasto le dio el último. Antes de que lo colocara, se abrió la puerta de la sala y apareció un sirviente.

—Penélope acaba de llegar al Liceo —le informó.

Aristóteles devolvió el rollo a Teofrasto y se apresuró al exterior. Penélope se acercaba desde el pórtico de entrada y él trató de leer su expresión mientras se dirigía a su encuentro.

—Su nombre no está. —En la voz de Penélope había una mezcla de alivio y temor—. Han dicho que dentro de unos días publicarán otro listado con los heridos que finalmente hayan fallecido.

Creonte y Bitias salieron de Atenas por la Puerta Sacra y se alejaron al trote.

Dejaron atrás los monumentos funerarios que flanqueaban los primeros estadios de la vía sagrada, pasaron cerca de la Academia y continuaron hasta llegar a la costa. Al cabo de un rato divisaron el perímetro amurallado del santuario de Eleusis, consagrado a las diosas Deméter y Perséfone.

Creonte contempló el santuario y sus labios se abrieron en una sonrisa mientras pensaba en Aristóteles.

En el pórtico de entrada desmontó y le entregó las riendas a Bitias. Un sacerdote se aproximó y lo saludó con una breve reverencia.

—El hierofante te está esperando, noble Creonte.

Se dio la vuelta y Creonte cruzó tras él los muros del santuario. El recinto sagrado estaba dominado por el Telesterion, un enorme edificio cuadrado cuyos lados superaban los sesenta pasos de longitud. Mientras se acercaban, Creonte sintió una mezcla de temor y reverencia que se multiplicó cuando accedió al interior.

«Las diosas nos observan», se dijo con un estremecimiento.

Todo el espacio del Telesterion estaba constituido por una gran sala. Varias hileras de columnas sostenían el techo de madera y algunas antorchas permitían distinguir las gradas de piedra que ocupaban todo el perímetro. Creonte sabía que aquellas gradas llegaban a acoger a tres mil personas en la ceremonia final de los misterios de Eleusis.

El recuerdo de sus propias palabras durante la ceremonia acudió a su mente:

«Juro no divulgar jamás los secretos a los que voy a acceder, y acepto perder la vida en caso de traicionar el juramento.»

Había sido iniciado en los misterios hacía varios años. Desde aquellas mismas gradas había escuchado a las sacerdotisas revelar las visiones del más allá que las asaltaban durante la noche sagrada.

Sintió una presencia y se giró a uno y otro lado escrutando el laberinto de sombras que proyectaban las columnas. En su mente surgieron como destellos recuerdos de algunas imágenes perturbadoras. La noche de su iniciación había vivido una especie de trance y las palabras de las sacerdotisas lo habían envuelto en el fuego y la oscuridad que aguardaban a las almas después de la vida terrenal.

«¿Dónde está el sacerdote?»

Lo buscó a través de la sala desierta y su mirada se detuvo en el *anaktoron*, la cámara secreta que ocupaba el centro del Telesterion. En aquella cámara se guardaban los objetos sagrados que pertenecían a la diosa Deméter. Sólo se mostraban durante los ritos de iniciación, y el único que podía entrar allí era el hierofante, el sumo sacerdote de Deméter que dirigía la iniciación a los misterios.

Una voz grave lo sobresaltó:

—Acércate, Creonte, hijo de Cidón.

Avanzó lentamente y distinguió entre las columnas el trono de piedra del hierofante, situado junto al *anaktoron.* Se acercó y se inclinó ante él.

—Te saludo, Eurimedonte, sumo sacerdote de Deméter.

El hierofante era un anciano con largos cabellos blancos y barba frondosa. Llevaba una cinta dorada en la frente y una túnica de reluciente lino con una franja púrpura en el borde. A diferencia de los hombres y las mujeres que ejercían el sacerdocio en otros templos, él residía de forma permanente en el santuario de Eleusis.

El anciano extrajo un papiro de su túnica. Se lo entregó y Creonte lo inclinó hacia una antorcha para leer su contenido, que versaba sobre Aristóteles.

Cuando terminó, se guardó el documento e hizo una nueva reverencia.

—Lo utilizaré tal como hemos hablado.

—¿Cuándo piensas hacerlo?

Creonte sintió el impulso de responder que esa misma tarde, pero recordó el ambiente que reinaba en Atenas. Los atenienses estaban tan embriagados con las últimas noticias sobre la guerra como si se hubieran atiborrado de vino puro.

—Creo que es mejor esperar un poco. Te avisaré antes de hacerlo para que estés preparado.

—Muy bien, lo dejo en tus manos.

El hierofante hizo un gesto, y el sacerdote apareció de nuevo entre las sombras. Creonte lo siguió a través del Telesterion y después cruzó el recinto del santuario hacia el lugar donde lo aguardaba Bitias.

La sonrisa no se borraba de su rostro.

«Atenas ha recuperado el favor de los dioses.»

Después de tantos años de amarguras y humillaciones, por fin los vientos del destino se habían vuelto favorables: Alejandro había muerto repentinamente en Babilonia, Antípatro y sus tropas estaban encerrados en Lamia como ratas que saben que si asoman la cabeza las aplastan...

«... y Aristóteles va a ver cómo el propio pueblo de Atenas acaba con su vida.»

Penélope apretó el punzón de madera sobre la arcilla y marcó los pliegues de la túnica de Atenea. La figura de la diosa sería el adorno central de una crátera panzuda que tenía sobre la mesa del patio. No podía demorarse mucho más o la crátera se secaría demasiado y sería difícil que la figura se pegara.

Sus movimientos se volvieron más lentos y los párpados se le cerraron. Aunque siempre estaba agotada, apenas conseguía dormir. El sueño en el que veía a Prometeo muerto se repetía cada vez que lo hacía; prefería mantenerse despierta y pensar que seguía vivo.

Abrió de nuevo los ojos y se puso a repasar los últimos trazos.

«Tengo que mantener el taller en marcha para cuando vuelva Prometeo.»

Los días seguían transcurriendo sin que se publicara el segundo listado en el Pórtico del Rey. Le había hecho caso a Aristóteles y ya no pasaba el día allí esperando. Ahora enviaba a la esclava, que debía acudir de inmediato si se producía alguna novedad.

Acercó la crátera e hizo unas cuantas muescas en el lugar que ocuparía la figura de Atenea. Removió con un pincel el contenido de un cuenco y empezó a untar arcilla diluida sobre las muescas.

Se quedó inmóvil cuando sonaron tres golpes secos en la puerta. Por el modo de llamar sabía que no era la esclava. Dejó el pincel sobre la mesa y se levantó con un ligero temblor de manos. Uno de los guardias se había acercado a la puerta, pero lo contuvo con un gesto y fue ella la que abrió.

—¿Eres la esposa de Prometeo?

Sus labios se separaron sin que llegara a responder. Detrás de aquel hombre había un carro y de la plataforma sobresalían los pies de alguien que tenía que ser muy grande. Pasó junto al hombre y se acercó con la sensación de que la tierra se estaba moviendo.

Puso las manos en la barandilla del carro y se asomó al interior.

«¡No!»

Su pesadilla ya no era un sueño, estaba ante sus ojos. Se

agarró a la barandilla y sintió que caía a un abismo mientras contemplaba el rostro inmóvil y amoratado, medio tapado por la venda con la que le habían cubierto la cabeza.

—No, Prometeo...

Le acarició el cabello, el rostro, y los ojos de Prometeo se entreabrieron. Su mirada de plata encontró la de Penélope y en sus labios se atisbó una sonrisa crispada de dolor.

—Te he echado de menos —murmuró.

Capítulo 62

Atenas, diciembre de 323 a. C.

Los moratones se desvanecieron y las cicatrices adquirieron poco a poco un aspecto menos alarmante. Sin embargo, un mes y medio después de que regresara a Atenas, Prometeo apenas era capaz de levantar el brazo derecho.

«¡Vamos, por Atenea!»

Separó la mano de la cadera... El primer palmo resultaba sencillo, pero a partir de ahí su brazo era tan incapaz de extenderse como su rodilla de doblarse.

—Otra vez...

El sol brillaba sin fuerza y en el patio hacía frío, pero el sudor cubría su rostro mientras repetía sin cesar los ejercicios que le había indicado Aristóteles. Aunque parecía que iba a quedarse bastante más lisiado que antes, daba gracias al cielo por seguir vivo. Tras la batalla había pasado varios días inconsciente y después ni siquiera podía alzar la cabeza sin que el mundo se pusiera a dar vueltas. Los médicos le dijeron que tenía el cráneo fracturado y que había perdido mucha sangre. Pese a ello, insistió en que lo metieran en el primer barco que zarpó hacia el Pireo para repatriar heridos.

Penélope apareció en el patio y dejó sobre la mesa una bandeja con agua y queso. Lo besó con ternura y le acarició la frente para retirarle el pelo mojado.

—Descansa un momento para comer. Te vendrá bien.

—¿Quieres un marido gordo? —bromeó Prometeo mientras se sentaba. Penélope se empeñaba en alimentarlo como si creyera que iba a recuperarse a base de comer. Aunque quizás estaba en lo cierto, porque en las dos últimas semanas había recuperado buena parte del peso que había perdido durante la convalecencia. Dio un trago al agua y se metió en la boca un trozo de queso que procuró masticar con el lado izquierdo. Los caballos que lo habían arrollado le habían arrancado la mitad de las muelas del otro lado.

Penélope posó la mirada en su hombro herido. Ya se había acostumbrado al costurón que lo recorría de arriba abajo.

—Aristóteles dijo que no lo forzaras si te dolía mucho. —Su esposo estaba habituado a ocultar el sufrimiento, pero ella había aprendido a interpretar los vestigios de crispación en sus labios o en la comisura de sus ojos.

La réplica de Prometeo murió antes de salir de su boca y se limitó a asentir. Tomó otro trozo de queso y se quedó mirando el horno.

«Lleva unos cuantos días apagado», pensó, pero no dijo nada. Penélope estaba tan inquieta como él por cómo habían descendido las ventas desde hacía algún tiempo.

Terminó de comer y cogió una gruesa barra de hierro para ejercitar el brazo izquierdo. Esperaba llegar a hacer con él todo lo que hacía anteriormente con el derecho, que ahora apenas le servía de nada. También quería recobrar en el resto del cuerpo la fuerza que tenía antes, aunque las lesiones del hombro le impedirían trabajar de entrenador durante una larga temporada.

Llamaron a la puerta de la calle y Penélope se acercó a abrir. Ícaro, el ayudante del taller, entró cargado con una cerámica grande. Se trataba de una hidria, la vasija para los banquetes en la que se metía el agua que se mezclaba con el vino. Tanto el cuerpo como las asas estaban adornados con náyades, ninfas de los ríos y las fuentes, que curvaban sus cuerpos desnudos con elegante sensualidad. Sin duda era el mejor trabajo que había realizado Penélope hasta entonces.

Prometeo dejó caer la barra de hierro.

—¿Qué ha ocurrido, Ícaro?

—Dicen que lo lamentan mucho, pero que han tenido problemas y ahora no pueden permitirse comprar una vasija tan lujosa.

Penélope y Prometeo cruzaron una mirada preocupada, sin querer poner en palabras lo que ambos estaban pensando. Era la tercera vez que ocurría algo así en pocos días.

Prometeo se levantó y cogió su bastón.

—Vamos a la tienda de Pisandro —le dijo al ayudante—. Veremos cuánto podemos conseguir por esta vasija.

En la calle lo exasperó lo despacio que tenía que avanzar. La rodilla le dolía más que antes de la batalla y llevar el bastón en la mano izquierda lo obligaba a dar cada paso con mucho cuidado para no desequilibrarse. Recorrieron lentamente la vía Panatenaica, pasaron entre el Pórtico del Rey y el Pórtico Pintado y bordearon la plaza del ágora en dirección a la Acrópolis. En todos los altares que quedaban al alcance de su vista se estaban celebrando sacrificios.

«Atenas vive en una fiesta continua desde que Antípatro está encerrado en Lamia.»

El general Leóstenes había asaltado las murallas de la ciudad durante las primeras semanas, pero finalmente había decidido establecer un asedio para que el hambre obligara a los macedonios a rendirse. Las últimas noticias hablaban de que se encontraban al límite de sus fuerzas, y la mayoría de los atenienses tenía la certeza de que estaban a punto de someterse.

El ambiente de victoria hacía que hubiera más gente en la calle y en los comercios. Prometeo se detuvo a la altura de la casa de la moneda, un poco antes del establecimiento de Pisandro, y esperó hasta que recobró el aliento antes de entrar en la tienda.

Había varios clientes y el viejo Pisandro estaba atendiendo a uno de ellos. Al verlos aparecer, le pidió a uno de sus hijos que se encargara del comprador e hizo un gesto para que Prometeo y su ayudante lo acompañaran a la trastienda.

—Me alegra mucho ver que te estás recuperando, muchacho. He hecho ofrendas por ti al sanador Asclepio, hijo de Apolo.

Prometeo se lo agradeció y Pisandro echó una ojeada a la vasija que llevaba Ícaro. Sus labios fruncidos revelaron que se imaginaba lo que ocurría, pero prefirió dejar que hablara Prometeo.

—Como puedes ver, es una de las mejores cerámicas que han salido de nuestro taller. —Pisandro le dirigió otro vistazo a la vasija y asintió sin decir nada—. La hicimos para un cliente que se ha echado atrás en el último momento. Me preguntaba si podrías encargarte tú de encontrar un comprador.

Pisandro suspiró al tiempo que pasaba la mano por su larga barba grisácea.

—La vasija es magnífica, eso es innegable..., pero no puedo buscarte un comprador. —Se esforzó en mantener la mirada de Prometeo pese a la vergüenza que sentía—. Yo mismo te la compraría, pero al hacerlo estaría poniendo en peligro el negocio del que vive mi familia. Creonte ha hecho correr la voz de que quien compre algo de tu taller, aunque sea un simple cuenco, se convertirá de inmediato en su enemigo y hará todo lo posible por arruinarlo. —Alargó una mano hacia él, pero la dejó a medio camino—. Creonte es el comerciante más importante de Atenas, y además tiene un enorme peso político. Es casi imposible que un negocio sobreviva si lo tiene como enemigo... —Se calló bruscamente al percatarse de que sus palabras describían la difícil situación del taller de Prometeo y Penélope.

—Te agradezco la sinceridad, Pisandro. —Prometeo se cambió el bastón de brazo y le puso una mano en el hombro—. Y no te preocupes, entiendo tu postura. Debes proteger a tu familia.

—Lo siento mucho, de verdad. Tienes en Creonte un enemigo demasiado poderoso.

Los labios de Prometeo se curvaron en un gesto amargo. No era la primera vez que le decían algo parecido.

Una semana más tarde, Atenas se vio conmocionada por la muerte del general Leóstenes.

La inesperada desgracia se había producido durante el asedio a Lamia. Mientras los griegos se afanaban en hacer más profunda la zanja que rodeaba la ciudad, Antípatro abrió las puertas y lanzó sus tropas en un ataque desesperado. La ofensiva fue repelida con rapidez y los macedonios tuvieron que regresar al interior de Lamia, pero una piedra lanzada desde las murallas alcanzó a Leóstenes en la cabeza. A pesar de que llevaba su yelmo de bronce, perdió la consciencia al momento y falleció tres días después.

—¡No podemos permitir que el sustituto de Leóstenes sea Foción! —Creonte recorrió con la mirada a los líderes de la facción antimacedonia, sentados alrededor de una mesa iluminada por varios candelabros. Hipérides y él los habían convocado esa noche en su residencia para resolver aquella cuestión decisiva para el curso de la guerra—. Foción siempre se ha mostrado en contra de un enfrentamiento armado, y además se lleva demasiado bien con Antípatro. Sería capaz de permitir que saliera vivo de Lamia y regresara con sus tropas a Macedonia.

Demóstenes carraspeó con ánimo de intervenir y Creonte contempló con recelo su rostro enjuto. Los atenienses no sólo habían accedido a que regresara del exilio, sino que le habían proporcionado un recibimiento triunfal. Tenía muchos seguidores y era necesario contar con él, lo que desagradaba a Creonte, pero lo cierto era que desde su retorno se había mantenido alineado con Hipérides y había mostrado una postura sin fisuras contra los macedonios.

—¿Cómo vamos a evitar que escojan a Foción? —Demóstenes alzó una mano huesuda que a la luz de las velas parecía la de un cadáver—. Es el general de mayor prestigio y el pueblo está inquieto.

—Están inquietos —le respondió Hipérides—, pero también enfervorizados. No será difícil convencerlos de que Foción no es la mejor alternativa. —Cogió su copa, bebió tranquilamente un poco de agua y asintió mientras tragaba. El día anterior había pronunciado un discurso fúnebre en honor a Leóstenes. Los ciudadanos, reunidos en una Asamblea extraordinaria, llenaron las gradas del teatro de Dioniso y gritaron como un solo hombre cada vez que él mencionaba las recientes victorias, el asedio en el que habían encerrado a sus enemigos y el liderazgo de Atenas, que una vez más se había puesto a la cabeza de los griegos para luchar por la libertad. Aquel discurso había avivado aún más el ardor patriótico de los atenienses; manejar la voluntad de una multitud exaltada le resultaba tan sencillo como tirar de las riendas de un caballo.

Dejó la copa sobre la mesa.

—Además... —continuó, disfrutando de la expectación que había levantado—, como alternativa a Foción propondremos al general Antífilo. También cuenta con un gran prestigio y retomará con brillantez la labor de Leóstenes en la guerra. Si todos nosotros lo apoyamos, la Asamblea no dudará en elegirlo.

—Estoy de acuerdo —aceptó Demóstenes con una ligera inclinación de cabeza—. Antífilo es la mejor opción para comandar el ejército.

Los demás presentes también se manifestaron a favor, y acordaron proponer a Antífilo en la Asamblea que se celebraría al día siguiente para que partiera cuanto antes a Lamia.

—Es hora de brindar —declaró Creonte. Cogieron las jarras que había en la mesa y se sirvieron vino ellos mismos. En la sala no había esclavos para evitar filtraciones en un asunto tan trascendente—. ¡Por la libertad!

—¡Por la libertad! —respondieron todos alzando las copas.

Creonte apuró su vino de un trago y se levantó para pedir a su servidumbre que trajera la comida. Le costaba no dejarse llevar por la sensación de victoria. Habían oído rumores de que Leonato, el general de Alejandro que ahora gobernaba Frigia, estaba reuniendo fuerzas para tratar de ayudar a Antípatro, pero aquello no le preocupaba.

«Lo más probable es que Antípatro y sus hombres estén muertos antes de que les llegue ninguna ayuda.» Además, según la información que tenían, la infantería de la alianza griega era más numerosa que la de Leonato, y en caballería seguían siendo muy superiores gracias a los tesalios.

Varios esclavos entraron en la sala y repartieron por la mesa bandejas con gambas asadas, tacos de tiburón con salsa de moras y lomos de pato condimentados con pimienta y hierbas aromáticas. Creonte ordenó a los esclavos que rellenaran las copas y luego los dejaran de nuevo a solas.

Cuando la puerta se cerró, sacó de su túnica el papiro que le había entregado el hierofante y lo blandió ante él.

—Este documento lo ha escrito Eurimedonte, el sumo sacerdote de Deméter. —Aquello hizo que la atención se redoblara—. En él se acusa a Aristóteles del crimen de impiedad contra los dioses de Atenas. —Sus dedos apretaron con más fuerza el papiro—. Y la pena que se pide es la muerte.

Se oyeron algunas exclamaciones ahogadas que dieron paso a un silencio expectante. Creonte miró de reojo a Hipérides, el único con quien había hablado de aquello. El orador consideraba que el ambiente en la ciudad era el idóneo para presentar la acusación. No obstante, le había pedido que obtuviera antes la aprobación de los hombres que estaban presentes en aquella sala.

—Como podéis ver... —entregó el papiro al hombre que estaba a su derecha para que se lo fueran pasando—, contiene la firma del hierofante, y es una denuncia contra la que Aristóteles no tendrá modo de defenderse. Atenas ha sufrido durante años la humillación de que el maestro de Alejandro viviera entre nosotros, pavoneándose como si fuese un semidiós, protegido por el temor de unos y la ignominiosa admiración de otros. Con esta acusación podemos poner fin a la deshonra, y esta vez no creo que nadie encuentre motivos para demorarlo más: Alejandro ha muerto..., pese a que muchos lo consideraban de naturaleza inmortal —añadió con una sonrisa dura—; el general Antípatro tampoco puede proteger a Aristóteles y él mismo estará dentro de poco en el reino de Hades; y en el pueblo de Atenas es cada vez más intenso el odio a todo lo macedonio, sobre todo ahora que la muerte de Leóstenes los ha enfurecido.

Apoyó los puños en la mesa mientras los últimos hombres leían el documento. En los juicios que se celebraban en Atenas, los miembros del jurado se escogían al azar y en los casos de impiedad ascendían a quinientos uno. De ese modo se garantizaba que los veredictos de inocencia o culpabilidad reflejaran la voluntad mayoritaria de los atenienses.

Demóstenes fue el último en leer la acusación. Cuando terminó, miró a Hipérides con los labios tensos, sin que llegara a decir una palabra, y le devolvió el papiro a Creonte.

—Estamos ante un momento que la historia recordará —proclamó éste poniéndose de pie—. Los dioses se reservaron el honor de quitarle la vida a Alejandro, pero es el pueblo de Atenas quien va a ejecutar a su maestro. Propongo que brindemos por ello.

Cogió la copa de la mesa y la levantó, disimulando con una sonrisa la inquietud de que los demás no lo imitaran. Hipérides y otros hombres lo secundaron de inmediato. Sólo Demóstenes y otro político titubearon antes de unirse al resto del grupo.

Creonte notó que el nudo de su estómago se deshacía. La acusación se presentaría a la mañana siguiente y el proceso sería rápido. Hinchó los pulmones y exclamó con voz potente:

—¡Por la muerte de Aristóteles!

—¡Por la muerte de Aristóteles!

La esclava Hipólita, ayudante de cocina en la mansión de Creonte, oyó las voces de aquellos hombres poderosos a través de la fría pared en la que apoyaba la cabeza. Llevaba un rato escuchando, desde que su amo les había pedido que sirvieran la comida y abandonaran la sala.

Las arrugas de su ceño se hicieron más profundas en la oscuridad del pequeño almacén en el que se encontraba. Dirigió una rápida mirada hacia la puerta y siguió pensando a toda velocidad, aterrada ante la idea que se le había ocurrido.

«Ya debería haberme acostado —se dijo cada vez más alterada. No obstante, además de ayudar en la cocina era la responsable de que en la despensa hubiera todo lo necesario, por lo que algunas noches se quedaba un rato haciendo la lista de lo que había que comprar al día siguiente—. No tengo mucho tiempo; si voy a hacerlo, tiene que ser ya.»

Siguió sin moverse, con los puños tan apretados que las uñas se le clavaban en las palmas. La voz de Creonte volvió a alzarse al otro lado de la pared y todo su cuerpo se estremeció. Salió rápidamente al pasillo, dobló una esquina y de pronto su cabeza golpeó contra el pecho de Bitias.

El rostro quemado del guardaespaldas se contrajo con una expresión irritada e Hipólita se quedó sin aliento. En otra ocasión Bitias había estado tan cerca de ella como ahora, llevando un cuchillo con el que estaba a punto de atravesarla. Sintió el mismo terror que entonces y revivió el momento en que la joven Alesia se interponía dando un grito:

—¡Ella no ha hecho nada, yo liberé a Penélope!

Aquellas palabras le salvaron la vida, pero condenaron a la pobre muchacha. Creonte aferró el cuello de Alesia y Bitias le hundió el cuchillo en el vientre. Hipólita había contemplado espantada los violentos estertores de la muchacha, que seguía desangrándose a su lado en las pesadillas que la atormentaban por las noches. En ellas Bitias se apartaba del cadáver de Alesia y después le incrustaba a ella el cuchillo en las tripas.

Agachó la cabeza y pasó junto al guardaespaldas murmurando una disculpa. Bitias se limitó a soltar un gruñido de desagrado y ella continuó sin mirar atrás hasta que llegó a la despensa.

«¡Oh, dioses...!»

Cerró la puerta y se pasó las manos por los cortos cabellos blancos. Estaba sudando pese a que hacía bastante frío. Respiró hondo para tratar de tranquilizarse y pensó de nuevo en la idea que había tenido en el almacén.

El temor a Bitias hizo que las lágrimas acudieran a sus ojos y negara con rabia.

—No puedo —sollozó.

Las lágrimas descendieron por su rostro, como cada noche cuando despertaba de sus pesadillas. Notó el sabor salado en los labios, se las secó con el borde de la túnica y abandonó la despensa. Al llegar al dormitorio que compartía con otras esclavas, pasó de largo y continuó hasta la entrada de las cuadras.

Se aseguró de que nadie la veía, entreabrió la puerta y se deslizó por el hueco.

Cerró con sigilo y avanzó a ciegas por una oscuridad que olía a paja húmeda y estiércol. El miedo a que la descubrieran era tan intenso que le dolía el pecho. Sus manos extendidas chocaron con la puerta exterior y agarró a tientas el madero que la mantenía atrancada.

Tiró de él y logró levantarlo, pero no lo suficiente para liberar las puertas. Apretó la mandíbula, se apuntaló mejor y volvió a tirar, tensando al máximo los músculos de su cuerpo fibroso. El madero se desplazó y consiguió apoyar una esquina en el suelo sin que apenas hiciera ruido. El resto fue más sencillo y poco después asomaba la cabeza a la calle.

«Que los dioses me asistan.»

Salió al exterior y se sumergió en la noche de Atenas.

Capítulo 63

Atenas, diciembre de 323 a. C.

Penélope abrió los ojos en la oscuridad, todavía enredada en las telarañas del sueño. Lo único que se oía era la respiración pausada de Prometeo a su lado, pero estaba segura de que algo la había despertado.

Un momento después, percibió un tintineo débil y se volvió hacia la entrada del dormitorio.

«Hay alguien en la puerta de la calle...»

Se incorporó en el lecho y se quedó escuchando. El sonido se repitió, ligero y rápido como el repique de una pequeña campana que tocaran apresuradamente. Prometeo se movió entre las sábanas y respiró con más fuerza.

—¿Ocurre algo? —murmuró con voz somnolienta.

—Creo que alguien está llamando a nuestra puerta, pero apenas se distingue...

Él iba a decir que quizás era el viento cuando también lo oyó. Cogió su espada de debajo de la cama y se sentó para pasar la correa por la cabeza y que el arma le colgara del costado. Penélope abrió la puerta del dormitorio, haciendo que la luna mitigara la oscuridad, y se estremeció con el frío del exterior. Prometeo se levantó y se apoyó en su bastón utilizando el brazo derecho.

—¿Quién es? —susurró cuando llegó a la puerta de la calle.

La respuesta, dubitativa, tardó un momento en producirse.

—¿Eres Prometeo?

—Sí. ¿Quién eres? —Le extrañó que se tratara de una mujer.

—Soy Hipólita..., la esclava de Creonte... Necesito hablar con Penélope.

Prometeo miró a su esposa, que asintió en silencio, y echó un vistazo a través de una rendija para asegurarse de que no había nadie más. En cuanto abrió, la mujer entró en el patio y cogió una mano de Penélope entre las suyas.

—Penélope, gracias al cielo... —Era tan menuda que bajo la luz irreal de la luna parecía una niña de pelo blanco—. Me he enterado de algo de lo que depende la vida de Aristóteles... Pero tenéis que prometerme que me ayudaréis —reclamó con voz temblorosa—. ¡Si me atrapan, me matarán!

—¿Qué ocurre con Aristóteles?

La esclava se volvió hacia Prometeo. Aunque su tamaño la impresionaba, negó con decisión.

—La información que tengo puede salvarlo. Pero no diré nada hasta que jures por tus ancestros que me pondréis a salvo de Creonte.

—Si lo que dices es cierto, ten por seguro que haré cuanto esté a mi alcance por ayudarte. —Prometeo se llevó una mano al pecho—. Lo juro por los dioses y por todos mis antepasados.

Hipólita miró a Penélope, que asintió para que confiara en él.

—Esta noche ha habido una reunión en casa de mi amo, con muchos personajes importantes. Han estado hablando de Aristóteles. Mañana presentarán contra él una acusación de impiedad en la que se pide la pena de muerte.

Los ojos de Prometeo se dilataron. Tomó una bocanada de aire gélido para rechazar las palabras de la esclava, pero comprendió que aquello era cierto, y que el jurado condenaría a Aristóteles.

Penélope reaccionó antes que él, entró en la casa y salió con tres gruesos mantos de lana. Le dio uno a la esclava y otro a Prometeo.

—Tenemos que irnos ya.

Cogió las dos jabalinas que estaban apoyadas contra el horno y abrió la puerta.

Bitias ladeó la cabeza sobre la almohada de lana y su respiración se volvió más lenta. Se dio cuenta de que se había apoyado en el lado izquierdo y cambió de posición con un gruñido de fastidio. Sólo oía por el oído izquierdo, tenía que evitar dormir sobre ese lado o sería incapaz de percibir a un enemigo que se acercara.

Estaba cansado y tardó poco en volver a adormecerse, pero al cabo de un rato entreabrió los párpados. Aunque tenía el sueño ligero, normalmente no le costaba dormirse a menos que hubiera un motivo para que estuviese inquieto.

Sus ojos se abrieron del todo al recordar a la mujer de pelo blanco que había chocado con él. No le había sorprendido su expresión asustada, era una de las esclavas que le tenían más miedo, pero ahora le daba la sensación de que en su comportamiento había algo furtivo.

«Parecía que ocultaba algún secreto... —Pensó en ello durante unos instantes y volvió a cerrar los ojos—. En todo caso, sería alguna estupidez.» Sólo se trataba de una mujer débil e insignificante, una ayudante de cocina que a lo sumo se habría quedado con algo de comida destinada a sus amos.

Los recuerdos de la jornada se desvanecieron poco a poco y lo envolvieron las primeras imágenes del sueño.

Un leve espasmo contrajo sus labios quemados. Dejó escapar un largo resoplido y se incorporó en la cama. Atender a los susurros del instinto le había salvado la vida en más de una ocasión. Salió al pasillo, cansado e irritado, cogió un pequeño fanal que ardía en una hornacina y se dirigió a los dormitorios de las esclavas. Entró en el más cercano y examinó con el resplandor del fanal los lechos de paja repartidos por el suelo. Algunas mujeres dormían, otras levantaron la cabeza bizqueando por la luz. Todos los lechos estaban ocupados, pero allí no estaba la esclava que buscaba, no debía de ser su dormitorio. Entró en el siguiente cuarto y de inmediato advirtió que uno de los lechos estaba vacío. Echó un vistazo a los demás y comprobó que la que faltaba era la ayudante de cocina.

—¿Dónde está la esclava del pelo blanco? —le preguntó a una mujer que lo contemplaba con la manta apretada contra el pecho.

—¿Hipólita? —La mirada de la esclava se dirigió al lecho vacío—. No lo sé... A veces se queda un rato en la despensa para ver qué es lo que hay que comprar al día siguiente.

Bitias atravesó rápidamente la mansión. Su instinto ya no se limitaba a susurrarle. Cruzó la cocina y entró en la despensa.

Estaba vacía.

Masculló una maldición. A veces Creonte se llevaba una esclava a su lecho, pero nunca tan mayor como ésa. Tampoco estaría en el dormitorio de los esclavos; el de los hombres se cerraba con llave para evitar que la servidumbre tuviera hijos sin que los amos lo permitieran. Se dirigió al patio pese a que suponía que el esclavo portero no sabría nada. Una esclava de confianza podía salir y entrar con cierta libertad durante el día, pero nunca de noche. Además, escapar de Atenas sin ayuda era prácticamente imposible para un esclavo, y los intentos de fuga se castigaban con mucha dureza.

«¿Dónde se ha metido esa...?»

Se detuvo en seco al pasar delante de las cuadras. Abrió la puerta, levantó el fanal y avanzó con los ojos entornados a través del aire cargado. Las hojas de la puerta exterior estaban cerradas..., pero el madero que debía atrancarlas se encontraba en el suelo.

Se dio la vuelta y se alejó a grandes zancadas para avisar a Creonte.

Capítulo 64

Atenas, diciembre de 323 a. C.

—¿Estás segura de que eso es lo que oíste? —En la mente de Aristóteles los pensamientos se arremolinaban como las hojas en un torbellino—. ¿La acusación es por impiedad y se va a presentar mañana?

—Yo estaba justo al otro lado de la pared, lo oí perfectamente. —La esclava bajó la mirada—. Incluso brindaron por tu muerte.

Penélope rodeó los hombros delgados de Hipólita con un brazo. Se encontraban en una sala de la residencia de Céfalo, el ateniense que había acogido a Aristóteles, y la exigua luz de una lámpara permitía distinguir el rostro crispado de la esclava.

—Conozco a Hipólita de la época que pasé en la casa de Creonte. Estoy convencida de que no se está inventando nada.

Céfalo dio un paso hacia Aristóteles. Tenían la misma edad, pero las bolsas de sus ojos y su espalda encorvada lo hacían parecer mayor.

—Debes irte de Atenas lo antes posible. —Se retorció las manos—. No tienes alternativa.

—Hay que salir ahora mismo —insistió Prometeo—. Tal vez Creonte no se entere de la fuga de la esclava hasta que se haga de día, pero también es posible que lo averigüe antes. Y en cuanto lo haga, puede sospechar que te vas a enterar de la acusación y hará cuanto esté en su mano para evitar que escapes.

Aristóteles asintió en silencio. Abandonar el Liceo era como arrancarse el alma, pero estaba de acuerdo en que no había otra opción.

Céfalo se dirigió a la puerta de la sala.

—Uno de mis barcos tenía previsto zarpar del Pireo pasado mañana. Enviaré un hombre para que le diga al capitán que se prepare para partir cuanto antes. —Salió para dar las instrucciones, y añadió que dispusieran un carromato con dos caballos y mercancía bajo la que se pudiera ocultar Aristóteles.

—Hipólita también tiene que irse de Atenas —intervino Penélope—. Su vida corre peligro y nos hemos comprometido a ponerla a salvo.

—Por supuesto. —Aristóteles inclinó la cabeza hacia la esclava—. Te ocultarás conmigo en el carromato. Y si conseguimos llegar al barco, iremos a Calcis y te daré el dinero necesario para que puedas vivir como mujer libre.

Hipólita musitó un agradecimiento. Aquello era más de lo que había soñado, pero su mente estaba bloqueada por el terror que sentía hacia Creonte y Bitias.

Prometeo habló de nuevo.

—Yo os seguiré en un carro...

—Os seguiremos. —El tono de Penélope era tan firme como su mirada.

—... os seguiremos, a cierta distancia para no llamar la atención de los soldados al cruzar las murallas, pero sin perderos de vista por si aparecen hombres de Creonte.

—Os agradezco todo lo que estáis haciendo por mí. —Aristóteles puso una mano sobre la de Prometeo que sujetaba el bastón—. Por otra parte, creo que no es buena idea que os quedéis en Atenas. Si yo consigo escapar, Creonte va a poner aún más empeño en perjudicaros. Ya hizo que te enviaran a la guerra cuando no deberías haber ido, y es capaz de volver a lograrlo. —Su mirada se desplazó a Penélope—. Deberíais venir conmigo a Calcis.

Prometeo arrugó el ceño. Atenas era su patria, su hogar, como lo había sido de sus antepasados. En el patio se oyó el relincho de uno de los caballos que estaban enganchando al carromato y miró hacia la ventana antes de volverse hacia su esposa.

Los ojos de Penélope le rogaban que aceptara.

—De acuerdo. —Envolvió con su mano libre la de Aristóteles—. Ahora vamos a ocuparnos de lo más urgente, que es sacarte de la ciudad.

Una hora más tarde, Penélope escrutaba el muelle a través de la penumbra que proporcionaba la media luna que pendía sobre ellos. A su izquierda los barcos se movían lentamente en un mar que tenía la negrura amenazante de un abismo.

—Estamos a sólo un par de estadios —susurró uno de los hombres de Céfalo.

Penélope asintió. Habían cruzado sin problemas la muralla de Atenas, los Muros Largos y finalmente la muralla del Pireo. Después se habían juntado y ahora su carro avanzaba al lado del carromato en el que se ocultaban Aristóteles y la esclava.

—Los marineros ya deben de tener el barco preparado —dijo Prometeo en voz baja. Los dos permanecían atentos a distinguir algo entre los sonidos que les llegaban: la respiración de los caballos, el suave traqueteo de los carros, el crujido ocasional de alguna embarcación...

La mano de Penélope se tensó sobre la pierna de Prometeo.

—¡Jinetes! —Se irguió bruscamente y miró hacia atrás.

Se le heló la sangre al distinguir a Bitias.

En total eran cuatro hombres, que un momento después los adelantaron y se detuvieron frente a ellos. Bitias desenvainó la espada con una grotesca mueca de satisfacción en su rostro deforme.

—Prometeo y Penélope, qué sorpresa tan agradable. —Señaló el carromato con la respiración jadeante—. Y Aristóteles debe de estar ahí, escondido como una rata... Pero dentro de poco estará en manos de Creonte. —Hizo un gesto y los otros mercenarios desenfundaron sus espadas.

Penélope se movió con la rapidez de una serpiente. Cogió una de las jabalinas, saltó al suelo y echó el brazo hacia atrás. Apuntaba a Bitias, pero el guardaespaldas se dejó caer sobre el lomo de su montura y ella cambió de objetivo al tiempo que arrojaba su arma.

La punta de hierro atravesó el peto de cuero de uno de los mercenarios y se le hundió en el vientre.

El hombre soltó la espada y se aferró a la jabalina. Intentó arrancársela sin conseguirlo y se derrumbó. Otro mercenario arremetió contra Penélope, que se arrojó al suelo y rodó bajo las patas de sus caballos. Prometeo se echó hacia delante y su espada golpeó la del mercenario haciendo que retrocediera.

—¡Cargad contra ellos! —les gritó a los hombres de Céfalo.

Penélope se subió al carro de un salto y Prometeo sacudió las riendas. Avanzaron junto al carromato y los mercenarios parecieron dudar, pero Bitias ordenó que embistieran y lanzó su caballo de batalla contra las monturas del carromato. Chocó con una de ellas, le dio un espadazo en el cuello y el animal se desplomó.

Bitias y uno de sus hombres atacaron a los guardias de Céfalo, pero éstos eran buenos luchadores y lograron detener las primeras acometidas. Prometeo contuvo al tercer mercenario mientras Penélope saltaba por la parte de atrás del carro y tiraba de las telas que cubrían a Aristóteles e Hipólita.

—¡Vamos, tenéis que salir!

Usaron brazos y piernas para desembarazarse de los sacos de grano y las capas de tela que los cubrían. Cuando emergieron, pálidos y sudorosos, Penélope los ayudó a bajar para que se metieran con ella en el estrecho pasillo que se había formado entre los carros.

—¡Cuidado!

El grito de Prometeo hizo que retrocedieran hacia las monturas. Uno de sus enemigos estaba rodeando los carros para atacarlos, pero Prometeo llegó antes que él y bloqueó la entrada del pasillo. Bitias y el otro mercenario se unieron a su compañero y los guardias de Céfalo se desplazaron hasta la parte trasera de la plataforma del carromato. El combate se convirtió en un entrechocar de espadas en el que a los mercenarios no les suponía una ventaja ir a caballo. No podían embestir contra los carros ni meterse en el hueco en el que se había refugiado Aristóteles con la esclava.

Uno de los jinetes tiró de las riendas para que su caballo se irguiera frente a Prometeo. Acto seguido se abalanzó sobre él con la espada, pero la envergadura de Prometeo y la jabalina de Penélope impidieron que se acercara lo suficiente y tuvo que retroceder a toda prisa para que no lo hirieran. Las patas traseras de su montura superaron el borde del muelle y el animal sacudió el cuerpo mientras trataba de apoyarse en el vacío. El mercenario saltó al suelo y su caballo cayó a las aguas oscuras con un fuerte chapoteo.

Bitias soltó un grito de rabia. Se irguió sobre su montura y miró más allá de los carros con los dientes apretados. Debían de estar cerca del barco de Céfalo, si aparecían los marineros podrían quedar en desventaja.

—¡Desmonta! —ordenó al otro jinete—. Será más fácil acabar con ellos a pie.

Bajaron al suelo y avanzó con uno de sus hombres a cada lado. Los guardias de Céfalo saltaron del carromato y se colocaron delante de Prometeo y Penélope.

—¡Corred, el barco está a menos de dos estadios!

Los mercenarios se precipitaron contra los hombres de Céfalo, que lograron contener el primer ataque gracias a que los carros impedían que los rodearan. La esclava salió por el otro lado y echó a correr hacia el extremo del muelle. Aristóteles y Penélope la siguieron, pero se detuvieron al ver que Prometeo se estaba quedando muy rezagado.

—¡Seguid! —Prometeo agitó la espada desesperado al ver que no le hacían caso—. ¡Penélope, pon a salvo a Aristóteles!

Ella miró al filósofo sintiéndose desgarrada. Aristóteles negó en silencio, pero el siguiente grito de Prometeo hizo que Penélope lo cogiera del brazo y echara a correr de nuevo.

Prometeo se apoyaba en el bastón con el brazo lisiado y avanzaba a trompicones mientras intentaba ignorar el dolor cada vez más intenso de su rodilla. A su espalda se iba alejando el ruido metálico del combate.

De pronto oyó algo que hizo que su corazón diera un vuelco.

Se giró y vio a Bitias cabalgando hacia ellos. Levantó la espada y trató de interponerse, pero el guardaespaldas lo esquivó y continuó hacia Penélope y Aristóteles. Poco después los alcanzó y giró bruscamente el caballo para cortarles el paso.

Penélope se detuvo y tiró de Aristóteles para que se pusiera detrás de ella.

—Quédate a mi espalda —dijo sin apartar la mirada de Bitias.

El guardaespaldas extendió la espada hacia un lateral en posición de ataque y Penélope agarró la jabalina con ambas manos. En la oscuridad del muelle los ojos de Bitias eran dos agujeros negros, pero ella podía sentir su odio. De pronto clavó los talones en el vientre del caballo y Penélope adelantó la jabalina, aferrándola con fuerza mientras su enemigo se abalanzaba sobre ellos. El guardaespaldas echó la espada hacia atrás como si tomara impulso para decapitarla y ella apuntó la jabalina hacia su pecho. En el último momento, Bitias se inclinó hacia el otro lado del caballo y lanzó una patada contra su costado.

La bota de cuero hizo que sus costillas crujieran y salió despedida contra Aristóteles.

Bitias tiró de las riendas y detuvo su montura. Cuando intentó que diera la vuelta, una de las patas delanteras cedió y estuvo a punto de caer.

—Maldita perra... —Ni siquiera sabía cómo lo había hecho, pero la espartana había conseguido herir a su caballo. Vio que Prometeo estaba llegando a su altura, tambaleándose como un toro herido, y desmontó de un salto.

Se volvió hacia Penélope. Yacía en el suelo completamente inmóvil. Aristóteles también había caído y se encontraba junto a ella tratando de incorporarse.

—Tu tiempo se ha acabado. —Aristóteles lo miró aturdido y Bitias lo señaló con la espada—. En cuanto acabe con Prometeo, me ocuparé de ti.

Esbozó una sonrisa cruel mientras Prometeo se acercaba. Aunque tenía un tamaño descomunal, cojeaba mucho más que antes de ir a la guerra y además estaba lisiado del brazo de la espada.

—¿Crees que puedes salvar a Aristóteles y a tu zorra espartana? —Los labios abrasados se retrajeron todavía más—. Ellos ya están tan muertos como tú.

La espada de Prometeo se movió con rapidez. Bitias saltó hacia un lado, interponiendo su arma para desviar el ataque, y con el otro brazo lo golpeó con fuerza en la mandíbula.

—Esto va a ser más fácil de lo que pensaba —dijo riendo—. Ni siquiera estás acostumbrado a manejar la espada con el brazo izquierdo.

Amagó hacia la mano del bastón y Prometeo respondió con un ataque corto. Bitias lo detuvo con facilidad y se movió hacia el lado del bastón, donde él no podía defenderse. Volvió a amagar, giró con rapidez y lanzó otro ataque. Prometeo apenas pudo pararlo y él siguió girando y lanzando golpes.

De pronto se agachó y partió el bastón de un espadazo.

Prometeo sintió que perdía el equilibrio; trató de apoyarse de forma instintiva en el trozo de bastón que todavía agarraba y la pierna le falló. Se precipitó hacia el suelo y cayó sobre las manos, sin llegar a soltar su arma, pero Bitias se abalanzó sobre él y estrelló contra su cabeza la empuñadura de bronce de la espada.

El guardaespaldas gruñó de placer al ver que Prometeo se desplomaba. Se arrodilló junto a su cabeza, agarró la espada con ambas manos y apoyó la punta en la nuca de Prometeo.

«Me dejaste sordo, y ahora yo te mando al Hades.»

Bitias tensó los brazos y lanzó un grito terrible cuando el dolor estalló junto a la base de su cuello. Cayó de lado sin dejar de gritar, manoteando contra la jabalina que acababa de atravesarle la clavícula y los gruesos músculos que la rodeaban.

—¡Prometeo! —Penélope se arrodilló junto a él. Tenía una mano apretada contra el costado y el rostro contraído de dolor. Aristóteles llegó un momento después y cogió un brazo de Prometeo para arrastrarlo, pero pesaba demasiado.

Prometeo gimió y movió la cabeza despacio.

—¡Vamos, levanta! —gritó Penélope tirando de él en vano.

Bitias seguía soltando alaridos con una mirada enloquecida. Tenía un brazo paralizado, pero con el otro todavía sujetaba la espada y logró ponerse de rodillas. Se acercó a Aristóteles sin que éste lo advirtiera y levantó su arma para hundirle en el pecho la hoja afilada.

—¡No!

Penélope agarró la jabalina que sobresalía del cuerpo de Bitias y tiró agrandando la herida. El mercenario cayó al suelo chillando como un animal destripado. Prometeo se había incorporado sobre los codos y Penélope se unió a Aristóteles para intentar levantarlo. Consiguieron ponerlo en pie y avanzaron lentamente hacia el barco en el que Aristóteles tenía que escapar de Atenas.

A su espalda, Bitias juraba a gritos que algún día los mataría.

Capítulo 65

Calcis, marzo de 322 a. C.

Penélope se acercó por detrás a Prometeo. Su esposo llevaba un rato de pie al borde de un acantilado, mirando en la dirección en la que se encontraba Atenas. Estaban en las afueras de Calcis, en la isla de Eubea, y el brazo de mar que los separaba de la Grecia continental apenas medía un estadio en aquel punto.

—Hola...

Prometeo le devolvió la sonrisa con aire distraído y siguió mirando hacia las montañas que se elevaban al otro lado del estrecho. Penélope inspiró el aire fresco que llegaba del mar agitado y se llevó una mano al costado. La patada de Bitias le había roto dos costillas y una de ellas se había hundido. Aristóteles le había hecho llevar durante más de un mes un vendaje apretado y había insistido en que no montara a caballo ni realizara movimientos bruscos hasta que el dolor desapareciera.

Pero nada de eso le importaba en aquel momento.

Se quedó junto a su esposo, que ya apenas necesitaba el bastón para sostenerse, y apoyó la cabeza en su hombro. Prometeo se volvió hacia ella y encontró en su semblante una felicidad serena que hizo que él también sonriera.

—¿Por qué estás tan feliz?

Penélope lo miró y su sonrisa se expandió con un ligero temblor.

—Prometeo... —El brillo de unas lágrimas asomó a sus ojos plateados—. ¡Estoy embarazada!

La sonrisa de Prometeo se convirtió en una expresión de asombro, y un instante después regresó con mayor intensidad que nunca. Abrazó a Penélope y la levantó riendo y sintiéndose bendecido por los dioses. Ella también reía, aunque al cabo de un momento la risa se convirtió en un gemido.

—¿Qué ocurre? —Prometeo la dejó en el suelo—. ¿Son las costillas?

—Sí... Ya apenas me molestan, salvo cuando me abraza un gigante.

—Perdóname... —Prometeo puso la mano con suavidad sobre su vientre, extasiado ante el prodigio de que allí estuviera creciendo su hijo—. A partir de ahora tendré mucho más cuidado.

Se inclinó para besarla con delicadeza, y Penélope lo atrajo para prolongar el beso.

Aristóteles, sentado al sol en el amplio patio de la granja, estiró un brazo y cogió el rollo de papiro que había sobre la mesa de piedra. Se lo había enviado Teofrasto, junto a una carta en la que le informaba de la situación en Atenas y en el Liceo.

—¿Sabéis quién escribió este libro?

Su hija Pitias negó y Nicómaco se encogió de hombros. El pequeño había estado persiguiendo gallinas antes de que los llamara y tenía la respiración agitada.

—Su autor es Protágoras de Abdera. Fue discípulo de Demócrito, y sin duda uno de los sofistas que mejor razonaban en sus escritos. Esta obra se llama *Sobre los dioses.* En ella comienza diciendo que considera imposible saber si los dioses existen o no. Y si existen, que es imposible saber cómo son. Por manifestarse de ese modo, los atenienses lo desterraron, ordenaron que quien tuviera un libro suyo lo entregara y los quemaron todos en el ágora.

Devolvió el rollo de papiro a la mesa. Le había costado una pequeña fortuna, pero consideraba que lo valía como símbolo de la intransigencia de muchos hombres frente a razonamientos que no comparten o que hacen que se sientan amenazados.

—¿Quieres que lo leamos, padre?

Aristóteles contempló a su querida Pitias. Ya tenía catorce años y era una mujercita muy bella y responsable, además de una hija cariñosa. Se sintió un hombre afortunado.

—Es una obra escrita con notable agudeza, por ello me

gustaría que leyerais al menos el primer capítulo junto a vuestros pedagogos.

Las finas cejas de Nicómaco se arrugaron; aunque seguía siendo un niño con un gran interés por aprender, estaba claro que en aquel momento prefería volver a su juego con las gallinas.

—Tú puedes leerlo esta tarde conmigo. —El rostro de Nicómaco volvió a iluminarse—. Y recuerda que en la educación a veces las raíces son amargas, pero el fruto es dulce.

Le dio permiso para irse y su hijo se alejó corriendo mientras Pitias se sentaba a su lado. Al cabo de un momento apareció Herpilis, cambiándose de una mano a otra un trapo en el que había envuelto una piedra caliente.

—Si quema mucho, puedo envolverla un poco más.

Aristóteles cogió el trapo con la piedra y se lo puso sobre el estómago.

—Así está bien, muchas gracias.

El calor aliviaba el dolor que lo incomodaba desde hacía años. Herpilis le acarició el rostro y señaló la carta que había sobre la mesa. El sello de cera marrón revelaba que procedía de Teofrasto. Antes de que preguntara por ella, la puerta de la calle se abrió y entraron Prometeo y Penélope. A Herpilis le llamó la atención lo felices que parecían y aguardó expectante a que hablaran.

—Bueno... —Prometeo los miró un tanto cohibido, lo que no era propio de él—. Parece que es voluntad de los dioses que nos convirtamos en padres: Penélope ha quedado encinta.

—¡Por Hera, qué maravillosa noticia!

Herpilis abrazó a Penélope y Pitias se levantó para besarla. Aristóteles dejó la piedra caliente sobre la mesa y cogió la mano de Prometeo entre las suyas. Lo conocía desde que era un bebé y sentía que de algún modo su paternidad lo convertiría a él en abuelo.

—Te felicito, mi querido Prometeo. Y también a vuestro hijo que está en camino, porque no podría tener mejores padres. —Se acercó a Penélope para darle la enhorabuena y luego se volvió hacia uno de los esclavos que estaban en el patio—. Doro, trae vino y copas, vamos a hacer una libación.

El esclavo desapareció en el interior de la vivienda y ellos se dirigieron al pequeño altar de piedra que había en un lateral del patio. Doro les llevó el vino, Aristóteles alzó su copa y los demás lo imitaron. Le había pedido a Pitias que participara y la joven mantenía una expresión solemne.

—¡Por Hera, diosa madre, por Atenea Prómacos, protectora de los atenienses, y por Ártemis Ortia, patrona de las espartanas!

Dieron un sorbo al vino y arrojaron el resto a los pies del altar.

Una vez terminada la ofrenda, se sentaron alrededor de la mesa y Prometeo se fijó en la carta de Teofrasto. El principal discípulo de Aristóteles había quedado a cargo del Liceo y escribía a su maestro con frecuencia.

—¿Todo marcha bien en el Liceo?

Aristóteles asintió con gesto resignado.

—Teofrasto está haciendo una excelente labor. Algunos de los proyectos que yo encabezaba están yendo más despacio, pero a cambio los incidentes hostiles contra la escuela han desaparecido. —Forzó una sonrisa—. Por fortuna, lograsteis que escapara antes de que se presentase la acusación. Al Liceo le habría hecho mucho daño que Atenas declarara a su fundador culpable de impiedad y lo condenara a muerte.

Prometeo asintió sin decir nada. Le hubiera gustado poder afirmar que las circunstancias iban a cambiar en poco tiempo permitiendo que Aristóteles regresara. Sin embargo, la evolución de la guerra hacía que los hombres que encabezaban la facción belicista vieran su posición más reforzada cada día.

«Ni los más optimistas esperaban tal sucesión de victorias.»

El general macedonio Leonato había acudido finalmente desde Frigia para socorrer a Antípatro. Antes de que llegara a Lamia, el ejército griego abandonó el asedio y se lanzó contra él. En la enorme batalla que tuvo lugar, los griegos se impusieron y el propio Leonato perdió la vida.

—¿Teofrasto dice si hay alguna novedad en la guerra?

Gracias a sus cartas sabían que Antípatro había salido de

Lamia aprovechando que el ejército griego levantaba el asedio. Con las tropas que le quedaban, más las que logró reunir del ejército derrotado de Leonato, regresó a su patria. En su último mensaje, Teofrasto les había dicho que Antípatro permanecía en Macedonia, mientras que las fuerzas griegas se mantenían acantonadas en Tesalia.

—Lo mismo que en la anterior carta. —Aristóteles se daba cuenta de que Prometeo trataba de disimular la preocupación que sentía por el destino de su ciudad—. El ambiente en Atenas es de euforia, pero saben que antes o después tendrán que enfrentarse a una gran flota macedonia. Necesitan construir todas las naves posibles antes de que eso ocurra.

Herpilis permanecía en tensión mientras hablaban de la guerra. Ahora que estaban juntos y vivían tranquilos, no quería que nada cambiara eso. A su lado Penélope se estiró para dejar la copa en la mesa, y ella se percató de la mueca que crispaba fugazmente el rostro de su amiga.

—¿Qué te ocurre?

—No es nada, no te preocupes.

Aristóteles se volvió hacia Penélope.

—¿Se trata de las costillas? —En el modo de observarla había algo que hizo que ella se inquietara.

—Sí... Me molestan un poco más últimamente.

Aristóteles asintió con aire reflexivo.

—Vamos dentro, déjame que les eche un vistazo.

Accedieron a una de las habitaciones que daban al patio y Penélope se quitó el broche que sujetaba la túnica. Aristóteles le examinó el costado y palpó con suavidad las costillas fracturadas.

—No hay hematomas ni inflamación... —Sus dedos llegaron a un punto donde dejó de sentir el hueso—. El vendaje que llevaste sirvió para que sanaran las heridas que te hizo la costilla rota, pero el hueso sigue hundido. —Se puso de pie y Herpilis ayudó a Penélope a colocarse la túnica—. En otras circunstancias te pondría otro vendaje y te diría que evitaras engordar, pero con el embarazo ninguna de las dos cosas es posible. Me temo que la presión interna contra el hueso fracturado va a ser cada vez mayor.

Herpilis vio que Penélope palidecía al oír aquello. Ella también había pasado por un embarazo y pensó en lo horrible que sería tener una costilla clavándose como un cuchillo mientras no parabas de engordar. Quiso preguntar qué era lo que se podía hacer, pero se contuvo mientras Aristóteles observaba a Penélope pensativo.

—Hay que evitar las posiciones en las que aumenta la presión... —El filósofo estaba rememorando todo lo que figuraba sobre aquel tema en los tratados hipocráticos y en su propia enciclopedia de medicina—. Eso es, no debes tumbarte boca arriba ni sobre ese costado. Voy a encargar que te hagan una cama especial, con la inclinación adecuada para que puedas dormir sin necesidad de tumbarte. Según avance el embarazo habrá que tener más cuidado, pero moviéndote poco y durmiendo en esa cama no creo que haya problemas.

Pese a que el tono de Aristóteles era sereno, Herpilis se dio cuenta de que su esposo estaba preocupado.

Doro salió de una taberna del puerto de Calcis y echó a andar bajo la lluvia.

El siguiente edificio era un burdel con las ventanas cerradas y el encalado del muro salpicado de desconchones que mostraban sus entrañas de ladrillo. Una mujer gruesa, demasiado maquillada incluso para una prostituta en mitad de la noche, le mostró un pecho desde la puerta mientras soltaba obscenidades que habrían avergonzado a un estibador.

«¡Eres repugnante!», quiso gritarle Doro, pero bajó la mirada y se alejó mortificado por las carcajadas de desprecio de la mujer.

El nudo de su estómago se cerró un poco más.

—Aristóteles tiene la culpa de que no pueda estar con Apolonia —murmuró.

Ninguna mujer podía compararse con ella, a excepción tal vez de la joven Pitias. Esa tarde, mientras llenaba su copa, habían estado tan cerca que había podido percibir el aroma cálido de su piel de adolescente..., pero también el desdén que irradiaba hacia él.

«Nunca podré disfrutar de ella.» Siguió caminando sobre un suelo cada vez más embarrado. Nunca disfrutaría de Pitias, a menos que cometiera una locura...

Negó con la cabeza y varias gotas se desprendieron de su rostro empapado. Apolonia era la mujer con la que quería estar. Con ella no sólo no se había sentido rechazado, había llegado a sentir que lo amaba.

Por eso había concebido un plan para recuperarla.

Entró en la siguiente taberna que admitía esclavos y se dirigió con la cabeza agachada a una mesa libre en un rincón poco iluminado. Igual que en Atenas, en Calcis cada cinco días le dejaban salir algunas horas y le daban un par de óbolos. Además, a veces se ofrecía voluntario para hacer trabajos adicionales, lo que le había permitido ahorrar algunas dracmas.

Pidió una copa del vino más barato y observó a los marineros que bebían en la taberna. También había algunos esclavos, pero para su plan necesitaba un marinero.

Llevaba allí una media hora cuando echó la silla hacia atrás y se levantó procurando no llamar la atención. Al otro lado de la taberna había un joven que bebía solo con aire aburrido. Tenía un rostro amable y algo ingenuo, no debía de tener más de dieciséis años. Parecía ser lo que estaba buscando desde que Aristóteles había llegado a Calcis: alguien que se dejara conmover por la historia que le contara y estuviese dispuesto a hacer algo por él a cambio de unas dracmas.

Lo primero que tenía que averiguar era si el joven iba a pasar en algún momento por Atenas. Avanzó en su dirección sorteando mesas en las que los hombres bebían y discutían a gritos sobre quién vencería en el siguiente enfrentamiento entre macedonios y griegos. La puerta se abrió de pronto y una ráfaga de aire cargado de llovizna apagó algunas velas. Doro retrocedió para dejar paso a los tres hombres que entraron entre risotadas. Fueron hasta la mesa del joven con el que había pensado hablar y se sentaron con él.

Doro masculló un juramento y se adentró en la noche lluviosa con la boca apretada en una mueca de obstinación.

Antes o después, encontraría a alguien que llevara su mensaje a Creonte.

Capítulo 66

Atenas, junio de 322 a. C.

Creonte recorrió con la mirada el enorme trirreme que estaban construyendo.

—No es suficiente. Ya debería estar acabado y le queda por lo menos una semana.

—Es imposible ir más rápido. —El maestro constructor era robusto, de hombros caídos, con una barba espesa y los ojos enrojecidos por el cansancio—. Tengo hombres trabajando día y noche desde hace casi un año. Todos sabemos lo que está en juego, y yo mismo llevo una semana durmiendo en este maldito astillero, pero no se puede ir más rápido.

Creonte desvió la mirada hacia el enjambre de carpinteros, herreros y calafateadores que se afanaba sobre el trirreme. Aquel hombre se quejaba por un poco de sueño, mientras que él había gastado más de la mitad de su fortuna en salarios, armas y barcos para el ejército que lideraba Atenas.

Contuvo su irritación y se obligó a esbozar una sonrisa. Bitias permanecía un par de pasos detrás de él, silencioso como una sombra.

—Disculpa mi impaciencia. Estáis haciendo un gran trabajo, pero sabes que hemos mandado ciento cincuenta naves a luchar contra más de doscientas de los macedonios. Vamos a enviar otra flotilla dentro de pocos días, y es vital que esté compuesta de al menos veinte trirremes, entre ellos éste.

—En cinco días habremos acabado. En seis estará flotando en el puerto, listo para navegar. Y, como bien sabes, será el tercer trirreme que construimos en menos de un año.

Creonte aceptó sus palabras con una inclinación de cabeza.

—Nadie puede negar que es un gran logro, todo lo contrario. —Ya le había presionado suficiente; si buscaba una palmadita como un perro, no tenía inconveniente en dársela.

El hombre bajó la voz, pese a que el martilleo constante resonaba en las paredes del astillero y los trabajadores hablaban a gritos.

—¿Seguimos sin saber nada de la flota?

—Lo mismo que hace unos días. —Se habían producido algunas escaramuzas en las que no habían perdido ninguna nave. Era como si ambas armadas estuviesen evitando un choque directo. No obstante, antes o después tenía que producirse y toda Atenas estaba pendiente de eso—. Alejandro apenas nos dejaba tener barcos de guerra porque sabía que los atenienses somos los mejores marineros. —«O lo éramos en aquella época»—. Quién sabe, igual el almirante macedonio decide retirarse y nos conceden el dominio del Egeo. —Sonrió sin ganas ante su propia broma. El olor a brea le estaba empezando a dar dolor de cabeza y quería irse de allí.

Se despidió del maestro constructor y salió al exterior con Bitias. Se encontraban en el mayor de los dos puertos militares del Pireo. A lo largo del muelle había decenas de enormes cobertizos que servían para resguardar y reparar las naves, así como almacenes destinados a maromas, velas y otros aparejos. Aunque en algunos se veía una actividad intensa, la mayoría estaban vacíos.

«Atenas se está quedando sin recursos», se dijo con una ligera sensación de vértigo. Cada trirreme requería doscientos remeros, además de los marineros y un contingente de soldados para las maniobras de abordaje. Habían tenido que contratar como remeros y entrenar a toda prisa a miles de esclavos, jornaleros e incluso mercenarios. Cada vez resultaba más difícil equipar los barcos, por no hablar de construirlos. Cerca de Atenas no había bosques de calidad y la madera solía importarse de Tracia y de Macedonia, pero en esta ocasión habían tenido que recurrir a proveedores más lejanos que habían aprovechado su urgencia para cobrarles precios desorbitados.

Montaron en sus caballos y recorrieron al paso la ciudad del Pireo. Creonte pensaba enviar con los siguientes trirremes a algunos de sus propios guardias. Por supuesto, conservaría a

Bitias, que ya estaba de nuevo en plena forma. Durante dos meses había llevado un vendaje aparatoso y no había podido girar la cabeza, pero ya sólo le quedaban dos gruesas cicatrices como recuerdo de la jabalina que lo había atravesado la noche en que se fugó Aristóteles.

Cruzaron las murallas del Pireo y continuaron hacia Atenas cabalgando entre los Muros Largos. En algunos puntos había brigadas de albañiles reforzando las murallas y cerca de la ciudad se estaba construyendo una nueva torre. Los muchachos que normalmente jugaban en los Muros Largos contemplaban el trabajo de los albañiles mientras hablaban de la guerra con la misma mezcla de esperanza e inquietud que los adultos en el ágora. Sabían que el general Crátero se había puesto en marcha hacia Macedonia con los diez mil veteranos que había licenciado Alejandro dos años antes. Por su parte, Antípatro llevaba varios meses en Macedonia reclutando hombres.

«Cuando Crátero una sus fuerzas a las de Antípatro, su ejército será más numeroso que el nuestro», reflexionó Creonte. Desde que se habían levantado contra Macedonia habían salido victoriosos cada vez que se habían enfrentado, pero tenía que reconocer que el panorama se había vuelto más sombrío. Aunque su caballería seguía siendo la más poderosa, el ejército griego que permanecía en Tesalia debía de tener la mitad de efectivos que el ejército combinado de Antípatro y Crátero.

Ascendieron la colina de las Ninfas y traspasaron la muralla que separaba Atenas de los Muros Largos. En aquel punto también había obreros colocando piedras en las murallas. Creonte dirigió la mirada hacia la Acrópolis mientras descendían la otra ladera y contempló la estatua de Atenea Prómacos. La diosa guerrera tenía su lanza levantada para amenazar a los enemigos de Atenas. Era una imagen que reconfortaba a todos los atenienses, pero Creonte frunció el ceño al darse cuenta de algo en lo que nunca había pensado. Atenea apuntaba su arma hacia el sureste, en dirección a Esparta, la enemiga tradicional de Atenas en la época en que Pericles le había encargado a Fidias aquella estatua, pero ahora sus enemigos se situaban al norte y al oeste.

«De espaldas a Atenea...»

Se le revolvió la tripa al sentir que aquello era un presagio, como si en esa ocasión la diosa no fuera a protegerlos. De inmediato se recriminó por ello, siempre había criticado a quienes consideraban que todo era una señal de los dioses.

Sin embargo, cuando entró en su casa seguía dándole vueltas.

—Ha llegado un mensaje de Hipérides —le informó un esclavo tendiéndole un papiro.

Creonte rompió el sello y leyó el breve texto mientras se dirigía a su sala de trabajo.

«*Se ha producido una batalla naval.* —Se le erizó la piel al ver aquellas palabras y continuó leyendo en vilo—. *Nos hemos retirado. Hemos perdido tres o cuatro naves. Necesitamos reforzar la flota cuanto antes.*»

—Tres o cuatro naves... —Era una pérdida menor, parecía más una retirada estratégica que una derrota, pero podía ser suficiente para aumentar la confianza de sus enemigos. Volvió a leer el mensaje. Hipérides no mencionaba pérdidas en la flota macedonia, así que probablemente no las había habido.

Dejó el pergamino en la mesa y se sirvió una copa de vino sumido en sus reflexiones. Aún no había dado el primer trago cuando un esclavo llamó a la puerta y le comunicó que había llegado un mensajero.

—¿Lo envía Hipérides?

—No ha dicho quién lo envía, sólo que trae un mensaje. Es un chico joven, con ropa de marinero.

Creonte arrugó el ceño.

—Está bien. Traedlo aquí.

Echó un vistazo a la mesa y le dio la vuelta al mensaje de Hipérides para que no se viera el texto. Al cabo de un momento entró un chico de rostro atezado, con el pelo castaño claro y una pelusa rubia en el mentón y las mejillas.

—¿Quién te envía?

Una sonrisa titubeó y se apagó en el rostro del joven.

—Sé que sonará raro, pero traigo un mensaje para una esclava. —Omitió que había cobrado quince dracmas por ir allí. La sonrisa volvió a surgir, y de nuevo se esfumó ante la mirada severa de Creonte—. Un esclavo llamado Acis me dijo que tenían un hijo juntos. Me pidió que trajera el mensaje a esta casa cuando viniera a Atenas. —El muchacho tragó saliva; Creonte se había tensado sobre el asiento y estaba a punto de ordenarle que se largara—. El mensaje es muy corto. —Se detuvo un momento para asegurarse de que lo repetía palabra por palabra, como le había insistido el esclavo—. Dice así: *Apolonia, sueño con que estemos juntos en libertad.*

Creonte se quedó paralizado.

«Es un mensaje de Doro...»

—¿Vas a volver a ver a ese esclavo?

—No lo creo. —El joven se encogió de hombros—. Hablé con él en una taberna de Calcis y nuestro barco ahora va a ir a Egipto.

—Está bien... —Creonte habría preferido que Doro supiera que había recibido el mensaje, así no correría más riesgos intentando hacerle llegar otro. Juntó las puntas de los dedos y dirigió al joven marinero una sonrisa afable—. Has demostrado que eres un buen hombre. Le haré llegar el mensaje a la esclava y quizás pueda hacer algo por ellos.

El rostro del muchacho se iluminó con una expresión satisfecha. Le dio las gracias y lo dejó a solas.

—Aristóteles... —Creonte bebió un trago y se quedó con la copa en la mano. El maestro de Alejandro se le había escapado entre los dedos y de nuevo sentía que estaba a su alcance. En Calcis las autoridades estaban de parte del filósofo, pero ahora sabía que Doro seguía con él y su mensaje sugería que estaba dispuesto a hacer cualquier cosa a cambio de Apolonia.

«Quizás si enviara un equipo de hombres...»

Su mirada recaló en el mensaje de Hipérides.

«Ahora no es posible.» Estaba a punto de decidirse el destino de Atenas, debía concentrar todos sus esfuerzos en que obtuvieran la victoria. Cada barco, cada espada, cada soldado, podía ser lo que determinara la diferencia entre la libertad y la aniquilación.

Terminó la copa y sus pensamientos sobre la guerra se entremezclaron de nuevo con Apolonia, Doro, Aristóteles...

Capítulo 67

Calcis, junio de 322 a. C.

«Oh, dioses, cada vez duele más.»

Penélope respiraba por la boca con inspiraciones breves. Si trataba de llenar más los pulmones, sentía que la costilla hundida se le clavaba como si fuese una flecha que tuviera incrustada.

Apretó los dientes y se levantó de la cama inclinada que le había encargado Aristóteles. Al principio le había permitido dormir sin molestias, pero ya estaba en el cuarto mes de embarazo y la sensación de pinchazo era constante desde hacía varios días.

Se acercó despacio a la pared, moviéndose con mucha cautela, y se quedó apoyada con los ojos cerrados. Aunque de pie solía notar menos presión, esta vez un escozor ardiente siguió incrementándose en su interior. Se volvió hacia la puerta cada vez más asustada. Apenas la separaban unos pasos, pero le dio la impresión de que no iba a ser capaz de llegar.

La tierra osciló de pronto bajo sus pies y comprendió aterrada que estaba a punto de desmayarse.

—Prometeo... —susurró con una débil exhalación. Se sujetó con ambas manos a la pared e intentó avanzar. Se había metido en su dormitorio a descansar hacía un rato; si se desvanecía, podía pasar mucho tiempo hasta que alguien la encontrara en el suelo.

Consiguió llegar a la puerta, agarró el pomo y la abrió.

—¡Prometeo! —Creyó distinguirlo en el patio, pero la imagen se oscureció como una hoja arrojada al fuego. Sintió que caía y extendió las manos para tratar de amortiguar el golpe.

...

—Penélope, ¿me oyes?

El rostro preocupado de Prometeo apareció entre la negrura que se disolvía. La había cogido a tiempo y la sostenía en sus brazos. Penélope trató de hablar, pero su pecho se contrajo en una tos que multiplicó el dolor de su costado.

Cuando acabó de toser, vio la mirada atemorizada de Prometeo clavada en su túnica.

La tela había quedado salpicada de gotas de sangre.

Aristóteles había convertido una de las habitaciones de la granja en sala de estudio y solía pasar allí las mañanas. En ese momento estaba tomando notas para retocar su *Tratado sobre el arte poética.* Metió el cálamo en el tintero sonriendo al recordar las opiniones de Platón sobre aquel tema. Su maestro consideraba que la poesía se dirigía a la parte irracional del alma y ejercía sobre el espectador un efecto negativo, por lo que la prohibía en el Estado ideal que describía en *La República.*

«No era necesario ser tan severo, mi querido Platón.» Dejó que escurriera del cálamo una gota de espesa tinta y siguió escribiendo en el papiro. Él consideraba que las pasiones que suscitaba la poesía en el alma del espectador provocaban una catarsis, un proceso purificador de tales pasiones que resultaba positivo.

Se sobresaltó cuando la puerta se abrió de golpe.

—¡Penélope está muy grave!

El miedo dilataba los ojos de Prometeo. Aristóteles se levantó al momento y su preocupación se multiplicó al enterarse de que Penélope había tosido sangre. Ordenó a unos esclavos que fueran a avisar al principal médico de Calcis y entró en la habitación a la que Prometeo había llevado a su esposa.

Penélope yacía en una cama sobre el costado sano. Tenía restos de sangre en los labios y la piel del rostro tan blanca como las sábanas. Sus ojos plateados siguieron a Aristóteles con una súplica silenciosa mientras el filósofo se acercaba a ella y levantaba la túnica para examinarla.

—Creo que la costilla se está clavando en el pulmón. —Penélope gimió con el roce de sus dedos. Su piel tensa por el embarazo mostraba una leve depresión en medio del costado—. Lo siento, pero ya no hay nada que podamos hacer, salvo intentar una operación para desplazar hacia fuera el trozo de hueso roto.

Penélope asintió mientras respiraba entre los dientes con un jadeo breve. Aristóteles salió de la habitación y Prometeo se arrodilló frente a ella. Le cogió las manos y besó su frente, que estaba húmeda y fría.

—Vas a ponerte bien enseguida. Una operación así no es nada para una espartana como tú.

Ella esbozó una sonrisa débil.

—Esta mañana, antes de que empezara a dolerme tanto, he sentido a nuestro hijo. —Los ojos se le humedecieron y la barbilla comenzó a temblarle—. Era como un pez que aleteara dentro de mí. —Su voz se quebró y Prometeo volvió a besarla—. No quiero que le pase nada —sollozó con la respiración entrecortada—. Ya perdí un hijo...

Un gemido le cortó el aliento. Prometeo susurró para tranquilizarla mientras le acariciaba el rostro. Sabía que Penélope había tenido un niño que había fallecido antes de cumplir seis años. Había noches en que se despertaba llamando en voz alta a su pequeño Teodoro, y en algunas ocasiones hacía ofrendas a Ártemis Ortia y a Deyanira pidiéndoles que cuidaran de él en el reino de los muertos.

—Deyanira lo protegerá. —Prometeo envolvió con su mano la pulsera de hierro trenzado que llevaba Penélope—. Somos sus descendientes y en nuestro hijo se unen dos ramas que parten de ella. No permitirá que le suceda nada malo.

Penélope asintió y cerró los ojos. Necesitaba concentrarse para seguir respirando pese al dolor. La presencia de Prometeo la confortaba y su cuerpo agarrotado se relajó un poco. Deseaba y temía al mismo tiempo que regresara Aristóteles.

Cuando lo hizo, sus manos apretaron con más fuerza las de Prometeo.

—El médico está a punto de llegar, y he comprobado que tengo todo lo necesario.

Penélope lo miró un momento y apartó la vista. Aristóteles llevaba sobre una tela varios de los instrumentos que utilizaba en sus disecciones: lancetas afiladas, pequeñas sierras, ganchos metálicos...

—También he preparado una bebida que te quitará la mayor parte del dolor.

Dos esclavas habían entrado en la habitación y una de ellas sostenía con ambas manos un vaso de terracota. Aristóteles dejó el instrumental sobre la cama y cogió el vaso.

—¿Qué ingredientes tiene? —susurró Penélope.

—Vino, raíz de mandrágora y adormidera.

Ella movió la cabeza para negar.

—No voy a tomarlo... —El esfuerzo de hablar hizo que su rostro se crispara—. Tendría que beber mucho... para que sirviera de algo... y eso dañaría a mi hijo.

Aristóteles se quedó en silencio por unos instantes.

—El corazón puede detenerse cuando se soporta un dolor excesivo. Eso os mataría a ti y a tu hijo.

—Prefiero correr el riesgo... No voy a tomarlo.

Aristóteles miró a Prometeo. También Penélope lo estaba mirando, temiendo que por protegerla a ella se pusiera de parte del filósofo.

—Si alguien puede aguantar algo así, es Penélope. —El tono de Prometeo era firme—. Hazlo como dice ella, te lo ruego.

Aristóteles apretó los labios, pero no insistió y devolvió la bebida narcótica a la esclava. Ordenó su instrumental y pidió que le quitaran la túnica. Cada movimiento arrancó a Penélope un gemido de dolor. El médico se presentó cuando estaba desnuda y Aristóteles fue con él a una esquina de la alcoba. Los susurros de la conversación apenas llegaban a Penélope, pero por el tono exasperado de Aristóteles comprendió que el médico no quería operarla. No pertenecía a la escuela hipocrática y su experiencia en cirugía era muy limitada.

«Aristóteles tampoco tiene experiencia.» Se llevó las manos de su esposo a los labios. Las disecciones humanas estaban prohibidas por motivos legales y religiosos, por lo que el análisis anatómico directo y la práctica quirúrgica de Aristóteles se limitaban a los animales. Poseía vastos conocimientos sobre medicina gracias a todos los tratados que había recopilado y estudiado, pero era la primera vez que iba a llevar a cabo una operación como aquélla.

Poco después, Penélope percibió el olor ácido del vinagre. El médico empapó un paño y se lo pasó por el costado, haciendo que se estremeciera mientras algunos hilillos descendían por su vientre abombado. Toda su atención permanecía en lo que ocurría a su espalda, y distinguió el roce metálico de algunas de las herramientas de Aristóteles.

Prometeo le movió con suavidad las manos. Llevaba un rato hablándole.

—... cuando mi madre vio por primera vez tus figuras de arcilla, ¿recuerdas su cara de felicidad?

Penélope sabía que intentaba distraerla, pero se esforzó por evocar el rostro de Altea, su mirada inteligente y bondadosa... Aristóteles apoyó los dedos en su costado, tanteando, dudando. Ella se concentró en la voz de Prometeo. La punta de una lanceta le rozó la piel y se le erizó el vello de los brazos. El metal afilado entró en su carne y luego presionó para agrandar el corte. Las oleadas de dolor hicieron que su cuerpo se tensara y no pudiese respirar.

—Tranquila, estoy contigo...

El susurro de Prometeo hizo que volviera a abrir los ojos. Su esposo le besó las manos y levantó la mirada para rogarle a Aristóteles que le concediera un poco de descanso. Durante unos momentos se limitaron a limpiar la sangre que manaba del corte. Luego Aristóteles le pidió al médico que mantuviera abierta la herida, y ella notó que cogía otro de los instrumentos que había colocado en la cama.

—Ahora voy a intentar llegar hasta el hueso roto... y tendré que ser sumamente cuidadoso al tirar de él.

«Quiere decir que puede tardar mucho tiempo», comprendió Penélope.

—¿Estás preparada?

Intentó inspirar profundamente, pero el dolor se lo impedía. Le dirigió a Prometeo una sonrisa trémula, cerró los ojos y asintió.

Notó que el médico estiraba para abrir la incisión de su costado. De pronto algo se adentró en su carne herida y sus latidos se dispararon. No podía saber si era uno de los dedos de Aristóteles o alguna de sus herramientas metálicas, pero el sufrimiento se incrementó hasta volverse tan intenso que su consciencia se desgarró. Todo su mundo se convirtió en destellos rojizos que se extinguían en una negrura cada vez más profunda. Una voz angustiada comenzó a llamarla, rogándole que no se fuera, pero cuando Aristóteles atrapó su costilla rota con un gancho y comenzó a tirar, no fue capaz de resistir semejante suplicio.

«Voy a morir», fue lo último que pensó antes de notar que su corazón se detenía.

El dolor se alejó de inmediato. Con los últimos retazos de su mente experimentó alivio..., la presencia cercana de Deyanira y de su pequeño Teodoro..., el aleteo frenético de la vida que llevaba dentro y se apagaba con ella.

«¡No!»

Su consciencia se extinguió. Apenas quedaba ya un resto de voluntad, concentrada en el deseo de soportar cualquier tormento para proteger a su hijo...

Su corazón volvió a latir y el dolor estalló en su mente.

Gritó, tomó aire y volvió a gritar. Notaba el sabor de la sangre en la boca, las manos de Prometeo en su rostro y el gancho de Aristóteles que trataba de recolocar la costilla rota en su carne desgarrada. Prometeo lloraba y le decía palabras que no comprendía. Ella se aferró a su mirada y aguantó las embestidas de aquella tormenta de sufrimiento que amenazaba con llevársela de nuevo.

Al cabo de un tiempo que le pareció eterno, oyó la voz de Aristóteles:

—El hueso ya está en su sitio.

Se dio cuenta de que respirar le resultaba un poco menos difícil. Prometeo volvió a acariciarle el rostro y le besó la frente.

—Ya ha pasado lo peor —le aseguró.

Ella apenas esbozó un asentimiento, concentrada en el esfuerzo de tomar el aire que mantendría con vida a su hijo.

Capítulo 68

Calcis, agosto de 322 a. C.

Prometeo logró detener en el último instante la espada que se dirigía a su cabeza. Su adversario lanzó de inmediato un ataque contra su costado y luego se impulsó con la punta hacia su vientre, pero él consiguió rechazar todas las acometidas.

—Te mueves rápido para tu tamaño.

Argeo, el jefe de los esclavos de Aristóteles, volteó su espada de madera mientras giraba alrededor de él. El sol brillaba con fuerza y las túnicas cortas se les pegaban al cuerpo por el sudor. Aunque Prometeo era mucho más grande, Argeo aprovechaba sus puntos débiles y vencía casi siempre. Era un hombre ágil, con unos reflejos excepcionales que él atribuía a su afición por la caza, a la que dedicaba todo su tiempo libre. Aseguraba que de joven era capaz de acercarse a una liebre sin que se diera cuenta y atraparla con las manos.

Argeo amagó hacia un lado y saltó para atacar su otro flanco. Prometeo ya podía manejar la espada con ambos brazos, pero al derecho aún le faltaba rapidez y al izquierdo destreza. Paró a duras penas el arma de madera y el esclavo lo obligó a seguir girando al tiempo que lanzaba un ataque tras otro. Aunque ya no necesitaba el bastón, la rodilla lesionada limitaba sus movimientos y cada nueva acometida le resultaba más difícil de detener que la anterior.

Perdió el equilibrio y la espada de Argeo le golpeó las costillas mientras caía.

—Estoy muerto, otra vez. —Aceptó la ayuda del esclavo para levantarse—. Tengo la impresión de que cada día te resulta más fácil vencerme.

Argeo rio.

—No es cierto. Has mejorado mucho en las últimas semanas, por eso recurro tanto a hacerte girar. No puedes flexionar la rodilla, pero utilizas bien los dos brazos y tu envergadura y tu fuerza te convierten en un rival muy peligroso.

Prometeo se miró la rodilla deformada.

—El hombro se ha recuperado, pero esta pierna nunca lo hará.

Argeo rio de nuevo.

—Si lo hiciera, yo no me enfrentaría contigo ni aunque combatieses con la espada de juguete de Nicómaco.

El esclavo se llevó a un cobertizo las armas de madera y Prometeo regresó al edificio principal de la granja. Aristóteles estaba con su familia en la galería del patio, resguardados del sol que recalentaba la tierra hasta hacer que quemara a través de las suelas de las sandalias. Herpilis y Pitias tenían una mano en el vientre abultado de Penélope, que acababa de entrar en el último tercio de su embarazo.

—¡Lo estoy notando! —Los ojos y la boca de Pitias se abrieron en una expresión fascinada—. ¡Qué fuerza tiene!

Las tres mujeres rieron y Prometeo pensó que nunca había visto a Penélope tan feliz. Después de que Aristóteles la operara había tenido que estar dos semanas prácticamente inmóvil para que las heridas sanasen. Desde entonces se movía despacio por la granja, con los brazos rodeando su vientre y una mirada en donde la inquietud se había ido moderando y había dado paso a una luminosidad que realzaba su belleza y le confería cierto aire sobrenatural.

—Toma un poco de agua —le dijo Aristóteles.

Un esclavo se había acercado con un vaso. Prometeo lo bebió de un trago y dejó que se lo rellenara.

—Gracias, Doro.

El esclavo inclinó la cabeza en silencio. Cogió otra jarra y llenó la copa de su amo con un líquido verde claro. Desde hacía un tiempo Aristóteles sólo bebía infusiones que aliviaban las molestias de su estómago.

Prometeo se arrodilló frente a Penélope y puso ambas manos sobre su vientre. Su sonrisa se expandió cuando notó que algo redondeado presionaba contra su palma y se desplazaba con rapidez. Le maravillaba la sensación de tener a su hijo entre las manos, de estar prácticamente tocándolo.

Notó dos golpes y de nuevo un bulto que se movía apretando con mayor fuerza que antes.

—Ten cuidado, vas a hacer daño a tu madre.

—No me hace daño —aseguró Penélope riendo—. Me encanta sentirlo.

Prometeo la acarició a través de la fina túnica mientras seguía con la mano los movimientos de su hijo. De pronto oyó el ruido de unos cascos y se dio la vuelta. Uno de los miembros del Consejo de Calcis había detenido su caballo frente a las puertas abiertas del patio. Había visitado la granja en otras ocasiones y Prometeo recordó que se llamaba Hermógenes. Se protegía del sol con un sombrero de ala ancha y el pelaje de su montura estaba cubierto de sudor.

«Nadie cabalga por placer con este calor. —Apartó las manos del vientre de Penélope y se puso de pie—. Ha debido de ocurrir algo importante.»

Aristóteles le pidió que lo acompañara y se adelantaron hasta las puertas. Hermógenes desmontó y declinó la invitación del filósofo a que entrara.

—Sólo he venido para traer una noticia que acabamos de recibir. Se ha producido una gran batalla entre la flota griega y la macedonia. —El magistrado se levantó el ala del sombrero para secarse la frente—. Según parece, el resultado ha sido tremendamente desfavorable para los griegos. —Miró a Prometeo como si se disculpara; Calcis estaba bajo el control de Macedonia y se había mostrado neutral en la guerra.

—¿Cuántas naves han perdido? —Prometeo quería creer que la flota de Atenas podría reponerse, como había ocurrido en otras ocasiones tras sufrir una dura derrota.

Hermógenes negó con la cabeza.

—El almirante ateniense intentó retirarse cuando vio que sus enemigos empezaban a rodearlos, pero no lo consiguió. Varios testigos afirman que la mayoría de los barcos griegos acabaron hundidos o en manos de los macedonios.

El rostro de Prometeo se crispó y apartó la mirada.

«Macedonia tiene ahora el dominio de los mares», se dijo mortificado. Aquello no auguraba nada bueno para Atenas.

Aristóteles intercambió algunas palabras más con Hermógenes. Prometeo esperó a que el magistrado se fuera antes de volver a hablar.

—Foción siempre insistió en que era una locura enfrentarse al poder que había acumulado Alejandro. Ojalá hubiera resultado tan convincente en la Asamblea como Hipérides.

Su voz estaba teñida de una preocupación que Aristóteles compartía. Aunque sus enemigos lo habían obligado a escapar de la ciudad, había pasado más de la mitad de su vida en Atenas y tenía allí cientos de amigos y discípulos.

—Foción es tan respetado porque sus palabras están cargadas de sentido común —respondió con un suspiro—. Pero sus discursos se dirigen al intelecto, no al corazón, por eso nunca se impondrá en la Asamblea.

Regresaron a la sombra de la galería y compartieron con sus esposas la noticia del desastre naval de Atenas.

—¿Hay alguna posibilidad de que la guerra se extienda hasta Calcis? —inquirió Herpilis con voz tensa.

—No debes preocuparte, a nadie le interesa Calcis en esta guerra. —La respuesta de Aristóteles se quedó flotando en el aire sin lograr tranquilizarla.

Prometeo se dio cuenta de que Penélope lo observaba como si se preguntara qué estaba pensando. Se inclinó sobre ella y le besó la frente. Arrugó el ceño y volvió a besarla.

—Estás caliente. ¿Te encuentras bien?

—Sí... Bueno, un poco fatigada, pero supongo que es por el calor.

Aristóteles se acercó a ella y le puso una mano en la frente.

—Es cierto, tienes fiebre. ¿Te duele algo?

Penélope se cubrió el vientre con las manos.

—No —contestó en voz baja.

—Llena el pecho de aire y dime si notas alguna molestia.

Penélope obedeció. Al llegar al final, volvió a negar. Aristóteles le pidió que se inclinara hacia delante, apoyó una oreja en su espalda y escuchó con los ojos cerrados mientras ella hacía algunas inspiraciones profundas.

—No oigo nada que deba alarmarnos —aseguró tras incorporarse—. De todos modos, voy a cambiarte la dieta para que tomes más ajo y cebolla. —Su poder contra las infecciones estaba recogido en numerosos tratados—. Y para que baje la fiebre, vas a tomar una infusión de sauco, ruda y tomillo.

Unas horas más tarde, la infusión se había mostrado efectiva y la fiebre había desaparecido. Penélope estaba cansada y se acostó cuando el sol comenzaba a ponerse. Seguía durmiendo en la cama inclinada que había diseñado Aristóteles, recostada sobre varios cojines que le permitían una postura cómoda y reducían la presión sobre la zona lesionada. Cerró los ojos y cayó en un sueño tan profundo que no se dio cuenta de que poco después entraba su esposo.

Prometeo se acercó a ella y comprobó que su temperatura era normal. Aquel día había sido tan caluroso que a una de las esclavas también le había dado fiebre y otra se había desvanecido en la cocina. Se tendió en su cama, junto a la de Penélope, y se quedó contemplándola. Seguía haciendo calor, pero con la puerta y la ventana abiertas corría una brisa que los refrescaba al tiempo que arrastraba el sonido de los grillos y las aves nocturnas que abandonaban sus nidos.

La silueta de Penélope se difuminó poco a poco en la oscuridad. Al canto de los grillos le sucedió la cháchara monótona de las ranas en alguna charca lejana. El tiempo siguió transcurriendo y Prometeo creyó oír la voz amortiguada de su madre, como cuando él jugaba a esconderse en la penumbra del horno de cerámica. Un momento después la vio a su lado con las manos manchadas de arcilla, intentando que se interesara en aprender a hacer vasijas y aceptando con una sonrisa su invariable respuesta de que sería luchador.

—Quiero vencer en los Juegos de Olimpia —se oyó decir—, como el abuelo Perseo.

Aquel recuerdo infantil dio paso a la imagen de la tumba de su madre y abrió los ojos sobresaltado. Las ranas ya apenas se oían y pudo distinguir en la oscuridad la respiración tranquila de Penélope. Una vaga sensación de culpa se removía en sus entrañas, como una serpiente que se retorciera, y comprendió que era por no luchar por Atenas en aquel momento crucial.

«No puedo combatir con la rodilla así», se dijo sin que la

sensación se mitigara. En la última batalla lo habían colocado en la cabeza de la falange por culpa de Creonte y había estado a punto de morir; era absurdo pensar en combatir o sentir culpabilidad, pero no podía evitarlo. En su mente amodorrada aparecieron imágenes de sus compañeros de escuela, de entrenamientos en los gimnasios, de competiciones en nombre de Atenas. Algunos de esos hombres habrían muerto en el último combate naval, otros lo harían en la batalla terrestre que se acercaba... Entreabrió los ojos y la negrura disolvió las imágenes, pero apenas fue un parpadeo antes de que surgieran otras como si fuese un ave que sobrevolara Atenas: el mercado del ágora repleto de gente...; la gran procesión de las fiestas Panateneas, en la que también participaban las mujeres y los niños...; la esplendorosa Acrópolis, que el mundo entero seguía admirando...

De pronto se alzaron gritos y ruidos de saqueo. Las llamas lo envolvieron todo. Los persas habían invadido Atenas, habían destruido los templos y habían prendido fuego a la ciudad; sin embargo, la sensación sobrecogedora de que aquel sueño no era un eco del pasado sino un presagio hizo que se incorporara de golpe en la cama.

Por un momento sintió que seguía en medio de un incendio, hasta que comprendió que el fulgor anaranjado procedía de los rayos del amanecer. Los gritos de los atenienses se acallaron, y en el silencio del dormitorio se oyó el gemido débil de Penélope.

Prometeo se inclinó hacia su cama y le puso una mano en el vientre.

De inmediato sintió la mordedura del pánico.

Penélope estaba ardiendo de fiebre.

Creonte se puso de pie y gritó para romper el alboroto de discusiones que dominaba el salón de Hipérides.

—¡Ya basta! No vamos a recuperar la flota por mucho que nos lamentemos o nos peleemos entre nosotros. —Se volvió a uno y otro lado, tan irritado que las manos le temblaban. De los veinte hombres presentes él era quien más dinero había destinado a la flota, pero no era momento de lamerse las heridas—. Lo que tenemos que hacer es ordenar a nuestro ejército que se ponga en marcha hacia Macedonia de inmediato. No podemos permitir que Crátero llegue antes que nosotros y refuerce aún más el ejército de Antípatro.

Demóstenes se irguió un poco más en su asiento. Hacía tanto calor que el sudor bajaba por su rostro como si se estuviera derritiendo.

—¿Pretendes atacar Macedonia, asediar su capital? Es una locura.

—No pretendo que asediemos nada. Lo que digo es que nuestro ejército se dirija al norte lo antes posible. Y cuando Antípatro sepa que nos acercamos a sus fronteras, se verá obligado a salir a nuestro encuentro sin esperar a recibir refuerzos, como hizo el año pasado cuando llegamos a las Termópilas.

Los hombres se miraron unos a otros sin que nadie dijera nada. Creonte se preguntó si habría conseguido zanjar el debate.

«La supervivencia de Atenas depende de que la batalla se produzca cuanto antes. Dejar pasar el tiempo sin hacer nada es un suicidio.»

Esa misma mañana, cuando acudía a la residencia de Hipérides, había visto a varios hombres discutiendo violentamente en el ágora por el precio de los alimentos. La destrucción de la flota había hecho que muchos atenienses empezaran a hacer acopio de comida por temor a que los macedonios los derrotaran también en tierra y asediaran la ciudad. Los más desfavorecidos comenzarían a pasar hambre al cabo de pocos días. Eso no le importaba, lo que le preocupaba era que prosperasen en la Asamblea las opiniones de algunos cobardes que ya habían sugerido la posibilidad de negociar una rendición.

Demóstenes tomó de nuevo la palabra. Había recuperado gran parte de su influencia en la Asamblea y controlaba junto a Hipérides la voluntad de la mayoría de los atenienses. También se mostraba más seguro en los conciliábulos de poder como el que se estaba celebrando en aquella sala.

—Te recuerdo que también nosotros estamos esperando refuerzos. —Una gota de sudor se desprendió de su nariz—.

Estoy de acuerdo en que tomemos la iniciativa, pero quizás deberíamos enviar antes a los etolios una última embajada.

Creonte sintió que le hervía la sangre. Los etolios habían pedido permiso durante el invierno para retirar a sus soldados del ejército griego. En aquella época acababan de expulsar a los macedonios lejos de sus fronteras, por lo que los dejaron marchar con la condición de que regresaran en cuanto fuese necesario.

—¡Por todos los dioses, los etolios harían el mismo caso a esa embajada que a las cartas que les hemos enviado en los últimos meses! —Las venas en el cuello de Creonte parecían a punto de estallar—. ¡Sus ocho mil hombres no van a volver, maldita sea, pero los diez mil de Crátero llegarán a Macedonia antes de un mes!

Capítulo 69

Calcis, agosto de 322 a. C.

La salud de Penélope empeoró rápidamente.

Prometeo se mantuvo a su lado en todo momento, contemplando con impotencia los intentos de Aristóteles para que la fiebre remitiera. El filósofo hizo que le dieran bebedizos cada vez más concentrados y añadió esencia de mirto, corazoncillo y orégano. A pesar de todos sus esfuerzos, la respiración de Penélope se volvió cada día más trabajosa y su mente se fue perdiendo en un mar de delirio.

—Los humores están desequilibrados —afirmó Aristóteles una tarde tras auscultarla—. Se está acumulando mucha flema y eso bloquea el pulmón. —Prometeo aguardó a que continuara, aturdido y asustado—. Lo único que podría salvarla es sacar el líquido mediante un drenaje. Algunos médicos hipocráticos llevan a cabo esa técnica, y sé que hace poco ha llegado uno a Caristo, al sur de la isla. He hecho que lo llamen, pero puede tardar varios días en llegar.

—Y el niño, nuestro hijo... —Penélope lo mencionaba con frecuencia en sus delirios—. ¿Cómo está?

—No lo sé, Prometeo. —La mandíbula de Aristóteles se tensó bajo su barba recortada. En sus estudios con animales había aprendido que la enfermedad grave de una hembra gestante solía hacer que su embarazo se malograra—. He pedido que venga la mejor matrona de Calcis. Ella nos lo podrá decir mejor.

Habían añadido varios almohadones a la cama inclinada de Penélope para que permaneciera sentada. Aristóteles afirmaba que era la mejor posición para que la matriz presionara menos el pecho, pero ella apenas conseguía tomar aire con cada respiración. Prometeo ocupó la silla que había junto a la cama y le acarició los hombros.

—Va a venir una matrona. Y un médico que sabe cómo

sacarte el líquido del pulmón para que puedas respirar mejor. —Penélope no reaccionó. Su mirada permanecía fija, con los ojos dilatados. Prometeo besó la piel tierna de su sien, tan caliente como si la sangre hirviera por debajo, y se quedó escuchando el jadeo que salía de sus labios resecos.

La matrona llegó poco después con una ayudante que llevaba una pesada bolsa de cuero. Tenía un rostro lleno de arrugas y sus cabellos cortos eran casi blancos, pero se mantenía erguida y se movía con la agilidad propia de una mujer más joven. Examinó a Penélope con una expresión pétrea y luego salió al patio seguida por Aristóteles y Prometeo.

—No creo que quede mucho tiempo. Ni para el niño ni para la madre. —Estaba acostumbraba a dar ese tipo de noticias, pero el dolor en el semblante de Prometeo hizo que titubeara—. A veces se puede provocar el parto y salvar al niño, pero el embarazo tiene que estar más avanzado. —Tuvo que hacer un esfuerzo para no apartar la mirada—. Siento mucho no poder ayudar.

Aristóteles las acompañó a la puerta y regresó junto a Prometeo.

—Dijiste que el médico puede tardar días en llegar. —El filósofo asintió sabiendo lo que iba a pedirle—. Penélope no tiene tanto tiempo, tienes que operarla tú.

Aristóteles ya se lo había planteado, pero esta vez no se trataba sólo de mover un hueso. Había que llevar a cabo un procedimiento delicado y complejo que nunca había visto realizar. Lo conocía sólo porque había leído sobre él en los tratados hipocráticos, pero había muchos detalles que necesitaba saber y no tenía a quién preguntar.

«Deberíamos esperar al médico.»

Sostuvo la mirada anhelante de Prometeo sin que aquellas palabras llegaran a salir de su boca. Era una locura que él realizara semejante intervención, pero estaba de acuerdo con la matrona en que a Penélope se le acababa el tiempo.

—Está bien, lo intentaré.

A lo largo de la siguiente hora fabricó algunos tubos de drenaje usando cañas de distinto grosor. Le quitaron la túnica a Penélope y Prometeo se encargó de sujetarla mientras Herpilis y algunas esclavas asistían en la operación.

Penélope tenía la mirada ausente, como si su alma hubiera

comenzado a separarse del cuerpo. Cuando Prometeo le agarró los brazos, sus ojos se posaron un instante en él antes de volver a perderse.

—Aristóteles va a operarte para que os pongáis bien. —El filósofo le hizo una seña y la agarró con más fuerza—. Va a intentar que salga el líquido que hace que tengas fiebre y no te deja respirar.

La expresión de Penélope se crispó ligeramente cuando el bisturí realizó una incisión entre dos costillas. Aristóteles continuó con el procedimiento, rogando al dios Asclepio que guiara su mano. De vez en cuando daba instrucciones con voz tensa a Herpilis que ella obedecía en silencio. Al cabo de un rato, escogió uno de los tubos que había preparado y lo acercó a la hendidura abierta en la espalda de Penélope. Pidió a su esposa que le secara el sudor que le bajaba por la frente y después presionó con el tubo en la hendidura.

El rostro de Penélope volvió a crisparse. Su cuerpo empezó a temblar y Prometeo se acercó para apoyarla en él y que no se moviera.

—Te quiero —susurró. Penélope seguía temblando, parecía que Aristóteles no conseguía insertar adecuadamente el tubo de drenaje—. Te quiero muchísimo.

El temblor era cada vez más débil. Las manos de Aristóteles se detuvieron y se irguió ligeramente.

—Ya está —dijo con cierta sorpresa. Miraba hacia abajo, concentrado en algo que Prometeo no podía ver—. Está saliendo líquido.

Prometeo buscó el rostro de Penélope. Tenía los párpados medio cerrados y su respiración seguía siendo el mismo resuello áspero y breve.

—Penélope... —Sus ojos de plata estaban vidriosos y no reaccionaba—. ¿Cuándo crees que va a mejorar? —le preguntó a Aristóteles.

—Respirará mejor según vaya saliendo el líquido. —«Pero no sé si conseguiré que salga suficiente..., ni si con el drenaje bajará la fiebre...»

Tenía más dudas que certezas, pero por ahora prefería ahorrárselas a Prometeo.

Después de la operación, Aristóteles preparó un sistema de soportes y cintas para sujetar a Penélope de modo que pudiera descansar sin apoyarse en el tubo de drenaje. Prometeo se quedó junto a ella el resto del día y durante la larga noche. El líquido seguía manando, un fino hilillo de color amarillento que caía en un recipiente colocado sobre la cama. A veces el fluido se volvía más escaso y Prometeo observaba angustiado el lento goteo. Quería creer que a través de aquel tubo Penélope se podía librar del mal que la aquejaba, pero ella no mostraba mejoría alguna.

Al amanecer había en el recipiente suficiente líquido como para llenar un vaso de buen tamaño. Las inhalaciones de Penélope parecían más profundas, pero las horas continuaron pasando sin que la fiebre descendiera y ella permanecía ajena a la realidad. De vez en cuando sus labios agrietados se movían y Prometeo se apresuraba a acercarse sólo para escuchar desesperado un bisbiseo tan incoherente como el murmullo de un arroyo. Aristóteles y Herpilis se ofrecían a ocupar su lugar para que descansara un rato, pero él se negaba sin apartar los ojos de Penélope.

La segunda noche se mantuvo junto a ella con el cuerpo agarrotado y los ojos enrojecidos. Penélope había cerrado los párpados y su respiración se había vuelto más suave. Prometeo cerró también los ojos, deseando que Orfeo le permitiera entrar en los sueños de su esposa y reunirse allí con ella. En lugar de eso, cayó en un duermevela oscuro y triste en el que la sensación de pérdida se acrecentó hasta llenar cada recoveco de su realidad.

Algo lo arrancó de ese estado. Miró aturdido la mano que tenía apoyada en el vientre de su esposa y notó el mismo golpe que antes. Giró la cabeza y distinguió el rostro de Penélope en la claridad grisácea del dormitorio.

Sus ojos plateados se encontraron, y ambos sonrieron.

El médico llegó ese mismo día a media mañana. Examinó durante un buen rato a Penélope, salió de nuevo a la galería del patio y dictaminó que el drenaje que le había hecho Aristóteles le había salvado la vida.[35]

35. El procedimiento con el que Aristóteles drena el pulmón de Penélope se describe en los *Tratados hipocráticos*, escritos hace más de

—El único cambio que haría, si hay que repetir la intervención, es usar un tubo de drenaje un poco más ancho para evitar que se obstruya.

—¿Crees que habrá que volver a operarla? —inquirió Prometeo alarmado.

El médico frunció los labios y miró hacia la habitación de Penélope.

—Está saliendo flema en lugar de pus, eso es buena señal, pero la presión interna seguirá aumentando con el embarazo... y reconozco que nunca he tratado un caso así. De todos modos, lo primero que hay que lograr es que la fiebre remita completamente y la respiración se normalice. Una vez logrado esto, yo dejaría el tubo de drenaje tres o cuatro días más. Si todo sigue bien, cerraría la incisión y me mantendría muy atento a cualquier posible síntoma durante el resto del embarazo.

Aristóteles quería preguntarle al médico algunos detalles del procedimiento y Prometeo regresó con Penélope. Se había quedado dormida y su rostro mostraba una expresión plácida, aunque estaba demacrada y sus ojeras eran casi negras. Prometeo besó la cicatriz que le surcaba el pómulo y puso una mano sobre la pulsera que había heredado de Deyanira. Su antepasada común debía de haber sido muy parecida a su madre y a Penélope. La imaginó con una apariencia similar a ellas, de anciana y de joven, siempre con los mismos ojos plateados. En Esparta se consideraba que compartía la naturaleza de los héroes, lo que la situaba entre los hombres y los dioses, y sentía que había intercedido por su esposa y su hijo.

—Gracias —musitó.

Aristóteles apareció en el umbral al cabo de un rato y le pidió en silencio que saliera. Se sentaron en la sombra de la galería, donde un esclavo les llevó agua con miel y la infusión que tomaba Aristóteles.

—Justo antes de que viniera el médico llegó un mensaje de Hermógenes.

—El magistrado que vino a informar del desastre naval... —Prometeo frunció el ceño—. ¿Más malas noticias para Atenas?

2400 años. La cirugía torácica se considera uno de los logros más notables de la medicina hipocrática.

—Me temo que sí. Crátero ha llegado a Macedonia mucho antes de lo que se esperaba. Ha unido sus fuerzas a las de Antípatro y se han puesto en marcha hacia el sur con el ejército macedonio al completo. Hermógenes afirma que son unos cincuenta mil hombres, y que Atenas y sus aliados apenas llegan a la mitad.

La sensación de culpa se removió de nuevo en las entrañas de Prometeo. Durante un instante revivió los gritos y las llamas que se extendían por Atenas en aquel sueño que había tenido hacía unos días.

«¿O se trataba de un presagio?», volvió a preguntarse.

Se inclinó hacia Aristóteles.

—Tú conoces a Antípatro. Si se alza con la victoria..., ¿crees que será clemente, o arrasará Atenas como hizo Alejandro con Tebas?

Aristóteles dejó el vaso sobre la mesa con un suspiro. Teofrasto le había escrito hacía unos días diciendo que el ambiente en Atenas era muy tenso, y que aun así el Liceo continuaba a plena actividad. Siempre le había gustado que su escuela estuviera rodeada de naturaleza, pero en ese momento habría preferido que se ubicara en el interior de las murallas.

—Antípatro es un hombre pragmático —respondió finalmente—. Sé que no provocará una matanza por gusto, pero hará lo que considere mejor para los intereses macedonios. Atenas ha encabezado esta rebelión, que tanto daño ha hecho a Macedonia, y Antípatro se asegurará de que no vuelva a ocurrir.

Capítulo 70

Tebas, septiembre de 322 a. C.

Antípatro rodeó la mesa mientras observaba el mapa que habían desenrollado. Mostraba con bastante detalle la estructura de murallas de Atenas, los Muros Largos y el Pireo.

—Éstas parecen las puertas más débiles. —Se inclinó sobre la mesa para señalar varios puntos alrededor de Atenas—. Usando arietes resultaría sencillo romper dos o tres de forma simultánea.

El general Crátero asintió desde el otro lado de la mesa. Su mirada cansada y las arrugas alrededor de la boca y los ojos hacían que no aparentara ni un año menos de los cincuenta que tenía, pese a que en su barba negra sólo se apreciaban algunos hilos plateados. Era más alto y robusto que Antípatro, y al igual que él no llevaba sobre la túnica ninguna protección de bronce, tan sólo un peto de cuero labrado que revelaba su condición de general de Macedonia.

En la sala entró un soldado.

—El ateniense Foción acaba de llegar.

Antípatro intercambió una mirada con Crátero.

—Ya tenemos aquí a su embajador.

Le pidió al soldado que lo trajera y se acercaron a la ventana. Estaban en la planta superior de la fortaleza que ocupaba el centro de la Cadmea, la acrópolis de Tebas. La Cadmea estaba rodeada por una fuerte muralla y Antípatro distinguió a Foción entre los guardias de la puerta.

«Ha envejecido bastante. —Habían pasado más de quince años desde la última vez que se habían visto—. Supongo que él pensará lo mismo de mí.»

El soldado salió de la fortaleza, cruzó la explanada de la acrópolis y habló con Foción. Luego inició el camino de vuelta seguido por el anciano embajador.

«El destino de todos los atenienses se va a decidir en esta reunión», pensó Antípatro.

Hacía dos semanas que los ejércitos se habían enfrentado. Los generales griegos, conscientes de que esta vez la infantería macedonia los doblaba en número, retrasaron sus falanges e hicieron que su caballería encabezara el ataque. Los jinetes tesalios lanzaron una carga arrolladora y lograron que la caballería macedonia retrocediera. Sin embargo, Antípatro lo había previsto y ordenó a sus falanges que cargaran contra los soldados griegos, que se retiraron casi de inmediato. Al ver lo que ocurría con su infantería, la caballería griega se dio la vuelta y abandonó también el campo de batalla.

La mayoría de los griegos consiguió ponerse a salvo en un territorio montañoso de difícil acceso, donde no resultaba fácil atacarlos, pero la enorme disparidad de fuerzas los obligó a negociar una rendición. Antípatro exigió pactar las condiciones con cada una de las ciudades por separado. Cuando se negaron, empezó a invadir ciudades tesalias, que no podían defenderse al estar la mayor parte de sus soldados con el ejército griego. Eso hizo que todas las ciudades se apresuraran a enviar embajadores para negociar una a una, tal como había exigido Antípatro.

«Atenas fue la única que se negó», recordó mientras veía a Foción aproximarse.

Tampoco los etolios se habían rendido, pero ellos no habían participado en la última batalla y su ejército estaba a salvo en sus ciudades del Peloponeso. El ejército ateniense, en cambio, permanecía atrapado en las montañas de Tesalia. Antípatro había dejado unas cuantas tropas para impedir que salieran y se había dirigido al sur con el grueso del ejército macedonio, rumbo a una Atenas que apenas tenía soldados con los que defender sus larguísimas murallas.

La embajada ateniense de la que Foción formaba parte había alcanzado al ejército macedonio cuando éste se encontraba en Tebas, a tan sólo dos jornadas de marcha de Atenas. La flota macedonia cercaría el Pireo al cabo de pocos días, por lo que los atenienses no podrían recibir víveres ni refuerzos por mar, al margen de que ya no les quedaban aliados.

«A Atenas le habría ido mucho mejor si Foción hubiese

encabezado su Asamblea. —Antípatro sabía que Filipo y Alejandro siempre habían apreciado tanto la honestidad como el sentido común de Foción. También Aristóteles hablaba de él en términos elogiosos en alguna de las cartas que le había enviado—. Pero los atenienses decidieron seguir a otros hombres. Votaron a favor de la guerra y ahora deben pagar las consecuencias.»

Foción apareció en la puerta. Tenía el pelo más blanco y la espalda más encorvada de lo que recordaba Antípatro, aunque tras sus ojos se percibía la misma agudeza. Los saludó en su nombre y en el de Atenas con un tono sincero que mostraba respeto y Antípatro le correspondió del mismo modo. Crátero se limitó a recibir sus palabras con un asentimiento hosco.

Se sentaron alrededor de la mesa, con el mapa de las murallas de Atenas entre ellos.

—Puedo asegurar —comenzó Foción tras un carraspeo— que la Asamblea de Atenas ya no sigue los dictados de los hombres que nos han llevado a esta situación. Si fuera de otra manera, no me habrían escogido a mí como embajador. —Sus ojos pasaron de Crátero a Antípatro, que se mostró de acuerdo—. Estoy convencido, por lo tanto, de que aceptarán las condiciones que consideréis justas para el acuerdo de rendición.

—Más vale que las acepten. —Crátero golpeó con los nudillos en el mapa. No le hacía gracia que el embajador de Atenas sugiriera que los únicos responsables de la rebelión eran los anteriores líderes políticos, cuando en la democracia ateniense las decisiones se tomaban por mayoría.

Foción prosiguió como si no se hubiera percatado de la amenaza.

—Si os parece bien, cuando acabemos esta reunión partiré de inmediato hacia Atenas para hablar con la Asamblea y antes de dos días estaré de regreso. Hasta entonces..., me gustaría pediros algo. —Los ojos de Antípatro se entornaron ligeramente—. Que durante estos dos días no avancéis hacia Atenas. Si los atenienses ven que os acercáis a las murallas, el miedo puede hacerles pensar que vais a atacar, y que la negociación sobre la rendición sólo es una estrategia para que se confíen. En ese caso, dejarían de escucharme y los más belicistas podrían volver a tomar el mando. —En realidad, su temor era el contrario: que al verse a las puertas de Atenas, los macedonios no resistieran la tentación de atacar una ciudad que sabían mal defendida.

Crátero dio un manotazo en el mapa de cuero.

—¡Pretendes que nuestro ejército se mantenga lejos de la región de Atenas mientras agota como una plaga el territorio de nuestros aliados!

Antípatro alzó una mano para que se calmara.

—Sería sólo por dos días —le dijo— y sería una concesión más a Foción que a Atenas. —Esperaba que los atenienses lo vieran de ese modo, pues quería que siguieran depositando su confianza en Foción. Se volvió hacia él—. A cambio, por supuesto, espero que dentro de dos días tengamos la aceptación, sin ningún tipo de matiz, de cada una de las condiciones que vamos a plantear.[36]

Crátero se apoyó en el respaldo y volvió el rostro hacia la ventana. Foción aguardó a que Antípatro prosiguiera.

—En primer lugar, Atenas se hará cargo de todos los gastos que nos ha ocasionado la guerra, y además nos pagará una indemnización de mil talentos.

Foción asintió brevemente. No esperaba menos de esa cantidad, y más adelante intentaría negociar sobre los plazos de pago.

—En segundo lugar —continuó Antípatro—, la democracia queda abolida.

Foción bajó la mirada al dibujo que representaba Atenas. Ya se había imaginado algo así; la guerra se había producido porque los demagogos habían conseguido exaltar al pueblo llano para que votara a favor de ella, y la manera más contundente de evitar que se repitiera era privándolo del derecho al voto.

—¿Cómo nos vamos a gobernar?

—El voto y las magistraturas relevantes quedarán restringidos a aquellos que tengan una renta superior a dos mil dracmas.

36. Las cuatro condiciones que Antípatro exigió a la embajada ateniense encabezada por Foción se recogen en Plutarco (*Vida de Foción*) y Diodoro (*Biblioteca Histórica*).

«Eso dejaría fuera a unos dos tercios de los atenienses», estimó Foción.

—Los demás podrán quedarse en la ciudad —siguió Antípatro—, aunque también habrá un largo listado de los que tendrán que exiliarse. No quiero que se mueran de hambre, sólo evitar que organicen otro levantamiento, por lo que les daré tierras y medios de subsistencia en Tracia.

Foción se imaginó repitiendo aquellas palabras frente a la Asamblea. Para que se aprobaran esas condiciones tenía que votar a favor la mayoría de los ciudadanos, y eso incluía a muchos de los que se verían desposeídos de sus derechos políticos.

«Lo harán. Tienen que hacerlo. Si no votan a favor, los macedonios arrasarán Atenas.»

Había cruzado el inmenso campamento del ejército macedonio cuando se dirigía a aquel encuentro y había tomado buena nota de lo que veía. Todos los soldados eran militares expertos y estaban perfectamente equipados. Tenía claro que no tardarían ni una semana en superar las defensas de Atenas.

—¿Cuál es la siguiente condición?

—Estableceremos una guarnición permanente en el Pireo, en el puerto de Muniquia.

Los hombros de Foción se hundieron. La imposición de un gobernador macedonio era una humillación que había esperado evitar.

—Conseguir que la Asamblea apruebe este punto resultará aún más difícil que el anterior.

—No es negociable. Como te dije al principio, la Asamblea tiene que aprobar todos los puntos. Y recuerda que sólo te hemos concedido dos días antes de que nuestro ejército continúe hacia Atenas.

Foción apoyó la frente en una mano y se quedó mirando el mapa. Empezaba a dolerle la cabeza.

—¿Hay alguna otra condición?

—Una última: los principales responsables de la rebelión deben ser ejecutados. Para empezar, tenéis que entregarme a Hipérides, Demóstenes y Creonte.

Capítulo 71

Atenas, septiembre de 322 a. C.

«¡Hijo de perra!»

Creonte sacó de un tirón la llave que colgaba de su cuello. Se arrodilló frente al pesado cofre que ocupaba una esquina de su sala de trabajo y trató de meterla en la cerradura. Al tercer intento tuvo que agarrarla con las dos manos para que dejara de temblar y conseguir encajarla.

Giró la llave y levantó la tapa.

—Foción, maldito hijo de perra... —Apartó a manotazos varios documentos sin dejar de maldecir y cogió del fondo una bolsa de cuero llena de monedas de oro. Se pasó por la cabeza la correa de la bolsa y ocultó ésta entre los pliegues de su túnica. El peso del oro lo obligó a apoyarse en el cofre para ponerse de pie.

Agarró la espada que había dejado sobre la mesa y cruzó la sala en tres zancadas. Foción acababa de regresar a la ciudad y en ese momento estaba exponiendo ante la Asamblea las condiciones que exigía Antípatro para aceptar su rendición.

«Seguro que te alegraste cuando Antípatro pidió mi cabeza, maldito bastardo.»

La noticia de la derrota había sumido la ciudad en un estado de miedo permanente, que se convirtió en pánico al saber que el ejército de Macedonia se dirigía hacia Atenas. Creonte no albergaba ninguna duda de que los atenienses iban a votar a favor de las exigencias de Antípatro, que él había conocido antes gracias a uno de los miembros de la embajada.

«Vendrán a por mí en cuanto acabe la Asamblea.»

Bitias lo esperaba en el pasillo, con un peto de cuero oscuro y la mano apoyada en la espada que llevaba al cinto.

—¿Has enviado a Talos a por ella? —le preguntó Creonte. Talos era un mercenario al que Bitias consideraba su mejor hombre, sin escrúpulos para mancharse las manos de sangre cuando hacía falta y tan leal como podía llegar a serlo un mercenario. Creonte lo había contratado en varias ocasiones.

—Se ha marchado hace un rato. Nos reuniremos con él en el Pireo.

Creonte se abrochó el cinto de la espada mientras continuaba hacia el patio. Allí sólo estaban el portero y otro esclavo. Las mujeres de su servidumbre procuraban mantenerse fuera de su alcance en esos momentos, y a la mayoría de sus esclavos y de sus guardias los había destinado a reforzar el ejército antes de la última batalla.

«Los envié a luchar por los mismos ingratos que ahora quieren entregarme a Antípatro.»

Se quedaron paralizados al oír un fuerte golpe en la puerta.

—¡Abrid!

—¡Creonte, entrégate!

El siguiente golpe hizo crujir la madera y los gritos se multiplicaron. Bitias agarró de inmediato a Creonte y lo llevó hacia las cuadras. Nada más entrar, las puertas que daban a la calle se curvaron hacia ellos con un fuerte estrépito.

Creonte retrocedió aferrando la empuñadura de su arma.

—¡Monta! —Bitias lo empujó hacia su caballo, desenvainó la espada y salió al patio—. ¡Esclavos, venid a las cuadras!

Creonte se sujetó a las riendas procurando que el peso del oro no lo desequilibrara y llevó su caballo frente a las puertas. Bitias montó en el suyo y se colocó delante de él.

—Mantente pegado a mí en todo momento. —Una nueva embestida curvó las puertas y los esclavos se echaron hacia atrás—. ¡Quitad la tranca y abrid...! —Levantó la espada y esperó hasta que cedió la acometida de los que estaban fuera—. ¡Ahora!

Los esclavos obedecieron y Bitias hundió los talones en su montura, que se lanzó como un rayo hacia los hombres que irrumpían en las cuadras. Algunos salieron despedidos al chocar contra el animal, otros lo rodearon y se abalanzaron sobre ellos. Creonte espoleó frenéticamente a su caballo mientras su guardaespaldas daba espadazos a uno y otro lado, rajando brazos y cabezas con la furia sanguinaria de Ares. Su montura golpeó la de Bitias y el peso de la bolsa hizo que estuviera a punto de caer. Un joven corpulento armado con un palo había agarrado las riendas de Bitias y trataba de clavarle en la pierna un palo afilado. La espada se hundió en su rostro y cayó hacia atrás dando alaridos.

—¡Apartaos, malditos! —Creonte desenvainó su arma. Los caballos avanzaron y un hombre aferró su túnica con un brazo ensangrentado—. ¡Suelta, miserable! —Le clavó la espada en la garganta y el hombre retrocedió dando tumbos mientras se ahogaba en su propia sangre.

Los caballos ganaron velocidad y consiguieron alejarse calle abajo. Bitias se mantenía delante con la espada en alto y todo el mundo se apresuraba a quitarse de su camino. Tomaron un desvío, comenzaron a ascender la colina de las Ninfas y divisaron la puerta de la muralla que daba acceso a los Muros Largos.

—¡Ve más despacio y envaina la espada! —ordenó Creonte a la vez que guardaba la suya. Se colocó al lado de Bitias, levantó la mano a modo de saludo y contuvo el aliento.

Los soldados se apartaron y cruzaron la puerta.

—Todavía no les ha llegado la orden de detenerme, pero lo hará en cualquier momento.

Clavó los talones y se alejaron a toda velocidad por los Muros Largos. En el otro extremo tampoco tuvieron problemas para atravesar la muralla. Creonte miró hacia atrás y le pareció distinguir a lo lejos a varios jinetes que acababan de salir de Atenas. Se pusieron de nuevo al galope para cruzar las calles del Pireo, recorrieron el muelle sin aminorar y se detuvieron al llegar a un barco pequeño y estilizado.

Era un mercante rápido, diseñado para escapar de los piratas. Creonte lo mantenía listo para partir desde hacía unos días, aunque había rogado a los dioses no tener que recurrir a él. La tripulación la constituían sólo tres marineros. En cuanto lo vieron aparecer, dos de ellos saltaron a tierra para quitar las amarras.

Creonte desmontó con torpeza por la bolsa de oro que ocultaba y cruzó la pasarela de embarque.

—¿Están aquí? —preguntó señalando el acceso a las bodegas.

El marinero se quedó desconcertado.

—No hay nadie más. No sabía...

Creonte se volvió hacia Bitias con el rostro congestionado.

—¡No están, maldita sea! ¡Talos no ha llegado!

—No lo entiendo. —Bitias frunció su ceño sin cejas—. Quizás los han detenido... —Recorrió el puerto con una mirada rápida—. En cualquier caso, no podemos esperar.

—¡Maldito Talos! —Creonte escrutó el muelle desde la borda. Notaba la tensión de Bitias y los marineros, que aguardaban su orden de partir, pero se negaba a renunciar...—. ¡Ahí están!

Un mercenario se acercaba al galope llevando a una mujer con él. Detuvo el caballo frente al barco, desmontaron de un salto y cruzaron la pasarela. Un marinero la retiró de inmediato y otro empujó con una pértiga para que la embarcación se apartara del muelle.

—Gracias a los dioses. —Creonte se acercó a Apolonia. Resultaba aún más sensual con la respiración agitada y el rostro ruborizado por la cabalgada. La ayudó a descender la escalerilla que llevaba a la bodega y Bitias y Talos los siguieron.

Durante un rato permanecieron en silencio, atentos a cualquier sonido que proviniera del exterior.

—¿Cuál es nuestro destino? —preguntó Apolonia con una sonrisa nerviosa cuando el oleaje comenzó a mecer el barco.

Creonte la miró a través de la penumbra de la bodega. La tensión que crispaba sus labios se atenuó ligeramente.

—Muy pronto lo sabrás.

Capítulo 72

Calcis, octubre de 322 a. C.

Doro no apartaba la mirada de Aristóteles.

Su amo estaba hablando con Prometeo, pero lo único que él oía era el retumbar de sus propios latidos. Golpeaban con tanta fuerza en sus oídos que le parecía imposible que nadie más se diera cuenta de que su corazón estaba a punto de estallar.

«¡Tengo que hacerlo ya!»

Vigiló a Penélope y a Herpilis con el rabillo del ojo, echó un vistazo al otro esclavo que estaba en la sala y se puso a andar hacia su amo. Junto a la silla de Aristóteles había una mesa baja con un vaso vacío y una pesada jarra de terracota. Se inclinó y cogió la jarra.

—Gracias, Doro. —Aristóteles esbozó una mueca—. Hoy la tripa me está dando guerra, voy a necesitar bastante de esa infusión.

Doro se quedó paralizado. Su amo lo estaba mirando, esperando que le sirviera, y en la jarra quedaba suficiente para llenar un vaso.

—Está vacía —mintió con una voz que apenas se oyó. Los latidos se desbocaron y sintió que iba a desmayarse—. Voy a la cocina a rellenarla.

Se dio la vuelta procurando que el líquido no hiciera ruido dentro de la jarra. Los dientes empezaron a entrechocarle sin que pudiera hacer nada para evitarlo. Pasó al lado de Penélope, salió al pasillo y se apoyó en la pared.

«No voy a ser capaz...»

Los ojos se le llenaron de lágrimas. Un momento después, temió que lo viera otro esclavo y siguió avanzando mientras se las enjugaba con el dorso de una mano.

En la cocina había una mujer limpiando una olla de cobre. Lo miró sin que ninguno dijera nada y siguió con su tarea. Doro se arrodilló junto a las brasas apagadas del hogar, le quitó la tapa a la cacerola en la que habían preparado esa mañana la infusión de hierbas y se puso a llenar la jarra con un cazo. Lo hizo con mucha lentitud, deseando que la mujer se fuera, pero cuando terminó seguía en la cocina. La observó de reojo, cada vez más tenso mientras removía con el cazo lo que quedaba en la cacerola. No parecía que fuese a acabar pronto de limpiar la maldita olla y él tenía que regresar a la sala.

Cogió la jarra, se puso de pie y miró a la mujer sintiéndose impotente. Dio un par de pasos hacia la puerta, y casi sin pensarlo cambió de dirección y se metió en la despensa.

Dejó la jarra sobre una repisa y se volvió un instante hacia atrás.

«Oh, dioses, tengo que darme prisa...»

Lo que estaba llevando a cabo se había puesto en marcha hacía cinco días, en su anterior tarde libre. Él se dirigía caminando al puerto de Calcis cuando un hombre se le acercó por detrás y lo agarró del brazo con una mano que parecía de hierro.

—No grites y actúa como si me conocieras. —El extraño mostraba una sonrisa rígida en un rostro que no parecía habituado a sonreír—. Mira hacia esa ventana.

Doro obedeció, asustado, y tardó unos segundos en reconocer lo que veía.

—Apolonia...

—Eso es, y quiere verte. —El hombre miró alrededor con disimulo, manteniendo la sonrisa y la presa de hierro—. Vamos.

Entraron en el edificio, una de las mejores posadas de Calcis, y subieron al segundo piso. Atravesaron un pasillo y se detuvieron frente a una puerta que se abrió antes de que llamaran. Doro se quedó paralizado al tener delante a Apolonia, que le dirigió una sonrisa emocionada y se arrojó a sus brazos.

El hombre los dejó a solas y Doro se dejó llevar por aquel sueño. Apolonia se mostró más dulce y voluptuosa que nunca. Durante las siguientes horas no dejó de besarlo, susurrarle palabras de amor y arrancarle gritos de placer. Cuando el sol ya se había puesto, Doro se tendió a su lado completamente agotado. Miró a Apolonia y estiró una mano para envolver uno de sus senos. Sentía la necesidad de tocarla para convencerse de que seguía siendo real.

—Le pedí a Creonte que pudiéramos vivir juntos —dijo al cabo de un rato—, siendo los dos libres.

Apolonia se giró hacia él. Su mirada resultaba insondable en las sombras violáceas del crepúsculo.

—Yo también lo deseo. —Se acercó y lo besó lentamente, acariciándolo con los labios y la lengua—. Y puede hacerse realidad —susurró mientras lo rozaba con la nariz—. Creonte ha jurado que nos lo concederá, si tú haces lo que él quiere.

—Haría cualquier cosa por estar contigo.

—¿De verdad?

Apolonia lo besó de nuevo, con una intensidad creciente, y él repitió la promesa entre sus labios. Su cuerpo empezó a reaccionar, pero ella se apartó y salió de la cama. La contempló mientras cruzaba desnuda la habitación, una ninfa de cabellera revuelta y piel de alabastro que en la penumbra resplandecía como el mármol bajo la luna. Al llegar a una mesa que había junto a la ventana, abrió un pequeño cofre y sacó algo de su interior.

—Con esto podemos conseguir todo lo que deseamos. —Regresó a la cama y puso en las manos de Doro una vasija de cristal de roca del tamaño de un dedo—. Es un veneno que actúa en unas horas. Aquí hay suficiente para matar a cinco personas. Si lo viertes en una jarra, bastará con que Aristóteles beba una copa para que muera.

Doro miró hacia la puerta de la despensa y sacó la pequeña vasija que llevaba escondida en la túnica.

«Siempre pensé que lo matarían ellos.» Había imaginado que le pedirían que les facilitara el acceso a la granja, como cuando habían prendido fuego a la casa de Aristóteles en Atenas.

Quitó el tapón y echó el veneno en la jarra.

Escondió la vasija detrás de una tinaja de aceite y salió de la despensa. La mujer seguía frotando la olla y él atravesó la cocina conteniendo la respiración. En el pasillo se aseguró de que no lo veía nadie, metió dos dedos en la jarra y removió el líquido. Al sacarlos se los olfateó sin percibir ningún olor extraño. Apolonia le había asegurado que el veneno no olía y al menos eso era cierto. También le había dicho que tardaba unas horas en actuar, pero le daba miedo que en realidad su efecto fuese rápido y no le diera tiempo a escapar.

«Si Aristóteles empieza a ahogarse al dar el primer trago, yo también puedo darme por muerto.»

Se secó los dedos en la túnica, apretó los dientes y continuó hacia la sala.

Prometeo estaba hablando y no prestó atención a la aparición del esclavo. Herpilis le había preguntado cómo se sentía por la situación actual de Atenas.

—Yo formo parte de los ciudadanos que hemos quedado excluidos de la vida política, y eso es duro de asumir —dijo torciendo el gesto—. No obstante, lo considero un mal menor. A fin de cuentas, la derrota era inevitable y durante mucho tiempo temí que la ciudad no sobreviviera.

Aristóteles intervino mientras Doro avanzaba hacia él.

—En la última carta que me envió Foción, decía que el gobernador designado por Antípatro para Atenas es un hombre honesto con el que resulta sencillo tratar. Eso es una noticia muy buena, porque cuando un gobernador ejerce el mando con demasiada firmeza a menudo acaba provocando un baño de sangre.

Doro se detuvo frente al vaso de Aristóteles e inclinó la jarra con mucho cuidado.

—¿Siguen sin encontrar a Creonte? —La pregunta de Penélope sobresaltó a Doro, que derramó un poco de infusión sobre la mesa. Murmuró una disculpa y siguió llenando el vaso.

Prometeo se estiró sobre el asiento para tomar la mano de su esposa. Saldría de cuentas en un par de semanas y la tripa le había crecido tanto que daba la impresión de que no sería capaz de levantarse de su sillón recubierto de almohadones. Por fortuna no habían tenido que recurrir de nuevo al drenaje y parecía que tanto ella como el bebé estaban fuera de peligro, aunque siempre estaba muy cansada y su rostro seguía demacrado.

—Probablemente los hombres de Antípatro ya hayan dado con él y a estas alturas esté muerto. —Prometeo apretó la mano de Penélope—. Ya no tenemos que preocuparnos de Creonte.

Doro dejó la jarra con el resto del veneno junto al vaso de Aristóteles. Se incorporó despacio, con el cuerpo tan agarrotado que apenas conseguía moverse. Dio la espalda a su amo y se alejó manteniendo la mirada en el suelo hasta que cruzó la puerta de la sala.

Creonte pasó al lado de Bitias y se sentó en una silla desvencijada. Al momento se levantó otra vez, dio unos pasos retorciéndose las manos y se volvió hacia Apolonia.

—¿Estás segura de que lo va a hacer hoy?

Apolonia asintió.

—Hoy tiene la tarde libre, y me prometió que pondría el veneno el siguiente día que pudiera salir. —Esbozó una sonrisa. Doro no destacaba precisamente por su valor, pero sabía que por ella arriesgaría la vida—. Cumplirá su promesa, estoy segura.

—Bien... Muy bien... —Creonte volvió a retorcerse las manos mientras caminaba hacia la ventana. Se apoyó en el alféizar de piedra y contempló el exterior. En el cielo apenas había nubes y las aguas del Egeo estaban en calma, pero lo importante era que no divisaba ninguna embarcación. La propiedad en la que se ocultaban se encontraba al este de la isla de Eubea y no había ningún puerto cerca. Constaba de una casa de dos plantas que necesitaba varias reparaciones, los restos de un cobertizo y una amplia superficie de terreno pedregoso que no valía para nada. Los primeros días habían dormido en el barco, hasta que Talos había localizado aquel lugar alejado de cualquier población y lo había adquirido a cambio de unas pocas monedas de oro.

«Antípatro no me va a encontrar.» Se asomó un poco más y siguió escrutando el mar. Hacía dos días, Talos había ido a una aldea a comprar comida y se había enterado de que los hombres de Antípatro habían atrapado a Demóstenes y a Hipérides. Demóstenes se había refugiado en un templo consagrado a Poseidón, en la isla de Calauria. Cuando le ordenaron que saliera, se suicidó con un veneno que llevaba oculto en una caña de escribir.

«A mí no me van a encontrar», se repitió, pero no pudo evitar un estremecimiento al pensar en Hipérides. Lo habían sacado por la fuerza del templo de Éaco, en la isla de Egina, y se lo habían enviado a Antípatro. Antes de matarlo, el general macedonio había hecho que le arrancaran la lengua.[37]

Creonte sacudió la cabeza para tratar de alejar aquella imagen.

«Seguro que Hipérides dejó un rastro fácil de seguir.» Él había tenido la precaución de hacer que su barco se detuviera en cabo Sunión para que desembarcaran los marineros antes de hacerse de nuevo a la mar. Probablemente habrían interrogado a los marineros, igual que a su familia, pero nadie habría podido dar ninguna pista de cuál era su destino.

«Conmigo va a llevarse una sorpresa», pensó mientras sus labios se retraían en una mueca de odio. Macedonia los había derrotado y humillado una vez más, y el general Antípatro esperaba que se lo enviaran cargado de cadenas para matarlo como había hecho con Hipérides.

«Sigue esperando, maldito bastardo, que lo que vas a recibir a cambio es la noticia de la muerte de Aristóteles.»

Penélope se puso una mano en la boca del estómago y cambió de posición sobre los almohadones. La sensación de ardor era cada vez más frecuente en los últimos días.

—¿Otra vez te molesta? —le preguntó Prometeo.

—Es como si me quemaran por dentro. —Volvió a cambiar de postura sin lograr ningún alivio—. Creo que voy a tener que tomar un poco más de la infusión de hierbas —dijo señalando la jarra. Aristóteles se la había aconsejado para el ardor y en otras ocasiones le había venido bien. Ese día ya había tomado, pero parecía que necesitaba beber otro vaso.

37. La violenta muerte de los dos principales oradores de Atenas está recogida en Plutarco, *Vida de Demóstenes*.

Prometeo se levantó para coger la jarra. Aristóteles estaba examinando un papiro con un dibujo de las partes de una planta que le había enviado Teofrasto. En ese momento se percató de que tenía lleno el vaso que le había servido Doro y lo cogió. Prometeo tomó una copa, la llenó con el líquido verdoso y se la dio a Penélope.

Aristóteles alzó su vaso hacia ella y le dirigió una sonrisa.

—Salud.

Penélope lo imitó y el filósofo se llevó el vaso a los labios. Ella acercó su copa a la boca y tomó aire. No le gustaba el sabor y prefería beber de golpe. Se llenó la boca de infusión y se detuvo un momento antes de tragar. El embarazo agudizaba sus sentidos y había percibido algo...

De pronto escupió y gritó tan rápido como pudo:

—¡Aristóteles, no bebas, hay veneno!

Aristóteles expulsó lo que tenía en la boca y la miró perplejo. Herpilis se puso a gritar a la vez que se imponía la voz de Prometeo:

—¡¿Habéis bebido algo?!

Penélope negó mientras escupía los últimos restos.

Aristóteles, en cambio, asintió.

—Yo sí he tragado un poco.

Estaba pálido y parecía aturdido. De pronto se inclinó hacia delante y se metió dos dedos en la boca para provocarse el vómito. Herpilis corrió a su lado, gritando a los esclavos de la sala que fuesen a buscar un médico, y se agarró las manos sin saber qué hacer para ayudar a su esposo.

Prometeo los miró y se volvió hacia Penélope.

—¿Estás bien? ¿Seguro que no has bebido nada?

—Seguro. —No apartaba la mirada de Aristóteles—. Tiene que expulsar lo que ha tomado. —Su madre le había enseñado los venenos que se podían preparar con plantas que crecían en Esparta. Uno de ellos era el que habían puesto en la infusión—. El veneno que han echado en la jarra se absorbe despacio. Si consigue vomitarlo, estará a salvo.

—Pero... —Prometeo miró angustiado la jarra y luego a Aristóteles, que tuvo una arcada y expulsó un chorro de color verde—. Los dos ya habíais bebido hoy.

—Es cierto..., pero antes no había veneno. —Penélope

fruncía el ceño tratando de recordar—. Yo bebí de la anterior jarra... El veneno lo han puesto en ésta.

Prometeo recordaba vagamente a un esclavo acercándose con la jarra, sirviendo en el vaso de Aristóteles...

—¡Ha sido Doro!

Salió al pasillo tan rápido como le permitía su pierna rígida. Allí encontró a un par de esclavas asustadas.

—¿Habéis visto a Doro? —Las mujeres negaron mientras se acercaban más sirvientes atraídos por el alboroto. Uno de ellos era el jefe de los esclavos con el que solía entrenarse—. Argeo, Doro ha traído una jarra con veneno.

El hombre abrió la boca, pero antes de que dijera nada se volvió hacia la sala al oír que Aristóteles vomitaba otro chorro de líquido.

—Sólo ha bebido un poco y está intentando expulsarlo —le dijo Prometeo—, y ya han ido a avisar a un médico. —El jefe de los esclavos seguía con la mirada clavada en la sala y lo agarró por los hombros—. ¡Tenemos que encontrar a Doro!

—Sí... —Argeo consiguió reaccionar—. Hoy es el día en que puede salir... ¡Sígueme!

Llegaron a la puerta de la calle y el esclavo portero les dijo que Doro había salido hacía un rato.

—Se fue hacia el interior de Calcis —aseguró señalando en esa dirección— y parecía que tenía mucha prisa.

Prometeo pidió que le llevaran su espada y se apresuró cojeando hacia las cuadras.

Capítulo 73

Calcis, octubre de 322 a. C.

Doro no redujo el ritmo hasta que divisó la posada en la que había estado con Apolonia. Había cruzado a la carrera la mitad de la ciudad de Calcis y apenas le quedaba aliento. Aunque algunos hombres se habían fijado en él, nadie había tratado de detenerlo, no era extraño que un esclavo se diera prisa para cumplir algún recado de sus amos.

«Yo ya no soy un esclavo», se dijo sin que las palabras le parecieran reales.

Miró hacia la ventana del cuarto de Apolonia con una sonrisa asomando en los labios y luego se giró hacia atrás. No debía preocuparse, el veneno actuaba despacio y disponían de al menos un par de horas para escapar. Se lo había dicho Apolonia, que le había asegurado que esa tarde lo estaría esperando con un caballo preparado.

«Antes de que se den cuenta estaremos...»

Una mano lo agarró y tiró de él hacia un callejón con tanta fuerza que lo levantó del suelo. Cuando sus pies volvieron a tocar tierra, trastabilló y alzó los brazos para protegerse.

—¿Has conseguido que se tome el veneno?

Doro levantó la mirada sin bajar los brazos. Era el hombre que lo había llevado con Apolonia hacía cinco días. Su rostro estaba tenso, sin ningún atisbo de la sonrisa que mostraba la última vez.

—Lo he echado en una jarra, con una bebida que toma para la tripa. —El hombre llevaba una espada al cinto y en aquel callejón oscuro quedaban ocultos a la vista. Procuró que la voz no le temblara—. He esperado a que se bebiera un vaso entero y le he servido otro antes de irme.

Los ojos del hombre, fríos como el hielo, siguieron clavados en él. Soltó el aire por la nariz y se movió para echar un vistazo a la calle.

—Muy bien, vámonos.

—¡Espera! —El hombre le había agarrado el brazo y trató de soltarse—. ¿Dónde está Apolonia?

—Vas a reunirte con ella.

Doro dejó de resistirse y se alejaron a paso rápido hacia el otro extremo del callejón.

Prometeo se encontraba a sólo dos estadios de las murallas de Calcis. A su mente acudían sin cesar las imágenes de Aristóteles vomitando en el suelo y de Penélope escupiendo veneno. La rabia hacía que la bilis le subiera por la garganta mientras se fijaba en cada hombre que se cruzaba.

«¿Por dónde tratará de escapar?»

No tenía sentido que Doro se ocultara en Calcis, una ciudad en la que se veneraba a Aristóteles, así que debía de haber alguien esperándolo para ayudarlo a huir por tierra o por mar.

—Vamos primero al puerto —dijo volviéndose hacia Argeo.

Habían cogido las dos únicas monturas disponibles en la granja: un caballo de carga capaz de aguantar su peso y una mula joven que seguía sin problemas el ritmo del caballo. Se desviaron por un camino que conducía directamente al muelle; un momento después, oyó que Argeo gritaba su nombre y tiró de las riendas.

El jefe de los esclavos se había detenido y estaba señalando algo.

—Acabo de verlo, por el camino del norte. Va en un caballo con otro hombre.

—¿Estás seguro de que era Doro?

—Lo he visto sólo un momento entre los árboles, pero era él, no tengo ninguna duda.

Espolearon sus monturas y atajaron a través del bosque a una velocidad temeraria. Las raíces de los árboles amenazaban con quebrar las patas de los animales y ellos tenían que agacharse una y otra vez para esquivar las ramas. Prometeo no paraba de darle vueltas a lo que había sucedido. Cuando se estaban acercando al camino del norte, refrenó su caballo y le pidió a Argeo que hiciera lo mismo.

—Tenemos que evitar que nos vean. No creo que Doro sepa a dónde se dirigen, y ese jinete debe de ser sólo alguien que trabaja para quien ha organizado el asesinato de Aristóteles. Si lo atrapamos, puede que no nos diga dónde se encuentra su jefe. En cambio, si los seguimos, es posible que nos lleven hasta él.

—¡Se acerca alguien!

El aviso de Bitias hizo que Creonte corriera hasta la ventana. Miró a través de los postigos entrecerrados y Apolonia se puso a su lado tratando de ver algo. El terreno estaba despejado en unos cincuenta pasos alrededor de la casa, más allá comenzaba un bosque poco espeso del que acababa de surgir un jinete.

—Es Talos... —Creonte entornó los ojos. Estaba anocheciendo y tardó unos momentos en ver que el jinete no iba solo—. ¡Ha traído a Doro! —Eso sólo podía significar que Aristóteles se había tomado el veneno. Se puso a gritar, dando gracias a los dioses y maldiciendo de mil maneras a Antípatro, al rey Alejandro y a su maestro Aristóteles.

Talos rodeó la casa y ató el caballo en la parte de atrás. Poco después, la puerta se abrió y entró con el esclavo.

—¡Cuéntamelo! —Creonte se abalanzó sobre Doro y lo agarró por los hombros—. Dime cómo has hecho que ese malnacido se tragara el veneno.

Doro repitió la mentira que le había contado a Talos, adornando con detalles el modo en que Aristóteles se había tomado el vaso trago a trago antes de que él se lo rellenara de nuevo y se fuera. Creonte no apartaba de él su mirada delirante y absorbía cada palabra con una sonrisa salvaje. Al terminar el relato, levantó la cabeza y dejó escapar una carcajada prolongada.

—Alejandro debe de estar revolviéndose en su tumba. —Soltó a Doro y siguió riendo hasta que tuvo que enjugarse las lágrimas. Después llenó los pulmones y soltó el aire con una expresión más calmada—. Por fin. —Volvió a suspirar mientras asentía a sus propios pensamientos—. Por fin.

Estuvo un rato ensimismado antes de reparar de nuevo en Doro. Le puso una mano en la espalda y lo empujó suavemente hacia Apolonia.

—Aquí tienes tu premio. Te lo has ganado.

Apolonia recibió al esclavo con un abrazo y acarició su cabello corto mientras susurraba:

—Ya ha pasado el peligro. —El cuerpo menudo de Doro no dejaba de temblar entre sus brazos—. Ya estamos juntos.

Siguió acariciándolo y su mirada se cruzó con la de Creonte. El día anterior le había preguntado por qué no se libraba de Doro cuando ya no lo necesitaran, en lugar de obligarla a estar con él.

—La lealtad de mis hombres depende de que cumpla mis promesas —le respondió—. Doro va a recibir su recompensa, igual que tú. Cuando salgamos de aquí, serás libre y tendrás dinero suficiente para vivir con Doro. —En sus labios se adivinó una sonrisa—. A partir de ese momento, lo que hagas con él no es de mi incumbencia.

Talos apoyó su cuerpo dolorido en el borde de la mesa. Calcis estaba a cuatro horas a caballo, en la otra costa de la isla, y ese día había hecho el trayecto en ambos sentidos.

—Siéntate aquí. —Creonte le ofreció la única silla que había. Llenó de agua un cuenco de madera y se lo dio junto con un trozo de pan y queso—. Te mereces un buen rato de descanso. Puedes dormir mientras Bitias hace la primera guardia de la noche.

Su guardaespaldas estaba escrutando el bosque a través de la ventana. Asintió con un gruñido y se dirigió al exterior.

Prometeo vio que se abría la puerta de la casa.

—¡Es Bitias! —susurró sorprendido.

Llevaban un rato tumbados en el suelo del bosque, atisbando a través de los arbustos que los ocultaban. Vieron que Bitias se sentaba en una piedra que había en una esquina de la casa y reclinaba la espalda contra la pared.

—¿Creonte estará dentro? —musitó Argeo. Ni siquiera se

oía el murmullo de las hojas, como si el bosque se mantuviera expectante.

Prometeo asintió.

—Creonte escapó de Atenas con su guardaespaldas y otro mercenario que se dice que es la mano derecha de Bitias.

—Aristóteles y él habían estado hablando de eso hacía unos días. Sabía que en el barco que había zarpado del Pireo iban sólo ellos y una mujer, además de unos marineros a los que desembarcaron en cabo Sunión para que nadie supiera a dónde se dirigían—. El jinete al que seguíamos debe de ser ese mercenario. Si Bitias y él están aquí, también tiene que estar Creonte.

Bitias se cruzó de brazos y echó la cabeza hacia atrás para apoyarla en el muro de la casa. La luz estaba declinando con rapidez y Prometeo no podía distinguir si tenía los ojos abiertos.

Se giró hacia Argeo.

—¿Hay alguna ciudad cerca a la que podamos pedir refuerzos? —Argeo había vivido varios años en Calcis, sirviendo en la casa de la madre de Aristóteles, y conocía la isla mucho mejor que él.

—Tendríamos que regresar a Calcis y hablar con el Consejo —respondió Argeo tras pensarlo un momento. Las ciudades más próximas habían combatido contra los macedonios en la última guerra; no se mostrarían dispuestas a detener a un hombre al que Antípatro estaba intentando dar caza.

—No estaríamos de vuelta antes de media mañana. El barco en el que vinieron debe de estar oculto en alguna cala cercana; para cuando regresáramos, quizás ya se habrían marchado.

Argeo asintió con los labios apretados.

—Creonte podría organizar otro ataque si logra escapar. Tenemos que encontrar el modo de evitarlo.

Prometeo movió despacio la pierna lesionada. Debajo de ellos había un lecho blando de hojas, pero la temperatura había bajado y los músculos se le estaban entumeciendo.

—En la situación en la que se encuentra, Creonte no puede arriesgarse a contratar a alguien en quien no confíe plenamente. Creo que en la casa estarán sólo él y el otro mercenario, aparte de Doro... y quizás la mujer que viajaba con ellos en el barco. Si los sorprendemos, podemos igualar las fuerzas.

Argeo examinó el entorno. La luz del crepúsculo se había apagado y en el horizonte acababa de surgir la luna llena, pálida y amarillenta.

—Podría dar un rodeo y acercarme a la casa por la parte de atrás. Creo que puedo llegar hasta Bitias sin que se dé cuenta.

Prometeo sabía que sería capaz de hacerlo. Argeo se había encargado de la persecución desde Calcis y había seguido a Doro y al mercenario ocultándose con habilidad, mientras que él se había limitado a seguir a Argeo desde la distancia para que no lo vieran.

«Pero una cosa es llegar hasta Bitias, y otra acabar con él.»

—Eres un buen luchador, pero Bitias es demasiado peligroso. Yo me he enfrentado a él y te aseguro que toda su fama y el temor que inspira están justificados. —Sus ojos se estaban acostumbrando a la penumbra. Advirtió que Bitias había sacado un cuchillo y se ponía a limpiar la hoja—. No creo que vaya a estar de guardia toda la noche. Vamos a esperar, y si alguien lo releva, será ése de quien te encargues.

—De acuerdo —musitó Argeo—. Pero voy a ir acercándome, me llevará bastante tiempo.

Se puso a reptar hacia atrás muy despacio, deteniéndose después de cada movimiento. El aire estaba en calma y el leve crujido de las hojas parecía arañar el silencio del bosque. Pasó un buen rato hasta que se alejó lo suficiente para que Prometeo dejara de percibirlo.

La luna se alzó como un dios que quisiera ser testigo de lo que iba a ocurrir. Prometeo escrutaba el entorno de la casa sin ser capaz de distinguir a Argeo. Cambió de posición y se masajeó la rodilla. Se preguntaba si sería capaz de levantarse y echar a correr cuando tuviera que hacerlo.

Bitias seguía sentado y había apoyado de nuevo la cabeza contra la pared. La luna proyectaba sobre él la sombra de la casa, pero a Prometeo le parecía distinguir la mueca cruel que había visto otras veces en sus rasgos deformados por el fuego.

—Maldito monstruo —murmuró mientras recordaba la

noche en la que habían luchado en el Pireo. Si no hubiera sido por Penélope, Bitias lo habría matado.

«Y ella ha estado a punto de morir por su culpa.» Se le erizó la piel al evocar la operación en la que Aristóteles le había colocado la costilla hundida; los días en que la fiebre era tan alta que Penélope deliraba como si hubiera perdido la razón; la agonía de sentir que se ahogaba en sus brazos antes de que el drenaje le permitiera respirar...

Había comenzado a erguirse sin darse cuenta. Bitias parecía dormido. Quizás si él se acercaba por delante a la vez que Argeo lo hacía por detrás...

«Fuego en el corazón y hielo en la mente.»

El consejo que Aristóteles le daba cuando era luchador le hizo ser consciente de que la ira lo estaba cegando. Respiró hondo y volvió a agazaparse.

La luna recorrió lentamente el cielo punteado de estrellas y comenzó a descender. De pronto, la puerta de la casa se abrió con un suave chasquido.

«Es el otro mercenario.»

Prometeo escudriñó el entorno sin distinguir a Argeo. Bitias entró en la casa y el otro hombre se alejó unos pasos para orinar. Cuando terminó, se sentó en la misma piedra que había ocupado Bitias, pero enseguida se levantó y se dirigió a la parte de atrás del edificio. Prometeo tensó el cuerpo. Temía que Argeo ya estuviera allí y el mercenario lo hubiera oído. Se oyó el resoplido de un caballo y poco después el hombre reapareció y volvió a sentarse.

Al cabo de un rato, una sombra se acercó muy despacio a la casa.

«Dioses, que el caballo no haga ruido...» Prometeo se movió lentamente, colocando el cuerpo en la posición adecuada para incorporarse con rapidez. Las largas horas de frío e inmovilidad hacían que la pierna le doliera como si le estuvieran clavando agujas. Argeo siguió avanzando poco a poco hacia el mercenario. Durante un momento desapareció tras su objetivo y Prometeo se quedó en vilo.

El mercenario miró hacia atrás de repente y se llevó la mano a la espada. Prometeo se dio impulso para echar a correr. Le parecía que Argeo había alcanzado al mercenario, pero éste se puso de pie con el arma desenvainada. Detuvo un golpe y gritó para dar la alarma justo antes de que la espada de Argeo lo atravesara.

Prometeo avanzaba hacia la casa bamboleándose como un caballo herido. El terreno era muy irregular y tropezó contra una piedra, se tambaleó durante algunos pasos sin llegar a caerse y logró alcanzar la puerta a la vez que Argeo. Apenas cruzaron una mirada antes de que Prometeo embistiera la puerta.

El interior era un caos de gritos en el que distinguió a un hombre y una mujer en el suelo; alguien que bajaba unas escaleras; una figura corpulenta que se abalanzaba sobre él.

—¡Prometeo! —rugió Bitias.

El guardaespaldas levantó la espada para bloquear su ataque, desvió un segundo golpe y se agachó para lanzarle una estocada. Prometeo saltó hacia atrás y la punta de metal sólo rasgó su túnica. La puerta había quedado abierta y veía la furia que ardía en los ojos de Bitias. A su lado Creonte descargaba un golpe tras otro sobre Argeo, que los detenía sin conseguir pasar a la ofensiva.

Bitias siguió soltando espadazos y rugiendo como un animal, pero dentro de la casa no podía rodearlo para sacar ventaja de su pierna lesionada. El guardaespaldas dio un paso atrás, sacó un cuchillo y tras la siguiente estocada intentó rajarle el brazo. Él volvió a retroceder y Bitias lanzó una patada contra su pierna. Cuando se giró para encajar el golpe, el guardaespaldas lo atacó con la espada e inmediatamente con el cuchillo, pero él se movió más rápido de lo que había esperado Bitias. Detuvo la espada con su arma y acto seguido golpeó el cuchillo con tanta fuerza que se lo arrancó de la mano.

Bitias soltó un gruñido, agarró la espada con ambas manos y se puso a lanzar mandobles buscando un punto débil en la defensa de Prometeo. Junto a ellos, Argeo había hecho que Creonte retrocediera un paso, pero éste consiguió recuperarlo.

En el suelo, Doro se apretaba contra la pared como si quisiera atravesarla y Apolonia se mantenía a su lado.

—¡Cógelo! —El cuchillo de Bitias había caído muy cerca.

Doro no se movió y Apolonia lo empujó hacia el arma—. Cógelo, maldito cobarde, y clávaselo.

La humillación se infiltró en el miedo de Doro y contempló el cuchillo, estremeciéndose cada vez que las espadas chocaban. Argeo se alejó un paso y él se estiró y cogió el arma. Se quedó mirando al jefe de esclavos de Aristóteles, que atacó a Creonte y luego saltó hacia atrás para detener una estocada baja. Había quedado muy cerca de él, que siguió apretando el cuchillo sin moverse, hasta que de pronto lo levantó y se lo clavó detrás de la rodilla.

Argeo cayó sobre esa rodilla soltando un alarido. En el semblante de Doro el miedo se mezcló con la fascinación por lo que acababa de hacer, pero su rostro se convulsionó cuando el jefe de esclavos se giró y le hundió la espada en el pecho. Se desplomó de espaldas y empezó a boquear por un aire que ya no podía tomar. Su mirada aterrada se clavó en Apolonia, que chillaba y pataleaba intentando alejarse de él.

Creonte se abalanzó contra Argeo antes de que recobrara el equilibrio, lanzó una estocada que su adversario apenas pudo detener y le dio un rodillazo en el estómago. Prometeo advirtió lo que sucedía y arremetió contra Bitias, sus espadas entrechocaron y empujó obligándolo a retroceder. De inmediato se volvió hacia Argeo, que se había doblado hasta apoyar una mano en el suelo y estaba desprotegido. Creonte levantó la espada y la descargó contra su cabeza. Prometeo se movió tan rápido como fue capaz, pero apenas pudo desviar el ataque. La hoja golpeó en un lateral de la cabeza de Argeo y éste se derrumbó.

—Te has quedado solo —gruñó Bitias.

Prometeo amagó un ataque, se agachó para coger el arma de Argeo y se incorporó con una espada en cada mano. Bitias se dirigió a Creonte:

—No puede luchar con los dos a la vez. Vamos a atacar uno por cada lado.

Prometeo retrocedió hacia una esquina con ambas espadas en alto. Detuvo un golpe de Bitias y luego otro mientras trataba de seguir con la mirada a Creonte, que estaba adelantándose hacia su flanco izquierdo. Por mucho que se hubiera entrenado con Argeo, no podía defenderse de los dos y a la vez atacar.

«Antes o después me alcanzarán.»

Su espalda chocó contra la pared y en ese momento Bitias y Creonte se abalanzaron sobre él. Se impulsó de lado hacia Creonte, detuvo con una espada el arma de Bitias y hundió la otra en su tripa. Su movimiento los había cogido por sorpresa y Creonte sólo consiguió alcanzarlo en el hombro con la base de su arma.

Bitias dio un paso atrás, dejó caer su espada y agarró la que tenía clavada en el vientre. Sus brazos empezaron a temblar sin que lograra arrancársela. Prometeo se movió para bloquear la puerta y Creonte retrocedió hacia el fondo de la sala.

—¡Maldito...! —Bitias gimió y dio un paso torpe hacia él. La rabia deformaba todavía más su rostro quemado y tenía los ojos tan abiertos que parecía que se le iban a salir.

Sus manos apretaron con más fuerza la espada y el gemido se convirtió en un gruñido profundo. Intentó dar otro paso y se desplomó.

El hombro de Prometeo estaba sangrando, pero no parecía una herida grave y podía manejar la espada con el otro brazo. Echó un vistazo a la mujer que permanecía acurrucada en una esquina y avanzó hacia Creonte.

—Entrégate y no te haré daño.

Creonte dejó escapar una risa cargada de desprecio.

—Será Antípatro el que me arranque la lengua, ¿verdad? —Retrocedió hacia el fondo de la casa, donde la oscuridad era mayor—. O puede que me reserve una tortura más cruel...

De repente lanzó la espada con todas sus fuerzas. Prometeo trató de protegerse, el arma de Creonte chocó contra la suya y la empuñadura le golpeó el costado. Oyó que Creonte estaba subiendo una escalera que apenas se adivinaba entre la negrura y salió tras él. Cuando estaba en los primeros peldaños atisbó su sombra desapareciendo en una habitación del segundo piso que no tenía puerta. Un momento después oyó un golpe, y al llegar arriba vio que acababa de abrir los postigos de una ventana.

Se abalanzó sobre Creonte al tiempo que éste se impulsaba para arrojarse al vacío. Sus dedos llegaron a rodearle un tobillo..., pero apenas por un instante que sólo sirvió para desequilibrarlo en el salto.

Se asomó a la ventana y vio a Creonte en el suelo, incorporándose lentamente.

«¡El caballo del mercenario está detrás de la casa!», recordó de pronto. Salió de la habitación a toda prisa, bajó las escaleras y cojeó hacia la puerta. En el salón vio que Argeo se había sentado en el suelo y tenía una mano en la cabeza.

—¡Creonte se escapa!

Argeo no reaccionó y Prometeo salió de la casa. Antes de que llegara a la esquina, oyó un relincho y los cascos de un caballo que echaba a correr.

«No...»

Un momento después lo vio, una sombra blanquecina que se alejaba por el terreno rocoso bajo los últimos rayos de luna.

Entornó los ojos mientras lo seguía con la mirada.

«¡Es la mujer!»

Avanzó hasta la esquina y vio a Creonte bajo la ventana, tendido entre las piedras en las que había caído. Se acercó y se inclinó sobre él.

Creonte giró la cabeza. El dolor crispaba su rostro y tenía los labios manchados de sangre que en la penumbra parecía negra.

—Prometeo... —Una tos interrumpió el gruñido ronco. Frente a su boca, el suelo se llenó de manchas oscuras.

—Creo que esa sangre viene del pulmón. Debes de haberte roto varias costillas.

—Sé que voy a morir... —Creonte esbozó una sonrisa feroz—. Pero he matado... al maestro de Alejandro.

Volvió a toser sangre. Su respiración era un borboteo en el que se ahogaba sin que dejara de sonreír.

—Aristóteles está vivo. —Prometeo se acercó más. La sonrisa se había desvanecido y en su lugar apareció una mirada desesperada—. Lo salvó Penélope. Ella se dio cuenta de que Doro había echado veneno en una jarra.

—¡Mientes...! —El borboteo se hizo más violento. El semblante de Creonte temblaba de odio.

—Aristóteles sigue vivo —repitió Prometeo sin apartar la mirada. Quería estar seguro de que lo creía—. No has conseguido matarlo.

La expresión de Creonte se volvió más intensa y el fuego de la locura brotó en sus ojos como si ardiera por dentro.

Un momento después, su mirada se quedó perdida en el infinito.

Prometeo se levantó despacio y se alejó del cadáver de Creonte.

Epílogo

Calcis, noviembre de 322 a. C.

Aristóteles se había adormecido en su sillón cuando acudieron a su mente las palabras con las que Alejandro se había despedido de él hacía trece años.

«Yo voy a conquistar Persia y tú Atenas. A ambos se nos ha designado un destino propio de los dioses. Vayamos a cumplir con él.»

Podía ver como si lo tuviera delante la sonrisa deslumbrante de su antiguo pupilo, sus ojos brillantes de emoción, el rostro atractivo que transmitía una voluntad inquebrantable...

«Sólo tenía veinte años, y ya tenía claro que no le bastaba con el destino de un hombre.»

Se volvió hacia Prometeo y advirtió que no apartaba la mirada de la habitación en la que Penélope estaba dando a luz.

—Prometeo... —Se inclinó hacia delante y le puso una mano en la pierna, lo que hizo que se sobresaltara—. Seguro que están bien. Penélope y el niño se encontraban perfectamente antes de que comenzara el parto, y la última vez que han salido para informar todo marchaba como es debido.

—Pero se está prolongando demasiado. —La inquietud arrugaba la frente de Prometeo—. Lleva ahí dentro desde por la mañana.

—Y sólo es media tarde. —Una sonrisa acompañó al tono calmado de Aristóteles—. Nicómaco tardó un día y medio en nacer, y lo único que le ocurrió a Herpilis es que acabó agotada.

Prometeo asintió y dejó escapar un suspiro profundo. Habían pasado dos semanas desde que Penélope detectó el veneno que Doro había puesto en la jarra, y ni ella ni Aristóteles habían resultado afectados. Era cierto que en los últimos días Penélope parecía haber recuperado algo de fuerzas, pero había sufrido tanto por ella durante el embarazo que no se tranquilizaría hasta que la viera con el niño en brazos. Esa misma mañana había realizado una ofrenda a Deyanira, y cerró los ojos para volver a rogarle que protegiera a Penélope y al bebé.

«En nuestro hijo converge de nuevo tu linaje, que se separó cuando Calícrates se quedó en Esparta y Perseo acabó en Atenas...», le dijo como si aquello sirviera para convencerla.

Aristóteles aguardó hasta que terminó la plegaria.

—¿Ya habéis decidido dónde va a crecer vuestro hijo?

—Vamos a regresar a Atenas. —La tensión se suavizó en el rostro de Prometeo—. Ahora que no tenemos que preocuparnos de Creonte, podremos llevar una vida tranquila.

—¿Queréis volver a abrir el taller de cerámica?

Prometeo esbozó una sonrisa.

—Durante un tiempo pensé que mi madre sería la última de una larga saga de ceramistas, pero a Penélope le hace mucha ilusión continuar con el taller. —Su sonrisa se expandió—. Quién sabe, quizás nuestro hijo se convierta también en un gran alfarero y mantenga la tradición familiar.

—Demanda no os va a faltar. Teofrasto asegura que hay bastante gente deseando comprar vasijas con las tallas de Penélope. —Una racha de viento templado recorrió el patio y agitó los cabellos grises de Aristóteles, que miró con cariño a Prometeo—. ¿Piensas retomar tu trabajo de entrenador?

Prometeo asintió.

—Voy a volver a disfrutar de la lucha, como tú me enseñaste. Tengo mucho que aportar a esos jóvenes que aspiran a llegar a los Juegos de Olimpia: habría vencido en la final si el juez hubiera sido justo —dijo con orgullo—, y sigo siendo el nieto de Perseo el *olimpiónico*..., aunque será mejor que a mis alumnos no les diga que mi abuelo tenía sangre espartana —añadió con un brillo divertido en sus ojos plateados.

Los dos se volvieron hacia la habitación de Penélope al oír que se abría la puerta. Herpilis salió de ella y cruzó el patio con pasos apresurados. Prometeo se puso de pie y trató de leer en su expresión lo que ocurría.

—No te preocupes, todo va bien. —Prometeo soltó el aire que había estado reteniendo—. Ya queda muy poco, te avisaremos cuando puedas entrar. —Se dio la vuelta para regresar, pero antes miró de nuevo a Prometeo—. Tienes que estar orgulloso, tu esposa es la mujer más dura que he visto nunca.

Herpilis solía asistir a los partos de sus esclavas, y hasta ese día no había visto a una mujer que no gritara ni una sola vez. El único signo de vulnerabilidad que mostraba Penélope era preguntar continuamente si el niño estaba bien.

Prometeo se quedó de pie, contemplando la puerta tras la que había vuelto a desaparecer Herpilis, hasta que Aristóteles le pidió que se sentara.

—Ya lo has oído, el parto está avanzando sin complicaciones.

—Sí... —Prometeo tardó unos momentos en volver a centrar su atención en Aristóteles. Cuando lo hizo, le pareció que estaba más cansado de lo que había advertido antes. Su cuerpo delgado parecía hundido en los cojines que habían puesto en el sillón—. ¿Tú qué piensas hacer? ¿Vas a regresar a Atenas?

—Foción me ha vuelto a escribir pidiéndome que lo haga. Y dice que el gobernador macedonio le ha rogado que me insista. La acusación de impiedad contra mí ha sido anulada y ya no hay alborotadores en la Asamblea ni en las calles. —Esbozó una sonrisa triste y negó con la cabeza—. Pero no voy a volver. La mitad de los atenienses seguiría viéndome como el maestro de Alejandro. Y algunos me considerarían un objetivo fácil contra el que dirigir su resentimiento porque la democracia plena haya sido abolida, y por la pérdida de libertad que supone la imposición de un gobernador. Además —añadió riendo—, Herpilis me mataría si me oyera una sola palabra sobre regresar a Atenas.

El eco de su risa se apagó y su expresión se volvió más grave.

—Tampoco me engaño sobre mi salud. —Hizo un gesto con la mano para evitar la respuesta de Prometeo. Era evidente que las molestias que tenía en el estómago desde hacía años las causaba una enfermedad que avanzaba lenta pero implacable—. Sé que me queda poco tiempo, pero afortunadamente el Liceo cada vez depende menos de mí. Teofrasto será un magnífico director de la escuela.

Esperaba que el Liceo mantuviera la importancia que había adquirido en los últimos años, con numerosos grupos de trabajo que profundizaban en las disciplinas más diversas e investigadores que acudían de todo el mundo para formarse con ellos.

Se acomodó en el asiento con una mueca de dolor. Estaba convencido de que las siguientes generaciones de pensadores podrían beneficiarse de su empeño en organizar el conocimiento, y en adquirirlo mediante un método sistemático que daba especial importancia a la experimentación. También era consciente de la utilidad que tenían sus estudios sobre el razonamiento, que permitían saber si las conclusiones a las que se llegaba eran válidas o no.

«Enseñar a pensar...»

Una sombra de melancolía cruzó su rostro.

—Me estoy acordando del día que vi por última vez a mi viejo maestro Platón —murmuró ensimismado—. Ya había dejado la dirección de la Academia y era un anciano de ochenta años...

Se quedó callado mientras los recuerdos cobraban vida a su alrededor. Estaba con Platón en mitad de un festejo, de pie junto al horno de la casa taller que entonces pertenecía a Altea. Su maestro se apoyaba en un bastón y el sonido de una cítara revoloteaba en torno a ellos.

—Debo darte las gracias, Platón. Vine a Atenas siendo sólo un muchacho, y lo que más valoro de lo que soy ahora te lo debo a ti.

Platón lo envolvió con su mirada cargada de sabiduría.

—Tus palabras te ennoblecen, Aristóteles. Pero nunca olvides que, aunque un maestro quiere enseñar a sus discípulos lo que ha aprendido, ante todo quiere enseñarles a pensar. Que tu agradecimiento y tu respeto hacia mí nunca supongan un freno para tus ideas, sino que les sirvan de estímulo.

Aristóteles se dio cuenta de que Prometeo permanecía atento a él.

—Perdona, últimamente me acuerdo bastante de Platón y me dejo llevar por los recuerdos. —Su ceño se frunció ligeramente—. Es curioso, al final de su vida Platón también se acordaba mucho de su maestro Sócrates. —Prometeo apoyó una mano en su antebrazo y Aristóteles le dirigió una sonrisa—. No conocí a Sócrates, pero sin duda fue un hombre excepcional, como lo era Platón. Habría sido muy interesante mantener una larga conversación entre los tres.

Prometeo le devolvió la sonrisa, aunque le producía cierta desazón que hablara de ese modo. Iba a decir algo cuando oyó que la puerta de Penélope volvía a abrirse.

—¡Prometeo!

Herpilis lo llamaba desde el umbral y él se puso de pie. Antes de echar a correr se volvió hacia Aristóteles, que desde su sillón extendió una mano hacia el cuarto.

—Ve —le dijo sonriendo.

Penélope envolvió con las manos el cuerpecito desnudo de su bebé, sintiendo una emoción tan intensa que hizo que se pusiera a reír y llorar al mismo tiempo.

—¿Seguro que está bien? —Su pequeño Teodoro había sido más grande al nacer, pero la partera le repitió que el bebé se encontraba perfectamente.

—Tienes que tener en cuenta que las niñas suelen ser más pequeñas —añadió con una ligera sonrisa en su rostro severo.

En ese momento Prometeo irrumpió en la habitación. Se sentó en el borde del lecho y escrutó con ansiedad el rostro de Penélope. Había visto sangre a los pies de la cama, pero la partera le aseguró que apenas había hemorragia y Penélope parecía más feliz y llena de vida que nunca, con la piel todavía encarnada por el esfuerzo y los ojos brillantes de lágrimas.

Sintió que a él también se le humedecían los ojos y besó los labios de su esposa dando gracias a los dioses. Cuando se apartó, contempló el hermoso milagro que ella envolvía contra su pecho.

Penélope rozó con un beso la frente de su bebé.

—Mira, Prometeo —las lágrimas se deslizaron por su rostro—, es nuestra hija.

La niña movió una manita sobre el pecho de Penélope como si quisiera acariciar a su madre. Tenía los párpados cerrados y una expresión plácida. Prometeo besó con ternura su cabecita de pelo oscuro y rozó con un dedo la piel suave de su mejilla. La pequeña pestañeó, y el tiempo pareció detenerse cuando abrió sus grandes ojos plateados.

Prometeo la acarició extasiado mientras susurraba:

—Hola, Deyanira.

Carta a mis lectores

La llegada al mundo de la pequeña Deyanira ha completado el círculo. El viaje ha concluido —aunque sabemos que todo final es a la vez un nuevo comienzo—. Pero antes de que nos separemos, son necesarias unas últimas palabras sin las cuales la novela estaría incompleta.

Son muchos los círculos que se cierran con esta novela, y todos están relacionados. En 2009 decidí abordar un proyecto literario en el que llevaba varios años pensando y que me parecía apasionante, pero también mucho más exigente que todo lo que había escrito hasta entonces. Quería crear el tipo de obra que más aprecio como lector: la que no sólo hace que la lectura resulte adictiva, sino que además te enriquece por dentro. Mi propósito era trabajar con rigor de historiador y recrear el mundo, la vida y el pensamiento de Pitágoras —quien, más allá de su famoso teorema, fue el primero de los gigantes de la filosofía y uno de los hombres más poderosos de su época—, pero también tenía claro que aquella novela debía tener la tensión y la intriga de un buen *thriller* o no conseguiría atrapar al lector por muy fascinante que fuese el personaje y su mundo.

Aquel proyecto resultó aún más exigente de lo que intuía y se prolongó más de lo previsto: tres largos años trabajando de sol a sol, dedicado en exclusiva a la escritura —lo cual implicó poner en riesgo la economía de mi familia, pues era una novela que no tenía detrás una editorial, no sabía si alguien querría publicarla—. Finalmente, sentí que había conseguido escribir la obra que me proponía, y para reflejar la mezcla de rigor y entretenimiento que contenía decidí titularla *El asesinato de Pitágoras.*

A la mayoría de mi entorno le parecía una locura que hubiera dedicado tanto tiempo a la escritura de ese libro tan poco ortodoxo (reconozco que, en buena parte, a mí también me lo parecía). Por fortuna, la acogida superó mis mejores expectativas. Empezó como un libro autopublicado, pero lectores y blogs de literatura lo recomendaron con tanto entusiasmo que en el año de su publicación se convirtió en el ebook en español más vendido del mundo. Gracias a eso se interesaron editoriales de distintos países, se lanzó en varios idiomas e incluso terminó recibiendo premios internacionales por su labor de difusión cultural.

La gran aceptación de *El asesinato de Pitágoras* hizo que me planteara un proyecto considerablemente más rico y complejo al que he dedicado los últimos doce años de mi vida: recrear la maravillosa Grecia Clásica, la cuna de nuestra civilización, en tres novelas vertebradas a través de la azarosa vida y el pensamiento de los más grandes filósofos de la Antigüedad: Sócrates, Platón y Aristóteles.

En la primera novela —*El asesinato de Sócrates*—, creé la saga familiar que se inicia con Deyanira y se desgaja en una rama ateniense y otra espartana, lo que me permitía mostrar las distintas ciudades y puntos de vista. Los dioses volvieron a mostrarse benévolos y *El asesinato de Sócrates* fue galardonada como Finalista del Premio Planeta, lo que hizo que mis novelas llegaran a más lectores y más países. Cuatro años más tarde, completé *El asesinato de Platón*, y en este caso la historia fue diferente. Su publicación estaba prevista para 2019, pero por desgracia soy un perfeccionista obsesivo y quise dedicar un año más a pulirla. Cuando se publicó, en 2020, el mundo estaba sumido en la pandemia del covid. El lanzamiento se canceló en varios países, y para proteger a mi familia decidí suspender todos los viajes promocionales, eventos y entrevistas presenciales. Eso hizo que mi querido Platón fuese el menos difundido de mis «asesinatos», pero a cambio es el que ha obtenido las valoraciones más altas entre los lectores. Además, *El asesinato de Platón* aceleró un fenómeno que había comenzado con los anteriores libros: la combinación de entretenimiento y rigor histórico hace que aparezcan como bibliografía recomendada en libros de texto, y que cada vez sea mayor el número de institutos y universidades que los seleccionan como lectura para sus alumnos.

Después de Platón, llegó el momento de cerrar el círculo de la Grecia Clásica con *El asesinato de Aristóteles.* Forma una unidad con *El asesinato de Sócrates* y *El asesinato de Platón* en sus tres planos: ficción, historia y filosofía. No obstante, a su vez son tres novelas independientes, pues cada una la protagoniza un filósofo distinto y una generación diferente de la saga familiar, y sus tramas son autoconclusivas —todos los hilos de trama se cierran dentro de cada novela—. Además, cuando las escribo soy consciente de que muchas personas comienzan a leerme por la última novela publicada, y lo tengo en cuenta al decidir cómo las estructuro y qué desvelo de las anteriores, de manera que puedan leerse en cualquier orden y disfrutar igualmente de cada una de ellas.

A la hora de recrear la Época Clásica y a cada uno de los filósofos, he seguido varias premisas. Una de ellas ha sido que la recreación fuese completa; no quería construir sólo un decorado interesante para ambientar una historia, ni limitarme a mostrar algunos aspectos llamativos de la vida o el pensamiento de los grandes maestros. La faceta divulgativa de estas novelas es una de mis grandes motivaciones, y mi pretensión ha sido recrear todos los aspectos relevantes de aquel mundo y aquellos personajes prodigiosos. Por supuesto, estamos hablando de novelas, no de libros de texto, por lo que el conocimiento tiene que estar convertido en trama para mantener el ritmo y la tensión de una buena historia y no ser una mera relación de datos. Por otra parte, la trama de ficción envuelve y conecta todos los datos reales, pero lo hace respetando siempre otra premisa: la trama es la que se adapta a la realidad, y no al revés. Para ello estudio las fuentes históricas disponibles sobre la época y el personaje que da nombre al título, a partir de ellas elaboro los mimbres de la realidad que pretendo mostrar, y después voy creando una trama que se adapta en todo momento a los hechos históricos, sin alterar un solo dato, de forma que el lector viaje, no a un pasado inventado por el escritor, sino a la realidad histórica.

Mi propósito con *El asesinato de Aristóteles,* igual que con las otras novelas, ha sido que el lector disfrute con el doble placer de entretenerse y aprender. Para que esto sea así, es importante que no queden dudas de dónde se encuentra la frontera entre la realidad y la ficción. Con ese objetivo he puesto varias notas al pie a lo largo del libro que aclaran la veracidad histórica de varios de los hechos. Veamos ahora algunos comentarios adicionales.

La vida de Aristóteles se apagó a causa de una enfermedad cuando se encontraba en Calcis, según nos informa el historiador griego Diógenes Laercio. De su esposa Herpilis y de sus hijos, Pitias y Nicómaco, no se conservan más registros históricos, pero sabemos que Aristóteles se ocupó en su testamento de que no les faltara de nada.

El filósofo nunca regresó a Atenas, a su querido Liceo, aunque sin duda estaba satisfecho de que éste quedara en manos de Teofrasto, su discípulo predilecto, y era consciente del valiosísimo legado que dejaba a las generaciones posteriores. En las primeras páginas de esta novela figura una cita de San Marcos, que escogí porque parece referirse al anhelo que movió a Aristóteles durante toda su vida: *«Porque nada hay oculto, sino para ser descubierto; y no hay nada escondido, sino para que venga a la luz»*. Aristóteles abarcó todos los campos del saber, y lo hizo con un enfoque que lo convirtió no sólo en uno de los más grandes filósofos, sino también en el padre de la ciencia, con lo que marcó un antes y un después en la historia del conocimiento humano.

Los personajes de ficción de la novela están elaborados con elementos reales, de modo que reflejan el modo de vida cotidiano, creencias y otros aspectos de aquella época tal como eran. Creonte es uno de esos personajes, y a través de él vemos el odio que una buena parte de los atenienses sentía contra Aristóteles, al que acusaban injustamente de ser responsable de los actos de Alejandro por haber sido su maestro. También hemos visto a través de Creonte otro hecho crucial en la vida del filósofo, que recoge el historiador Diógenes Laercio: la acusación de impiedad que Eurimedonte —el sumo sacerdote de Eleusis— preparó contra Aristóteles, que tuvo que escapar para evitar que los atenienses lo condenaran.

La muerte de Aristóteles, un año después de llegar a Calcis, puso el punto final a una época inigualable. Resulta casi incomprensible que, en tan sólo unas décadas, unos cuantos hombres de unas pocas ciudades —principalmente Atenas— acumularan tantos avances revolucionarios que no sólo los convirtieron en «la cuna de nuestra civilización», sino en una referencia para toda la humanidad que en muchos casos ni siquiera fuimos capaces de igualar durante más de veinte siglos. Hace dos mil quinientos años pusieron en práctica el primer sistema democrático, alcanzaron con una rapidez asombrosa la perfección en las artes plásticas y en la literatura, crearon el teatro, elevaron la medicina a rango de ciencia... y, sobre todo, revolucionaron para siempre el conocimiento y nuestro concepto de justicia.

Sócrates es la fuente de la que surgen las corrientes de filosofía moral que tendrían mayor peso durante los siguientes siglos, como los cínicos y los estoicos —Séneca y Marco Aurelio, grandes humanistas estoicos de la época romana, declararon que Sócrates era la guía para una vida mejor—. En cuanto a Platón y Aristóteles, alcanzaron tal prestigio como filósofos que —en contra de su propio criterio— durante dos mil años se consideró que sus ideas estaban tan por encima de las de cualquier otro mortal que era impensable refutarlas. En definitiva, la Grecia Clásica es el origen y la referencia de lo que nos define como civilización, y a través del tiempo siguen destacando sus principales protagonistas: Sócrates, su discípulo Platón, y el discípulo de éste: Aristóteles. La muerte del último de ellos puso fin a aquella época prodigiosa, pero nuestro mundo y nuestra forma de pensar continúan siendo deudores de aquellos grandes maestros de la humanidad.

El pupilo más famoso de Aristóteles, Alejandro Magno, es uno de los personajes más legendarios de la historia, pero obviamente también fue una persona real. Con los grandes personajes de mis novelas, como Aristóteles o Alejandro, siempre trato de mostrar las personas que fueron, su vida cotidiana e íntima, sus sentimientos, inquietudes y anhelos. La relación especial que Alejandro tenía con Hefestión, y lo profundamente que le afectó su muerte, están recogidos en todas las fuentes históricas. Esas fuentes nos muestran asimismo los arrebatos ocasionales de Alejandro y la brutalidad con la que actuó algunas veces a lo largo de su campaña —como cuando ejecutó a

Calístenes, el sobrino de Aristóteles—, pero también la visión única que tenía de un imperio en el que las razas se entremezclaran. Con ese objetivo fundó numerosas ciudades y favoreció un ejército heterogéneo, hizo que muchos orientales ocuparan altos cargos militares y civiles, impulsó la cultura y el idioma griegos en los pueblos conquistados y fomentó los matrimonios mixtos. En definitiva, no quería un imperio de invasores y sometidos, sino de pueblos que se integraran entre sí.

Alejandro murió con tan sólo treinta y dos años, pero ya había transformado el mundo de tal manera que con él se pone fin a la Época Clásica —la del esplendor de las ciudades-Estado griegas— y comienza el Helenismo, la época caracterizada por la enorme expansión territorial de la lengua y la cultura griegas. En sólo una década, tras partir de Macedonia con unas fuerzas muy inferiores a las de sus enemigos, el joven rey consiguió dominar un territorio más extenso que el que logró Roma en todos sus siglos de existencia (el Imperio romano alcanzó su máxima extensión con el emperador Trajano, 5,2 millones de km^2, mientras que el imperio de Alejandro sumaba 5,4 millones de km^2). Los emperadores romanos admiraban los logros y la precocidad de Alejandro Magno, unos con mayor amargura que otros. Plutarco nos informa de que el propio Julio César se puso a llorar mientras leía sobre Alejandro, y ante las preguntas de sus amigos respondió: *«¿No os parece digno de pesar que Alejandro a mi edad reinase ya sobre tantos pueblos, y que yo no haya hecho todavía nada digno de memoria?».*

Otro punto fascinante de Alejandro es el de sus planes de futuro. Alejandro murió de improviso cuando estaba a punto de lanzarse a por su siguiente objetivo, la península de Arabia. Pero ¿qué habría ocurrido si no hubiese muerto, si hubiera vivido diez o veinte años más? En una década había conquistado medio mundo y ahora disponía de todo el poder de un imperio para lanzarse a la conquista del otro medio. Había iniciado la construcción de un millar de grandes barcos de guerra y en los siguientes años tenía intención de aplastar Cartago y construir una vía de comunicación a lo largo de toda la costa norte de África. Hemos visto que todos los pueblos del Mediterráneo Occidental enviaron embajadores a Babilonia con el fin de honrar a aquel poderosísimo gobernante e intentar lograr acuerdos que evitaran un sometimiento por la fuerza. Alejandro redefinió el mundo en una década; en dos, quizás habría hecho realidad el sueño que sus generales encontraron escrito entre sus notas después de su muerte: *«Fundar nuevas ciudades con población emigrante desde Asia hasta Europa y viceversa, para que los más grandes continentes se unan en una armoniosa y común unidad cimentada en matrimonios y relaciones de parentesco».*

Los generales que sucedieron a Alejandro cancelaron todos sus proyectos y se repartieron el imperio, tal como se muestra en la novela. Poco después, empezaron a luchar entre ellos y corrieron una suerte desigual. Pérdicas, el general que había asesinado a Estatira y había sido nombrado regente del hijo de Alejandro y Roxana, murió a manos de sus propios oficiales. El general Crátero, después de ayudar a Antípatro a vencer al ejército griego, se casó con una de las hijas de éste y regresó a Asia, donde murió poco después en una batalla. El más afortunado de los compañeros de Alejandro fue Ptolomeo, que reinó como faraón en Egipto hasta una edad avanzada y estableció una dinastía que gobernó durante casi tres siglos.

En cuanto a Antípatro, era ya un hombre mayor y murió por una enfermedad tres años después de los hechos narrados en la novela. Su hijo Casandro le sobreviviría dos décadas, durante las cuales tuvo tiempo de vengarse sobradamente de las humillaciones que le había causado Alejandro. Olimpíade, la madre de Alejandro, se hizo cargo de Roxana y su hijo y llegó a gobernar en Macedonia tras la muerte de Antípatro. Ejerció el poder de un modo despiadado e hizo que torturaran y asesinaran a Filipo Arrideo —el medio hermano de Alejandro, hijo del rey Filipo y una bailarina—. También ordenó la muerte de la esposa de Filipo Arrideo, así como de un centenar de hombres que habían apoyado a Antípatro y ahora eran partidarios de Casandro, que en aquel momento le disputaba el trono de Macedonia. Finalmente, Casandro se hizo con el poder y ordenó que asesinaran a Olimpíade —la lapidaron y prohibió que enterraran su cuerpo—. Puso bajo su protección a Roxana y a su hijo, pero cuando el pequeño Alejandro IV cumplió doce años y se empezaron a alzar voces pidiendo que se le entregara el trono que había pertenecido a su padre, Casandro hizo que lo ejecutaran junto a Roxana. Un año más tarde, apareció en escena Heracles, el hijo que Alejandro había tenido con su amante Barsine, y que por aquel entonces contaba con unos dieciocho años. Lo estaban utilizando para intentar expulsar del trono de Macedonia a Casandro, pero éste se encargó de que asesinaran al joven Heracles, y con esta muerte se extinguió definitivamente la dinastía a la que habían pertenecido el rey Filipo y Alejandro Magno.

Los grandes oradores atenienses Hipérides y Demóstenes, al igual que todo lo que vemos sobre ellos en la novela, están recreados siguiendo fielmente la información disponible. Demóstenes fue acusado de dejarse sobornar por Hárpalo, el tesorero de Alejandro, y el discurso de Hipérides en el juicio logró que lo declararan culpable. Huyó de Atenas, pero después se unió a Hipérides en la rebelión contra Macedonia y ambos sufrieron el mismo destino: Antípatro pidió su cabeza y, aunque inicialmente consiguieron escapar, los hombres de Antípatro los encontraron y murieron. La Asamblea de Atenas, como una manera de decir que habían sido los oradores y no la ciudad los responsables de la rebelión, promulgó contra ellos una condena a muerte, pero más adelante les otorgaron honores póstumos y colocaron en lugares destacados estatuas de bronce con su efigie.

El anciano Foción llegó a ser nombrado estratego cuarenta y cinco veces —de lejos el mayor registro en la historia de Atenas— y siguió siendo uno de los hombres más influyentes. Sin embargo, cuatro años después de que la rebelión acabara en derrota, los conflictos entre los sucesores de Antípatro permitieron que los demagogos retomaran el poder y la Asamblea condenó a muerte a Foción, a quien ni siquiera permitieron defenderse. Poco después de ejecutarlo, la ciudad se arrepintió, celebraron funerales en su honor y le erigieron una estatua de bronce —una vez más, el método preferido para expiar la culpa por parte de los atenienses—. Además, como también era habitual en los vaivenes de la Asamblea, condenaron a muerte a sus acusadores.

La novela termina con la pequeña Deyanira abriendo sus ojos plateados como si quisiera absorber de golpe el mundo nuevo al que acaba de llegar. En aquel mundo, en el que se adentraría de la mano de Prometeo y Penélope, Atenas ya nunca sería una potencia hegemónica —la época de las ciudades-Estado había dado paso a la de los grandes reinos helenísticos—, pero la ciudad se mantuvo próspera económica y, sobre todo, culturalmente. Sus extraordinarios monumentos y sus escuelas de filosofía, como la Academia y el Liceo, continuarían despertando la admiración del mundo entero durante siglos.

Creo que la mejor manera de complementar la lectura de *El asesinato de Aristóteles* es hacer un recorrido visual por los escenarios en los que transcurre su trama. En mi página web (www.marcoschicot.com), en el apartado de la novela, he preparado ese recorrido con numerosas imágenes y comentarios. Espero que disfrutes contemplando las esculturas, templos, cerámicas y otros elementos que has ido encontrando mientras acompañabas a los protagonistas del libro.

Para concluir, me gustaría volver al año 2009, al inicio de este viaje por la antigua Grecia y sus grandes maestros que termina con la escritura de esta carta, casi dieciséis años después. En 2009 inicié a la vez otro viaje, el más importante de mi vida, cuando nació mi hija Lucía y nos dijeron que tenía síndrome de Down.

Mi hija es el motivo por el que lo dejé todo y me volqué en escribir *El asesinato de Pitágoras*, y después Sócrates, Platón y Aristóteles. En el momento en que escribo estas líneas, Lucía tiene quince años y sigue dándonos cada día lecciones de vida con su actitud positiva, su cariño y su asombrosa tenacidad. También nos impresiona su habilidad para el teatro, el baile y la natación, así como su voraz afición por la lectura, a la que dedica varias horas cada día (sus géneros favoritos son el romance... ¡y la mitología griega, de la que es la mayor experta que conozco!). Las capacidades de Lucía sorprenden cuando la conoces, pero soy consciente de que su futuro es más complicado que el de la mayoría de las personas. El mayor obstáculo para que pueda llevar una vida plena e integrada, tanto en el futuro como en el presente, son los prejuicios sobre el síndrome de Down que comparte la mayoría de la sociedad. Esos prejuicios, mucho más negativos que la realidad, se deben básicamente al desconocimiento. Por eso he preparado un artículo titulado *8 cosas que deberías saber sobre el síndrome de Down*. Se encuentra destacado en el encabezado de mi página web (www.marcoschicot.com), y contiene información objetiva y veraz sobre la realidad del síndrome. Me gustaría pedirte que le echaras un vistazo para contribuir a disolver los prejuicios arraigados en la sociedad y, por lo tanto, a que ésta resulte más acogedora para las personas como mi hija.

Termino ya. Nuestro barco está llegando a puerto, y quiero agradecerte que hayas formado parte de este viaje. Reconozco que regreso al presente tan feliz como extenuado. Las tormentas han sido numerosas, y algunas realmente duras, pero nunca dudé de que las atravesaríamos.

No podía ser de otro modo, porque Lucía ha sido siempre nuestro timonel.

Un saludo afectuoso,
Marcos Chicot

P. D.: Si entras en mi web, verás un área de contacto donde estaré encantado de atender tus preguntas, críticas o sugerencias. También puedes seguirme en Twitter/X, Facebook o Instagram, donde se puede contactar conmigo e informo sobre publicaciones, encuentros con lectores y, en ocasiones, viajes en los que recorremos juntos los escenarios de las novelas (Grecia, Sicilia...). Si en este momento se está organizando alguno, podrás encontrar la información allí.

Por último, me gustaría recordar que el 10% de lo que obtengo con mis novelas va destinado a fundaciones de ayuda a personas con discapacidad. Esa aportación no sería posible sin mis lectores; por ello, en mi nombre y en el de todas las personas a las que ayudamos, te transmito nuestro profundo agradecimiento.

Agradecimientos

A Lara, por tu apoyo sin fisuras durante todos estos años en los que he vivido más en la antigua Grecia que en el presente. Y, sobre todo, por ser una madre extraordinaria para nuestros queridos hijos. A Lucía y Daniel, por vuestro cariño y vuestra bondad. Sin vosotros no habría llegado ni a la mitad de este viaje.

A Maya Granero, por tu excepcional labor como editora, correctora y puntal de un escritor que en varias ocasiones ha llegado al límite de sus fuerzas. Eres la persona que más ha contribuido a mejorar esta novela.

A Raquel Gisbert, mi paciente editora en Planeta, por tu cálido apoyo en esta larga travesía. Y a Leo Campos, por tu trabajo como editor y tu permanente entusiasmo.

A Ferrán López y su equipo, creadores de las portadas de Sócrates, Platón y Aristóteles, por vuestro trabajo y vuestra paciencia conmigo durante el proceso de creación de la portada de esta novela, que me parece fantástica.

A los libreros, héroes anónimos detrás de los libros. Nunca podré agradecer lo suficiente el apoyo que habéis prestado a mis «asesinatos».

A mis lectores. He tratado de escribir libros especiales, y he tenido la fortuna de encontrar lectores especiales. Gracias por acompañarme en estos viajes, y por hacerme sentir que estáis al otro lado durante los años de escritura.

A Pilar Fernández, gran profesional y mejor amiga, que has llenado muchos momentos difíciles con palabras de ánimo.

A los profesores, que habéis hecho vuestra la misión de combinar entretenimiento y aprendizaje. Es un enorme privilegio que muchos de vosotros utilicéis estos libros como herramienta de enseñanza.

A las personas que han revisado y comentado el borrador de la novela con tanta agudeza como generosidad: Milagros Álvarez, José Manuel Chicot, Lara Díaz, Máximo Garrido, Francisco González, Carmen Blanco, Antonio Martín, Julián Lirio, Tatiana Zaragoza, Arturo Esteban y Natalia García de Soto.

Para terminar los agradecimientos, me gustaría retomar las palabras de dedicatoria con las que empieza esta novela:

A todas las personas buenas, porque hacer lo correcto es a menudo la alternativa que exige más esfuerzo. Gracias por seguir haciéndolo.